三线轮回

SANXIAN LUNHUI

下

尾鱼 著

敦煌文艺出版社

水鬼三姓

【姜家】
长江流域
【易家】
澜沧江
湄公河流域
【丁家】
黄河流域
姜射护
（明末水鬼）
祖先
姜太月
（水鬼）
长辈
姜孝广
（水鬼）
好友
易宝全
（水鬼）
长辈
易九戈
同辈
易云巧
（水鬼）
丁海金
（水鬼）
长辈
丁长盛
同辈
丁盘岭
（水鬼）
晚辈
儿子
大女儿
二女儿
义父
姜骏
（水鬼）
情侣
易萧
（水鬼）
易飒
（水鬼）
丁碛
长辈
情侣
宗杭
姜固
丁玉蝶
（水鬼）

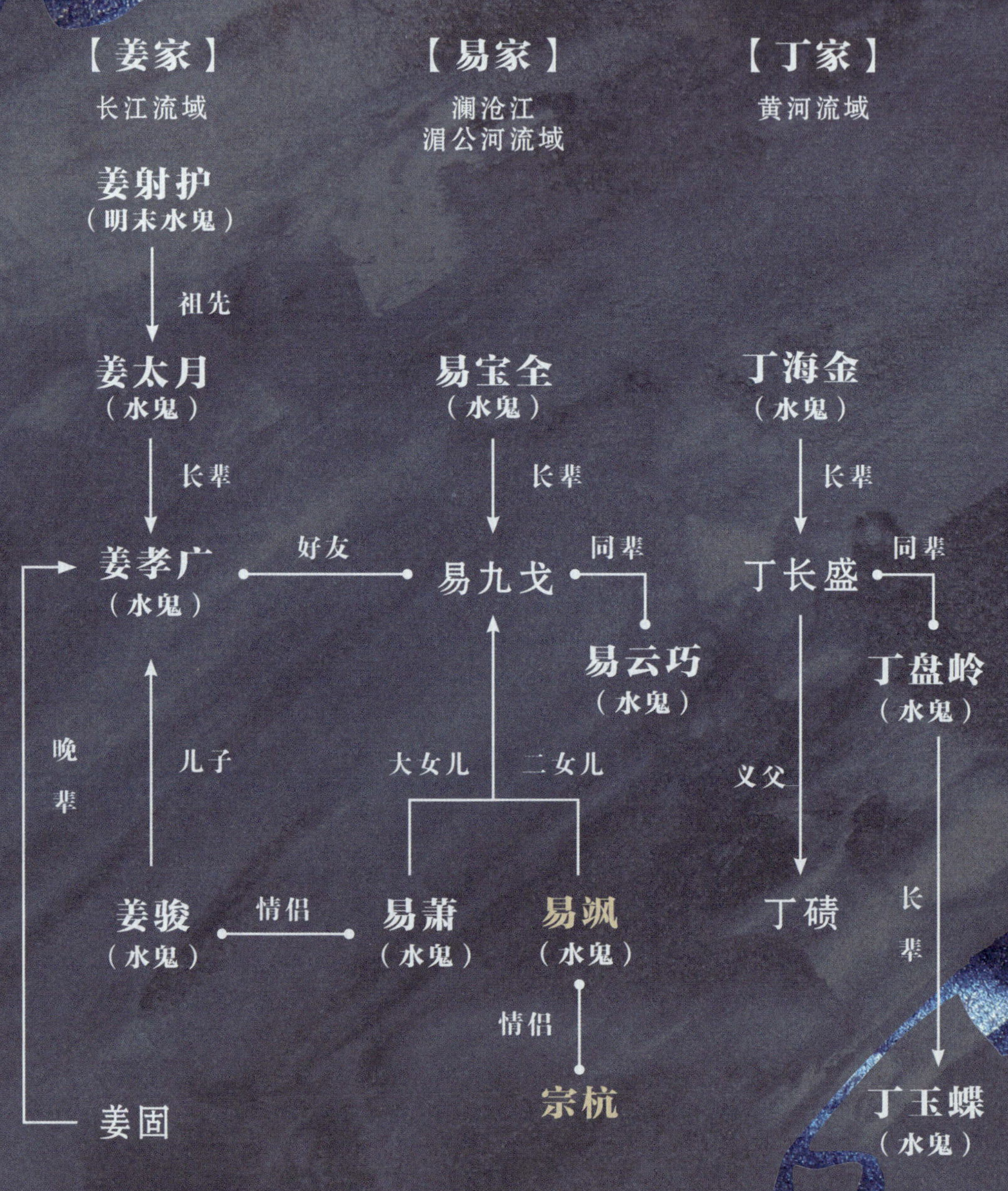

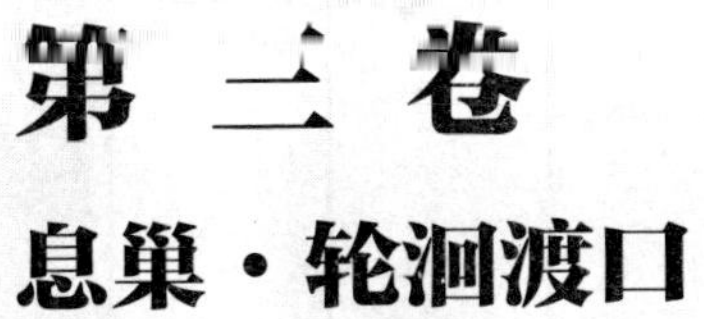

第二卷

息巢·轮洄渡口

桌面上划满了字，

仔细看，都是重复的四个字。

——它们来了。

【01】

易飒也来不及细细观察这船冢状况了。

还是先救宗杭要紧，他只剩了脑袋在外头，万一待会这息壤转了性子，又往外长，那可真是人形琥珀、活化石了。

她动作麻利地从那块突出的巨石上翻了下去。

宗杭眼睁睁地看着她消失，心跳突然加速，胸口一阵闷滞。

视线是平的，只能看到环绕四周的嶙峋石壁，易飒发出的声响越来越远，却又带着回音，让人心生前途未卜的荒凉。

只剩一个头的感觉太可怕了。

万一易飒出什么状况，没法回来呢？

万一这个时候来个什么虫子、老鼠、蛇，他一个头，怎么对付？只能上嘴咬了？好恶心。

万一上头正好落下块石头，不偏不倚，正砸他后脑勺上……

孙悟空到底是怎么在五指山下坚持五百年的？他五分钟都坚持不了，感觉分分钟就要崩溃……

宗杭忍不住大叫："易飒！"

这声音飘出去，像烟圈，半空中转转悠悠，碰到石壁，又弹回来。

没有回应。

完了，宗杭的脑子里跟放映机似的，一幅幅地编排画面：

——白发苍苍的童虹，戴着老花镜看他的照片，伸手抹去眼角流下的泪："我们杭杭，三十年没音信了……"

——画面切换到这儿，他的脑袋已经成了个骷髅头，伏地的姿势凄凉而又哀怨。

——又二十年后，隆隆机器声响，人类终于发现了鄱阳湖底的秘密，面色凝重的女主持指着他的骷髅头向大众做现场直播："是的，摄像镜头请给个特写，我们可以看到，这是人类的头骨，经现场科学家分析，应该是一位年轻男子……"

宗杭差点被自己导的戏感动哭了。

就在这个时候，哗啦一声响，易飒又从石头下头翻了上来。

她面色泛红，气喘吁吁：这一路上，一溜儿小跑，见到趁手的赶紧拿，都没敢耽搁，生怕回来的时候，宗杭已经整个儿被息壤吞了……

目下所见，一颗脑袋灵活地转来转去，挺自得其乐的嘛。

宗杭也看她。

她一条裤子已经撕成了热裤，上衣也扯成了露脐装，露一截白皙细腰，左肩绕一捆塑料缆绳，背上拿绳子捆背了不少船板木头，腰上扎了条不知道从哪扯下来的布料，裤兜里还插了个带盖的玻璃瓶，里头的油液一晃一晃的。

整体上，有点不伦不类。

但宗杭觉得怪利落的，很是英姿飒爽。

易飒盘腿坐下，哗啦一声木料落了满地。

她先做火把：拿匕首割扯了些布料下来当火绒，剩下的布裹在一根粗木头上，把玻璃瓶里的油液倒上去浸了。

又把那些船板木头又掰又折，凑成了一堆引火料。

最后掏出串东西，黑不溜秋，是好几样串联在一起的：一根寸许长带凹槽的金属尺，一根七八厘米长的炭棒，还有根缠花结的细捆绳。

"知道这是什么吗？"

宗杭摇头。

"打火尺、镁棒，这个是尼龙伞绳，拆开了有两米多长，在野外可以用来设陷阱，做简易弓箭的拉弦，捆人什么的。"

打火尺和镁棒的组合可比燧石取火给力多了，尺槽处卡住镁棒大力往下刮，火星子那是噌噌的，没多久火苗就起来了，易飒一边忙着吹火拢火，一边给他说些大致的情况：

——这个洞还挺干燥，所以不少船上的工具用品都保存下来了，可以利用；

——这油变质得跟水似的，估计没什么效果了，但有总好过没有……

说话间，无意中瞥了宗杭一眼。

一个脑袋，正努力朝向这头听她说话……

易飒没忍住，扑哧一声，又笑了。

有这么好笑吗，宗杭朝她翻了个白眼。

就是这个白眼，又坏事了。

易飒拿起火把，往火堆上一撩燃了火，走到宗杭身边，作势挨向息壤，宗杭正长舒一口气，她胳膊一拧，把火把背到身后，然后蹲下身子。

问他："你眼翻什么翻，我就是不救你，你一个脑袋，能怎么样？"

干吗啊，临门一脚的，这不是欺负人吗？

宗杭真是急得想蹦跶，又蹦不动。

易飒笑眯眯的："这样，叫我声好听的。"

宗杭茫然："易飒不好听吗？"

易飒想了想："叫声姐姐来听听。"

宗必胜散的寻人启事上有宗杭的年纪，易飒知道他比她小了两岁多：她满地嗒嗒跑的时候，他还抱着奶瓶吃奶呢。

姐姐？

想得美。

宗杭憋红了脸，目光却忽然溜歪了。

易飒的上衣下围本就撕掉了一半，下头的口敞得大，她还为了趋近跟他说话，半蹲了下来，他发誓自己是无心的，但目光一路从她平坦紧致的小腹顺延了上去，看到素白底色上浅紫淡粉的细小碎花，看到……

宗杭闭上眼睛，头一低，额头恨不得埋进地里去："不叫。"

易飒说："不叫的话，我可就扔你在这卡着啦！"

宗杭面颊发烫，含混地说了句："不叫。"

看不出来，这圆滚滚的脑袋，还是颗倔强的头颅。

易飒正想说什么，忽然注意到他的耳朵。

火把还没靠近呢，这耳朵居然火烧一般发红，不光是耳朵，这红已经揉散到了耳根下、脖颈上。

至于嘛，调侃两句而已，是自己哪不对吗？

易飒纳闷地低头看自己的穿着，然后秒懂，手一抬，就想抽他后脑勺。

快抽到时，手指一蜷，指腹带过他柔软发梢，又放下了。

怪了，倒不怎么生气，斜瞥他一眼，唇角不觉扬起。

算了，饶了你了，跟鸵鸟似的，脑袋藏那么严实，以为别人就看不到你屁股了？

她把火把挨向息壤山壁。

终于出来了。

宗杭手脚并用地爬离石壁，长嘘一口气，不只口鼻，全身皮肤都像在大口呼吸：他的身体被息壤围裹得太久了，跟下水烫过的大虾似的。

易飒还在边上说他："当时状况那么紧急，不应该拼命往前爬吗？我怎么就没被息壤'吃'住？"

宗杭憋了半天，冒了句："那是我腿长啊。"

本来嘛，他是男人，个子比她高，架子比她大，当然没她那么……紧凑，嗯，对，紧凑灵活。

易飒说："听你这意思……我的腿短咯？"

宗杭瞄了眼易飒的腿。

她的腿真好看，又直又细，皮肤还细腻，不知道跟经常下水有没有关系。

宗杭说："那……从绝对值上来说，确实是我的腿更长啊。"

易飒："……"

顿了顿问他："你没交过女朋友吧？"

宗杭说："谁说的，我……"

他打了个磕绊。

是交过"五个"好呢，还是没交过呢？

交过，显得他有魅力，讨人喜欢，受女孩子欢迎，但会不会显得太花心了点？易飒好像不喜欢这样的。

他改口："是啊，怎么啦？"

易飒说："没什么。"

一个学渣，好不容易知道个"绝对值"，还拿来跟她比腿长……

活该你没女朋友！

易飒把缆绳结在巨石边缘当悬绳，带着宗杭下到船冢底部。

站在高处看感觉还不明显，一落地，置身其间，登时就觉得人是在巨大的"船城"之中行走，水流和息壤的力量真是难以估计：有些小船尚能保持全貌，但很多钢铁巨轮反而被扭曲得奇形怪状。

易飒遇到稍微像样一点的船就钻进去看，想给宗杭找双鞋：这儿不比溶洞，很多尖利的钢铁部件散落得到处都是，一个没留神就会中彩。

宗杭反而讲究起来，表示不想穿人家的鞋：船上的人都已经遇难亡故了，穿死人的鞋，就像占了人家的位置，不吉利。

年纪不大，叽叽歪歪的事倒不少，一问，果然是受宗必胜熏陶，毕竟生意人在乎这些。

不穿就不穿吧，让他这么一说，易飒也觉得心里怪瘆的，而且，水鬼的认知里，有活人与死人的“地界”之说，这儿在水底以下，是别人的地界，谨慎些也好。

她在一条倒翻的小货轮里找到几块胶皮，预备比着左右脚的形状拿匕首划割两块，有了鞋底，再穿几个孔，绑几道尼龙绳，也勉强算是双“凉鞋”了。

正下着刀，在隔壁房间翻腾的宗杭出来了。

他从息壤山壁里脱险之后，全身上下就只剩了条风凉的大裤衩，还破了洞，前露点后露肉的，好不雅观，想找块布围，但那些蒙灰的窗帘都好像烂蛛丝，一拉就破——刚在破餐厅里转悠，无意间在抽屉里翻到块老式的塑料桌布。

聚乙烯材料，多少年都不朽烂，宗杭灵机一动，拿菜刀在桌布中央剜出一个洞，然后套上了。

跟斗篷似的，怪时尚的，走起路来还衣袂飘飘，他喜滋滋出来给易飒看，易飒冲着他嫣然一笑：“挺开心是吧？”

是啊，有“衣服”穿了，能走能动，还能跟在她边上，他就是开心啊。

“没觉得这船上少了什么吗？”

少了什么？宗杭奇怪地四下去看。

易飒提醒他：“不觉得少了人吗？”

宗杭说：“多少年前的沉船了，怎么会有人……”

说到一半，忽然住了口，脸色一下子白了好几个色度。

不是少了人，是少了尸体！

他跟着易飒，已经进进出出过好几条船了，但任何一条船上，都没看到过尸体。

那些人呢？

他想起传说中的幽灵船。

宗杭后背发凉，几步凑到易飒身边，任何时候，他都觉得离她近点，会更有安全感。

他压低声音，问她：“人呢？”

易飒说：“我怎么会知道，我也第一次来。”

宗杭心里打了个战，那股子刚从息壤石壁中脱困的轻松荡然无存，他四面去看，总觉得有人暗中窥伺，随时都可能不安全。

过了会儿，他起身又进了餐厅，再出来时，战战兢兢的，手里紧攥了把消防栓，警惕地东瞅西看。

易飒低下头，觉得好笑，又觉得怪暖的。

她忽然想明白，为什么一向讨厌累赘的自己，却一点也不讨厌宗杭，反而会对他有好感了。

他还是㞞㞞的，害怕时会下意识往她边上凑，但他也是第一个会拿起棍、拿起锹，哪怕小腿肚子发颤，也会和她一起面对，甚至冲到她前头的人。

起步孱弱其实没什么，谁也不是生下来就钢筋铁骨、凛然英雄，有这份心志才难得，多少人起初软骨头，活了大半辈子心志未立，骨头更绵，像是忘了长肩膀，遇事只盼别人挡刀。

宗杭这样的，挺难得的。

易飒拿匕首的锯齿面慢慢磋磨胶皮。

宗杭放了会儿哨，暂无异动，目光又不自觉地溜到易飒身上。

她膝上放着胶皮，正低头吹落胶屑，怪温柔的样子，和之前任何时候都不太一样。

宗杭看入了神，忍不住说了句："易飒，你在给我做鞋啊？"

易飒随口嗯了一声，旋即反应过来。

什么意思？

这口气什么意思？

她是看他可怜，光着脚走路会扎，之前又表现得挺好的，所以准备"随手""简单地"给他凑合一双。

什么叫给他"做"鞋？而且听这口气，像是她"一针一线""饱含心意"，要送什么了不得的信物似的。

她闲的吗？

易飒眼睛一瞪，手一扬，两块胶皮就飞了过去："你自己做……"

话没落音，外头突然传来"哐啷"一声响，像是有什么东西从高处砸落。

出溶洞以来，四下一直安静，这声响极其突兀，易飒唰地站了起来，脊背上的肌肉似乎都在微微收缩。

声响还在继续，但细听就知道，还是源于最初那一下子，只不过应该是连锁反应，过程中带到了什么、砸到了什么，所以一声接一声的，不绝于耳。

两人都站着，直到这声响歇下，回音散去。

两块胶皮落在宗杭身前不远，一左一右，恰是个有人走来的脚印形状。

谁？姜骏？丁玉蝶？还是说，这儿还有别的人，别的……东西？

宗杭看向易飒。

易飒竖起食指，贴近唇边，向他做了个“嘘”的手势。

【02】

易飒仔细听。

四下悄静，没再有声响。

宗杭食指、中指并拢，往自己眼皮上点了两下，又往声音传来的方向点了两下，那意思是：去看看？

做完这个，成就感油然而生：不用吭声就能交流，水鬼招真管用，当然自己也不赖，都能活学活用了。

易飒摇头，压低声音，几乎是用口型说了句：“先做你的鞋。”

行吧，易飒这么说，总是有道理的，再说了，不管接下来是厮杀还是逃命，有鞋子穿总比光脚省力。

宗杭弯腰捡起皮子，动作很轻地挨着船舱坐下，又借了乌鬼匕首给皮子钻眼。易飒也后背贴住舱体，继续凝神听外头的动静。

结合始末，她觉得这声响是“孤响”，更像意外，而非人为。

见宗杭不住瞧她，易飒低声说了句：“自己处境危险的时候，有什么异样，别马上冒头，以免撞个正着。”

宗杭点头，童虹也不让他看打斗的热闹，怕打架的人疯起来拳脚无眼，招呼到他身上。

他拆了尼龙伞绳，穿过胶皮的洞眼，把脚跟鞋子绑到了一起，一只绑完，绑另一只，扎得很紧实，确保飞奔起来不会掉。

完事之后，攥紧消防锨，等着易飒吩咐。

易飒其实也拿不定主意。

她觉得这船冢处处诡谲，八面来风，暗处万一真有什么人或者“东西”，一走动难免会暴露。

但又不能总缩在这儿。

她招手让宗杭过来，拿手指在沙地上画图示意：“你跟着我，尽量别走空地，贴着船身。我前，你后，别死跟，眼珠子活一点，各个方向都要看，一有问题，马上叫我。”

懂，这是把背后的警戒都交给他了，宗杭深感责任重大，掌心都出汗了。

易飒绕出船舱，带着宗杭往之前发出声响的方位走。

船冢里还是静悄悄的，这种废墟式的“城池”最可怕，你也说不准经过一堆废木堆料时，下头会不会有什么东西悍然掀出——要么说无声胜有声呢，满山头狼嗥，你至少知道对手是狼，但现在，豺狼虎豹、妖魔鬼怪，一切皆有可能。

走了一段之后，易飒停下脚步，抬头去看。

应该就在这附近了。

这里多是木船，堆得杂乱无章，斜倚歪靠，像个迷宫样的街区，以为走到了死路，一拐弯，又是条道。

拐了两次之后，易飒蓦地停步。

宗杭赶紧跟着收步，探头看时，觉得脑壳都在嗡嗡响。

他看到一双脚。

确切地说，这个位置，看不到全貌，船尾挡住了，只能看到露出的一双脚，男人的脚，穿皮凉鞋。

脚跟贴地，脚尖朝天，人应该是躺着的。

易飒心里叹气，她从来不喜欢看瘆人的画面，尤其是跟人有关的，但现在，不得不硬着头皮上了。

她交代宗杭：“你还是负责警戒，咱们两个，任何时候，不能被同一样东西吸引了注意力，防止是个套。”

易飒握紧乌鬼匕首，尽量保持安全距离，绕过船尾。

视线及处，心里打了个突，然后狂跳。

是姜孝广！

仰天躺着，面色煞白，肢体僵硬，应该已经死了。

但她还是试探着叫了声：“姜叔叔？”

没回应。

易飒走上前去，看看姜孝广的尸体，又抬头看高处，看到一根斜出的断折桅杆。

从尸体的状态和尸斑的情形来看，死了有段时间了。初步推测，死的时候，可能是挂在了高处的桅杆上，木头渐渐吃不住这重量，终于断折——尸体从上头砸落，中途撞到船舷、带裂木板，所以会有声响不绝。

然后坠落在这里。

宗杭警惕地环伺周遭，但听到那声“姜叔叔”后，也知道是“熟人”，还是被自己拿碗砸过后脑的“熟人”，忍不住一瞥再瞥，心头发毛。

姜孝广身上好多血道道，早已凝结发暗，好多是划破了衣服直接入肉的，看来不管杀他的是谁，指甲一定很骇人。

易飒伸手扳住姜孝广的肩膀，把他上半身抬起来看了看。

后脑勺凹进去了一块，不知道被什么东西砸的，致命伤应该在脑后。

易飒示意宗杭原地别动，自己爬上高处看了一回，除了在船板壁上看到一些杂乱的抓痕外，没别的发现。

她又原路返回。

宗杭紧张地迎上来：“怎么样？”

易飒摇了摇头，低头看姜孝广的尸体，心头一阵惆怅：前两天还活生生的人，忽然就横在了这。

一直以来，不管是不是别有用心，姜孝广对她，还算是不错的。

她搬了些废旧木料，勉强把姜孝广的尸体搭罩住，然后招呼宗杭：“走吧。”

宗杭一愣：“往哪走啊？那这位姜……先生呢？就不管了？”

姜孝广跟他爸一样的年纪，他还拿碗砸过人家脑袋，总觉得于心不忍。

易飒反问他：“你还能怎么管？拖着他走吗？现在开始，最重要的事是找出路，其他一切靠边。”

她已经饿得有点心慌了，嘴唇越舔越干。

估计最多再顶上半天，生存危机就要压倒一切了，到时候，什么息壤、船冢、凶手、秘密，都没有一口水、一块饼来得重要——但处境、情形，却还在往更莫测的方向转化，一点让人振奋的迹象都没有。

找出路，话说得笃定，但真正做起来，一筹莫展。

这洞像垃圾场的倾泻地，到处都是船，歪散的、靠边的、堆叠的，打眼看过去，根本没往外的出口岔道，如同巨大的箍桶，还带盖。

这可怎么出去？难道跟蛤窝的那个溶洞一样，也被息壤封死了？又要烧出条路来？但这儿这么大，往哪烧呢？

两人找了好久，精疲力竭，好在这儿不缺休息的地方：任何一条稍微大点的船，找到破口钻进去，就算个不错的掩体。

易飒在隐蔽处找了条没翻的小货轮，进去找了张床，床垫子掸掸就蜷缩着躺下了。

太累了，心比身体还累。

宗杭还想做点什么：“易飒，要么我出去找找，看看有没有什么吃的？”

易飒话都说得有气无力了："你别乱走了，到时候走丢了，我都不知道往哪去找你。不会有吃的，就算是密封罐头，这几十年下来，早变质了，你先睡会吧，养点体力。"

也是，宗杭从隔壁拖了张床垫子过来，在她床边搭了个铺，然后挪桌搬椅，把入口堵严实，这才放心躺下。

躺下不久，就听到肚子咕咕叫，他拿手摁住肚皮，强制着不让它发声，哪知道正对抗着，易飒的肚子也叫了。

宗杭抬眼看她。

两人四目相对了会儿，几乎同时笑了。

宗杭想聊点什么分散注意力："姜孝广跟丁玉蝶他们是一起的，姜孝广出事了，那其他人呢？"

易飒翻了个身，趴到床垫上，也把手伸到身底摁住肚子："两种可能：一是这里有'东西'，大家都出事了；二是这几个人厮杀，老实说，那个抓痕……"

做排除法的话：丁玉蝶那性子，打死也不大可能向姜孝广动手，姜骏又是姜孝广的儿子，总不至于父子相杀……

好像也只剩下易萧了，这个她不了解也从来没有机会去了解的姐姐。

易飒闭上眼睛。

她做了个梦。

饿得太厉害了，梦里都在吃饭，饿死鬼一样往嘴里刨食，米粒子撒了碗周一圈，易萧在对面敲碗，训她："你看看你，吃个饭像拱猪食槽一样……"

她抬起头，抹掉唇边的米饭粒，看到易萧攥筷子的那只手，指甲里全是血。

易飒问她："是你吗？你杀了姜叔叔？"

易萧忽然诡异地一笑。

然后凑过来，一字一顿："飒飒，我已经不是我，你也已经不是你了。"

什么意思？

易飒遍体生寒，眼前的易萧渐渐变了，变成了一幅图，仔细看，像时下流行的图层相容，用无数张照片拼成一张人脸。那些照片渐次扩大，在她面前循环往复，都是不认识的人的脸，男女老少，美丑善恶，眼睛都看着她，突然嘴唇同时开启，都在说同一句话。

"它们来了。"

无数人的声音，涌动成大潮，四面八方，一波迭过一波，都是密密麻麻的"它们来了”。

易飒大叫：“什么意思？谁来了？它们是谁？”

……

无数模糊的声线里，忽然掺进一道宗杭的：“易飒？易飒？”

易飒浑身一激灵，猛然睁开眼睛，一口气险些没倒上来。

还在那条用于栖身的船上，天已经全黑了，宗杭守在床边，正担心地看着她：“易飒，你做噩梦了？一直说梦话。”

可能吧，易飒头痛欲裂，伸手去抹，满额津津的汗，后背也凉飕飕的：“我说什么了？”

“你一直说‘它们’‘它们来了’，很慌的样子，我怎么推你也推不醒。”

是吗？易飒有点虚，趴着缓了会儿，忽然抬头：“天怎么黑了？”

没道理啊，溶洞里没有白天黑夜的概念，用于照明的是洞顶那些薄薄的一层息壤，难道它们休息了？

宗杭答不出，他也是被易飒的梦话惊醒的，一时紧张，都没注意过天黑这回事。

正想说什么，易飒忽然一把抓住他的胳膊：“别说话。”

宗杭闭上嘴。

过了会儿，他竖起耳朵，身上汗毛都奓起来了。

他听到了“沙沙”的声音，像什么东西被拖着走，过了会儿，这声音似乎到了外头，有微弱烁动的光映了进来。

易飒抓住匕首，低声说了句：“我们别出声音，悄悄看一下。”

说着起身往外走，宗杭抓住铺边的消防锨，屏住呼吸跟上，随着她到了舷窗边，刚向外溜了一眼，脑子里一轰，紧接着噼里啪啦，像有无数白色焰火炸开——

他看到条幅粗细像透明纱一样，但泛微弱荧光的息壤正从地面缓缓拖迤而过，尽头处裹着一个人的腿。

那是姜孝广。

他无声无息，双手垂落身侧，正被那条息壤拖拽着，一停一顿，慢慢从他们眼前经过。

船上的人都去哪儿了？

也许就是这样，一个个被拖走的。

【03】

那片荧光慢慢去得远了。

易飒低声说了句："带上家伙，跟过去看看。"

不是说"处境危险的时候，遇到异样，别马上冒头"吗？宗杭想说什么，话到嘴边，又咽下去了。

他已经饿得小腿打战了，再躲三五个小时，估计路都走不动了，伸头一刀，缩头也是一刀，还不如迎难而上，不破不立，说不准能有新发现。

他攥紧消防锹，跟着易飒出来。

四下都黑，只有那移动的息壤泛亮光，只要带了眼，就不会跟丢。两人大气都不带喘的，紧紧跟上，还得时刻注意周围是不是有情况，也不知道跟了多久，曲曲绕绕了几次，那条息壤忽然折向紧挨石壁的一艘钢铁大船。

那船足有七八十米长，像是高空坠落，船头杵地，船尾砸倚在高处的石壁上，这体量、形制、身长，很像传说中的神户丸号。

两人之前找出口时，也曾到过这儿，但因为它是船身竖起的，很难攀爬，为了节省体力，只在底层看了一圈，确定没出路之后就离开了。

看来，这船里有玄虚。

易飒长嘘一口气，仰头往上看，这根息壤的"端头"也不知道在哪里，只知道末梢处裹着姜孝广——现在，姜孝广像被高处的吊绳拽起，头下脚上，慢慢往上吊升，身体不时撞到突出的窗棂、斜出的器具，发出咣啷咣啷的声响。

声响落下来，砸得人头皮发麻。

易飒甩甩手："我得爬上去看看，跟上它，说不定能找到出路。你还行吗？不行的话，找个隐蔽的地方躲起来，我没状况的话，会回来找你，有状况的话，你自己想办法吧。"

她觉得，在自身都难保的情况下，就别含糊黏糯了，话说透了比较好。

宗杭马上点头："我跟着你，你不用等我，我会跟上来的。"

他倒是从来也不愿意拖别人的后腿，但眼下也只能这样了，易飒说了句"那你自己小心"，很快纵身往上攀去。

还好，比单是光溜溜的石壁省力多了，船身本就凹凸不平，有很多钢缆、桅杆、斜出，可以用于踩踏，而且这是运输船，很多住人的房间，船身一竖，舱房的窗户一格格往上延伸，跟摩天大楼的楼层似的，爬累了，可以暂时钻进去休息一会儿。

息壤行进的速度不算快，易飒紧攀了一会儿之后，已经和它相距不远，她不敢跟得太近，怕息壤会生异动，于是拿脚拨开就近的一扇窗户，想进去歇口气。

哪知一落脚，踩到一个圆不溜秋的东西，险些栽倒，易飒手疾眼快，一把抓住窗把手稳住身子，然后低头看。

借着外头隐约的微光，她看到那东西，是个造型拙朴的紫砂茶壶。

再看屋子，是个单人间，器具倒翻，有口木箱子扑在地上，箱口已经开了，依稀能看到鎏金的佛头还有各色珠串，其中有些泛微弱的黄绿、橙红颜色，显然是夜明珠。

传说神户丸号是运宝船，果然不虚，易飒猜测，这房间里住的应该是个军官，从大库里选了些私货想路上把玩，没想到人算不如天算，终究也没能带走。

她几步过去，一把掀起箱盖，抓了几串亮度最高的套在胳膊上，然后出来。

往上看，依稀还能看到姜孝广悬垂的头颅。

往下看，宗杭正吃力地往上爬，易飒朝他撮了记口哨，候着他抬头，向他晃了晃戴珠串的胳膊，然后继续往上。

息壤又折向了。

它哧溜一下子，把姜孝广拖进了一扇黑洞洞的窗户。

易飒猱身跟上，探身钻进去之后，拣了串珠串，挂在窗户把手上给宗杭引路，这才放轻步子，继续尾随。

房间也不是终点，姜孝广又被拖出了房门。

易飒拽断了一串珠串，珠子撸在掌心，方便随时扔下一个当路标。

现在，几乎完全是在神户丸号的内部了，因为船身竖立，所以左右手边是曾经的天花板和地面，头顶和脚下反而走一段就会出现房门，易飒走得小心翼翼，冷汗涔涔，连肚子饿都忘了，经过门扇时，总要先拿脚尖探探虚实。

万一那些房门忽然打开，不管是掉下去还是被人薅草一样拽上去，都不是什么好事。

她没有注意到，自己走过之后，有一扇顶上的房门悄悄掀开了一线。

这战战兢兢的煎熬终于到头。

又拐过一道弯时，眼前突然出现一条岔洞。

这场景极其古怪，近现代船体的钢铁材质，竟然和石质的山壁无缝衔接在了一起。

易飒还没反应过来，那条息壤拖着姜孝广的尸体加速远去，岔洞的洞口却旋即慢慢缩小。

怪不得怎么也找不到出口！

这船底应该有个巨大的破口，等同于一扇“门”，然后立起了倚靠在山壁上，息壤就在它破口挨靠的这一处形成了扇“自动门”，不需要用的时候闭合，需要用的时候就向外生长、舒展，和这个破口衔接得浑然一体，底下的人看来，只是山壁的嶙峋突出。

也是用尽心思了，藏得这么隐秘，要不是这一晚做噩梦醒过来、恰好看到息壤拖拽姜孝广，一咬牙跟过来看，哪会发现这里头的道道！

再困上一两天，她和宗杭饿死了或者渴死了的时候，这息壤又会不慌不忙，舒筋展骨，把他们也给拖走。

拖去干吗呢？

洞口越缩越小，易飒飞奔向前，途中一个踮地腾跃，身子蹿起，跟马戏团里的灵猴钻火圈似的，嗖一下蹿了过去，翻滚落地之后想也不想，反手把一串珠子扔向洞口——倒也巧了，这串珠恰被吞了一半，估计另一半正悬垂在外头，像石壁里长出穿了线的夜明珠。

姜孝广被拖拽的身体还在前头引路，通道不高，易飒得半弓着身体往前，好在这边视物不是问题，越走就越亮……

终于出了通道口，易飒刚一抬头，蓦地愣住。

眼前所见，叫她通体冰凉。

怎么说呢，这是又一个溶洞，规模似乎比船冢还要大，但没法目测，因为从洞顶一路垂下一扇扇巨幅，有点像古代的染坊，晒杆垂下的布匹……

那幅宽和高度，她走在下头，像蠕动的蚂蚁。

易飒目瞪口呆地走上前去。

走近了才看清，不是布匹，是息壤形成的，一个又一个的小六边形挤挤挨挨，像蜂窝里单个的巢房，无数巢房汇聚成从顶至底的板状巢脾，一幅又一幅的平行巢脾又构成了整个大的“蜂巢”。

或者更确切地说——息巢。

息壤的光烁动不定，每个巢房里都躺了人。

抬头看，姜孝广的尸体正被那条息壤带着，缩向高处的一个巢房，太高了，仰头看去，他的尸体像个豆荚，那条息壤像连着豆荚的细茎。

易飒的脑子里一片混沌，近乎机械地走在巢房旁，像误入了无边无际的巨型货舱，身侧的货架接天连地，压迫得人喘不过气来。

她朝巢房里看。

这一片，都是青壮年的男人，尸体保存得倒还好，效果跟养尸囦差不多，穿的都是古装，看上去像战袍，有些人要害处，还插着箭羽兵刀。

这是……朱元璋鄱阳湖破陈友谅？

水鬼对江流很熟悉，对挂水湖上的战事也了如指掌：元朝末年，群雄逐鹿，到末了，只剩下两支起义军争夺天下，一支是朱元璋的明军，另一支就是陈友谅的汉军。

当时，决定朱元璋胜出的最关键一战就是鄱阳湖水战，明军二十万，而汉军号称六十万，这场对阵被称为中世纪世界规模最大的水战，结果是朱元璋以少胜多，定了后续的天下大势。

不过鄱阳湖边的传说里，朱元璋是得了神助，据说水战中，他几乎兵败被俘，这时候，水底有巨鼋出现，救他于危难之中。朱元璋做了皇帝之后，感谢巨鼋搭救之恩，封它为“定江王”，还在湖边建了定江王庙。

这定江王庙，就是现在的老爷庙。

这些青壮年的男人，服饰古旧，数量庞大，莫非是鄱阳湖水战中沉湖的明军或者汉军？

易飒转过一扇巢脾。

这一排又不同，有男有女，似乎是湖上讨生活的渔民，赤脚短打，有的裹头巾，有的剃光半个脑壳，盘辫子。

再转一扇，意外地看到疑似日本人，穿皮靴、白衬衫，腰扎皮带，也有穿军服的。

一路看下去，又看到服装趋现代的，汗衫、胶鞋、带条纹的运动裤……

易飒隐隐有种感觉。

这是一直以来，在这片水域出事的遇难者，不敢说是所有人，至少是很大一部分。

怎么会这样规规整整、有序有列地排在这呢？

难道说，息壤在给这些人收葬？

水鬼素有“敬死”的习惯，死于风波恶浪的人，尸体能被妥善安置，不失为一件好事，但这情形，怎么想怎么不像……

易飒脑子里忽然爆出一线火花。

它们。

它们来了……

她蓦地毛骨悚然。

这“它们”，指的会是这些人吗？这种被储备的架势，不像是要长久安眠，反而更像蓄势待发。

它们来了，是指要死而复生？

也说不通啊，一小部分人想求长生可以理解，但这些巢房里的人，从古到今，毫无共性，为什么要收拢在一起复生呢？

正思忖着，背脊忽然一紧。

她听到了铁链慢慢拖动的声音。

是姜骏吗？应该是，在湖底时，她看到他腰间缠了铁链，而且是锁住的，没有钥匙或者趁手的工具的话，根本解不下来。

是他在走动吗？

【04】

易飒仔细辨别这声音的来源、方向，然后慢慢后退。

她不敢贸然出去，听宗杭说，易萧虽然变得面目丑陋，但沟通上没问题，可姜骏是个什么情形就难说了，更何况她一直叫的“小姜哥哥”是假的，跟正主算是从无交情……

最好能先暗中观察，再伺机而动。

易飒屏息绕过一扇巢脾的边端，探头时，看到铁链的尾梢正从另一端隐过。

也就是说，两人现在的位置，恰好在一扇巢脾的两头，行进方向也正相反，想跟踪姜骏，她得先到另一端。

易飒动作尽量放轻，加快速度，赶到另一端时，背贴巢房定了定神，一咬牙又探头。

看到的还是铁链尾梢，拐了个弯，进了两扇巢脾间的夹道。

易飒心跳得厉害，不过到这份上，后退也无路了，她紧走两步，闪身到其中一扇巢脾的端头，攥紧匕首，再次小心探头……

不是人在走！

还是息壤，拖着一具尸体，打眼看去，那尸体只穿了条大裤衩，腰间缀一条长长的铁链。

这打扮，跟姜骏是一样的。

所以，继姜孝广之后，姜骏也死了？

易飒心里打了个突，既然没人在走动，她也就没了顾忌，想近前去看，才奔了几步，蓦地止步。

不对，她记得姜骏现在的体形应该很特别，脑袋奇大，身体萎缩，眼前这具尸体，虽然看不清面目，但单从身体比例上看就不符合。

易飒心头冒起一股凉气。

既然不是，谁给这尸体换的裤衩、缠的铁链？

真正的姜骏呢？

僵了几秒之后，易飒头顶处渐渐发烫。

不太妙，她跟易云巧和姜孝广一样，遇到危险时，身体偶尔会有预兆反应。易云巧会翘头发，姜孝广会耸肩胛，她则是身体朝着危险方向的那一小块皮肤会发烫……

头顶吗？

易飒抬头。

她看到，几十米高的巢脾上，姜骏如同待扑食的下山虎，手脚扒住息壤，头下脚上，正面目狰狞地瞪视着她。他脑袋原本就大，这样的视角，几乎把身子都遮盖住了，眼睛成了两个光点，放出慑人的亮。

易飒和他对视了一两秒，脸上的肌肉都有点抽搐了，不知道该摆什么表情，正想说点什么套个近乎，姜骏突然冲了下来。

巢脾是直上直下的，奔不了两步，因着自身重力作用，身体就要倒翻，好在巢房的边沿可以攀抓——但从易飒的角度看，姜骏就是在急速往下，身子每每倒转钩扒，一路带下息壤烟尘……

这杀气腾腾的架势，想来也不是跟她攀交情的，易飒骨寒毛竖，掉头就跑，没跑两步，身后轰的一声，姜骏已经落地了。

速度比不过人家，一味往前跑只会被逮，易飒脚下不停，听脑后风声有异，矮身往前一滚，后背着地时背脊使力，陀螺样原地转了个角度，一脚踹向就近的巢房，借力一蹬，把身子往斜里滑了出去。

姜骏正往前直扑，他身子扑起时，她恰好身子贴地后滑，堪堪交错了开去。

只这一招，易飒已经气喘不匀了，一半是体力不支，一半是给吓的。

见姜骏再次蓄势待发，她大吼了一声："姜骏！"

姜骏一怔，眸子里精光烁动。

看来是能沟通的，易飒身子慢慢后退："你这是什么意思？大家都是三姓的人，我们两家关系一直很好，你和我姐姐也是好朋友，有什么话不能好好说……"

她留心看姜骏的眼神。

没用，他确实能听明白人讲话，但眼神没波动，什么“三姓”“关系好”“姐姐”，于他而言，好像都是没意义的废话。

易飒心叫不好，眼见那根息壤拽着尸体又快转弯，铁链软软塌塌拖在后头，脑子里蓦地冒出个主意。

她觑着姜骏不备，转身发足狂奔，近前时一把拽起铁链端头，手脚并用，向着巢脾上攀爬，才爬了几米高，脚踝上一紧，是被紧跟着爬上来的姜骏抓住了。

等的就是这个时候！

易飒攀住巢房的手一松，没被抓的那只脚往巢房上一蹬，身子借力往后，半空倒翻，同时抡起铁链，硬抡出连环圈来，在姜骏脖颈上连绕两圈，身子落地时往边侧一滚，又用力一拽，把姜骏拽得跌落在地上。

原计划是借此机会，给铁链打个结，能绑住或者制住姜骏，哪知道他力气奇大，伸手攥住铁链狠狠一甩，把她整个人都甩脱了出去。

其实身为水鬼，易飒的力气已经远超常人了，坏就坏在姜骏也是水鬼，跟她一样身负异禀，甚至还更强……

易飒摔在巢脾上，这息壤已经成型，虽然没石壁那么坚硬，但也绝称不上软，真个痛得眼冒金星，又跌落地上，摔了个七荤八素，匕首都脱手了，挣扎着想去抓时，姜骏甩掉了铁链，大踏步过来，俯身趋向她。

眼见这阴影当头罩下，易飒骇得脸色煞白，真要是被一把拧断了脖子也就算了，偏又不是，他一张畸形的怪脸无限趋近，几乎要跟她脸碰脸。易飒心慌之下，还以为他起了什么邪恶的心思，正一横心要拼个鱼死网破，姜骏那凸出的前额，忽然抵在了她额头上。

易飒觉得眼前一黑，脑子里如同过了电，意识瞬间爆成了轻飘飘的棉絮，在无边无际的地方四散，复又合拢。

人像悬在了没有尽头的虚空，又像在无数陌生的场景间乍现乍隐。

——她看到一面竖直的墙，水泥色的性冷淡风，墙上挂了一个头尾抱衔的阴阳太极盘，但一定不是老物件，因为充满了现代设计感，线条简洁流畅，静心听，能听到嘀嗒的声音，原来这是个钟，盘中央那条划分阴阳的 S 形曲线正像走针一样，一格格地在走；

——她误入现代高科技感风格的写字楼、会议室，桌上男男女女，有中国人，也有金发碧眼的老外，妆容精致、衣着得体，表情或凝重或焦急，有人拿拳头砸向桌面，有人一声长叹，倚向椅背，抬手把头发往脑后抚去；

——又看到实验室，从头防护到脚的科学家凝神看面前的玻璃器皿，但器皿中盛放的，不过是一小撮寻常的土壤；

……

所有的场景突然星飞云散，模糊中，易飒听见宗杭和丁玉蝶的声音——

“不许动！两手抱头！”

“再动我开枪了！”

什么玩意儿？自己是不是穿越了？

身子跌落地上，易飒虚弱地睁开眼睛，不知道是不是受刚刚大脑反应的影响，视觉上也有片刻异样，如同平时只能看到表象，现在却能看到事物的本质——

溶洞的顶部呈赤红色，像分子剧烈运动，无数颗粒激烈碰撞，回流扫带，如同风起云涌。

两边的巢脾，呈橘黄色，颗粒运动相对安稳，匀速流动。

……

有噔噔的脚步声在她身边停下，然后是宗杭焦急的声音：“易飒？易飒？”

宗杭吗？易飒看眼前的人：好像X光透片，能看到骨骼，还能看到疑似血液的液体流动……

她晃晃脑袋。

视觉终于正常了，只是还有点模糊，确实是宗杭，怀里抱着的那是……步枪？

丁玉蝶急得变了调的声音传来：“快快快！她不能走你就抱着她嘛，磨蹭什么……别动！我说了别动！”

易飒只觉得身子一轻，整个人像褡裢样被挂在了宗杭的肩膀上，只是这样一来，头往下悬，血液涌进大脑，脑子里更混沌了。

易飒再清醒时，是在一间舱房里，门开在地上，屋里器具东倒西歪，丁玉蝶和宗杭蹲在屋角，手边堆了一堆金花生。

那些花生做得惟妙惟肖的，连壳上的纹理凹凸都极其逼真。

丁玉蝶拿那些花生摆字玩，一会儿是“SOS”，一会儿是“死”，然后腾的一下端起老式的三八大盖步枪，枪口抵住宗杭的小腹，吼：“你说，这些花生为什么不是真的，你说啊！”

易飒吓了一跳。

宗杭拿手把枪管拨开，很实在地回答：“日本鬼子从中国抢东西，也不会抢真花生啊。”

丁玉蝶一屁股坐倒在地上，哀号：“我要饿死了，我干得都没唾沫了，嘴唇都起皮了。”

易飒坐起来，心说：还有力气号，看来还没饿到份上。

未雨绸缪，如非必要，她不准备说话，感觉每多说一句话，都会多费一粒米的力气。

听到动静，宗杭转过头来，又惊又喜：“易飒，你醒啦？”

易飒嗯了一声，看向头顶的窗外。

天又“亮”了。

丁玉蝶的经历其实相对简单。

用他的话说：莫名其妙的，正埋伏在湖底，做着全身泥膜，兴致勃勃观摩着开金汤的“风采”，突然眼前一黑，没知觉了。

再醒来时，就是在船冢，一条废船朽烂的甲板上，更骇人的是，一睁眼就撞上凶杀现场。

姜孝广是姜骏杀的。

而丁玉蝶之所以知道那个是姜骏，是因为姜孝广重伤之下，都没有全力还手，反而嘶哑着嗓子一直叫姜骏的名字，给人的感觉是：姜孝广认为姜骏只是丧失了神志，多叫几次，就能把他给“喊”回来。

虽然搞不明白前两天死在水下的姜骏为什么变成了现下这副德行，但丁玉蝶还是准备过去帮忙，只可惜晚了一步，他攥着生锈的渔叉冲过去的时候，姜骏一手攥住姜孝广的脖子，扬手把他扔了出去。

丁玉蝶从没见过这么大的手劲，扔个一百五六十斤的人，像扔块石头那么容易——姜孝广飞出去的尸体被一根斜出的桅杆挂住，摇晃了几下之后就止住了，乍看上去，像晾晒的海带。

大概是没救了。

这念头还没转完，姜骏已经到了跟前，事情发生得太快，丁玉蝶记不清自己过了几招：“反正就是，被抛飞出去了，亏得有船板挡着，不过船板也撞裂了。”

他挣扎着爬起来，想翻过船舷，下到地面去，也合该是命好，这时候，有人“救”了他。

“爬了一下没爬起来，还以为要完蛋，哪知道姜骏忽然停下，两只手唰一下砸到船板下，把一个长头发的女人拎了上来……”

易飒听得心如擂鼓：这女人应该是易萧，看来她和丁玉蝶一样，是前后脚醒的，不过她要机灵多了，见势不妙，在甲板上的裂缝处藏了下去，估计是以为能躲过去。

丁玉蝶搞不清楚怎么会又冒出一个女人："我还以为是你呢，一看长头发，那肯定不是，我就赶紧溜了……"

说到这儿，他打了个寒噤。

翻下去的时候，他往那溜了一眼。

他看到，姜骏两只手攥住那个女人的肩膀，把她整个身体都举了起来，那女人半空中拼命挣扎，大吼："姜骏，是我，你不认识我了吗？"

他觉得，那女人会被活撕的。

但逃命要紧，实在管不了那么多了，幸好这儿是沉船废墟，残骸多，藏身的地方也多。他找了个地方躲起来，大气也不敢喘，外头先还有声响，像是姜骏到处找他，后来就没动静了。

丁玉蝶藏了一个晚上，才偷偷出来，他一直以为姜骏就在这船冢中，怕他守株待兔，也没敢回姜孝广出事的地方看，尽量一边找出口，一边往船冢边缘偏远的地方去，最后落脚神户丸号是因为这是艘钢铁大船，比较牢靠，而且船是倒栽的，爬上去很不容易，舱房又多，方便藏身，也方便转移。

易飒之前找出口，也到过神户丸号，但她心有忌惮，和宗杭说话时，一直压着音量，加上船底和顶上离得有点远，丁玉蝶居然没察觉。

一直到再次黑下来之后，息壤拖着姜孝广的尸体进了船，易飒和宗杭又先后攀爬，丁零咣啷，这才惊动了丁玉蝶。他慌得要命，还以为是姜骏又杀来了，掀开了门缝偷偷看究竟，哪知道看到易飒过去。

黑咕隆咚的，也看不大清，只隐约看出是个女人，丁玉蝶还以为是之前被姜骏抓住的那个女人，于是沉住了气，隐而不发，直到宗杭爬上来，发现那堵长出了夜明珠串的石头，拍着石头叫易飒的名字。

丁玉蝶听出了是阿帕的声音，心下大喜，那真是揣着过大年的心情，飞奔下来找他，还没寒暄上两句，就被宗杭普及了这石头叫息壤，用火烧可以过去，易飒被困在那头了，得赶紧过去找她。

真是，自己在这船里都快筑巢了，都不知道石壁后头另有玄虚，尤其是关于息壤的，丁玉蝶跟听上古神话似的。

为了保险起见，宗杭生火的时候，丁玉蝶各个房间转悠了一遍，捡了几支鬼子的长步枪，其实一支都不能打，失效的失效，卡壳的卡壳，但他还是给宗杭挂了一支，自己装备了双枪，用他的话说：姜骏又不知道这枪不能打，能把人吓住也是好的。

果不其然，现在回想起来，丁玉蝶还是止不住得意扬扬："你没看到姜骏那样儿，被唬得一动不动的，多亏了这几支枪，不然还救不回你呢……”

易飒打断他：“他追了吗？”

“没啊，跟了几步，没敢追近，眼神很不甘心，看着我们进通道的。”

易飒叹气，伸手摁住空得难受的肚子：“你是不是傻啊，他根本不需要追，你没吃没喝的，还能撑多久？我估计之前是因为你在眼前，他想顺便了结了你，后来找不到，也就算了，反正再过一两天，就可以直接进来收尸了，这船冢跟个瓮似的，我们钻进来，那就是老鳖爬进了瓮里。”

丁玉蝶不笑了。

顿了顿忽然暴躁：“这到底什么鬼地方啊，怎么出去啊？这姜骏到底是干什么的？整得跟个管事的似的，他上蹿下跳的，怎么就不饿呢？”

易飒说：“你消消气，体力留着，好逃出去。”

丁玉蝶没好气：“怎么逃？你知道出口在哪？”

易飒回答：“我可能……快知道了。”

【05】

虽然话里有个“可能”，但丁玉蝶还是眼睛都亮了：“怎么说？”

实在找不着纸笔，易飒拆了一支步枪上的刺刀，在地上画了两道平行的刻痕，把那一块划分成上、中、下三个部分。

然后拿了粒金花生，放在最下面那一块：“我们在这里。”

又拿了一粒，摆在中间那一块：“这是鄱阳湖。”

最后指最上面那一块，画了个从下往上的方向箭头：“我们最终要去这儿，没错吧？”

丁玉蝶说：“没错啊，是人都知道啊。”

易飒竖起手指，指向头顶：“所以，我们要往上头去。”

丁玉蝶泄气：“开什么玩笑，上头是洞顶。”

易飒纠正他：“是洞顶，也是息壤。”

她重新画图，这次是个简笔的穹洞，中间一道竖线，把穹洞一分为二，竖线上斜倚了个梭子。

丁玉蝶没看懂，宗杭给他解释：“你就把它当成两室房，左边这个是船冢，这个梭子形是神户丸号，右边是刚刚我们去救易飒的那个……太平间。”

这就比较形象了，就是忽然想起那个所谓的“太平间”，丁玉蝶有点瘆得慌。

易飒问丁玉蝶："你已经知道什么是息壤了，对吧？"

丁玉蝶点头。

很好，节省口舌了，易飒尽量言简意赅："息壤可以无限生长，给人的感觉，它是一种自带'生命力'的物质。我推测，息壤按照年纪，分三种，幼年、壮年、老年。"

不就是土疙瘩吗？还分年纪？丁玉蝶想表示不屑，念头一转，又接受了：动植物有年纪，东西崭新和老旧，也是年纪，那息壤有年纪，也不是很难理解。

易飒指图上的穹洞顶："这里是幼年息壤，就跟年轻人一样，不定性，好动，鄱阳湖上流传的大扫帚一样的白色水怪，就是它，大概是因为初长成，要保持活性，经常舒展，而且息壤要和水对抗相生——所以它频繁地与水接触，是这个地下穹洞的'门户''盖子'。"

她又在右半侧的穹洞里画了几根下垂的线，代表一扇扇的巢脾："那个太平间，应该是这个穹洞最重要的中心部分，像蜂窝巢一样，那么多巢房，密密麻麻，每一扇都像巢脾，也是息壤组成的，壮年息壤——性子已经定了，比较可靠，用来担负重任。

"幼年息壤的生命力在于生长、舒展、外放，而壮年在于内收，它之所以能拿来保存尸体，还保存得那么好，也许就是因为把那股生长的力用来防腐、维持尸体状态了。"

丁玉蝶听得愣愣的："那老年呢？"

"老年息壤，渐渐没了活性，可能用来修补这个穹洞，干些琐碎的事，再老得厉害，也许就死了。

"幼年、壮年、老年息壤，一直做着轮班更替，幼年息壤长成之后，可以替换活性下降的壮年息壤，被替换下来的壮年息壤又接任老年息壤的位置，而死去的老年息壤成了最普通的土、沙，被幼年息壤定期清扫出去。"

颇像人类社会，永远有新生，以新易老，代代更替。

宗杭越听越振奋，忽然想到什么，看向丁玉蝶，激动得说话都有点打磕绊："你不是说，专家在鄱阳湖拍过红外航空照，发现这湖底有一条巨大的沙坝吗？长江不是黄河，黄河是一碗水半碗沙，长江含沙量没那么高，这沙坝，会不会就是……"

老年息壤死后被清扫出去后日积月累堆积起来的坟冢？

也许吧，丁玉蝶脑子几乎蒙了："但是，带出去就带出去呗，化成湖底的淤泥好了，为什么还堆成沙坝？不是存心引人关注吗？"

这问题易飒倒没想过，但是人在思路顺畅的时候，突破起来往往特别快。

她心念一动："它在清理湖底的'密码盘'，保证盘面上没障碍、没大的积淤！这么多年来，鄱阳湖因为地势原因、狭管效应，沉了那么多船，用当地人的老话说，上千条船，都能把湖底给填平了，如果湖里头船堆着船，还怎么输密码？还怎么给金汤开门？所以，它一方面清障，一方面把带出来的老年息壤给扫开。”

那条湖底沙坝，足有两三公里长，还真像是被巨大的扫帚扫开的。

密码盘又是什么？可能又是她想当然的比喻或者指代吧，丁玉蝶觉得自己在囫囵吞肉，半生不熟，半懂不懂：“幼年息壤清理密码盘……那这么说，那些沉船事故，不是息壤作怪？”

应该不是。

易飒记得丁玉蝶提过，鄱阳湖的沉船，多发生在20世纪90年代之前，90年代之后，国内外科考队专门研究过老爷庙水域，发现了狭管效应和乱流涡流对行船的影响，专门成立了气象观测站，对过往船只进行提醒、预警，那之后，沉船的事儿乎没再发生了。

所以，历史上的那些沉船，是真的遭遇了自然灾害，而非被息壤卷下去的。

但息壤之所以经常伴随沉船出现……

易飒心里一动：会不会是因为大船或者数量较多的船只遭遇风浪沉没时，对湖底造成紊乱的推力，如同有人在输入密码，却频频出错，作为门户的息壤受到扰动，当然会精神紧张，出来查看，然后清障……

不过这些都不是重点。

她直奔主题，点出自己的想法：“我们去息巢那头，从巢脾爬到顶，火烧息壤，烧出个空间，把自己‘烧’进去，或许能借助幼年息壤往外推涌的力量，一直往上，回到湖底。”

这话说完，房间里立马安静了。

宗杭浑身鸡皮疙瘩都起来了，他想起之前从息壤里逃出来的经历，那种幽闭的、下一刻就要成为石中人的噩梦，这辈子都不想再经历第二次了，她还要把自己“烧”进去。

丁玉蝶半张着嘴巴，像个泥塑木雕。

良久才喃喃：“不不不，你真是疯了。”

丁玉蝶觉得这法子完全不可行。

“体力呢？那么高，我们哪有体力爬到那么高？”

易飒说：“这是我们受困的第二天或是第三天，虽然饿得发慌，还没到体力衰竭，找东西把肚子勒起来扎紧，还可以拼一把。”

“那……息巢里那些尸体呢？谁知道它们是死是活？万一……”

万一爬到一半，那些尸体倾巢出动，想想看吧，一张竖立的、高达几百米的巢脾上密密麻麻爬满了人，还在追他……

易飒打断他："目前看来，息壤没有让人起死回生的功效，它不攻击人、会修补破洞、畏火。我和姜骏之前在巢脾上动了手，也没见哪具尸体出来看热闹。"

易飒顿了顿又补充："再说了，真是死路，拼一把，也好过在这儿饿死吧，你堂堂水鬼，畏畏缩缩饿死在这儿，不觉得很难听吗？"

丁玉蝶干咽着少得可怜的唾沫："就算我们把自己'烧'进去了，你怎么知道息壤会把你推出去，而不是拉进来呢？"

易飒说："这一点，我也只是推测。但息壤每次把船或者人拽进来，都是在它极度舒展之后，就像打拳，胳膊想收回来，先得伸出去。你就想象着，自己是息壤里夹带的一粒沙，当你混在它们中间的时候，它们不会清障，反而会带着你走，推着你动。我之前从蛤洞出来的时候，也没见息壤拽着我不让走。"

丁玉蝶觉得自己都快被她说服了："如果运气没那么好，我们'烧'进去了，它正在休息，不把我们往外推呢？"

易飒指了指窗外："我倾向于，它不亮的时候，才是在休息。现在天亮了，应该趋向活跃。不过保险起见，我们是要做好准备，万一它不把我们往外推怎么办。"

她停了会儿，拿手把小腹往里摁，一口气讲这么多话，真耗体力啊。

"有没有注意到，息壤跟变色龙似的。它修补破洞，呈现出来的材质跟原本洞的材质是一样的？"

宗杭点头，何止一样，简直衔接得土生土长、天衣无缝，岩石破口，修补之后也是岩石，不可能给你砌一堵水泥墙充数。

易飒看丁玉蝶："咱们是水鬼，学过挂水湖的水下构造。湖底下是淤泥，淤泥对我们来说，根本不是问题；淤泥下头是隔水岩层，红页岩，属于软性岩层，这种岩层不抗击打；再下头才是这个穹洞，石灰岩。也就是说，我们依次要突破石灰岩、红页岩、淤泥，越往上越容易。它不推我们，我们就想办法，持续'燃烧'这个动作，把火一直烧上去。"

没错，淤泥就当作面膜了，真正要突破的，就是石灰岩和红页岩，丁玉蝶恨恨："就是不知道这岩层有多厚，要是几米厚，还能咬牙搞一搞，太厚的话，息壤很快封上，火烧是需要氧气的，到时候火灭了，我们困在石头里头……"

易飒昏睡的时候，他听宗杭讲了蛤窝的经历，没亲历都觉得后怕：亏得那石壁不算特别厚，一脑袋撞出来了。

但这洞顶到湖底之间，谁知道有多少米距离呢？

易飒说："多少米都不是问题，只要保证息壤不封口。"

她画下最后一张图，是个高耸的烟囱柱。

然后拿刺刀在烟囱顶部划了道刻痕："这是第一个人，负责向上开路。"

丁玉蝶不觉挺直了背，明明还在商量，但一路听下来，已经像在分工布置了。

易飒在挨近第一个人的地方，划下第二道横的刻痕，然后一溜竖线下去，一直竖到烟囱底部，像个拉得很长的细瘦"T"字。

"这是第二个人。"

宗杭有点奇怪，指了指那道很长的竖线："那这是什么呢？"

"绳子。"

丁玉蝶怔了一下，瞬间反应过来，激动得一拳捣在地上："厉害！"

他懂了。

怎么样保证火一直烧，息壤不封口？

结一条很长的绳子，十米，二十米，百米，想要多长都可以，绳子上每隔一段距离，结一根横木——反正船冢里多的是缆绳、木头，运气好的话，没准还能找到油料——木头两头点上，人往上一段，就往下放绳子，或者转动、上下提放绳身，道理跟火圈是一样的，这样，洞壁的息壤有忌惮，就不会封过来。

底下的息壤只要不封口，有空气供应，火就可以持续较长的一段时间。

易飒在烟囱底部划下第三道刻痕："这是第三个人。"

第三个人居然在这么靠下的位置，危险性好像挺高的，不知道轮到谁……

丁玉蝶有点紧张。

"防备姜骏出现，断了我们的后路。也负责维护这条火绳架，抽换横木，防止下头的火熄灭，或者烧到绳子。"

计划说完了。

丁玉蝶前后再合计了一遍过程，背上不觉冒汗，喃喃了句："好险啊。"

都是险棋、险步，还得防备姜骏突然出现，但是又觉得刺激，一生里，有这么一次经历，老来都会念念不忘吧？

易飒看看他，又看宗杭，咣啷一声把刺刀丢下："怎么说，干不干？"

丁玉蝶吼："干！"

他仰躺到地上，哈哈大笑。

易飒也是头一次发现，他文气的外表和发鬏上颤巍巍的穿花蝶背后，还真有北方男人粗犷的一面。

情绪是会感染人的，宗杭血脉偾张，也学丁玉蝶喊号子："对，干死这群……"

易飒白了他一眼。

宗杭后半句话生生咽回去了。

易飒说："你说这种话干吗？别跟着他乱学。"

也是，这是脏话，说起来不是很文雅。

易飒不让，那他不说了。

【06】

原以为想出计划是最难的事，准备起来才知道难上加难。

要找很多东西：缆绳、木料、油料、布头、各种钩爪以制作脚攀手耙、固定身体的襻带，甚至踏脚的脚蹬——如有必要，攀爬时选择内壁上一个点，火烧进去些，插进脚蹬，利用息壤往回生长的力量把脚蹬的大部分封住，只留踏脚的部分在外头，应该跟水泥浇筑的一样牢靠。

三人分头行动，各自找物料，好在神户丸号作为鬼子的军队运输船，真是有不少实用的物件，虽然沉船时被水泡过，但穹洞干燥，无形中帮忙做了保存。

宗杭还找到了两箱军粮罐头，有几罐已经胀气了，更多的依然密封，他吞着口水看了半天：距离神户丸号出事有七十多年了，七十多年的罐头……但军方供粮，会不会各方面都更有保障一点呢？

他抱了两罐，连同自己找到的物料往回走。

刚转过一个拐角，听到窃窃私语声，好像是丁玉蝶和易飒在说话。

宗杭兴冲冲的，正想过去……

"就这样可以吧，让阿帕牵绳子，他力气应该够，剩下的活，开路或者断后，我们俩选。"

是易飒的声音。

这是在……分任务？宗杭下意识放缓脚步。

丁玉蝶悻悻的声音传来："行呗，那就是我断后呗，我能让你一个女的冲在最危险的位置上吗？真是……"

他调子拖得老长："……谁弱谁有理啊，没什么技艺的，反而得优待。"

易飒不高兴："说什么呢？"

丁玉蝶说："不对吗？短板不就是要人照应吗？得，我也认了，别连累人就好……"

语声渐渐远去。

宗杭愣愣站着，好一会儿才反应过来。

丁玉蝶是在说他。

也没说错，长这么大高个儿，却是块短板。

他没来由地心虚，脚抬不起来，有点怕回去。

磨蹭了好久，终于鼓起勇气回到舱房。

丁玉蝶不在，估计又去别的方向搜找物料了，易飒坐在地上削木头——木料要三人分背，为了避免太重，每根横木都要控制长宽厚度。

听到声响，她头也不抬："找到什么了？"

宗杭没吭声，哗啦啦把一捧物料放下。

易飒吹散刚削下的木屑："对了，我和丁玉蝶商量了，到时候我打头，你牵绳，你跟着我就行。"

宗杭嗯了一声过来，觑了个空子，嗫嚅了句："易飒，要么我断后吧。"

易飒有点意外，抬头看他："为什么？"

宗杭胡乱给理由："因为，开路或者牵绳都挺重要的，我怕做不好，断后……挺方便的，就算姜骏追上来，我居高临下，一脚就踹下去了。"

易飒反应很快："你是听到什么了吧？"

心事一下子被戳破了，宗杭脸上火辣辣的。

易飒掸掸手，把削好的木料推到一边，又扯过绳子来，在绳子上每隔一段距离打一个可伸缩的、用于插横木的活结："电工不跟厨子比做饭，断后这盘菜，谁会炒谁上，不会炒硬要炒，只会坏了菜，不会让人觉得你有能耐。丁玉蝶只是嘴贱牢骚两句，没恶意的，不用当真……找到什么了？"

也是，现在不是纠结个人小情绪的时候，宗杭指了指自己带回来的那堆物料，特意把两罐军粮捧过来："易飒，你觉得这个……还能吃吗？"

易飒接过来看。

宗杭解释："有些胀气了，这两罐没胀，就是……肯定过了保质期……"

话到一半，忽然觉得自己问得很蠢：当然不能吃了，家里的米面粮油，别说过期了，接近失效期的都会被童虹扔掉，更何况过期七十多年的……

他想拿回来，当没这回事。

谁知易飒沉吟着说了句："没准能吃。"

哈？

没等宗杭发问，丁玉蝶已经一头从敞着的门下冒上来，两眼放光："什么吃的？我刚听到吃的？吃什么？"

看清楚易飒手里拿的罐头之后，丁玉蝶大失所望。

前两天，他在船里转悠的时候，也看到过那两箱罐头，但用脚指头想都知道……

过期七十年了，打死他他也不会吃的，可别忽悠他说密封性好。

易飒还真是说这个。

柬埔寨战争结束得晚，她又常去柬越边境，听不少人讲起过战时，包括越战时的事，其中就有老美的军粮罐头。

她用罐头上自带的工具开罐："保质期和食品防腐剂之类的概念，其实是现代社会才出现的，'二战'那时候，生产军用罐头，听说是高温灭菌，然后密封装罐，理论上，如果密封得好，没有胀罐，周边环境又干燥，那里头就不会产生细菌，而且你看到了，这种罐头都不是现在那种拉环的，要用专用工具打开……"

说到这儿，咔嗒一声，拽下了揭盖。

丁玉蝶和宗杭一起凑上来看。

好像是红小豆糯米饭，虽然比较干，但卖相居然没破，就是闻上去有点隐约的酸气。

易飒拈了粒米放进嘴里嚼，没有霉味，也没臭，再拈红小豆，豆子好像不行，有点怪，她马上吐掉了。

在她的带动下，丁玉蝶和宗杭也各拈了两三粒米，放进嘴里细嚼。

丁玉蝶那颗抵死不吃的心动摇了，他吸了吸鼻子，盯着罐头看："这样，我们把豆子择掉，光吃米，米也先用火烤一下，消毒，保险一点。"

终于能饱着肚子出发了，虽然因着火烤，每个人都吃进了不少焦灰，但肚子里总算是有实在的东西了。

身上的桌布行动不便，宗杭把它裁剪成了长方形，套头之后，身前一片，后背一片，拿细绳一扎，就成了利落的短打。

每个人都有负重，但宗杭主动背了最重的包，还把丁玉蝶和易飒的也分过来一些：爬巢脾的时候，也会是前、中、后的格局，易飒开路，丁玉蝶断后，防止姜骏提早出现——这两人不宜重装，宗杭觉得自己背多一点合情合理。

丁玉蝶没跟他客气，只是出门时，低声跟易飒嘟囔了句："挺会做人的啊。"

易飒笑了笑。

笑完了，又有点心疼宗杭：这不叫会做人，这跟那种挖空心思的讨好和逢迎完全是两回事。

三个人“烧”过那面息壤石壁，一路到达通道口。

大概是因为洞顶的息壤都已经“醒了”，这儿比之前看起来更亮了，打眼看过去，一扇扇竖直的巢脾，接顶连地。

暂时没看到姜骏，也没有异样。

三个人，小心翼翼、蹑手蹑脚，贼一样偷入就近那两扇巢脾的夹道。

一顿米饭下肚，胳膊腿都有了力气，加上巢房一格一格，是天然的踏脚蹬，易飒爬起来飞快，就是巢房里的尸体是头朝外的，每上一步，就要过四五个人头，那种感觉，实在难以言喻。

宗杭紧随其后，基本不歇，一步一格，也牢记易飒的嘱托，只往上看，眼不朝下。

丁玉蝶落在最后，时刻注意下头的动静，肩上还挂了杆枪，预备着姜骏出现时照旧唬他，实在唬不住就扔了减重。

爬了二三百米之后，易飒停下来喘气。

低头看，这高度，已经有点头晕目眩了，往上看，距离洞顶还有不到一百米。

速度还行，比预想中的顺利。

易飒定了定神，正想再爬，忽然听到“咚、咚”的声音。

不连续，每一声之间都有十几秒的间隔，像敲牛皮大鼓，隔一会儿才落一次槌，但蹊跷的是，这声音是越来越近的。

易飒心怦怦乱跳，又凝神听了几秒之后，一下子反应过来。

是有人正像金刚一样，从一扇巢脾跳到另一扇巢脾，然后爬绕过来，再跳往下一扇，听这声响，是往这边来的，而且位置很高。

声响来得这么快，这不尴不尬的高度，往上爬或者往下撤都来不及了，易飒急得胳膊都抖了，再然后，正在攀爬着的这扇巢脾一震……

来了！

情急之下，再也顾不得其他，易飒捡了一个巢房就钻了进去，不能发声，也来不及打水鬼招，希望丁玉蝶和宗杭他们有样学样吧。

这巢房里躺着的是个上了年纪的老头，结发髻，易飒屏息把他推得身子侧起，面朝巢壁，然后双手合十，朝他拜了两下。

太对不住了，实在没办法了才出此下策，平安出去了给你补敬死香。

她趴着身子，尽量往里缩。

听不到动静了。

怎么回事？为什么不跳了？接下来还有好几扇啊，是发现了这面巢脾的异样了吗？

不至于啊，这么多巢房，密密麻麻，一扇都成千上万，扫一眼绝对看不出来，除非一间间查。

是宗杭和丁玉蝶他们被发现了吗？也不像，出事了应该会有叫声的。

易飒伏着不动，冷汗涔涔。

终于又有响动了，“咚”的一声响，响在了对面的巢脾上。她看到一条精悍的人影，头颅奇大，背脊青白，速度极惊人，兽一样爬行，斜着从巢脾上掠过。

应该是爬过那扇巢脾了，过了会儿，“咚”的声音又响了，往远处去的。

易飒长长舒一口气，四肢发软。

姜骏根本已经不是人了吧，在这样的高度、间距腾挪踔越，行动自如，猿猴也会自叹弗如。

怕他到了端头之后还会返回，易飒没急着出去，趴着不动：希望宗杭他们也有这觉悟，别贸然出来。

姜骏到底在干什么呢？杀了姜孝广，又守门人一样守着这息巢，一定是有目的的。

易飒打量这巢房。

像口呈六边形的棺材。

所有尸体都是头朝外，平躺，被用来干什么呢？

易飒翻了个身，也平躺在巢房里，仔细看时，才看到正对着头的上方，有个很小的孔洞，只笔杆粗细，不注意的话很容易忽略。

易飒伸出小指去探，小指好像都嫌粗，正纳闷着，背脊忽然一凉。

距离头顶不远，有很重的呼吸声，连带着隐约的腐臭气。

那是有人在巢房外头，正看着她。易飒心跳加速，然后缓缓举起双手，做了个投降的架势，感觉对方没异动，才缓慢翻起身，抬头。

那是……

一个女人，长发杂草般蓬乱，有着一张骨相怪异的脸，眉距很宽，眉骨一边高凸，一边凹平，鼻梁歪斜，连带着嘴角都一高一低。

易萧？

她姐姐？

这张脸，怎么也穿透不了年月，和记忆里那张娇俏的、张扬的、明眸皓齿的美人脸联系起来。

那一声鱼刺样卡在喉头的“姐姐”，根本叫不出来。

丁玉蝶不是说她出事了吗？怎么会在这儿，又怎么爬上这样的高度的？

正茫然时，易萧忽然一仰脖子，发出尖厉的吼声："这里！"

易飒还没反应过来，易萧一只手突入，一把揪住她的头发，把她整个儿拖甩了出去。

【07】

易飒身子腾空，失声尖叫。

这么高，掉下去指定摔死了，卖相还极惨。

哪知头皮又一紧，身子在半空里吊住了，易飒只觉得一张脸皮齐往上紧绷，眼睛也斜吊成了京戏里才看过的吊梢眼。

拽着她的头发把她悬空拎住，这还拿她当人看吗？

头发绝绷不住这重量，易飒觉得自己都能听到发丝根根拔起或者绷断的声音，她一咬牙，身子一耸，两脚踏住一格巢房边，两手扒住另一格，猛一偏头，拿头往易萧胸肋处撞了过去。

这纯属杀人一万，自损八千，况且易飒的脑袋也没多硬，一撞之下，易萧固然吃痛松了手，易飒自己也是眼前发黑摇摇欲坠，顾不得细看，手指死死抠住了巢房里的斜面。

头皮又松下来的感觉太好了，之前根根紧拽，三魂七魄都化成了千缕万丝要透出去，现在重又归位，像万千神佛缓缓降下，在她头皮上开坛落座。

"咚、咚"声急近，应该是姜骏正去而复返，肩膀上倏地搭上手爪——易萧还真是幽灵样，甩不掉踹不脱。

易飒一只胳膊拼命伸向巢房深处扒住，另一只胳膊曲肘向着身后猛撞，撞不到两下，易萧一声惊叫，身子荡了下去。

易飒急低头看。

原来是宗杭爬了上来。

他虽然落在易飒下头，但一路紧跟，距离并不太远，之前也学易飒，躲在巢房里，忽然听到上头出事，急得不行，探身出来，又唰唰往上爬，爬到两人脚下时，身子又钻进一格巢房，同时伸手一把抱住易萧的一只脚踝，狠命往下一拽。

易萧猝不及防，身子倒挂着荡了下去，但她也是凶悍，一弓身，几乎是背贴着巢脾，想抬起上身去抓宗杭，只差了寸许，没吃住劲，又挂了下去，蓄势又要再发时，丁玉蝶也爬了上来，易飒大叫："丁玉蝶！抓她胳膊！"

话音未落，自己也往下一格，一把抓住易萧另一只脚踝，身子急忙钻进就近的巢房里。

丁玉蝶听她语调紧迫，心知这一抓一定关键，抬头觑着还有段距离，心一横，脚在巢房檐上一蹬，身子直蹿了上去。

说时迟，那时快，易萧几乎是同时又往上抬身，丁玉蝶吓了个魂飞魄散：这要是抓了个空，摔下去铁定成肉饼了。

哪知手里一实，也不知道走了什么狗屎运，竟然抓住了，咔嚓一声响后，是易萧凄厉的惨叫，这一抓等于把她胳膊反向拗折，没断也肯定脱臼了。

丁玉蝶被她叫得腿软，两脚乱踏，终于踏到一格巢房边沿，面无人色地把身子滑了进去。

几乎是同时，姜骏也出现在了对面的巢脾上，而这面巢脾上的易萧，头下脚上，像肚皮朝外被钉在墙上的壁虎，双脚和一只胳膊都被人死死控住，只一只胳膊徒劳地拼尽全力挣扎。

躲不过去，就只能正面对抗了，敌人越少越好，三对一总比三对二有胜算，易飒大叫："绑起来，把她跟人绑起来！"

宗杭听到"绑起来"，先还纳闷：他只抱了一只脚，怎么绑啊？

听到后一句，登时了然：每个人身上都负重背了物料，绳子是现成的。

他抽出捆绳，想也不想，迅速把自己的手腕跟易萧的脚踝绑在了一起，才刚抽上结，巢脾一声巨震，姜骏直直跳攀了过来，一把摁住易萧咽喉，反手向外狠命一拽，用力把她扔向对面的巢脾。

宗杭只觉得一股大力拽来，身不由己，嗖一下直飞出去，撞在了对面的巢脾上，然后疾速下落，耳边风声飕飕作响，一时间碎心裂胆，心说怕是要完了。

哪知道落势渐渐变缓，顶上传来哧啦哧啦的声音，抬头看时，易萧一只手呈爪状，不断抓抠巢房，几次三番，居然在距离地面几十米处停下来。

再一细看，几乎被自己蠢哭了。

易萧的另一只脚踝和胳膊上，都拿绳子裹绑了一具尸体，所以连成了一大串，拖拖拽拽，唯独他是把自己绑上的——看来易飒的那句"把她跟人绑起来"，是要拿尸体重物牵制住她手脚，不是警察跟犯人铐在一起的那种。

易萧面色狰狞，低头看看，又抬头看。

太高了，她一个人，身上缀了三个人的重量，等于绑了三个百十斤的沙包，还废了条胳膊，往上爬谈何容易，还不如先下到地面，再摆脱这几个累赘。

她重又撒手，几个攀扒滑坠之后，已然落到地上，宗杭结结实实摔下来，痛得龇牙咧嘴，却仍觉得三分庆幸：总比高空直挺挺摔下要幸运多了。

正庆幸着，头顶风声有异，是易萧一爪抓下，宗杭头顶被抓了个正着，只觉火辣辣地疼，拼着浑身的力气，往边上一滚。

这一滚不要紧，易萧应声而倒。

宗杭登时反应过来：易萧只一条胳膊能动，自己的手和她的脚踝绑在一起，只要自己站，她必然倒，连那两具尸体，都是帮他忙的，这要是还打不过，那他也太没用了！

他精神大振，也没什么招数，又踹又翻又踢，全靠占尽先机，外加一身蛮力，居然真把易萧给制住了，呼哧呼哧喘着粗气再抽了绳子绑她时，无意间抬眼一瞥，激灵灵打了个寒噤。

易萧的眼睛，瞳仁极小，像两个光点，分外慑人。

这眼睛，他只在姜骏脸上看到过。

易萧从前，不是这样的眼睛啊。

再说易飒，她的巢房就在宗杭隔壁，姜骏那一拽，她眼睁睁地看着宗杭也跟着一大串人飞了出去，真是哭笑不得、叫苦不迭。

但没空分心了，自己也是焦头烂额，只能希望他有惊无险、神灵护佑了。

她身体往巢房里缩，同时大吼："丁玉蝶，一夫当关，不出去，也别让他进！"

丁玉蝶应了一声，伏低身子，枪口朝外，又持了刺刀在手，预计着姜骏一冒头，就给他来一刀。

外头静了有十几秒。

再然后，丁玉蝶忽然觉得，自己的身体在动。

没错，是在动，也不知道姜骏做了什么，这格巢房的底板像履带样往前滚动，而且越来越快。

丁玉蝶拼命想往里缩，但里缩的程度敌不过外滚，上半身已经出去了，他紧急抽出钩爪，一把钩在巢房的侧壁上，悬空的双脚慌乱地去探别的巢房……

还没踏实，姜骏忽然从斜下方猛蹿上来，一头顶住他身体，看那架势，是要把他顶飞出去。

丁玉蝶反应也快，知道飞出去了必死无疑，这儿姜骏是老大，只有他才能在巢脾间翻飞自如、腾上跳下……

他忍住痛，不躲反上，八爪鱼样死死抱住姜骏的脑袋，身体滑到他背上，两腿钩住他腰侧。姜骏怒吼一声，单手扒住巢脾，另一只手去拽丁玉蝶的胳膊，他力气奇大，丁玉蝶耗尽全力，居然敌不住，眼见胳膊慢慢被掰开，头顶上方忽然传来易飒的吼声——

“你让开！”

这还怎么让？

情急之下，丁玉蝶也顾不上那么多了，瞬间撒手，两腿夹紧，身子倒挂下去，胳膊急绕住姜骏的腿，这一下仰视，看得清清楚楚：易飒从上头跳了下来。

丁玉蝶还以为她也是要跳到姜骏身上，但看方向又走了偏，摔下去了必死无疑，登时惊出一身冷汗，想伸手去抓她，哪知她从身边擦落时，手一扬，一个绳圈往姜骏脖子上套了上来。

这是之前他们结的那条长绳，绳上每隔一段就结了个活结，可以放大，横木插进去，用力拉住，就会越收越紧。

她显然也是打上了姜骏的主意，知道在这巢脾之上，不能跟他硬碰，必须水蛭样紧咬了他不放，拿他当车当马——

果然，绳圈套马样，把姜骏套了个正着，她下坠的势头极猛，突如其来的大力直接把姜骏连同丁玉蝶带翻，姜骏脖子一紧，真跟被上了吊一样难受，但情势危急，只能先顾着求生。

他连跌带翻，瞬间就坠了百米有余，其间不断伸手去抓巢脾，好不容易稳住，忽觉脖子上胁迫又紧，来不及去解，只能不断往下。丁玉蝶只觉得脑袋充血，当下死咬牙关，艰难睁眼时，看到下头的易飒，身体悬在长绳尽头，时而被抛起，时而撞在巢脾上，有时又被绳子带得急转。

这滋味，比在洗衣机滚筒里滚一回都难受吧？

坠势太快，姜骏还能稳稳落地，易飒几乎是被砸到地上的，眼冒金星，腹内翻江倒海，一张嘴，辛苦吃下去的都吐了，有气无力抬眼时，看到不远处的易萧正跌趴在地，手腕脚踝上，绑着三具尸体。

有宗杭吗？是摔死了还是摔晕了？

易飒脑袋昏沉沉的，眼睛也看不大清：只知道丁玉蝶好像在和姜骏缠斗……

轰的一声，丁玉蝶痛呼着被甩飞了出去。

姜骏好像朝自己过来了，易飒挣扎着从地上爬起来，摸来摸去没抽到刺刀，只好抽了截木头在手上，但实在没力气，刚挥起来，就被姜骏给打飞了。

再然后，姜骏伸出手，左右抓住她的肩膀，把她身子举了起来。

丁玉蝶也爬不起来了，他身边木头撒了满地，抓起一根砸向姜骏：“不许动！我开枪了！我开枪了你信不信？”

其实那杆唬人的步枪，早不知道丢到哪儿去了。

易飒脑子里无数电光掠闪，像是有什么东西呼之欲出。

——他把她举起来了。

——丁玉蝶也说，看到姜骏举起过易萧。

——听宗杭说，易萧从前是能正常跟人沟通的，怎么这次见了，似疯如魔的?

……

易飒觉得自己的身体在前移，好像越来越贴近姜骏那个畸形的额头。

她猛然反应过来：上一次，姜骏也试图对她这么做，被丁玉蝶他们的忽然出现给搅了，易萧变得跟傀儡一样，是因为被控制了！

她拼命挣扎，四下踢腾，丁玉蝶踉跄着爬起来，刚往这头走了两步，腿一软，又扑通一声摔倒了。

就在这个时候，宗杭从巢脾的端头悄悄绕了过来。

他光着脚，做贼样屏着呼吸，高举着准备拿来敲砸红页岩的消防锹，狠狠地朝着姜骏的后脑勺砸了下去。

这下威力一定不小，易飒重重摔落地上，但摔得很解气，抬眼时，注意力蓦地被刚撑地爬起的易萧带了过去：明明被砸的不是她，但她身子剧烈哆嗦，眼睛里的光亮好像迅速涣散……

姜骏的头?

他的头那么畸形，又屡次要贴着额头去控制别人，是不是……

易飒趴在地上，也没力气翻身转头了，大叫："再砸，砸晕他！用力！"

又是两声闷响后，她听到重物坠地的闷声。

易飒咯咯笑起来，觉得特别爽，宗杭过来帮着她翻过身，她躺在地上，看着他的脸，忽然觉得他整个人看起来真是舒服极了。

她说："头。"

"啊?"

"头低一点，低头。"

宗杭莫名其妙，但还是依言把头垂下来。

易飒用力抬起手，屈指在他脑袋上敲了两下，喃喃了句："聪明脑袋。"

然后放下手臂。

眼皮都睁不开了，太累了，这一番折腾，太累了。

宗杭心里美坏了。

他也觉得自己怪聪明的。

看到上头坠下的情形之后，他怎么会那么当机立断、行动迅速，想出拖一具尸体当幌子、自己躲起来伺机偷袭的法子呢？

说真的，一般人都不一定有这智商。

【08】

易飒和丁玉蝶都还没缓过劲，宗杭跑前跑后的，把姜骏结结实实绑起来，又把易萧身上那几具尸体都解了，恭恭敬敬并排摆好，还拜了几拜。

这船冢里，目前看下来没别的威胁，只要姜骏和易萧两个不碍事，再辛苦一回破出息壤，也不是什么难事。

就是易萧的状态让人担心，砸晕了姜骏并没能让她完全清醒过来，相反地，整个人神思恍惚、知觉混乱，嘴里絮絮叨叨，也不知道在念些什么。

宗杭试探着去唤她的名字，又指易飒："你妹妹，你还认识吗？"

她一脸茫然，抬眼看宗杭，语气温柔："姜骏，是不是确定了？"

确定什么了？宗杭莫名其妙，强调："易飒，风飒飒兮木萧萧，你妹妹！"

易萧眉眼浸染上尖刻："出来做事，带她干什么！"

宗杭没辙了，倒是一边的丁玉蝶眼珠子都要掉下来了，问易飒："你姐姐不是死了很多年了吗？"

长篇累牍的，这要从哪说起？况且人还累得跟狗似的，吐舌头都嫌费劲，易飒只当没听见，原地规整物料，又吩咐宗杭抓紧时间四处看看这息巢里还有没有别的玄虚。

还真有，宗杭去了没多久就噔噔跑回来，拉易飒去看样东西，说是描述不清楚，亲眼看到才行。

易飒留丁玉蝶看着姜骏和易萧两人，跟着宗杭去了。

连过了十几面巢牌之后，宗杭往前指了指。

原来这息巢里，还有这么大一片空地，地上有个首尾相衔的巨大太极盘，圆心的位置，也就是S形曲线的中心处，嵌了块板正的铜牌。

姜祖牌？

应该是，因为不远处扔着牌位的底座，而且，过去看时，牌位老旧，有几处摩挲得发亮，显然就是姜骏带下来的那块。

易飒试图去抠挖，没用，嵌得严丝合缝，边沿处针都探不进，显然根本没预备再拿出来。

宗杭提醒她:“上头也有。”

易飒抬头。

果然，和地上这面两两映射、形同投影，洞顶也有巨大的太极盘，轴心处同样嵌了什么，隔着太远看不大清——但推测无误的话，应该也是块类似姜祖牌的铜牌。

易飒想起之前被姜骏贴住额头短暂控制时，脑海中也曾浮现过一面挂在墙上的太极盘，不过那个，是面挂钟……

那这里的两面呢，也是钟吗?

易飒眉头蹙起。

不难想象，这轴心处，原本是个空槽，姜骏下来之后，从底座上拔出牌位，然后嵌进了空槽里——以往开完金汤，不管翻不翻锅，祖牌都是要送归祠堂的，这一次，姜骏显然不准备回去，也不准备归还祖牌了。

把祖牌嵌进空槽的意义是什么呢?促成某些事的发生?还是说，某些事已经发生了，只是自己还没察觉到?

正思忖着，远处忽然传来女人凄厉的尖叫声。

是易萧!

易飒这一惊非同小可，和宗杭紧赶慢赶回到原地时，正看到易萧伏在姜骏身上，一条胳膊空袖管样垂着，另一只手抓住姜骏的脑袋，发疯样往地上撞。

姜骏已经醒了，嘿嘿干笑着，硬着脖颈跟她对抗，偶尔真的撞到两下，似乎也不值当什么。边上的丁玉蝶试图把易萧拉开，几次都失败了，见易飒回来，尴尬地解释:“就是突然一下子，她爬得又快，我没拦住……”

因为易萧废了条胳膊，宗杭把她手足上绑着的尸体解下之后，只捆住了她双腿，加上有丁玉蝶从旁盯着，以为不会出什么状况，没想到易萧这么凶悍，单凭一条胳膊爬，还能搞出事端。

宗杭想上去帮忙，哪知易飒伸手拦住他:“先别。”

她仔细听。

易萧在含糊地、重复地说着一些话。

——把姜骏还给我!

——姜骏出来!

——姜骏，我是易萧啊。

这人到底是不是姜骏?丁玉蝶说过，姜孝广被杀的时候，没有全力还手，一直在叫姜骏的名字，难道说，姜骏下水之前，也跟曾经的易萧一样，是可以跟人正常沟通的？现在这样，是被控制、附身了？

她垂下手，宗杭会意，上去帮着丁玉蝶把易萧拉开。

易萧拼命挣扎间，忽然看到易飒的脸，身子一僵，似乎有些茫然。宗杭始终不忘姐妹相认这回事，满怀希望问她："你认出她来了吗？她是易飒。"

易萧喃喃："风飒飒兮木萧萧……"

宗杭心头一喜。

哪知她背书般继续："飒在前，萧在后，早知道会有两个女儿，就该把易飒的名字给老大的……"

念到后来，忽然身子发抖，拼命把脸别开，神经质一样喃喃："不见飒飒，我不见飒飒。"

看来还没完全清醒，易飒低头看姜骏。

她还担心万一姜骏醒了，易萧会再次受控制，成为无知无觉的傀儡机器，看来没有。

之前看到姜骏大到畸形的脑袋，只觉得丑，换个角度去想，脑袋大，是不是代表着脑容量大，或者意念力惊人呢——有些有特异功能的人，光凭意念，可以挪动桌椅，拗弯调羹，姜骏的意念力，是不是就是拿来控制人的？

他的大脑像台主机，通过触碰的方式，输送一些信息，建立链接，去控制别人，但这种控制需要时长：她上次就是因为链接建立的时间太短，并没有受他控制。

而且，从易萧现在的情形来看，这控制似乎不是永久性的：姜骏的脑袋受到重度击打昏迷，等同于主机被粗暴断电，醒后重启时，这种链接消失了，可以这么理解吗？

易飒招呼丁玉蝶过来："你按照秒针的走针，心里默数到五，我自己没起来的话，你就把我拉开，懂吗？"

丁玉蝶没懂。

"你从哪起来？我从哪拉开？"

易飒没吭声，她拿手摁住姜骏的脸，把他脑袋定在了地上，然后俯下身子，额头凑了上去。

再拿点信息，像上次那样的碎片也好。

额头挨处，冰凉，铁硬，其他的，没反应，再然后，就被丁玉蝶一把拎了起来，问她："你干吗？"

姜骏笑起来，目光狡黠又可憎，像是说：猜到你用意了，没用的。

是没用，看来这种输送是单向的，他不开启，她硬凑上去也没用。

易飒一把把姜骏的头搡到一边，懒得看他这张脸。

然后问宗杭和丁玉蝶："歇得怎么样，能爬了吗？"

不能再耽误了，吃的是有了，大不了再回去搞两罐军粮，但没水才是最要命的，嗓子里都快冒烟了。

丁玉蝶点头："反正，只要没干扰，咱们慢慢爬，累了躺进巢房就行，就是这两个人，你预备怎么办呢？"

易飒犹豫了一会儿："都……留着吧，姜骏绑紧一点，易萧绑……松一点。"

宗杭一愣："易飒，她是你姐姐啊。"

易飒绷了张脸，把理好的一堆物料背上身："不然怎么办？背着她吗？怎么爬？先留在这吧，以后有机会……再下来。"

说完了，自顾自走向巢脾，头也不回，开始上攀。

宗杭迟疑地拎起物料，瞥了眼丁玉蝶。

丁玉蝶也没动，一筹莫展的样子。

宗杭小声问他："怎么办啊？"

丁玉蝶叹气："太难办了，不认识的阿猫阿狗也就算了，偏偏又是姐姐，亲姐姐，这种要是丢在这，我都觉得说不过去……飒飒不好说带，带了是连累咱们……"

两人抬头看易飒越爬越高。

丁玉蝶喃喃："要么背上吧，咱俩分着背，大不了速度慢，多歇几次，反正没人追没人撵的，也不用担心断后了。"

宗杭赶紧点头："我也是这么想的，先带着呗。别指望以后有机会……说不定以后没机会再来了。"

姜骏躺在地上，先还了了，忽然听到这话，眸光一森，面色瞬间极其可怕。

丁玉蝶过来给姜骏紧绳子，按说真该心狠手辣，一刀捅死了以绝后患，但三人都不是狠心的主，别说杀人了，狗都没杀过——就假天之手，留他自绝于此吧。

宗杭在一边研究怎么把易萧绑背上身，毕竟是要攀爬，绳子比画了几次，总不得要领。丁玉蝶无意间瞥到，自己都为他急，抬头指点他："从肩那绕，肩……"

话还没完，姜骏忽然挺起身子，用尽全力，脑袋像摆锤样甩过去，一头撞在丁玉蝶头上。

丁玉蝶哼都没哼一声，直接昏死过去，宗杭还没反应过来，姜骏已经从地上快速滚翻过来，腰脊用力，下半身直接横扫，宗杭下盘不稳，和易萧双双摔落地上，刚撑臂抬头，目光及处，吓得失声尖叫。

他看到姜骏甩着一个硕大头颅，动作迅捷无比，一口咬上了易萧的喉咙。

这……疯子！变态！

宗杭发疯样抓起消防锨，一把砸在姜骏头上，拼尽全力扯开他身体时，看到易萧双目发直，喉咙处已经被咬开了，脑子轰一声就炸了，大叫："易飒，易飒你下来啊，你姐姐出事了！"

他连滚带爬过去，易萧喉咙处倒是没出血，大概也没血可出，只是流浑浊的黏液，身子一直痉挛，想喘息，喉咙处嗞嗞漏气。宗杭一把捂住她喉咙，正哆嗦着，听到轰的一声，易飒摔下来了。

她其实爬了一段之后，低头看到宗杭他们还没动，心下也在犹豫，正进退两难时，忽然听到宗杭歇斯底里的叫声，也知道不好，急速下撤，最后两三米，直接用跳的，力没使对，落地时崴了一下，直接摔了。

她忍痛爬起来，一瘸一拐到跟前，见到这情形，也蒙了。

大概回光返照，易萧却清醒了。

她手摸索着往上，抓住易飒的衣领，说："你要记着……"

声音很怪，每个字都在漏风，像气球迅速瘪软，却还在硬撑："丁长盛，窑厂，有个……黑皮笔记本，他以为是假的，其实是真的……"

她话接不上来了，宗杭眼泪都出来了，拼命去捂她喉咙，手上一直发颤，也不知道力是该紧还是该松。易萧胸膛上下起伏，还是艰难往外吐字："完美……错了，我想错了……"

她出不了声息，只手指还有力气，慢慢摸索着往上，视线里先还有易飒的脸，后来，这脸像照片被放得太大，像素渐渐模糊，最终崩裂。

易萧眼睛看不见了，只有手还在往上，摸到易飒的脖颈，还有脸。

飒飒，你长这么大了，长得这么好。

其实那次，在湖底，飒飒把宗杭给救走，她看见了。

她只远远看着，没敢上去说话。

她觉得自己太丑了。

飒飒小时候，小跟屁虫样往她跟前凑，总充满艳羡地看她化妆，在幼儿园跟小朋友打架，头发被薅了一大撮，还要尖叫："我姐姐！我姐姐最好看！"

她希望飒飒保留着这印象。

但现在，她后悔了。

该和她说说话的，好多话想说，力气却只能支撑着她，说出最紧要的话，连声“飒飒”都没叫。

她终于颤抖着摸上了易飒的耳垂。

那只手，在易飒耳垂上轻轻捏了一下，然后颓然垂落。

【09】

黎明的时候，开始下雨。

雨点没落多久，宗杭就醒了，两手垫在脑后，躺在地席上发呆。雨声渐密的时候，易飒起来上洗手间，姿势和背影都带颓气。

宗杭目送她进去了又出来，希望她能看自己一眼，这样他就能借机说一两句话，或者朝她笑一下也好——但她没看，膝盖跪上床边，身子斜着倒下去。

床不太结实，经不住她这么造，发出吱呀吱呀的声音。

宗杭叹气。

易萧死了，对易飒是什么影响，他也说不清。

说伤心吧，她一滴眼泪也没掉，反而是他这个外人，眼泪湿了一脸。

说她不伤心吧，她却极其没精神，上岸之后，就没怎么说过话，蔫巴、颓废、少食、懒动——除了上厕所和偶尔吃两口饭，人好像长在了床上，有时候面朝下趴着，能趴上五六个小时不挪窝。

宗杭问她事情，都得辨她眼神、眼皮和眼睫毛——

“易飒，丁玉蝶说手机废了，跟三姓断了联系了，要赶紧重办，我拿上你的证件，跟他一起帮你办了哦？”

她没反应。

这是默认了。

“我拿你的钱，买点衣服行不行？我会记着账，以后还你。”

她闭上眼。

这是嫌他聒噪，让他自己看着办。

他和丁玉蝶出去，办完了事回来一看，走的时候她趴成什么样，现在还趴什么样。

手机上来电话了也不接，有一次，铃声响个不休，宗杭好奇，拿起来看来电显示，然后说：“易云巧打的，接不接？”

她睫毛颤了下，眼皮拉下一半。

这是嫌他多事。

不过她能有这反应，宗杭还是挺欣慰的：到底姐妹一场，不求她痛哭流涕，能消沉几天也是好的——石头扔进水里还听个响呢，她真要是一点反应都没有，也太凉薄了。

早饭是粥和白米糕，旅馆主人送来的，宗杭埋头吃完，易飒那份已经凉了，朝床上看，人也没有起来的意思。

宗杭拿小纱笼把她那份罩上，防止小虫子、飞蝇偷食。

然后起身，正要把自己的碗碟送去厨房，丁玉蝶从门外进来，对宗杭说："我今天走了啊。"

手机通了之后，丁玉蝶接到不少丁家那头催回的电话，他又时不时脑壳生疼，怀疑自己被姜骏撞出了脑震荡，非常有必要去医院检查一番，已经提过几次要先回去的话了。

宗杭点头："那我送你。"

丁玉蝶说："什么年代了，送什么送！"

又走到床边，盘腿坐到地席上，拿手在易飒面前晃了晃，易飒嫌烦，把头埋进床里。

丁玉蝶说："我先走了啊，这事……如果有后续，要我帮忙，你再找我。"

细论起来，这趟能脱困，多亏易飒想出的法子，虽然过程累得想死。

最终浮出水面时，胳膊和腿都抽筋了，只嘴巴能动，一个劲地嘬乌鬼哨，嘬得嘴也快抽筋的时候，那只野放的乌鬼终于赶到，一个接一个地把人拖上了岸。

人家的法子，人家的乌鬼，他这算是欠下了人情，回报是应当的，更何况，湖底下的事，不明不白，远远没完。

易飒含糊地嗯了一声。

丁玉蝶又想起了什么："我去大群里转了一圈，很和谐，有人还问姜家开金汤延后到什么时候了，看来姜孝广失踪的事，还被捂着呢，没爆出来。丁长盛也冒过几次头，说的都是些无关紧要的话。"

总之就是一派风平浪静，远非他想象中那样炸了锅。

他头一次觉得，三姓真是一潭深水，自己一直在湖面逍遥泛舟，但身边的人，一个个都潜下去了。

宗杭撑了伞，帮丁玉蝶拎了行李包，送他出来。

小旅馆挨着湖，位置有点偏，到有车的地方还有段距离，宗杭预备多送几步，丁玉蝶起先觉得他太客气了，后来乐得不拎包——这么免费的劳力，不用白不用。

刚出门没几步，忽然听到易飒的声音。

“丁玉蝶。”

回头看，她就这么淋着雨过来，连鞋子都没穿，宗杭赶紧把伞移过去罩住她。

她湿了个半透，头发上往下滚水珠：“丁长盛有窑厂吗？”

丁玉蝶茫然：“没有吧……没听说过丁叔还开窑厂啊。”

窑厂，像烧砖制陶的地方，感觉是卖力气挣钱的，别说丁长盛不缺钱，就算缺，也不至于往这条道儿上费事啊。

易飒说：“那你帮我打听一下，暗中打听，不一定是丁长盛，只要是丁家的人，谁有或者有过窑厂的，都留意一下。”

丁玉蝶点头。

易飒似乎还想说什么，一时又忘了，站了会儿之后，说：“那再联系。”

说完了，掉头回屋，宗杭反应慢了一拍，想追时，她人已经在雨里了——等追上去，估计人也到屋檐下了。

丁玉蝶看易飒的背影，有点唏嘘，问宗杭：“你说，我们当时……是不是好心办坏事了？”

宗杭没吭声。

他送丁玉蝶往外走，湖边一下雨，就容易生雾，淡薄的水雾穿在野草间，浮在膝盖下，浮得人小腿凉飕飕的。

也许，真的是弄巧成拙，好心反办了坏事了。

那天，易萧垂下手之后，他还以为会再抬起来。

居然没有，跟无数电视里演的一样，垂成了死别的姿态。

他难受到流泪。

为易萧，也为易飒。

很久之前，他就盼着这场姐妹相会了，设想过很多场景，温情脉脉、言辞激烈、泪流满面，唯独没想到，会像两列高速疾驰却方向相反的列车，鸣笛声尚袅袅，就决绝地从彼此的生命里穿透出去了。

易飒伸出手，把易萧瞪大的却再也没了光泽的眼睛合上，目光扫过一地狼藉，问他：“发生什么事了？”

好端端的，姜骏为什么要攻击易萧呢？早不攻击晚不攻击，为什么选这个时候下手？手足被捆行动不便都不放弃，居然不惜拿嘴去咬。

易萧跟他，不是一头的吗？他攻击宗杭或者丁玉蝶，都还更合理些。

宗杭脑子里一团乱，磕磕绊绊把之前的事说了。

没发生什么啊，就是他和丁玉蝶想把人给带出去，仅此而已。

易飒沉默良久，才说："他不想让易萧出去。"

姜骏把一些东西留在了易萧的脑子里。

就如同他曾经留过一些场景在她脑子里一样，她缓过来之后，清晰地记得那口挂在墙上的太极钟、会议室里的男男女女、实验室玻璃器皿里那一小撮看似普通的土壤。

易萧曾经被姜骏完全控制过，她脑子里接收到的信息一定更多，也就意味着，她完全清醒之后，很可能对外吐露一些秘密。

这些秘密如此重要，以至于姜骏做得这么绝，不计后果，不惜代价，要阻止易萧离开。

道路尽头处空荡荡的。

旅馆老板说，可以在这等，等一会儿，就能看到乡村公交或者私营的小面包车，都是去县里的，到了县里，进了正规的大汽车站，四通八达，想去哪去哪。

都送到这了，也不差那几分钟，不如做事做全套，把人送上车。

宗杭把包换了个手，转头看大湖风景。

湖面上也雾蒙蒙的，成千上万雨滴造就的涟漪大大小小，挤挤挨挨，一个碰一个，周而复始，圈圈相套。

不少渔船散布湖上，被水雾笼得影影绰绰。

丁玉蝶拿胳膊肘碰了碰宗杭，又朝湖面上努了努嘴："姜骏在底下呢，你说他……最后的那笑，什么意思啊？"

易萧死了，他们要走，那这个姜骏呢，怎么处理？

醒过来的丁玉蝶捂着鼓了包的脑袋，咬牙切齿，说姜骏该杀。

宗杭也主张杀了算了：姜骏先杀了姜孝广，已经是个杀人犯了，又杀了易萧，两条命案，真是死不足惜。

易飒嗯了一声："谁动手？"

丁玉蝶不吭声了，顿了顿说："他杀的是你姐姐，你是家属，论理……"

话到一半，觉得自己说得混账，没再往下说：论理该她去杀吗？现代社会，家属也没资格杀回去吧?

宗杭也不说话了，前两天他还为拿碗砸了姜孝广而忐忑不安，现在就一口一个“杀了算了”，果然是站着说话不腰疼——谁动手?

他吗?他根本下不去手吧?

丁玉蝶吗?他是个外人，和姜骏没深仇大恨，总不至于脑袋被狠撞了一下就拔刀相向。

易飒吗?她对易萧的死，好像茫然多过愤恨，远没到要手刃姜骏报仇的程度……

他莫名地想起了丁碛。

如果丁碛在这儿，就不会有这种尴尬的困局了，以他的心狠手辣，不会有丝毫瞻前顾后。

宗杭忽然被自己的念头惊到了。

自己居然觉得“丁碛在这就好了”，心里头那些因道德束缚而不得施展的恶念，就可以交由他落地了，这样既遂了心意，又可以双手干净，不染血污，未来被追究起来，也可以推他出去一了百了。

丁长盛是不是也这样想的?不愿蹚脏水，就“栽培”了这么一个人出来。

……

最终，易飒决定先留下姜骏。

有太多事情还没弄明白。

这个地下穹洞是怎么回事?

千百年来，金汤的幌子下头密密实实藏着的这个息巢是干什么用的?

那面嵌进了姜祖牌的太极钟盘，会不会于某个时刻，忽然开始计时?计的又是什么时?

易萧没来得及说出口的秘密是什么?她最后喃喃的那句“想错了”代表了什么?自己和宗杭的身体状态，究竟是不是“完美”?

姜骏似乎知道一切，虽然他从不开口，但现在一刀杀了，等于断绝了有朝一日他开口的可能性。

先留着，尽管能否再次进入这里还是个未知数。

……

他们把姜骏锁在了船家的神户丸号里。

选了船底用来堆放财宝的结实舱室，不只用缆绳，也动用了铁链、大锁，把人圈圈缠绕，缠得姜骏连挪动身子都异常艰难。

最后离开的时候，刚掩上门，还没来得及上锁，里头的姜骏忽然大笑起来。

易飒又把门推开。

宗杭看到，姜骏吃力地抬起了头。

他的颈部也缠了铁索，抬头很难，但他还是抬了，眼睛依旧那么亮，然后，嘴角慢慢往上咧。

居然在笑。

一种占据上风的、你奈我何的笑。

远远传来车声。

看大小，应该是辆私营小面包。

宗杭把行李包递给丁玉蝶，说："爱笑就让他笑呗。"

他也看过不少争斗类的电视剧。

很负责任地说，里头对抗的双方或者多方，从来都是你方笑罢我登场。

有笑在开头的，有笑在中间的。

但谁能笑到最后，不到终结，谁也说不好。

【10】

宗杭回到屋里，看到易飒果然又躺在了床上，湿衣服都没换。

犹豫再三，他还是出言提醒："易飒，你这样会感冒的。"

易飒把枕巾拽起来，蒙住了头。

这意味很明显了，宗杭坐在屋里发呆：前两天丁玉蝶在还好些，易飒不吭气时，他还可以跟人闲聊打发时间……

他出去找乌鬼，乌鬼一如既往不待见他，被他逗弄得烦了，身子一拧往大湖去了。

又去找老板，老板是个鳏居的中年男人，守着电视看《乡村爱情》看得哈哈直乐，也懒得和宗杭聊，宗杭朝他借书看，他翻腾了半天，说："要么你跟我一起看电视呗。"

宗杭不想看电视，又穷极无聊地回了屋。

一进屋，就看到了易飒，她大概是饿了，正站在桌边，端了碗粥仰头在喝。

宗杭急道："那个已经凉了……"

说晚了一步，她已经喝完了，咣当一声扔下碗，拿纸擦擦嘴，问得没头没脑："丁玉蝶走了？"

"走了。"

“你怎么不走？”

宗杭一愣：“我走哪？”

易飒踢踢踏踏走到床边，又躺下了，嘟囔了句：“你有爸有妈有家的，走哪自己不知道？难道你还跟着我？没看见吗？不是玩的，会死人的。”

说完，昏沉沉闭上眼睛。

她觉得累，又烦，不想说话，不想看到有人在眼前晃，也不想去回忆过去几天发生了什么，就想世界静默，没声息没干扰，让她没头没脑睡个几天几夜，满血归来。

淋雨，冷饭，再加上意志惫懒松懈，感冒果然说来就来，到入夜时，易飒就已经有些鼻塞了，下半夜又开始咳嗽，还连累了肠胃，奔到洗手间吐了一回，踩棉花样头重脚轻出来时，宗杭也爬起来了：“易飒，你是不是发烧了啊？”

易飒像喝醉了酒，漫不经心说：“小意思！”

然后，又爬上床。

笑话，一点头疼脑热，放得倒她？她感冒从不吃药的。

她一觉到天亮，醒来时，鼻子全塞住了，头沉得像注了铅，去了趟洗手间回来，总觉得屋里少了点什么，四下看了又看，才反应过来：宗杭不见了。

去哪了？

开门看，没有，到院子外头看，也没有。

真回家去了？她回屋去找，也没找到留的字条。

走就走，不稀罕。

她又睡下了。

这一次睡得不实，多梦，梦里各种奇怪场景，还梦见自己坐在大办公桌后面，宗杭大包小包，还扛着扁担，像要进城打工，递给她一张申请表，申请批准他回家。

她冷着脸把申请表从头看到尾，印章往大红印油里摁了一回，啪一下盖上了章。

不批准！

宗杭哭丧着脸，问她：“为什么啊？”

她抬起下巴，鼻子里哼一声，傲慢地说：“我高兴。”

……

再睁开眼时，已经是下午，天气出奇地好，外头明晃晃大太阳，但因为关门关窗，光柱只能从几道罅缝间进来，横七竖八，斜搭漫靠，把阴暗的屋内分割得有点失真荒诞，又安宁悠远。

宗杭居然也在，坐在地席的那头、光与影的交界里，脚边放了个从厨房拎来的暖壶，还有个塑料袋，上头印着“国康大药房”几个字，里头花花绿绿，大概都是药。

怪不得早上不见他，原来买药去了，周围没见有药房，跑了不少路吧。

他已经拆了一盒，展开了说明书在看，皱着眉头，嘴里轻声念念有词：“不可与降压药、抗抑郁药一起服用……缓减鼻塞，一次三粒，随餐服用……”

他小心翼翼从胶囊里拆出三粒，放在包装盒上，又看另一份：“为获得较高血药浓度，建议空腹……这个要空腹……”

他拆出个胶囊丸，又放到包装盒上，离之前那几片远远的。

还在拆，这是买了多少药？

“不宜和西药感冒药同服，如果两种药中含同一种成分，只能选择服用一种……含同一种成分……”

含不含同一种成分呢？他又把之前搁下的一张说明书拿起来，两份并在一起，眯缝着眼睛对比，这些药的成分真拗口啊，什么马来酸……氯苯那敏……

易飒看他那副费劲的样子，噗的一声笑了出来。

哪有人吃药这么麻烦的。

宗杭听到声音，吓了一跳，回头看她起来了，又惊又喜：“易飒……”

易飒说：“倒水。”

她嫌站起来费事，爬行动物一样，拿两只手爬，从床上爬到地席上，碗里事先倒了一半的凉开水了，宗杭混了点暖壶的水进去，转身端给她时，她已经把包装盒上所有的药都倒进了掌心，像擦一把糖豆，一仰头，全倒进了嘴里。

宗杭失声叫道：“哎……你不能……”

她把碗端过来，灌了一大口，咕噜噜全咽了。

知道再说也晚了，但宗杭还是坚持说完：“易飒，你不能这样吃，要看说明书的。”

易飒说：“怕什么。”

她也不知道怎么了，虽然鼻子塞着，声音齉着，但精神出奇地好，上下打量宗杭。

他终于干干净净的，穿上正常大小伙子的衣服了，白色圆领的T-shirt、卡其色带兜的中裤，白色板鞋。

易飒拈起他的上衣下摆，食指翻到衣服里，把织丝撑开点看：“多少钱买的？”

这质量也就一般，不过衣好衣衬人，人好人衬衣，宗杭穿起来不赖。

“一百二。”

顿了顿又骄傲地说：“我还讲价了。”

他一个富二代，花钱没谱，还会还价？丁玉蝶教的？

也不可能啊，丁玉蝶花钱也没数，不像她，在东南亚晃荡过许多行当，练就一双毒眼。

"她要一百五，我都准备给了，边上一个老太太拎了双五十的鞋子问'三十卖不卖'，我才知道还能讲价。我看你包里现金也不多了，能省一点是一点嘛，所以讲到一百二，不好意思多讲了，她说她批发价一百一，就赚了我十块钱。"

这种鬼话也信？

易飒也不好打击他，抽了抽鼻子："还行吧。"

这一抽提醒宗杭了："易飒，你再睡一觉吧，买药的时候我问了，吃完药，蒙上毯子，睡一觉发个汗，能好一半。"

还睡啊？

易飒垂下眼，看到他鞋边沿都湿了。

于是嗯了一声。

虽说不想睡，但躺上床，裹上毯子，还真有点犯困。

宗杭坐在地席上，背倚着床沿，拿了本书在看，半天翻一页，看得还挺认真。

易飒奇怪："你看什么书？"

感觉他搭配什么书都违和，漫画书可能还好点。

宗杭把书递给她看，书名居然是《军警擒拿格斗应用解剖学》。

格斗就格斗，跟解剖又有什么关系？

她拿过来翻。

宗杭在边上解释："买药的时候，书摊上看到的，老板说这个书好，一般的书只讲招式，这个还给你讲人体的薄弱环节、要害部位、致伤原理，一看就懂，还能举一反三。"

还真的，里头有格斗图示，也有人体器官剖面图。

头一次看到有人纸上学功夫的，易飒哭笑不得："你学这个干吗？"

宗杭说："学了……以后你再有危险，可以帮你啊。"

哦，以后。

原来还有"以后"，不是让他回家去吗，不走了？还跟着？

易飒盯着宗杭看。

宗杭也看她。

看了会儿，忽然有点心虚，一把把书拿回来，后脑勺对着她："多学点东西求上进，也有问题哦？”

难得，还标榜是“求上进”。

易飒屈起手指虚弹他脑袋，他头顶有个发旋，其实跟一般人的没两样，但易飒就是觉得，这个旋儿怪倔强的。

“宗杭？”

求上进的人没回头：“嗯？”

“你跟我姐姐……待过一段日子，她是个什么样的人？”

宗杭心里咯噔一下。

易飒终于提起易萧了。

他放下书，转身朝向她，胳膊叠到床沿上，下巴搁上去：“易飒，你姐姐的事，你是不是很难受啊？”

易飒说：“也不是，人跟人的感情是相处出来的，我跟我姐姐没来得及相处过，我真谈不上对她怎么亲。光记得她漂亮，还有她不喜欢我、总欺负我了。”

“她为什么不喜欢你啊？”

“我也不知道，后来长大了才听云巧姑姑说了点。说是当年，还是实行计划生育的时候，大家都觉得，一对父母，只生一个孩子很正常。”

加上易萧都快成年了，易九戈夫妇也上了年纪了，谁也没想到，还能再怀上。

“我妈本来身体就不大好，怀我的时候，年纪又大，产检的时候，医生不建议要，说对产妇很危险，我姐姐陪着去的，回来了就冷着脸，跟医生一条战线了。

“我妈没舍得打掉我，最终还是生下来了，但身体更差了，好像又出现了什么并发症，没几个月就去世了。

“可能就是因为这个吧，我姐姐不待见我，跟我说话从来没好气，一不耐烦就吼，再就揪我耳朵，厉害的时候，能把我揪拎起来，她也真不怕把我耳朵揪下来。”

她不自觉地伸手揉了揉耳朵。

“我一直觉得，她不喜欢我，不喜欢就不喜欢，我也不喜欢她，但是……”

但是在穹洞里，都没什么催泪的对话，易萧只寥寥数字，只轻轻捏了捏她耳垂，她心里头，好像就有什么东西，被浩瀚而来的水流冲涌着崩塌、远去了。

生平头一次，她想问别人，问一切见过易萧的人——

她的这个姐姐，到底是个什么样的人呢？

宗杭也答不上来，他跟易萧的接触一直流于表面，能拿来说的，只有干巴巴的几次对答，还有“破鳄”的那一次。

但这些，易飒都听过了。

感冒药催眠的效果渐渐上来了。

易飒合上眼睛的时候，脑子里还盘桓着那个问题——

易萧到底是个什么样的人呢？

她梦里都在找，找到野草长过了膝盖的窑厂，从堆砌的红砖间抽出黑色的笔记本，打开了，每一页都是空白。

不知怎的，又到了空荡荡的地下通道里，像地铁的通道，空无一人。

她往前走，两边的走廊广告框里，原本是最新的影讯、最火的明星、最流行的综艺，渐渐地，都成了一面面太极盘的挂钟，空寂处忽然传来类似地铁进站的声响，无数挂钟的S形走针齐刷刷开始计时。

嘀嗒——嘀嗒——

人声渐渐鼎沸，无数呓语般的轻音在四面八方响起。

“来了，它们来了……”

易飒回头。

廊道的尽头处，涌出大量的人，行色匆匆，很快到了面前，又和她擦肩而过。

仔细看，这些人跟她也没什么不同，或西装革履，或纤腰楚楚，为着生计生活，东奔西走，马不停蹄。

人群中忽然有人大叫：“易飒！”

谁啊？

又叫了，语气焦灼：“易飒，易飒！”

易飒睁开眼睛，看面前的宗杭，又低头看自己，手上一颤，手里断了的勺柄就掉到了桌面上。

她居然坐在桌子前头。

桌面上划满了字，仔细看，都是重复的四个字。

——它们来了。

宗杭脸色都白了：“你睡着了，忽然又爬起来，眼睛发直，问你话你也不吭声，到桌子前坐下，拗了柄勺子就开始写字，一直写，一直写……易飒，你怎么了啊？”

【11】

易飒也说不清楚自己是怎么了。

不过她隐隐有种感觉：姜骏和易萧的今天，就是她的明天，而她走过的路，未来宗杭也必然经历。

有些事情，得抓紧了。

丁家向来依黄河而居，丁长盛的窑厂，不可能脱得了黄河流域，易飒计划一路向北，途中等丁玉蝶的消息，等不到再作其他打算。

之前赴姜家的这趟金汤，她是开摩托车来的，车子还停在最初上船的码头附近，所以先回去取车，开摩托车到南昌，从南昌再包车北上。

易飒结清了旅馆房钱，带宗杭和乌鬼上了辆私营小面包。

车子摇摇晃晃开起。

乡村线的小面的，乘客不多，舍不得开空调，为求风凉，车窗都大敞，易飒靠窗坐，支颐看平静大湖，天气不错，湖上波光点点，舟船如裁叶，线线条条。

出穹洞前，她把易萧的尸体，还有另外那几具被殃及的摆在了一起，也不知道现在有没有被息巢收葬。

出了会儿神，转头看宗杭，他捧着那本格斗手册，看得聚精会神，身子和书都随车身的晃动左摆右荡。

他爸没教过他坐车别看书吗？

还有，至于认真到这份儿上吗？没听说看书能看出高手来的。

易飒清了清嗓子："都看出什么来了？学到有用的了吗？"

宗杭显然已经被作者圈粉了："太有用了。"

他给易飒讲自己刚学到的："原来头还能拿来当武器，叫'头击'，训练到位的话，头击能有数百公斤的力量呢，最有效的是拿你的脑袋瓜去撞别人的脸，你想，脸多怕疼啊……以后，丁碛再打我，我就这么搞。"

这自信满满的，易飒斜了他一眼："来，撞我。"

"啊？"

"帮你试练一下，用你的头撞我。"

"开着车呢。"

"人家打你，还管你坐没坐车？"

宗杭犹豫："不行的，头击很厉害的，万一把你撞伤了……"

易飒说："我这人从不往自己脸上贴金，我的功夫，最多三流，丁碛是一流，没跑的。你撞不赢我，还想撞他？只管来。"

她好歹也练过两三年，让个只看过两三页纸的制住，也忒没用了。

宗杭前后看了看。

司机在开车，售票员在刷手机，前座的老太太专注地嗑瓜子，后座的老大爷歪在座位上，睡得呼哧呼哧。

应该没人会注意到他动手。

他说："那你小心点啊。"

说完，歪侧了身子，手扶住前后椅，头一低，对准易飒的脸就撞了过去。

易飒手疾眼快，一掌摁过来，把宗杭脑顶心给控制住了。

宗杭这"头击"只击了一半，就遭到了空前强大的抵抗。

易飒说："铁头，用点劲啊，这是给人挠痒痒吗？"

宗杭咬牙，脸都憋红了往前，分毫未进。

这小细胳膊，哪来这么大的劲？

正僵持着，易飒有电话进来。

于是试练结束，宗杭拿手揉脑袋，易飒甩着胳膊，拿左手接电话。

易云巧打来的，劈头盖脸，先骂她连着几天玩失踪。

易飒语气放软，夸张地展示了一下堵塞的鼻息："手机掉水里了，才换了卡，又感冒了几天，没好呢。"

的确情有可原，易云巧原谅了她，直奔主题："收到消息了吗？姜孝广进特护病房了。"

姜孝广不是躺在息巢里吗，这又唱的哪一出啊？易飒不动声色："姜叔怎么了啊？"

"说是老来丧子，悲伤过度，这几天忙的，身体没撑住……"易云巧始终犯嘀咕，"在船上的时候，我看他还好啊，伤心归伤心，没到这么严重的地步吧，再说了，他身体一向不错，怎么说倒就倒，还倒进特护病房了。"

易飒说："可能当着咱们的面，姜叔比较克制吧。"

易云巧叹气："姜家这趟可真是，总共三水鬼，死了一个，病危了一个，剩下姜太月那么大年纪，中看不中用的……哎，飒飒……"

她突然压低声音："我听到风声，说是……上头又在考虑漂移地窟了。"

易飒不由得打了个战："漂移地窟？"

"可不是嘛，我听到就觉得晦气，那倒霉地方，折了我们易家多少人啊，但是也没办法，新水鬼迟迟出不来，老水鬼又出状况，姜家是不指望了，丁海金又是个心脏搭桥的，现在只剩下我们俩，丁小蝴蝶，还有那个叫什么盘子……"

易飒说："丁盘岭吧？"

如果拿老、中、青来划分水鬼，丁海金算"老"，丁玉蝶算"青"，那丁盘岭就是正当壮年了，但这人生性木讷，沉默寡言，又不擅交际，存在感向来很低，这趟开金汤，他也在船上，但露面很少，以至于易飒对他都没什么印象。

易云巧也想起来了："就是他，三家，才四个能办事的水鬼，寒不寒碜？不过话说回来，真去漂移地窟，我愿意的，我倒想看看，什么了不得的地方，能放翻我们那么多人，他们当初，是不是动了什么不该动的？毕竟祖师爷指点去的地方，不至于害我们啊。"

祖师爷？祖师爷的心，比海底针还难捉摸呢。

挂了电话，易飒心头往外泛凉气。

漂移地窟，总觉得是这一切开始的地方，很多人的命运，姜骏的、易萧的，还有她的，都跟那儿脱不了关系。

宗杭叫她："易飒？"

易飒定了定神，把姜孝广进特护病房的事说了。

宗杭愤愤："丁长盛也真是……什么都敢编排。"

易飒倒不觉得全是丁长盛的锅。

一个人做不到这样，得很多人配合支撑，三姓内部，显然有一个秘密团体，只是不知道成员都有谁。

也是巧了，电话刚挂，丁玉蝶就打来了。

先还客气问候了她一下，易飒耐不住性子："说重点，窑厂的事有进展了吗？"

一听这急吼吼的语气，就知道她已经从之前那半死不活的状态里走出来了。

丁玉蝶先不急着说窑厂："丁长盛回家了你知道吗？非但回家了，还在朋友圈发了张照片，黄河壶口瀑布跟前照的，点赞的没有一百也有八十。"

易飒没加过丁长盛微信好友："所以呢，什么意思？"

"他很少发朋友圈的，更别说发照片了。"

易飒一下子反应过来。

这是昭告诸人，他离开鄱阳湖之后，没停留、没耽搁，早回老家了，没去过老爷庙，对姜家的事也一概不知，谁想质疑，有旅游照片为凭，点赞的百八十人都是证人。

也真是处处小心、步步为营了。

丁玉蝶这才转入正题："我偷偷打听了一下，丁叔没窑厂，不过，他以前干过窑厂。"

三姓的人，背后有家族支撑，虽然依着能力高低，受到的扶持有不同，但基本都能做到生活无虞。

不过家族内部，并不提倡大家当富贵闲人——不劳不作却有吃有穿，难免引来觊觎怀疑，所以一直以来，都时兴找份表面差事，易九戈当年，就在学校里找了份语文老师的工作，早出晚归，乐在其中。

丁长盛没进掌事会前，也倒腾过不少生意，20世纪90年代的时候，很多乡下地方习惯自己烧砖造房子，乡镇砖窑厂一度很红火，丁长盛就和几个朋友合伙办了个窑厂。

易飒追问："那现在呢，窑厂在哪？"

哪怕荒废了，也总还有个地址吧。

丁玉蝶早料到她这心思了："别想了，渣都不剩了。我原先也以为，倒闭了还能有个废墟，一问才知道，地方上修路，他那窑厂正好在路线上，双方谈好赔偿之后，铲土机唰唰几下都铲了，现在你要去看，那就是条柏油路。"

那应该不是了，易萧被关的地方，也同时是很多人被关的地方，至少得有场地、有门有锁。

"还打听出什么了？"

"还打听出，我丁叔真是个不错的人，"丁玉蝶的关注点也真是歪得很清奇，"乐于助人，他之前不是农村户口吗，后来搬去城里的……"

没错，三姓要沿河居住，但河边并不都是大城市，很多人手里攥着大把钞票，却享受不了花花世界，得安居在小地方。

"有段时间，帮不少以前的穷朋友解决户口问题，介绍他们进城找工作，还安排城里的招工队专门下乡招人，很不容易啊。现在那鼻子眼的，怎么看都不像个会帮人的人，显然是城里住久了，思想渐渐不朴实了，也不带动穷朋友们实现共同富裕了……"

易飒想笑，又觉得丁玉蝶这吐槽吐得很到位：在她看来，丁长盛一直是个利己主义者，居然还有这么一段不辞劳苦地帮扶他人的经历，还真稀罕。

挂了电话，路程还长。

她跟宗杭聊起这段。

宗杭对丁长盛父子没好感，看他做的任何事都戴一副有色眼镜："介绍人进城找工作，他会这么好心？"

易飒说："就事论事，介绍人进城找工作总是好事吧？"

这倒是，乡下人爱往城里跑，三、四线城市的人又爱往一、二线城市跑，人往高处走，这山望着那山高，都想追求更好的生活条件。

宗杭说：“我爸的厂子里，就招了不少进城打工的人，那些人赚到了钱，第一件事就是想办法把家里的弟妹父母接来，一起打拼，想在城里扎根。

“其实我觉得这样也不是很好，都走了，谁种地呢？我跟我妈去农家乐的时候，车子会经过一些庄啊村的，司机还指给我们看，说哪哪个庄已经空了，到晚上，灯都不亮一盏，人都走光了，跟鬼庄似的。”

易飒心里一动：“等等，你先别说话。”

她想了会儿，心跳得厉害，翻出丁玉蝶的号码，又拨了回去。

“幺蛾子，你辛苦一点，实在不行，叫辆车去转一趟，钱算我的，但要做得隐秘点。

“丁长盛老家的住处附近，十里八村的，乃至邻县，还有哪些窑厂。他做这门生意，总得了解一下远近的同行。”

那个“窑厂”，未必是丁长盛自己的，他知道的、可以利用的，也该被列入查找范围。

“他安排招工队下乡招人，去的哪个乡？介绍去城里找工作的人，又大多是哪儿的？

“这两条，交叉比对一下，有没有两条全中的，范围应该就能缩小很多了。”

窑厂有很多窑洞，有些深入地下，确实挺方便关人的。

她怀疑，三江源出事之后，丁长盛想找稳妥的地方安置那批人，首先就选择了窑厂。

他在自己有印象的诸多窑厂中，选择了一个规模适中、地势偏僻、人又不算很多的，承租或者买了下来。

而对于附近的住户，他有意识地以“介绍去城里打工”“招工队下乡招人”的方式，慢慢“腾空”了。

所以，易萧所说的“窑厂”还在，应该位于宗杭所说的“灯都不亮一盏，人都走光了，跟鬼庄似的”地方。

【12】

又到了之前登船的码头。

还真是物是人非，恍如隔世。

易飒取车时，宗杭在码头闲走乱看：过去十年，除了长大，他的生活都没什么波折，但过去几个月，真是把普通人一辈子的起伏都浓缩进去了。

一瞥眼，看到有根电线杆上贴着寻人启事。

他凑上去看。

易飒推车过来，远远就看到宗杭在那一处团团乱绕，仰头看电线杆，又俯身去瞅墙面。

她觉得奇怪："你干吗呢？"

宗杭这才回过神来，墨镜遮盖下的脸泛起紧张的红："易飒，井袖在找我。"

井袖？

易飒想了一会儿，才反应过来是那个按摩女。

寻人启事不是面向大众的，有心人写，给明白人看。

"ZH，在找你，请跟我联系。"

署名井袖，后头跟着一串电话号码。

不止一张，电线杆上、墙上、湖边搭的简易棚子上，都有。

易飒掏出手机，拍了一张，吩咐他："别管，别看，走。"

宗杭照做了，小跑着跟上她，心头乱跳。

易飒说："你要分清楚，到底是井袖在找你，还是丁碛在找你。"

丁碛，当然是丁碛。

丁碛在船上的厨房里跟他打了照面，亲眼见到他复活了，一定不惜一切代价要把他找出来，而这找，暂时只能从两处下手。

一是井袖，二是他父母那边。

所以，哪一边，他都不能联系。

宗杭后背发紧。

原以为在息巢里已经够凶险的了，出来了才知道，外头还有风波在等他。

什么时候才能真正平平安安、无所顾忌地回家呢？

等到以丁长盛父子为首的一干人彻底垮台之后？

正想着，易飒已经跨上摩托车，戴上头盔，回头招呼他："上车啊。"

宗杭一愣："你带我啊？"

"你要乐意跟着跑，也行啊。"

宗杭坐上后座，依着吩咐，一手搂住她腰，另一手稳住乌鬼笼子。

摩托车不能上高速，易飒只能走省县道，中途还绕了些乡道，速度既慢，路又颠簸累人，一下午就赶到南昌的计划也告夭折，晚上在途中的一个镇子上住宿。

一夜无话。

天没亮时，隐约听到门响，易飒睁了下眼睛，似乎看到宗杭出去，不过困得厉害，也懒得管他。也不知道睡了多久，终于自然醒，躺在床上醒了会儿神，偏头看隔壁那张床。

空了。

又乱跑！信不信正撞见丁碛，又被绑去了关个十年八年！

易飒没好气起来，伸手拧动窗户把手，正要大力推开，忽然看到什么，手上一滞，慢慢把窗户推开掌宽的缝隙。

原来没乱跑，人就在外头呢，拧眉鼓腮，憋足了力气，蹲着马步，悄无声息，唰唰出拳。

过了会儿累了，擦擦额头的汗，走到墙角边拿起翻盖的书，翻一页，再翻一页。

他居然在练功！

宗杭买那本格斗书，她只觉得是一时兴起，昨天的铁头功出师不利之后，她还以为他会觉得此路不通，就此撂下不提……

原来还在练呢。

易飒轻咬着下唇看。

他一手拿着书，另一手学着书上的样子攥拳。

手指内蜷，握了个实拳，拳面水平。

这叫面拳，是击打头、胸这样的部位的。

面拳的基础上，屈起的中指突出拳面，这叫鹤顶拳，专用于点状打击眼睛、耳后这种部位，遭了这种拳，那真个叫受罪。

他学了几种拳型，书一搁，又呼哧呼哧耍开了。

内行看门道，易飒只扫几眼，就知道他新手初练，只凭意会，问题多多：下盘飘、手肘浮，姿势夸张……

搁着平时，她大概要笑出来了，但现在，看着看着，心中反而有几分道不明的意味涌上来。

窗户是铁的，下沿好多翻裂的锈皮，易飒勾起食指，拿指甲一下下去拨。

她想起宗杭之前说的话："学了……你以后再有危险，可以帮你啊。"

我这么厉害，要你帮吗？

她走到床边，把自己砸下去，旅馆床垫是席梦思的，弹簧强劲，带得她的身体一颠一颠的。

颠完了，她又拿身体缠被子，脚钩腰绕的，把人同被子拧成了别扭的麻花，这么一拱一翻的，头发也乱得倒披到脸上，她吹开头发，舌头挑抹了一缕，放进牙齿间细细咬。

眼睛盯着天花板看。

宗杭这个人真是，说不上来，但比大部分男人……有意思多了。

嗯，她就是这么觉得的。

易飒只当不知道宗杭早起练功这回事。

兴许是一时的热情呢。

吃完早饭，再次出发，戴上头盔前，易飒转转肩膀，又晃晃脑袋。

病还没全好，身体有点虚，昨天开了那么久，肌肉怪酸的。

宗杭在边上看着，犹豫了一会儿，说："易飒，你如果开得太累，我可以跟你换着开的……我也会开摩托车。"

他也会开？

易飒大感意外。

大概是她的眼神泄露出太多不信任，宗杭很不服气："我还飙过车呢。"

看人不能只看表面，扫地僧还能技惊武林呢，谁还没点压箱底的才华啊。

易飒显然把这话听进去了，半程停下休息的时候，问他："真飙过车？"

合着她看走眼了？宗杭这文气的外表下，还揣了一颗狂野不羁的心？

宗杭点头："没敢让我爸妈知道，专门跑郊区飙的。"

路边就是块大空地，易飒朝摩托车努了努嘴："开给我瞧瞧。"

宗杭不含糊，撣撣手就上了，看姿势，是挺熟练的：紧离合、打火、踩挂挡、加油门、再放离合……

绕了一圈停下，所有动作都标准，是会开。

不错，有人轮换就轻松多了，再出发时，易飒把头盔扔给宗杭，示意他来开下半程。

再次上路。

易飒很快发现，宗杭开车是稳，但稳如六十老叟，易飒催过他两次加速——别人加速都是十码十码地增，他大概是一码一码来的。

原本落在身后老远的车子，都把他们给超过了。

更气人的是，有辆摩托车，同样男载女，分明挑衅：故意贴着他们超车，嗖一下风驰电掣过去，腾起的黄土黑烟呛了易飒一脸，出去老远了，还丢下一串奚落的笑声。

反了天了，乡村小青年，在这挑战她，她在东南亚玩摩托，什么飞车上墙、过接应台、悬头独轮跳，什么没玩过！

她催宗杭：“追，追过去……停，停下，换我开。”

宗杭猜到她是要跟那对男女过不去：“易飒，算啦。”

“什么算了，他自找的，还有你，我下来跑都比你快。这条路上，哪辆摩托车不比你快？”

宗杭说：“骑摩托车很危险的，是肉包铁，不能太快，我这是安全速度，他们已经超速了。”

两句话一磨叽，那辆摩托车已经看不到了。

估计反杀无望了，易飒叹气：“我这辈子，就没坐过这么慢的摩托车。”

她平日里都是横冲直撞、风驰电掣，忽然这么慢，觉得屁股上像长了针，坐不住，时间多到没法打发。

宗杭居然还讲起了大道理：“行路当然是安全第一，干吗跟他们比快慢呢？再说了，你车上带着人，不应该对人家的安全负责吗？开那么快，乘客能舒服吗？万一摔了呢，头破血流的，有意思吗？”

易飒说：“你哪这么多话？能不能安静点？”

宗杭不吭声了。

易飒也由他去了，屁股上再多针，戳习惯了就无所谓了，她坐着无聊，看路边风景。

野草密密簇簇的，草尖探进风里，风也来得没规律，带着草尖左摇右摆，草丛中有朵紫色的牵牛花，只此一朵，像投错了胎，孤零零站着，惶惶无依。

又看见两个人，脑袋对着脑袋点钱，一时失了手，一张钞票飞起来，被风托高，一个伸手够，没够着，另一个跳起来捞，也捞了个空。

易飒差点笑出声来，从前开得快，从来没心思留意过这些道旁的七七八八。

顿了顿拐上另一条道，照样车来车往，易飒终于看到两辆跟他们差不多快慢、甚至还要慢的摩托车。

一辆是个中年男人，后座坐了个老太太，头发花白，精神不是很好，手背上还有吊了盐水后贴的白胶布——那男人开得小心翼翼，尽量避开地面的凹凸不平，还时不时扭过头去，小声地嘘寒问暖。

另一辆是个年轻男人，开得时快时慢，总忍不住加速往前蹿，后座上应该是他老婆，抱着个娃儿，隔一会儿就伸手拧男人的腰，骂：“慢点！娃不耐颠！你看到洼窝儿不知道拐啊！”

……

易飒忽然觉得，快有快的速度，慢有慢的风景。

这样也挺好的。

看多了，眼睛有点累，她犹豫了一下，还是图省事，额头抵上了宗杭的后背，偏了脸看一侧风景。

宗杭心里一跳。

后背上的神经忽然极其敏感，能感受到她的分量、身体的柔软，还有轻微的鼻息，透过那一层薄薄的布帛，正拂在他背上。

宗杭顿了一会儿，才说："易飒，你别睡着了啊，这样睡着挺危险的。"

易飒嗯了一声，说："我知道。"

宗杭不觉就笑了。

手心有薄薄的汗，头盔的挡风罩上积了些沙尘粒。

心里像揣了只刚睁眼拿嫩喙去破壳的小雏鸟，这里啄啄，那里啄啄，又酥又痒的。

这段路可真好啊。

始发站未必好，终点站可能也并不让人愉悦，但这段路，可真好啊。

【13】

正午时分，终于进了城。

易飒没往市中心去，看到一家不错的酒店就停了车，上星的酒店就是规矩严，乌鬼不能进客房，最后花了点钱，送到餐饮部去寄养一晚，这部门名字听着不祥，易飒真担心乌鬼会被当家禽给宰了。

作为"黑户"，宗杭照例在街对面徘徊，偶尔巴巴抬头看高处窗扇，等着接收信号，哪知等了一会儿，易飒反而出来了，招呼他："跟我去打电话。"

打电话也要人跟着？宗杭纳闷了一会儿，才发现她是在找公用电话亭。

抬眼看，满街的手机党低头族，这些年，别说公话亭了，家用电话都快被手机淘汰得差不多了，两人连走好几条街，才在一条小巷头找到了一个。

易飒在就近的小卖部里换了些硬币，带他进了电话亭。

是挺少人用了，电话机上头一吹腾起一片灰，好在听筒里信号音还正常，易飒投了币，从手机上调出一张照片，对着上头的号码拨号。

是井袖的那张寻人启事，这是在给井袖打电话？

宗杭的心一下子提了起来。

等接听的当儿，易飒吩咐宗杭："待会你别出声，我跟她说，你听着就行。"

宗杭嗯了一声，电话亭是带门的，透过玻璃看外头，日头正炽，人来人往，但因被电话亭过滤了一道，不觉燥热，也不显喧嚣。

井袖的声音传来："喂？"

宗杭心头一热，到底曾经是朋友：吴哥大酒店的聊天小露台，还有那本花花绿绿的《吴哥之美》，被这声音一带，如在眼前。

有个怪异的声音响起："是井袖吗？"

宗杭打了个激灵，还以为电话亭里凭空冒出个第三人，张皇四顾。

"是我，你哪位？"

"我看到你贴的寻人启事……"

宗杭看出来了，确实是易飒在说话，但她嘴没动，也不知道这诡异声线从何而来。

井袖的声音有点不耐烦："瞎打电话好玩儿吗？你倒说说，我找的人叫什么名字？"

也不怪她脾气大，寻人启事贴出去，正经电话没接到一个，反而一堆办证的、卖保险的、推销壮阳药的，烦得她都想换号了。

"是找宗杭吗？"

井袖那头静了一两秒，再然后，语气又惊又喜："哦，对，对，不好意思，我刚还以为是骚扰电话……你有宗杭的消息吗？"

"电话里不方便说，可以当面聊吗？"

井袖有点迟疑："这个……不是很方便，我现在人不在江西。"

忽又急切："但是，你要是能等一两天，我赶过去也可以。"

"要一两天那么久啊，能问一下你现在在哪吗？"

"快的话一天就可以，我会尽量抓紧，我现在在太原……"

易飒直接挂断了电话。

宗杭注意到，听到"太原"两个字时，她几乎立马黑脸了。

他小心地问了句："怎么了啊，太原……有什么不对吗？"

易飒歇了口气，又揉了揉喉下，把声音从腹语调回来："丁长盛他们常驻的两个地方，一个靠大河，壶口；另一个在城市，方便进出，太原。"

井袖握着手机发愣。

刚回拨了两次，那头没接。

边上的房产中介有点不耐烦："哎，美女，你觉得这铺子怎么样？沿街哎，月租三千五，很合算了，你找装修队隔一下，里头自住，外头做生意，商住两用，不要太省心哦……”

井袖有点恍惚：“我今天有点事，改天再看吧……改天。”

她推门出来，玻璃门荡了两下，把中介的牢骚隔在了背后。

这一片其实不算闹市，居民楼灰蒙蒙的，门市和招牌都黯淡，大街上很多出租车，上白下红的两截色，本该是最鲜艳抢眼的颜色，但很多车主惫懒，任它蒙一层灰。

从暹粒到鄱阳湖再到太原，井袖觉得自己真跟做了一场梦似的，人晕晕乎乎，决定也来得糊里糊涂。

那天，她三言两语就“讲清”了自己和宗杭的关系，打定了主意：不能说就是不能说，再问还是这么多，不知道！

丁碛惯会拿捏女人情绪心事，察言观色，知道再问徒招反感，不如以退为进，再说了，他清楚井袖的斤两——宗杭背后一定是易萧，而易萧行事那么小心，也不可能向临时找来的人透露什么关键信息的。

反正，从井袖嘴里，他已经证实了那个叫宗杭的确实还活着：厨房里见到的，都是真的，不是他眼花。

所以他话题一转，只谈风月：“还回暹粒吗？以后有什么打算？”

井袖心里没底：暹粒那边的工作已经黄了，易萧和宗杭又双双失踪，万一就此没音信，她算什么？欢天喜地跳槽，上任没两天新东家就卷铺盖跑路了？

有点像。

不过细论起来，也不算吃亏，毕竟受雇还没一个月呢就得了块柿子金。

丁碛接下来的话，让她心头一颤。

“其实上次在暹粒，我问过你的意思，我跟你呢，算有情分，也有缘分。”

他摸了支烟出来点上：“也别指望我爱你爱得死去活来，我从来也不是谈情说爱的人，我身边换过几个女人，你要是能定，我也懒得换了。

“总之就是，想走呢我不留，想留呢我愿意收，你自己考虑。”

这信号释放得很明显。

井袖脑子里突突的，定了定神，问他：“那宗杭……是怎么回事？你之前见过他，对吧？”

这问题不搞清楚，她没法给答复。

丁碛吸了两口烟，又拈在手里掐灭，终于有了像样的借口：“对，见过。当时，他被人绑架了，我算目击者。但绑他的人是毒贩子，我犯㞞，没敢插手，也一直不想跟人提……一来怕麻烦，二来……又不是什么光彩的事。”

这理由，井袖觉得合情合理。

她说：“我考虑一下吧。”

丁碛的话其实说得并不动听，但井袖反而觉得真实，她的糊涂毛病又犯了，那句“你要是能定，我也懒得换了”，被她解读成“你来了，我可以为了你收心”。

但没什么时间给她考虑。

第二天，船上的人就开始四散了，第一拨人就地下了船，第二拨人在老爷庙下的，其中就包括丁碛，当时井袖在甲板上，看到他下船的背影，像被砸了一棍。

是不是她那句“考虑一下”让他觉得矫情？索性不跟她啰唆了？

她没地方去，又抱着“宗杭或许会回来”的侥幸，一直待在船上，然而到了九江，航程结束，工作人员清船，连船上都没法待了。

井袖没办法，坐车回到了最初上船的地方，印了些寻人启事，贴满了码头：你雇了我，又玩失踪，我没有拍屁股走人，还在试图联系你们，够义气的了。

但义气不是傻气，总不能一直等下去，等了快一周，人生地不熟的，井袖实在不想待了，反正寻人启事还在，上头有她电话，真想找她，总能联系上的。

她收拾好行李去了车站。

但熙来攘往的售票大厅里，仰头看班车客运表时，才发现根本不知道该去哪。

暹粒是没必要回去了。

昆明呢？没脸回去，当初不顾家人反对，跟着男友去柬埔寨闯天下，结果……

正彷徨不定，有个男人过来，递了个接通的手机给她，说：“碛哥找你。”

电话那头，丁碛问她：“考虑得怎么样了？我这两天回太原，你要是愿意，我就过来捎上你一起。”

井袖回到酒店。

开门时，就听到屋里有电视音，进去一看，果然是丁碛来了，坐在沙发上看电视。

听见她进来，丁碛眼皮都没抬：“明明可以住我那，非要花钱住酒店，我说给你找店面，算我入股，你也不干，说真的，来都来了，跟我玩什么独立。”

他真心觉得没必要，养个把女人，他还是养得起的。

井袖说：“我乐意。”

丁碛失笑。

他觉得，女人太温柔顺从，就少点嚼劲，太过泼辣，又让人乏味，井袖这样的刚刚好，闲时一朵解语花，细看才知道带刺。

但他掌上茧多，并不怕扎。

“店面看得怎么样了？”

“还行吧。”

井袖有些魂不守舍，她还在想着先前的那通电话，撇开宗杭的消息先不谈，打电话的女人是谁呢？声音又诡异又难听，倒有点像易萧。

丁碛听出了这语气里的敷衍，奇怪地看了她一眼，正想再问什么，手机响了。

伞头阴歌，丁长盛打的。

丁碛皱了皱眉头，任由它响了几秒才接起来，但刚一接通，声音立时殷勤迫切：“干爹。”

井袖好奇地看他。

这几天接触下来，她感觉丁碛和他这位“干爹”的关系很是耐人寻味，像人的正面背面：表面上言听计从、绝无违逆、随叫随到，身后拖着的影子里却又藏敷衍、抵触，甚至些许厌恶。

丁长盛的声音里带几分犹疑和思忖：“丁碛，有件事，你要留意一下。”

丁碛看了井袖一眼，起身走向窗边，井袖坐着不动，拿遥控器调台，顺带调低音量。

“我今天听人说，丁玉蝶这小子，跟好几个人打听我有没有窑厂。”

丁玉蝶？那个妖里妖气、脑袋上总插一朵花还是蝴蝶的水鬼？

丁碛奇怪：“他打听这个干什么？”

“是啊，这小子从来不跟我们打交道，也不是个好事的人，忽然屁颠屁颠地打听窑厂，我越想越觉得不对。”

丁碛沉吟了一下：“他最多能打听出你以前开过的那个窑厂，这个没关系吧？早修成柏油马路了。”

“话是这么说，”丁长盛说得意味深长，“但‘窑厂’这两个字……你懂的。”

没错，兹事体大。

“要我做什么吗？”

“一是派几个人盯住丁玉蝶，你知道的，他跟谁都聊不来，唯独跟易飒走得近，这趟姜家开金汤，他俩刚聚过，回来就急忙打听窑厂，你不觉得太巧了吗？”

丁碛嗯了一声。

“二是窑厂现在什么情形？”

丁碛说：“易萧……”

他瞥了一眼井袖那头，声音又低了几度："易萧是最后一个，她逃出去之后，那里用处就不大了，我留了几个人看守，其他人都撤了。"

丁长盛想了想："不好，不太妥当。这样，你这几天去处理一下，重要的东西都带出来，剩下的，一把火烧了吧。"

【14】

晚上，易飒洗完澡出来，宗杭又不见了。

该不是又去练功了吧？易飒开窗看，这是临街的酒店，外头是街，不适合。

她出了房间。

走廊里也没有，一直走到尽头的楼道门处，耳朵贴在门上听：找到了，在这。

易飒想推门进去，想了想转了主意，她坐电梯上了两层，进了楼道门，脚步放轻，一阶阶往下走。

看到了，宗杭呼哧呼哧，练得可起劲了，一会儿抬腿踹，一会儿出拳，偶尔还来个姿势拙劣的飞身，飞完身之后还要拿眼神狠狠剜一眼空气，整得跟自己多厉害似的。

易飒下到正对着他的楼道上，胳膊抱起，专看他什么时候能发现她。

没等多久，宗杭一个腾起时，眼角的余光蓦地瞥到昏暗的楼梯上"飘"了个女人，吓得"妈呀"一声，落地时连退几步，差点从楼道门里跌进走廊。

然后看清是她，讷讷的很不好意思。

他存了点小心思，想通过努力，勤能补拙，不鸣则已，一鸣惊人，时机到时，给易飒看看破茧成蝶的自己——没化蝶时，在茧里钻来拱去的丑样儿，不想给人看。

易飒一步步下来，问他："知道错哪儿了吗？"

她瞥一眼他的T-shirt，湿得都沾在身上了。

宗杭低着头，说："没经过批准，偷偷跑出来练功。"

易飒哭笑不得："放屁！"

他吃喝拉撒，爱干什么干什么，什么时候需要她批准了？

她清了清嗓子："第一，我从楼上下来，走到这段楼梯，在上头站了足有五秒钟，你都没发现我。知道什么叫'眼观六路，耳听八方'吗？练武要专注，专注招式，也专注环境，缺一不可。"

这就是"点拨"了吧，宗杭听得认真。

"第二……"易飒沉吟了一下，"来，打我，就用你刚刚的冲拳，用尽全力，打我。"

宗杭嗯了一声，攥起拳头，酝酿了会儿，一拳朝她面门打过去。

易飒头一偏，伸手搭上他手臂，都没费什么劲，顺势往前一带，宗杭猝不及防，“哎”了一声，失了重心，差点迎头撞墙上去。

“你出拳的姿势有问题，别人出拳，躯干像扎了根，手臂打出去，和躯干呈九十度，你出拳，半个身子跟着胳膊走了，力气再大，也轻易就被化解掉了。”

宗杭脸红。

“第三……”

易飒走到他面前，对着他一笑，脚尖蓦地钩住他脚踝，向后一带。

宗杭真像块面板，直直往前砸下去，不得不伸手拼命抓握——幸好胳膊长，抓住了楼梯扶手，饶是如此，还是半趴在了地上。

易飒说：“下盘太不稳了，一钩就倒，练武的时候，为什么总爱说‘气沉丹田’？气沉下去，重量压下去，人像树扎了根，再推也不倒。新手入门，一上来就扎马步，几百上千次地练冲拳，你以为是折磨你？这叫基本功，一生二二生三三生万物，一就是基本功，再多花花招式，都要从这‘一’里来。来，再练。”

她上了几级台阶，低头吹了吹灰，然后坐下来。

这是要看着他练？起先宗杭有点放不开，冲了几次拳之后就好了，而且点拨真如点睛，寥寥几句，是比自己闷头瞎练强。

易飒观练如观棋，只必要时开口。

——不要耸肩。

——拳头低一点。

——收也要有力，收是张弓，张得满，打出去才有力……

说到中途，忽地低头，伸手“啪”一声，拍死小腿上叮着的一只蚊子。

手掌送到眼前，蚊子都被拍扁了，她嫌恶地拿指甲拨起，呼一声吹掉。

夏天就是这事儿烦人，都第三只了。

第二天一早，通过酒店联系的车就到了，按照易飒的吩咐，一要带司机，因为她开车远没开摩托车利索；二要皮卡，车后斗有足够的地方放摩托车。

出城前，还专门绕了趟菜场，给乌鬼买了路上吃的鱼。

鱼市有点脏，一地污水，易飒抱怨：“早知道这趟开金汤用不上它，就不带了，这么麻烦。”

一句话提醒了宗杭：“我下船的时候，看到好多乌鬼，你们三姓，是不是人手一只啊？”

“不是，至少得到水抖子才给配，还得看当地好不好养活，乌鬼一般长在南方，所以丁家人身边都没有。”

宗杭还是想不通：“那干吗开金汤要带它呢？它起什么作用？”

“力气大啊。”

她给宗杭解释，百十年前，翻锅这种事儿还没出现的时候，开完金汤，乌鬼是运货主力，因为有些金汤的水面，根本不适合停船——百十只乌鬼乌泱泱聚在附近，每只乌鬼脚踝上都绕了铜环，听到乌鬼哨后，齐刷刷下水。

水底下，几大箱的金汤已然整装待发，外头罩着百头兜网，“百头”意指兜网上至少也有一百个钩头，乌鬼过来时，水鬼就拿钩头挂住它脚上的铜环。

俄顷挂完，一个手势，百十只乌鬼一齐发力，自水底往上腾起——要知道，一只训练有素的乌鬼，差不多能拖一百来斤的分量，众多乌鬼合力，多重的金汤都不在话下。

宗杭听得心向往之，觉得那场面颇像《飞屋环游记》，一只乌鬼就是一只氢气球，那么一大群乌鬼，吊着沉重的金汤自水中冉冉浮起，也算人间奇景了。

真想亲眼看看。

易飒像是看出了他的心思：“别想了，我都没看过。”

宗杭忽然想到了什么：“那天姜孝广带姜骏下水，就两个人，连乌鬼都没带，他们根本不是开金汤去的吧？或者说，他们根本也没预备从金汤里带出东西来吧？”

易飒点头。

姜孝广带了水下摄像机，应该只是想通过姜骏探明路线，为后续正式的开金汤打个底，但丁长盛跟过去凑什么热闹呢……

想不通，但希望所有想不通的，都在易萧说的那本黑色皮革手册里。

上了车，易飒向司机打听了一下车程，然后给丁玉蝶打电话。

先问交叉比对的结果。

丁玉蝶得意扬扬：“差不多了，有一个符合的，距离壶口有段距离，我正准备驱车过去确认一下。”

说这话的时候，他正跨坐在摩托车上，一边接电话一边看着后视镜里帅气的自己：回家之后，他真是更精致了，面膜用得勤，脸色好得不得了，T-shirt 上都是团团的重工刺绣，尽显奢华。

易飒嗯了一声：“你把地点先发给我，我今天在路上，明天应该能到，到时候我直接过去，就不从你那绕了。”

丁玉蝶吓了一跳：“你要过来？”

什么破窑厂这么重要，还不辞劳苦地过来，窑厂下头也埋着金汤吗？

丁玉蝶有点好奇，但鄱阳湖底差点饿死的经历给他带来了阴影：不危险的话可以掺和一把，要是有危险，那还是别了。

易飒嗯了一声：“你打听窑厂的事儿，没让丁长盛知道吧？”

丁玉蝶说：“那当然，问完之后，我都吩咐了，让他们千万别对外说。”

虽然他向来心高气傲，没结交过什么朋友，也没什么人脉，但堂堂水鬼，还是很有面子的，那些人别提多配合了，一迭声地“好的好的当然当然”。

易飒手机差点没拿住：“你还特意叮嘱了，让他们别对外说？”

“是啊。”

易飒咬牙：“是你个头！”

井袖一大早就带着柿子金出门了。

她身上还有点积蓄，这块柿子金如果再能卖个好价钱，店面的设备、装修还有租金，应该都不是大问题。

丁碛说她是“玩独立”，随便他怎么想吧，她就是不想用他的钱：她以前是那么个身份，孤零零到这里，住他的吃他的，那成什么了，包养吗？

她要有自己的房子，自己挣钱，才好挺直了腰杆经营一份感情，一味依靠他，哪天他腻了，赶她走，她连条流落街头的狗都不如。

一上午，她跑了不少古玩店，多跑几家，多听些行情，才好对卖价有个判断。

所谓“三千年文明看陕西，五千年文明看山西”，这话不是混说的，做古玩的，山西人最多，嘴皮子也利索，能忽悠。

一个掂了掂她的柿子金：“五万，最多五万，妮子，你别死眯处眼的，我这价，最高了。”

一个拿放大镜看：“六万最多了，美女，你这是做旧仿古，錾刻根本也看不清，就值个金价……”

一个不先看金块，却拿眼乜斜她：“听口音不是本地人啊，你这货哪来的啊？我跟你讲啊，来路不正，起不了价的……”

……

跑得累人也累心，到中午，日头又毒，她被晒得头晕眼花，决定先回酒店。

走过一条僻静的小街，正要转弯，忽然脖子后头一紧，被人揪住裙领倒拽进一条岔巷，井袖还没闹明白是怎么回事，一把刀就抵脖子上了：“抢劫！有钱吗？”

两个男人，都戴帽檐压低的鸭舌帽，拿刀的那个粗壮，边上还站了一个，精瘦，嘴里叼着烟。

井袖哆嗦着打开挎包，一只手盖住柿子金，另一只手抽了几张大小钞递过去：“我……我没多少钱，就这些……”

拿刀的把钱接过来，甩了甩揣进裤兜，井袖刚松一口气，叼烟的冷笑一声，吐掉烟屁股，上来就夺包。

井袖尖叫：“不行，这个不行……”

她拼死拽住包链子，把包往怀里抱，挣扎间，脸上挨了一拳，又被踹翻在地，一时间眼前发黑，耳边嗡嗡乱响，抬眼时，只看到快速离开的四条腿。

是有人路过吗？不抢包了是吗？包链子还攥在手里呢，她急急往回拽链子，拽到末了，心都凉了。

链子被拽断了，包没了，只剩链子了。

丁碛一边接电话一边拿房卡开门进来。

洗手间的磨砂玻璃门关着，里头水声哗哗的，井袖好像在洗脸，而电话里，那人说个没完。

“妈的，打扮得跟个妖姬似的，骑着摩托车出门，我们心说肯定是办什么事去的，就赶紧跟上了，结果，他先去吃烧烤，又去买奶茶，抱了一桶爆米花，在环城河边看了一上午老头钓鱼……碛哥，丁玉蝶就是个神经病，这还要跟吗？”

丁碛说：“跟啊，看他能出多少妖蛾子。”

挂了电话，洗手间的水声也停了，井袖没出来，大概在抹脸。

丁碛掏出一串钥匙，哗一声扔到桌上：“我今天出去办事，估计过几天才能回来，你要乐意，去我那住，比这方便。”

井袖还是没出来，低低嗯了一声。

丁碛觉得有点不对劲，想了想推门进去：“怎么了啊？”

井袖低着头，头发垂着遮了脸，不自在地说了句：“没事，就是天太热了，有点中暑，不太舒服。”

不太舒服？不太舒服你去床上躺着啊，搁洗脸池这低头认什么罪啊，丁碛伸手搭住她肩，往侧面一掀，井袖哪吃得住这劲，腾腾腾连退几步，后背撞到墙上，愕然抬头。

丁碛皱着眉头看她的脸，居然笑了。

“你怎么回事啊，出去看个店铺，弄成这样回来，中介打的？现在中介都这么横啊？”

井袖不自在地别过脸去，她半边脸肿得跟馒头似的，眼睛都成一道缝了，哭过一场，更添红肿："没有，遭抢了。"

"抢钱啊，你像有钱人吗？抢你还不如劫色呢。"

他妈的这是人话吗？井袖吼他："关你什么事儿啊？"

刚开吼，眼泪就下来了。

被打成这样就算了，钱和柿子金都丢了，她现在全身的票子加起来，都不够付房费的。

"报警了吗？"

井袖抹了把眼泪："没。"

本来想报的，忽然想起"来路不正"这话，又压下了：她也不知道易萧这块柿子金哪来的，万一是偷来的、抢来的、掘坟掘来的呢？别一个报警，把自己赔进去了。

"哪打的啊？"

"街上。"

"外头几百条街呢。"

这不咸不淡看热闹的语气，井袖差点按捺不住："我不知道，我对这儿又不熟！"

估计再问也是白搭，丁碛示意了一下桌子上的钥匙："钥匙在那，想住就过去啊。"

说完了，径直下楼，楼下有辆大切诺基候着。

上了车，开车的丁席问他："碛哥，直接去窑厂吗？"

丁碛嗯了一声。

丁席发动车子，正是午高峰，路有点堵，丁碛等得心烦，一抬眼，恰看到街口的摄像头。

"每条路上，都有摄像头是吧？"

丁席点头："市区是这样，就算街道上没有，有些店面也装了。"

丁碛说："这样，窑厂的事先缓一下，你想办法帮我调一下监控，先从……酒店外头这条街调吧。"

【15】

晚上住运城，距离丁玉蝶给的地点已经不算太远了，明早紧赶几个小时，估计上午就能到。

易飒躺在床上，跟丁玉蝶打电话，光听声音，都能想象出他眉飞色舞的样子："我一留心，还真有辆车跟着，鬼鬼祟祟的，我就带着他们瞎绕……飒飒，你到底在搞什么啊？”

“想知道？”

丁玉蝶迟疑了一下：“危险吗？”

他现在特别珍惜生命。

“危险，搞不好还要死人。”

宗杭正拿了书开门出去，忽然又退回来：“易飒，你今天还去看我练功吗？”

易飒头也不抬：“有空就去。”

宗杭嗯了一声，走了。

丁玉蝶在那头叹息，明显是不想掺和，也对，他现在生活无虞，没性命之忧，没对家，没敌人，犯不着只为一腔好奇心，把自己搅进一潭浑水。

能克制不必要的好奇心，也是本事。

“那以后，你能给我讲一下吗？我保证不对人说。”

“凭什么给你讲？”

丁玉蝶愤愤：“我又给你查窑厂，又给你做后勤，没要你一分钱，听个小秘密还不行？”

倒也在理，易飒想了想：“你明天继续，随你怎么作妖，搅得那些人晕头转向才好。”

挂了电话，百无聊赖看了会儿电视，总觉得有事没做——好一会儿才想起来，好像答应了去看宗杭练功来着。

其实打基础阶段，贵在坚持，没那么多好点拨的，易飒找到楼梯间，照例在楼梯上坐着，寻思着看一会儿就走。

宗杭的动作是比之前标准了，眼睛里总有一股子想速成的迫切，不过这是不可能的——除非天降高人，打通你任督二脉，将毕生功力传授于你——这也是小说里乱编的。

她心不在焉，无意间一瞥眼，忽然发现，墙角处，倚立着一圈燃着的蚊香，香头的烟也细细的，细得几乎看不出来。

她的目光像正滚展开的一卷布，又溜溜倒卷回来，眼帘一垂，假装没看见。

蚊香……

怪不得问她来不来看。

挂钟敲了四下，已是凌晨四点。

丁碛打了个哈欠。

古玩店也真有意思，朝代人物大杂烩：左首边坐着慈眉善目的菩萨，架子上一个束手的兵马俑，半空中晾一件不知道哪个朝代的出家人穿过的麻布僧衣。

他坐在太师椅上，身前是雕花镂空的楠木书案，书案上置了个鬼气森森的大红梳妆镜，镜面很糊，照出来的人如鬼影，他偏去照，还拿手抹了抹泛青色的光头，就跟被剃去的头发已然根根还魂，正待他梳整似的。

书案前头，上了年纪的小个子老板身如抖筛，一脸赔笑，边上是两个年轻男人，一个粗壮，一个精瘦，俱鼻青脸肿。

丁席把一个扯坏了的挎包拿过来："都在这了。"

丁碛接过来，包敞着口，他直接往下倒：一块金饼子滴溜溜落下，伴随着天女散花样的十来张大小钞——出场还挺隆重。

他把柿子金拿起来，翻来覆去地看，又握在手里摩挲：七青八黄九五赤，这成色，是好东西。

小个子老板打着哈哈："丁……丁先生，你看，东西我们也赔了……"

丁碛笑笑："人家来卖东西，有钱你就买，没钱就边上看，安排人抢，是不是有点不要脸啊，看你这把岁数，也不像不懂事的人啊。"

老板额头都出汗了："是，是。"

"是什么是啊，把人打伤就算了？去医院看病，不花钱啊？"

老板怔了几秒，恍然大悟："对，对。"

古玩行当，店里常备现钞，那老板急匆匆进了里间，出来时，手里拿了两扎钞票，一两万应该没跑，恭恭敬敬放到桌上："你看，这事，是不是就这么算了……"

丁碛转头看丁席："这种当街伤人、恶意抢劫，要么就算了？"

老板一口气都吊在嗓子眼了。

丁席很会说话："碛哥，不打不相识，当交个朋友呗，算了吧。"

越是在自家地面上，越是不能造次。

丁碛哈哈大笑，他长身站起，走到老板身边，重重拍他后背，每一下都拍得老板气上不去也下不来："行，交个朋友，这趟就算了。"

出了古玩店，丁碛上了大切后座，丁席发动车子："碛哥，现在去哪啊？"

这个点，去哪都不合适，丁碛说："绕城，看看风景吧。"

黑咕隆咚，有个狗屁风景，但丁席很识趣地照做。

丁碛拨了个号码，静静等那头接通，又把那块柿子金拿起来，借着车外偶尔掠进的光细看。

俄顷开口。

“对，是我。”

“我记得，大库里给水鬼分东西，每一件给了谁，应该都有登记是吧？”

“你帮我查一下，我记得有一批金饼，对，柿子金……”说到这，他慢慢转动金饼的边缘，终于在不起眼的一处看到錾刻的“一”，“有刻痕，都分给谁了。”

挂了电话，他面无表情，捏了捏眉心，吩咐丁席：“开稳当点。”

这是要小睡一把了，丁席嗯了一声，把车转向城外。

电话再过来的时候，天已经蒙蒙亮了，车居然停在蒙山附近，一抬头就看到远处晨霭中的摩崖大佛，合目静坐，慈悲肃穆，不怒自威。

丁碛有点不自在，他这样的人，生性不喜看神佛。

他接通电话。

那头显然查过资料，答得很仔细：“那一批不多，二十七块，三类錾刻，像‘S’形的十一块，给了易云巧；‘一’形的七块，给了易萧；剩下像‘文’形的，给姜骏了。”

井袖一晚上没睡好。

天刚亮，她就醒了，披头散发地在床上枯坐，坐了会儿起来理包：没钱续房了，实在不行，只能先搬去丁碛那儿。

她也想有点骨气，但对大多数人来说，骨气是要靠钱来撑的。

正收拾着，门突然开了，井袖吓得一声尖叫。

被劫之后，她如同惊弓之鸟，稍有点响动就心惊肉跳。

进来的丁碛皱眉：“叫什么？见了鬼吗？”

井袖说：“你不是说，出门办事，要几天才能回来吗，怎么……”

她突然刹住了口，眼睛死盯住丁碛手里的拎包。

半旧、明黄色、断了链子，这不是……

丁碛把包扔过来：“喏，找回来了，屁大点事。”

他进洗手间洗脸。

哗哗水声里，井袖翻看包里的东西：自己的钱在，柿子金在，还多了两扎钞票……

丁碛出来时，井袖已经把两扎钱拿出了另放：“这个……不是我的。”

“赔的医药费，难道白被打啊？你自己掂量着，有必要就去医院看看，光睡觉是养不好的……走了。”

井袖攥着包口，不知道该说什么。

丁碛甩了甩手，拉开门，却没急着走，像是忽然想起了什么，回头问她：“那块柿子金，易萧给的吧？”

井袖一愣，答也不是，不答也不是。

丁碛说：“没别的意思，就是上次在船上，她把我作弄成那样，想向她讨个说法。你既然跟她这么熟，能不能帮我给她递个话……”

井袖尴尬：“我跟她早没联系了，上船之后就没见过她。”

丁碛哦了一声，顿了顿说：“走了。”

丁碛走向电梯，越走越快，近前时看楼层显示，估计一时半会等不来，眉头一紧，直接从楼梯下去了。

丁席正歪在驾驶座上没个正形，忽见丁碛过来，赶紧坐直身子，低头去系安全带：“碛哥，去窑厂？”

一再推后的，现在总该出发了吧？

“去我干爹那，马上。”

丁长盛住市中心的高档小区。

其实让他选，他更喜欢住乡下，祠堂、大河、旧戏台、皮筏子，每一样，都透着黄土味儿的亲近。

大城市置产，虽然在当下是个潮流，但他总觉得不伦不类，唯一的好处是邻里关系冷漠，关上门老死不相往来，谁也不窥探谁、好奇谁，给了他许多清净。

这个点，他刚晨跑完，在吃早饭。

女人这一阵子回娘家了，家政的厨艺又不合他胃口，他懒得开伙，晨跑回来的路上打包了胡辣汤、油条，还有韭菜蛋饼：家里的餐桌是大理石台面，堂皇大气，足可绕坐十多个人，摆这种三两块钱的餐食，有点非驴非马。

才吃了两口，有人按门铃。

丁长盛没动，依然细嚼慢咽，正吸地的家政阿姨过去开了门。

丁碛换了室内用鞋过来。

丁长盛皱眉头：“你还没走？”

拖拉，办事太拖拉了，但正吃着饭，为养生计，也不值当为这个生气。

于是问他：“丁玉蝶那头怎么样了？”

丁碛说：“也不知道搞什么鬼，今天大包小包地出门，像是要远行，结果……”

他把刚收到的视频点开了给丁长盛看。

但见一群广场舞大妈，嘻嘻哈哈挤成一团，举着手机对着场地中央的丁玉蝶横拍竖拍。

丁玉蝶像是在跳街舞，肢体动作放肆夸张，一会儿翻跟头，一会儿原地转圈，嗨到不行，还有人夸他：“帅哥，你这发型好潮哦，小蝴蝶头绳哪买的啊？”

哪买的？丁长盛冷笑，那是三姓开出来的金汤物件，孤品，多少钱都买不到。

他抬手摁开手机：“我就一直觉得，丁家这个水鬼，跟神经病似的，脑子不太正常……你有事吗？”

丁碛犹豫了一下：“有件事，因为一直没证据，所以没跟您讲，但现在，我有八九成把握了……”

这语气，好像不大对劲，丁长盛把胡辣汤的塑料餐盒盖上，抽了张纸巾擦嘴：“你说。”

丁碛硬着头皮把易萧还有宗杭的事说了。

丁长盛听得脸色青一阵白一阵的，几次差点按捺不住，终究还是压下，先耐着性子听他说完。

末了，脑子里像填满了糨糊：“这么重要的事，你怎么不早说？”

丁碛只好又解释了一遍：“因为没证据，而且一直没亲眼看到易萧，所以我想等确认之后再跟您提……干爹，易萧当时也在鄱阳湖，姜孝广和姜骏下水了之后就失踪了，会不会是她干的啊？”

丁长盛已经跟他不在一个频道上了：“死了……又活，你到底有没有把人杀死啊？会不会他们沉湖的时候，其实还没死透？”

丁碛沉默了一下：“干爹，我还不至于犯这种低级错误。”

也是，丁长盛觉得自己是急糊涂了。

他坐在椅子上，右手手指痉挛似的持续敲打大理石桌面，嘴里喃喃不休：“死了又活，死人怎么会活过来呢，它们来了，死尸就是度亡舟，死人在水里睁眼……死了又活……”

前面的话都还正常，后头的怎么听怎么都觉得神神道道的，丁碛莫名其妙，正想开口问，丁长盛手上的动作蓦地一僵，几根手指头还保持着欲敲而未敲的动作。

屋里安静得有点瘆人，里屋吸地的声音沉闷到似乎永无止歇。

丁碛试探性地叫了声：“干爹？”

丁长盛这才回过神来，再开口时，脸上镀一层灰白：“窑厂……当时，那些发疯的人，我让人记录过他们说的话，都是疯话，又看不懂，就没当回事……不对，有本册子，你要拿回来，黑色，你去拿，不行，我跟你一起去！”

他双手撑住桌面，想站起来，腿一软，又跌坐在椅子上。

【16】

皮卡车只把人送进县城。

易飒找了家小旅馆，撂下乌鬼，从水鬼袋里拣了几样紧要的物件装包，就带着宗杭开摩托车上路了。

越往乡下走，越是没交规限制，她把车子开得飞起，车屁股后头一直黄尘滚滚，坐个摩托车，愣是把宗杭坐出了晕机的感觉。

快到窑厂所在的庄子时，易飒停了车，把摩托车藏进小树林里，砍了些绿叶繁茂的树枝遮上——不知道窑厂有没有人留守，摩托车响动太大，轰隆隆开进去，难免惹人注意。

两人依着丁玉蝶发来的地图，小心翼翼溜进了庄子。

走了半天，庄子里静悄悄的，连个鸡鸣狗叫都没一声，院落的围墙都低矮，踮着脚探头往里看，大小门扇都上了锁，院门上贴着的大红对联也早褪成了淡粉色，掀起了纸角，在风里嚓嚓摆弄着。

宗杭伸着脑袋，警惕地左看右看，还时不时看高处的房檐，易飒觉得奇怪，问起时，他说："我在找有没有摄像头。"

还摄像头，整得跟进了什么高精尖的秘密基地似的，易飒觉得依丁长盛的性子，不会做得这么招摇：庄上的人是迁进城了，但指不定人家念旧，隔三岔五还要回老宅看看，他布个控，不至于那么嚣张布到别人家房檐上。

庄子不大，窑厂很显眼，因为有个高耸的烟囱。

走近了看，大铁栏门上挂了锁，前排是工人房，后排是一孔一孔的巨大烧砖窑，空地上堆了很多废料砖，角落处有歪斜的板车，也有落满灰尘、缝隙里都往外长野草的拖拉机，一个废弃的窑厂该有的样子，它都有。

两人翻过铁栅栏。

仔细听，有哗啦啦码牌声。

易飒示意宗杭待着别动，自己猫着腰挨着墙根，一路走到发出声响的那扇窗户下，屏住了呼吸慢慢探头……

屋里四个男人，有老有少，正围着一张桌子打麻将，落地的风扇在边上呼呼响，角落的脸盆里盛满了水，浸了个西瓜。

一个斜叼了烟的中年男人放牌："二饼！"

又催边上的秃头："你快哇！"

秃头却有点举棋不定："我定顿定顿。"

中年男人不耐烦："麻球烦！"

顿了顿又发脾气："我也闹不机密了，别人都走了，还不叫我们走，这里又没什么事，又没人来，天天瞪眼，戳火！"（山西方言）

对面的三角眼劝他："多省心啊，出牌出牌，有福你都不会享。"

剩下那个敦实的也劝："也待不了几天了，快了快了……"

除此之外，没见别的人。

易飒小心地离开工人房，又钻进了窑厂占地面积最大的部分。

烧砖窑。

这是个轮窑，高大的拱廊顶上全是火眼，廊身左右延伸、拐弯，总体应该是呈跑道般的环形，烧窑时，窑孔紧封，拱廊里会码满砖坯，但现在既已废弃，自然全部清空——除了砖泥石子，不见别的垃圾，反而显得干净，阳光从一个接一个的窑孔里照进来，把地面切割得明暗分明。

这就怪了，当初三江源出事，带回来"研究"的人，少说也有几十号吧，想安置这些人，势必得有个大场地……

易飒在砖窑里且走且看。

走着走着，忽然看到一个排烟孔，心中一动。

为了防止炸窑，这砖窑的外墙修得有两米多厚，基本上每两个窑孔之间就有个贴地呈半圆形的排烟孔，接入内部烟道，由支烟道汇入总烟道，最终经烟囱排出。

其他排烟孔前头，因着废弃的关系，大多都堆了灰和残砖料，唯独这一个打扫过。

易飒猫着腰钻进去。

刚一进去，一颗心就狂跳开了：这排烟孔看着进口小，但里头空间大，人可以直腰，走两步也没问题。

脚底下铺了层红砖，只铺，没拿水泥糊缝，她重重跺脚，果然，脚下的音有点空。

易飒半跪下身子，觑着砖缝起开一块，再一块，很快，下头露出个方形铸铁井盖，两边有拉手，易飒一手拎一个，猛一用力，把井盖抬了起来。

底下露出一个黑漆漆的方形洞口。

她小心地把井盖搁下，跪趴在洞口边，打着袖珍手电筒下探。

有架长长的铁爬梯，竖直地通下去。

应该是这儿了，易飒嘘一口气，很快退出来，侧身到窑孔边，一心二用，眼睛盯着工人房窗户里的动静，手朝着宗杭做手势。

内招是“来”，不动是“停”、下压是“弯腰”、急挥是“赶快”。

幸好那几个人被国粹给绊住了，始终心无旁骛，宗杭一溜烟地猫腰过来，还算顺利。

易飒向宗杭示意了一下那个排烟孔：“我下去找东西，你在这儿给我放风，万一有人来，马上通知我，敲那个铁梯子，三下。”

宗杭嗯了一声。

其实挺想跟她一起下去的，但放风——也很重要。

易飒动作麻利地下了铁梯。

这梯子不短，看来丁长盛在这经营这么多年，往下发展了挺大工程，而且这工程跟砖窑厂简直绝配，土挖出来，都不需要运走，就地制成泥坯烧砖。

刚一落地，她就拧亮了手电，边走边看。

这下头……怎么说呢。

全是房间，有一间显然是监控室，一进去大大小小几十面监控屏，不过都是黑屏——荒废断电还是有好处的，这儿正常运转的时候，她估计就进不来了。

还有几间类似大医务室，易飒即使看不懂，也知道那些各式各样的医用仪器很专业，三姓中不乏学医的，看来丁长盛组建这里时，秘密抽调了些专业人手。

会议室，也就是桌桌椅椅，不用看。

再前面这一间……

易飒拧了下把手，没拧开。

居然锁了，看来比较重要，易飒把袖珍手电咬在嘴里，兜里取出根细铁丝，拗直了对着匙孔插进去。

只鼓捣了两下就开了。

是间办公室，连电脑都没有，桌上立着档案夹，书柜上还有老牛皮纸的文件袋，笔筒里都是钢笔、铅笔，边上还有墨水瓶——是丁长盛这种老派人士的风格，没错了。

黑色皮革手册，在哪呢？

易飒先往书架上翻拣，没有，倒是看到一溜排有关病菌感染的书，什么《枪炮、病菌与钢铁》《实用传染病学》，连《精神病学》都出来了。

又挨个抽抽屉，撬了一个上锁的，里头珍而重之藏了个笔记本，不过不是黑色皮革，软抄面的，略略一翻，类似临床病症记录，不管了，既然被锁起来，必然是重要的东西，她卷起了塞进后腰。

黑色皮革手册……

这办公室连柜子都没有，一切尽收眼底，总不会还有机关暗格什么的，再说了，易萧说过，丁长盛以为那东西不重要，不重要，会扔去哪呢？

抬头看，书柜顶上露出一沓报纸翘皱的边角，易飒搬了椅子踏脚，快速掀看那沓报纸，都是些日报晚报，还夹了杂志，估计是丁长盛拿来解闷的……

易飒手上一颤。

找到了！就压在那沓报纸下头，什么皮革手册，就是劣质黑塑料皮的笔记本，易飒急抽出来，掀开了看。

第一页上密密麻麻，开头写着——

“1996 年 11 月 19 日之后，我们经过商量，将受伤的人统一归置一处，过了一段时间，我注意到，有不少人都出现了精神错乱，经常疯言疯语，尽管我觉得这些话没有意义，但我还是要求看护人员，不管他们说了什么，都先记录下来……”

再往后翻，笔迹不一，应该是不同的人记的。

应该是这本没错了，至于详细内容，出去再看吧。

易飒迅速把这本揣上，然后一切归位，只下来这么点时间，后背已经出汗了：毕竟是做贼，心虚。

掩上门出来，原本是要尽快上去的，哪知手电光一扫，扫到走廊尽头处有岔道。

还有房间，那又是干什么的？

易飒犹豫了一下：来都来了，怎么着也该看个全须全尾。

她一咬牙，疾步过去。

转过岔道，手电光掠过一扇扇同样规格的门，这些门没锁，或半掩或敞开，门上都贴了一块巴掌大的透明塑料膜，里头插着纸片，纸上写着不同的名字，钢笔手写，墨水已经褪色模糊。

而那些名字，大多都姓“易”。

易飒一颗心怦怦乱跳，手电光胡乱扫了一回，蓦地定住。

易萧。

她紧走两步，推门进去。

屋子狭窄局促，这头到那头，也走不了几步，最大的家什是张单人床，床上褥子、垫子什么的都已经掀走了，只剩木床架，床下是个老式痰盂，床头边摆了张桌子，上头搁着两个铁饭盆。

如此简陋的陈设，几乎承载了一个人二十多年的全部生活。

手电光扫向墙面。

墙面上杂七杂八写了不少字，有拿笔写的，有拿器具划刻的，也有蘸了血写的。

易萧也写过“它们来了”。

还写了别的，姜骏的名字出现过好几次，后头总会缀一句“千万不要死，等我去找你”。

所以最终，你算是如愿以偿了吗？

还看到那句熟悉的“风飒飒兮木萧萧”，后面拖长长的一段话——

“我不喜欢易萧这个名字，我应该叫易飒。我喜欢风，不喜欢草木，风可以自由自在到处走，草木一辈子困在一个地方，像是个诅咒，我困在这里十七年了……”

满屏墙面，提到“易飒”的只这一处，还不是因为想她。

易飒慢慢退出来，她不习惯面对易萧的一切，也不习惯置身于她曾经生活了这么久的房间。

她计划用最快的时间，把剩下的房间都扫一遍。

屋里的陈设都差不多，墙面上或多或少都有字。

有破口大骂丁长盛的。

——姓丁的王八蛋，放我走，我要回家，死也死在家里头。

有惊恐万分的。

——我要死了，我肯定要死了，我的血管从肉里长出来了，我不想死。

还有求祖师爷保佑的。

也看到了大大小小的“它们来了”。

又推开一扇门时，易飒愣了一下，旋即毛骨悚然。

住客当然早就不在了，陈设也没有什么不同，但给人的感觉就是极其冰冷怪异，仿佛人虽远去，却留下了某种气场，始终威慑来人。

墙面上，没有歇斯底里的发泄，也没有杂乱无章的图画，相反地，以极其冷静的笔触，画了一幅画。

暗褐色，应该是蘸了血画的。

画面上，是浩瀚大湖。

有十多个人乘了船，自湖底杂错而起——是的，只有一个是泛舟湖面——其他的，高低错落，都是从湖底出来的，更耐人寻味的是，大概是没那个精力一一描画了，最后一艘船后头，以芝麻样的点点，代表着还有后来者，难以计数。

易飒总觉得这画面有点不对，凑近一步时，忽然打了个寒噤，反应过来。

那些人乘的，并不是船，而是人！

横陈的人尸，不仔细看还以为是船，那些人划尸而行，争先恐后，蜂拥着划向湖面……

画的最上头，写着四个端正的字。

不是“它们来了”，而是——

我们来了。

我们来了。

易飒心头涌起难以言喻的怪异感，正喃喃念这几个字时，忽然听到有隐约的敲击铁梯声传来，三下，又三下。

上头有状况了！

易飒瞬间回神，不及细想，夺门而出，才跑了两步，又急转回来，看门上的名字。

这个写下“我们来了”的人叫易宝全。

【17】

易飒向着出口处狂奔。

这头的宗杭已经急得团团乱转了。

他先听到车声，还以为是过路，哪知声音一路往这边来，又看到那几个打麻将的出了工人房，急慌慌去开大铁门，就知道不能心存侥幸了，赶紧过来敲铁梯，敲完了又急忙爬出排烟孔探头去看，只恨分身乏术。

来的是辆彪悍大切，当头下来的男人身形高大，胳膊上肌肉隆起，阳光下泛着油亮，泛青的光头很招眼，周身笼着一股生人勿近的气势。

丁碛？

宗杭头皮发麻，上一次跟他打照面，还是在鄱阳湖那条客船上，这是有多点背，怎么又遇到了？

他手足发冷，一时间乱了阵脚。

隔得远，也听不到丁碛在说什么，再然后，他绕到车子一侧，好像是去给谁开门，那几个留守的人出于礼数，还站在车边等，但有两个人的目光已经瞥向砖窑，还有个中年男人，垂在身侧的手蠢蠢欲动，随时都能做出个“您请”的引路姿势。

宗杭又急矮身趴到排烟孔旁：“易飒，快……”

话音未落，易飒攀住铁梯纵身而上，就是运气不好，卷插在腰后的一本软面册子恰被洞口的边沿带到，径直落了下去。

易飒急低头去看。

宗杭的头皮突突收胀：“不要了，他们快过来了，就是来看砖窑的。”

这洞挺深的，一下一上铁定来不及了，幸好黑色皮革那本还在，易飒一横心，也不去管它了，迅速拎起井盖盖上，又急急铺砖，一块一块推齐。

依宗杭的想法，都火烧屁股了，还管穿不穿裤子，赶紧撒丫子跑路算了——但见她这时候还惦记铺砖，也知道必有道理，赶紧爬进来给她搭了把手，眼瞅着没破绽，急急爬出来时，外头的说话声已经飘进来了。

“丁叔，来来，这边。”

“没有，哪有人来啊，这些天，连个雀儿都没在房上停过。”

宗杭脸色都变了，就算一咬牙拼个同归于尽，外头七八个人呢，还有丁碛这个棘手的……

易飒倒是镇定，听到声音是打一边窑孔处过来的，估摸着一行人都会从那个窑孔进，于是急推宗杭，示意从另一边窑孔绕出去。

宗杭会意，后背贴住内墙面，快步旁挪，到边缘时，急闪身出去。

触目所及，脑子蓦地一蒙：迎面居然来了个人！

是个精瘦的三角眼，不知怎么的不走寻常路，没有随大溜，一个人进了这边的窑孔。

三角眼愣愣地看宗杭，其实他倒也不是特立独行，而是呼啦啦好几个人，想求表现，都往丁长盛边上凑，他落在最后挤不上去，好生没趣，索性多走几步，从这个窑孔进。

刚大切上不就下来三人吗？有这张面孔吗？也亏得宗杭长了张良善脸，三角眼纳闷着，没立刻往坏处想——还没反应过来，宗杭脑子一热，先下手为强，冲上去一把捂住他的嘴，另一条胳膊牢牢箍住他的脸。

三角眼这才知道出事了，想大叫，口鼻都被捂得死死，想伸手去抓，两条胳膊又被他拿肘挟着，使不上力，眼前一抹黑，险些晕过去，忽地反应过来两条腿还自由——正准备拼命踢腾踩踏以提醒同伴，哪知腿上一轻，也被人给抬起来了。

宗杭额头上背上俱已一层汗，只知道自己抱挟着一个人的脑袋，而易飒抱抬着那人双脚——两人面面相觑，那人的身子死鱼样乱挣，三人就在这窑孔里站成了个行将散架的拉长“H”。

丁长盛一行显然到排烟孔了，声音清晰得如同响在耳边。

——“干爹，小心头。”

——“丁叔，我帮你照着，下去了就行了，我先下，把电闸拉起来，就不会这么黑了。”

挪砖头的声音传来。

那几个人上赶着招呼丁长盛，估计一时半会儿想不起来还有个同伴。

易飒向宗杭使眼色，让他把人弄晕，但宗杭不会，她想自己上，又怕闹出了动静，反而不妙，于是朝宗杭努了努嘴，两人小心翼翼，抬着那人向外疾走。

院子里静悄悄的，阳光正好，工人房的门大敞，立地的摇头风扇还在呼啦啦换向吹风。

两人越走越快，几乎一溜小跑，能争取到的时间不多了：井盖一开，下到梯底，只要发现那本落下的册子，丁长盛必然起疑，紧接着，他们就会发现少了人……

果然，刚绕出大铁门，就听到有人大叫：“丁驼，哎丁驼死哪去了？”

那丁驼陡然听到有人叫他名字，挣扎得更厉害了，易飒顺势撒手，上去一掌切在他后脑，也顾不上看晕没晕，把人往边上干涸的沟里一掀，撒腿就跑。

这还有不跟上的？宗杭脑子里如同响着急促鼓点，也跟着跑，刚跑过几条巷道，就听身后远处车声大作，又有人吼：“这边！碛哥！这边！”

急回头时，看到有个人翻上了屋顶，居高临下，视线大概无碍，正上蹿下跳地给下头打手势指路。

宗杭小腿肚子打战，觉得自己像被人包抄追赶的野狗，这次怕是要凉……

急匆匆穿进林子时，那吼声又起，简直鬼影样甩不脱：“这边！这边，进林子了！”

易飒迅速奔到藏车处，扶起了车身跨坐上去，手心也冒汗了，她戴上头盔，从包里掏出面罩扔给宗杭：“套上！”

这是怕被丁碛看到脸吧，宗杭依言套上，只露双惊疑不定的眼，心里也是佩服易飒：她真是见了棺材都要掀了盖儿来挡刀，心思不转到最后一刻不罢休。

坐定了，她却不急着走，把之前砍下来的那些带叶枝条立起来，尽量遮挡摩托车。

这林子的地势邪性，两边是坡地，上去了没路，后头连着庄子，只有前头是活路：出去了就能上乡道，但窑厂的人正各自持了家伙，正从后头抄上来，丁碛的车又已经停在了前头。

树荫浓密，只有虫雀啾啾响，适才亡命样的奔逃忽然变成了这么不踏实的等待，宗杭有点不习惯，再说了，这些树丫枝叶只能做个样子，真走近了，谁看不出来啊？

丁碛下车了，一步一步，走得很谨慎，而身后，那几个人的咳嗽声都已经听得很清晰了……

许是察觉到了宗杭有点紧张，易飒低声说了句：“他们不知道我们有摩托车……你抱紧了！”

话未说完，突然猛轰油门，摩托车宛如出膛的子弹，从藏身处猛冲出来，那几个窑厂的人哇啦大叫，有的猛追，有的把锹铲猛砸过来，唯独丁碛，想也不想，迅速转身，急步蹿上大切。

易飒的摩托车呼啸着飞蹿上路面时，大切也骤然发动。

一如流星锤，是疾奔的鸟，一如冲滚石，是悍然的兽，穷追不舍。

宗杭搂紧易飒，耳边风声呼啸，觉得车轮胎快得不沾地，自己脏腑肚肠都要颠出来了，身前身后，烟尘滚滚。

几次回头看，每次都觉得大切越来越近，最后一次时，几乎能看到风挡玻璃后头丁碛那张阴森的脸。

透过摩托车后视镜，易飒也知道情势不妙，她眉头紧锁，眸光死盯前方，忽然大吼：“宗杭！”

“啊？”

“站起来，拽塑料布！”

站……站起来？在飞奔的摩托车上站起来？这不是死亡行为吗？交规绝对不允许的，还有塑料布，什么塑料布？

下一秒就看到了。

就在前方，几十米处，有个简易凉棚，上头松松盖着军绿色塑料布，四角拿细绳拴连着立桩，棚身在风里一起一伏——大概是当地人闲时用来卖菜摆摊的。

几十米的距离，飙车的时速，须臾便到，压根没时间去想什么危不危险、交通规则了，易飒车身一拐，挨近凉棚时，宗杭猛地站起来，一手攥住易飒肩膀，另一手高举拽住塑料布边……

摩托车疾驰时的拖力极大，就听刺啦几声，或绑绳绷断，或布角撕裂，一面七八平方米的大塑料布，竟硬生生叫他拽了下来。

身体重心忽坠，像是要摔出去，宗杭出了一身冷汗，急坐回去，一只胳膊箍住易飒的腰大口喘气，另一只手还拖着塑料布，布身在地上疾拖，带起大片的灰来。

宗杭忽然想起小时候看电视剧《三国演义》，里头有个场景，张飞没多少兵，于是命人在马尾巴后头绑上树枝，拖来拖去，腾起烟尘，以忽悠曹军。

一定是的！易飒让他拽塑料布，也是要腾起烟尘，让丁碛看不真切！

宗杭抡起胳膊，拽着塑料布拼命乱甩，一时间，还真是烟尘如雾，丁碛骂了句脏话，随手打开了雨刷，再次紧踩油门，险些直撞上来，但同一时间，易飒也玩命加速，又拉开了距离。

摩托车比不得越野，再快也快不了了，易飒觉得这距离正合适："把塑料布张起来，然后看准时机放出去！"

宗杭怔了一下，旋即心头怦怦乱跳。

他居然听懂了！

他两腿夹紧车子，以防自己被甩出去，两只手抓住塑料布两侧的边角，用力往后一抖。

身长腿长胳膊长的优势终于有了用武之地，刹那间，小小的摩托车后头，宛如张开了一扇巨型披风，兜着风，向后铺展开来。

丁碛一愣，忽然觉得不妙。

但来不及了，宗杭猛一撒手，大塑料布向后直飞过来，底边卷到车头下，顶边向着车身直掀过来，如同巨大的口袋，恰把前半个越野车身裹了个严严实实。

视线里除了黑，什么都没有了，车子瞬间歪向，丁碛紧急停车。

下了车，狠狠拽下塑料布时，西斜的日头尚炎炎，尘土未歇，绿叶冉冉，而摩托车，早去得没影了。

易飒一直没停车，也没回旅馆，随便拣路，有路就走，越走越偏：有时候，追踪者会推导你的行为模式、行事倾向，你得让自己没规律。

并不怕迷路，感谢现代社会，有导航有网络，已经不大有迷路这回事了。

日头渐渐暗下来，触目土黄一片，周遭越来越萧索，北方的晚凉，是能让人冷不丁打个哆嗦的，隐约间，有隆隆水声入耳，宗杭忽然激动："易飒，是黄河吗？"

易飒没吭声，觑到一片高地，将摩托车开了上去，然后缓缓停下。

是黄河。

这块高地，是临于水上的一块土生观景台，只不过地方偏，又远离主干道，所以少有人来。

宗杭头一次亲眼见到黄河。

这一处虽不比壶口，但有高低落差，多大小险滩，所以河水永不平静，哗哗翻浪，浊黄色浪头张向半空，翻出隐隐水白，以各种姿态，或如老树盘根，或如遒劲苍龙，或如狰狞神魔脸，即生即灭，眸中凝不到一秒，已然坍塌散去，又化他形。

天色又暗了些，大河上影影绰绰，明暗渐次拖过，周围没有人声，没有营造斧凿痕迹，似乎千万年来即是如此，千万年后亦相同。

人在大河面前，真是渺小，本来这一路，有许多想说的，比如奔逃的狼狈，比如适才的艰险，比如自己的笨拙，但暮色里，水声下，全都吞咽了下去。

这一刻，忘天忘地也忘我。

易飒转过头来。

她头盔未除，眼睛斜睨着看他，隔一层视镜，他能看到她的睫毛，一根一根，睫尖轻颤，颤得人心痒痒的，让人想把指腹凑上去。

宗杭奇怪："怎么了？"

他隔着视镜和她对看，看着看着，忽然反应过来。

赶紧抬起搁在她肩窝上的下巴。

赶紧松开紧搂住她腰的手。

赶紧把身子往后蹭，蹭得离她越远越好。

最后还嫌不够，磕磕绊绊从摩托车上下来，做错了事样退了两步。

他又不是故意的。

易飒忍住笑，把头盔挂上车把手，她还没说什么呢，看他这副自证清白的小样儿。

她下了车，选了块边沿的石头倚靠着坐下，阳光还没褪去，大河上半边金黄，半边暗凉。

吹了会儿风之后，她掀开 T-shirt 前幅，把插在裤腰里的那本黑色皮革手册拿出来。

一路颠簸也没丢，看来彼此注定有缘，不像插在腰后的那本，没出窑洞就跟她说拜拜了。

她随手翻到一页，看到一句话。

——生命是宝贵的，对于任何人来说，都只有一次。

要不是之前看过丁长盛那段自述，她真怀疑自己是拿到了什么鸡汤摘抄笔记。

她把笔记本往前翻，原来第一页之前，尚有扉页，扉页上同样密密麻麻。

宗杭问了句："我能看吗？"

易飒说："不能。"

不能啊？

宗杭叹了口气，觉得自己怪可怜的，力没少出，论功行赏的时候就没他的份。

他耷拉着脑袋，转身往边上走以避嫌，又觉得易飒多少有那么点欠剁，他待会要剐她一下，当然了，不能让她看见。

没走几步，听到易飒在后头叫他："哎！"

回头看，易飒往边上挪了挪，伸手拍了拍刚腾出来的地方："这儿。"

【18】

本子就那么大，小学生样头碰着头一起看，还要互相照顾阅读速度，显然不太可能——两人很快达成默契：易飒主看，每翻过一页，会给他解说主要内容，宗杭不声不响坐在一边，或耐着性子等，或歪头打量易飒，必要时，也会凑上去看两段。

扉页上是丁长盛的自述，简略提了下三江源事件。

"……赶到的时候，灾难已经发生了，简直是个修罗场，遍地死人，没死的也血肉模糊，在地上乱爬，不少人爬回了车上，死在车座里，还有把车子开出去的，翻在一二里开外。姜孝广说，姜骏在无线电里提到了那个洞，但我们方圆几里都搜找过了，并没有看到什么洞……"

宗杭喃喃："漂走了吧，不是叫'漂移地窟'吗？"

有可能，但易飒想象不出，地窟该怎么样在地里"漂"。

她翻向下一页："丁长盛他们紧急和后方联系了一下，一致决定把事情压下来，绝不对外声张，即便是对内，也要控制知情人范围。"

这可以理解，20世纪90年代，发生这么大的事，还是在西部，不管是报警还是送医，都一定会引起有关部门的注意，一个搞不好，三姓的老底都会被翻个底朝天。

第一页上记述的是死者善后事宜和生还者的安置部署。

死者都被安排尽快烧掉了，因为"身体扭曲变形，有异味，有的甚至出现脓疱毒疮"，大家担心会像瘟疫一样肆虐传染，集中烧毁之后，还在原地撒了生石灰消毒。

又有个括号，里头备注死者名单在最后一页。

易飒马上翻到最后一页，目测有六七十个名字，规规整整，易九戈也在里头，和一堆的易姓罗列在一起。

易飒愣了半晌，才又翻回来：事情过去太久了，她对易九戈也没什么印象了，只记得挨姐姐打时，父亲会过来护着，仅此而已。

关于生还者，大家讨论了很久，丁长盛极力主张"关起来""不是我针对他们，但谁知道他们感染了什么，会不会去祸害别人"。

宗杭小心斟酌了一下易飒的面色："易飒，虽然我对丁长盛没什么好印象，但我觉得，他这个主张，其实是……比较合理的。"

那些生化危机类的恐怖电影里，都有类似的桥段，对于不明就里的病毒病症，一开始都是要隔离、封锁，只不过隔离失败，才酿成了全球性的灾难。

那种情况下，不集中关起来，"各回各家自己休养"，好像也说不过去。

易飒嗯了一声，又往下翻页。

接下来的，就是断断续续的记录了，一个人占三四页的篇幅，记录的都是谵妄时说的话，有些人话多，洋洋洒洒，但细看多为重复，有些人话少，寥寥几行，还有些人，从头到尾，就没说过什么特别的，所以没有记录在册。

第一个叫易平，男，事发时 34 岁，1996 年—1999 年，看来只挨了三年。

——你们不能老这么把我关着啊，我还有事呢，很重要的事，不能耽误了。

——渡口得开了，很多活儿要干，几点了？也不给我房间里挂个钟，我要去值班呢。

——上船了，大家要上船了，来了，它们就快来了。

底下备注一行小字：很多人都提过 TA 们，也不知道是男是女，所以统一用"它"替代。

这话没头没脑，是有点莫名其妙，难怪丁长盛说这是"疯言疯语"，不把它当一回事。

第二个叫易胡安，男，时年 27 岁，1996 年—2004 年。

这个人的话列出来，确实像重度精神病患者，还是个偏执狂。

——它们来了！没好事，肯定没好事，不行，出大事了，我们得早做准备！

——我们要用麻袋把黄河给堵上！把长江给填平！调一万台抽水泵，把澜沧江给抽了！不要怕没水喝，我们可以喝太平洋的水！

——大家不要掉以轻心！不是闹着玩的，绝不是闹着玩的。

易飒看得哭笑不得，丁长盛那种性子，每天面对这样的状况，怕是会吐血。

再往下看。

这个叫易莲，女，时年 24 岁，1996 年—2005 年。

女人的说辞，总会相对含蓄内敛一些。

——再也回不到从前了，还不如早点死了算了。

——它们跟我们一样，它们什么都知道。

——多舍，多舍……

宗杭奇道："多舍？多多舍弃的意思吗？"

易飒摇头，示意自己也不知道。

再往下翻，连着几个大同小异，有嚷嚷着要完蛋的，有反复强调要出去办事、责任在身的，也有不断问时间的。

又掀开新一页。

易宝全，男，时年41岁，1996年—2006年。

易飒浑身一凛，还没细看，心已经怦怦狂跳起来。

易宝全的话很长，应该是丁长盛记的，因为笔迹和扉页上的相同，而且边上批了句"一派胡言浪费时间"——别的人都依照吩咐老老实实记述，不多加一个字，只有丁长盛这样领头的，才能以审阅者的姿态圈圈画画。

记录之前，先有一行说明：易宝全的症状和别人的稍微有点不同，这个人相对沉默，从不大喊大叫，还在房间墙壁上画了张很怪的画，原样誊于背面。

易飒先翻到背面看，果不其然，就是那张划尸为舟的图，只不过虽说是"原样誊画"，但画工比墙上那幅差远了，少了许多扑面而来的震撼。

这画上又是大湖又是死尸的，太容易让人联想起什么了，宗杭脱口问了句："这大湖，不会是鄱阳湖吧？"

易飒没吭声，径直翻回去。

记录的第一句就让她有点心惊肉跳。

——死尸就是度亡舟，死人在水底睁眼，趁着夜色悄悄上岸。

这口吻，很书面化，挺文绉绉的。

宗杭有点蒙，前些天的经历还都鲜活：死人在水底睁眼，说的是息巢里那些死人吗？那数量，真的倾巢出动，从水里蜂拥爬出，也未免太瘆人了……

他打了个寒战，继续往下看。

——黄河滩头百丈鼓，挂水湖底轮回钟，金汤水连来生路，渡口待发千万舟。

——它们走到绝处，眼前无路，想回头。

——生命只有一次，对任何人来说，都只有一次。

……

宗杭愣愣看着，觉得话中所指，句句都跟自己相关，但具体关联在哪，又说不清。

他拿手点向纸面上一处："易飒，这个'挂水湖底轮回钟'，鄱阳湖不就是挂水湖吗？我们在息巢里看到的那个太极盘一样的东西，会不会就是轮回钟啊？"

易飒的注意力却不在"钟"上。

她盯着“轮回”那两个字看。

轮回，生生死死，死死生生，一般代表又一重新生，这上头说，“金汤水连来生路”，来生，自然就是新生，而既然有“轮回”这两个字，那“多舍”……

她周身泛起寒意：“不是‘多舍’，记录的人听岔音了，应该是‘夺舍’。”

宗杭不懂什么叫夺舍：“这又是什么意思啊？”

易飒回过神来：“快，把我手机拿过来，在包里。”

她语气不对，宗杭赶紧去摩托车旁，把挂着的包拿过来。

易飒翻出手机，手指微微发抖，她翻到通讯录，几下滑过，拨了易云巧的电话。

易云巧接得很快，声音一如既往的神秘兮兮：“哎，飒飒，我正要找你呢，你听说了吗……”

这位云巧姑姑，真像个大型的消息处理中心，任何时间找她，都有八卦听，永远不愁寂寞。

易飒打断她：“云巧姑姑，我有事找你，你认识易宝全这个人吗？”

易云巧愣了一下：“易宝全……”

易飒在心里暗暗祈祷：认识，你一定要认识，都是易家的人，跟你差不多辈分，在三江源“遇难”，你不可能不认识。

“你打听他干什么啊，我都得管他叫‘哥’呢，死了二十多年了，跟你姐姐一样，三江源出的事，是个水八腿……”

说到这儿，许是勾起旧事，易云巧叹气：“当年，咱们易家，也真是倒了八辈子血霉了，全哥人挺好的，我结婚的时候，他封了挺大的红包，礼宾册子上，还摁了手印……”

等会……摁手印？这是什么操作？

易飒奇道：“不应该签名吗？”

易云巧说：“就是说呢，也是因为这个，我记得牢：全哥是五几年生人，该上学的时候正好赶上运动，他又不向学，喜欢跟着瞎凑热闹，耽误了上学，所以他不怎么识字，人家都是签名写贺词，他只摁了个手印，这事吧，他自己觉得丢人，我们也不会往外传……哎，飒飒，你在哪啊，怎么我听这么大水声？”

不识字，不会写……但那“我们来了”几个字，写得可是相当锋锐。

易飒脑子里乱哄哄的：“那他……会画画吗？”

“笔杆子都不愿握的人，还会画画？哎，不对，你打听的应该不是他吧，同名同姓的？”

易飒也不知道自己敷衍了几句什么，总之是前言不搭后语的，把易云巧支吾了过去。

挂了电话，全身发冷，她垂下脑袋，两手插在头发里又摁又捏，似乎当脑子是柠檬——得挤压揉按，才能冒出有价值的东西来。

宗杭默默地把她的手机拿过来，自己去搜什么叫夺舍。

首页很快就跳出来了，说是道家的一种理论，借别人的身体还阳，迷信点说，估计就是借尸还魂了。

轮回、夺舍，听起来总觉得像是误入中国古老的玄学笔记、灰暗传说，宗杭胳膊上，粒粒鸡皮疙瘩奓起。

良久，易飒才抬起头来，轻声说了句："宗杭，会不会这些人，其实根本不是原来的自己，早就是别人了？"

说这话的时候，天色恰好完全暗下来，最后一线光瞬间被汹涌激越的水面咽进腹里。

宗杭像被蝎子蜇了般浑身一颤，大声说了句："你在说什么啊，易飒，不是的，不会的！"

易飒反而平静。

她指向那本笔记："里头说，生命只有一次，对任何人来说，都只有一次。"

宗杭说："丁长盛也说了，那都是疯言疯语，一派胡言！"

他全身的血止不住往脑子里突，这一时刻，真是宁愿为丁长盛摇旗呐喊，也不愿相信别的。

他就是宗杭，还是宗杭，宗必胜和童虹的儿子，他的一切一切，都跟过去一模一样，凭什么说他是别人？

易飒伸出手，握住他的，低声说："宗杭，你别慌啊，我跟你是一样的。"

水声哗哗，河面上激起的水雾是凉的，风也是凉的，只易飒的手是暖的。

她说："丁长盛看不懂这本笔记很正常，他不是水鬼，不常下水，也没去过息巢，他当然会觉得这是胡说八道，即便我姐姐，好像也是下了息巢，被姜骏控制之后，才想明白一些事的。"

宗杭握着她的手，缓了好一会儿，才低低嗯了一声，神思恍惚间，忽然想起之前在溶洞做过的那个梦：自己寄出的那张明信片，被邮局盖上了"查无此寄件人，不予投递"的戳。

梦真的是有征兆的吗？他已经不是过去的那个宗杭了？

宗杭头痛欲裂。

易飒安慰他："你也不用太在意这事，现在还都是推测……'它们来了'里头的那个它们，应该是真的有所指的。”

宗杭也有这感觉：“那‘它们’是什么东西呢？”

他头一个想到的就是鬼，又马上否掉：毕竟现代社会了，要讲科学。

也许是某种未被发现的生物，据说这世上还有许多没被发现的生物呢，主要集中在很深的地底，或者很深的海底——科学家每年都要为新发现的物种起名字。

还可能是外星人，没办法，这两年入侵地球的电影太多了，那些地外生物变着法儿地来，时而正面进攻，时而暗地里潜伏，总之就是绕不开，无处不在。

易飒沉吟：“三江源那一次，易家人死了一大批，也活了一批，丁长盛一直以为那些幸存者是受到了感染，但照我姐姐的说法，是他们‘复活’得太快了……

“而这些‘复活’过来的人，不管是身体还是大脑，都或多或少受到了影响，只不过受影响的程度因人而异——有的像姜骏和易宝全那样，几乎成了另一个人，而有些像我姐姐那样，虽然偶尔谵妄、胡言乱语，但还是能保持清醒，更趋向于原来的自己。

“说是借尸还魂也不确切，借尸还魂，一个身体里应该只有一个人，但这种的，更像一个身体里有两个人，就好像……”

她突然冒出一个词来：“嫁接。”

这个词，她也解释不清，于是手机上网搜给宗杭看。

简单来说，是植物的一种生殖方式，“把一种植物嫁接到另一种植物身上，使两个部分长成一个完整的植株”。

这么一说，宗杭就有点明白了，他想起之前去农家乐时，农庄里的人侍弄植株，也说起过“嫁接”这回事，还举了个例子：在梨树上嫁接苹果树枝，就得到了一种像苹果一样的梨。

他仔细回想当时农庄里的人说的话：“但是听他们说，亲缘关系近的植物，才能嫁接存活，比如不同的苹果树品种之间好嫁接，不同的梨树品种之间也好嫁接，但你用苹果去嫁接梨，成活率就会很低，即便起初硬嫁接成功了，也会慢慢‘不亲和’，就是出现排异反应，而且通常也活不长……”

说到末了，忽然打了个寒战。

排异反应？爆血管算吗？

易飒也想到了，一颗心跳得厉害，她定了定神，拿宗杭举例：“你被打了三枪，枪枪致命，但我后来看过你的伤口，都已经长好了，这是一种‘愈伤’的机能，你懂吗？‘它们’可能有——就像壁虎断肢可以再生，人不行，可如果是个壁虎人，说不定就有这功能了。”

宗杭嗯了一声：“就像蜘蛛侠吧？人被蜘蛛咬伤感染了之后，获得了蜘蛛的能力。”

所以虽然还不知道“它们”是什么，但至少能确定一点：它们愈伤和生长的功能很强，那么严重的枪伤，居然说长好就长好了。

易飒点头：“息巢里的那些尸体，死是死了，但都保存得完好，称得上新鲜，你被沉湖时，其实刚死不久，身体的各项器官可能还没腐坏，依然符合嫁接的条件——但这种嫁接，因人而异，有着各种排异反应，爆血管就是其中一种，长成奇形怪状、肌骨移位也是一种。”

有了农家乐的嫁接打底，这些听起来倒是不难懂，就是从没听说过还能“嫁接”人的。

易飒喃喃：“咱们三姓的水，也是真深啊，开金汤锁金汤，这么多年下来，大家都已经习惯这营生了，也都把金汤当成了保险柜、藏宝箱……”

但如果金汤从来就只是个金光灿灿的幌子呢？就像买椟还珠，所有人的注意力都在明晃晃的珠子上时，“椟”反而不被注意、不被争抢，同时也更加安全。

金汤水连来生路，只怕每一个金汤穴，都是被安排好的、用于嫁接的巢。

易宝全的那幅画，“划尸上岸”其实是个隐喻——尸体怎么可能当作船来划呢？那是“它们来了”，嫁接成功，于是“死人在水底睁眼”，然后上岸。

她拧亮手电，重新翻开那本册子，一行行照给宗杭看。

“很可能，真的有无以计数的‘它们’要来。

“你看这，这个易莲说‘再也回不到从前了，不如死了算了’，她可能知道自己被嫁接了，不是原来的自己了。”

“1996 年出事的那批人，其实不是意外，他们是第一批被嫁接、并且被赋予了某种使命的人，这个易平反复念叨‘我有重要的事’‘不能耽误’‘要去值班’，明显是知道要去做什么。”

“你回想一下姜骏，他进了鄱阳湖下的金汤穴，把姜祖牌嵌进了太极盘之后，就不准备再出去了，他在巢牌间来回巡视，像不像在值班？我姐姐说，她把‘完美’给想错了，我们总下意识认为，嫁接得好看周正是完美，但如果标准根本不是这个呢？只有领会到那些使命的，才是完美的人，这一点上，姜骏比我们都要完美。”

宗杭有些毛骨悚然：“那他想干什么？”

【19】

易飒关掉手电。

黑暗中，她的眼睛亮得出奇："从某种程度上，他像是去接生的，'挂水湖下轮回钟'，那面太极盘，就是轮回钟，嵌入了姜祖牌，相当于启动，表明某些事情已经快开始了，'它们'就要来了，息巢内的尸体，都在等待嫁接。"

宗杭结巴："那它们，从哪来啊？"

刚问完，他就反应过来。

从大河来。

册子里有个人说，要填了黄河长江，抽干澜沧江，说明那些"它们"，是从大河里来！

宗杭看向面前的黄河，蓦地遍体生寒，不觉往后缩了缩。

天色太晚，已经看不清大河的轮廓，只能看到黑魆魆的一片，和岸连在了一起，哗哗的水声周而复始，压盖着水面下深不可测的秘密。

如果真的从大河来，三条大河，真像是三条产道啊，一本金汤谱，标出的不是藏宝地，而是偌大产房，每一个金汤穴，都是整装待发的轮回渡口。

这世界绚烂辉煌，日日都有大事件新气象，人人行色匆匆，周而复始奔忙，没空去留意一朵花开、一片叶落、河面上陡起漩涡、雪线上多一脉水流。

也没空去留意僻静处、暗影中，"它们"的三线轮洄，正悄悄展开。

两人都不再说话。

这秘密庞大到有点荒唐。

宗杭低着头，捡了粒小石子，没章法地在地上涂来涂去，四周黑漆漆的，看不到地，也看不到自己涂了什么，然后扬起胳膊，把小石子扔进黄河。

水声太大了，小石子扔出去，连个响动都没听着。

他半晌才开口："易飒，你们祖师爷是不是有问题啊？"

这作古了数千年的祖师爷，来历成谜，而且全盘观之，似乎从未退居幕后。

他们出现得久远且蹊跷，按说在那个年代，有水鬼的本事，扬名立万易如反掌，但他们从不声张，分别退居河畔，繁衍水鬼家族，还一手创立了锁开金汤的业务。

那之后不扬名、不入仕、不掺和历史上的各类大纷扰，务求低调，数百上千年如一日，安稳求财，丰衣足食，从未出过大纰漏。

直到百十年前，金汤接连翻锅，眼睁睁看着水底的大宗财富捞不上来，水鬼的能力又一代不如一代，长此以往，这捧了千百年的金饭碗就要丢了，三姓这一锅始终徜徉在温水里的青蛙才开始觉得焦灼。

但是没关系，祖师爷早已预知了这一切，还早早给出了解决方案：翻锅了吗？没关系，去漂移地窟吧，那个神秘的、“江流如帚处、地开门、风冲星斗”的地方，去了之后，一切都会好起来的。

没人怀疑祖师爷，于是 1996 年，三姓高高兴兴、兴师动众，就差敲锣打鼓地去了，以姓为分，三拨人，在三江源地带日夜找寻，都想拔得头筹。

最终，易家人中了彩，或者说是倒了霉：不知道漂移地窟里究竟发生了什么，总之是，丁长盛他们赶到的时候，看到的“简直是个大修罗场”。

祖师爷是真的不知道会发生这一切吗？还是说，一切都是布置，所谓的寻找漂移地窟，只不过是请君入瓮？

易飒的说法里，这场变故，就是为了嫁接一批人，然后让他们去做一些事。

因为丁长盛的坚持，这批人被集中关押，陆续死去，或多或少打乱了“它们”的计划，但至少有两个人，也是出事的人里活得最久的两个，确实走得比其他人更远。

易萧和姜骏。

易萧是唯一从窑厂里逃出来的，她一路被指引着往南，直奔洞里萨湖，却不是为了找妹妹易飒，是不是因为，其实她潜意识里，也是去“接生”的呢？

但她没姜骏那么“完美”，始终差了一点，不得其门而入。

姜骏则不动声色，走到了最后。

他像条会咬人的狗，从不叫唤招摇，明明知道很多秘密却一字不泄，一直假装自己仍是“姜骏”以蒙蔽姜孝广，墙壁上涂抹的，也只是最普通的那句“它们来了”——有时候，不突出、不惹眼，也是一种自我保护。

他假意要帮姜孝广去探开金汤的路线，借着这一契机拿到了姜祖牌，进入息巢后，他先杀姜孝广，又欲攻击丁玉蝶，因为这两个，根本不是他的同类，又或者这两个人在他眼里，又是两具可以用来嫁接的新鲜尸体，杀了也不是浪费，只可惜了姜孝广，仍当他是儿子，临死前还招招容情，觉得他只是暂时谵妄，想把他唤醒。

而对身为同类的易萧、易飒，他没有痛下杀手，从一系列迹象来看，他似乎是想去“同化”“控制”。

不难想象，同化成功的话，三人就可以一起留在息巢里“值班”，直到这个渡口真正大规模运作起来……

难怪离开神户丸号时，姜骏笑得那么诡异：他成功进入了息巢，姜祖牌也嵌进了轮回钟，他的使命也许已经完成得差不多了，被绑或者被关，早已经不重要了。

祖师爷到底是什么人？背后的它们又是谁？安排布置这一切，目的又是什么？

宗杭不寒而栗："易飒，我们……不能就这么放任它们来吧？"

他打心眼里觉得，来者不善。

任谁都知道，去别人家拜访，要先敲门，不请而入，不是贼就是盗。

易飒反问他："不让它们来，怎么不让？息巢里，你也看到了，数量那么多，真开始了，你挡得住？"

宗杭急道："那也得想办法阻止啊，万一我们在这说着话的时候，鄱阳湖边已经有人爬出来了呢……"

他被自己脑补的场景瘆出了一身鸡皮疙瘩：这些人爬出来干吗？

总不会是参与现代化建设的。

他越想越觉得刻不容缓："咱们得……让大家知道这事……"

易飒一句话就把他噎回去了："让谁知道？现在一切都只是咱们的推测，一点真凭实据都没有，拿什么让大家相信？只凭这本册子？信不信你发到网上去，别人也只会觉得你在编故事，或者当你脑子有问题。"

宗杭脑子里一团乱。

确实没证据，无图无真相，当初要是能在息巢里拍张照片就好了，谁能想到那些摄像拍照设备下去了直接就失灵了？

他蓦地想到了什么，激动地脱口而出："丁长盛啊，易飒，别人不信，但他没准会信的。他研究了这些人二十多年，亲身接触过一些人，肯定比其他人更容易被说服。而且你不是说，他身后还有不少人吗？他信了，就代表有一批人会信，人多好办事，总比我们俩有办法吧？"

易飒沉默了一会儿："咱们拿什么身份去跟他说？别忘了，我们也是'它们'。"

宗杭不说话了，愣愣坐着，身子一时冰一时热，偶尔还打寒战。

那个问题又来了。

自己现在，到底是个什么东西呢？他算是哪头的？丁长盛他们会把他视作异类吗？会不会不问青红皂白，先把他给关起来了？

但即便这样，也得说啊，不能为了隐藏自己，坐视这一切继续发酵吧？总得有人出面去查清究竟，然后做些什么。

他喃喃出声："易飒，反正我是早就暴露了，但你还没有。你可以想个办法，既能隐藏你自己，又能把消息传递给丁长盛……"

脑子里蓦地闪过一线光亮，宗杭脱口说了句：“你姐姐！”

易飒没听明白：“什么我姐姐？”

宗杭激动得语无伦次：“用你姐姐的名义啊，丁碛见到我活了，他一定知道易萧也活了，他到处想找我，其实是想借我找到易萧，但他并不知道，易萧已经死在息巢里了，除了我们几个，谁都不知道这事……”

似乎可行，易飒示意他说慢点：“你先等会……”

没错，易萧的死，只有寥寥几个人知道，她确实可以利用信息不对等，去编造一个尽量没破绽的故事，既保护自己，又传递信息。

脑子正急转着，手机忽然响了，易飒被突如其来的亮屏吓了一跳。

丁玉蝶？

她按下接听，正要说话，忽然面色有异，冲宗杭做了个噤声的手势，又开了免提。

电话那头传来沙沙的声音。

像是误接通。

很快，有低沉沙哑的声音传来，易飒心里咯噔了一声。

居然是丁长盛。

“丁玉蝶，别跟你丁叔乱绕了，你直说了吧，到底为什么要打听窑厂？”

果然是老狐狸，窑厂一出事，就找上丁玉蝶了，这是在干吗，逼供？

好在不是。

“丁叔，你大晚上的，带这么多人跑我家来，就问这事啊？你打个电话不就得了？吓死我了，还以为抢劫呢。”

这语气，看来聊得还不算僵，丁玉蝶的蛾子脑袋，难得机灵了一回，居然知道拨通她的电话，来个现场直播。

丁长盛笑：“丁玉蝶，你是水鬼，能耐是没得说，但识人的阅历就少了点，丁叔不希望你被人骗了还帮人数钱，窑厂的事是三姓的大事，不是闹着玩的，更不是你丁叔的私人买卖，你知道什么，务必得告诉我。”

丁玉蝶明显支吾：“我就……我就是好奇，就打听了一下，这种……古老的工艺……”

易飒哭笑不得，丁玉蝶不愧是蛾子脑袋，不善交际，说个谎话这么感人，分分钟让人识破是假的。

“照片上这个男人，认识吗？”

“不认识，谁啊？像个小白脸。”

“今天下午，这个人在窑厂里打伤了丁驼，丁碛根据丁驼的描述，去网上找了照片，确认了就是他，叫宗杭，你仔细想想，有没有在什么地方见过他？”

丁玉蝶的语调略显夸张：“他叫宗杭啊？”

易飒从这调子里听出了一丝递向自己的不满：你不是跟我说他叫阿帕吗？连名字都骗我！

然后断然否认：“没见过，这种整容脸，我的天，十个里有八个都长这样。”

重重的拍桌面声。

丁长盛的声音都变了：“丁玉蝶！你别在这跟我打马虎眼！你丁叔不蠢，你前脚打听窑厂，这人后脚就在窑厂里伤人偷东西，硬说是巧合，你真当我信啊？我看在你是水鬼的分儿上，对你很客气了，你要是再……”

丁玉蝶也是个吃软不吃硬的主：“再怎么着？丁叔你是私闯民宅加威胁恫吓吗？你再这样我报警了啊……他妈的丁碛你敢推我？你再动我一下试试看……”

好像要糟。

易飒迅速挂断电话，转手就拨了丁长盛的。

那头过了好一会儿才接，丁长盛的情绪转换还真是老练，刚才还发怒失态来着，现在居然半点迹象不露，声音里还透了几分亲切：“飒飒啊，怎么想起给我打电话了？”

易飒也笑：“丁叔，你在丁玉蝶家里呢？”

丁长盛脸上堆着的笑一下子垮下来。

他抬手做了个“先别动”的手势。

屋角处，丁碛和丁席已经把丁玉蝶放得半倒，看到手势，暂时松了手，丁玉蝶撑着墙站直身子，气得脸色都变了：衣领揪皱了也就算了，王八蛋把他发鬏上的小蝴蝶都拽下来了，他的头发都散了！像盖了块瓜皮！

丁玉蝶大骂：“你给我等着啊丁碛，咱们到大爷面前评评理去，我他妈跟你没完！”

丁长盛不管这头是非，迅速走到窗边，朝外看了看，又上了阳台四下观望：“飒飒，你在哪呢，你……没回柬埔寨啊？”

易飒开门见山：“丁叔，别难为丁玉蝶了，他什么都不知道，窑厂是我请他帮忙打听的。”

丁长盛一时语塞。

易飒泰然自若：“还有今天下午在窑厂，也是我，偷东西偷到一半，丁叔你就来了，吓得我差点神经衰弱。”

丁长盛就没打过这种没章法的牌，一时间也不知道怎么应对才算合适：“飒飒，你说的话，丁叔不是很懂啊。”

易飒咯咯笑起来：“那简单，面谈呗。我把定位发给你，你在附近找个地方，咱们碰个头，最好是能吃东西的地方……”

她瞥了一眼宗杭：“我和宗杭这一下午东奔西跑的，还没吃饭呢。”

【20】

丁长盛借丁玉蝶的手机给易飒发了个大众点评上的饭馆地址。

吃晋菜的，看了下距离，过去大概要半个小时。

易飒下午狂飙了一通，所以这段路由宗杭来开，易飒坐在后座，居然边看手机边琢磨点菜的事：“我可以让他们先点上，到了不用等，直接开吃……过油肉你吃不吃？还有这个，土豆炒栲栳，栲栳是什么？”

宗杭说：“你还有心思吃东西呢？”

怒其不争的口吻，可惜刚说完，自己肚子叫了一声。

易飒说：“吃啊，干吗不吃。愁得吃不下饭的人最不合算了，事情没解决，还把自己饿着了。”

宗杭犹豫了一下：“易飒，我待会儿会见到丁碛吧？”

“怕啊？”

谁怕了？宗杭背一挺，想说两句豪迈的，没找着词。

眼前好像又晃着乌洞洞的枪口，被人杀过这种事，要说没阴影，那是不可能的。

还真见到丁碛了，就站在饭馆门口等他们。

馆子装修得很有当地特色，门面古色古香，木头大门是双开扇的，檐下扎红绸，垂着大红灯笼。

丁碛立在下头，周身都浸了红光，看到摩托车过来，他迎上两步，客气地先跟易飒打招呼：“好久不见。”

说完了，目光看似不经意地瞥向宗杭。

宗杭摘下头盔。

出事以来，这还是头一次跟丁碛离得这么近、面对面地站着，自己现在这处境，都拜这人所赐，但他这张脸上，连一丝歉疚都找不到……

宗杭忽然愤怒，拳头下意识攥起来，就在这个时候，易飒咯咯笑起来。

她对丁碛说："自己杀过的人，又找上门来了，活生生站在你面前，还不是鬼……这种经历，我猜你是独一份，可以去申请世界纪录了。"

丁碛脸色微变，旋即恢复如常，他侧了侧身子，做了个请的手势："干爹在楼上等。"

说完了，转身带路。

易飒故意落下几步，拽了拽宗杭，低声问："想抽他吗？"

宗杭点头。

二楼都是包厢，丁长盛订的最里头的一间，推门进去，只丁长盛一个人，守着一桌刚上来还热气腾腾的菜。

易飒真跟受邀赴宴似的，探头看桌上的菜："丁叔，我点的那几道，帮我下单了吗？"

丁长盛说："下了，一道道上。"

易飒笑嘻嘻落座，又拉宗杭："你站着干什么？坐，敞开吃。"

这一拉，把丁长盛的注意力吸引了过去，他上下打量了一回宗杭："就是……这个人？……又活了的？"

这话说出来，自己都觉得荒诞，胳膊上先泛一层寒意。

易飒漫不经心："丁叔，这样的人，你见得还少吗？窑厂里那些不都是吗？"

丁长盛猝不及防："啊？"

易飒奇道："你不知道啊？"

又压低声音："当年三江源出了事，你不是去救援来着吗？你以为救回来一堆感染的，其实不是，都是死了……又活了的。"

包厢门响，服务员进来上菜，碗托、清炖豆腐羊肉、水煮龙利鱼。

宗杭拿起筷子，夹了几块豆腐、碗托，还拈了块鱼肉。

丁长盛目送着服务员出去，再开口时，有点前言不搭后语："你是说……这怎么可能呢，再说了，那些人都奇形怪状的，他……他好端端的啊……"

易飒扒了口白米饭，说得含糊："你以为呢，随时发病，这一路带着他，可把我折腾坏了，哦，对了……"

她拉开包链，把黑皮本拿出来放到转桌上，用力挪动转桌，把本子朝他传过去："丁玉蝶呢，没为难他吧？"

丁长盛笑得有点尴尬。

谁为难谁啊，丁玉蝶简直比专业碰瓷的都厉害，就是上门问个话，外加丁碛手没轻重，搡了他一下，到丁玉蝶嘴里，已经成了“带人来砸我家，还差点把我打残”，又扬言“你给我等着，我这就去找大爷，当什么水鬼啊，一点人权都没有，我不干了”。

大爷就是丁海金，惯会护短，再加上心脏做了搭桥，人人跟他说话都矮三分，生怕刺激他——这事，少不得要以他丁长盛摆和头酒、向那个妖里妖气的小兔崽子赔礼道歉收场。

黑皮本转到跟前，丁长盛作势拿起来看，满目是字，却一句话都看不进去，终于忍不住问她：“易飒，这到底是……怎么回事啊？”

易飒紧扒了几筷子，终于往椅背上一靠，拿餐巾揩了揩嘴：“丁叔，你瞒了我们易家不少事儿啊。”

丁长盛没吭声，现在还不知道她究竟知道多少，贸然接话很不明智。

“明说了吧，其实事情是这样的，上次在鄱阳湖，不是说开金汤延后嘛，让我们各归各家，我就下了船，但好不容易回国一趟，不想那么快走，就多待了几天，后来丁玉蝶又找我，说是想去老爷庙探沉船，让我过去帮他搭把手，我就答应了。”

丁长盛嗯了一声。

这话没破绽，丁玉蝶醉心沉船，也不是什么秘密，更何况，他亲眼看到的，丁玉蝶确实是在老爷庙下的船。

“结果呢，别说是沉船了，连块破铁都没捞着。我就决定走来着，谁知道临走之前的那个晚上，有个女人来找我。”

丁长盛屏住呼吸。

“长得很难看，我也不认识，本来不想搭理她的，结果她说认识我父亲，也认识我姐姐，还说姜孝广死了，姜骏就是凶手……”

丁长盛心跳如擂鼓，按照易飒说的这个时间点，应该是在老爷庙开金汤之后。

当时，姜孝广和姜骏双双失踪，他派船上的人重装下潜，连找两天一无所获，不得不编了个“姜孝广进特护病房”的故事，以暂时搪塞。

易飒抬眼看他，皮笑肉不笑：“丁叔，换了是你，事情这么诡异，你也会想听她说完的，是吧？”

丁长盛嗓子发干，他喝了口茶润喉：“然后呢？”

“然后，她就给我讲了个故事。”

正说到这儿，边上的宗杭突然痛呼一声，一头磕倒在桌面上。

丁碛额上青筋一跳，还以为他要有什么动作，随即发觉不是这么回事——宗杭像是发了病，身体不受控制，拨翻带倒了近前的碗碟之后，痉挛着从椅子上翻跌下来，近乎癫狂地在地上乱滚。

丁长盛急起身来看："他这是……"

话到一半咽回去了。

他看清楚了，宗杭的胳膊、小腿、脖子、脸上，爆起一根根黑色的血管，像须根盘缠在皮肤之上，不断胀大，似乎里头的血随时都能破开喷出……

这场景不陌生，窑厂关押的人里，不少人都这样。

易飒却像是司空见惯，还叹了口气："我就说吧，随时发病，所以平时都不让他出门……"

她蹲下身子，把宗杭上半身扶靠到墙上，宗杭抖得厉害，喉咙里几乎出不了声，脸上的血管滚烫，身子一阵阵发抽。

易飒转头看丁长盛："没事，让他缓一会儿，过十来分钟就好了，咱们……聊到哪了？"

丁长盛定了定神："说到那个女人，给你讲了个故事。"

易飒点头："这个故事是真是假，我也不是很确定，有些事，还要丁叔你确认一下——那几天，你是不是在老爷庙，上了一条船，还会合了姜孝广，准备偷偷开一回金汤？"

丁长盛的脸色青一阵白一阵的，顿了顿才说："是有这事，但我们不是想开金汤，只是想摸清楚路线，为后续做个准备……"

易飒笑："这就结了，那个女人说，当时她也在水下，亲眼看到姜骏带着姜祖牌下来，还看到姜孝广，拿着个水下摄像机。"

丁长盛一只手死死攥住椅子把手。

是这样，细节都没错，所以，接下来到底发生了什么？

易飒讲了个精简版的，姜孝广、姜骏以及那个女人，三个人进息巢的故事。

故事里有船冢、息壤、息巢、无以计数的死人尸体以及嵌入了姜祖牌的轮回钟，姜骏杀了姜孝广，试图控制那个女人，但没有成功，再后来，那个女人不知道使用什么法子，逃了出来。

"然后她跟我说，她就是我姐姐，她给我讲了当年三江源之后发生的事，还说，有很多它们要来，让我提醒你一下。"

她就在这里停住，给丁长盛时间消化，又倒了杯白水端给宗杭，他爆起的血管已经消了，只是皮肤像被蒸过一般，通红发烫。

易飒想问他怎么样，又不好开口，倒是宗杭，正喝着水，忽然眼睛滴溜溜地朝她一转，以示自己没问题，喝完水，不声不响入座，又开始夹菜吃。

丁长盛这才反应过来："你就……相信她了？"

易飒说："没有立刻相信，故事编得不错，但凡事要讲证据啊。她给的第一个证据就是宗杭，还说，证人是丁碛，丁碛可以证明，宗杭是又复活的。"

说到这儿，笑盈盈看向丁碛："是吗？"

丁碛迟疑了一下："是。"

"你杀的？"

丁碛面色复杂，没再说话。

"她让我带着宗杭，说这个人很有用，不是水鬼，却强过水鬼。又说，如果我不相信，可以去窑厂，找一本黑皮本，喏，就是刚刚物归原主的那本，我半信半疑，所以找丁玉蝶打听了一下，你是不是有个窑厂。"

丁长盛长长嘘一口气。

前因后果，千丝万缕，差不多全对上了，甚至困扰了他二十多年的一个大谜题，答案也行将浮出水面。

"那……易萧呢？"

易飒苦笑："走了，在老爷庙就跟我分开了，说自己活不长了，想死得清净一点，加上那时候，我也不是很相信她是我姐姐……直到今天在窑厂里，拿到这本册子。"

册子……

丁长盛翻开册子。

也巧了，入眼就是易宝全的那张图，这张"泛舟"图，他琢磨过无数次，始终不明端倪，甚至不觉得那是"泛舟"，还怀疑过是不是两个人共同浮水，现在明白了。

怪不得说，死尸就是度亡舟。

再往前翻。

——黄河滩头百丈鼓，挂水湖底轮回钟，金汤水连来生路，渡口待发千万舟。

丁长盛喃喃："这事，我要想一想，我也做不了主，事情太大了，我得跟他们商量一下……"

易飒拿勺子舀汤："就是啊，我也是因为看过册子，觉得事情太大，又很急，不能耽误，才赶紧给你打电话，丁叔，你说现在，鄱阳湖边，会不会真有人往外爬啊？"

丁长盛被她说得心里毛毛的。

易飒斟酌着他的脸色："我觉得宁可信其有，不可信其无，丁叔，老爷庙水域也不大，要么你紧急安排点人手，夜里在那一片巡一巡？万一真有，有一个截一个，先把事情控制住，可别等你商量完了，那头已经搂不住了……"

丁长盛脑子里一团乱麻，也没个章法："也对，不管是不是真的，我得先安排，飒飒，你先吃着，你这几天不走是吧，后头估计还得要你出面讲一下情况。"

易飒说："不走，事情这么大，又牵涉我家人，我也想知道究竟。"

丁长盛点头："这次，是多亏你了，我先去忙，你们先吃……"

易飒没吭声，觑着他和丁碛都快到门口了，这才慢条斯理开口："丁叔，还有件事没完呢。"

丁长盛愕然止步："还有事？"

"丁碛是不是杀了人啊？"

丁碛脸色一变，丁长盛头大："飒飒，这件事……丁碛也是受我吩咐，我当时不了解情况，易萧逃了，我们怕她在外头乱讲乱说，所以不惜一切代价……"

易飒笑："这我懂……宗杭！"

宗杭正听她说话呢，没提防会叫到自己："啊？"

"过去抽他。"

这是……真抽还是只是她虚张声势？宗杭有点迟疑。

易飒冷笑："丁碛刚刚亲口承认杀了人不是吗？你打了人家三枪，我让他回抽你不过分吧？如果没有你，宗杭早回家过舒服日子去了，至于搞成现在这个样子吗？是吧丁叔？我这要求过分吗？"

丁长盛见她变脸，也知道是动真格的，想来想去，宗杭这事，确实是丁碛理亏："不过分。"

易飒看宗杭："去啊。"

宗杭起身过去。

打人就打人，但这种有铺有垫，让他过来打人，还是在众目睽睽之下，还真是……

宗杭拳头攥起。

丁碛笑笑，抬头看他："用点劲啊，过了这村就没这店了，你这回打过我，咱们就算两清了……"

宗杭脑子一炸，吼了句："放屁！"

他一记勾拳，狠狠打在丁碛左脸上，丁碛没经住这力，直接摔了出去，带翻了好几张椅子。

"你还得起吗？你要过我的命，命是什么？一生一次的机会，即便再来一次，也永远回不到从前了，你有什么脸跟我说两清？"

丁碛踉踉跄跄，扶着椅子站起来。

脸上居然还带笑："来呀，三枪，三拳，还差两拳呢，别手软啊。"

谁告诉你三枪等于三拳？没这么算账的。

宗杭血冲上脑，冲过去又是一拳，再一拳，拳拳进肉，眼前一片模糊。

易飒过来拉开他的时候，丁碛已经被揍趴下了，嘴角裂开，嘴边都是血，爬了几次都没爬起来，末了扶着墙爬起来："这就完了是吧？那我可以走了？"

他抹了把嘴角的血，喘着粗气，一瘸一拐地往外走。

丁长盛目送他出去，这才转头看易飒："这事，的确是丁碛做得太过了，飒飒，你也谅解一下……"

易飒笑："我谅解，我有什么不谅解的，谁都有难处……但是丁叔，这事还没完呢。

"我也不好说丁碛杀了宗杭和我姐姐，毕竟他们还活着，这种事，也没个先例。但是，我有个朋友，叫陈禾几，不知道丁碛跟你提过没有，他是真死了。"

丁长盛脸上的笑渐渐敛去。

"不但死了，还被烧了，尸骨扔在沼泽地里，风吹雨打一个多月才被找到。我找到的，也是我埋的，这个，是再也活不过来了，我在人家坟前发了誓，要给个交代。

"丁叔，丁碛是你干儿子，你帮我做个主吧，不管丁碛当时有什么理由，杀人就是杀了，咱们三姓，从来都讲道理，一条命的事，不能当没事儿一样吧？陈禾几没家人、没后代，不要钱，只要一个交代。"

丁长盛很久才点头："行，你给我时间考虑一下，我争取想出一个大家都满意的法子。"

丁长盛一走，易飒就虚脱了，一屁股坐倒在椅子上，指梢不受控地微颤着。

她编的这个故事，有破绽吗？好像没有，真的瞒过去了，消息也递出去了，顺带教训了丁碛，算是功德圆满。

忽然想起了什么，问宗杭："你还好吗？"

宗杭也不知道她问哪件："我没事啊。"

"你傻吗，吃一口鱼意思意思就行了，掂那么大一块。"

宗杭说："那……要效果逼真啊。"

他看满桌子菜："你还吃吗？他们家菜真难吃，还不如大排档好吃。"

易飒说："你都说难吃了，我还吃？走吧，路上要有大排档，我们再吃一轮。"

可惜回去这一路上，都不见大排档。

夜深了，路上没几个人，街灯也暗，易飒开得很慢，比宗杭标榜的安全速度还慢，像蜗牛，慢吞吞地走。

又开了一段，她在一个电话亭边停下来："打电话去吧。"

宗杭奇道："打什么电话？"

易飒乜斜了他一眼："有个人，今晚在对头面前露了脸，暂时安全，不用整天打扮得跟个贼似的出门，也不用怕会连累家里头了，不想给父母报个平安吗？"

【21】

宗杭盘腿坐在床上写明信片，那本格斗书，正好拿来当垫纸板。

明信片是在楼底下的纪念品商店挑的，一堆山西名胜古迹的图片里，宗杭唯独挑了这张：山西洪洞大槐树。

边上还有题词曰：树身即使高千丈，落叶归根也有期。

太符合自己的现实处境和对未来的期许了。

电话亭里那通电话，拨是拨出去了，但他从头至尾没敢吱声。

童虹接的电话，"喂"了两声之后，宗必胜在边上问："谁啊，是不是打错了？"

童虹说："不知道呢，没挂，也没吭气。"

顿了两秒，也不知道是不是心有灵犀，童虹忽然大叫："杭杭？是不是杭杭？"

宗杭跟被蝎子蜇了一口似的，眼眶一热，忙不迭把听筒挂了回去。

他总觉得，事情没这么轻易尘埃落定，往后怕是会还有事端，远不到能放心报平安的时候。

再说了，光听到童虹的声音他就受不了了，待会儿可不得双双哭成一团啊，在易飒面前哭，太那个了；而且电话好打，解释不易，宗必胜那性子，一定会勒令他"马上回家"，说不定还要飞过来接，又会追问这两个月去哪儿了，谁该对这事负责任……

里头牵涉这么多人，怎么编啊，得考虑好了才行，否则后患无穷。

……

易飒洗完澡，从洗手间里出来，一瞥眼看到他埋头苦写，忍不住出言挤对："让打电话不打，非在这作妖。"

宗杭说："我还没准备好呢。"

"给家里打个电话，两分钟的事儿，又不是大姑娘上花轿，还要准备！"

两分钟？你试试看两分钟能不能搞定！光童虹哭起来，半小时都不一定收得住。

宗杭不服气地抬头，想驳两句，忽然愣了一下。

易飒新浴过后，一身清爽，上身穿了件白色大领的无袖T，下身是条玫瑰粉的短裤，更关键的是，她居然扎头发了。

她头发不算长，所以总披拂着，很少扎，陡得一扎，特别显小，再加上扎出的小辫子不到一指长，在脑袋后头不羁地翘着——她今儿干了件大事，整个人很放松也很嘚瑟，小辫子也跟她的人一样嘚瑟。

跟从前的感觉都不一样，像个很臭美的小姑娘。

宗杭有点理解，为什么易萧喜欢揪易飒耳朵了。

易飒过来，在他床边坐下："写了什么？我看看。"

宗杭把明信片递给她。

这写的什么啊……

——鸡蛋花开花了吗？开花了炒蛋吃。

——眼镜不要放桌子右边，会摔。

——棕瓶子里的药少吃。

落款不写宗杭，画了个傻乎乎的小孩头。

宗杭给她解释。

家里别墅的院子里，有棵塔树，又叫鸡蛋花，开花的时候一片白，但靠花蕊的位置又是嫩黄色，配在一起，跟蛋黄蛋白一样，小时候，每到塔树开花，他就拖着小板凳，端一碗糖炒鸡蛋在树底下吃得美滋滋的。

宗必胜看电脑的时候嫌字小，习惯戴眼镜，但摘了之后老忘记放回眼镜盒，总放右手边，胳膊一动就会带到，都摔了好几副了。

童虹睡眠不好，棕瓶子里是安眠药，小时候，宗杭老见宗必胜提醒她"少吃"，长大了，"少吃"也成了他的口头禅。

那个小孩头，是他幼儿园第一次上绘画课时画的，童虹一见就惊呼"我们杭杭太有绘画天赋了"，后来天妒英才，他的绘画天赋被狗吃了。

都是细节，别人仿不来，比直白地写什么"我很好""不用担心"更有说服力。

确实挺周到用心的，但易飒还是觉得，就是两分钟一个电话的事儿——不过随便他了，反正想打电话随时。

她坐回自己床上："今天解气吗？"

出乎意料的，宗杭居然摇头："不解气，不喜欢打这种不还手的人，跟欺负弱小似的。"

毛病还挺多，易飒说："丁长盛发话了，他想还手也得忍着。要治丁碛，当着丁长盛的面最管用了。”

宗杭纳闷：“他怎么这么怕丁长盛啊？”

“丁长盛把他养大的啊，没丁长盛捡他，他早死了……哎，回忆一下，今天糊弄丁长盛，你觉得我的话有破绽吗？”

有吗？宗杭皱眉，他觉得特别完美。

易飒说：“算了，不指望你。至少接下来这段时间，咱们应该挺安全的。”

毕竟抛了这么大一枚炸弹给丁长盛，够他焦头烂额一阵子了，再说了，易萧的死确实没别人知道，除了丁玉蝶——这人不缺钱，不喜欢女人，也不喜欢男人，想笼络他，只能靠友谊了。

她忽然想到了什么：“井袖呢？她知道多少？”

井袖只知道他跟常人不太一样，但这个，现在已经不是什么秘密了，宗杭想了想：“知道我不能吃河鲜海味，吃了会发病。”

吃河鲜海味发病，跟随时发病确实是两个概念。

易飒眼珠子一转：“没关系，她跟你早就分开了，所谓‘三日不见，当刮目相看’——真问起来，就说你和她分开之后，病情加重了，以前是吃河鲜海味发病，现在随时发病。”

“刮目相看”这词还能这么用啊？

宗杭觉得，自己跟易飒的距离又拉近了。

她读书的时候，没准也是个学渣。

井袖睡到半夜，突然听到门响。

她一阵心惊肉跳，急爬起来，黑暗中，看到进来一个熟悉的身影。

丁碛也看到她起来了：“我。”

他摸着黑去了洗手间。

洗手间的灯亮起，晕黄色的光经毛玻璃一滤，又浅又散，像在屋里飘晃，显得一切特别不真实。

井袖怔了会儿，穿上拖鞋过来，看他映在玻璃门上的影子：“不是说过几天才回来吗？”

“完事早，就回了。”

他语气有点怪，瓮声瓮气，像收着舌头讲话，井袖也不知道为什么，一把推开玻璃门。

丁碛转头看她。

他也是被打得够惨的，眼眉瘀青，脸颊高肿，一边嘴角直接被打裂了，身上也几处瘀青——船上那回他就发现了，宗杭的力气比从前大多了，这次更有长进，出拳有模有样，不是经人指点就是练过。

他看着井袖，反而扑哧一声笑了："还真是风水轮流转哈。"

昨儿他发现她被人打，今天她发现他被人打，她的脸没消肿，他的脸后来居上。

井袖身子发颤，声音都抖了："是不是，人家报复……"

是人家报复，但跟她被抢那事没关系，丁碛打开水龙头，捧了凉水激脸："不是因为你，别瞎感动。"

井袖不知道该说什么，站了会儿才想起来："我今天去过药房了，买了点药水，帮你擦一下吧。"

丁碛嗯了一声，甩着手出来坐到沙发上，井袖开灯，白炽灯的光亮有点刺眼，丁碛皱着眉头拿手挡眼，井袖又赶紧关掉。

丁碛嘘了口气。

光还是暗点好，亲切、善解人意，太亮了叫人无所遁形。

井袖拿棉签蘸了药水，在他受伤的地方轻轻滚拂："你干爹让你去干什么事啊？"

丁碛懒得说话。

井袖不吭声了。

她就是这点好，察言观色知进退，不像有些人，没个眼力见儿，你不想说话，她还叨叨个没完，苍蝇似的。

她不问，丁碛反而想说了："还不就是那些事儿。"

井袖看了他一眼："不是什么好事吧？"

丁碛冷笑："好事会轮到我吗？"

想想没劲，于是岔开话题："对了，你那个叫宗杭的朋友，我今天见到了。"

井袖猝不及防，反应过来之后，又惊又喜："你是说……宗杭？他还好吗？"

"好，皮实得很，"丁碛指自己的脸，"筋骨强健，每一拳都很实在。"

这说的……是同一个人吗？

井袖尴尬："开什么玩笑，宗杭不会打人的。"

丁碛冷笑，话说得阴阳怪气："士别三日，当刮目相看了，现在不但打人，还找了个厉害靠山，哎哟，我真是挺害怕的，那娘们没这么好打发，怕不是要搞死我。"

说完了，起身去到床边躺下。

井袖关了灯，摸着黑躺到丁碛身边，睁着眼许久，才低声问："你今天见到宗杭，他是不是就在附近？能安排我……见见他吗？"

丁碛的声音听不出什么起伏："这么惦记啊？"

井袖解释："做事情……得有始有终，当初是他们雇我的，也没说结束，突然就分开了，总得说一声。"

丁碛语焉不详："听说这几天都不走，应该有机会吧。"

接下来，连着两天风平浪静。

易飒带宗杭拎着水果拜访了丁玉蝶，半为加强友谊，半为好奇：丁玉蝶被丁长盛打断腿的消息在三姓间疯传，好事者说得有板有眼——丁玉蝶是如何不尊敬长辈，丁长盛又是如何怒从心头起，随手抄起一根扁担……

都什么年代了，还扁担，传谣者似乎也觉得不合适，后来的版本里改成了棒球棍，更加现代、时尚、可信一点。

见面一看，丁玉蝶活蹦乱跳的，但问起具体起了什么冲突，他死不开口：脑袋上的穿花蝶被薅掉，简直是奇耻大辱。

好在易飒并不关心这个，只嘱咐他息巢里的事得保密，对任何人都别讲，尤其是对丁长盛。

还专门戳他痛处："你可千万别跟那几个告密的人似的，答应得好好的，说什么你打听窑厂的事绝不对外说，转头就告诉丁长盛了。"

丁玉蝶恨恨："我是那样的人吗？我好歹是水鬼，别人不要脸，我还要呢。"

很好，就喜欢他这么要脸的决绝。

易飒心里踏实了。

消息是在第三天的早上一股脑儿来的。

先是易云巧，大清早一个电话拨过来，怒气冲冲："飒飒，你听说了吗，咱们易祖牌被收了。"

易飒装茫然："啊？"

祖牌被收，好事啊，"黄河滩头百丈鼓，挂水湖底轮回钟"，三条大河，长江和"澜沧江—湄公河"都有挂水湖，那就表示都有轮回钟，而目前看来，祖牌是启动轮回钟的关键。

易云巧对她的态度很不满："你不姓易？易祖牌不放我们祠堂放哪儿？不行，我得要个说法，我告诉你啊，到时候你要站我这头，两个水鬼发话，他们不敢不重视。"

易飒乖巧地应了。

这边电话刚挂，那头丁玉蝶的电话就过来了，语气又是犹疑又是茫然，还间杂几分兴奋："飒飒，刚盘岭叔通知我，让我去壶口……锁金汤。"

易飒半天没反应过来："锁金汤？"

开什么玩笑，近百十年，都是开金汤，从没听说过什么锁金汤，现代社会了，谁会把钞票锁到大河底下？

丁玉蝶也是一样的想法："我先过去准备着，有什么事再联系吧。"

挂了电话，易飒心跳得厉害：这一桩桩一件件的，不会突兀地集中发生，中间一定有联系。

果然，第三个电话又来了。

丁长盛打的，给了她一个地址，让她尽快赶过去，还提醒说，务必带上宗杭。

【22】

丁长盛给的地址是个生态园，农家乐性质，集采摘、休闲、餐饮、住宿于一身，设计得古色古香，偏园林化，很有风味。

易飒怀疑这是丁家的产业，近几十年来，随着接连翻锅，又加上锁开金汤的模式逐渐被淘汰，三姓已经在寻求新的进项渠道了，而且不约而同地趋于保守，只在传统行当里泛舟，不会去什么高新尖领域搏浪。

进了生态园，直奔酒店，酒店位于园区僻静一隅，边上是个人工湖，不少人在湖里玩闹，行家看门道，易飒一眼就看出，这些不是游客，铁定是三姓的人。

她吩咐宗杭："待会儿跟着我，别乱说话。"

进了酒店，丁席迎上来，领二人去会议室。

会议室里只三个人，可巧都认识，除了丁长盛外，还有两个水鬼。

姜太月和丁盘岭。

这两个，还真出乎意料，毕竟姜太月年纪太大，丁盘岭又跟个隐士一样，常年没什么存在感。

易飒大致清楚这团体中的水鬼格局了：当年是七水鬼，姜骏和易萧出了事，易云巧是易家人，被撇除在外，丁海金身体一直不好，后来心脏还做了搭桥，也不予考虑，余下的三个，都参与了。

姜孝广失踪了之后，便只剩下这两个了。

姜太月和颜悦色："飒飒，事情我们都听说了，这两天也一直在安排，今天先开个小会，碰个头，掌事会那里，就由长盛代表了。"

易飒嗯了一声，拉着宗杭坐下，会议室空调开得足，有点儿冷，投影仪开着，投出了个死板的windows桌面，上头密密麻麻的文件夹，晃得人眼睛疼。

姜太月继续："要是你姐姐能在就更好了，飒飒，能想办法联系到她吗？"

这话里有内容，易飒立马进入戒备状态："她要是能出面，至于让我来蹚这趟浑水吗，事情跟我又没关系。"

这倒也是，姜太月岔开话题："姜骏开金汤穴进息巢的事，我也听说了，就是有个疑问……"

易飒的心一下子提起来。

"年轻一辈的水鬼，别说你和丁玉蝶了，就算是盘岭、孝广他们，都没开过金汤，但你姜婆婆我是开过的，也是在长江，九曲回肠，最终翻了锅，空手回的……我有印象，一下水，领头的人脑门刚挨上祖牌，我脑子里就放焰火似的炸开了，一直到上岸，其间发生了什么，一点印象都没有。

"你姐姐怎么反而记得那么清楚呢？"

就这事啊，还以为自己编的说辞里出了什么了不得的纰漏呢，易飒松了口气："这个我哪知道，该问我姐姐去啊……不过姜婆婆，我姐姐在漂移地窟出了事，是'它们'中的一员了，人都变样了，脑子肯定也不一样了，她记得也不奇怪啊。"

姜太月微笑，等的就是她这句话："那这位姓宗的小哥，也是'它们'，应该跟你姐姐一样吧？不会受祖牌影响？"

什么意思？易飒摸不准她心思，没吭声。

姜太月眼中，这已经算是默认了，她转头看丁长盛和丁盘岭："你们两个，谁先说？"

短暂的静默之后，丁长盛清了清嗓子："我……先吧。"

丁长盛说的是当初私下转交姜骏的事。

反正已经死无对证，他尽量推卸自己的责任："当时……我就是个小角色，姜孝广是水鬼，他提要求，我不好回绝，再说了，姜孝广带走姜骏之后，也是严加看管起来的，效果跟被关在窑厂里是一样的。"

丁盘岭只听，面上没什么表情，姜太月却有些愤愤："你们很有想法啊，还弄了个假的出来，糊弄了大家伙这么些年！要是传开了，大家会怎么看你！"

丁长盛面色尴尬，心里却笃定了：姜太月能这么说，那就表示事情不会"传开"了。

"这期间，我一直和姜孝广保持联系，据他说，姜骏除了形体上发生变化外，意识一直很清醒，偶尔会有谵妄，但相比窑厂那些人，算是轻微的了。”

姜太月握住拐杖朝地上捣了捣：“这就是姜骏厉害的地方，明明里子早就变了，表面上还装模作样，把你们大家都瞒过去了。”

丁长盛沉默。

丁盘岭插了一句：“而且，他装成‘姜骏’，这么多年毫无破绽，连亲生父亲都分辨不出。是不是意味着，原来那个姜骏的一切都已经被他吸收融合了，用得着的时候，可以随时‘调出来’使用——现在想起来，多亏了当初他体貌变化太大，被我们当成感染者关了起来，如果当时他外表没破绽呢？”

如果他当时外表没破绽、身上没伤，大家就不会觉得他被感染，也不会把他关起来，说不定他早就偷拿了祖牌，潜入金汤穴，开启轮回钟了。

说者无意，听者有心，听到“外表没破绽”这话，丁长盛心头一凛，不自觉地看了易飒一眼。

易飒反应奇快：“丁叔，你看我做什么？你是不是又怀疑到我头上了？如果我真是这种情况，我也拿了祖牌开轮回钟去了，我还巴巴来告诉你、让你想办法对付它们？不是我吹，如果不是我提供这些线索，再给你二十年，你也未必能想明白里头的道道。”

有些疑虑，就该马上挑明，不让它有膨胀的机会。

丁长盛面上一窘，姜太月笑着出来说和：“这也不怪你丁叔，当初几乎全军覆没，偏你一个三岁多的小丫头安然无恙，是谁心里都会犯嘀咕的，现在说开了就好了，免得自己人打架……长盛，你继续吧。”

于是继续说回姜骏。

鄱阳湖这趟开金汤，姜孝广早知道希望不大，但为掩人耳目，还是装模作样地提前筹备，姜骏也积极出谋划策，提议分两步走：一是想办法让大船开金汤因故延误，二是私下里另备一条船，他带着祖牌下水探路，姜孝广可以带着水下摄像机一路拍摄路线——有了路线，下次再开，会比较稳妥。

姜孝广心动了，去找丁长盛商议。

丁长盛没什么理由反对，假姜骏这事，一直是他的心病，借着这趟发挥一下，了结了也好。只是放姜骏下水，他始终不是很放心，所以提了很多要求，比如一定要严密关押、届时自己也要在场，又如为了防止受祖牌影响，建议姜孝广别进水路天梯，而是用一根长锁链连住姜骏，尽量避得远一点。

说到这，他垂头丧气：“当时也没想到，离开那么远，还是没躲过去。”

宗杭心说：离那么远有什么用啊，丁玉蝶还埋在泥里呢，还不是旱地拔萝卜样被提溜出去了。

易飒注意到，丁长盛还没结束的时候，丁盘岭就已经坐到了连着投影仪的那台笔记本电脑边。

看来重头戏在这边。

果不其然，丁盘岭调出来的第一张图片，就是三条大河的示意简图。

三道墨线，自三江源处迤逦拖出，洞里萨湖和鄱阳湖的位置都圈了红圈，黄河上也圈了一处，不过易飒对北方地理不是很熟，也看不出是哪。

丁盘岭说："这两天，我拿着金汤谱对比了一下地图，金汤谱里总计二十来个金汤穴，要说里头都是盛放着尸体的息巢，未免太分散了，而且听易飒说，息巢的规模特别大，有些金汤穴，根本不具备这个条件。我个人认为，对应着那句'黄河滩头百丈鼓，挂水湖里轮回钟'，息巢有三处，三条大河各一处。长江虽然不止一个挂水湖，但既是挂水湖又有金汤穴的，只有鄱阳湖。"

易飒想起丁玉蝶要去壶口锁金汤的事："你认为黄河的息巢在壶口？"

丁盘岭点头："一来壶口有金汤，二来瀑布激水，声响隆隆，如同擂鼓，三来瀑布上游的黄河水面有三百来米宽，一丈差不多三点三米，三百来米，折合下来就是'百丈'，样样都对上了。"

"那澜沧江那条线上的息巢，是洞里萨湖？"

丁盘岭迟疑了一下："这条河的情况比较复杂，它出了境，三姓的先人不可能跑去境外锁开金汤，金汤穴上也没标过。之所以把它列进来，是因为你姐姐的关系，她千里迢迢地被'召唤'去了，这个叫宗杭的，又是在那儿复活的，所以那儿一定不简单。"

他在这儿顿了会儿，见没人有异议，于是继续。

"老爷庙那，我们已经布下人了，但老爷庙水域只是个终端，万事有源头，你把三条大河比成是三条产道，那输出'它们'的地方又在哪呢？"

他将鼠标移向大河源头。

宗杭脱口说了句："三江源？"

丁盘岭点了点头："是在三江源，准确地说，应该是漂移地窟。漂移地窟在'江流如帚处'，连着江河源头，可以把'它们'通过水道输送过来。"

他缩回手，脸色凝重，斟酌了一会儿才开口："飒飒关于'嫁接'的说法很有意思，我这两天在想，嫁接，得两种东西结合到一起，这边是尸体，那边是'它们'，尸体是固定躺在息巢里的，那就得'它们'过来。"

易飒点头。

“我们现在总说‘它们’，但谁也没见过‘它们’长什么样，说是无形的又太玄了。不妨假设，它是有实体、顺着水道漂过来的——但因为够小，所以够隐蔽，谁也看不见。

“息巢里的那些尸体，就是‘它们’要嫁接的母体。但若想两者相结合的话，得有个前提条件，那就是金汤穴得开门，这个不难理解吧？一个在门里，一个在门外，不开门，是到不了一起的。

“我有一个猜测，1996 年那次开漂移地窟，不仅造就了姜骏这一批先头部队，还打通了‘产道’，有一些‘它们’，当时就已经来了。”

宗杭让他说得瘆得慌：“那 1996 年到现在，这么长时间，‘它们’会不会早就成事了？”

易飒打断他：“没有，门没开。而且这个开门，应该跟轮回钟有关，之所以要把祖牌嵌入轮回钟，可能就是某种‘开门’的钥匙。”

丁盘岭没想到她领悟得这么快，眼神里带了几分激赏：“易飒说得没错，光来了没有用，那时候息巢是封闭的，没开启。嫁接不了，来也是白来。”

宗杭嗫嚅：“那……来了白来，又不能倒流回漂移地窟，这么长时间，就一直在水里漂着吗？会不会死了？”

丁盘岭早想到这一节了：“应该也不至于死，那些‘它们’，不可能就裸在水里漂过来，总得有个载体，或者用什么东西盛放着……”

易飒脱口说了句：“息壤？”

息壤最合适了，息巢里的那些尸体，就是因为有了息壤经年不腐，如果以息壤作为容器，那些‘它们’就可以长久保持活性，而且息壤看起来像泥沙，大河里夹带泥沙太正常了，也不会引人注意……

丁盘岭点了点头，抬眼看宗杭：“他的情况，应该就是得益于这些没能嫁接的‘它们’。”

宗杭想不通：“但是当时，洞里萨湖底的息巢也没开启啊？”

“是没开，但你回想一下你的复活，你的流程耗时很长，也很复杂，不像三姓，都返生得很快，也就是说，三姓和‘它们’之间，存在着天然的联系。但你这种外姓，即便和‘它们’接触，也很难活得过来，除非有人从旁帮忙、促成。”

宗杭一下子反应过来：“所以是易萧促成了我复活？”

易飒明白了。

易萧去了洞里萨湖，洞里萨湖里也已经有了“它们”，但她接收到的信息太浅，找不到息巢，“它们”始终不得其门而入，但同种相吸，像磁屑被磁铁吸附一般，会天生趋近她这个“接生者”。

对此，易萧毫无察觉，毕竟没人会去注意水里的浮尘泥沙。

直到她和宗杭都被丁碛沉湖——易萧顺理成章地被复活了，也顺带惠及宗杭。

所以息巢里的那些人，也许都像宗杭一样，需要经过复杂的流程，并且假以时日，才有可能复活。

易萧再次复活了，但她的情况并没有好转，她身体继续发出腐臭味，延续的还是上一轮快走到尽头的生命，所以她才会说“没有人能有两次机会”。

丁盘岭接着往下说：“所以，姜骏把祖牌嵌入轮回钟，相当于释放了一个信号：现在这个鄱阳湖底的息巢已经准备好了，你们可以大批量地来了。”

易飒沉吟：“这意思就是，漂移地窟里的大部队，会集中涌向鄱阳湖底的这个息巢？”

丁盘岭点头：“毕竟其他两线还没有启动，只有这个可以使用。

“你姐姐离开息巢的时候，那个轮回钟还没动，我猜测这个渡口真正全方位运行起来、有成品输出的时候，才是轮回钟走第一格的时候。

“所以光在老爷庙蹲守，治标不治本，最一步到位的方法，是从源头上截断漂移地窟。”

【23】

截断，说得还挺轻松，怎么截断啊？上次去漂移地窟，出了那么大事，连地窟的横长竖短都没摸清楚，现在居然张口就来“截断”。

丁盘岭似乎知道易飒在想什么：“是挺难的，但这是唯一的法子了，我们已经派了人，在三江源一带寻找漂移地窟，准备有了消息之后就组车队过去，易飒，你有兴趣一起吗？”

又组车队？还是那个地方？

1996年的一切，像头顶巨大的云，又飘过来了：她还记得出行时的兴奋，记得那首飘在夜色里的《上海滩》，记得剥开花生壳时，那股焖住的火香味。

那是一切开始的地方。

她回过神来：“好啊，是有必要去一趟，但你们对那儿有什么更新的了解吗？”

目前听下来，除了猜测那里是“它们”的大本营外，对漂移地窟的认识，比1996年没什么进步——这种情况下，去了也白搭吧？只是多一批人去送死。

丁盘岭回答："所以在等音信的同时，我们着手两件事，第一是重新查看家谱，寻找一切相关的有用信息。"

家谱不是简单的像公司架构一样的树状图，真正严密的家谱，不但包括世系繁衍，还要罗列重要人物事迹，记录家族的迁徙、生意、族规，附有参考图录等。

三姓一直没断过代，古时候又特别注重修家谱，可以想见留下了多少东西，用"汗牛充栋"来形容也绝不过分：前些年有人提议说电子时代了，不如集中整理一下，一张磁盘搞定所有，结果一看祠堂里那几间大屋，从陶片到木简到布帛到纸张，从图像到甲骨金文到篆隶甚至还有印版的，立马不吭声了。

卷帙浩繁，家谱里真散落了些什么信息也说不定。

"第二是，我们觉得从息巢入手，还是能挖出不少线索的，而且黄河没有挂水湖，它的息巢格局，应该跟长江不同——我们想就近看一下壶口，在那里锁一趟金汤……"

易飒心里一动："没人委托，假装锁一趟？"

丁盘岭点头："假装，但一切仪式，还依照真的来，由丁家最年轻的水鬼丁玉蝶领头，届时要麻烦这位宗杭小兄弟一起下水，帮我们看看黄河底是个什么状况。"

易飒恍然。

怪不得丁长盛打电话时，提醒她"带上宗杭"；怪不得姜太月开场时，要跟她确认"宗杭不受祖牌影响"，原来是想让他当人体摄像机，帮忙见证一下下头的真实情况——冷不丁的，宗杭倒成了香饽饽。

黄河底不比鄱阳湖，壶口瀑布那么大规模、那么强劲的水流冲力，人下去了指不定被冲哪儿去了，想想都悬，易飒觉得自己做不了主："这个得问他自己。"

丁盘岭看宗杭："你这里有问题吗？"

宗杭习惯了易飒给他代言，没承想自主权忽然交到自己手上，偏丁盘岭……不止丁盘岭，姜太月还有丁长盛他们，目光都落在他身上，亟待答复的样子。

宗杭说："那……易飒去我就去吧。"

丁长盛留易飒二人在酒店住下，说是等壶口那边差不多了一起过去，落在旅馆里的行李会派人收了送来，乌鬼也先让专门的人养着。

样样省心，这还有不乐意的？易飒领着宗杭去前台取房卡。

会议室里剩下的人却都没挪窝。

姜太月把拐杖头摩挲了又摩挲，这一路听下来，什么"产道""从水里漂过来"，忽然勾起一桩旧事。

她问丁长盛："当初找到飒飒，是个什么情形？"

那场面，印象不可谓不深，丁长盛回答得很详细："距离车队大本营得有十几里吧，一条小溪流边，她身子蜷着，有一半在水里，边上还有个人，情况很严重，骨头都从身体里长了出来，奄奄一息，没等后头的救护小队上来就死了。

"现场死的人里，很多都是骨头从身体里长出来的，后来观察也发现，有这种症状的人攻击性很强，失去意识的时候尤甚——我们推测，这个人抓住了飒飒，不知道想把她带去哪，但身体变化太过激烈，没能跑太远。

"飒飒身上没伤口，衣服里却有不少血迹，我们觉得是那个人的血，可能是拿手抓她脖子的时候，从脖颈里流进去的，担心那血不干净，也没顾得上查验，就把衣服烧了。

"再后来的事你们也知道，易家的车队全完了，只她一个小姑娘全身而退，有点太过离奇，我就猜想她是不是也被感染了，只是还在潜伏期，所以一直对她有各种限制要求……"

姜太月嗯了一声，又看丁盘岭："你觉得呢？"

丁盘岭猜到她心思，信手拿笔在纸上涂抹："还挺难说的。"

说完了，发现自己画了两个方格，一个小的，一个大的。

他顺手又画了个大圈，把两个方格都圈在了里头。

假设这大圈就是漂移地窟，这两个方格是藏在漂移地窟里的、用于储备"它们"的盒子。

小盒子里是先头部队，大盒子里是大部队。

祖师爷做事是有计划的。

他早就知道，在某一天，三姓的人会进入漂移地窟，小盒子就是为他们准备的，目的在于把这批人转化为"接生者"。

在他的设计里，那批人进入之后，就会发生某种变故，导致他们一个不漏，全部死亡，成为可以用来"嫁接"的尸体。

然后，小盒子打开，"嫁接"开始，丁长盛他们火烧火燎赶来救援的路上，这里的转化已经在如火如荼地进行之中。

祖师爷没法精确预料进入地窟的三姓人数，但如同请客吃饭，备的菜肴总会尽量多些，不怕吃不完，只怕不够吃——小盒子里'它们'的数量应该多过当时在场的三姓人数，多出来的那部分找不着配对，没法嫁接，于是顺着产道流了出去，等待着下一次的机会。

可以想见，其中必然有一部分顺澜沧江而下，流入洞里萨湖，在那里长久盘桓，最终成全了宗杭。

那易飒呢？

丁盘岭停下手中的笔："有两个可能。第一，她运气确实很好，那个人抓了她之后，还没来得及伤害她，就已经支撑不住了。

"第二，换个角度想，当时她已经死了：半躺在溪水里，身边有个濒临死亡的'接生者'，像磁石一样，会吸引'它们'，而又恰好有'它们'从水里流过……那她的情形跟宗杭其实是差不多的。"

这一席话，说得屋里半晌没了声息。

良久，姜太月才吩咐丁长盛："不管是不是，你安排人……多留意她吧。"

说完，不觉抚向心口："刚刚那个宗杭，就坐我对面，虽说看起来没什么问题，眼下又是帮着我们的，但我总觉得……"

说真的，真长成姜骏他们那样畸形，一看就知道有古怪，或者索性就是外星人，她都能接受。

但跟普通人毫无二致，偏偏那张皮下头又是"它们"……

心头有点毛毛的。

房卡是早就开好了的。

宗杭接过来看，两张，先还以为是一个房间两张卡，然后才发现不对，是两间房。

"两间？"

服务员："不是两个人吗？"

哦，对，这些日子跟易飒住习惯了。

宗杭只好分了一张给易飒，不过他的203，她的204，不是对门也应该紧挨。

酒店入住率还挺高，从楼梯上去这一路，人来人往。

到了二楼，风云突变，203在拐角，204曲曲绕绕，还要过条走廊。

宗杭气了：这什么酒店，连按号排房都不懂！

易飒却无所谓："你到了，先休息吧，有事打房间电话。"

宗杭嗯了一声，眼巴巴看她走远，好生郁闷，脑袋抵在门上，拿门卡去插卡槽，几次没插中，越发觉得这酒店样样不顺心，生硬地去拧门把手，正较着劲，身后有人憋不住，扑哧一声笑出来："宗杭？"

这声音……

宗杭心里咯噔一下，迅速回头："井袖？"

还真是井袖。

她没初见时穿得那么桃红柳绿了，一条连身的条纹裙，长发扎了个马尾，显得整个人素净不少。

宗杭结巴："你……你怎么来了？"

井袖乜斜他："我怎么来了，我要照顾你一年的，你忘了？"

说着走上前来，从他手里拿过卡，对准槽口，轻轻一插开了门，一边往里走一边连珠炮样说个不停："丁碛跟我说你不是住203就是204，我在这走廊里来回走着等，正好看到你过来，你长那么大眼睛，就没看到我，眼睛巴巴黏在人家身上，人家走没影了，你就蔫了，手上没劲，门都打不开……你喜欢她啊？"

宗杭对井袖的感觉很复杂。

船上之后，就没再见过了，心里早把她跟丁碛画了等号，但乍一见到，她这言笑晏晏的，还是当初日夜照顾他时的亲和笑脸……

不像是蓄谋害他的模样啊。

不过她这一句一句的，又是"要照顾你一年"，又是"丁碛跟我说"，让他反应不及，总慢她一步，及至听到最后，像是秘密被人戳穿，差点跳起来，结结巴巴道："哪……哪有啊？"

井袖关门："不喜欢啊？"

当然不是……

宗杭犹豫了半天，期期艾艾："易飒……人这么好，人人都喜欢，谁会不喜欢啊。"

原来她叫易飒啊。

这话蒙别人就算了，井袖对于男女这点事，精得跟鬼似的："人人，人人是谁？你找一个出来让我看看，我就不喜欢她，外头扫地的也不喜欢，厨房切菜的也不喜欢，你一个人喜欢，还要拉人人当挡箭牌。"

宗杭没词了，眼睛滴溜滴溜的，嘴角想扬起，又拼命忍住。

喜欢怎么了，他喜欢他骄傲。

井袖想笑。

自始至终，还是跟宗杭在一起感觉最轻松啊，没有拘束，没有挂碍，不用想从前将来，不用小心翼翼……天都更高更敞亮。

宗杭回过神来："对了，船上之后，你去哪了啊？"

井袖瞪他："我还想问你去哪了呢，害得我满码头贴寻人启事。"

她心情愉悦，语调轻快，把那之后的事情说了，其实归纳起来也简单：就是在船上偶遇了以前中意的客人，双方都还有那个意思，于是一切水到渠成。

宗杭听到只是偶遇，并非想象中的合谋，长长嘘一口气，但越听到后来越觉得不对，忍不住打断她："你这意思，以后要跟丁碛在一起了？不是，井袖，你了解他是什么样的人吗？"

井袖一愣，顿了顿反问他："宗杭，你跟丁碛之间，到底有什么矛盾啊？我问过他，他说当初看到你被绑架，见死不救……你就是因为这个打了他吗？"

见死不救？对，是见死不救，但你怎么不说那"死"也是你造成的呢。

要不是事情牵连太广，宗杭真想把丁碛的所作所为一股脑儿倒出来。

见宗杭不吭声，井袖有点讷讷的："我这趟找你，一来是大家是朋友，想过来看看你；二来凡事要有始有终，易萧雇了我一年，给了订金，然后就没音信了，我也联系不上她，我也算上任一个多月，担惊受怕还差点被喂了鳄鱼，拿一块柿子金也不算过分——所以，你如果能见到她，麻烦帮我说一声，合约就到此为止了，好吗？"

说到这儿，她不好意思地笑："就是……不说一声，总觉得事情吊在那儿，接下来做什么都不踏实。"

接下来做什么？和丁碛一起开始新生活吗？

宗杭的心跳得突突的："井袖，丁碛不是什么好人。"

井袖笑了笑："我知道，我跟他，都不算传统意义上的好人吧，听他口气，估计他干爹也指派他做了不少见不得光的事……"

宗杭血涌上脑，脱口说了句："他杀过人的，井袖，不止一个。"

【24】

井袖没有太过震惊或者激动。

她只愣愣看着宗杭。

话既然开了头，就没必要遮遮掩掩了，宗杭说："井袖，你喜欢谁是你的事，我只是希望你至少先对他的为人有个了解，再去决定喜不喜欢——我没撒谎，他杀过人，不是被迫的，那些人也不该死。"

井袖笑起来，只是笑着笑着就笑不动了，末了喃喃说了句："我就知道，好事也轮不到我啊。"

丁碛从不跟她讲自己是干什么的，她"识趣"，于是不问，但不代表不会猎手般循蛛丝马迹揣测，更何况，于男女一节上，女人本就是天生的猎手。

——丁碛当然不会是循规蹈矩讨生活的，否则早大大方方说了。

——他和她是在买卖关系下认识的。

——他听人使唤做事，手下又有人可使唤。轻松帮她追回了包，还说"屁大点事”。

……

她的揣测里，他有各种过往、各种身份、背负各种秘密，“逃犯”“杀人犯”也在选项之列。

所以听宗杭说出来，不震惊，也不愤怒，只觉得是悬在脑顶的剑终于落下，疑虑坐实，苦笑之余，只想自嘲。

好事也轮不到我啊。

一个下了水的按摩女，没钱没势，也不是什么惊艳的大美人，凭什么能遇到踏实可靠干净的男人，彼此两情相悦，就这么开启美好人生了呢？

看看，又是这样，以前是没船肯载她走，好不容易有船了，开了一段才发现千疮百孔，少不得还要下水，游回原地。

井袖忽然意兴阑珊，连带着见到宗杭的那份欣喜，都淡了下去。

易飒盘腿坐在床上，竖抱着枕头，脑袋像从枕头里长出来的：“然后呢？”

宗杭趴在床沿上，蔫蔫的：“然后，她就很提不起兴致的样子，聊什么都不在状态……易飒，是不是我说得太直接了啊？”

送走井袖之后，他就来找易飒了：易飒一直怀疑井袖是跟丁碛串谋的，他觉得有必要帮井袖澄清一下。

易飒说：“杀人这种事，还能说得怎么委婉啊？没事，说了也挺好的，省得她继续蒙在鼓里。”

“那你觉得，她会离开丁碛吗？”

易飒白他：“人家的事，你操什么心！再说了，你也尽到义务了，该说的都说了，接下来做什么决定，是她自己的事。你有那精力关心别人谈恋爱，不如多去练练功。”

宗杭不服气：“我没练吗？我每天都练。”

“有进步吗？”

“有啊。”

易飒枕头一扔：“来，打我，我就坐床上，只动胳膊——打着了算我输。”

这也太瞧不起人了，宗杭站起来热身，又是转腕又是甩胳膊：“你小心点啊。”

易飒嗤之以鼻。

虽然她是三流功夫，但就凭这几天的突击训练，宗杭想盖过她，也太妄想了。

果然，她算以静待动，或偏头，或侧身，或只是伸手轻轻一带，就把他那些气势汹汹的出招全给化解了，名副其实的四两拨千斤，连喘都不带喘的——反倒是宗杭，每一招都使上十足的力，累得汗都出来了。

易飒一得意就发飘："宗杭，练武不是光凭蛮力的，要动脑子。"

话没说完，宗杭一头撞了过来。

铁头功？还来？

易飒眼疾手快，一手摁住他脑顶心，成功把他圆滚滚的脑袋控在了一臂之外。

历史还真是一再重演，一切都跟上次如出一辙。

易飒差点笑喷了："我让你动脑子，你就拿头来撞我吗？"

宗杭悻悻地垂下头，易飒收回手，笑还没止住，宗杭忽然一仰头，又撞了过来。

这一下还真是始料未及，易飒脑子一蒙，两手下意识后撑，直觉怕是要撞个眼前金星乱晃。

幸好没有，宗杭在她脸前收住，别提多骄傲了："你看，我……"

他突然不说话了。

他头一次这么近地看易飒，近得能看到她眼睛里他自己的影子。

她睫毛长长的，就颤在他眼睛下头。

两人的鼻息已经拂在一起了，又温又热的，分不清谁是谁的。

嘴唇有点发干。

屋里空调开了吗？这么燥，窗户好像也不隔音了，一声又一声的蝉鸣，搅得人心慌。

宗杭慢慢缩回身子，已经不知道自己在说什么了："你看，这就叫出其不意，不一定要练得多厉害，可以趁对方放松警惕，然后就……就出其不意……"

易飒坐直身子，不自在地将一缕碎发挽向耳后，又轻咳了一下。

宗杭尴尬极了："那……易飒，我先回去了啊，我屋里还……烧着水呢。"

易飒嗯了一声，没说话，也没抬头，一直坐着不动，听着宗杭出去，听着门关上发出的声响。

屋里终于静了，只空调机发出嗡嗡的声音。

一切感官反应都好像慢了一拍，直到这个时候，面上才有丝丝烫热，像胭脂晕了水，一点点揉化开，易飒低下头，拿指甲慢慢刮擦床单上的织物纹理，头发也垂下来，发梢高高低低，有些擦着脸侧，有些挠着颈窝。

宗杭回到房间，第一件事就是把电茶壶灌满水，然后插电开烧，似乎这样就可以向大家证明：看呀，我没胡扯，我屋里……真烧着水呢。

嗡嗡的烧水声里，他把自己摔到床上，脑袋埋进床里。

什么都没想，也不敢去想，就那么趴着，直到有人敲门。

是过来送行李的，顺便通知他明早九点出发去壶口，又问："要叫早吗？要的话你定个时间。"

要吧，保险一点，宗杭随口定了个早八点。

接下来做什么都三心二意，没练功，易飒没找他，他也没再去找易飒，晚上十点多才觉得腹内空空，想起没吃饭，打送餐电话要了碗面。

吃完饭，怀着满腹心事上床，自己也闹不清这满心惆怅的究竟为了什么。

没睡踏实，一夜翻覆，收尾却是个美梦。

梦见白天的那一幕，梦见易飒的眼睛、睫毛，还有温软的鼻息。

梦里，他胆子要大一些，没有缩回身子，耳朵里有无数嘈嘈切切的声音鼓励他："亲一个，亲一个嘛，反正是梦。"

是啊，反正是梦，宗杭心跳得厉害，慢慢向她的嘴唇亲过去……

然后电话就响了。

真的响了，眼皮一睁，梦里的迤逦绮丽全没了，床头的话机抽风样振个不停，接起来，那头是个单调呆板的男声："先生您好，现在是早八点，您定的叫早服务……"

宗杭差点吐血。

他挂了电话，被子一掀蒙住脑袋，眼睛闭得死紧，企图再回到那个梦里去，攥住些余味也好。

没用，一片黑，感觉不对，什么氛围都没了。

他一脚踹开被子，在床上又滚又捶，还嘶吼了两声，两手死抓床单，又掀又甩。

自掘坟墓，他为什么要定八点的？哪怕再晚五分钟呢，五分钟，够他做很多事了！

全没了！

这心情，仿佛丢了一百亿！

这趟同去壶口的人不少，光车子就有七辆，为了尽量低调，并不是清一色的越野，除了领头的大切外，其他几辆都是普通家用车，且车型不一。

姜太月年纪太大，没参与这趟颠簸，丁碛的头车上只坐了丁盘岭和丁长盛两个人。

易飒和宗杭坐第二辆，临发车的时候，丁碛从前车过来，敲了敲车窗。

易飒按下车窗玻璃。

丁碛递了个塑料文件夹给她，里头夹了几页打印纸，他脸上的瘀青未消，嘴角边刚结痂，说话得尽量小心，免得伤口开裂，所以语调总有些怪怪的："祠堂那边今早发过来的，他们是只要整理到了什么，就即时发送，干爹让拿给你看看。"

"关于什么的？"

"漂移地窟。"

易飒接过来。

反正车程不短，路上正好用来打发时间——她翻开的时候，车子恰好开动。

前两页是图片，拍的是家谱正封和内页，正封上是"姜氏家谱"，看来是姜家祠堂里找到的，内页上都是竖写的繁体字，纸页发脆泛黄，还有大团污渍。

易飒直接翻到解释部分，边看边讲给宗杭听。

"姜家有一位长辈，叫姜射护，是个水鬼，年代应该是明朝末年，家谱里说他一生开了三次金汤，家财万贯，受当时的名士徐霞客影响，闲的时候也喜欢去访名山大川，有一回游历到现在的青海附近，想到祖师爷提过的'漂移地窟'，就想去找找看，这一找就是三年。"

宗杭心说，这才叫有钱有闲呢，一般老百姓家，谁经得起这么折腾。

"偶然间找到的，有一次深夜，他骑马赶路，迷失了方向，中途停下来小解，忽然听到轰的一声，回头看，坐骑居然飞到半空，又摔落下来，当场摔死了。

"他赶紧拎着裤子过去，发现原先马儿停着的地方，出现了一个洞，大概井口大小，里头风声呼呼的，不过很快就停了。"

这应该就是"地开门，风冲星斗"了，看来漂移地窟出现的时候，会伴随着直上直下的强风：这马也是活该倒霉，恰好站在了风眼上，直接送了命。

夜深人静，马匹莫名地飞上天摔死，原地又出现了这么个诡异的洞——亏得在场的是姜射护，换了普通的当地老百姓，大概会当成妖魔鬼怪，传得沸沸扬扬。

"姜射护扔了个火折子下去，很快就不见亮了，又扔了块石头，也没声响，他怀疑这就是漂移地窟，于是从行囊里取出手耙脚攀，装备了之后爬进洞里。

"据他说，下去了至少有几十丈，然后，眼前突然出现一片白光，整个人就人事不知了——后来被冻醒，发现自己躺在地上，马儿死在身边，那个洞，早没影了。

"事后，他一直觉得自己似乎看到了什么东西，于是画了个图，随记在侧……"

易飒翻到最后一页。

宗杭也凑上来看。

怎么说呢，中国古代的画注重写意，没那么写实，姜射护的绘画水平也很让人感动，但还是能依稀看出，画的是个人，侧面。

但这个人的大脑后半部分，是打开的，而且里头填充的东西奇奇怪怪，似乎并不是……大脑。

【25】

易飒对着这画看了半天，最终败给了姜射护的画技，编写家谱的人好像也并不觉得奇怪，轻描淡写来了个批注——

料魑魅魍魉尔。

古代人也是见过世面的，传闻中的恶鬼，有长舌的，有血盆大口的，有脑袋可以挟在腋下的——多个开脑壳的也不稀奇。

宗杭也凑过来看："是外星人吗？"

外星人真是万用插座，一切怪力乱神推到它身上，都能接通逻辑，易飒白了他一眼："你也就只能想到外星人了。"

宗杭奇道："谁说的，我想的可多了。"

"比如呢？"

"比如开脑手术啊，这人在接受脑部手术。"

易飒略一琢磨，觉得有点意思："再比如呢？"

"再比如脑子变异了啊，所以跟人的大脑看起来不太一样。还有可能是机器人，科技展会上放过，"宗杭比画给她看，"现在的机器人，都做得仿真人化，外头裹着仿生皮肤，其实里头是各种精密机械，那种展示的半成品，还会让你看到脑子里头的样子……"

易飒心里一动，又把纸页举起来看。

不说时没觉得，一旦点到，越看越像。

这些没章法的失真勾画，没准真是姜射护那个年代的人理解不了的机械设置呢？

不过1996年下漂移地窟，那叫一个不堪回首，以至于丁盘岭跟她说起再组车队前去的提议，她第一个念头就是千万别重蹈覆辙。

但为什么姜射护下去了，反而能好端端地出来呢？是因为"人数"太少了，不值得为这一个人兴师动众，还是因为"不羽而飞"的时机未到，所以按兵不动呢？

下午，车进壶口所在的吉县。

壶口的地理位置很刁，山西陕西，这一段恰以黄河为界，所以景区也一半归山西，一般归陕西。

山西看壶口，进的就是吉县，好处在于可以近看，陕西看壶口，进的是延安，那儿视角比较恢宏，航拍的照片气势磅礴，再加上延安附近的其他旅游资源比较丰富，大多数游客还是偏向延安线。

但三姓这趟过来，目的可不是看景。

进了吉县，车子直奔景区，说是先踩个点，看看这两天的水势。

水势绝对不小，离着还有段距离，易飒就已经听到轰隆轰隆的水声，说是“黄河滩头百丈鼓”一点都不过分，宗杭没来过，搁车里已经坐不住了，车一停就跳了下来。

车外头听，跟车里的感觉又不同，震响漫天铺盖，连地面似乎都在微微震颤。

宗杭先奔去看景区介绍。

上头介绍了瀑布的形成。

说是黄河流到晋陕高原时，像失了笼头的野马，河面一度开阔到上千米，但偏偏到了吉县这儿，遭遇一条大裂谷，宽不过二三十米，深却有四五十米。

试想想，那么宽的河面，要骤然收窄，而且是几十米高的落差，那么大水量，咆哮倾泻跌砸而下，这声势，还有不骇人的？

难怪有句话叫“千里黄河一壶收”，把这儿比作壶肚子，这还没完——倾泻下来的黄河水还没顾得上喘气，立马又涌进一条数十里长的狭窄沟槽，又叫龙槽。

它有上天入地的声势能耐，你却拿这么窄的壶、这么狭的槽去拘束它，它怎么可能安分？自然是翻滚腾跃，嘶吼声日夜如雷，也称“旱地鸣雷”。

最底下还列了段神话传说，宗杭弯腰去看，心里咯噔一下。

居然看到了“大禹”的名字。

传说里，黄河四处肆虐，为害甚多，大禹考察地势，觉得晋陕峡谷的龙门很不错，想把黄河给收进来，但收到一半，有块巨石挡路，大禹一气之下，把这块石头给砍开了一道裂缝，这道裂缝，就是壶口。

息壤就跟大禹剪不断理还乱的，现在到了壶口，又跟大禹有关？

正寻思着，易飒在不远处喊他：“你是来玩的吗？旅游来了？要不要给你照张相？”

宗杭又颠吧颠吧跑回去。

几辆车上的人都已经聚在了一处，颇像个小型旅游团，早有当地的丁家人迎过来，为首的是个圆脸的年轻小伙子，手里攥着买好的票，胳膊上搭着十来件一次性雨披，向着丁长盛叽里呱啦说个不停。

——夏季不是壶口水量最大的时候，但今年反常，先头下了几场暴雨，水量突增，瀑布里跟冒滚烟似的……看了就知道了；

——丁玉蝶已经在里头了，等着跟大家伙会合呢；

——黄河鲤鱼买到了，羊皮筏子在路上，今晚准到，歌手也到了，现在酒店休息。

……

歌手？锁个金汤，还要歌手，载歌载舞吗？宗杭莫名其妙，易飒却知道说的是晚上的金汤仪式——三姓的仪式并不相同，黄河上兴的是伞头阴歌。

一行人先去瀑布边看了一回。

离得尚远，宗杭就已经目瞪口呆。

满目都是浊黄色的水，像个煮沸了的大滚锅，没有一寸水面是平静的，说是水也不确切，就是泥浆，活了的发了疯的泥色浆汤，横冲直撞，妖形魔态，不只“壶口”那一处，龙槽两面也挂下无数水瀑，没过几秒，耳朵里都是隆隆水声，压根听不见人说话。

半空中黄烟滚滚，都是翻腾着的雾雨，这种水面，别说行船了，一张纸飘下去都会瞬间卷没，再没露头的机会。

离得近的人都撑着伞，或者穿雨披，还是免不了被溅得浑身泥点，那圆脸的丁家小伙子过来给宗杭发雨披，宗杭见易飒不拿，正想摆手表示自己也不用——一抬眼，看到有个穿雨披的人朝他们走过来。

是丁玉蝶，雨披上滴滴答答、泥汤都汇成了河，脑袋上学当地人包了块白羊肚手巾，也被溅成了抹布色。

他大声说了句什么，见两人听不清，于是连连招手：“这里，这里，过来说！”

他带着两人往高处走，一口气走了好长一段才停下。

人声和水声终于离得有点远了，丁玉蝶伸手指向龙槽口水流最湍急滚跃的那一处：“就那儿，看见没？我刚看见丁盘岭拿着金汤谱比对位置了，今晚，就在那个地方下。”

易飒奇道：“那不是刚下去就被冲走了？”

开什么玩笑，这儿还不如老爷庙：老爷庙至少还能让你消消停停地下水、下潜，这儿滚浪凶成这样，人来不及沉下去就横漂着被冲走了。

丁玉蝶反不担心，白羊肚手巾一摘，因静电作用而竖起的无数碎发似乎都在跃跃欲试：“一家有一家的本事，盘岭叔都说没问题，你怕什么啊，还能把我们淹死了？”

说完又斜宗杭：“他来干什么啊？一个外行，我们干什么他都跟着，怎么着，想入赘啊？”

宗杭没吭声。

什么叫“一个外行”？他才是今天的主角好吗，再说了，入赘关你什么事？

也不会赘到你家去啊。

和开金汤一样，锁金汤的水鬼也要保持体力，这趟锁金汤规模不大，丁盘岭不参加，只小字辈下水：丁玉蝶领头，易飒算助手，宗杭是“观察员”。

看完瀑布水势，三人就被引去了停车场的车上“休息”，其间有人来送“水餐”，比鄱阳湖那次还不如：生削的黄河鲤鱼肉，外加一杯烧开的黄河水——透过玻璃杯看，泥沙在杯底淤了厚厚一层。

丁玉蝶吃得郑重其事的，易飒则又弄虚作假，找了个塑料袋，在宗杭的掩护下把水餐都倒了。

一直等到入夜，才又有人来带他们进景区。

这次感觉又不同，没有人声，没有灯光，满目黑魆魆的，像是回到远古时代，天地之间，除了山岩，就是大河。

只瀑布边一处，立了两个晕黄色光的野外照明灯，映照十来条憧憧身影，有几条影子被灯光拉得极长极大，横亘在河面上，看着荒诞而又不真实。

走近了，先看到有个老头坐在凳子上闭目养神，面皮皱结，头发、眉毛，包括上唇下颌上的胡须都是白的。

衣服也是一身白，带中式盘扣的宽松长袖和灯笼裤，脚边立了把精工细作的红色油纸伞——让照明灯的光一浸，伞面上镀一层润泽的油红。

易飒低声给宗杭解释：“丁家的老辈，唱阴歌的。”

据说这样的人都是打小训练，平时尽量不说话，即便说话也细声细气，细到什么程度呢？嘴边立一根燃着的蜡烛，一句话说完，烛火苗都不见动上一动。

毕生的气力都用在唱阴歌上了，但要说唱得极其高亢嘹亮吧，好像又不尽然——个中门道，易飒也不是很清楚。

距离老头不远处摆了张桌子，桌子上立了个发出绿色暗光的物件，围桌而站的几个人搓弄着手里的皮子，又凑到嘴边去吹。

这是……吹气球？

宗杭盯着看了会儿，这才发现那个发光的物件其实是个大肚口带透气孔的玻璃瓶，瓶子里全是萤火虫，而瓶身覆盖了一层绿色树叶，所以透散出的光才是暗绿色的——气球吹好之后，他们并不急着封口，而是揭开瓶盖，随手捞一把萤火虫送进去。

几人合力，效率很高，气球一个一个吹胀，然后填光，不多时，桌上桌下，脚边身侧，滚落无数光球。

宗杭不知道那些气球其实是硝制过的羊尿胞，还很为那些萤火虫悬了会儿心，生怕它们没多久就被闷死了。

暗处传来絮絮人声。

龙槽边沿有围栏，是防止游客落水的，丁盘岭领了几个人，已经在围栏内了，正固定一根立柱，立柱顶上绕了一根拇指粗的钢索，飘飘悠悠晃在晦暗不明的光里，顺着钢索看过去，易飒才发现对面也有一根立柱，这钢索横亘过槽身，像架设在急流上的一根电线。

见易飒几个过来，丁盘岭嘘了口气，指那根钢索："待会儿，我们先用萤火'定水眼'，水眼一定，就'立水筏'，筏子立起来，'阴歌开道'，路打开了，你们就可以下了。"

定水眼，立水筏，阴歌开道。

宗杭听得一头雾水，易飒也半懂不懂，毕竟隔了个姓，虽然程序都明白，但具体指的是什么，亲眼看到的时候才能领会。

她把宗杭拉到一边，低声吩咐："待会儿下了水之后，不管别的，先把丁玉蝶给抱住。"

宗杭秒懂。

这金汤穴里，应该有自动甄选机制，只接纳符合条件的人：是三姓，也得是水鬼。

他和易飒两个，资质都差了点，所以上次在老爷庙才"不走寻常路"，被扔进了蛤窝洞里，差点喂了贝壳，这次说什么也得学乖点。

【26】

时近夜半。

羊尿胞光球少说也吹了有四五百个，大束大束地簇在一起，薄透的尿胞间绿点蓬蓬，时聚时散，景象诡异，却也绚丽，丁盘岭点了几个人，让他们带着一半的光球去槽对岸，和这边遥遥相对，又让丁碛带着人把羊皮筏子搬到水岸边。

这羊皮筏子是十二座的，不过这"座"不代表搭载人数，意思是有十二个"浑脱"：浑是"全"，脱即"剥皮"，早些时候，手艺精湛的屠户，宰羊之后掏空内脏，几乎不伤及完整的皮张，硝制了之后吹气使其胀满，还能胀出个羊形，这样的就叫“浑脱”，一个浑脱就是一“座”。

十二座的羊皮筏子，就是十二具空心胀气的羊皮扎成方形，上头捆了个可以蹲躺的木头架子，这筏子有年头了，充气的羊皮都已经成了酱黑色，偏被灯光一照，通体油亮，看起来鬼气森森的。

那闭目养神的老头睁眼的刹那，宗杭没来由地血脉偾张，觉得这锁金汤大概是要开始了。

果然，一开始是敬水香，一根根线香燃起，底部拿烧热烫软的蜡迅速固定在沿岸的护栏上，夹岸相望，如两根平行的火线，差不多延伸了四五十米长，烟气细细袅袅，往上升起时被水浪气一激，又紊乱成了一蓬一蓬。

然后是三牲开路，只不过水流太过激越，宗杭怀疑三牲下水，只是意思意思，实则早不知道被冲到哪里去了。

接下来，两边同时往下放出光球。

数百个光球，在龙槽上方飘散开来，有的落下，有的上扬，有的被大股的水浪裹挟进去，时隐时现，不断滚翻，两边的人都目光炯炯，也不知在找什么，时不时还发出鼓噪声："这边！不对不对，那边，那个像！"

易飒拉住丁玉蝶问："这就是你们丁家的找水眼？"

"是啊。"

"怎么找啊？"

丁玉蝶兴奋过度，只看得见无数萤火飘飞，哪有那个耐性给她解惑："哎呀，你多看看就知道了！"

放屁，易飒一肚子火，真想一脚把他给踹下去。

倒是丁盘岭在边上听见了，很有耐心地给她解释其中究竟："水眼就是一团乱水里的安稳地，这么给你解释吧，龙卷风遇神杀神，但它的中心地带，反而没那么大破坏力；一团乱麻纠在一起，看似没办法下手，但只要能找到关键的那个线头，一抽之下，一切都迎刃而解。

"同样道理，祖师爷认为，越是乱的水里，就越是有那么一个支点，可以立足，也可以立舟，这个点就叫水眼……"

话音未落，呼喝声又起，丁玉蝶叫得最响："那个！那个！绝对是那个！"

易飒循向看去。

看到了，光球放到现在，有一多半已经被水裹着漂走了，还有些半空炸开，可怜那些脱困的萤火虫还未及飞高，就被排浪给打没了——剩下几十个光球算苟延残喘，高高低低，飘飘晃晃。

唯独一个，已经落在水上了，正晃个不停，有一阵儿被外力都压扁扯长了，依然没离开那个位置，像枝头上冒出的一个花骨朵儿，任它风吹雨打，左右飘摇，就是不挪地方。

丁盘岭身子一凛，喝了句："就是那里！丁碛！"

他大踏步走向筏子边，边走边撸起衣袖，易飒小小吃惊了一下：这个丁盘岭看上去貌不惊人，衣服下藏着的倒是一副健壮体格，一点也不输于小了他二十好几的丁碛。

但见他和丁碛两个，分站羊皮筏子两边，弯下腰猛一用力，将筏子抬起来，做抛掷前的弧状摇摆，眼睛死盯住那随时都可能挂掉的光球，丁盘岭沉声道："听我的，一、二、三！"

"三"字刚落音，筏子就飞了出去。

那些一直鼓噪着的人，几乎是顷刻间就齐刷刷静了下来，易飒也屏住气，死死盯住筏子的去势：总觉得它下一秒就会被浪头打翻，头皮都隐隐发麻……

哪知筏子挨了几浪的水、四下险些翻覆了一回之后，居然在势若疯魔的激流狂涌间立住了！虽说立得不那么稳，像针尖上顶碗团团乱转，但没漂走！也没翻！

喝彩声瞬间爆出来，丁玉蝶更是起头，啪啪啪拍巴掌，易飒松了口气，心里不得不承认，这一手是蛮漂亮利落的。

回头看宗杭，他也看得目不转睛，嘴巴都闭不上了，半晌才喃喃："你们家这个，可以去申报非物质文化遗产了。"

丁玉蝶转头看他，那得意劲儿，就跟刚刚是他抛的筏子似的："这算什么，你再看！"

再看？水眼找到了，筏子也立住了，接下来，该是"阴歌开道"了吧？

宗杭抬头看那位老头歌手。

他已经站到槽岸边了，一边腋下挟收束的红纸伞，另一只手里拎一盏点燃的煤油灯——不过立柱要重新调整，现在拉起的那道钢索，距离下头那个颠扑不定的筏子还远，如果筏子是"点"、钢索是"线"的话，为了方便作业，要把点、线都调整到一个面上。

一干人调整的同时，另有人过来帮着老头穿上束带，束带背上有吊钩，可以和钢索上的拉环吊具接在一起。

宗杭后背泛起凉意：这不就跟电视上看过的那种偏远地区的"溜索"一样吗？这老头都这么大年纪了，还能玩儿这个？

事实证明，玩的就是这个。

他在这提心吊胆的，老头倒是气定神闲，两个丁家的年轻人当拉索手，一点点拉动吊具上连接的滑索装置，把老头往钢索中央放。

老头那略显佝偻的身形很快就出去了，晃晃悠悠，像钓竿上颤出的饵，差不多到筏子上空时，滑索顿住，老头揿动吊钩上的机括放悬绳，身子慢慢吊了下去。

宗杭低头去看，老头的身形很快就看不真切了，只能看清他手里拎着的煤油灯光亮，槽内黄河水翻起的大浪隐在黑暗里，真如一张张此起彼伏的大嘴，随时都能把那光吞掉。

就在这个时候，丁盘岭说了句："待会你们也这么下去。"

宗杭头皮一麻：这哪是锁金汤啊，步步玩命，相比之下，还是长江上的那套仪式温柔点，北方的人和河，果然都是粗犷的。

不过这念头只一闪而过，注意力又全放在下头了。

那老头快上筏子了。

我的天，这可怎么立得住啊，那筏子颠得跟得了狂躁型多动症似的——尽管猜到了"没有金刚钻，不揽瓷器活"，宗杭还是下意识一闭眼，就跟看恐怖片看到惨烈镜头时，宁可错过也不愿直面。

再微微睁眼时，老头已经稳稳站上了筏子，非但站上去了，红伞也张开了，煤油灯光从红伞下滤透上来，像激涌的水流间飘落一抹温柔油红，在此起彼伏的浪头间晃荡不定。

丁玉蝶啧啧："厉害，'乱流筏子脚生根'，这招我最差，练的时候，一分钟不到就被甩下来了，更别说还要一手撑伞一手拎灯。"

丁盘岭淡淡说了句："他待会还得唱阴歌呢，所以说各有所长、各有所专，能当水鬼也没那么了不起。"

正说着，身后有脚步声传来。

回头看，是一晚上都不见人的丁长盛，怀里抱着一个长条大匣子。

丁盘岭盯着匣子看："祖牌请来了？"

"请来了。"

看来这里头是丁祖牌了，宗杭伸长脑袋，满心想见识一下，哪知丁盘岭没有要打开看的意思，只是示意了一下立柱那头。

丁长盛径直过去，没多久，滑索又往外放了，但这一次放的不是人——那轮廓，宗杭看得明白，是一个祖宗牌位。

和吊放那老头时一样，那牌位先放到筏子正上空，然后慢慢下垂，直至浸入水中。

再然后，歌声就出来了。

宗杭第一反应，就是想去捂耳朵，他觉得唱得乱七八糟的，近乎难听，音不是音，调不是调。

但手刚举起来，又放下去了，倒不是歌声变得动听了，而是他突然发觉，这歌根本不像是一个人唱出来的。

起始部分像农村跳大神，哼哼哈哈，然后声音就杂了，有长铃响，有耍鼓声，有娇俏女声，有轻佻男音，有老头咳嗽，也有看戏诸人的窃窃低语，拉拉杂杂，于汹涌水声里搅出翻沸声浪，让人觉得恍恍惚惚灵魂出窍，已然置身其间，但冷不丁一个寒噤，又发现下头只一个筏子、一个老头而已，哪来那么多声响？

宗杭额角渗出冷汗，胳膊上汗毛奓起了就没见下去：觉得老头这一歌，勾出了黄河水底无数阴魂，飘飘散散，凄凄切切，都在和着他的音调扒住筏子婉转吟哦，只是自己看不见罢了。

到中途时，那声音蓦地一收，只剩了一道声线，并不高亢，却刁钻至极，似乎扭着身子在水浪间钻进钻出，不管你怎么企图压它盖它，它总能找到缝隙钻出来。

真不知道老头这嗓子是怎么长的，声音钻到极尖细处，没有丝毫缓冲，瞬间又转作了低沉沙哑，像个走投无路的落魄老人，哀哀呼天，嘈嘈抢地。

槽岸两边，几乎所有人都定着不动，似是被歌声给魇住了。

只易飒神游天外，她是惯会开小差的，听到一半就东张西望，目光一时栖在红伞上，一时又试图去找浸在水里的祖牌。

鄱阳湖底，姜骏推水，如同在密码盘上按入密码，密码输对了，金汤穴开门了。

那这龙槽底下呢？待会儿下了水，身子都稳不住，“推水”显然是行不通的，而且为什么要唱阴歌呢？这儿声响这么乱，瀑布音又是“百丈鼓”……

易飒心里蓦地一跳。

难不成黄河底下的这个密码盘是“声控”的？

有这个可能，晋陕一带，伞头秧歌很有名，但伞头阴歌是丁家独有的，歌者从小接受训练，只练这一首歌，这歌完全反常理、反套路，简直不是人能唱出来的，即便被人偷听到，想模仿一句都难，更别提从头到尾记下来了。

水眼上的伞头阴歌，加上四面的百丈水声，又有祖牌浸水——被这音阵裹在中间的祖牌，也许就是那根关键的“弦”，只要被拨动了，就能向水下传递什么信息……

就在这个时候，筏子上的老头猛然抬头。

只他自己知道，这一时刻，耳朵里什么声音都没有了。

身子还在飘摇，脚底还在乱晃，但耳朵里，什么声音都没有了，一片死寂。

再然后，有滴答的声音落在伞面，先是一滴两滴，然后渐渐纷乱，及至末了，滴答声不绝于耳，像是有成千上万道雨线，都砸在那透着光的绯红伞面上。

老头用尽浑身的力气，大吼一声："开门啦！"

这话一出，别人倒还好，只丁玉蝶跟个急脚鸡似的，三两步就狂奔到立柱边，催着人赶紧给他穿吊具、接吊钩。

易飒嘘了口气，甩了甩手也过去了，宗杭正想跟上，丁盘岭上前两步，递了个防水袋封着的东西过来。

宗杭迎着光看。

是个……照相机？但上次不是跟他们说得很明白吗？这种相机什么的下了水会受到干扰，根本用不了。

丁盘岭像是猜到了他在想什么："这是最老土的那种机械胶卷相机，你可能都没见过，又叫傻瓜机，摁一下就行。听说电子设备在下头不灵，这种不那么先进的，也许反倒……能派上用场。"

【27】

丁玉蝶荡到筏子上空，然后将身子慢慢放下去，脚刚沾到筏子，就觉得心慌气短，赶紧伏低身子，一只手乌龟爬状死死扒住了筏子，另一只手摸索着伸向水中的祖牌。

在槽岸上看时，还只觉得是颠簸，真到了筏子上，才知道厉害，迎头都不知道吞了多少口泥水了，耳边风声水声不断，五脏六腑似乎都要甩将出去，丁玉蝶头一次觉得，和唱阴歌的比，水鬼真没什么了不起的。

易飒和宗杭依次下来，也有样学样，手脚死死扒住筏子，那情形，颇像三只求生的蛤蟆，唯恐被甩脱出去。

上头又陆续放下三只密封的防水背袋，这就是为了一切都看起来逼真而准备的待锁"宝藏"，三人都腾出一只手，艰难地取了，再各自背到背上——分量不轻，也不知道丁盘岭都安排着往里头塞了什么。

下头"开门了"是真，但从哪儿进门还需要指引。

那老头一手仍紧握红伞，另一手却拎着煤油灯，在震荡不定的筏子边迅速移动，丁玉蝶眼前发晕，只觉得满目是浪、灯光乱晃，也不知道老头到底想找什么，就在这个时候，灯光到处，那一片的水面上忽然凹出个漩涡。

老头激动得声音都变调了：“快！就这儿！跳！”

丁玉蝶血冲上脑，想也不想，一头就往漩涡里扎，同时迅速卸下祖牌攥住，易飒和宗杭的反应也不慢，边跳边伸手往前去抓。

三人几乎同时入水，“扑通”声还未及响起，就被随后卷来的浪给打没了。

槽岸上随即亮起数盏探照灯，雪亮的光柱都死咬在筏子左边。

之前怕影响煤油灯光找“门”，不敢打灯，但现在即便打了，好像也是白费——黄河水浊，卷起浪来更浊，再强的光都透不下去了。

丁盘岭嘴唇紧抿，盯着那一处看了半天，才吩咐丁长盛：“关了吧，别叫人看见，还以为这儿发生什么事了。”

丁长盛挥了挥手，那几盏灯又陆续灭了。

丁玉蝶入水瞬间，激动万分。

不是他矫情，但真的有水鬼终其一生都没挨过锁开金汤的边儿，更别提“领头”了，所以有这趟经历，他的水鬼生涯，也算是功德圆满。

但这激动，秒变愤怒。

妈的，什么鬼，那两人是不是有病？又不是不会游泳，一人死死抱住他一条腿是几个意思？差点抱得他在水里劈叉。

一条腿挂一个人，每个人身上还背了包，这分量可不是盖的，丁玉蝶拼命想往上泅浮，还是止不住下沉，想破口大骂，水下没法发声，想连打水鬼招剁死这两个二百五，黄河下头又两眼一抹黑，打了估计他们也看不见。

先干正事吧，回去了再跟他们算账。

丁玉蝶抬起祖牌，向着额头贴过去。

易飒死抱住丁玉蝶的腿入水。

这腿徒劳抽蹬，显然是想把她甩脱，可能吗？怕是不知道她脸皮有多厚。

易飒对丁玉蝶的挣扎嗤之以鼻，反抱得更紧，眼睛看不见，就拿身体去感知这水下动态。

这感觉，像……

养尸囦，对，养尸囦！

似乎跳进了一个水团，虽然一臂之外就是激流汹涌横冲直撞，人也能感受到四面的冲力，但水团能稳住，人就不会被冲走。

接下来呢，这水团会在水下移动吗？像水底车，或者电梯，带她们去想去的地方……

正寻思着，身周忽然爆开一圈明显的气流震荡，与此同时，易飒觉得似乎有一道雪亮的闪电光，直劈进她脑子里。

只这一秒都不到的工夫，她居然还连转了好几个念头：

——跟老爷庙那次一样，这应该是祖牌起作用了；

——但她是怎么回事？她不是不受影响的吗？

……

她身子没受得住这力，整个人弹撞了出去，中途似乎碰到了什么，好在虽然脑子混沌，身体的下意识反应还在，当即死死抱住。

再然后，那道雪亮的闪电光在脑子里铺展开来，铺得无边无际，又像没信号的电视屏幕那样，满屏雪花，复又渐渐清晰。

她惊讶地发现，自己居然在手术室里。

但手术台上躺着的不是她，穿防护服的医生护士把手术台围得水泄不通，明晃晃的手术大灯下，能听到手术器械的轻微碰响。

一个护士忽然转身，端着个手术盘走出来，手术盘里，放了张血淋淋的人脸皮，两个眼洞突兀地瞪着她。

易飒腿一软，差点瘫坐到地上。

不多时，手术台边围着的人就散开了，一个娇俏的年轻女子从手术台上坐起来——也不能说是年轻女子，她只有那张脸是青春娇嫩的，除此之外，脖颈上，还有手臂上，皮肤都已经松弛下耷。

她在打电话，语调很轻快："我做完了，很快，你做不做？"

"真的很合算，你想想原生的脸，又娇贵又费事，用那么贵的护肤品，它该起皱纹起皱纹，该没弹性没弹性，换上人造的就不一样了，全天候提拉，随时自净……我已经打算做个全身换肤了……"

场景一转，又到了类似大学课堂，替代黑板的LED屏上有一棵巨大的进化树，从根部的"真核生物、原核生物"开始，两边分杈，一边植物类，一边动物类。

动物类的那一边，从单细胞动物到腔肠动物，从线形动物到鱼类、两栖类，哺乳类高高站在树顶末梢，代表的形象俨然是个人。

讲台上，清瘦的中年教授正语调激昂地陈述："这棵进化树会不会永无止境地生长下去？我认为不会。

"月亮圆了就要缺，水满了就会溢，花盛放了就要衰，人老到极致就会死——最本质的道理，永远蕴含在最普通、最常见的现象当中，进化走到尽头，就是退化。”

底下有学生戏谑似的起哄：“所以我们人类进化到后来，就要往回走了，又变成单细胞动物吗？”

教授微笑：“退化就代表消亡，但不是简单地走回头路，消亡有很多种方式，对吗，易飒？”

易飒措手不及：“啊？”

教授却盯着她不放：“是吗？易飒？易飒？”

这声音忽然好耳熟。

像宗杭的。

易飒艰难地睁开眼睛，这才发现自己躺在地上。

宗杭正趴跪在她身边，一脸焦急：“易飒，你怎么了啊？”

这是哪啊？易飒抬眼去看。

要说是山洞，又不像，这是条通道，但凿得四四方方，边上坐着丁玉蝶……

看到丁玉蝶，易飒呼得整个人都精神了。

他背着背袋，还保持着两手握持祖牌贴额的姿势，眼睛圆睁，却毫无光泽，像个突然僵硬的木偶。

易飒问宗杭：“怎么回事啊？”

宗杭说：“我还想问你呢。”

他给易飒讲起之前发生的事：下了水之后，他依照易飒的吩咐，死抱着丁玉蝶一条腿不放松，正较着劲，身子一重，自己的双腿也被人抱住了。

他没想到那个人是她，还以为是黄河底下真有水鬼，被阴歌招上来了，吓得头发险些奓起——正想腾出一只手去掰，脚下忽然一空，整个人，不，串在一起的三个人，全滑了下去。

他比画给易飒看：“像那种圆筒的、螺旋的滑梯一样，人跟球一样在里头骨碌骨碌乱撞，最后砰一下，就落到这了。我骨头都要散了，好不容易爬起来，就看到丁玉蝶……”

说到这儿，他止不住打了个寒噤：丁玉蝶这姿势，看多久都觉得瘆人，跟蜡像似的。

“……丁玉蝶这么坐着，你抱着我的腿，易飒，你上次，不是不受祖牌影响的吗？”

是啊。

易飒转头看丁玉蝶，下意识把身子挪远了些：“难道是因为我当时抱着他？”

丁玉蝶就跟个导电体似的，把祖牌的某些功用给她导过来了？

宗杭不觉得："但是我当时也抱着他啊，所以我跟你……还是不一样的？"

易飒喃喃出声："不一样，我们俩有差别。"

她是三姓，1996年在三江源出的事，不那么较真的话，她其实也算是接生者，是接生者，应该就具备开门进金汤穴的资格，否则怎么接生呢？

但宗杭不是三姓。

易飒脑子里有根线渐渐清晰："漂移地窟出事的人里，只有两个水鬼，其他的，不是抖子八腿，就是水葡萄，那场事故中，他们应该都被赋予了水鬼的能力，以便来日下水。

"不管是推水还是伞头阴歌，都是程序、仪式，其实最关键的那把钥匙，还是祖牌。想开金汤穴，得跟祖牌直接接触，上次在老爷庙，我只是沉在水里，没有直接接触祖牌，但这一次，我抱着丁玉蝶，受到了一些波及。"

宗杭心里一动："那是不是意味着，其实这趟锁金汤，没有丁玉蝶也可以，你加上祖牌，照样能进来？"

也许是，但易飒不敢尝试：自己只是抱着丁玉蝶的腿，脑子里就已经浮现出那么多莫名的画面，如果是额头直接跟祖牌接触呢？会不会从此脑子不是自己的了？彻底成了"它们"的傀儡？

这祖牌，她可真是碰都不想碰了。

易飒转头看向背后："我们是从哪儿滑进来的？"

她们身处的位置是通道尽头处，一堵竖直的山岩，又或许是息壤？

听宗杭的描述，几个人滑落下来，用了不短的时间，这儿又没有沉船废料可以利用，想再烧出去，估计是指望不上了……

正思忖着，丁玉蝶忽然噌的一下，从地上站了起来。

他关节僵硬，站起的姿势极其诡异，然后同样僵硬地迈步，向着廊道深处走去。

看来，只能紧跟丁玉蝶了：以前三姓锁、开金汤，全程不过一两个小时，每次都能平安进出，只要跟紧带头的人，不乱碰乱动，应该没问题。

易飒招呼宗杭跟上，两人缀在丁玉蝶身后，边走边四下看看。

这廊道，真像是人工开凿的，山壁上还留有一铲子一凿子的痕迹，而且走着走着，居然发现了岩画。

岩画就是石刻文化，一般认为，是人类祖先用石器作为工具，通过石刻来绘画，记录当初的生产生活，绘画线条一般都粗犷、古朴，表达的内容有简单到一目了然的，也有晦涩到比天书还难解的——毕竟三岁一代沟，现代人和原始人之间的代沟，怕是比马里亚纳海沟还深。

正经过的这段岩画上，有无数很抽象的小人，或奔或跑，或拽或拉，底下长长的波浪线，也许代表了大河，又有高高的土台耸立，上头站了两个大一点的小人，其中一个头上顶了道下扣的弧线，似乎是个蓑笠，手里像扶了根翻土的木叉。

宗杭脑子里电光一闪，脱口说了句："大禹，大禹带人凿的这条走廊！"

【28】

怎么就是大禹了？

易飒一把揪住丁玉蝶的裤子后腰，成功阻碍了他继续往前，然后问宗杭："为什么？"

难得有机会给易飒解惑，虽然全身都浸了泥水，宗杭还是精神高涨，掰着手指一条一条列举。

首先，景区有传说啊，黄河原先不打这儿走，是大禹引过来的，怎么引？一斧头劈出壶口太夸张了，肯定是带领无数劳动人民，因地制宜，凿道开渠啊。

其次，劳动很累，累了要放松，劳动人民歇息的时候，就寄情于画画，以朴素的艺术表达方式纪念这伟大工程——看这图，明显描绘的是河工治水。

再次，土台上站着的其中一人，头戴蓑笠，手扶木叉，很符合大禹的形象，他记得不管是动画片，还是小时候看过的连环画，大禹都这造型。

易飒问他："那大禹修这走廊干吗？还有，土台上还站了另一个人，是谁？"

大禹为什么修走廊，宗杭不知道，但对这另一个人，他确实有点想法："会不会是你们祖师爷啊，丁祖？"

有这可能，但印象中关于大禹的壁画很多，有他一个人高高在上的，也有指点三两人如何治水的，还有带领一群人奋勇向前的——身边站了个人也正常，硬说是丁祖，似乎有些牵强了。

这图上能看出的太少了，更关键的应该还在后头，易飒松开丁玉蝶："走吧。"

丁玉蝶已经做了半天的原地踏步了，终于被放开，身子趔趄了一下，继续僵硬着往前。

宗杭想掏出相机拍照，犹豫了一下，还是先赶上去：胶卷机最多能拍三十来张，不能浪费。

这走廊很长，廊顶每隔一段，就有个"灯"，材质像是息壤，"灯"身各不相同，都是奇形怪状的头，有鱼的，也有龟、鼋、蛟的，还有些像畸形的小孩头，易飒怀疑那就是传说中的“虫童”，原本生活在黄河上游，民间也叫“水猴子”的。

看来这上头的“灯”，都是在黄河里存活的，或者曾经存活现已灭绝的生物形象，息壤的光本就游移不定，光影映照下，一张张头脸都栩栩如生，稍不留神，就会有那些头都在“动”的错觉。

沿途每隔一段就能看到岩画，有时是人，有时是动物，有时又是变了形的太阳，总之都是一样的原始拙朴风格，看多了有些审美疲劳，宗杭渐渐心不在焉，又嫌这走廊太长，正想建议易飒加快脚步，易飒忽然“咦”了一声，蓦地停下，也不知看到什么稀罕的了，以至于忘了去抓丁玉蝶。

宗杭赶紧上前两步，揪住丁玉蝶的衣领，又回头看易飒：“怎么了？”

易飒僵了几秒之后才抬起手，指了指身子左侧走廊偏上的地方。

宗杭探头过来，触目所及处，先是好笑，但还没等这笑放开，脑子里一蒙，一股凉意从心头腾腾冒起。

这他妈画的……不会是电脑吧？

应该是，一面四四方方的屏幕，还带底座的，屏幕两边长出手来，正抓住一个人，像是要往嘴里填，那人的脑袋已经没入屏幕里了，只余脖子以下露在外头。

这图，换了在别的任何地方看到，宗杭都不会觉得特别：跟讽刺漫画似的，致力于劝诫年轻人别沉迷上网，创意称得上相当老土了。

但出现在这儿，简直匪夷所思，跟周围的绘画风格完全不搭也就算了，画的还是个……电脑？

宗杭不甘心，抬手过去摸了摸：这个不是凿刻的，是画的，不知道用的什么原始材料，可能混了动物油脂，整体呈暗红色。

易飒低声说了句：“阿尔塔米拉野牛。”

什么？这名词可真拗口，宗杭都复述不全：“阿什么拉牛，是什么东西？”

易飒解释：“是西班牙人发现的一个远古人类洞穴遗址，距今上万年了吧，洞穴里画了很多野牛，用色鲜艳又大胆，透视精准，形态非常生动，跟同期甚至那之后几千年原始人的绘画手法完全不同，极具现代风格。以至于西班牙人将这些画公之于众时，没人相信，觉得这是恶作剧。直到今天，还有人认为，那些画，根本不是远古人类画的，作画的另有其人。”

三姓本身就是诡异和超自然的存在，所以她一直很关注古今中外的种种未解之谜，不敢说精通，但只要提起来，基本都能说出个大概。

宗杭盯着那幅画发呆。

他是没见过什么西班牙野牛图，但眼前这幅，他很确定不是原始人画的。

也许是外星人画的，又或者……

宗杭脱口问了句："易飒，会不会你们三姓的老祖宗，其实是从未来……穿越来的？"

越想越像。

——三姓的祖师爷像是能预卜未来的先知，"不羽而飞，不面而面"这种话，也许对他们来说，不是未来，而是曾经呢？

——他们有本事，却不做官、不入仕，会不会是因为他们熟悉历史，知道皇朝更迭的频繁和残酷，今日将相明日牢囚，做到多高的位置都不如隐匿民间、靠独门手艺讨生活来得安全持久。

——现在的科技已经很厉害了，能用体细胞克隆出牛羊猫狗，就差克隆出人了，前一阵子看到新闻，好像换头手术都有望实施，那未来呢，也许死而复生根本不是难事，尤其是对那些遭受意外而死的人，只要给死去不久的尸体注入某些强力的修复细胞，丁盘岭说的"它们"，也许就是这样的修复细胞。

——还有息壤，它也许是某种能量物质，像电脑那样，能够执行既定的操作程序，比如在老爷庙下头清淤、接引、置放死尸、把背离规定程序的误入者丢进蛤洞"报废"，而他爆了血管之后，那些蛤蜊就不再进攻，是不是把他当成了息巢里复活的人呢？

易飒说，什么事都能推到外星人身上，其实同样道理，推到未来人身上也说得通：正如明末的姜射护压根无法想象什么是飞机、视频、电子支付，现代的人，也想象不到未来会是怎样的态势。

宗杭头皮发紧，觉得自己勘透了什么了不得的大秘密。

他端起相机，把这幅画拍了下来。

再往前走时，宗杭就分外关注两边的岩画，生怕漏了什么关键的，果然，没过多久，又发现一幅，内容没第一幅那么暴力，但越看越让人心头冒冷气：那是一个背对着电脑的人，不知道在忙什么，身后的电脑样子有些狰狞，咧着嘴在笑。

画这两幅岩画的人，好像挺不喜欢电脑：这些电脑又是吃人又是背后冷笑，真跟成了精似的。

宗杭把这张也拍了，再次向易飒强调自己的结论："穿越，肯定是穿越。"

他忽然觉得踏实：看来自己不是什么怪东西，而是未来科技的产物，他一个现代人，提前享受到了还没有臻于完美的未来科技而已。

易飒沉吟。

她觉得这证据太单薄了，只凭两幅画，就能给整件事定性了？

“祖师爷是未来人，是穿越回来的”，这说法的确可以解释一些事，但穿越这种事，本身就太多悖论，而且更关键的是……

易飒说：“穿越这词我懂，但至多往回穿个几十年，修正一下既往的小遗憾。至于一穿就穿回了上古时代，然后大费周章地安排什么水鬼、金汤、轮回？你直接穿回今年不就好了吗？”

这话正说在点上，宗杭不死心，还在磕磕巴巴：“会不会是，他们穿越的时候出了故障，穿越表设置得太靠前了，一个没注意，回到大禹治水的年代了，只能从长计议？”

易飒哭笑不得。

还“穿越表”，看不出来，宗杭还挺会造词儿，再说了，这个“从长计议”，也未免太长了。

她有一种真相的确在慢慢揭开，但始终差了点什么的感觉。

接下来这一段，没再出现怪画。

廊道到底，是一堵墙。

墙面上如同之前的廊顶一样，密密麻麻，布满了各色水族的头，但不是固定不动的：随时涌起，随时没去，位置杂乱无章，像是水面竖立，而各色凶猛水禽争相露头。

丁玉蝶缓缓抬起右手。

他的手法完全让人看不出章法：有时是拍，一掌把一个鲇鱼头拍回墙内；有时是拽，拽住蛟龙的长角，把龙身拽出半米多长——这长度显然是有讲究的，增减一分都不合要求；有时又是拧，五指摁住虫童的脑袋，左旋三下，右旋两下。

如同姜骏“推水”时一样，是套繁复的密码，直接由祖牌设定给出，丁玉蝶只是傀儡般接收，然后照做。

宗杭看直了眼之余，不忘端起相机拍了一张。

也不知道反复操作了多少次，这堵墙忽然像双开扇的房门一样，往里张开。

眼前出现了一个巨大的空间，虽然不足以和鄱阳湖底金汤穴的规模相提并论，但也足够大了，可里头没有巢脾，也没有尸体。

相反的，异常空旷。

整个空间呈圆柱形，底部边缘处有很多扇门，和眼前的这扇一样，都是打开的，门外延伸着的，也是往四面八方去的长长的走廊。

而底部中央，是个底座呈圆形、拾级而上、越来越高的高台，第一层台阶上，有双目朝外的骷髅头，摆得密密麻麻。

易飒脑子里电光一闪，急回头去看来时的走廊，又看这高台："祭坛？太阳祭坛？"

她向宗杭解释："中国上古时代，是有太阳崇拜的，你看我们的神话传说里，有夸父追日、后羿射日、羲和望舒，大禹就活在这套文化体系里，所以大禹那个时代，也是把太阳当神来崇拜的。"

"你说得没错，这整个工程，也许真是大禹牵头修建的，中间这个洞是圆柱形的，高台又是圆台形的，我们刚刚进来的走廊，其实是一道太阳射线，这下头有这么多走廊，就是无数射线，你把整个轮廓拼接到一起看，像不像一个正散发光芒的太阳？"

引黄河入龙槽，在上古时代，是极大的工程，依古人的性子，势必要造坛祈神，大禹既然想引水过来，一定事先考察过地势，兴许刚好发现了这么个穹洞，可以修凿成祭坛：一来为祭祀，二来为引流成功之后，祭坛深埋水下，多少有"镇"住这条黄龙的感觉。

但目前所看到的，还不足以证明丁祖是跟着大禹一起开凿这祭坛的：完全可以先有祭坛，然后丁祖下水找寻合适的穹洞时，发现了这个地方，利用息壤加以巩固和改造——毕竟这地方埋于水下，数千年黄沙淤积、河床抬高，再加上上头就是激流瀑布，整体堪称固若金汤，安全系数比之老爷庙，只高不低。

只是，只有一个祭坛……连用于嫁接的尸体都没有，怎么去当轮回的渡口呢？

【29】

易飒低头看。

脚下有笔直的槽沟，一直通到祭坛下，不只脚下，任何一扇门里，都有槽沟通入。

丁玉蝶又在原地踏步了，领子被宗杭揪得几乎变了形，紧紧勒着喉咙，易飒又好气又好笑："放了他吧，把他控制在视线范围内就行。"

宗杭松了手，丁玉蝶又是一个磕绊，然后直直往祭坛边走，边走边卸下背袋，看来是要放置"宝藏"了。

易飒也跟过去，先去看那些台阶。

石阶面上，同样有许多石刻，但内容不再是日常生活，易飒略看了会儿就看出，这是上古时的创世神话。

——有个身材无比高大的人，正半蹲着拼命往上托举，身周日月星辰飘忽，脚下河川山岳环绕，这应该是盘古开天辟地；

——又看到一个高大人形，身材分不出男女，向下甩动一条长绳，长绳尽处，无数小人欢呼跃动，这应该是女娲造人；

——还有一个人，拿山岳当凳子坐，手拿石质的凿子，正凿刻面前的一块圆台，圆台上有八卦方位，正中是个阴阳双鱼的太极盘，这应该是……伏羲制八卦?

符合大禹那个年代的先民对这世界的认知。

不过太极盘倒是提醒了易飒："祖牌一般都是嵌到轮回钟里的，这儿应该也有轮回钟吧？"

不过照易宝全的说法，是"黄河滩头百丈鼓，挂水湖底轮回钟"，也许壶口下头的祖牌，是要跟"鼓"相匹配的……

宗杭积极求表现："我上去看看！"

腿长的优势再度得到发挥，他兴冲冲越过丁玉蝶，每一步至少跨两个台阶，很快就到了三四米高处，正想探头往顶上看，半空中突然数道风声骤起。

易飒急抬头，恰看到有十数条恶形恶状的"蛟龙"，张牙舞爪，从四面高处急扑而至，尾部好像都还陷在石壁里，身子却猱屈翻滚，少说也有几十米长，以至于跟脑袋的大小极不成比例，这汹汹声势，跟群鹰搏兔似的。

易飒大叫："趴下，躲开！"

语音未落，当头的那只已到了宗杭跟前，也亏得他这些日子的勤恳练习，急往侧面一扑——那只蛟爪抓破了他背袋，扬下漫天的绵核桃、狗头枣，还有两瓶包了气垫膜的山西老陈醋，侥幸没摔坏，沿着台阶骨碌碌滚下来。

丁盘岭也真是够抠门的，弄个假宝藏，至少也塞两块金银意思一下，居然这么持家，整的全是山西土特产。

易飒只这片刻分神，上头的情势已经连连告急，宗杭在台阶上左滚右闪，上不能上，下不能下，身子都几乎隐没在乱成一团的蛟头蛟身间了，那些蛟爪似乎异常尖利，偶尔扑空抓上石阶，半空中登时石屑乱飞。

易飒急了，拔出腰间的乌鬼匕首，抬脚就往上冲，刚迈出两步，忽然注意到：离她最近的那条"蛟龙"，像是瞬间接收到什么指令，蓦地转头朝向她的方向。

电光石火间，易飒一下子想到了什么，急撤步下来，顺势捞起刚滚到台阶下的一瓶老陈醋，向着高台上猛砸了过去。

说时迟，那时快，蛟团中又是一条蛟身扬起，蛟爪准确无误地抓住了醋瓶，就听"砰"的一声爆响，浓香的醋味伴着无数碎玻璃洒落下来。

路子对了！有门！

易飒急解下身上背袋，一刀扎下去猛划拉出个长长的口子：“宗杭，往下滚！”

“滚”字刚一出喉，开了封的背袋就向着半空中扬了开去。

果不其然，这一袋还是土特产，易飒只一掠眼，就认出了红果、辣椒、小米、百合、龙须挂面，老陈醋没有，飞上天的是两瓶汾酒。

那些搅作一团的蛟身瞬间炸开，戏珠的龙一样奔往各个方位抓攫，宗杭借着这刹那工夫，从台阶上连跌带滚下来，易飒还嫌他滚得慢，冲上前去，一把把他拽了下来。

许是使的力太大，没收住脚，两人扑地跌滚到一处。

边上，丁玉蝶正不紧不慢地把背袋恭恭敬敬放到祭坛上，还姿势标准地鞠了个躬，通身的气定神闲，跟身边的惊心动魄完全不在一个频道。

易飒迅速翻身爬起。

入手处黏黏热热，显然是沾了血，易飒头皮乱跳，声音都变调了，问宗杭：“伤哪了？”

一切都太突然太混乱了，宗杭自己都不清楚，想抬头时，半空扑簌簌落下无数东西，又是小米又是挂面，打了人一头一脸。

宗杭低头去躲，自觉呼吸顺畅、身体没有哪个部位受了重创：“应该没大事。”

对话间，易飒已经看清楚了：他背上和胳膊上都被抓了一记，好在抓痕都不深，就是血流了不少，又看身前，确定没伤，这才长舒一口气，一屁股坐到地上：伤势没大碍，迟点包扎应该没问题。

往上看，那些“蛟龙”没再继续攻击，动作也渐渐放缓，宗杭倒是尽忠职守，忍着痛端起相机，龇牙咧嘴拍了两张。

直到这个时候，他才发现这些“蛟龙”身体青黑，面目呆板，材质跟四面的石壁如出一辙——它们在半空中停留了一会儿之后，慢慢回缩，都缩进了石壁里。

息壤？

宗杭想起一路过来时，走廊廊顶那些奇形怪状的“头”，不觉有些后怕：一个个的，怕是都能破壁而出，他居然以为那只是照明的“灯”。

易飒缓了会儿，才指向丁玉蝶：“得跟在他后面，他走过的范围是被允许的，才是我们的安全范围，一旦越过他自由行动，就会有麻烦，触动这里的……安保。”

这“蛟龙”，上来就要撕烂一切侵入异物，应该属于安保措施。

宗杭抬手抹了把额上的冷汗：“这里怎么这么严啊，老爷庙那次，我们在息巢里跑来跑去的，都爬到巢脾上了，也没见……怎么着啊。”

易飒沉吟了一下："不一定，那里可能原先也同样严格，只是姜骏进去之后，就把祖牌嵌进了轮回钟，相当于结束了金汤穴的全面戒备状态，进入了运行阶段。"

所以，丁玉蝶在这儿，就是两人的安全线和护身符，但丁玉蝶说什么都不会往高台上走的，毕竟"锁金汤"并不复杂，就是存放点东西而已，而且，就目前看来，这"锁金汤"已经接近尾声了……

果然，鞠完躬后，丁玉蝶只略站了会儿，就绕着祭坛向另一个方向走——没有原路返回，看来进和出的门不是同一个。

易飒伸手"牵"住丁玉蝶，尽量减慢他的步速，希望能拖一秒是一秒，争取还能发现些关键的，宗杭也猜到了去留不由己，生怕胶卷用不完，铆足了劲边走边拍，拍完台阶上的神话绘画，又拍周围的石壁。

拍着拍着，忽然发现了什么："易飒，这石壁上，好像都是蛟龙，没别的。"

易飒循向看去。

还真的，没有鱼、水猴子、龟鼋，全是蛟龙，密密麻麻，布满了圆弧状的石壁，更奇怪的是，仔细看，这些蛟龙似乎都是双头的——该长头的地方是个头，该长尾巴的地方还是个头。

宗杭吃了这玩意儿的亏，难免反感："哪有蛟龙长这么畸形的，两个头，该往哪头去啊，还有，身子那么长，跟触手似的，又缠又裹，想想都恶心。"

触手？

易飒心里一动：老爷庙的息壤，也是触手样在湖底伸展舒卷，大家之前猜测，那些触手会"捞取"顺水而来、盛放在息壤里的"它们"，带入息巢，和存放着的那些尸体嫁接。

如果这些"蛟龙"的作用也一样呢？它们的身体可以无限抽长，所以不存在"两个头，该往哪头去"的问题：一个头在祭坛处执行"安保"，另一个头在水底寻觅，吸取，然后通过长长的输送管一样的身体，送到另一个头这，输出。

问题回到了起点：接到了"它们"，也可以送到这儿，但尸体呢？

宗杭也在纳闷这个："这儿只是个祭坛，没尸体，会不会尸体存放在别的地方，还没送来？"

存放在别的地方……

黄河底下，还有什么地方能存东西呢？水鬼受训的时候，关于黄河，丁海金是怎么说来着？

——一碗水，半碗沙，下游河段的很多地方，几乎成了地上河，水面比沿岸的城市屋顶还要高，只能不断地加高堤坝，再加高，一旦堤坝决口，那就是水灾、改道、大片大片受灾的黄泛区……

——在黄河里，甭想打捞宝贝，滩陡浪急的地方，好东西一下去，转眼就被冲到十几里开外了，就算没急浪，你也架不住它积淤，你想探黄河有多深，连卜儿十米，还在淤泥里钻呢……

易飒脑子里一激："鄱阳湖下的尸体是集中存放的，这儿会不会是零散的？尸体被息壤包裹着，以一个一个'息棺'的形式，沉在淤泥里，散落在无数地方。"

那这儿就是个流水线，它的规模，其实不比老爷庙小！

简单来说，就像不同的仓储观念一样。

如果把尸体和"它们"的关系比作手机和芯片，老爷庙那儿的操作是：筑就巨大的仓库，立起一排排的货架，手机规规整整陈放在列，等待着芯片的到来。

壶口这里，换了一种形式，"精简"了仓储费用：这个祭坛，就是巨大的操作车间，当它启动起来的时候，手机和芯片，同时往这里涌来。

这一节想明白了，一切也就迎刃而解，易飒给宗杭解释："地上的这些凹槽，就是'息棺'的进入通道，那些'蛟龙'，像车间里的装配手，息棺进来的时候，装配手会从四壁探伸出来，一对一地进行嫁接组装。"

"一轮组装完毕，又进入下一轮，所以虽然它看起来规模比老爷庙那儿小得多，但其实产能……几乎是一样的。"

正说着，手上忽然一紧。

是丁玉蝶挣扎着想往外走，虽然被迫原地踏步，但步速越来越快。

这反应有些不对劲，易飒忽然想到了什么："我们下来多久了？"

【30】

下来多久了？

宗杭也没概念："一两个小时吧。"

一两个小时……

好像每次锁开金汤的时长都是一两个小时：毕竟一群水傀儡，下水只是放置或者拿取一些东西，进入的程序虽然烦琐，一两个小时也绰绰有余了。

如果过了这个时间呢？

应该会像在老爷庙那回一样，过了这个时间，丁玉蝶就会醒，醒了之后该怎么出去，可就一筹莫展了。

易飒赶紧松手放开丁玉蝶，同时提醒宗杭："跟紧了，别掉队。"

丁玉蝶的肢体动作依然僵硬，步速却明显加快了很多，进入走廊之后，简直是在疯跑了，易飒紧随其后，宗杭更忙：边跑边往各个方向摁相机，咔嚓咔嚓，不把胶卷拍完了绝不罢休。

终于到了走廊尽头，正对面的石壁上，已经隐隐搅起了漩涡：不是水，像是石头软化而成的漩涡，搅拌机一样，越搅越快。

丁玉蝶一个箭步扑了上去，与此同时额头紧贴祖牌，一头撞进漩涡内，半个身子立时被吸附了进去。

易飒大叫："抓住他！抓住我！"

宗杭被她搞糊涂了：到底是要抓住丁玉蝶，还是要抓住她呢？

但时间紧迫，显然等不及第二句指令了，好在人长了两条胳膊，宗杭心一横，急冲上去，一手抱住丁玉蝶的腿，另一手搂住了易飒的腰。

再然后，眼前一黑，整个人就陷入了无穷尽的急旋之中。

宗杭挺想晕过去的，晕过去的话就不用受这份活罪了，偏偏又晕不了：一忽儿头上脚下，一忽儿身子像麻花样拧转，抱着的这个似乎要窜脱，搂着的这个又好像要松落，就没个消停的时候。

也不知道过了多久，身底突然有急浪猛向上一托，宗杭的脑袋一下子浮出水面，鼻端嗅到了泥腥味的空气。

夜色依然墨黑，高处槽岸上，有探照灯交互照下，有人失声大叫："出来了，在那！"

出水了？

宗杭还没来得及兴奋，一个翻浪重锤样直击过来，正砸在他头上，这力道刚劲无比，他眼前一黑，两手同时松脱，身子直接被打飞到半空翻了个个儿，又栽落下去，没等落实，又被脚下的水旋带得连转了几圈，颇似跳芭蕾舞的小天鹅，然而这艺术范儿还没摆完，又大头朝下向着下游急跌而去。

这壶口下头的水流这么厉害？在水下都没这么凶险啊，还有易飒呢？丁玉蝶呢？冲哪去了？

宗杭徒劳地伸手乱抓，身子跟叶片似的，任水流胡乱拗折。头顶上方声音渐杂，似乎有无数声音在吼："兜住！兜住！"

什么兜住？他还没反应过来，已经一头撞在一张大网之上，幸好网子够结实，网眼也够密，很实在地把他给截住了。

被网兜慢慢吊起的时候，宗杭吐掉嘴里的泥水，有气无力地低头去看。

丁盘岭他们，拦水设了好几张巨大的网，估计就是怕人上来之后会被急流冲走——多设了几层保险，即便不幸错过了第一张，后头还有第二、三、四、五张。

他居然是第一个被兜吊上来的。

半空里，他看得清楚：易飒正蜷着身子，被一张网兜牢，在水浪翻覆间忽上忽下，而丁玉蝶漂得比易飒还远，四肢伸展，蜘蛛样扒住网身，抖抖飘飘风筝似的，像是下一秒就要上天。

宗杭长舒了一口气。

总算是……都上来了。

上来的三个人，晕了两个，唯一没晕的宗杭受了伤，精神也极度萎靡，考虑到他的伤势以及坐水之后需要深睡，丁盘岭不好马上追问金汤穴里的情况，这样显得有些太不近人情了。

所以先清理现场、收队回宾馆休息，好在照片的冲印也需要时间——照片出来了，人也休息够了，再坐下来细聊不迟。

宗杭累得要命，被带去包扎伤口的时候险些坐着睡着了，回房之后澡都顾不上洗，胡乱灌了两口三沸三凉的酒汤送药，一头栽进床里睡着了。

难得的深睡眠，全程无梦，醒来的时候夕阳西下，道道温柔的暖光斜进房里。

宗杭还以为自己只睡了一个白天，看到电子钟表上头的日期标识时，才知道第二个白天也快过去了。

他爬起来冲了个澡，换了身干净的衣服出来：这宾馆不大，这一层大概被丁家包了，有几个人正歪在走廊的沙发上打牌，看着眼熟，锁金汤时都见过，就是叫不上名字。

那几个人倒都认识他，其中一个染黄毛的朝他边上那间房努了努嘴：“易飒这屋还没动静。”

又示意了一下斜对面那间：“丁玉蝶醒了，刚去楼下餐厅吃饭，你要去吗？”

不想去，也不太饿，宗杭指了指易飒的房间：“我能进去看看她吗？”

黄毛斜了他一眼：“人家一个单身女的，在屋里睡觉，你一个男的，进去干什么？万一你在里头干出点坏事来怎么办？”

话糙理不糙，有些男女之防确实得避讳些，宗杭犹豫了一下：“丁玉蝶去吃饭了，我也洗好澡了，但易飒这么久还没醒，我怕她出什么事。”

这话切到重点了，几个打牌的都停下来。

黄毛也有点犯嘀咕：人被送进房间之后，他们轮班负责在外头守着，确实没进去看过，虽说应该不大会出事，但让宗杭这么一说，心里还真有点没底。

再一想，这张脸挺纯良的，不至于作奸犯科，再说了，门外守了这么多人，犯事也不挑这场合啊。

于是把房卡扔给他："你进去吧，真有事得赶紧跟我们讲啊。"

宗杭道了谢，开门进屋。

房间里不算暗，窗帘同样拉得潦草，暖暖的夕阳洒了满屋，易飒还在睡，蜷着身子侧躺在床上，身上的脏衣服都捂干了。

大概女孩子就是这样，体质偏弱，所以要休息得更久吧。

宗杭盘腿在地毯上坐下，双手搭住床沿，目不转睛看她。

易飒好像睡得一点都不踏实。

她睫毛颤个不停，偶尔呼吸会忽然急促，紧覆的眼皮下，眼球好像一直在转动。

是在……做梦吗？

离开金汤穴时，易飒是刻意再去抱住丁玉蝶的，毕竟下水的时候经历了一次，脑子里得了些碎片信息——她想如法炮制，再来一次。

果然，最初的混沌过后，画面又出现了。

这一次，是在昏暗的地下室里。

里头有男有女，衣着都光鲜，通身一派大都市的精英模样，这打扮，合该坐在视野通透的现代化办公室里，左手电脑，右手手机——目下却都蜷坐在蹩脚的小板凳上，手里拿着本子，或者铅笔，不见任何电子产品，个个面色凝重。

一个留着干练齐耳短发的女人，行事本该也一样干练，却犹疑不决，吞吞吐吐："我还是认为，太多不确定因素了。"

她身侧的一个西装男人冷笑："不确定？你看看外头现在是什么形势，我们还有得选吗？要不是发现了轮回盘背后的秘密，连这个机会都没有！"

短发女人咬唇不语。

一个花白头发的老者清了清嗓子："现在不是选择的时候，而是讨论执行以及如何执行，实验室那边进展得怎么样了？"

有个戴眼镜的儒雅男人赶紧回答："实验数据不太理想，之前，我们的技术可以救回死亡时间在六个小时之内的伤患，利用从息壤中提取出的新物质，死亡时间在二十四个小时之内的人，都有望救回，但就是息壤的活性很难控制，致畸率太高……"

老者打断他："我不是问这个，是嫁接的程序。"

咦，他们也叫"嫁接"。

那男人回答："体细胞接入，或多或少都会有点排斥反应的，就像输血还会有血型不适配呢，这个没办法。"

老者眉头拧起，口气生硬："必须加快速度，时间不多了，全面溃败的形势下，这是我们唯一的机会。虽然战线拖得很长，但只要造起挪亚方舟，我们就都能安然度过。"

轮回盘？就是易宝全口中的轮回钟吗？

易飒神思一恍，又站到了那堵水泥色、性冷淡风的墙前，墙上挂着一面现代设计风格的钟，钟面是头尾抱衔的阴阳太极盘，走针就是间开表盘的那条S形曲线。

关于太极图，从古至今，太多说法了。

——它包含了万事万物的一切原理和自然规律，代表着一种动态的平衡、对称、和谐。

——没人说得清它的起源，有人认为，它起源于原始社会；有人认为，它是外星人馈赠地球人的礼物；还有人认为，本轮人类文明之前，尚有上一次、再上一次的文明，太极图是前代文明覆灭时留下的信物，冥冥中向人类昭示着某种秘密……

会是什么样的秘密呢？

首尾相衔，周而复始。

盛放的进化树，不会永远茂盛，物极必反、否极泰来，进化的尽头，或许是退化，那退化之后呢？会不会是新一轮的进化？再一次的轮回？

宇宙是怎么来的？科学家说，是致密炽热的一个奇点在大爆炸后膨胀形成的。

那奇点之前是什么呢？是不是上一轮宇宙走到衰竭，不断坍塌无限收缩所致呢？

易飒蓦地睁开眼睛。

会是上一轮的人类吗？他们同样经历了茹毛饮血、刀耕火种、农业革命、工业革命，经历了"不羽而飞、不面而面"，经历了科技的爆炸腾飞，再然后，迎来了全面溃败的困境。

漂移地窟，是他们走投无路时，为自己造就的挪亚方舟？

宗杭被忽然醒来的易飒吓了一跳，见她脸色不对，还怕她是被魇住了："你醒了？刚是不是做噩梦了？"

易飒心跳得厉害，自觉离解密只几步之遥了，合该一鼓作气——也没心情跟他闲聊，目光在屋里逡巡了一圈，落在宾馆自配的电脑上，迅速翻身起来，连鞋都顾不上穿，几步奔过去坐下。

宗杭也跟过来，一脸莫名地看着她开启电脑，打开搜索页面："你是要找什么吗？”

易飒嗯了一声，手指在键盘上停了会儿，果断输入“人类、灭绝”几个字。

果真是上一轮人类的话，大家都有七情六欲，都吃五谷杂粮，面临的困境，应该也差不多。

宗杭更糊涂了，怎么下了趟壶口，关心起人类灭绝这么大的课题来了？

怕问多了她嫌烦，只好先默默观望。

网速不赖，搜索条目很快就出来了。

——彗星撞地球。

有可能，宇宙间各种星体撞来撞去，是挺危险的。

——丧尸病毒，生化危机。

也有可能，很多灾难电影都是这种题材。

——外星人入侵，星际战争。

好像也不能排除这种可能性。

——人工智能。

这是什么？

易飒把网页往下拉，居然还是某个著名科学家提出来的。

边上的宗杭咦了一声：“是霍金啊，他可太有名了，我都知道他……”

易飒没吭声，霍金的名头，她也听过。

这种科普文章，多少有些晦涩，易飒一段一段去看。

“人类可能终将毁于人工智能……”

“人工智能将是地球有史以来最强的智慧物种，它们不眠不休，每一秒都在进化，它们的思维方式和思维速度，都是人类无法超越的，在进化这条路上，人类将会被远远甩在后面。”

“有科学家保守预测，到2040年，人工智能就可以达到普通人的智商水平，然后引发智力爆炸……”

宗杭忍不住了：“2040年？我还活着呢，就要被人工智能取代了？科学家就喜欢吓人。”

他看了看易飒的脸色，觉得她没反对的意思，索性把鼠标挪过来，自己点着看，嘴里喃喃有声。

“这文章不是霍金写的，就是引用了他的观点，只是提醒大家，没说一定呢。”

“扫地机算人工智能吗？我家里就有，扫得是挺干净的，这几年，人工智能发展得确实挺快的……”

易飒忽然打断他："你还记得姜射护画的那张图吗？就是有个人，脑子被掀开的那张？"

记得啊，宗杭点头，那么诡异的场景，想不记得都难。

"像不像人工智能？你不是也说过像仿真人吗？外表是人的样子，但大脑已经完全不同了。"

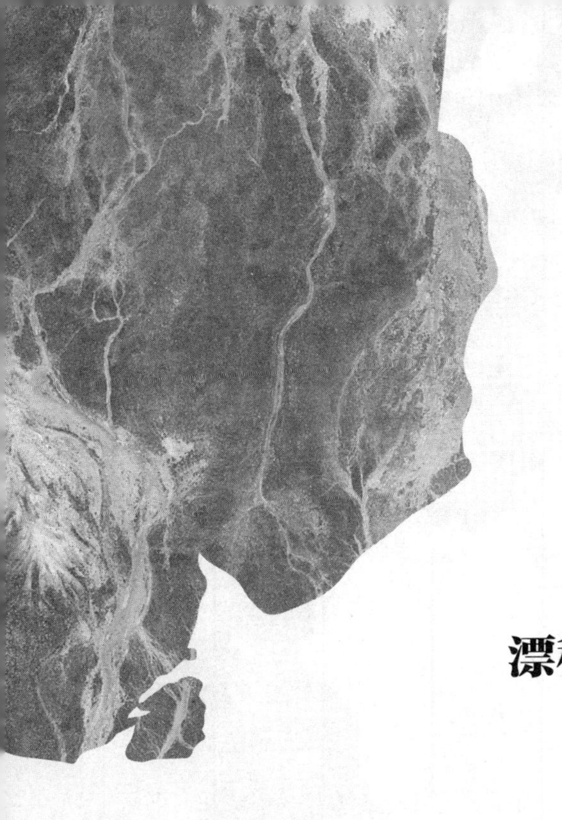

第四卷

漂移地窟·轮洄

它到底是什么，
又想干什么呢？
取代人类、
占领地球、
称霸全世界吗？

【01】

三岁看八十，果然有道理。

易飒觉得，她三岁时那比苍蝇腿还多的心眼，经过了这么多年的历练和人事周旋之后，已然长成了洞悉一切的天眼。

这乱麻样的前后、因果、碎片，经她梳理，条理清晰，脉络分明，真相眼看就要呼之欲出了。

综合种种信息，在本轮人类文明之前，还有上一轮。

两个证据：一是那棵进化树，隐喻着盛极而衰；二是太极轮回盘，暗示着周而复始，生生不息。

上一轮文明，走得比本轮文明更远，也遭遇到了致命的祸患，网上查到的那些星际相撞、病毒肆虐都有可能，但易飒更倾向于是人工智能，同样有两个证据。

——姜射护画的那张掀开了半个脑壳、大脑却又与人迥异的图，连宗杭都说像仿真人。

——昏迷时看到的，那个女人躺在手术台上“换脸”的场景，像个重要的引子：连原生的脸都换了，且沾沾自喜地去换，还有什么部位不能换呢？换着换着，还能分得清是人还是智能人吗？

再说了，脑海里既然出现这个场景，就说明这是关键信息，如果导致灭绝的原因是什么星际相撞，完全可以给她看个相关的场景啊。

……

总之，上一轮人类在人工智能的攻势下节节败退，试图通过各种方式自救，然后发现了轮回的秘密——宇宙、地球乃至人类，像个“Reset”的游戏，一个轮回结束之后，会重组，然后重新上线。

重组的方式，也许就是各种足以抹去人类痕迹的自然灾害：大洪水也好，火山爆发也好，地块剧烈震动、沧海变桑田、海底拔高成了世界最高峰也好，统一起来，山川河岳大洗彻洗一轮牌，像把泥猴砸烂成泥又和水塑出个泥狗。

那些极个别的、没被抹掉的痕迹，就是未解之谜、各类奇异现象：谁会特别在意呢，反正大多数人关注这个世界的程度，还不到关注肚子饿不饿、发型美不美的十分之一。

他们的计划是：铸造一艘坚挺的挪亚方舟，带领幸存者们，撑过灾难性的重组，设法进入下一个轮回。

但方舟不可能大到把每一个人都塞进去，考虑到当时的科技发展应该达到了较高的水平，计划完全可以分两步走。

第一阶段：提取幸存者的体细胞，融入息壤成分。

第二阶段：顺利度过重组期，进入新的轮回之后，寻找受体进行嫁接。

但这计划存在缺憾，一是息壤的活性很难控制，二是不同体细胞之间，难免存在排异反应，但当时的那种情势下，只能仓促上马了。

那艘方舟，就是漂移地窟，也许不止一个，很显然，它经历了天翻地覆的重组之后，度过了长时间的休眠，进入了新的轮回。

漂移地窟的首次开启时间，应该会经过大致测算，但无法做到精确：人类社会发展的时间段太难说了，可以一万年都在磨石器过活，一千年都在拿兵器砍杀，也可以十年内科技大爆炸。

所以宁早不能迟，早了可以从容准备，万一迟过了头，一出来又撞上人工智能主导了世界，绕了一圈仍旧回到原点，那就没意思了。

《创世纪》里大洪水的故事说：上帝要降下大洪水以毁灭人类，他让挪亚造一艘方舟，装载各类动物，以待洪水退却后重新建立家园，这艘巨大的方舟就叫诺亚方舟。

挪亚方舟在灭世的暴雨洪水里飘摇，过了很久之后，为了探测这新世界是否适合存活，诺亚放出了一只乌鸦，再过几天，又放出了一只鸽子。

漂移地窟也一样，需要不断向外放出探测的“鸽子”，以侦测这轮回后的世界是不是适合大家落脚，然后为大部队的到来铺路搭桥。

不大可能第一次放出“鸽子”就收到佳音，可以想见：第一批放出来的，郁闷地裹着树叶在山洞里砸石头；第二批放出的，无聊地拿着骨头磨成的针给自己缝制兽皮衣裳……

第N批放出来的人，也就是真正开始着手布置一切的人，应该就是三姓的祖师爷。

祖师爷们创立了水鬼计划，又或者，这个计划是早就想好的，他们只是按部就班施行而已。

——没有任何地点比大河深处更隐秘，所以接生的轮回渡口深藏水底；

——这秘密太大，越少人知道就越安全，为了不打草惊蛇，他们把家族包装得神秘，包装得仅仅像是有天赋的藏宝家族，以秘密去遮掩更大的秘密，又把自己包装得像个先知，文绉绉说一些“不羽而飞、不面而面”的话，使得形象更贴合上古人类。

——他们是人，只有人才了解人，知道家族会为了这天赋异禀以及随之而来的财富红利而窃喜，并保持低调，也知道当某一天，这红利不再、天赋传承被切断的时候，他们一定会去寻找漂移地窟。

易飒盘腿坐在床上，穿着被她捂干的泥汤色T-shirt，头发还打着结绺，神采飞扬，侃侃而谈。

宗杭则是再好不过的倾听者，全程没打断过她，中间还屁颠屁颠给她递了瓶开盖的矿泉水。

易飒一直握着瓶子没喝，免得喝水会打断自己一泻就停不了的猜想，讲完了才咕噜噜仰头灌了一大口，然后抬起手背抹嘴，问宗杭：“怎么着，有什么感想没有？”

感想？

宗杭脑子里都快搅成糨糊了，乍听觉得挺有道理的，似乎搭起了一个前因后果的大框架，又觉得很多细节好像还是说不通——可要明确指出是哪些细节，他又办不到。

本来嘛，动脑子分析这种事，非他所长。

从窗子看出去，能看到外头街道上慢吞吞驶过一辆公交车，一个误了点的男人正跟着车跑，但司机就是不开门；再远点的地方，有家商场开业，楼面上缀满“圆满成功”“热烈庆祝”“八折优惠”之类的标语条幅。

这么烟火气的场景衬托下，上一轮人类，听着跟做梦似的。

易飒跟他统一口径：“没问题的话，咱们就这么跟丁盘岭说吧。那些信息片段，你就说是你在水下精神恍惚时看到的。反正，该我们做的，都做完了，该传达的，也都传达了，接下来应该没咱们的事了。”

宗杭奇道：“这就做完了？”

“是啊。”

对丁盘岭，她已经算是知无不言言无不尽了，还想怎么着？

“咱们就不管了？”

“还管什么，事情都这么明白了，后面就让丁盘岭想办法呗，他的人脉、主意肯定比我们多啊，能耐也比我们强，我们可以功成身退了啊，事实上……”

易飒若有所思：“真是上一轮人类、人工智能的话，事情这么大，三姓也兜不住吧？我觉得丁盘岭也别藏着掖着了，赶紧找找渠道，把事情往上报，让国家出面解决算了……”

宗杭想说什么，门口传来敲门声。

易飒理清了大谜题，心情舒畅，几乎是从床上蹦下来的，步子异常轻快地走到门边，透过猫眼往外看了看，回头提醒宗杭：“是丁玉蝶。”

宗杭一下子想起抱大腿那回事来了：“不会是……算账来了吧？”

有可能，易飒向宗杭使了个眼色，自觉厘清了大事的自己，现在可以搞定一切：“待会我来说，你附和就行。”

说完，一把拉开房门。

丁玉蝶斜倚在一边的门框上，两臂抱在胸前，脸色很不友好，再加上刚吃饱了饭，打嘴仗的精气神很足。

兴师问罪，用不着委婉。

他开门见山：“大家在水下头的时候，你们什么意思啊？”

易飒奇道：“什么什么意思啊？”

宗杭茫然地看丁玉蝶，又看易飒，一副搞不清状况的模样。

还装！

丁玉蝶气了：“锁金汤的时候，刚下水，你俩就抱住我的腿，差点把我拽翻过去！”

易飒一脸迷惑：“抱住你的腿？”

“等会……我听明白了，我们抱住你的腿？不是，丁玉蝶，我想问你，我和宗杭都能坐水，我还是水鬼，水下功夫不比你差，我为什么要抱住你的腿？”

丁玉蝶说：“是啊，所以我也想问……”

易飒打断他：“你看见了？亲眼看见了？”

丁玉蝶一时语塞：“水底下那么黑，谁能看见啊。”

“那你凭什么说是我们抱的？”

丁玉蝶有点结巴了：“那是因为……当时，水底下除了我，就你们俩啊。”

“你确定？当时那个唱阴歌的可是喊了句‘开门了’，谁知道开了门，门里出来了什么啊，没准都在水底下潜着呢。”

宗杭很配合地打了个寒噤。

丁玉蝶先是没听懂，过了会儿回过味来，脸色也渐渐变了：“我 ×，你那意思，下头是有……”

他后背有点发凉：还真的，那老头唱得那么瘆人，指不定招来什么东西了呢。

合着是自己想当然了，丁玉蝶有点下不来台，好在还有别的话题。

他清了清嗓子：“这个，我还要确认一下，先放一边吧。其实我来主要是想问……”

他向易飒使了个眼色，示意她过来点，然后压低声音：“我问你啊，你在金汤穴里发现什么了吗？”

易飒装傻：“下水不久，我脑子里闪光似的，很快就没知觉了，再睁眼，已经在这房间了，能发现什么啊。”

丁玉蝶冷笑：“没错，大家的经历都差不多，但想先人一步，就得善于发现你懂吗？很多事情是有痕迹的，你要善于观察，然后……你就会发现，事情一点都不简单。”

易飒心里咯噔一声：“你发现什么了？”

丁玉蝶现出倨傲之色来：“很多。”

他摆了谱，想让易飒追问，哪知易飒没接这茬，他又按捺不住想显摆——

“首先，醒来之后，我发现，我喉咙这，红了一片，就这……”他仰起脖子给易飒看，“还有，我那件 T-shirt，潮牌，不经拉，不能机洗，然而它领口大了一圈，而且领口后头有一处，衣料都皱变形了，这说明了什么？”

妈呀。

宗杭差点笑出声来，赶紧低下头，装着清嗓子遮掩过去。

易飒一只手死抠住门背面，强装出一副惊惧的表情：“说明了什么？”

“金汤穴里，肯定有什么东西拽了我的衣领，不明生物。”他压低声音，“没准就是复活的尸体，还有……

“我洗澡脱衣服的时候，鬼使神差地拎起来闻了一下，我发现有一股……老陈醋的味道。”

易飒说：“是吗？我这衣服还没换呢。”

她把自己的衣领拎起来，作势闻了闻：“没有啊，我没有，你别是错觉吧？鼻子里灌了黄河水，不好使了。”

丁玉蝶瞪她：“什么错觉！我住在山西，拿老陈醋吃过多少饺子你知道吗？我能闻错？”

“这还不止，”他得意地摊开手，给她看手里一直攥着的一个透明塑胶袋，还抖了两下，“我洗头的时候，从头发里，摸到两粒小米，我拿袋子装起来了，这又说明了什么？”

说明丁盘岭置办的山西土特产里有小米呗，还能说明什么？

丁玉蝶神气活现：“这事，我要跟盘岭叔好好说一下，历代锁开金汤，从来没有人给出过任何线索，为什么？其实不是没线索，而是他们不善于观察，也不善于思考。我拿到的线索，虽然也不多，但是，我是所有水鬼中，唯一拿到的，only me！”

他又抖了两下那个塑料袋，向她展示自己的与众不同：“机会，总是留给有准备的人的。”

……

丁玉蝶说完就走了，头颅昂得高傲，背影动得风骚。

易飒目送他走远，才回头向宗杭解释：“没事，他就这样。”

丁玉蝶这人，样样都还过得去，唯独一件：太爱向别人展示自己身为水鬼的优异和高人一头了，别人没发现的，他发现了，别人没做到的，他做到了，并以此博得夸奖和艳羡的目光，是他永恒不变的追求。

现如今得了个“长脸”的机会，还不知要怎么嘚瑟呢，不过比起看丁玉蝶吃瘪，易飒更想看丁盘岭在面对这些“线索”时的反应：那么老成持重、不苟言笑的人，会笑场吗？

十分钟后，又有人敲门。

开门一看，还是丁玉蝶。

易飒故意讲风凉话：“不是要和盘岭叔好好沟通一下吗？这么快就结束了？”

丁玉蝶斜她：“这么大的发现，我盘岭叔反应不过来也很正常，东西我给他了，他说了，这些东西确实挺奇怪的，需要时间梳理一下，然后让你俩也过去，把下水的情况说一说。不过……”

他不屑地耸了一下肩膀，后半句话像是从鼻子里喷出来的：“你俩有什么可说的？”

易飒迅速冲了个澡，换了身干净衣服。

及至带宗杭出了门，才想起忘了问丁玉蝶该去哪找丁盘岭，好在走了没多久就遇到丁家人，被领去了楼下的小会议室。

推开门的刹那，易飒看到丁盘岭和丁长盛都在，丁碛正往桌面上摆照片，应该是胶卷洗出来了，她忽然想到了什么，抬眼去看宗杭。

宗杭向她眨了下眼睛，低声说了句："放心吧，我聪明着呢，没拍你。"

【02】

丁盘岭面前，自然是宗杭主讲，反正刚听易飒讲过，热乎劲还在，依葫芦画瓢，更何况她还在边上偶作补充。

姜太月也拨了电话进来，但听到一半她就不听了。

实在是听不懂，她都七十六岁了，连智能机都不会用，哪能听得懂又是上一轮人类又是人工智能的，真要是鬼神作祟她可能还有点兴趣，毕竟上了年纪，信这个。

偏又不是。

所以全权授权丁盘岭："你全弄明白了，再跟我说道说道吧。"

然而丁盘岭他们也听得眉头重锁。

听完了，觉得眼前好像颤巍巍立起了一幢楼，有棱有角，有模有样，然而似乎任哪儿抽出一块砖都能塌下去。

但从哪抽，一时间又有点无从下手。

良久，丁盘岭才开口："那这些人活了之后，想干什么呢？"

易飒说："应该是想继续活下去吧，人都是不想死的嘛。"

有点道理，但丁盘岭还是觉得牵强："这么多年了，多的是时机，为什么偏要选在现在这个时间段呢？"

易飒想了想："他们当初的科技水平那么高，也不想活在古代吧，当然还是想生活在现代、人工智能还没有发展起来的时候……说不定还有办法，能把人工智能掐死在萌芽阶段，这对我们来说，不是好事吗？"

真是人嘴两张皮，说话两边移，这事还能被定性成好事？

丁长盛皱眉："他们杀了那么多人……"

易飒纠正他："没有，息巢里那些人，严格说起来，不是他们杀的，他们只是把尸体存储起来，准备再利用而已。"

丁长盛改口："那 1996 年，我们折在漂移地窟里的人怎么说？"

"那也不叫杀吧，那叫嫁接失败，他们自己也说了成功率还不是很高啊。"

丁长盛觉得自己的脑子都糨住了："那祖师爷他们又是怎么回事呢？也是嫁接来的？"

易飒越解答舌头越打磕绊，末了发牢骚："别问我啊，我又不是安排这一切的人。盘岭叔，我和宗杭只是根据听到的、看到的、脑子里的碎片信息，猜想了这么个缘由，猜想好吗？不要钱送给你们参考的，我又不是科学家，我哪解释得来啊。”

丁盘岭失笑，顿了顿又看丁碛：“你有什么想法？”

在座的，也就他没吭过声了。

丁碛笑笑：“没想法，我对这些也没研究。岭叔你可以去找专业的人问问，三姓中应该有计算机、物理或者生物专业的吧？反正我是……太高深了，我搞不懂。”

一时冷场。

丁盘岭拈起桌上的照片看：大概是因为金汤穴里光线不足，照片画面都偏暗，但拍到的场景足以让人咋舌了。

原来壶口下头，还真的暗藏玄机。

易飒斟酌着丁盘岭的脸色，小心试探：“盘岭叔，我们知道的，真的毫无保留都倒给你们了。接下来，没我们的事了吧？我们原本就是觉得事情挺大的，想给你们报个信，你让我们帮忙一起下水，我们也下了……”

她故意没把话说完，反正丁盘岭肯定不傻，也不屑于去装傻。

丁盘岭果然意会了，沉吟了会儿，才说：“这事确实挺大的，我和你丁叔他们，要再合计一下。漂移地窟现在也还没消息……你要是累了，就先休息几天。回头可能还有需要你帮忙的地方，到时候我再找你。”

易飒他们走了，会议室里剩的都是自己人，气氛随即一松。

丁长盛提醒丁盘岭：“真放他们出去乱走啊？不管易飒是不是有问题，宗杭已经铁板钉钉了，他这也不知道状态稳不稳定，会不会又异变……还是派人盯着的好。”

丁盘岭没吭声，身子往椅背上一倚，脖颈抵在椅端，脑袋向后空悬：“你觉得，他们讲的这个故事，是真的吗？”

丁长盛以为他是怀疑易飒胡编乱造：“应该没撒谎，易飒虽然有点小聪明，但想编出这么大的故事来，够呛，而且也没这个必要，更何况她说的这些，也不是没根据。”

他边说边示意了一下那几排照片。

丁盘岭拿手摁了摁太阳穴：“听得人脑仁都疼。”

丁长盛笑：“可不是吗，一套一套的，乍听挺科学的，还拗了不少专业的词儿，一琢磨，都是外行硬掰，不过也不赖她，她那水平，估计就是看过几部科幻电影……要么，按丁碛说的，咱们先找几个懂行的参详一下？”

丁盘岭摇头，顿了会儿才说：“你可别被带进套里去了。”

丁长盛一愣，连一直窝在椅子里听得意兴阑珊的丁碛都不自觉地坐了起来。

套儿？这里有套吗？易飒在设套？不太可能吧。

但丁盘岭的意见，丁长盛一直都是看重的：这个人相貌普通，话也不多，做事循规蹈矩，以至于很多人觉得他毫无特点、面目寡淡，但接触久了就知道，没两把刷子，不可能在水鬼里领头，也不可能被推举出来在中枢会里挑大梁——丁盘岭要么不发表意见，一旦发表，势必是经过深思熟虑的，而且有理有据，绝非诳语。

丁长盛想了想："你是不是觉得上一轮人类这种说法太荒唐了？"

丁盘岭说："这倒不是，上一轮人类也好，世界会重组轮回也好，外星人也好，其实都不荒唐，都是一种可能性，都没法证实，也没法驳斥。

"我们现在面临的问题，其实并不是科学谜题，整件事看似披了层科学的皮，但核心拎出来，仍旧是双方搞脑子的事儿，你不用去找学计算机的或者学物理的去论证人工智能会不会毁灭人类、世界是不是会轮回，或者飒飒的说辞有多么不严谨，那样，才是一脚踏进岔路里去、被对方牵着鼻子走了。

"只把最关键的那根筋抽出来：它们是谁？目的是什么？"

说到这儿，他身子前倾，两手叠握："丁碛，你配合我一下，我问，你答。"

丁碛有点蒙，还有点惶恐：他习惯跟丁长盛打交道，丁盘岭的风格，还真没试过。

"如果易飒和宗杭说的都是真的，那么你觉得它们是谁？不要揣测我的言外之意，不要猜，有什么说什么。"

丁碛迟疑了一下："看起来，它们是上一轮文明的人类，后来毁灭了，毁灭的原因可能是人工智能。"

"那它们的目的是什么？"

"度过重组，进入新的轮回，还有很大的可能性，能帮助我们对抗即将到来的人工智能，避免悲剧的再次发生。"

"对此，你的态度是什么？是欢迎呢，还是不欢迎？说实话。"

"既然跟我们一样都是人，又可以帮我们，我觉得……也挺好的，如果我们未来真的要面对这种风险，而它们又有经验，说不定还有办法，那干吗不欢迎呢？"

丁盘岭笑起来，转向丁长盛："看见没？"

看见了啊，但这能说明什么？丁长盛糊涂了。

丁盘岭说："人有个特点，轻易得来的，不当回事；千辛万苦拿到的，哪怕是草也当宝。

"假设你是警察，抓了个罪犯，不等你用手段，他痛痛快快全摊牌了，你多半会怀疑，他给的是预先设好的假口供。

“相反，他态度顽劣，死活不说，多番审讯交锋之后，你从他嘴里捕捉到几个信息，又加上一些现场痕迹、证物，你绞尽脑汁，猜测着还原了罪案过程，你八成就会先入为主地觉得，这猜测就是真相。”

丁长盛半张着嘴，似乎有点咂摸出味儿来了。

丁盘岭继续说下去：“飒飒没有撒谎，相反，你注意到没有，她还挺得意的。毕竟能从一些蛛丝马迹和碎片信息里还原出这么一个说得通的、结构复杂的故事，挺有本事的。

“过程也很艰辛，下了水，也涉了险。她有点飘飘然，这得意让她忽略了去怀疑一点：走廊里的画、息巢里的场面，乃至在宗杭脑子里闪现过的那些片段，都是对方提供给他们的，换句话说，叫一面之词。

“生活中，如果两个人起争执，各执一词，我们是一定要去找证据的，或者找到目击证人，还原真实情况。

“但这件事里，所有信息，都是对方摆出来，飒飒单方面接收，没有任何佐证，因为根本找不到第三方佐证。

“那么问题就来了：她到底是自己推理出了这整个复杂的故事，还是对方有意识地引导，希望她推导出这个故事呢？换个角度看，当对方给出了那些信息之后，你想推导出这个故事，又能有多难呢？还有，这个故事成型之后，谁是最大受益者？”

丁长盛咽了口唾沫，端起茶杯，又放下了。

还真的。

仔细回思，那些蛛丝马迹以及信息碎片，其实出现得环环相扣。

——任何人，看到上古人类筑就的走廊里出现关于计算机的岩画，都会往那几个方向去猜想：穿越、外星人、上一轮文明。

——脑子里闪现的场景中，有人在着重强调进化树，半引导式地提及：进化的尽头，是消亡，是退化，是重新开始，理所当然会让人想到那个一再出现的轮回盘。

——昏暗的地下室里，有人在开会，讨论着求生、反攻，成功渲染出走投无路却又积极自救的气氛。

……

丁盘岭重新看向丁碛：“我之前让你回答问题，是建立在‘如果这个故事是真的’的基础上，现在我们把这个基础抽掉，如果这个故事不是真的、飒飒又从未编造撒谎呢？”

丁碛心头猛跳。

如果这个故事不是真的，易飒也没编造，那就说明，对方抛出了假信息、烟幕弹，想让你觉得这个故事是真的，想让你觉得他们就是上一轮逃生的人类，而这恰恰表示，他们不是。

丁盘岭说得意味深长："上一轮人类也许真的曾面临人工智能带来的灾祸，但究竟是谁输了，谁要逃难，谁也不知道。还有就是……"

他的目光掠过那几十张摊开的照片："也不用去怀疑飒飒到底是不是复活的了，应该是。

"两个原因。

"第一，飒飒性子一直很孤僻，这么多年，你没见过她跟谁特别亲近，丁玉蝶是个意外，因为他们是一起晋级的水鬼，有很多共性。宗杭能跟她这么亲密，也许是因为男女感情，但两个人，在生出感情之前，得先互相接近，飒飒能允许宗杭跟她接近，很可能是因为，他们俩是同类。

"第二，宗杭的照片上，一张都没有拍到她。"

【03】

刚进门，易飒就收不住了，一个箭步蹿跳到床上，抱住枕头滚了一圈，嗓子里迸出刻意压低却又兴奋无比的怪声："解放了，解放了！"

宗杭愣了一下，瞪大眼睛看她耍宝，更加明白了为什么易萧总拧她耳朵：她小时候一定不是乖巧文静的小姑娘，这种打骨子里带来的，总会在某些时刻露馅儿的。

原来她是这样的易飒啊，最初认识她时，他还以为她又酷又拽的呢。

不过，他总觉得说"解放"有点言之过早了："易飒，事情还没结束呢。"

易飒腾地从床上坐起来，装着很是经验老到地指点他："宗杭，你得习惯，这世上大部分人做的都是跑接力的事：跑完自己那段，棒子交出去就行，给房子打地基的用不着关心装修，接生小孩的用不着管他日后相亲，say goodbye 最多的不是在终点，而是中途。"

宗杭听懂了，她的意思是：这事像接力赛一样，分程分段，他们这一程，已经跑完了，后头的事，该交给更合适的人去做。

宗杭还没修炼到可以无牵无挂中途 say goodbye 的程度："那你说，丁盘岭他们接下来会怎么做啊？"

易飒这两天对自己的智商格外自信，就爱给人解惑："还是那句话，这事光凭三姓兜不住，上一轮人类，多大课题啊，还涉及什么人工智能，我要是丁盘岭，我就争取国家介入，让国家去搞这事——你想，上一轮人类科技水平比我们高啊，没准已经攻克癌症、解决衰老问题、造出宇宙飞船了，国家能不感兴趣？”

宗杭皱眉：“不能吧？争取国家介入，首先就把三姓给暴露了，万一到时候像窑厂那样，大家都被关起来做科学研究……”

也有道理，不过都不是她该操心的事了。

易飒耸了耸肩：“让丁盘岭去盘算好了，反正他年纪大、经验足、做事比我们妥当，该知道的又都知道了，手里头还有照片，有图有真相……”

说到这儿，心里蓦地打了个突，刹了口。

宗杭奇怪地看她：“怎么了？”

易飒没立刻回答，想了好一会儿，才迟疑地问他：“你拍的那些照片上，确定没我？”

宗杭很肯定，就差拍胸脯保证了：“真没你，拍人的，只拍了丁玉蝶，就怕把你带进去。”

易飒喃喃：“不对，不对，这样反而不对……完了完了，错大发了。”

宗杭还是没回过味来。

易飒给他解释：“常理来说，进了金汤穴，丁玉蝶是领头的，我是水傀儡，这种场面，你作为在场唯一有意识的人，一定会拍下来的，拍到了是正常，刻意回避才会惹人怀疑，更别说拍完了一卷胶卷，连我的衣角都没拍到。”

宗杭试图挣扎一下：“那万一，就是我没注意、没拍到呢？”

易飒说：“你要知道，我的情况特殊，我是从三岁多被怀疑到大的，任何一点反常的，都会激发他们的联想。还有就是，你的出现，已经证实了外貌没有畸变的例子是存在的——我最初为了转移视线，说你时不时会发病，但其实，你只是在见丁长盛时假装发了一次病，那之后，全是正常的。”

宗杭也蒙了：人真是不能有半点秘密，一时疏忽，没有精心掩盖，就有被起底的危险。

他寄希望于侥幸：“他们不一定会发现吧？看他们那长相，也不像聪明人。”

易飒差点被他气笑了：“聪明是长脸上的？丁玉蝶一脸精明，还不是生了个蛾子脑袋？”

秘密想要藏得牢靠，就不该看低每一个人的智商，假设这事已经暴露了……

易飒两手绞得死紧，脑子飞快地转着，只转得颅内忽忽生凉，半天也没想出什么行之有效的补救法子。

宗杭也在拼命想，照片是自己拍的，他总觉得大部分责任在自己。

想到后来，忽然豁出去了："怕什么，暴露就暴露了呗！"

易飒吓了一跳："哈？"

宗杭说："如果现在的推论都成立的话：祖师爷是上一轮人类吧？丁盘岭他们是上一轮人类的后代，我们是上一轮人类安排的人，半斤八两的，谁也不比谁矮一截。这样，易飒，丁盘岭他们如果要动你，你就说，你已经在外安排了人，你要是出事了，那人就会把三姓的秘密捅出去，一荣俱荣，一损俱损，要死一起死，谁还没捏点底牌在手里，谁怕谁啊。"

易飒惊讶地看着宗杭。

这小样的，良善脸庞白净面皮上，居然还带出几分泼皮无赖气质。

宗杭被易飒看得心虚，下一秒就尿了："我……我是跟电视上学的，是不是……行不通啊？"

易飒扑哧一声笑出来。

不过说实在的，路歪也是路，没准真能走。

壶口的事了了，所有人都要撤，丁盘岭差人来问易飒他们要不要同车回去，易飒早懒得戴一张假面皮在他们面前应付了，借口路上还要办点事，分道走。

于是大部队先行，顾及礼节，易飒下楼来送，趁着一群人乱哄哄装载行李的时候，过来找到丁长盛，也不说什么事，只笑盈盈打招呼："丁叔。"

丁长盛愣了一下，瞬间就懂了，他四下看看，指了指院子一隅："过去谈。"

易飒顺从地跟着他走到院子角落里，也不吭声，一脸的"你说什么就是什么"。

丁长盛话里有话："飒飒，你可真是……不达目的誓不罢休啊。"

易飒记得，丁长盛有句口头禅：聪明的人适可而止，愚蠢的人誓不罢休。

所以这"誓不罢休"，肯定不是在夸她。

易飒笑起来："丁叔，一条人命呢，总不能当忘了。"

丁长盛也笑："没忘，我记着呢，只是这些日子忙，没来得及跟你说。"

他清了清嗓子："是这样的，飒飒，我让人调查了一下那个陈禾几，其实啊，他也不是什么好东西，你知道他为什么躲在柬埔寨不敢回来吗？他……"

易飒马上打断他："丁叔，死者为大，人都死了，就别说死人长短了吧。陈禾几一定犯过事，这我知道，但这跟丁碛杀他是两码事。我朝你要说法，你去找证据证明陈禾几不是个好东西……丁叔，做事不是这么做的。"

这伶牙俐齿的，确实不是好糊弄的主，丁长盛以退为进："那你想怎么样呢？我把丁碛交给你，你一刀捅了他？"

易飒想说什么，丁长盛没给她插话的机会：“……当然不可能，你做不来这事。

“或者让他投案自首？去柬埔寨投案？但陈禾几在那儿，就是个偷渡的流民，连个被承认的身份都没有吧？而且据我所知，柬埔寨法律执行不是很严，花钱能摆平不少事儿。”

易飒心里开骂，脸上还得客气：“那您这意思，就是……算了？”

都用上“您”字了，看来话要往软了说，丁长盛笑呵呵的：“当然不是。飒飒，其实你是耍滑头，你也不知道该怎么解决：一命抵一命，你不愿意脏了手，投案自首，又行不通。

“但陈禾几是你朋友，就这么算了你又觉得对不住良心，所以把球抛给我，让我出方案，对吧？”

易飒一时语塞。

丁长盛叹气：“所以啊，你为难，我也为难，尤其丁碛还是我干儿子，很多事他是为了三姓去做的，不然，他跟陈禾几无冤无仇的，犯得上杀他吗？飒飒，法庭审理判决，还要个一两年呢，你给丁叔多点时间，让我好好考虑一下，再说了，现在又整出什么息巢、复活的事儿，正是用人的时候，暂时留着丁碛，跑跑腿也好啊，没准哪天能派大用场呢……”

正说着，宾馆大门处响起车喇叭声：那是车上的人等得不耐烦了。

丁长盛和颜悦色：“就先这样好不好？你也别不高兴了，你丁叔还能跑了不成？早晚都得给你解决这事的……行了，我先过去，咱们晚点再见。”

易飒眼睁睁看他走远，这才意识到，自己被人很高明地“晃点”了。

像求人办事，一趟趟跑断腿，对方郑重其事地表示“一定解决”，然后遥遥无期。

易飒头一次发觉，自己还是嫩了点。

丁长盛进了车子后座，身子窝进皮质靠椅里，长长叹一口气，又拿手捏捏眉心。

丁碛慢慢发动车子，转弯时，忍不住回头看了一眼还立在原地的易飒。

他总觉得，这两人聊了那么半天，聊的应该不是什么上一轮文明的事，易飒想聊这个，该去找丁盘岭才是。

出了宾馆大门，他从车内后视镜里看了眼丁长盛，小心翼翼问了句：“干爹，刚和易飒聊什么啊？”

丁长盛说：“没什么。”

丁碛没再追问，这么多年，他已经习惯丁长盛的性子了：他说“没什么”时，通常就表示有什么；而有些事，他也不会直截了当交代你，总是不经意地、自言自语地让你闻弦歌而知雅意。

说好听点，叫“说话的艺术”，说不好听点，就是“当婊子还要立牌坊”。

果然，过了会儿，丁长盛又叹了口气：“陈禾几交了个好朋友啊。”

丁碛笑笑：“你说易飒啊？”

“是啊，这年头，能为朋友这么尽心尽力的人不多了。真是……逼着我给交代，年轻人脾气大，我这把老脸，低三下四的，说多少好话都没用，唉，也真是累。”

他又伸手去捏眉心：“好歹又拖了几天，下次还不知道怎么应付呢……飒飒这姑娘，就是太较真了。”

路口亮红灯，丁碛踩了刹车，看人行道上人来人往。

过了会儿，轻声说了句：“我知道了。”

【04】

丁盘岭他们前一天离开，易飒第二天一早动身。

她从当地丁姓那借了辆摩托车，说好了还到太原就行——虽然大事已了，但指不定还有什么鸡零狗碎，她计划回到太原之后，先等几天，探探消息，确定没自己的事了，再回柬埔寨不迟。

还给宗杭也拟了计划：“你可以考虑回家的事了，别让人说，养个儿子还不如养张明信片。”

宗杭为自己辩解：“我那是策略！在事态未明之前，保护自己也保护家人的策略。”

易飒白了他一眼：跟丁玉蝶长了同款脑袋，还口口声声策略，好像策略跟你很熟似的。

反正没压力，也不赶时间，回去的大部分车程，交给宗杭来开。

宗杭一路开得四平八稳的，瞅了个空子，期期艾艾：“易飒，回柬埔寨之前，你不去我家坐坐吗？”

“为什么要去你家坐？”

“我欠你钱啊，这么多天，吃你的，喝你的，欠了你好多钱，你不去拿吗？”

“给你个账号，你估算一下，意思意思打给我就行。”

“那……你有固定地址吗，我以后怎么找你啊？”

“你出得来吗？你回家之后，你爸妈不得二十四小时看着你？你以为你还能被放出来呢？”

宗杭不吭声了，还有点来气：易飒怎么这么没人情味呢，分手在即，他拼命想办法创造再把两人往一起拉扯的机会，说一句她堵一句。

不说了，气着了，过两天再继续想办法。

易飒搂着他腰，淡定地沿途看风景，假装并不在意他突如其来的沉默。

她发现自己真挺喜欢欺负宗杭的，他一提东，她专扯西，就爱看他暗戳戳气鼓鼓又不吭声的样子。

中午，在一家自助的馆子吃饭。

馆子装修得小资，有几样招牌菜需要自取，不过取餐也蛮有特色：隔着面大玻璃，可以看到师傅在里头备餐，制作过程还挺有趣，不少人围着看。

易飒也凑上去看热闹，找位置的活交给宗杭。

餐馆里人多，宗杭挤了半天才找到一张二人桌，餐号牌摆上去之后，老实坐等。

正等得不耐烦，耳畔忽然传来一句吞吐的话：“帅哥？”

什么？帅哥？如此独特的称谓，必然是属于自己的，毕竟刚坐下时，他看过四周食客，仅有的两位同性，一个头发花白，一个肚腩高挺，方圆五米内，只有他能与这头衔相匹配。

宗杭赶紧抬头。

居然是个大学生模样的年轻姑娘，挺漂亮的，绯红着脸，样子有些局促。

她身后不远处那一桌，都是年轻姑娘，四五个，都一脸兴奋地看这边，或挤眉弄眼，或佯装咳嗽。

估计是一个宿舍的，或者一起旅游的。

那姑娘大概也是觉得他年纪相仿，结结巴巴改了称呼：“那个，同学，可以加个微信吗？”

宗杭奇道：“你是不是玩游戏输了啊？”

以前，他那帮损友也常玩这套，输了的话去朝指定的人要个号码、表个白什么的。

那姑娘扑哧一声笑出来，觉得他挺好说话的，就没先前那么放不开了：“不是，就是想……认识一下。”

她那帮朋友咳嗽得更大声了，还有一个试图吹口哨，就是技术限制，没能吹响。

宗杭愣了一下才反应过来，这下轮到他局促了：“加……加微信啊？”

正说着，身后忽然传来易飒的声音：“不好意思，让一下。”

宗杭头皮一炸，怪了，明明他什么都没做，慌得跟被捉奸在床似的。

那姑娘还以为自己挡了食客的道，赶紧往侧面挪了挪，挪完了才发现，易飒搁下餐盘，直接坐到了宗杭对面。

她一下子蒙了，一张俏脸涨得通红："不好意思，我以为你是一个人，我不知道……"

易飒别提多客气了："没有没有，你误会了，不是你想的那样，你们继续，不用管我。"

说完了，笑嘻嘻撕开一次性筷子的纸袋。

所以，不是女朋友吗？那姑娘也搞不清了。

事情不能总这么僵着，宗杭抱歉地朝那姑娘笑笑："不好意思，我没法加，我没手机。"

那姑娘一愣，眸中掠过显见的失望，顿了顿低声说了句："现在谁还没手机啊，不想加直说就行，没关系的。"

易飒一口汤含在嘴里，音调模糊地帮宗杭解释："不是，美女，你误会了，他没撒谎，真没有，他是手机刚被人偷了，要么你留个号，他买了新的之后，就会加你的。"

那姑娘有点尴尬，想撤退，周围那么多人看着，又觉得太下不来台，只得硬着头皮朝路过的服务员借了笔，在餐巾纸上潦草地留了个号，心里打定主意：就算宗杭真加她，她也不加了。

这种临时起意，朝人要联系方式的事，真是太不靠谱了，网上那些邂逅帖，估计都是写手编的。

有了这个插曲，接下来这顿饭，怎么吃怎么不对味儿，宗杭觉得凳子上长针，坐得好不舒服，偏易飒还吃得慢条斯理的，结束时拿纸巾擦了擦嘴，说："看不出来啊，你还挺受欢迎的。"

宗杭嘀咕："又不是我让她来的。"

易飒鼻子里哼一声："走了，别落了东西，尤其是人家号码，可得拿好了。"

说完，头盔一拎，趾高气扬地出去了，宗杭怪没劲地跟在后头，出门一看，易飒已经跨上车子轰油门了。

宗杭奇道："不是我开吗？"

"哪那么多废话，快点，赶时间。"

这一路不是挺悠闲吗，怎么突然又赶时间了？

宗杭只好跨上后座，屁股刚落稳，车子就出去了，那叫一个风驰电掣，急转拐弯都不带缓冲，乘客感受别提多差了，好不容易终于驶得顺畅，忽然又来了个猛停。

没交通灯没堵塞的，停这儿干吗啊，宗杭正纳闷，易飒摘下头盔，朝右手边的一间门面努了努嘴。

循向看去，是家电信营业厅。

宗杭没反应过来："你要充话费？"

易飒回答："给你买个手机，免得耽误了你人生大事，日后怪我。"

什么人生大事？谁有人生大事了？

宗杭坐着不下来，目送着易飒往台阶上走，大叫："没身份证，办不了！"

易飒回头瞥了他一眼，笑得可和善了："用我的啊，我没电信的号，可以办了给你用。"

当天晚上，在灵石住宿，照例的双床间。

晚饭过后，宗杭坐在床上摆弄新手机，说真的，这么多日子没碰手机，忽然解了禁，感觉怪怪的。

不过是该逐步恢复对外通信了，宗杭下载了微信 App，注册了资料，搞定了头像。

接下来……该加好友了。

他瞥了眼易飒。

她正坐在床上看电视，目不斜视的，事实上，把手机交给他、吩咐了句"可得赶紧加人家姑娘啊"之后，她就没怎么正眼瞧过他，虽然笑容还是很客气，但笑得伪善，客气里有鬼，当他看不出来呢。

宗杭犹豫了一会儿，起身走到她床边："易飒，我们加个微信好友吧？"

易飒没看他，就跟《新闻联播》是多么吸引她似的："天天见面，有必要吗？"

宗杭说："过几天不就要分开了吗？到时候你回柬埔寨，我回家，大家总得留个联系方式吧？"

这理由，不好堵回去，也不好反驳，易飒没吭声，过了会儿手机拿起来，调出二维码，一副很不耐烦的样子。

宗杭赶紧扫了码，发送朋友申请，瞥见易飒点击确认，心里别提多开心了：他空荡荡的朋友名录里，有了第一个好友，第一个，很重要，很有意义。

躺到床上，宗杭点开易飒的资料。

她就叫易飒，没昵称，头像是片水，应该是洞里萨湖吧。

又点进她朋友圈。

有点失望，易飒不喜欢发东西，里头一片空白，他还以为，可以偷偷看她既往的朋友圈，看一晚上呢。

只一个联系人，看着孤零零的。

再加谁好呢？

童虹和宗必胜先等两天，馆子里那姑娘就算了，不熟的人，他聊不来，再说了，易飒也不喜欢，还有……

他忽然想起了什么，一骨碌爬起来，从行李包里翻出一张字条。

井袖留给他的，说是既是手机号，又是微信号。

朋友一场，他得问问后续。

他先在微信里申请了好友，预备着没回应的话就再发条手机短信，没想到那头很快通过了，还发来半信半疑的一条："真是宗杭？"

打字不好证明，宗杭索性发了条语音过去："井袖，是我，你现在怎么样？还好吗？"

其实他想问问她，有没有跟丁碛做个了断。

易飒也听到了，顺手把电视调成静音。

过了会儿，井袖回了条信息过来：听说你们要回来了，到时候来找我玩啊，见面再聊。

后头跟了一串地址。

宗杭把信息读给易飒听："你觉得……她是什么意思？"

易飒冷笑："听说，听谁说？还不是听丁碛说，那就说明，她还跟他在一起呗，地址都给出来了，就是约见面呗。"

宗杭说："这我知道，关键是，跟井袖好像没什么需要面谈的大事。"

易飒心里明镜一样："那就是丁碛约的呗。"

丁碛？宗杭纳闷："他约我？"

易飒说："约我。"

宗杭怔了一下。

这两天来的好心情，那种好久都没有过的松快、舒坦，因着这个名字的出现，忽然全泄了。

易飒看出了他的心思："没事，大事应该没有，就是陈秃的事儿收个尾。"

没大事吗？

宗杭总觉得不踏实，睡下后翻来覆去，做了好多乱七八糟的梦，还有一次梦见易萧：她不声不响地站在黑暗里，就在宗杭几乎以为她是一尊逼真的蜡像的时候，她又忽然叹了口气。

这叹气让人觉得天很暗，地很荒，心里很空。

空到梦都被绷破了。

宗杭在黑暗里醒过来，惆怅地躺了会儿，拧开自己这一侧的床头灯，动作尽量轻地去了趟洗手间。

回来的时候，睡眼惺忪，蔫蔫地伏到床上，正想伸手关灯，忽然愣了一下。

他看向易飒的床。

床头灯的光很弱，易飒的床还隐在暗里，但她枕头那一处，有大片的深色轮廓。

宗杭心底升起不祥的预感，他手指发颤，顺着床头那一排开关摸索过去，按下了大灯。

一片骤然而出的光亮里，他看到易飒，确切地说，是整个头，几乎枕在了血泊里。

易飒……是死了吗？

宗杭脑子里全空了，喉头发干，想叫她的名字，嗓子却嘶哑着发不出声音。

再然后，他看到易飒睁开眼睛，问他："你怎么了啊？"

【05】

下一秒，易飒就觉出不对劲了。

宗杭没想到，易飒比他还慌，几乎是从床上跌滚下来的，拿手抹甩着脖子上的血，大叫："怎么了？我怎么了？"

从这利落的身法来看，不像是受了什么致命伤，宗杭赶紧从洗手间拧了条湿毛巾出来递给她，易飒接过来，迅速在头颈处擦了一圈：没伤口，真的没伤口。

难不成床上有什么东西？宗杭想起以前看过的一部黑帮电影：里头的人也是自满床血泊中惊醒，掀开被子一看，才知道是自己熟睡的时候，被窝里被人塞了个剁掉的马头。

两人对视了一眼，易飒心一横，一把掀开被子。

没有，被子里没别的东西，只有头颈处那突兀的一大摊血。

怔了会儿之后，宗杭又急急检查门窗：窗户是关好的，门也是打里头闩上的，不可能是有人趁二人熟睡时进房、往易飒枕边泼了血——再说了，真这么做，用意是什么呢？

百思不得其解，干站着又无济于事，易飒只好拿了套新的换洗衣服，先进洗手间冲洗：莲蓬头一开，热水自头顶冲下，被血打成结绺的头发慢慢化开，脚底下蓄了一摊血色越来越淡的水……

易飒的手指在发间来回梳弄了一会儿，正想去按洗发液，脑子里蓦地闪过了什么。

她身子一僵，急急关停水龙头，裹了浴巾冲到浴镜前，侧偏了头，把左侧的头发拨向一边。

她记得，耳根下，被许多柔软碎发遮盖的那一处，有四个颜色浅淡的、胎记般的色块。

目光及处，她脑子里嗡了一声。

四个色块还在，但是颜色赤红，乍一看，像指腹无意间印抹上的朱砂，虽然摸上去并无异样，不疼，也没破皮，但易飒有强烈的直觉。

枕边那一大摊血，就是从这儿……流出来的。

易飒从洗手间出来时，宗杭正费力地把她那张床上的褥垫卷起："从床单到褥子都脏了，不好睡了，估计也不好洗，咱们走的时候赔点钱就行……你睡我的床吧，我睡沙发。"

易飒嗯了一声，她脑子里有点飘，不想说话，也懒得想东西，只机械地走到床边躺了下去。

躺了没多久，忽然又爬起来，进了洗手间窸窸窣窣，也不知道在鼓捣什么，俄顷又出来，重新躺下。

直到宗杭关了灯，她才偷偷把一厚叠折得齐整的卫生纸垫到了颈后。

后半夜，易飒再也没有睡着。

她反复想着两个场景。

一是在浮村，丁碛拿折断的牙刷柄连戳了袭击他的易萧十三下，但牙刷柄上，没有血。

二是在鄱阳湖底的金汤穴，姜骏咬了易萧的喉咙，但易萧的喉间，同样没有鲜血喷涌而出。

易萧的血哪儿去了？会不会像自己这样，不知不觉、旷日持久地流干了？

因为这事，第二天跟宾馆好一通拉锯：赔钱还是小事，值班经理看到那么多血，怎么也不相信只是宗杭无意间割到了手，尽管他煞有介事地在手腕上缠了厚厚的一圈纱布——于是又是调监控又是请示老板，到中午时，才半信半疑给两人放了行。

这一耽搁，傍晚才到太原。

进了市区，等红绿灯的当儿，宗杭问易飒："咱们直接去井袖那吗？要不要先给她打个电话，让她知道我们来了？"

易飒说："直接去，不打。"

自昨晚之后，她情绪就一直低落，恹恹的很没精神，宗杭也就不大引她说话，私心里，他也怀疑那血是她自己流的，所以路上用餐时，他尽量捡那些补血的食物点——任谁流了那么多血，都会伤元气，补一补总是没错的，好在现在有手机了，搜什么信息都方便。

他循着导航，把车子一路开到井袖给的那个地址。

是家装修老旧的宾馆。

找到房间，按了铃，开门的正是井袖，手里还攥着一次性方便筷，屋里一股子浓浓的酱汤味。

见到宗杭，井袖有些尴尬："没想到你们这个点来，我刚好在吃饭。"

边说边把两人让进屋里。

进了屋，易飒目光四下溜了一遍：丁碛不在，茶几上有一碗吃到一半的外卖汤面，是在吃饭。

她也不废话，直接问井袖："丁碛呢，是不是他让你约我们见面的？"

井袖点头："是，昨天宗杭加我好友的时候，丁碛正好也在，他就说，约你们聊一下。但你们也没说什么时候来……我发条信息给他，跟他说一声。"

她拿起手机发短信，发完了，干站在原地，觉得干什么都不合适：不敢抬头看宗杭，怕他问起自己和丁碛的事；也不敢和易飒对视，总觉得她咄咄逼人；继续吃面吗？更离谱。

然而怕什么来什么。

宗杭实在忍不住了："井袖，你怎么还跟他在一起啊？真的，你一定要离他远一点，他不是好人……他是不是死不承认？"

井袖勉强笑了一下，语意含糊地说了句："也……不是。"

其实那天，从宗杭那回来，她就忍不住问丁碛了。

私心里，她希望他否认：宗杭虽然不大会撒谎，但怎么说都是一面之词，她想听听丁碛的解释，哪怕是法院审理定罪，还得给犯人发言的权利呢。

当然，问的时候她也做好了准备：真是真的，那得趁早抽身，女人得聪明点，不能让感情冲昏了头，杀人犯这种事，可不是闹着玩的。

哪知道丁碛听了，什么表情都没有，看了她一会儿，忽然就笑了，笑到末了，脸上现出疲态，说了句："井袖，你这么着就没劲了。

"我跟你在一起，没别的意思，就图个轻松自在。我不想找个女人来翻我前半生、教我做人，或者当菩萨度化我，没劲，用不着。

"我没强迫过你，也没算计过你，你去留随意。"

说完就走了。

就是这个意想不到的表态，把井袖搅得没了主意，思前想后，想到的都是丁碛对她好的地方。

他从来也没坑过她，相反地，她联系不上易萧也找不到宗杭，无依无靠、进退两难的时候，是丁碛过去接上她的。

还有，她被人抢劫，几乎要走投无路的时候，也是他想办法，帮她找回包的。

自己算还跟丁碛在一起吗？

不知道，说不上来，她只是继续留在宾馆的房间，还没走而已。

而昨天晚上，丁碛过来，也只是看看她走没走。

见到人还在，似乎挺欣慰，问她："能做个按摩吗？怪累的。"

她就帮他做了，也知道他没撒谎，他身体的每一处都累，紧绷、警戒、不放松，即便是她的技法，都没能让他完全松弛。

按摩到一半，宗杭发了好友申请过来。

她捧着手机发怔，有点不敢点那个通过，觉得辜负朋友一片好心——宗杭都已经把话说得那么明了了，自己还在这摇摆不定。

丁碛问明白是宗杭之后，说了句："约他见个面吧。"

井袖愣了一下，她记得宗杭很反感丁碛。

丁碛好像猜到了她的心思，补了句："他一直跟易飒在一起，易飒会懂的。"

但这些百转千回的心思，怎么去跟宗杭讲呢？

好在，丁碛的信息回得很快，给她解了围。

——请易飒一个人下来，我就在边上的巷子里，有话跟她说。

易飒没什么异议，倒是宗杭腾一下跳起来："为什么要一个人下来？不行，井袖，你跟他说，我也要去。"

易飒觉得多此一举："怕什么，这里又不偏，他还敢把我杀了？再说了，他真动了杀心，你去了，还不是多死一个？"

说着瞥了井袖一眼："这不是还押了一个吗？他真杀我，你就把她杀了好了。"

这什么逻辑啊！宗杭还没来得及抗议，易飒已经开门出去了。

屋里只剩下自己和井袖了，好像回到了在柬埔寨时两个人缩在几平方米大的洗手间里，互相支撑的日子。

宗杭总觉得井袖在入火坑："井袖，我跟你说，江山易改，本性难移，我了解丁碛比你多，我觉得……"

井袖笑着岔开话题："道理我都懂，不聊他了……你呢，你这些日子，都跟易飒在一起啊？"

"是啊。"

井袖看出来了，一提起易飒，宗杭就有种藏不住的小欢喜，眉眼间、唇角上，都会瞬间现出掩也掩不住的激动。

"那你追她了吗？"

宗杭迟疑了一下："你这追……是什么意思啊？"

"就是你挑明了吗？表白了吗？"

宗杭吭吭哧哧："没有，我觉得，时机好像还不是……很合适……"

说不清楚，很多想法。

——自己好像还不够好，不够厉害。

——总有很多事烦心，息壤那档子事刚过去，昨晚又出了那么诡异的状况，易飒哪有空理他这点心思啊，说不定还会嫌他不识趣。

——还有，表白，总得选一个特别的时机和场合吧，让人终生难忘的那种，不能草率……

井袖奇道："你哪那么多事呢，还时机，不就一句话的事儿？"

宗杭没吭声。

什么一句话的事儿，这叫人生大事！

"那些相亲的人，还不就是见了个面，感觉还行，就开始交往了？你们都这么熟了，同吃同住的，你就先把关系给确定了呗。"

宗杭被她唠叨得心烦意乱："哎呀，井袖，你不懂！"

"我不懂？"井袖差点被他气乐了，"说别的我不懂，我也就认了，这个我不懂？"

"我告诉你啊宗杭，夜长梦多，手快时有手慢无，有时候拖一天，是二十四小时，有时候拖一天，叫物是人非，追悔莫及。你可以不动，但万事都在动，别等你想动的时候，无路可动了。"

宗杭哼了一声："一套套的。"

井袖说："是啊，我爱读书呗。"

易飒拐进边巷。

这巷子其实不算偏，巷口处还不时有人经过，就是太长了，越往里走人越少。

快到底时，看见了丁碛，倚在墙上抽烟，巷子里没灯光，一张脸全罩在暗里。

易飒在距离他两三步的地方停下："什么事啊？"

丁碛没立刻回答，他把烟掐了，烟身在手里碾磨了会儿才开口："给条活路。"

易飒没听明白："哈？"

丁碛没重复，只抬眼盯着她看。

易飒渐渐反应过来，第一个感觉就是荒唐。

"你杀了那么多人，给过别人活路没有？我只不过是让丁长盛给个说法，就成了不给你活路了？说这话，不觉得自己不要脸啊？"

丁碛沉默了一下："要么这样，你想怎么样，想好了告诉我，我给你个交代。别再去找我干爹了，这样对你、对我，都好。"

易飒想说什么，丁碛没给她机会："你是个聪明人，好好想想我这话，没准有一天你会发现，我其实是在救你。

"不过，给你交代的事，我估摸着，你多半没什么想法。也许你觉得，要是老天能出面把我收了，就皆大欢喜了。"

他抬眼看头上的天："老天爷天天收人，你耐心一点，没准哪天就到我头上了。"

说完了，转身就走，行不到两步又停下："对了，你上次那个推理，挺像回事的，不过可能全跑偏了，送你四个字，一面之词，自己慢慢琢磨吧。"

【06】

丁碛刚走出巷子，手机就响了。

伞头阴歌，丁长盛，不知道又要催他干什么事儿。

丁碛拿手掌捂住手机音孔，将那音量捂低，过了几秒，又觉得这举动像掩耳盗铃。

他接起手机。

丁长盛语气有点急："丁碛，你……你没对易飒他们做什么吧？"

什么意思？

丁碛心里一动，故意迟了一两秒才答："没人让我对他们做什么啊。"

丁长盛这才意识到自己的失态，咳嗽了两声以掩饰过去："是，我是怕你一时脑热，做错了事。你……赶紧过来一趟，丁盘岭找你有事。"

看来，是事情有变化了，不然丁长盛的态度不会前后相差这么大。

丁碛很快赶到丁长盛的住所。

这两天，丁长盛家成了临时的集散地，丁盘岭和一些丁家的子弟都在这落脚。

人一多，房间就不够住，客厅虽大，两三张床一支，立时拥挤，连带着整间屋子的气质都变了，以前是冷清、空旷，现在闹腾得跟多人旅馆似的。

拖鞋也不够换了，丁碛犹豫了一下，直接穿着鞋走了进去。

丁盘岭和丁长盛都在书房，只不过宾主有变——属于丁长盛的座位上坐着丁盘岭，正挪动鼠标，仔细看电脑上的内容，作为主人的丁长盛反而站在一边，半躬着腰同看。

见丁碛进来，丁盘岭朝他招手，同时把笔记本电脑的屏幕往外挪了挪："你过来看。"

屏幕上是一张照片，拍的是地面，草虽然绿了，但萧疏得像是地表的点缀。

丁碛心里有数了："三江源？"

丁盘岭嗯了一声："你看前一张，对比一下。"

照片往前跳转，拍的是另一处地面。

好像没什么特别的，都是地。

丁盘岭笑了笑，把无线鼠标推过来。

丁碛知道这是让他自己揣摩，心里有点紧张，怕找不出玄虚让人看扁了。

他握住鼠标，反复对比看两张照片，还几次放大看细节，忽地眼前一亮，脱口说了句："地旋，前一张上地面上有个地旋，仔细看就知道，那一处的草都受到影响，排列得像漩涡形状。"

丁盘岭笑起来："眼神不错，你再往后翻。"

后面还有吗？丁碛忙往后翻页。后一张也是照片，但色泽和感觉明显很老，应该是过去的那种胶片照片扫描上传的：拍的同样是地面，寸草不生。

丁碛把屏幕摆正，身子往后退、再退，离得越远越能看得出轮廓：这张上也有个类似的椭圆漩涡，虽然不长草，但土壤颗粒的走向给了提示。

丁碛抬头看丁盘岭。

丁盘岭知道他看出来了，先解释那张老照片："1996 年，三姓去开漂移地窟，结果出了事。长盛他们到现场之后，怎么找也找不到那个洞了。但幸亏他们做事仔细，在那一带停留了好几天，拍了很多地面照片，这张就是事后被选出来、大家一致觉得比较特殊的。

“洞一定是存在的，漂走了也正常，本来就叫‘漂移’嘛，但地可不是天，天上飞了鸟可以不留痕，这地上出现了个洞，又填上了，填得再精妙，总该会留点痕迹吧。”

丁碛一下子反应过来：“你的意思是，这种很浅的旋痕，就是漂移地窟消失之后留下的痕迹？”

丁盘岭点头。

丁碛心跳得有点厉害：确实，万事都会留痕，没有百分百恢复如初这种事。

丁长盛清了清嗓子，很是自得：“这痕迹很隐秘了，接近于无——想想看，三江源那么大，常住人口没几个，谁会没事拿着放大镜去看脚底下的地是不是有旋？就算发现了，想不明白原因也就放过去了，再说了，一个地旋和另一个地旋之间，差了不知道多远呢，要不是当年我们拍了照片，真挺难发现的。”

丁盘岭感喟：“是啊。”

他重又看向丁碛：“你可能也知道，这些年，我们一直有人在三江源那守着，尤其是1996年之后，加派了不少人手，任务就是追查漂移地窟，对外假称是搞地质的，其实做的事就是这个，成天看地、找痕迹，不容易啊，一个个的，颈椎腰椎都犯了病。”

说到这儿，苦笑出声。

丁碛没插话，耐心等下文。

“好在，这么多年下来，工夫不是白费的，我让他们对应着三江源的地图，把所有有地旋的位置都标出来、连成线……”

丁碛脱口说了句：“你是想找它的活动轨迹？”

丁盘岭对他的反应很是满意：“三江源确实很大，但去跟一个省、一个国比，它又实在太小了。上千年来，漂移地窟只存在于三江源、只在这个范围内活动。

“拿大部分人来说，你如果每天都记录他的活动轨迹，然后在电脑上把他一年的活动轨迹做个叠加，你就会发现，除了几次出差旅游外，他的活动空间基本只限于所在城市的某一块区域，而他最经常的活动路线无非在家以及公司、学校间往返，非常规律。

“虽然漂移地窟不是人，但我还是觉得，它不可能移动得杂乱无章，一定有自己的轨迹，而且对这轨迹，我们已经追踪了很久，你想想，飒飒讲了那个故事之后，我就说要找漂移地窟，没一定的底气，哪敢说得这么轻松，没这么多年的积累，上哪去找啊。”

丁碛明白了：听这意思，找到漂移地窟应该指日可待。

丁盘岭这才把用意和盘托出：“听说飒飒和宗杭也到了，这两个人的情况很特殊，进漂移地窟，多半要倚赖他们。所以我刚跟长盛说，要麻烦你盯紧他们……”

说到这儿，似是意识到用词不当，自嘲地笑笑：“说‘盯紧’太严重了，也就是关注一下他们的动向，别关键时候找不着人，就这事，其实打个电话说就行，长盛慌里慌张的，非把你叫过来。”

他双手撑着桌子站起：“行了，你们聊吧。我在这坐了半天，腰都硬了，下去跑两圈。”

丁长盛跟丁碛也没什么可聊的，相反，因着这转折，丁长盛挺没面子的，说不到两句话就把他打发了。

丁碛出了门，急急坐电梯下到底楼，四下张望了一会儿，不见有人。

他有点不甘心，一路找去了小区的户外器械活动场地，也没收获。

正恹恹地，身后传来丁盘岭的声音：“找我啊？”

丁碛背脊一紧，迅速转身，看到丁盘岭慢悠悠地从一丛树影后转了出来。

小区绿化太好，浓荫密树的，太多视角盲点了。

丁碛喉头发干，想客套两句，又觉得在丁盘岭面前，不用打什么马虎眼：“岭叔，我想跟着你学东西。”

丁盘岭笑了笑：“你不是水鬼，跟着我有什么好学的？再说了，掌事会那么忙，我调你过来，也不合适。怎么好端端的，想起要跟我学东西来了？”

丁碛说：“想给自己找条活路，怕跟着我干爹，路越走越窄。”

丁盘岭没想到他说得这么直白，顿了会儿才说：“掌事会怎么做事，我没管过，也管不着……不过听说过一些，你干爹有时候做事，是太生硬了一点。”

丁碛心一横：“岭叔，我十几岁的时候，就帮我干爹处理过撞破窑厂秘密的人，因为开了这口子，什么事都是我，做过多少事，我也不想说了……我挺烦的，不想一条道走到黑，你需要用人，我能办事，我想以后帮你办事，我干爹那边，我就不掺和了。”

丁盘岭看了他一会儿：“你当年发过誓，做绝户入三姓，现在知道了三姓那么多秘密，走是走不了了，留下来的话，不想跟你干爹撕破脸，又不想继续做脏事，所以把我推出来，让我出面，丁长盛就没话讲了，不行也得行，是吧？”

“虽然大家都是丁姓，但你是丁长盛养大的，你投到我这儿，在大家眼里，本质就叫‘改换门庭’……”

丁碛心里一凉，觉得大概是没指望了。

“不过现在是非常时刻，我确实需要用人，调用谁都不过分。但我得提醒你，你说跟着我是想给自己找条活路，我这条路可未必是活的——你考虑清楚再做决定，真决定了的话，我可以去开这个口。”

考虑清楚了。

良禽择木而栖。

丁盘岭一定是比丁长盛更繁茂的那一棵。

反正都要住宾馆，宗杭索性就定在了井袖这一家，同一楼层。

这样万一有什么事，也好有个照应，他也能争取到更多时间，再拯救井袖一下。

住下之后，宗杭又把那本格斗书翻了出来，这两天接连发生的事，让他觉得后面还会有风波：而不管发生什么状况，让自己更强一点总是没错的。

他练了几招抓手，又下地去做俯卧撑。

易飒则一直盘腿坐在床上，握着笔在面前的纸上写写画画，偶尔念念有词：“一面之词？我什么时候一面之词了？”

宗杭第N次撑起身子：“他故意的，说点不清不楚的话，就是想让你睡不好觉。”

脑子出不上力，还在这帮倒忙，易飒没好气，顺手推在他背上，宗杭胳膊早就发颤了，哎哟一声肚皮着地，索性就趴着了。

易飒忍住笑，又拿手机查了“一面之词”的意思——

争执双方中一方所说的话。

她跟谁争执了？她全是推理啊，而且特别客观，有理有据的，从没跟人争吵过啊。

一面之词，一方所说的话……

电光石火间，她忽然想到了什么，脱口说了句：“我明白了！”

宗杭赶紧撑起身子，把脑袋搁上床沿：“哈？”

“我们看到的还有脑子里闪过的一切，都是‘它们’提供的，它们给了素材，如同给了拼图的碎片，我整理成了故事，也只能整理成这个故事，也就是说，这故事其实不是我讲的，而是它们通过我的嘴讲的。”

这话有点拗口，宗杭尚在费劲地一句一句消化，易飒已经循着新的方向一路狂奔了。

“这样一来，我们就会觉得它们跟我们一样，没什么特殊的，甚至会放下戒心，欢迎它们……”

“它们为什么想让我们觉得它是友好的？这恰恰说明了它们其实并不友好，它们假装自己是上一轮的人类，其实不是，那它们是谁？人工智能？”

人工智能还能复活？这玩意儿难道不是通个电、联个网就能大杀四方了吗？

她自言自语了N次之后，智商落后的宗杭终于吭哧吭哧赶上了进度。

他发表意见：“不一定啊，也许都不是呢。”

什么意思？易飒头一次觉得自己智商不够用了。

很难理解吗？宗杭来劲了，他特别珍惜这种机会，绝少的、能向易飒展示自己智商的机会。

“它们撒谎了是不是？”

“是啊。”

“那就有两个可能。第一，部分撒谎，隐瞒真实身份，它们不是上一轮人类，而是人工智能。”

“第二，全部撒谎，那么整个故事都是假的，这就说明，它们既不是上一轮人类，也不是人工智能。”

宗杭沾沾自喜说完，忽然反应过来，自己先蒙了。

既不是上一轮人类，也不是人工智能。

那是什么东西？

【07】

真相一定只有一个，但现在，推导出的可能已经有三个了。

一、上一轮人类。

二、上一轮人工智能。

三、未知，只知道它编了一个假的故事，把池水搅浑，以蒙混所有人。

易飒把三条都列在纸上。

私心里，她当然希望是前两者，毕竟她死了那么多脑细胞，费了那么大劲，才整合出一个故事，现在突然全部推翻，渣都不给她剩，实在心有不甘。

但宗杭说得也很有道理，除非能证明“它们”根本没撒谎，一旦有撒谎的可能，那到底是部分撒谎还是全部撒谎，可就不好说了。

还以为尘埃落定了呢，哪知大片灰土散去，现出三条岔路来。

易飒沉默了会儿，把字纸揉成团：不管真相是哪一个，一定跟她身体近期出现的异常有关，之前还心存侥幸，现在看来，是彻底没法置身事外了，宗杭也没法事不关己，他和她是一样的——她的今天，就是他的明天，早晚而已。

宗杭小心地斟酌着她的脸色：“易飒，事情又不对了是吗？”

易飒故作轻松：“也不一定……我约丁盘岭见个面，问问漂移地窟的情况，要是能把漂移地窟给搞清楚，事情应该就差不多了。”

她拨了丁盘岭的电话，那头不知道什么原因，一直没人接，只好先编辑了条长短信过去。

兜转了一圈，忽然发现可能还在原点，竹篮打水，缘木求鱼，搁谁都不会有好心情。

宗杭也怪沮丧的，再加上临睡前，他无意间瞥见易飒在颈后垫了块折好的小毛巾。

这意味着，那血多半是她自己流的，她只是不想提。

宗杭翻来覆去地睡不着，到半夜时爬起来，就那么闷头在床上坐着。

大一点的城市，即便是夜晚，外头也灯火通明，宾馆的窗帘遮光度一般，整个房间浸在夜深人静模糊的昏黄街灯里。

易飒都睡醒一觉了，无意间翻身，心头一跳。

她看到宗杭跟个塑像似的，垂着头坐在床上，一动不动。

易飒看了会儿，确信不是自己眼花：“宗杭，你怎么还不睡觉啊？”

宗杭茫然抬头。

他坐久了，有点精神恍惚，居然觉得这声音像是从天上飘下来的，好一会儿才发现是她：“你睡醒啦？”

易飒拿过枕边的手机看了看。

快凌晨三点了，丁盘岭一点多时回了信息，定了见面的时间、地点，只不过她睡前开了静音，没听见。

她把手机塞进枕头下，从自己床上爬到宗杭床上，也没去开灯：觉得这亮度刚刚好，看不清脸，隐秘、舒服、自在。

“想家了？”

“不是。”

“那在想什么啊？”

宗杭抬起头：“易飒，你不会出事吧？”

易飒猜到了他指的是什么："能出什么事啊，我不是也会爆血管吗？有时候，血管太脆弱，崩了，就流点血呗，小事。"

宗杭半信半疑："你可不要骗我。"

易飒奇道："我老骗你吗？"

她双手叠在颈后，向后倒卧到床上，这床垫子真软，垫子里的弹簧震动，带得人的身体一晃一晃的。

"再说了，就算我出事，也不关你的事儿啊，你还不是饭照吃，觉照睡，该干什么干什么嘛。"

宗杭急了："谁说的？那我……我很担心的。"

哦，是吗？

易飒斜抬眼看他，光太暗，看不清，只能看到他身体的轮廓——连轮廓都是急眼和生气的姿态。

"担心我干什么啊？我对你很好吗？当初我还把你卖了十美刀呢。"

宗杭一下子笑了。

人认识久了真好，好多事都成了往事，每次提起来，都有不同的心情。

"你当时为什么卖我啊？我这张脸，一看就是个好人。"

易飒说："你给我看到脸了吗？你一钻进来，就给我看了个屁股，我哪知道你是不是好人。"

说着拿手拍拍床面："你躺下说话吧，坐着累不累啊。"

可以躺下吗？宗杭一颗心怦怦跳，犹豫了会儿才束手束脚地侧躺下来。

这距离刚刚好，可以看见她的眼睛，垫子柔软，棉织物熨帖光滑，灯光昏暗，屋里屋外都安静，窗外偶尔传来疾驰而过的车声，这世界，永远有人静默安枕，有人行色匆匆。

宗杭觉得，自己可以这样躺一辈子，躺成化石，几万年后被人挖出来，人家看到的也一定是块幸福满溢的化石。

易飒喃喃："还有啊，当时心情也不好……"

她忽然想起来，又快 19 日了，这两天得想办法搞几针兽麻。

"易飒，等漂移地窟的事情结束了，你就回柬埔寨了是吗？"

"嗯，不然去哪啊。"

"可以去我家里玩啊。"

成天推荐他家，整得跟他家是不可错过的旅游景点似的。

"你家里有什么好玩的啊？"

“有一棵鸡蛋花树，可大了，开满花的时候特别漂亮，坐在树底下吃糖炒鸡蛋，特别舒服。”

说到这儿，宗杭很满足地嘘了口气。

小时候，他是偏安静的小朋友，不闹腾，童虹忙着和朋友打麻将的时候，嫌他在边上碍事，就给他炒一碟糖炒鸡蛋。

他会兴奋地把儿童塑料小桌子和小板凳拖到鸡蛋花树下，端端正正地坐着，一口一口地吃。

那是最美好的时刻，树冠很大，绿荫如伞，伞上密密的鹅黄鸡蛋花，从浓密树缝里漏下来的阳光，在地上打出一枚枚发亮的小硬币。

他会在树下跑来跑去，清理碎枝枯叶，绕着树画个大圈，以示这是他的地盘，童虹和宗必胜都不能进。

童虹查了书，约略知道这是小朋友的“自我领地”意识，于是很配合地站在圈外佯装敲门：“杭杭，妈妈能进来吗？”

“不能。”

不能就不能吧，童虹以为是小朋友不爱和大人玩，后来才发现，有小伙伴来家里玩，宗杭也不让人靠近他的鸡蛋树。

他就喜欢一个人在树下头坐着，傻乐。

这是珍贵的私藏，不舍得分给别人，然而现在，想跟易飒分享。

那种……所有的秘密，都想让她知道的感觉。

……

他竖起耳朵等易飒的回答。

等了很久，才等来她语焉不详的一句：“那我……考虑考虑吧。”

尽管夜色昏暗，不怕别人看到他的脸，宗杭笑的时候，还是把脸偷偷埋进了被褥里。

井袖的话，他听进去了，觉得是该勇敢一点。

先定一个小目标。

最迟，不会迟过在鸡蛋花树下。

丁盘岭约的是早餐，门面挺大，人却不多，倒是谈事情的好地方。

三人占了好大一个卡座，边吃边聊。

先聊起漂移地窟，丁盘岭给易飒看了张轨迹图，颇像压扁了的螺旋：“我们把找到的地旋连了一下，大致是这个形状。”

又拿笔在一处打了个三角："现在重点关注这儿。"

光看图看不出什么，易飒索性开门见山："漂移地窟的'地开门'，多久开一次啊？一次又开多久？万一这几年都不开，我们就这么等着吗？"

丁盘岭笑了笑："没法给你确切的答复，我只能把我们猜测的讲给你听。"

又是猜测，当然，现在一切不明，也只能是猜测。

"我们现在怀疑，漂移地窟的'开门'，其实很频繁，之所以这么多年都没被人发现，有两个原因。

"一是它地处三江源，而三江源是无人区，长期无人居住；二是根据'风冲星斗'这句话，它应该是在夜里'开门'，你想，即便有人进了无人区，也很少在夜里活动吧？即便在夜里活动，又未必正好撞上——概率一小再小，所以大家才会有错觉，觉得漂移地窟很难找、地开门的次数少。"

易飒只把"频繁"两个字听进去了：频繁就好，次数多就意味着机会多。

"至于一次开多久……也很难说，只知道肯定撑不到天亮。我和长盛他们商量，一致觉得过去等比较保险，万一这两天前方有发现，通知到我们，等我们赶过去，它已经闭合了，那这次地开门的机会就白费了。"

易飒没意见："在哪等都是等，我可以的……还有就是，盘岭叔，关于那个推论，你是怎么想的？"

丁盘岭正要说这个。

"你那个部分撒谎和全部撒谎的说法，挺有意思的。说真的，之前我只想到了部分撒谎，也猜测想来的是不是人工智能，全部撒谎这种情形，倒真没想到过。"

是吗？这么多老江湖都没想到？宗杭对自己的智商有点刮目相看了：也不是那么差嘛。

"我想了大半夜，也查了不少资料，现在我倾向于：漂移地窟里的东西，既不是上一轮人类，也不是人工智能。"

易飒一愣："为什么啊？"

既然有三种可能性，按说机会均等，他怎么就直接倾向于最后一个了呢？

丁盘岭想了想："我先给你解释一个理论，叫奇点理论。这是根据人类的技术发展史总结出来的观点，认为技术发展会在很短的时间内发生极大而接近于无限的进步——这个不难理解吧？"

易飒点头。

不难理解，人类近些年的发明创造和突破，确实超过了之前数千年的总和，还有人认为，真正的科技大爆炸还在后头。

“这个理论还说，后人类时代的智能和技术我们根本无法理解，就像金鱼无法理解人类的文明——就是这句话，忽然提醒了我。”

他看向宗杭：“你回忆一下你脑子里出现过的那些画面，所谓上一轮、更先进的文明，那些男人女人，穿的衣服、留的发型、用的东西，很难理解吗？跟我们有区别吗？”

宗杭皱起眉头，假装正在努力回想。

而真正在回想的，是易飒。

没区别，那些办公室里的男人女人，都像职场精英，女的妆容精致，男的西装革履，手边不是电脑、手机就是纸笔，科学家穿的防护服，也是影视剧里见到过的那种，换言之，每一样东西，现实社会中都有……

借着桌子的遮掩，她悄悄伸出手，在宗杭腿上写了个“no”。

宗杭咽了口唾沫，震惊的表情都很到位：“没有。”

“说的话呢，哪国语？”

“普……普通话。”

丁盘岭说得意味深长：“我们现在，跟20世纪八九十年代的人的衣着、发型、妆容乃至说话都有区别，上一轮文明，反而跟我们完全没区别，不觉得很奇怪吗？还有，飒飒讲起息巢里的尸体时，曾经用过一个词，叫‘嫁接’，结果你看到的场景里，那些人讲话，也用了‘嫁接’，是不是太过巧合了？”

易飒有点吃不下饭了：“就是……我被耍了呗，对方编了个瞎话，我还当成自己解开了什么了不得的秘密。”

真想骂上两句泄愤，又顾及丁盘岭是长辈，不好太造次。

丁盘岭微笑：“也不用太丧气，没有人可以完全撒谎而不留任何痕迹，它这一番布局，已经暴露了很多东西。”

是吗？

易飒将信将疑：“它们暴露什么了？”

丁盘岭说：“文盲是编不出上一轮文明和人工智能这样的故事的，想拿这些素材说事，首先得知道这些东西，然后整合，并且预知这样的故事会产生的影响，所以，对方要么是人……”

但怎么会是人呢？金汤穴以及那一套程序，压根不像人的手笔。

“……要么，至少具有跟人对等的智慧。

“另外，它们如果拥有绝对实力，根本不需要编织迷局，编织得越精密、越用力，就越说明它们没那么大的能耐。所以飒飒，不管它们是什么，我敢肯定它们也怕暴露、怕被我们识破，不怕的话，不可能费这么多工夫遮掩。”

【08】

丁盘岭还有别的事，要先走一步，临走时提醒易飒这两天准备一下去青海的行李，届时会安排车到宾馆来接。

又邀请宗杭：“你是最特殊的那个人，有你在的话，遇到跟‘它们’有关的事，应该会好解决一些。”

宗杭笑嘻嘻的：“我要是不去呢，会绑架我去吗？”

丁盘岭也笑：“不去当然继续请，怎么能动粗呢。”

宗杭目送着他离开，然后对易飒揭秘自己耍的小心机：“我故意那么说的，试试他的态度——看这意思，不去也得去。”

易飒还沉浸在先前的打击里，情绪提不起来：“我才发现这个丁盘岭，脑子很厉害啊。我这智商，跟他一比，太现眼了……我是不是有点蠢啊？”

她竖起耳朵，等宗杭维护她。

宗杭奇道：“谁说的，不能这么比较，你也不看看他多大了，比你大了二三十岁呢，多吃这么多年米饭，本来就应该考虑得周到点，这跟智商没关系，他在你这岁数的时候，肯定傻不啦叽的，看脸就知道了，没有灵气。”

易飒瞥了宗杭一眼，感觉不管自己说什么，宗杭总能找到理由向着她。

当晚，易飒收到通知，出发时间定在了两天后。

两天的时间，紧紧张张，除了置办上高原的行头，易飒还忙了不少事儿。

——她的那辆摩托车，暂时用不上，先寄存在丁玉蝶那儿，说是有空来取，不过这“有空”多半遥遥无期：毕竟空运回去不太合算，而新买一辆是分分钟的事；

——乌鬼已经成了累赘，本来指着它开金汤，结果没用上，三江源是高海拔地区，温度又低，也不适合它施展，只好联系了麻九，又为它安排了一场辗转曲折的回程偷渡；

——花了些钱，从一家宠物医院通了门路，买了两瓶兽麻，虽然没陈秃的货色正，但是也只能将就了。

……

宗杭也没闲着，练功比平时更勤，还抽空去找了两趟井袖，问她有什么打算。

每次，井袖都沉默着摇头。

宗杭干着急，却又没办法：一直以来，他都以为井袖是那种拿得起放得下、行事洒脱利落的人，现在才发现，她的洒脱都洒在了嘴皮子上，实际上，她性子特优柔寡断，能把人给气死。

她大概天生不擅长处理进退两难的局面，被困住了，不知道该往哪个方向走，索性就不走了，跟趴在平衡木中央的猫似的，懵懵懂懂，只等别人来牵，等别人帮她做决定。

皇帝不急太监急，气得宗杭不知道跟易飒抱怨了多少次："她这样要糟糕的，以后迟早要吃苦头。"

易飒跟井袖没什么交情，隔岸观火："随便她，成年人了，自己做什么，到时候别向着人哭，自己能受着就行。"

出发当天，天气不太好。

半夜就开始下雨，淅淅沥沥，到早上不见停，反更大了，屋内屋外，满是混合了泥尘味的濡湿气，井袖起了个早，送两人下楼，大概是雨天车堵，等了几分钟，车子才到。

两辆越野车，一辆车上是丁碛和丁盘岭，另一辆上除了司机外没载人，专为易飒和宗杭两个人准备的。

居然不见丁长盛，易飒觉得奇怪，问起时才知道，太原出发的一共有十几辆车，丁长盛在别的车上，晚点大家会在城外的加油站会合。

这安排本身没什么问题，但丁碛不应该紧随丁长盛吗，怎么突然间跟着丁盘岭鞍前马后了？

正疑惑着，丁碛从头车上下来，先递给易飒一个牛皮纸信封袋："祠堂那头新传过来的，岭叔让给你一份。"

说完了又看井袖："我得外出一趟，估计短时间内回不来，你有什么打算吗？"

他也问井袖的打算。

宗杭几乎屏住了呼吸，竖着耳朵听井袖的回答。

井袖勉强笑了笑："还没想好，可能继续待着，也可能就走了。"

"挺好，去哪定了吗？"

"还……没呢。"

丁碛看了她一眼，低头从皮带扣的钥匙链上解下一把给她："酒店不太方便，可以去我那住，反正什么都有，想走的话，钥匙塞我邮箱就行。"

井袖犹豫了一下，伸手接过来。

宗杭失望极了，转身绕到另一侧上了车，还重重关了下车门，觉得自己是多管闲事自讨没趣。

关门声响起的时候，井袖的脸一下子涨得通红。

车子出了宾馆大门，宗杭还余怒未消："我之前问她打算，她说没想好——这叫没想好？早做决定了吧。"

易飒低头去解牛皮纸袋上的绕线："这倒未必，我看是刚决定的……看出丁碛高明在哪了吗？"

宗杭气得太阳穴突突跳："他还高明？"

"都是问井袖的打算，你出的是问答题，井袖要自己想答案。丁碛给的是选择题，他直接给了她一把钥匙，而且，她还可以随时反悔，没听他说吗，想走的时候，钥匙塞邮箱就行。

"给了路，也给了绝对自由，无拘无束，井袖会心动也是难免的，谁不喜欢啊？"

是吗？

宗杭迟疑："你……也喜欢这种？"

怎么扯自己身上了？易飒鼻子里哼了一声："我想走什么路就走什么路，想要自由就自由，稀罕他给！"

说话间，她把牛皮纸袋里的资料抽了出来。

资料做得很细致，每一页都有注解。

说是家谱里，实在没有什么新发现了：也是，像姜射护那样醉心漂移地窟、脑袋发热跑到三江源一待三年的人实在是稀少，大多数三姓的人，没遇到金汤翻锅，是绝想不起漂移地窟来的，更不可能去实地探访。

所以被安排在祠堂翻查资料的人换了方向，又开始研究起祖上留下的那些更古老的物件来，诸如陶片、木简、布帛什么的。

这沓资料，就是鼓捣陶罐陶片的人发来的：他们试着在一堆碎陶破罐里翻捡、拼凑、复原，还真出了点成果。

第一张，拍的是个修补后依然残缺的陶罐，罐身上布满了一个个椭圆漩涡。

易飒和宗杭对视了一眼：这形状，很像丁盘岭给他们看过的漂移地窟"地开门"之后在地面上留下的痕迹。

第二张，是三个线条拙朴的小人，正围着中央处的漩涡匍匐跪拜。

"三"这个数字太敏感了，三个，三姓，三位祖师爷，这三个小人，该不会就是三姓的起源吧？

第三张，也是个陶罐，但花纹有点恶心，也挺不符合陶器时代的审美：罐身上密密麻麻，都是眼睛，而且烧制时采用了一些技巧，眼睛的瞳仁部分是凸起的。

这拙劣又一点都不逼真的立体效果，简直让人生理不适。

而且，为什么要刻意强调眼睛呢？

宗杭打了个寒噤，压低声音："易飒，会不会'它们'浑身长满了眼睛啊？"

小时候看《西游记》，里头有个百眼魔君，衣服一脱，浑身是眼，怪瘆人的，吓得他一连几天都没睡好觉。

易飒说："别乱猜，先往下看。"

第四张，还是陶罐图，罐身上画了只硕大的眼睛，这还不够——像是生怕别人不知道这是眼睛，眼睛上缘处还竖了几根睫毛。

但眼睛下缘，连着的好像……是腿。

宗杭咽了口唾沫，这些日子，大概是经历的事多了，他脑补的功力见长，只觉得眼前晃动着一只诡异的、撒开腿乱跑的大眼珠子，心里别提多膈应了。

"前两天还是科幻小说呢，怎么几只陶罐的画面一出现，转成《聊斋》的画风了？"

易飒还是那句话："别乱猜，古代人画东西，不讲究写实，更偏向写意，这图，应该表达的是另外的意思。"

再往后，就没图片了，注解上说，这批陶片的详细年代不知，只知道早期的三姓，都生活在河谷地带，这些可能是当时的生活器具残片，被后人收集保存起来的，有些陶片磨损得太厉害，已经看不出上头的图形了，还有些拼起来一看，表达的也是同样的意思，所以就选了四张复原程度最高的。

易飒又把那张满是眼睛的陶罐图抽出来看。

她觉得这眼睛出现得太突兀了。

听说古人的陶器上出现的，要么是纹路，要么是生活场景，要么就是图腾——从没听说过三姓崇尚眼睛的。

她犹豫了会儿，还是拨通了丁盘岭的电话。

透过风挡玻璃看过去，丁盘岭的车在正前方的雨幕里疾驰，时隐时现。

丁盘岭很和气地问："飒飒，资料看完了？有什么想法没有？"

"这个眼睛，我没看懂。"

丁盘岭笑了笑："我也没看懂，我们三姓，并不强调眼睛，各种锁开金汤的仪式里，也没有拿眼睛出来说事的，结果早期的陶罐图，四张里有两张是眼睛，两张是漂移地窟，挺耐人寻味的。"

“会不会是漂移地窟里的东西跟眼睛有什么关系啊？”

宗杭在边上拿水鬼招“剁”她：还让他别乱猜呢，其实她猜的，也跟他差不多。

易飒屏息等丁盘岭的回答，没空治他。

“我和长盛他们，先拿到这资料。开始，我们也是这么想的，后来，我们有一个……非常不好的想法。”

丁盘岭很少以这种口气说话，易飒的心一下子提起来了：“什么想法？”

“我很担心，这个陶罐图，是有顺序的。”

【09】

有顺序的？

一共就四张图，能有什么顺序？

挂了电话之后，易飒试图去排列几张图纸，正来回试着次序，宗杭忽然发现了什么：“哎，易飒，这纸页下头是有页码的。”

原来，整份文本是用word文档编辑了打印出来的，所以每张纸页的下头有很小的、标列序号的页码。

她按照页码的顺序把字纸重新排列，这才发现，那几张图，已经不是她之前看的顺序了，文档里的顺序是：长脚的眼珠子，地旋，眼睛，匍匐跪拜。

易飒心里一动。

祠堂那边是不了解内情的，他们编辑资料的时候，应该只是简单罗列图片，不会排什么顺序，但是资料送到她这儿，几张图纸的页码重新调过，这说明……

是丁盘岭调的，调完之后，他从新的顺序中发现了什么端倪，并且觉得，这发现让人担心。

她赶紧又依照看时的顺序把图纸排开。

1. 很多漩涡，那是漂移地窟出现过后留下的痕迹。

2. 三个人，匍匐跪拜一个圆形的洞口。

3. 无数眼睛。

4. 眼睛长着腿。

易飒问宗杭：“如果这是看图说话的话，就按照这个顺序，你能讲出什么样的故事？”

看图说话啊，小时候常玩，宗杭一不留神，当年的句式就出来了：“从前，有一个漂移地窟，它经常‘地开门’，每次开门关门之后，地面上就会留下这样的漩涡。

“有一天，它开门的时候，有三个人正好路过，看见了，吓得跪下来磕头……”

非常直白的描述，宗杭小时候的作文，大概是不怎么出色的。

易飒只抓有漏洞的句子：“三个人正好路过？还有别的可能吗？”

“也可能是专门找过来的，就好像古人崇拜太阳、风、雷电一样，他们崇拜这种可怕的未知现象，还有可能……”

宗杭心里突了一下：“还有可能，他们就是某一次‘地开门’之后，从里头爬出来的。”

易飒顺着他的话往下说：“而这三个人，很可能就是三姓的祖师爷。”

那第二和第三张，又该怎么联系呢？

宗杭盯着画面喃喃：“祖师爷从漂移地窟里出来之后，就出现了很多眼睛……这说明，他们不是空手出来的，那些眼睛也许是他们带出来的，然后，那些眼睛长出了腿，到处跑……”

尽管觉得有些牵强，他还是硬着头皮说出自己的想法：“会不会是他们带了一些眼状怪物出来？这些怪物四散到各地……”

易飒心头，有个可怕的念头渐渐成形，但她先按住了不说：“那这些怪物是做什么用的？”

“眼睛嘛，就是用来看东西的，”宗杭突然灵光一闪，“对方生活在地窟里，地下，地下黑洞洞的，长了眼睛也没用，对不对？生物课里说，用进废退，许多地下生物都是瞎的，或者不长眼睛的，因为用不上——所以就把眼睛放出来，散到四面八方，去见识更多的事物……”

他越说越觉得靠谱：“还有，它之所以能编出上一轮人类和人工智能的故事，就是因为它通过这些‘眼睛’，看到这个社会是什么样子了，知道我们现在面临什么问题，所以才能编啊。”

“那这些眼状怪物哪去了呢？三姓的祖师爷带出来的，为什么这么多年，三姓没人提过眼睛这回事呢？”

宗杭想了想：“会不会藏起来了，藏得隐秘，所以没人知道？”

易飒摇头：“如果真是三姓老祖宗带出来的，不会瞒着后人的，说不定，还要后人帮着养呢。”

那会是什么呢？宗杭把手伸进头发里，使劲摁压脑袋，似乎这样，就能更聪明一点。

半天无果，抬头时，看到易飒呆呆地看风挡玻璃上的雨刮器刮雨：那些漫无规律的水痕，四面而来，一抹而去，去不到两秒，又卷土重来。

宗杭有点紧张："易飒？"

易飒奇怪地重复了一遍之前的话："古代人画东西，不讲究写实，更偏向写意——这个画法，也许是为了强调功能、作用，而非真实的模样。"

宗杭把这话在脑子里过了两遍。

明白了，她的意思是，这个眼状怪物，不一定长成眼珠子的形状，关键是它的作用，它是帮着地窟里的东西观察这个世界的，也就是说，它可以长成任何样子，一只鸟啦，一块石头啦，一棵树啦，乃至一个人……

一个人？

宗杭张了张嘴，不知道是不是惊骇过甚，想说的话居然没能组织出来。

易飒也没说话，只是缓缓点了点头。

第三张画可以理解成：祖师爷从漂移地窟里带出了很多很多眼睛。

也可以理解成：祖师爷们出了漂移地窟之后，出现了很多很多眼睛。

如果眼睛，指代的是人呢？

三姓的溯源，起初只是三个人，后来家族繁衍，不断扩大，人越来越多，也就是眼睛越来越多。

丁盘岭担心的是：三姓的每一个人，其实都是地窟里的东西散落出来的耳目。

水鬼三姓，也许不是什么天赋异禀的秘密家族，其本质，是某样东西刻意培养出来的前哨、瞭望塔、观察站。

他们眼睛摄入的一切，耳朵听到的所有，自以为无人知晓，其实，背后有人，眼后有眼。

加油站的大会合，算是临行前最后一次休整，很多人忙着上洗手间、进便利店买烟、买功能饮料，嘈杂声搅在雨声里，一片沸沸扬扬。

易飒穿过这声浪，去找丁盘岭。

丁盘岭并不买东西，却也饶有兴致地随大溜，在便利店的货架间走来走去，随手拿起什么看看说明，又规规整整地放回去。

看见易飒过来，他问了句："看明白了？"

易飒嗯了一声，弯起一根手指点戳了下四周："我们？"

丁盘岭示意了一下便利店里那些三姓的人："没准都是。"

尽管已经有了心理准备，但这猜测从丁盘岭口中得到佐证，易飒还是止不住一阵心惊肉跳："我们看到什么，它都一样能看到？"

丁盘岭说："应该是吧，你就想象一下，大家都是人形摄像头……"

说到这儿，脑袋怪异地朝着货架转了一圈，像电子眼从这头扫到那头："新上的产品、新做的活动、新换的明星代言，它们都看得到。"

易飒胳膊上汗毛都起来了，声音也随之压低："那说话呢？"

丁盘岭回答："他们用过'嫁接'这个词，估计听到也有可能。"

易飒觉得喉咙发干："那我们想的呢？能控制我们想什么吗？"

丁盘岭笑起来："也别草木皆兵的，这个它们应该还做不到，如果能控制我们做事，哪还有必要设这么多局啊，应该就只是看和听而已。"

那也很糟心。

易飒很不自在地往四下看了看：这趟出来，三姓少说也有几十个人，如果这猜测成立，相当于几十个摄像机架在周围，说什么做什么，毫无隐私可言。

丁盘岭看了她一眼："这种感觉，让人很不舒服是吧？"

易飒点了点头。

丁盘岭双唇抿起，两道法令纹沟壑般掩过唇角，良久才说了句："我也是。"

太原至西宁，一千多公里的路程，紧赶慢赶，也走了两天。

因为"眼睛"这事带来的疑虑，并没能困扰宗杭多久，他以死猪不怕开水烫的精神开解易飒："复活都过来了，借个眼看看东西，多大点事啊。"

反正都满头包了，多它一个也不多。

还学会了换个角度看问题："以前，丁长盛他们老盯着我，觉得我是异类，现在好了，他们也正常不到哪去，各有各的怪，我心里平衡多了。"

……

第二天傍晚，车队进了西宁，在市区几番辗转之后，最后在一幢金碧辉煌的大酒店前停了下来。

这两天车坐得太久，四肢都有些发僵，下了车之后，好多人不急着办入住，都就地又是拉抻又是转体，易飒正揉着脖子，丁长盛兴致很好地过来，叫她："飒飒，对这还有印象吗？"

易飒莫名其妙，丁长盛料她也想不起来，抬手指了指高处的招牌："看那！"

循向看去，五个鎏金大字：江河大酒店。

易飒失声叫了出来："是那个……江河招待所吗？"

丁长盛笑呵呵的，他故地重游，心情大好："就是那个，想不到吧？是三姓的产业，连地方都没换，原址拆了重盖的，飒飒，你那个时候，才这么高……"

他拿手比了个高度："满地乱窜，皮得哟……"

正说着，里头有人迎出来，大概是旧相识，丁长盛乐呵呵地过去了。

原来，就是那个江河招待所啊。

易飒原地站了会儿，有点茫然地四下去看。

不认识了，真认不出了，全都变了。

她记得，当年的那个江河招待所，是小学校改的，很简陋，一间教室拿隔板隔成两间客房，上厕所要去公共洗手间，周围没高楼，都是很矮的平房，商店也没招牌，只拿红漆在墙面上抹了“商店”两个字，她为了显摆自己认字，隔大老远就指着叫：“立广！立广！”

宗杭在边上看她，丁长盛的话他都听到了：“易飒，你是小时候来过对吧？”

易飒点头。

她指给宗杭看：“以前不这样，以前只一幢楼，还有个操场，操场上有个秋千，我就在那荡秋千……

“还有这边，出门左拐，是商店，卖玩具的。有一天，我姐姐跟姜骏出去约会，我那时候不知道什么叫约会，以为他们出去玩，哭着吵着要去，搁着以前，我姐姐肯定会推我、拧我耳朵……

“但是那个时候，姜骏就在边上，当着小姜哥哥的面，她得表现得温柔。她就柔声细气跟我说，囡囡，你听话自己玩，姐姐给你买个玩具。说完了，牵着我的手进了商店，给我买了个玩具钓鱼机。”

她咯咯笑，眼前却渐渐有点模糊：“我抱着玩具钓鱼机站在店里，跟被雷轰了一样，连我姐姐和姜骏什么时候走的都不知道——因为她没对我这么好过你懂吗？居然给我买玩具，从来没有过的事，你说女人虚伪吧？我真是托了小姜哥哥的福……”

宗杭担心地看着她：“易飒，你没事吧？”

易飒这才回过神来，大声说：“没事，当然没事。”

又瞪宗杭：“别用那种眼神看我，跟我多委屈可怜似的，我告诉你，根本没事，无所谓。”

她解释：“真的，我那时候太小了，家里出这事，我没概念，不知道意味着什么，后来长大了，习惯了，也就这样了。云巧姑姑她们还老叹气，说什么飒飒太可怜了，可怜什么啊，一群咸吃萝卜淡操心的……走吧。”

因着这批人的到来，酒店几乎不对外营业了，房间管够，不过易飒还是习惯性地要了间双人房。

风尘仆仆的，她进房第一件事就是洗澡，刚拧开莲蓬花洒，宗杭在外头叫：“易飒，我出去逛逛哦。”

真不安分，还要出去逛，当是来旅游呢，易飒把水龙头开到最大，一头扎进了烫热的水线里。

这个澡，她洗了很久。

因为总忍不住，想起当年发生的事儿，有些早就忘记了的，居然也过电影般如在眼前。

这儿居然就是那个江河招待所，原址原地。

——她在这儿摔过易萧的口红，然后“别出心裁”地想到了拿糨糊去粘。

——每天都有各式各样的水果罐头吃，因为她长得漂亮，人可爱，嘴也甜，她充分发挥这优势，蹭到无数稀罕的吃喝，而丁碛，只能无比羡慕地在一边看着。

——父亲易九戈牵着她的手带她逛街，买当地的老酸奶给她吃，她只吃了一口就酸得全吐了，小脸皱成了风干的橘子，卖酸奶的老婆婆笑得前仰后合，把白砂糖罐子往她手里塞，她才知道，这儿的酸奶得加大把的白糖调味……

易飒就着水流抹了一把眼睛。

还以为都忘了呢。

洗好澡，她拿毛巾擦着头发出来。

宗杭已经回来了，撅着屁股趴在床上，也不知道鼓捣些什么，易飒催他：“该你了，赶紧洗澡，洗了早点睡。”

宗杭一抬头，满脸喜色：“易飒，你看，这儿还有卖这个的呢。”

易飒这才看到床头边扔着的塑料包装盒，还有床上那个已经组装好了的……

玩具钓鱼机？

塑料的，新版本，不用发条，可充电，也能装电池，不过新瓶装旧酒，玩儿的还是那个内容，池盘很大，可以多人同玩，池塘里好多小鱼，四角分别立着磁石钓竿。

易飒说：“你买这个干什么？”

“玩儿啊，我让你一说，想起来了，我小时候，也特别喜欢玩这个。”

“你三岁哦，都多大了，还玩这个？”

宗杭奇道：“为什么不能玩？我三岁的时候吃饭，现在还不是也吃饭？你想玩，我也可以借给你玩。”

易飒冷笑：“你以为我是你啊？”

不玩吗？

宗杭自己按了开关，兴致勃勃钓了一回鱼，还偷偷拿眼瞥她：易飒拿毛巾反复摩挲头发，连看都没看他一眼。

真不玩啊？

宗杭悻悻的，去洗澡的时候，把钓鱼机挪到自己床中央："你别拿哦。"

易飒鼻子里哼了一声，以示不稀罕。

宗杭说："我记得这位置，你说不玩的，可别乱动，不然我要找你算账的。"

出息了他，一路赊她的账，还敢跟她算账。

易飒差点拿湿毛巾扔他。

洗手间里响起哗哗水声。

易飒吹了会儿头发，又看了会儿电视，节目都不对胃口，懒得看，随手摁掉。

床上枯坐了会儿，鬼使神差地，转头看向宗杭的床。

这个钓鱼机，比她曾经的那个大多了，质量也不好，看着轻飘飘的。

易飒跪起身子，伸长胳膊，一把捞了过来。

别拿？别乱动？

她可不怕他。

……

宗杭洗到一半，把水调大，腰间围了条浴巾，蹑手蹑脚走到门边，偷偷把门开了一道缝。

他看到，易飒侧卧着蜷缩在床上，手里捏着细细的钓竿，就着嗡嗡的钓鱼机声响，一会儿钓起条鱼，一会儿又钓起一条。

宗杭看了会儿，悄悄把门关上。

还说不玩呢，骗子。

【10】

接下来的两天，继续赶路。

路越来越差，渐渐远离人烟，衣服随着温度的降低越加越多。

植被渐少，满目荒芜，路边头一次出现雪山时，宗杭脑袋抵在车窗上，看了足有五分钟。

雪山长这样啊，跟以前在图片上看到的，一样，又不一样。

一样的是形貌，不一样的，是扑面而来的感觉。

易飒却对风景没什么兴趣，路上大部分时间都在睡觉，外加接了一个电话。

易云巧打来的，神秘兮兮问她："飒飒，你最近有没有听到什么风声啊？"

路正颠簸，易飒拿手抓住车内顶的扶手："什么风声啊？"

"听说丁家人要去漂移地窟干什么事儿，遮遮掩掩的。"

易飒抬头看车内的后视镜，端详了一下自己那张遮掩的脸："没听说。"

易云巧嫌弃她："你就是太不敏感了，什么事都不放在心上，我跟你说，肯定有什么事发生。"

易飒心说，是有事儿发生，就是又把你排除在外了。

真是空负了这位云巧姑姑超强的第六感和敏锐的神经末梢。

……

终点站是在一座山脚下。

无数溪流在阳光下闪闪发光，每一道都很细，高原的掌纹般纵横交错，又如同扎成扫帚的帚丝，千道万道。

有水的地方就有生命，地面并不荒芜，长满了低矮的黄绿色苔藓，还有很多小块的沼泽，周围汪着水，像一只又一只腐朽的眼睛。

比起一路上的萧索荒芜，这山脚下五颜六色，分外热闹。

色彩首先来自帐篷，大大小小十几顶各色帐篷错落分布，里头迎出来几十个人。

其次就是风马旗，洋洋洒洒，猎猎舞动，一个挨着一个，几乎铺陈出数里之遥。

下了车，现场一片喧嚣芜杂，有忙着搬行李、搭建新帐篷的，也有久别重逢、互相寒暄的，易飒跟这些人都不熟，也不擅长社交，索性带着宗杭走走看看，路过其中一间帐篷时，无意间看到，里头还堆着一摞摞崭新的风马旗。

易飒心中一动，尽量缓步走到一座风马旗下——这儿海拔四千多米，稍微剧烈一点的运动都容易带来不适。

这风马旗，也是崭新而又挺括的。

宗杭对高原还没怎么适应，只走了这么几程，已经有些喘了："有什么不对吗？"

易飒沉吟："所有的风马旗都是新的。"

新的又怎么了？宗杭还是没明白。

易飒给他解释："咱们一路上看到了不少，很多都褪色发白了，就是因为长年累月露天下的风吹雨打。"

"但营地周围的这些，都崭新，还压了那么多货，说明就是这两天才搭设起来的，不知道要做什么用。"

要做什么用，易飒晚间才搞明白。

入夜之后，周围本该一片漆黑，但放眼望去，地面之上布满莹莹碧色，星星点点，蔚为壮观，压得漫天星斗都黯淡不少。

好多人都钻出帐篷看稀奇，宗杭也掏出手机来拍，可惜夜间亮度不够，拍出来的都是幢幢鬼影。

他在这凑着热闹，易飒却看出了门道。

三姓把这儿划成漂移地窟下一次“地开门”的重点区域，所以在这搭设了方圆一里的经幡林，而地面以及经幡林上，都撒了夜光粉。

这玩意儿，白天受到日光照射，能把光能储存起来，到了晚上，缓慢释放出微弱的荧光，支撑个大半夜绝没有问题。

营地里，晚上一定会安排人放哨：万一真的地开门，风冲星斗，地上的夜光粉以及那些条条下垂的风马旗就会乘风而上——有了如此明显的信号，“地开门”只要出现，就不会被错过。

晚上没什么娱乐，用了餐饭之后，各自回帐篷休息。

宗杭和易飒合住了个双人帐，他没住过，觉得稀罕，早早钻进睡袋感受，觉得人像是被装进了套子里，束手束脚，怪有意思的。

只是这新鲜感，很快就过去了。

地面不平，即便垫了防潮垫，身子底下还是硌得慌；入夜时间越长，温度降得越低，睡袋裹得稍有漏隙，冷气就丝丝透进来；风特别大，呼啦呼啦，像是从高处的山头一直滚下来，帐篷被扯得朝各个方向绷直，顶上吊着的小夜灯也被带得东摆西晃。

怪吓人的，四下也没声响，只偶尔有不知道什么方向响起的低低的咳嗽声。

宗杭拿手戳戳帐篷：“易飒，这个牢靠吗？万一半夜有狼来，一爪子把这抓个洞，我可能就被拖走了。”

易飒在玩钓鱼机。

百无聊赖，她也就剩这项娱乐活动了：“你香是吗？狼不拖别人，专拖你？”

也是，他们这个帐篷，位置居中，真有狼来，也应该先扫荡靠边的那些。

于是宗杭裹着睡袋，安稳看易飒钓鱼：“易飒，你说这个漂移地窟危险吗？”

“没进去看过，谁知道呢。”

宗杭觉得自己又问了废话，不过，他和易飒都是复活的，较真起来，还是漂移地窟把他们复活的——应该不至于再把他们怎么样吧？“亲生”的呢。

他看了会儿，心痒痒的，忍不住伸手去拿池塘角落里插着的闲置钓竿。

易飒反应好快，一把把池塘盘拽了过去：“干什么？”

宗杭气结："四根钓竿呢，可以好几个人一起玩，你有没有分享精神？"

"没有。"

答得这么干脆，宗杭没辙了，半晌悻悻来了句："怕钓不过我吧？"

易飒嗤笑一声："就你啊？"

她把池塘盘推过来："来，三局定输赢，比谁钓的鱼多，先说好，输的人怎么办？"

宗杭说："随便你说。"

易飒也干脆："穿女装照相。"

宗杭拍板："行！"

于是易飒把先前钓出的鱼一个个塞回原位。

宗杭看着她摆盘，忽然回过味来："不对啊，你本来就是女的啊！"

易飒捏了钓竿在手上："哪这么多话？我会输吗？只可能你输，开始了啊。"

宗杭气了，这明显是被她摆了一道：不过没关系，他凭实力取胜。

易飒揿下开关。

嗡嗡声一起，宗杭高度紧张，飞快钓起一只，又一只，比小时候期末考试还专注，钓竿的磁头正垂往下一只时，易飒钓竿横过来，直接把他的目标截了胡。

宗杭说："哎……"

易飒头也不抬："哎什么，这个社会就是这么残酷，靠抢的。"

她说到做到，他钓哪个，她抢哪个，专注给他捣乱到最后一秒。

第一局，宗杭输。

第二局开场，易飒甩着钓竿，像甩抽人的小皮鞭："我忘了说了，女装，由内到外，要全套。"

宗杭没吭声，目光炯炯，胸有成竹。

开关一揿，嗡嗡声又起，易飒得意忘形，疏于警惕，才刚钓起一条，宗杭钓竿一扔，上手就抓，薅萝卜一样，一把抓起七八条。

易飒说："哎……"

宗杭得意扬扬："社会就是这么残酷，要变通，要动脑子。"

第二局，打成了一比一平。

决定胜负的第三局来了。

外头的风更大了，风马旗的猎猎声似乎无处不在，决战紫禁之巅可能也就是这种感觉了。

摆盘已经就位。

还是易飒负责按开关。

她的手慢慢伸向开关键:“准备好了哦，三、二……”

“一”还没数出来，激烈的战况已经开始了。

是的，社会是残酷的，要变通，抢什么鱼啊，最稳妥莫过于一锅端，抢玩具机呗。

宗杭还以为，只有自己想到了。

可怜劣质的塑料玩具机，在四只手的大力掰扯下，已经变形了。

宗杭用尽力气，把玩具机往自己怀里塞：人要为自己的命运奋斗，打死他他也不想穿女装。

易飒的胳膊不知道怎么长的，居然从他身子下头硬钻过来，一把捞住了玩具机，另一只手隔着睡袋，在他腰侧使劲一捏。

宗杭拼命蜷躲，分出一条胳膊来御敌，同时大叫:“犯规！你犯规！”

……

再然后，咔嚓一声塑料裂响。

两人都不动了。

抢起来的时候没觉得，一停下来才发觉气喘得厉害：高原上别剧烈运动不是没道理的，只这几下子，人都要缺氧了。

宗杭趴着大口喘气，无意间一瞥眼，忽然发现，他和易飒的一条胳膊是钳在一起的。

大概是争抢的时候太过投入了，你想制住我的胳膊，我想制住你的，钩住了之后各自往两边回拽，就再没分开过，而另一只胳膊……

都死死抓着那个钓鱼机，活生生把人家掰裂了。

宗杭心里一动。

老实说，这姿势，合起来看，好像两个人比了个心哎。

他的心忽然怦怦跳个不停。

一定是高原运动缺氧的关系，跳得比任何时候都快。

易飒转头看他。

她抢得披头散发的，暂时没力气爬起来，于是吹起挡住脸的一缕头发，用睥睨的眼神碾压他:“看什么看？”

宗杭说:“易飒，你……”

——你觉得我这个人怎么样啊?

不好不好，太委婉了，是他爹那一辈的表达方式了，老土。

——你想不想交个男朋友啊?

不行，太怪了，哪有这么问的。

应该换主语，不能用“你”，要用“我”开场。

“我……”

——我喜欢你。

是不是太生硬了？要么加个程度修饰词?

——我有点喜欢你。

但是“有点”，她会不会觉得程度不够?

易飒奇道:“我什么？你舌头打结了吗？有话说啊。”

宗杭结巴:“我觉得……这个钓鱼机，质量不太好……”

话到一半，帐篷外忽然响起了响哨声。

这哨声极尖厉，像是要撕裂耳膜，而且不止一道，很快又响起一道，再一道。

最后连成一片，此起彼伏。

营地里散布在各个方位放哨的人不止一个，而且每个人都配备了响哨，这就表明，他们几乎是同时发现了异常情况。

会不会是……地开门?

易飒只僵了一两秒，就听到了陆续的叫喊声:“那！就那！”

她也不知道哪来的力气，撑地跪起身子，爬到门边一把拉开门链，把头探了出去。

她看到远处的夜空中，升腾起一截幽碧荧亮的颜色，像烟囱里的烟直冲而上，那一处的风马旗如同绷紧的弦，被扯成圆弧状，直直指向夜空。

江流如帚处，地开门，风冲星斗。

被浸成荧绿色的月光下，所有人也如同脉脉细流，向着唯一的方向蜿蜒而去。

易飒和宗杭也在其中，他们着装的速度慢了点，出来时，已经被急迫的大队人马丢在了后头。

紧赶慢赶到跟前，一片人声鼎沸，只听到不断有人嚷嚷“洞”“这个洞”。

洞在哪呢？易飒被挤在了人群外，压根看不见。

她退后两步，耳朵里一片杂声，无数道手电光横七竖八乱打，像迪斯科舞厅里的彩球灯，在这旷野间不断旋转亮光。

这场景，似曾相识。

好一会儿，人群才在丁盘岭和丁长盛的呵斥声里慢慢安静下来，空出一条道来。

丁盘岭朝她招手：“来，飒飒，你过来看一下。”

易飒拉了把宗杭，两个人一起过去。

视线尽头处，有个黑黝黝的洞，不算小，比城市的井盖口还大些，被周围的夜光一衬托，愈加阴森黑暗。

凑上前去，还能感受到气流的上冲，只不过强度渐弱，地开门时最猛的那一下子应该已经过去了。

丁碛站在洞边，正拿着强力手电往下照，这种手电，往常照个两三百米没问题的，但这洞像是能“吃”光，手电光下去几十米，就没亮度了。

又有人折了根照明棒扔下去，一样的结果，连响声都没听上。

丁盘岭皱着眉头问丁长盛：“我们的绞绳有多长？”

“一捆一百二十米，至少带了二十捆，可以拼接，长度应该没问题。”

丁盘岭嗯了一声：“先安排个人下去看看。”

这话一出，原本窸窣低语的人群更安静了，甚至有不少人，不易察觉地往后退了退。

情况未明的，又有1996年的阴霾在先，谁也不想做那个先吃螃蟹的人。

易飒总觉得不太对劲，她上前一步，拽了拽丁盘岭的袖口，压低声音：“盘岭叔，我们不到，它不开门，我们刚到，就开了，你不觉得，巧了点吗？”

丁盘岭笑了笑：“也许，它在等我们来呢。”

说着，目光看似不经意地落在了丁碛身上。

丁碛愣了一下，旋即反应过来，上前一步，说了句：“我下吧。”

【11】

一番忙碌之后，半为方便行事，半为掩人耳目，原地的经幡拆除，搭起了一个大的军绿色帆布帐篷，大部分人都被安排在外策应，里头只留下重要的几个人，外加操作机械的、记录现场资料的。

改装后的小型滑轮吊机也推了进来，丁碛穿上特制的背带，背后的挂环和滑轮上的吊钩相扣，就可以借助机械的力量下降或者上升了——社会进步还是有好处的，用不着像当年的姜射护那样只凭手脚攀爬。

不过为了保险起见，他还是戴上了脚攀和手耙。

由于洞深不可测，届时手电光、哨声或者摇晃绳子这些手段可能都没效果，丁盘岭和丁碛对了手表，约定以半个小时为限，半个小时之后就会往上提拉。

一切准备就绪，丁碛双手撑住洞口边缘，正准备把身子探下去，丁盘岭叫住他："等会儿。"

然后让负责记录影像资料的人过来，手持摄像机的镜头对准丁碛："谁也不敢说下头是什么情况，万一有危险，保险起见，你有什么话要留吗？"

这话一出，帐篷里立时静了不少。

丁碛一愣，然后笑了笑，说了句："我不至于那么点背吧？"

他没话交代，丁盘岭也就不再强求，一挥手，吊机开始往下放绳。

几个人目送丁碛的身体晃晃悠悠下坠，没过多久，就看不见了。

只余等待。

有人送了折叠的帆布椅和军大衣进来，易飒裹着军大衣，窝进帆布椅子里，注意力一直不集中：时而听外头风声呼啸，时而看丁盘岭在洞边踱步。

记录影像资料的人暂停摄像，趴在洞边拿量尺测量直径，还细心取了撮泥壤塞进塑料封口袋里，滑轮吊机发出吱呀的轻响，一根吊绳放到尽头，就马上再接一根。

差不多二十分钟左右时，接到第七根，操作吊机的小伙子瞥了一眼计重仪表，脱口说了句："没力了！"

这意味着，要么是触地到底了，要么是挂在绳端的人没了。

气氛骤然紧张，丁盘岭看了眼手表："按照原计划，三十分钟回拉。"

三十分钟一到，吊机反向运作，计重仪表又有了数据，但这并不意味着丁碛平安，有很多种可能，比如人还在、人还在却死了，或者挂在绳端的并不是丁碛，而是别的什么东西。

所以丁长盛点了几个精壮的小伙子进来，手里持刀握棍的，守在洞口周遭，又让人拿了两爿铁网架，这东西边缘处有钩齿，两爿拼接成一个，既不妨碍吊绳运行，又把洞口网罩住了——有这两项措施，基本就可以避免下头蹿上怪东西来伤人这种意外了。

宗杭看得目不转睛的，觉得人生处处皆学问，三姓的很多安排，的确是缜密。

上拉比下坠没快多少，过了很久，下头才有摇晃的手电光打上来，伴着丁碛的声音："我没事，还是我。"

丁盘岭长舒了口气，让人把铁网架撤了，几乎是刚撤开，丁碛就上来了。

他全身水淋淋的，身子不住哆嗦着，头发眉毛上都挂了冰霜，这情形倒是出乎意料，丁盘岭叫了声："衣服，赶紧拿衣服过来！"

宗杭离得最近，来不及细想，拽下披着的军大衣就递了过去，刚递过去就后悔了：他居然给丁碛递衣服！

丁碛接过衣服，紧紧裹上，缓了好一会儿才开口："最底下不是地，是水。"

说完蹲下来，捡了块石子画了两道平行竖线，代表这个深洞，底部又画了一道长的横线："我试着下了水，下头又深又广，不是井水，像是洞底连了个湖，但是湖里怎么样，我就不知道了，我水性不行，只能撑几分钟。"

丁盘岭拍了拍丁碛的背："不错，可以了，你先回帐篷休息，把湿衣服换了，免得感冒。"

丁碛嗯了一声，吸着鼻子出去了。

底下是水？

跟姜射护那次好像不一样，跟1996年那次也相去甚远：1996年，洞绝对没这么深，也没有任何迹象表明遇到过水。

而且……

用水挡路，明显是要水鬼下。

丁盘岭也想到这一点了："没水鬼不行，我们人带少了。"

算上宗杭，这儿真正能"下水"的只有三个，而依照丁盘岭的行事风格，为了稳妥，再少的人也必须分成两个梯队，这样能及时组织救援，不至于全军覆没。

丁长盛皱眉："要么，把易云巧和丁玉蝶调过来？"

现下三姓水鬼凋敝，丁海金和姜太月都是奔八十的人了，前者心脏还不好，能用得上的，也就只剩这两个了。

丁盘岭低头看表："调是可以调，人多一点，就可以分两个梯队了。但时间不多了，再过几个小时就天亮了……"

要白白放弃这次地开门的机会，实在心有不甘。

易飒旁观这两人一唱一和的，觉得台子都搭好了，单等她表态，再说了，丁碛都下了，丁盘岭又是长辈，于情于理，都该轮到她了。

她甩掉军大衣："那我下呗。"

宗杭永远是跟着她的："我也跟易飒一起。"

先锋探路，的确是两个人互相照应着比较稳妥，丁盘岭也不多说废话，吩咐人拿了厚的潜水衣和潜水表过来："我会把易云巧和丁玉蝶再调过来，所以你们这一趟，主要是观察，下头真有东西，看在眼里就行，不要轻举妄动——有什么事，人齐了再办。"

又跟易飒对时间："理论上，一个小时往回拉，但如果拉起来没重量，我们会继续等，每半个小时试一次，直到拉到人，会一直试到天亮，还有问题吗？"

安排得挺到位，没问题了。

于是眼睛里滴亮子、换装、戴上背带，腰间一边悬防水手电，一边插乌鬼匕首，各自多背一捆绳索，这是下水之后牵路用的。

试了一下，滑轮吊机的承重力还不赖，吊两个人没问题。

下洞前，照例被问有没有话留。

易飒没有，反正她家里没人，心无挂牵。

宗杭想了会儿："请你们好好照顾我父母，他们遇到什么事，你们明里暗里，能帮个忙。"

吊绳再次下放。

宗杭仰头看洞口，那个口，开始很大，然后越缩越小，像高处悬挂的发亮鸡蛋。

宗杭说了句："好慢啊。"

话一出口，先被自己的声音吓一跳：地下的声音本来就又闷又滞，加上洞壁逼仄，有奇怪的回声。

易飒说："这儿环境不一样，海拔太高，下缀和上提都要慢，好让人适应，太猛的话容易出问题。"

宗杭嗯了一声。

再抬头看，洞口已经看不见了，周围黑漆漆的，亮子似乎都不太管用，地底的那种安静慢慢围裹过来，带着阴冷和潮湿，而这下坠的行程，似乎永无止境。

宗杭忽然笑起来。

易飒奇道："你笑什么？"

凶险未卜的，她胸口窒闷得厉害，他居然在这笑。

宗杭说："不是的，我忽然想起我小时候，家里的阿姨去菜场买鱼，你见过吗？以前买东西，不一定都拿塑料袋装，肉会用一根绳扎了拎起来，鱼也是，一根绳上可以穿好几条鱼嘴，拎着走……你看我们两个，好像被拎着的两条鱼哦。"

都什么时候了，还有这心情去想菜场闲趣，易飒也是挺佩服他的。

不过两个人同下，偶尔搭两句话，是比一个人在黑暗的隧道中上下要好多了。

易飒搓了搓手：真冷，寒意透过潜水衣，轻而易举侵肤入髓，丁碛下来时，至少穿了厚衣服，不像她和宗杭，薄薄的一层潜水衣就下来了……

不对啊，她是不是傻？换了潜水衣之后，可以裹着羽绒服或者军大衣下来的啊，下水前脱了就行，为什么直接就这样下来了？

这些日子以来，她智商真是明显下降，究其原因，近墨者黑，显然是被宗杭带连了……

“易飒，你是不是冷啊？”

易飒往黑暗里斜了个白眼：“废话，你不冷啊？”

宗杭犹豫了一下：“要不要……我抱着你？那样你会暖和一点。”

抱着？

易飒居然没能第一时间反应过来，她想了一下两个人抱在一起是怎么个姿势，忽然红了脸。

耳畔传来挂钩的碰响，是宗杭正费力地把身子转过来朝着她：“你不要多想，不是那种抱，是取暖的那种，因为好冷啊，真的。”

越久越冷，他牙关都打战了，哆嗦着问她：“我抱你了哦？”

易飒没吭声。

宗杭吸了吸鼻子，又用力搓手臂取暖，易飒不同意，他不敢乱动。

童虹说，这叫尊重，你要尊重女孩子的意见，你能不能坐在她身边，能不能碰她，你都得问一下，别自以为是地认为她会喜欢、会接受，你又不是她。

“行吗？”

易飒终于嗯了一声。

可以了？

宗杭有点紧张，都忘了该怎么去抱了，迟疑了半天，才一手搂住她的腰，另一只手搂住她的肩，把她慢慢揽进怀里，低下头时，下巴正蹭压着她的头发。

跟想象中一样，又香又软，这香里还带着暖，宗杭头一次发觉，她真是纤瘦小巧的，一抱就能包住的那种。

他忘了冷了，相反地，还出了点汗，心跳越来越厉害，扑通扑通。

要命了，宗杭觉得整个洞里都是他的心跳声。

易飒肯定听见了。

他想给自己挽回点自尊：“我心跳是不是很厉害啊？”

易飒嗯了一声。

“那我高反还真是挺厉害的。”

易飒没吭声，怕他尴尬。

她觉得，他好像……不只是心跳有异常反应。

就当都是高反吧。

脚下终于踩到了水。

易飒攀住洞壁，先解下自己身上的那捆绳，跟挂钩绑在了一起，然后吩咐宗杭："下了水就跟着我，一边走一边放绳，我这边绳子尽了，你那捆再接上，回来的时候也顺着绳回，还有问题吗？"

宗杭摇了摇头。

很好，易飒深吸一口气，又搓了搓脸，做好了应对冰水的准备，手上一松，身子直直沉了下去。

宗杭随即跟上。

大概是在上头挨了冻，身体有点麻木了，下了水，反而没想象中的那么冷，而且这水，有一种清透的光亮，水中许多悬浮物，棉絮样漂荡。

易飒腕上绕着绳端，长绳飘飘悠悠，在深水里逶迤拖开，宗杭伸手搭住绳身，紧随在后，还时不时回头，怕身后有什么东西突袭。

很快，这根一百二十米的长绳就放到了尽头，宗杭解下自己身上的那捆接上，将活动范围又延长了一倍。

这个方向好像没什么异样，易飒示意了一下反方向，宗杭会意，水中折了个身，牵着长绳去往另一端。

这一边有点奇怪，宗杭总觉得，越往前进，眼前好像就越亮。

他和易飒对视了一眼。

息壤吗？

他记得息壤活动频繁时，亮度好像会增大，但印象中，没有哪一次亮成这样的，好像即将去往的方向已然是白昼……

易飒突然一把拽住了他。

宗杭心跳如鼓，仰头去看。

怎么说呢，已经在水下了，但前方高处像是出现了瀑布，水中的瀑布，泛莹白色柔光，不断往下流泻。

息壤瀑布吗？挺美的，尤其还是沉在水中的。

宗杭正看得出神，"瀑布"的顶端出现了一片蠕动着的黑色。

他以为是自己看错了，拿手揉了揉眼睛。

没错，是真的，而且，随着"瀑布"的流逝，那黑色越来越大，像是一团团的肉块，组合成怪异的形状……

看着看着，宗杭脑子里轰的一声。

他看出这像什么了。

"瀑布"泻开的部分，像揭开了半个脑壳，而那些堆砌了足有几层楼高的肉块，像颅骨内的脑子，虽然跟人的有区别，但让人有强烈的直觉——

这就是大脑。

漂移地窟里，深水中，有一个巨大的脑状物。

【12】

这到底是个什么东西？

易飒盯着看了会儿，后背的凉气蹿上大脑，愈加毛骨悚然：换了任何人，面对这么一个巨型的、起伏蠕动的“大脑”，都不可能无动于衷。

反应过来的宗杭伸手往后拽她，这个时候，不需要打任何水鬼招，姿势和表情足以说明一切：走！趁着没惊动它之前，赶紧走！

易飒被宗杭拽出了两三米多才反应过来，又反手把宗杭给拖住。

低头看表，下来刚过一个半小时，距离天亮还有四个多小时，不出状况的话，有足够的时间观察这东西，而观察到的信息越多，对他们来说就更有利。

当侦察兵的，见到敌情就该迎头而上，哪能转身就跑啊。

虽然水底不能对话，但看眼神表情，也知道她是什么决定，宗杭叫苦不迭，却又无可奈何，只好拔了乌鬼匕首在手——以匕首对付这玩意，效用大概等同于牛毛搔痒，但管它呢，壮壮胆也好。

再往前游了一段，离那个“大脑”更近了，而且水质越来越胶质般黏稠，大概是这东西身上有黏液，都沉积在了就近的水中。

也不知道这黏液有没有毒，宗杭心头一寒，但转念一想，又认命了：都已经在水里泡了这么久了，有毒也受着吧。

远观才见其轮廓，近看其实不像大脑，就是一个个巨大的黑褐色肉块，呼吸般起伏，边侧的水被带得一激一荡——肉块的表面上有肉丝状的纹理，还密布着类似血管的根根凸起。

易飒伸出手，犹豫着是不是该摸一下。

宗杭手疾眼快，一把抓住她的手，如果可以的话，给她下跪他都愿意：求你了祖宗，你别乱摸行吗？

你知道这玩意是什么东西？万一有嘴呢，能吃人呢，你这手一挨上去，它漩涡样把你吸走了，我上哪拽你去？

易飒其实也不是很坚定，被他这么一拉，顺势作罢，就是转脸看到宗杭的表情时，止不住想笑：原本年轻甚至稍显稚嫩的一张脸，此刻满布担心纠结，像操碎了心的老母鸡、愁白了头的老父亲。

算了，尽量安全第一，像丁盘岭说的那样，能看多少看多少，其他的，等水鬼聚齐了再说吧。

易飒带着宗杭在就近游了个来回，没什么新的发现，这东西始终蠕蠕而动，乍看心惊，看久了就无所谓了。

她朝宗杭打了个返回的手势。

终于可以折返了，宗杭暗舒一口气，两人顺着绳索往回游。

才刚游了几十米，水流突然发生了变化：原本像一池死水，谈不上什么流动，但就是顷刻之间，忽然一齐逆着他们游动的方向涌卷了过来，急流中的人，大抵跟风里的蚂蚁差不多，哪经得住这样的力？

两人瞬间被水流带得卷翻开去——那感觉，像是一池水的池壁上忽然开了个洞，所有水都迫不及待要从这洞里漏出去。

易飒还好，她的手腕绕缠在绳子上，不管在水里怎么翻滚旋绕，手上始终有个抓力点，宗杭就没这好运气了，他只是扶着绳身，一旦松脱，再也没处抓靠，整个人身不由己，被水流激得晕头转向，心下一片冰凉。

——会被冲到哪里去？该不会是这趟要死了吧？

——以后，再也见不到易飒还有父母了吧？

正仓皇无措，水下一个浪涌，脑袋忽然被推到水面以上，他听见易飒的叫声："宗杭！抓住！抓住！"

抓住什么？

宗杭不知道，但她既然让他抓，照做总没错的，宗杭拼命蹬水乱抓。

某个瞬间，双手忽然抓进一堆黏腻的软肉里。

好歹是有可抓的实物了，宗杭想也不想，闷头就往上爬，才爬了两三步，忽然反应过来。

是那个"脑子"吗？

还没顾得上恶心，后背蓦地被大力推拥：他也不知道怎么回事，居然正爬在两爿肉块之间，那两爿肉正蠕动着往内推挤，他正夹在中间，也被带得卷了进去。

眼前瞬间黑下来，一张脸被冰凉软肉贴得严严实实，连气都喘不上来了，宗杭拼命挣扎，只是挣不出去，到末了，大半个人都被吸吞了进去，只余下一条胳膊还在外头乱挣——好在陡然抓到了什么。

是易飒抓住他的手了。

易飒嘶声大吼：“宗杭，你撑住了，先闭气！”

宗杭已经没法闭气了，只能铆住最后一点劲咬牙死撑，周身一片能杀人的冰凉绵软，绵软里又带纹理的粗糙，前后夹击的压力下，他觉得自己的骨架都在吱呀作响……

就快撑不住的时候，终于迎来了解脱：背后的推力骤然卸去，大把的空气涌进鼻端。

猝然能够呼吸，宗杭反眼前发黑，一头往下栽去，忘记了手上还死抓着易飒，把她也拽了下来。

连着两声扑通水响，这是又掉进水里了，不过进了水，反像是回了老家，没那么难受了。

易飒搂住他的腰，踩着水把他架出水面，一迭声问他：“没事吧？宗杭？快，说句完整的话。”

宗杭吐出一口浊气，外带浊水：“我没事，没受伤。”

边说边仰头去看。

看清楚了，这其实是个巨大的地下洞，原先盛满了水，以至于他们以为是地下湖，但现在，湖水至少泄空了一半，所以人能浮出水面，也能呼吸到空气。

那个半开的“大脑”，也几乎全部露在了水面上，仍在蠕蠕而动，看来刚刚的险情并不是针对他的攻击。

之前他被卷入的那一处，已经被砍挖得一塌糊涂，不远处的水面上，还漂着一些砍下的碎肉块。

看来易飒是动用了乌鬼匕首，又砍又挖，才把他给弄出来的。

宗杭头皮发麻：这东西……受了伤，会不会暴走发狂啊？

易飒怕的也是这个，但胆战心惊了一会儿之后，发现那东西依然不紧不慢地蠕动着，并没有要报复的意思。

也许是因为双方体型悬殊，一头狮子，被蚂蚁咬了几口，只当挠痒，不屑于大动干戈……

易飒低声说了句：“走，慢慢走，动静小点，别慌。”

宗杭嗯了一声。

两人依然面对着这东西，动作幅度很小地后退着划水，划了一段之后，几乎是同时发现了什么、同时停了下来，继而同时开口。

易飒：“宗杭，它被砍的地方，是不是长出来了？”

宗杭：“易飒，你看水里的那些肉块，是不是……变大了点？”

都没错，那被粗暴砍割的地方，正在慢慢复原，而水里的那些，不知道是不是被水泡胀的关系，真的比之前大了些。

这又是什么意思？

两人对视了一眼，再然后，不约而同、身子掉转、抓住牵路绳，没命样往洞口处游了过去。

幸运的是，接下来一切都顺利，那东西没追过来，吊绳也及时上提，上到洞口的时候，有人递来毛巾，有人送上姜汤，帐篷内甚至提前生好了火。

一番哆嗦之后，裹着军大衣的易飒和宗杭终于缓了过来。

丁盘岭显然对他们寄予了很大的希望："怎么样，有发现吗？"

易飒点了点头："算是有吧。"

丁盘岭略舒了口气之后，更加紧张了，想追问，扫了一眼帐内的人，又忍住了："我们换个地方说。"

易飒和宗杭跟着他出来，这才发现这一上一下的时间，丁盘岭他们已经安排人把之前的营地整个儿挪了过来。

两人跟着丁盘岭进了另一间大帐。

这儿算是指挥中心，也是丁盘岭的住所，比他们的双人帐豪华多了，配有发电机、小型取暖机、应急电灯，连简易的桌子凳子都有。

刚进帐，丁盘岭忽然想起了什么，转身向着外头的人吩咐："把长盛和丁碛也叫过来。"

叫丁长盛过来，易飒可以理解，但什么时候丁碛也这么受重视了？

易飒心里一动："盘岭叔，丁碛现在跟着你做事了？"

丁盘岭笑了笑："都是帮三姓做事，不分跟着谁。"

这话说得，还真是滴水不漏，易飒撇了撇嘴，漫不经心转头。

视线恰落在那张简易的折叠桌上。

折叠桌上，摆了电脑、纸笔，一本黑色皮革手册——易飒认得，是她好不容易从窑厂里偷出来，又物归原主的那本。

黑色皮革手册下头压着的那本，那是……

想起来了，是那本她从丁长盛书桌里翻出来的软面册子，之前插在后腰，可惜从洞口钻出来的时候，无意间碰掉了。

易飒依稀记得，软面册子里记录的，好像类似什么临床症状……

正想着，丁长盛和丁碛一前一后进来，丁盘岭示意易飒："你可以说了。"

易飒把心思暂从软面册子上收回，一五一十把水下发生的事复述了一遍。

丁盘岭听得很仔细，偶尔询问两句，由于宗杭和那东西有过直接对抗，他问宗杭的更多。

“所以，那东西没有温度，是冰凉的？”

宗杭想了想，很肯定：“是冰凉的。”

“很软，没有骨头？”

真不想去回忆那感觉，太恶心了，宗杭嘘了口气：“又软又腻，形容不出的那种感觉，身上还黏黏的，跟胶水似的。”

丁盘岭眉头紧皱，半晌没言语，过了会儿，他走到桌边抽了张纸，快速在上头写下几行字。

易飒把身子倾过去看。

他写的是：

——肉块、肉丝状纹理、血管凸起。

——地下、有水。

——可再生、修复功能强。

写完了，他盯着看了很久，又递给丁长盛：“你觉得，像不像……那个东西？”

丁长盛没立刻反应过来，易飒也一头雾水：“像哪个东西啊？”

【13】

丁盘岭笑了笑：“你长在南方，又长期生活在国外，应该没听说过，我们北方的乡下，有些地方挺信这个的……”

这一下提醒了丁长盛，脱口说了句：“太岁？”

“像不像？”

丁长盛连连点头：“是像，确实有点像。”

丁碛也是一脸恍然。

怎么好像都知道的样子，偏自己不知道，易飒只好向宗杭找安慰，好在宗杭从不让她失望：“什么太岁？犯太岁吗？”

丁盘岭摇了摇头：“中国古代的传说里，太岁就是生活在地底下的，形状像肉一样，所以又被称为‘肉灵芝’。有句话叫‘太岁头上不可动土’，就是因为古人普遍认为太岁是凶神，挖到这种东西很邪门，会给人带来灾祸。”

说着指了指电脑：“信号一会儿有一会儿没的，但你可以搜一下，说法应该挺多的。”

宗杭赶紧过去，点开网页搜索，输入“太岁”两个字。

易飒也凑过来看。

信号还可以，网页卡了会儿就出来了，条目还真不少。

原来一个“太岁”，有这么多种解释。

第一种解释是道教里的神，太岁星君。古时候，一甲子是六十年，传说每一年，天上就会派一个神仙出来值班，负责管理这一年出生的人一生的祸福，常说的“犯太岁”，就是指某某人的流年不大好，冲撞了今年的太岁神。

这解释神话色彩太浓了，而且宗杭感觉，漂移地窟的那位，跟天上的神仙……好像没什么关系。

第二种解释是凶神凶物、邪门阴怖的玩意儿，也就是丁盘岭口中的“太岁头上不可动土”——它一般藏在地下，形状像个肉块，你别去动它，一旦挖着了，灾祸就来了。

还列举了两则志怪故事。

一则出自《酉阳杂俎》，说是有一户人家，建房子时，偏要在“太岁头上动土”，结果“见一肉块，大如牛，蠕蠕而动”，没过多久，家里人就死了个七七八八。

另一则来自《广异记》，主人公姓晁，大概是少年秉性，从不信鬼神，偏喜欢在冲犯太岁的方位挖土，有一天居然挖到一块蠕动的白色肉团。

晁姓小哥也是刚猛，非但不怕，还挥起鞭子抽了它几百下，然后扔到了路边，第二天起来一看，那肉团已经不见了。

第三种解释更科学化一些，认为太岁是一种生物，古已有之。

古代典籍里最早提到太岁的，是《山海经》，称它为“聚肉”“视肉”，总之脱不了一个“肉”字，可见它的质地确实跟“肉”挺像的。

《本草纲目》里也提过它，叫它“肉芝”，“久食，轻身不老，延年神仙”，它可以自生自长，“食之无尽，寻复更生如故”，而且这东西非常珍贵稀罕，据说秦始皇当年派徐福出海找仙药，列出的药名中，就有一味是“肉灵芝”。

1949 年后，国内也有过几次民间发现疑似“太岁”的记录，多在北方。

现代科学认为，太岁是一种罕见的黏菌复合体，差不多跟地球一样古老，以至于有人宣称它是一切动植物和人类的祖先，说是它当年进化的时候，其实前途一片大好，只要愿意，它可以选择进化成植物、动物或者菌类，但它自己停止进化了。

当然，众说纷纭，并没有权威定论，一是因为这玩意实在太过稀少，样本奇缺，没法展开系统研究；二是黏菌体的成分复杂、种类繁多，每次发现的都不太一样，换句话说，从来没发现过两种一模一样的太岁。

……

再往后翻页，就没什么新说法了，来回往复，都是那几种。

丁盘岭知道他们看得差不多了："是有点像吧？"

这可不止"有点"那么简单，宗杭觉得几乎可以下定论了：难怪之前易飒拿乌鬼匕首又劈又砍的，那东西没暴躁，也没反击——对它来说，反正随生随长，修复能力那么强，根本不认为被劈砍是一种伤害。

易飒忍不住："但地窟里那个有几层楼高，它能长到那么大？"

丁长盛接茬："地理环境不一样吧，我们北方的传说里，太岁都是在土里挖到的，挖得也不算深，通常几米左右，最多不过十几米，大小嘛，或是'大如牛'，或是'大如盆'，但这儿是三江源，我们吊机放绳的时候，接了七根绳，接近一千米了，而且下头还有水，听你们的说法，它外壳上还包着息壤，活了不知道多少年了，长到这么庞大，好像也不是没可能。"

"那它……"易飒话没出口，自己先瑟缩了一下，四面看看，声音低了下去，像是生怕被什么听了去，"那它也像我们一样，有脑子，有知觉，能思考事情？"

宗杭低声说了句："能吧，如果真是它布置了息巢，又诱导着你编了个上一轮文明的故事，它能不会思考吗？"

易飒嘀咕了句："这是成精了。"

丁盘岭沉吟着说了句："应该是并没有停止进化，其实进化这种事，跟成精也差不多——从猿到人，从某个角度来看，不也是猿猴成了精吗？猿猴原本只能四肢并用在地上爬、不会讲话、吃生的、喝生的，经过了几万年甚至几十万年的'修炼'，最后飞升成人了。"

说着走到桌边，将电脑屏幕移向自己，往前翻看了一下宗杭他们浏览过的网页："那些民间传说、志怪笔记里，都说太岁邪门，招惹了会有祸端，会不会就是因为那些太岁已经进化得有意识了，知道怎么去实施报复？"

试想，太岁窝在地底下，那儿是它的"家"，你在太岁头上动土，等同于掀了它的老窝——你动了任何动物的老巢，都可能招致报复。

而太岁之所以分外可怕，是因为你根本不了解它。

你以为它只是块能蠕动的肉，连生物都不是，但其实它非旦是，而且什么都懂，甚至能做很多事，它只是不动声色，诱使着所有人认为，它只是块无知无觉、最多蠕动两下的蠢物。

它也不怕人吃它，因为它随割随长，而且……

宗杭忽然打了个寒噤："你们说，人吃了它，到底是它吃了人，还是人吃了它呢？"

这话问得其实挺拗口的，但在场所有人都听明白了。

人吃了太岁这种事，也可以理解为太岁进了人的身体。

你凭什么觉得它是死了、被你强大的胃消化了，而不是反客为主，侵入了你、悄悄把你转化了？

神话传说里，吃了太岁的人，"长生不老""身轻如燕""腾挪如猿""恶疾立愈"，甚至于"起死回生"，惹得旁观者艳羡不已，恨不得自己也能切两片尝尝——但如果这些"幸运儿"都已经不再是从前的自己了呢？

普通的太岁都能有这功能，更别提漂移地窟里这个堪称老妖精的了。

丁长盛喃喃："是有这个可能，咱们三姓的老祖宗，也许就是吃进去几口……或者其他原因，被转化了。想想我们水鬼的异禀吧，身体比常人要强健得多，又能在水里存活——那是因为漂移地窟里这只，它就是靠水活的，这是它的特质，我们只是遗传了下来……"

丁碛轻声说了句："干爹的意思是，三姓的溯源，还要再往前，三位祖师爷不是源头，他们上头，还有太岁？"

易飒忽然觉得滑稽。

他们这一回，劳师动众，不远千里的，这是干什么来了？拼家谱来了？终于发现真正的老祖宗是谁了？

丁盘岭点头："目前看来，似乎就是这么回事。和普通人相比，三姓确实特殊，可能我们自始至终都是另一种人。"

易飒失笑："盘岭叔，你不会是想说，现在的情形是大水冲了龙王庙，大家其实是一家人吧？"

怪不得刚到这儿的第一晚，被窝还没捂暖，漂移地窟就"地开门"了，这是太岁知道他们来了，有意识"邀请"他们下去观察、再推理，帮他们认祖归宗呢。

丁盘岭眉头锁起："等等，咱们现在得往前理。"

他看向易飒："金汤穴里的息巢是真的，尸体也是真的，对吧？"

易飒点头。

丁盘岭沉吟："它们有一个计划，先不去管它这计划是什么，但它为了遮掩，显然设想好了一系列意外情况，总有后备方案。"

"如果没人关注这事、没人阻止姜骏他们，这计划就会顺理成章实施，但事与愿违，闲杂人等进了金汤，还试图探究事情的真相……"

易飒接口："为了遮掩，它就甩了一个框架很大的故事出来。"

丁盘岭嗯了一声："甩得非常巧妙，不是直接给，而是让你绞尽脑汁去推理、去猜……"

上一轮文明、人工智能什么的，确实一下子把人的视线带远了，也让人在震惊之余、权衡之下，觉得接受"它们"的到来挺好的。

可惜没经得住推敲。

不过没关系，它们依然有后招。

漂移地窟。

这次下漂移地窟，一路顺畅，完全不费劲，是因为它们给开了绿灯：它们想让你看到它们的真身、想让你知道三姓是怎么来的。

你们以为在对抗未知的敌人，但交戈之际，你们才发现，三姓其实源出于此，根本也不是纯粹的人。

那么问题来了。

丁盘岭看向易飒："咱们就当漂移地窟里的确实是太岁，三姓的祖师爷，也确实是被太岁转化来的——但回到老问题，它的目的是什么呢？它在息巢里储备了那么多尸体，又想干什么呢？"

没错，丁长盛也是一头雾水，是太岁的这个解释，还不如上一轮文明来得靠谱呢：至少上一轮文明，是有一个个人要"来"的，可以和息巢里那些尸体"匹配"上，但一个巨大的太岁，要储备那么多尸体干什么呢？

【14】

一片沉默里，丁盘岭说了句："再看看，多想想，先别忙着下结论。"

漂移地窟还没关闭，丁盘岭招呼丁长盛和丁碛再过去观察一下，易飒和宗杭就不凑这热闹了：下了水，体力消耗太大，更何况又是在高原，得好好休息。

两人在营地绕了一圈，找到了迁移过来的帐篷，进去一看，大概是因为整体搬挪的关系，里头的睡袋、衣物，包括行李，都已经混成一团了。

易飒无所谓，拎起自己的睡袋抖了抖，直接钻裹了进去，宗杭倒是有耐心整理，还一条条去捡钓鱼机里散落的小鱼。

易飒瞥见了，漫不经心说了句："都坏了，还管它干吗？"

宗杭没吭声，有意义的东西，坏了他也不想扔：捡齐了之后，还拿塑料袋装了包好，结实打了个扣封口，这才钻进睡袋。

按说都凌晨了，该是人最困的时候，但刚剧烈运动过，又是在冷水里，精神反而格外抖擞。

宗杭偏头看易飒。

她也没合眼，正拧着眉头看着帐顶发呆。

宗杭把身子侧向她，觉得她肯定要说点什么。

果然。

易飒没看他，话却是向着他问的："丁盘岭说，先别忙着下结论，你觉得这代表了什么？"

这还用问吗？

宗杭说："他应该是觉得，目前的猜测还都站不住脚吧。"

易飒慢慢合上眼睛。

漂移地窟里，的确有一只巨型的太岁。

金汤穴里，也的确有无数尸体。

该摆出来的，其实都已经摊上了台面，就是背后的故事，依然云遮雾罩。

第二天一早，易飒被嘈杂声吵醒，又听到车声隆隆，似乎有不少人离开。

宗杭还在深睡，易飒没叫他，自己披了衣服出去看，才知道漂移地窟已经封口了——手持摄像机记录了全程，画面上，土壤以漩涡状慢慢聚合，末了除了留下圈痕外，跟周围的地面也没太大差异。

而那一拨提前离开的人，是得了丁盘岭的吩咐，根据漂移地窟既往的移动规律，又赶赴下一个可能"地开门"的地点。

易飒心头一动：还要继续追着漂移地窟，那就说明，事情的确没完。

她过来找丁盘岭。

天已经亮了，丁盘岭的帐篷里还亮着灯，易飒掀开帘子进去，看到丁盘岭正坐在桌子边，手里拿着笔，桌上摊放了很多纸张，上头涂画得密密麻麻，还有不少揉成纸团的——床铺昨晚什么模样，现在就什么样，显然是一夜没睡。

易飒犹豫了一下，思忖着是不是不该过来叨扰，丁盘岭倒是无所谓，招呼她在桌边坐下。

落座的时候，易飒朝桌面上的字纸瞥了一眼，很多张上都有"太岁"的字样。

丁盘岭注意到了她的目光，问得直截了当："觉得它厉害吗？"

易飒点头："除了人以外，还有别的东西能思考、有思维，这不只是厉害了，挺可怕的。"

"那你觉得，它的掣肘是什么？"

有吗？

易飒摇了摇头。

丁盘岭在字纸间翻了翻，递了一张过来，上头的图很熟悉，是漂移地窟的轨迹图。

“有没有发现，它怎么漂、怎么移，都没有离开过三江源这一带？真有那么大能耐，怎么不漂去鄱阳湖、壶口呢？”

易飒脑子里火花一闪，脱口说了句：“它离不开这儿？”

丁盘岭点头：“我昨晚查过资料，太岁长在地底，靠水存活，也极耐低温，三江源的地理环境挺特殊的，尤其是水，万水源头，李白的诗里说‘黄河之水天上来’，认为源头的水都是天水，没有污染，最干净——这种水，很可能既成就了它，又限制了它，让它根本走不了。”

易飒一颗心怦怦跳。

确实，源头的水一路流往下游，途中不知道会注入多少乱七八糟的东西，诸如泥沙烂草、血水死尸、恶臭浊物，水质一言难尽，这太岁怕是根本就消受不了。

原来它走不了，难怪很多事都要假手他人。

丁盘岭把另一张纸推过来：“我又列了一下这些年它干了什么事儿。”

易飒拿起来看，上头列了好几行。

第一行是：祖师爷、祖牌、三姓。

“祖牌？”

“是啊，”丁盘岭有点唏嘘，“这些日子，查这个查那个，一直没怎么关注祖牌，但想想祖牌的那些功能，那根本就不是什么普通的祖宗牌位，应该也是从太岁这儿带出来的。

“咱们三姓的锁开金汤，每次用到祖牌的时候，都毕恭毕敬说什么‘请祖师爷上身’，这种事，其实是交出了自我控制权，让别人来控制你的行为、控制你的脑子——你觉得祖牌像什么？”

易飒想起在鄱阳湖底，姜骏将祖牌抵上额头时，附近的水鬼，包括藏在淤泥里的丁玉蝶，都没能躲得过去。

又想起在息巢里，姜骏把额头贴上她的额头，她脑子里瞬间紊乱，像是受到了干扰，出现了很多没见过的碎片场景。

祖牌好像一个精神力极强的存在，能影响、甚至控制人的思维，在锁开金汤时，暂时替代了水鬼的脑子，指挥着他们的一切行为。

易飒不可置信地呢喃了句：“脑子？”

丁盘岭笑起来："听你这么说，我就放心了，我昨晚也想着，这祖牌，会不会像是太岁的脑子？又觉得太荒唐了，现在看来，不是我一个人这么想啊——用祖牌的时候要贴住额头，还得在水里用，可见在特定的条件下，它是能控制人的行为的。"

没错，在壶口的金汤穴里，丁玉蝶的一举一动，就是完全被控制的，只不过有时间限制。

她继续往下看。

——金汤穴，息巢，尸体

——1996 年，把人引往漂移地窟，第一批三姓异变

丁盘岭知道她看完了，又把纸接了回来："做任何事，动机可以被掩饰、曲解，但是曾经干过什么，是实实在在的。它的确是安排了三姓的传承，在水下建了息巢，又故意用翻锅这件事，把人引去了漂移地窟……"

易飒脑子里灵光一闪：如果祖牌真等同于太岁的脑子，三姓又给它提供了耳目，那它想安排翻锅太容易了，只要在控制水傀儡的时候故意出错，或者进了金汤穴但取不出东西来，那就是翻锅！

这么一来，太岁的行为好像能大致理出个脉络。

易飒抽过一张还有空白的纸，在上头画了条直线，然后依次分段。

第一阶段，历时很久，长达上千年。两件事并行，一是创立三姓，不断传承；二是完善金汤穴——金汤穴的规模那么大，不像是一夜之间建成的。

第二阶段，是近百十年，它开始安排翻锅，使得三姓惶惶不安，开始思谋着去找漂移地窟。

第三阶段，从 1996 年开始，第一批进漂移地窟的人产生异变……

易飒的笔头在这里顿了顿："我猜太岁的本意，应该是想控制一批人，然后分派这批人进入息巢，去做接下来的事，但没想到的是，这批人出了事，被关进了窑厂。"

丁盘岭也是这想法："最理想的情况是这批人皮相不变，里子变了，这样既能瞒天过海，又能顺利行事。谁知道当场死了一批，异变了一批——这又暴露了它的一个劣势，虽然我还不知道它是怎么实施这种转变的，但它控制不好这种转变，只能听天由命，所以出来的成品参差不齐。"

而其后发生的所有故事，几乎都由此展开，这秘密渐渐往外渗漏，欲盖弥彰，终于被慢慢揭开。

易飒忽然想到了什么："那个预言呢，不是说祖师爷给过一个预言吗，接连翻锅的时候，也正是'不羽而飞，不面而面，枯坐而知天下事，干戈未接祸连天'的时

候，大家就应该转向漂移地窟求助了。”

丁盘岭说：“这个预言，三姓内部口口相传，都说是祖师爷口占的，但较起真来，没法考证。你也知道，夏朝那个时候，是没文字记录的。

“这次祠堂那边翻查资料，我特别让他们留意了，那头回复说，能翻到的最早关于这则预言的记录是宋朝时候的，明朝时候也提过几笔。”

易飒不觉得这有什么问题：“宋朝也是上千年前了啊。”

丁盘岭摇了摇头：“我记得我跟你提过，唐朝的时候，有个叫袁天罡的，和人合著过一本有名的书，叫《推背图》。

“这个《推背图》，据说是奉唐太宗的命令，推算唐后两千余年间的国运，其中第五十六象有一句话，叫‘干戈未接祸连天’，是不是跟祖师爷口占的一模一样？还有一句，叫‘飞者非鸟’，觉不觉得跟‘不羽而飞’很类似？”

易飒没反应过来：“祖师爷的预言，跟《推背图》撞了？”

丁盘岭苦笑：“飒飒，关键时刻，你脑子糊涂了，实际的文字记载，《推背图》是在先的。而且，流传至今的《推背图》是后人的精简整理版，据说最初问世的时候，里头的大致时间节点都给出来了，当时的人唯恐泄露天机引起恐慌，才删除了时间和很多细节，只留下似是而非的谶言和颂词。”

易飒愣了好大一会儿。

——《推背图》在先，这则预言早就有了，源出李淳风和袁天罡。

——但后来，三姓内部流传的说法是：这是祖师爷口占的，这则预言应验的时候，就是翻锅的时候。

她试图去梳理一下：“太岁知道这则预言，也清楚这则预言应验的时间节点，那也就是说，翻锅的时间其实早就定好了？”

丁盘岭点头：“它有一个时间表，哪个时间段做什么事，好像都安排好了。”

易飒后背发凉：“那它想干吗呢？金汤穴里那么多尸体，肯定是要启用的——控制尸体，取代人类，成为新的统治者吗？”

丁盘岭失笑：“你们这些年轻人，电影看多了……取代人类对它来说，有什么意义吗？反正一切都还不好说，别急着下定论。我已经通知了丁玉蝶和易云巧，等他们来了，水鬼的人手足够之后，我要自己下一趟漂移地窟，希望到时候，能有新的发现。”

说着拿手揉了揉太阳穴，疲态尽现，又拢了拢桌上的资料。

这表示谈话是告一段落了，易飒知趣地起身想走，目光及处，又站住了。

那些字纸拢起，她又看到了那本软面册子。

她忍不住，索性直说："盘岭叔，这本册子里，记的是什么啊？我记得我在丁叔办公室也看过，到这儿你都带着，很重要啊？"

丁盘岭迟疑了一下，似乎下定了什么决心："你既然问起来了，也挺好的，我之前还想着，有些话，是得你去跟宗杭说。"

宗杭？

易飒心里一惊，坐了下来，垂在身侧的手不觉蜷起："关宗杭什么事啊？"

丁盘岭把册子推过来："这是我们对1996年那次生还的人做的身体症状观察记录，很遗憾，这批人都没活长。短的三五年就死了，最长的是你姐姐，二十一年，但据长盛说，她身上已经有腐臭味儿了，这是死亡的先兆，也正是因为这个，长盛他们看守得松懈了，让她逃了出去。"

他盯着易飒翻开册子的手，她自己可能都没察觉到，她几个手指的指尖正不协调地微颤。

"一般有谵妄征兆出现时，死亡就已经提上日程了，再严重一点的是流血，那种愈合的伤口，会忽然不明不白流出血来，间隔时长不定，但次数会越来越多，同时伴随着毛发的枯萎，牙齿和指甲都会脱落，到最后身体出现腐臭味时，用刀子割都未必割得出血来，但越是这样，那些人就越要往身体里去抓、割、找血，看到血还在流才安心……"

易飒脑子里一片空白，觉得纸页上的字扭曲晃转，根本看不清。

只机械地去问："那我姐姐从出现谵妄到身体有腐臭味……"

丁盘岭说："三四年吧，不到五年。"

易飒僵硬地笑笑，口齿都有些不利索了："那……那我跟宗杭说什么？"

"他还好，前几个月才异变，而且看外表，情况比易萧要好得多，也许他能撑的时间更长，二十年，甚至三十年，都有可能。但他有权知道自己会面临什么，也该知道对比常人，他的生命会短许多。提前告诉他，他可以有个心理准备，未来更珍惜时间，多花点时间在更值得的事情上，不去追求没结果的事，是吧？"

【15】

从丁盘岭的帐篷出来时，易飒在门口站了会儿。

不知道在看什么，但一切又都看进了眼底：远处发亮的雪盖把那一片的天衬得泛白，蜿蜒的银色细流像针脚细密的缝线，把一块一块青褐色的苔藓缀织在了一起，帐篷间袅娜着晨炊的烟火气，偶尔有人走动，迎着晨光的影子都显得生机勃勃。

易飒叹了口气，攥着那本软面册子往边上走，但其实这一大片都是平地，没遮没挡，一览无余，并没有什么适合一个人静静待着的去处。

她走到营地边的一块坡地上，本子一扔，权当坐垫，然后一屁股坐下。

裤脚因为这坐下的撑力微微提起，露出脚踝上文身的一部分。

易飒把裤脚往上提，又把袜子往下拉，终于使得那个文身露了全貌。

去死。

妈的，当初到底为什么文这两个字来着？

不记得了，可能是青春期叛逆，生命无限、活力旺盛时，就喜欢把死亡一类的词当口香糖，整天嚼个不停，以彰显自己的特立独行，她记得，文身的那天，阳光很好，她在字体间举棋不定，文身师于是推荐瘦金体，说是这字“行笔瘦劲，至瘦而不失其肉”，就跟她这个人似的，纤瘦细弱，但整个人劲很大。

她喜欢这恭维，于是就文了。

现在回看，不自觉打了个寒噤，觉得命运里的某种谶言，在很多年前，就已经攀上蘸着墨的针尖，细细扎进她的皮肤里，像扁鹊见蔡桓公时提醒的那个“君有疾”，在腠理、在肌肤、在肠胃——待她窥破玄机时，已在骨髓。

早知如此，就该文个“长命百岁”什么的。

不远处有人经过，易飒抬头去看。

是丁碛。

丁碛也看到她了，下意识低头想回避。

易飒吼了句：“姓丁的！”

然后朝他勾手指：“你过来。”

叫自己吗？丁碛迟疑了一下，还左右看了看，确定没其他的丁姓。

他走上前去。

易飒还坐在原地，眯缝着眼抬头看他，竖起两根手指，做了个挟夹的姿势：“有烟吗？”

如果不是没闻见酒气，丁碛真要以为她是喝醉了。

事出反常必有妖，他提了几分警惕：“没有，再说了，你不是从不抽烟吗，只抽烟枝的。”

易飒冷笑着垂下手，指尖触地时，顺势揪了一把带霜的苔藓在掌心慢慢搓揉：“我换个口味不行吗？我问你啊，现在处处巴结丁盘岭，什么意思？”

丁碛不动声色：“盘岭叔是长辈，安排我做事，我做是应该的，合情合理，怎么就叫巴结了？”

易飒挑衅地笑："不是，你是忽然发现，丁盘岭压得住丁长盛，更有势力，更有心机，你觉得跟着他会更有保障——但我告诉你，我无所谓，不管你跟谁，不管你脑袋上罩多大的伞，该朝你算的账，我还是会算。"

丁碛皱了皱眉头："易飒，凡事何必这么较真，我想重新做人，你行个方便，对大家都好。"

易飒差点跳起来："你放屁！重新做人这词是这么用的吗？"

她拿手指点向丁碛："你不过是做脏事做腻了，厌烦了，又觉得有风险，会有我这样的人穷追不舍，于是想换一种轻松的活法。那些前账，你不消、不吭声、不交代，指望着大家都不追究，放你一码，就雨过天晴了，是吧？"

丁碛不想再纠缠："大清早的，你是不是吃错药了？"

他转身想走，脚踝处忽然紧勒，低头看，是易飒不依不饶，拽住了他的裤脚。

"我再问你啊，你跟井袖是怎么回事？你爱上她了？"

丁碛无可奈何，不懂她怎么会忽然发起疯来：易飒之前是跟他一直不对路，但不至于这么颠三倒四的啊。

他用力把裤脚挣脱出来："我不知道什么爱不爱，我也不讲究这东西。"

易飒讥诮地笑："不是要重新做人吗？那就从不祸害人开始啊，既然不爱，就别他妈假惺惺地欲擒故纵，又是送钥匙又是送关怀的，恶心！"

丁碛盯了她半天，忽然笑了："听你这意思，井袖跟了我，就一定死路一条了？要不要打个赌啊，没准她选了我，是这辈子最正确的选择呢？"

易飒喃喃："说这话，真是连脸都不要了。"

她仰头看天。

也不知道老天爷是怎么给人定寿数的，像割韭菜一样，不定什么时候就要把她给割了，却放任丁碛这种人继续活下去，还活得好好的。

宗杭一早起来，就不见了易飒。

洗漱完了，也不见人回来，先还以为她是去找丁盘岭了，但明明见到丁盘岭和丁长盛在一处说话，又以为她去吃早饭了，然而临时充作饭堂的简陋帐篷里，也没她的影子。

宗杭只好绕着营地找，中途拽住一个看起来还算面善的人打听，正说着话，丁碛从旁经过，脸色不是很好看，大概听到了一两句对答，冷冷说了句："在那头发病呢，也没人管。"

发病？

宗杭额头上青筋一跳：今天是 19 日。

他也顾不上高反了，撒腿向着丁碛说的方向狂奔，远远就看到易飒在地上坐着，抱着膝盖，垂着头。

到跟前时，上气不接下气，宗杭扶住膝盖弯腰，一句话都被大喘气分割得断断续续："易飒……你……没事吧？"

易飒抬头看他，眼睛里一片茫然。

就在片刻之前，她还是只胀满气的刺球，向着丁碛没头没脑滚扎，但她很快就发现：随便揪个人过来发泄，并不能让自己好过。

于是就蔫了，觉得整个人没了血肉，只余骨架，尽力撑起一副耷拉的人皮。

宗杭觉得不对劲："易飒，你怎么了啊？"

睡觉前不还好好的吗？

易飒盯着他的脸看，忽然冒出一句："宗杭，你的脸脏了。"

是吗？宗杭下意识去摸自己的脸：应该不会啊，他刚洗完脸，照镜子的时候，明明清清爽爽的。

易飒说："过来，脸过来，低一点。"

宗杭依言低下脸去。

易飒伸出手，捏住他腮帮子上一块肉，往边上一提，又一提。

宗杭一下子反应过来，倏地抬起头，捂住被捏红的地方："哎，你故意欺负人吧？"

易飒咯咯笑起来，差点笑出眼泪，她拿手指抹抹眼睛，说："是啊，就是故意的，怎么着？"

怎么着？也不能把她怎么着，再说了，今天是 19 日，不希望她生一点点气，能开心最好。

于是岔开话题。

"你吃饭了吗？帐篷里有饭，去晚了就只能吃剩的了。"

易飒摇头，拿手拍拍边上的地："坐下说。"

宗杭坐下来，双手摊开了向着她："刚刚你的手好凉，要我给你捂一下吗？"

易飒斜了他一眼："你是想摸我的手吧？"

宗杭气了："我是那样的人吗？我就是看你的手凉，很纯洁地想帮你捂一捂，你肯定这么坐着好久了，手冻得跟冰坨坨似的。"

易飒低头看自己的手。

是冰凉的，而且刚搓了苔藓，并不干净，沾了些泥沙和草汁。

她掸了掸手，把手交握着递过去。

宗杭赶紧双手拢起，把她的手包住，还低下头，朝掌内呵了呵气——是跟电视里学的，他觉得这样能暖和些。

他的手真是挺暖的，干净修长，修剪齐整的指甲上泛健康的光泽，不敢去想，有一天，这手会干瘪褶皱、指甲脱落。

抬头看，他有一半的脸正浸在清晨初升的光里，面部轮廓很柔和，没有那种给人压迫感的冷峻和凌厉，即便这世界对他不是很友善，他也没有对这世界紧绷——

光洁的额头上映出细得几乎看不出颜色的绒毛，开心的时候，眼角和嘴角都微微上扬，那弧度，像是要盛住每一滴笑，收个满满当当。

易飒觉得自己真是喜欢他，他这一辈子，眼角眉梢，都不该落阴霾。

她深嘘了口气，把胸臆中的种种缱绻都压回去，失神了会儿，轻声说："宗杭，你回家去吧。"

宗杭随口答了句："我知道啊，等这事完了，我就回家了，都不知道怎么跟我爸妈解释，实话不能说，编又编不出好借口来。"

易飒说："已经完事了，你可以回家了。"

哈？

宗杭纳闷："不是昨晚上才下了漂移地窟，丁盘岭还说别急着下结论……"

"是啊，等他查出真相，不定什么时候了，也许一年、两年，难道你要一直等着，就是不回家吗？"

易飒说的总是有道理的，宗杭脑子里有点乱："可是丁盘岭说，我是唯一特殊的那个，他觉得留着我有用，不会让我走的。"

"没事，我去跟他说。你已经帮了很大忙了，昨天晚上，差点让太岁给夹死——多危险啊，三姓的事，让他们自己解决吧，反正要钱有钱，要人有人，你别傻乎乎帮他们卖命了。"

宗杭纠正她："也不全是帮他们卖命，都是你去了，我才陪着去的。"

易飒嗯了一声，过了会儿抽回手，从地上爬起来，顺带把那本软面册子卷起："那你回去收拾一下，我去问问丁盘岭，有没有富余的车，如果有，尽快安排把你送回去。"

宗杭吓了一跳："这么快？"

这也太突然了，昨天晚上还一点迹象都没有，宗杭语无伦次："那……那你呢？"

"三姓还有些事，我得忙一阵子。"

"那我等你一起吧，反正……也不急这几天。"

“宗杭，你爸妈到现在都还以为你死了，你真觉得寄两张明信片能安慰他们啊？之前是走不了，情有可原，现在有机会了，还磨磨蹭蹭，好意思吗？”

她语气有点重了，宗杭的脸噌一下涨得通红，半天才小声为自己解释：“不是的，我是一时间没心理准备……那明天行不行？”

“非得拖一天？”

宗杭嗫嚅了句：“你今晚会爆血管，有我在，万一出什么状况，我能帮你遮掩一下。”

易飒心里一暖，语气柔和不少：“那我去问一问。”

丁盘岭刚拉开被子，正准备补个觉，易飒就进来了。

整个人硬邦邦的，还带着刺的那种。

丁盘岭忽然觉得，易飒真像个铜豆子，再大的坏消息都砸不扁她，反而会让她浑身戒备，愈加杠头杠脑。

他和颜悦色：“飒飒，有事吗？”

“盘岭叔，待会帮忙安排辆车，送宗杭回家。他的事你也知道，在柬埔寨出事之后，至今没跟家里联系过。这一阵子跟着我们东奔西跑的，壶口也去了，地窟也下了，他已经够倒霉的了，没义务再给三姓做苦力。”

丁盘岭有点意外：“一定要安排得这么急吗？飒飒，你真是说风就是雨的……”

易飒盯着丁盘岭看：“盘岭叔，你是不是漏了句话啊？”

丁盘岭一愣：“漏了什么？”

易飒提醒他：“你之前不是说，宗杭是最特殊的那个，有他在，跟‘它们’打交道会稳妥些吗？这次怎么不说了、不留他了？还是你早就知道，特殊的不止他一个啊？”

丁盘岭这才反应过来。

居然让小字辈将了一军，他有点尴尬。

易飒却笑起来：“我早该想到了，你在所有事情上都先人一步，怎么可能唯独这事上被蒙住啊，没错，我真的是，我就是，你要是不相信，我今天晚上，还能给你看证据。所以你根本不需要宗杭，有我就够了。”

丁盘岭沉默了会儿，问她：“你到哪一阶段了？”

易飒没吭声，顿了顿说：“最好就是今天的车，宗杭要是问，你就说，只今天安排得出来。”

“今天是不是太急了点？”

真奇怪，这世上难道只她一个人认为：告别就该像挥下快刀，不留恋，不流连，一刀天涯吗？

告别这种事，不应该太拖拉。太拖拉的话，就永远告别不了了。

【16】

宗杭有一种被扫地出门的感觉。

哪有这么快的啊，这头刚给了通知，那头车就备好了，说什么“只今天能安排得出车来”，还堵在门上，看着他收拾行李。

肯定有问题，人家古代抄家，还先给下道圣旨呢。

他满腹疑窦，又问不出究竟来，只好百般磨蹭，但行李少得可怜，就那几样，也拖延不了多长时间。

末了抱了个小拎包，坐在帐篷里不挪窝，那愁眉紧锁的样子，像战祸来了即将抛家逃难，又舍不得破屋烂瓦三分田。

易飒半蹲在门口，把门帘拢起打了个结：“走啊，车子等着呢。”

“易飒，你跟我说实话，真的没出什么事吗？”

易飒叹气：“能有什么事啊？就是事情告一段落，尽快送你回去一家团圆——你也为你爸妈想想，他们这么久没你消息，不焦心啊？你怎么做人家儿子的？”

她每次把话题扯到父母那头，宗杭就词穷了，连反驳都亏心：之前不跟家里联系情有可原，现在台子都搭好了，他还不挪步，不整个一白眼狼吗？

只好矮身出来。

易飒领着他往车子那走。

宗杭再三跟她确认：“那你忙完了，会去找我吧？我给你报销费用。”

易飒点头：“空了就会去的。”

“那你没空的话，我能来找你吧？电话别关机，别把人拉黑啊。”

这是多没安全感啊，易飒失笑：“知道了。”

这语气太敷衍了，宗杭越发情绪低落了：易飒从来就是个有小聪明的骗子。

送宗杭的车是辆外形普通的越野 SUV，符合三姓的风格：务求低调，宁可泯然众人，也不愿意炫酷惹眼，当然也有例外，比如丁玉蝶那样的，不过反正不影响全局，也就随他去了。

驾驶室的门开着，丁盘岭正跟司机交代事情。

怪了，送宗杭这种小事，他还需要亲自到场?

易飒正纳闷着，丁盘岭迎上来："我们这边也需要用车，我刚跟司机说了，把宗杭送到大一点的地方，比如格尔木，然后在当地另外找辆车，选靠谱的司机，把他直接送到家，毕竟他没身份证件，不好买票坐车——费用你不用担心，我们会承担的。"

这安排挺到位的，宗杭说了句："谢谢你啊。"

丁盘岭笑了笑，这才进正题："还有两件事，我要跟你确认一下。"

难怪要来送车，易飒有点戒备："什么事啊？"

丁盘岭看宗杭："第一，三姓的事，我们从来不愿意别人外传，最近这些事，更加不想让人知道。掌事会有个重要职责，就是让某些多嘴的人闭嘴。"

他点到为止，没把话说得太白。

宗杭点头："我知道。"

"第二就是，你在壶口下金汤，是全程清醒的吗，还是失去过意识？"

怎么忽然问到壶口了？宗杭有些意外。

丁盘岭看出了他的疑虑："你也别多想，我就是想把整件事都理一理，所以有些细节要跟你再确认。"

宗杭仔细回忆了一下："当时下了水，人突然往下滑，像是滑进了圆筒的、螺旋的滑梯，又碰又撞，天旋地转的，进金汤穴时，又猛撞了一下，想全程清醒也不可能啊，应该是昏迷了一段时间，不过我清醒得很快，第一个醒过来的。"

丁盘岭嗯了一声："然后看到丁玉蝶跟蜡像一样在边上坐着，易飒也一样，是吧？"

"是。"

"没记错吗？"

宗杭的表情很诚恳："绝对没有。"

丁盘岭没再问了，只是意味深长地看了易飒一眼。

易飒脸颊发烫：当初宗杭为了掩护她，向丁盘岭叙说下水经过时，把她说成跟丁玉蝶一样，一句带过，但其实真实的情况是，她当时抱着宗杭的腿。

自己的秘密已经大白，丁盘岭当然知道水下的情形另有玄虚，宗杭还在这言之凿凿的，真是有点打脸。

好在丁盘岭没有再追问，反而很知趣："我还有事忙，不送了，你们聊吧。"

也不知道该聊什么，再说了，聊得太多，就不像个"平常"的告别了。

行李太小，用不着放后备厢，易飒把宗杭连人带行李送上后座，顺手关上车门，又拍拍车身，示意司机可以开车了。

司机向她比了个“OK”的手势，发动车子。

易飒向后退，再向后退，给车子挪地方。

司机早上一定刚擦洗过车子，车身锃亮，玻璃也干净，映出她稍显扭曲变形的身影。

车子驶出去之后，易飒站到车的正后方，想看看自己的身影会不会在车侧的后视镜里映出来。

看不到，后视镜太小了，被阳光映照成了灼目的亮片，像被什么东西扯着，一直远去，再远去。

车又停下来。

易飒愣了一下，下意识往前迈了两步。

怎么了啊，这儿沼泽多，是不小心陷车了吗？

又看了会儿，好像不是，车门打开了，宗杭下了车，呼哧呼哧往回跑，中途气喘不上来，还歇了两次。

易飒迎过去，隔着段距离就问他：“怎么了？落东西了？”

宗杭摇头，走完这最后几步，在她身前停下，不知是跑的还是什么原因，脸上微微泛红，有点不敢看她，垂在身侧的手紧攥。

早晨的空气是森冷的，他居然有点出汗了。

他听到自己吞吞吐吐的声音：“易飒，我一直……很喜欢你，你知道吗？”

说完了，终于鼓起勇气，直视她的眼睛。

怪了，她没有表情，都说眼睛是心灵的窗户，但她的眼睛折射不出半点心思，像深不见底的黑洞，照不见他，也照不见世界。

宗杭愣愣的，他原本是雀跃的、忐忑的、窃喜的，又带点不安的，但被她这么看着，所有的这些情绪都慢慢没了，像浮沙被风卷走，大雪被日头晒化，只剩下茫然。

忍不住又叫她：“易飒？”

易飒说：“哦。”

“哦”什么啊，她不该给点反应吗？她不该是这反应啊。

宗杭豁出去了，反正也开口了，伸头一刀，缩头也是一刀，宁可受这一刀，也不想自己胡乱揣测受煎熬。

“那你呢，你是什么……想法？”

问完了，头皮微微发炸，觉得自己真是老土：酝酿了那么久，想出其不意、让人印象深刻，结果说出的话，不惊艳，也不精彩。

易飒笑起来：“宗杭，你是不是第一次追女孩啊？”

是啊，有问题吗？

易飒没看他，目光从他的耳郭绕了过去，栖上他的头发。

不想看到他的脸。

她说：“没事，以后有经验了你就会知道，有些单方面的感情，就是没回应的，不过你是个很好的人，以后一定会幸福的。”

说完冲他笑了笑，刻意让目光涣散，还是没让自己看清他的脸。

宗杭原地站了一会儿，目送着易飒离开。

还以为，她中途会回一下头，结果没有，她走得似乎很轻快，迎着阳光——日头居然爬得这么高了，散开的金光很快就把她收裹了进去。

揉了揉眼睛再看，她已经走回营地了，营地到处是人，到处是帐篷，再怎么仔细找，也找不到了。

宗杭往回走，腿上没力气，像灌了铅，拖拖沓沓，走了很久才走到车边，司机早等得不耐烦了，探出头来问：“什么事儿啊？这么久！”

宗杭说：“没事。”

他坐回车里。

车子又开起来了，颠簸着，摇摇晃晃。

宗杭觉得掌心有点硌。

他松开手，掌心汗津津的，还卧着一条塑料小鱼。

行李里，实在没有什么特别的东西，下车时，他一翻再翻，才从钓鱼机里揪出两条小鱼，一条翠绿色的，一条红的。

红的揣在兜里，绿的攥在手心，原本想着，她同意了，他就塞给她，这叫信物，红男绿女嘛，她拿绿的，他拿红的，两人又都可以下水，比作鱼也不违和，多应景啊。

谁知道没送出去。

宗杭看了会儿，小心地把小绿鱼也塞进兜里，然后捂紧兜口，像是怕谁抢了去。

一整天都在行车，中午只吃了点干粮，司机有点不好意思，连声说“简陋了”。

宗杭觉得没什么，反正现在，他吃什么都味同嚼蜡。

入夜时到的格尔木，司机找了家不错的宾馆，帮宗杭开了房，记下了房号，还给他留下了足够的钱：“我尽量今晚就帮你敲定司机，最迟明天让他联系你，直接到酒店来接，没问题吧？”

没问题。

司机走了之后，宗杭才想起忘了问他：你怎么不住这啊？

要连夜赶回去吗？这也太累了。

不过随便了，自家都已经透心凉，也不想管别人加没加衣裳。

宗杭揣了钱，本来是出去找地方吃饭的，结果恍恍惚惚的，几过店面都不入：看到热闹的烤全羊馆，觉得自己一个人进去像孤魂野鬼，太凄凉；看到街边的小食铺，又觉得自己今天已经很可怜了，还吃得这么简陋，更凄凉。

于是漫无目的地走，也不知道走到哪了，心里憋闷得慌，想找个人说话，手机翻出来，通讯录又凋零得可怜。

只两个人，易飒和井袖。

总不能去跟易飒说，找井袖吗？上次分开时，闹得挺不愉快的。

他犹豫了一会儿，还是拨通了井袖的电话：他觉得井袖不会介意的，而且，他在她面前更狼狈的时候都有过，也不在乎什么面子。

井袖很快就接了，声音温温柔柔的：“宗杭啊，你现在去哪了啊？还好吗？”

宗杭还没来得及应声，身后有人不耐烦地搡他：“让让，打电话不晓得看路啊，挡道了都。”

他侧身给人让路，觉得有朋友真好：闹得再不愉快，也会软语相询，不像陌生的路人，只会嫌他碍事。

宗杭说：“挺好的……”

本来想寒暄一下，问问井袖怎么样了，哪知话到嘴边，忽然就成了：“井袖，易飒其实不喜欢我。”

井袖愣了一下：“你跟她说了？”

“说了，她说我是个好人，还说单方面的感情没有回应，应该就是不喜欢的意思了吧？是吗？”

他语气里，居然还有点希冀，像是希望她推翻、给个否定的回答。

井袖不知道该怎么答。

宗杭马上接下去：“没事，我没事，我就是……跟你说一声，你不是问过我吗，我就跟你……说一下。”

井袖试图安慰他：“其实我之前一直觉得，易飒挺喜欢你的，一个女孩子，如果很反感一个人，怎么可能会愿意一直住在一起啊？”

宗杭说：“我也是这么认为的。”

他恋爱是没什么经验，但人不蠢：但凡他从易飒那儿接收过一丝一毫的厌烦和抗拒，他都不会贸然去开这个口。

他边打电话边往前走，有路就往前走，遇到路口就拐，跟井袖说起这个兵荒马乱的早上：睡觉前还没端倪，忽然就让他走，车子说备好就备好了，表白被一拍子拍回来了，以致一整天脑子都昏昏沉沉的，厘不出个头绪来。

井袖听完才给意见："我是不知道你们干什么去了，你们和丁碛一样，都神神秘秘的，不过如果前一晚一点迹象都没有，早上才突然安排，会不会是早上出了什么事，但你不知道啊？"

宗杭说："我也是这么想的，但我脑子里乱糟糟的，静不下心来想。"

井袖沉吟了一下："你们去做的事危险吗？我总感觉丁碛参与的事，让人心里没底。她让你走，会不会是怕连累你啊？"

危险？

宗杭心里一动。

他想起来了，易飒是提过"危险"这两个字，还强调说他"差点让太岁给夹死，多危险啊"。

会是因为这样吗？他心底忽然有点小雀跃。

"还有啊，你早上看到她的时候，她有什么地方跟从前不一样吗？你得注意一些细节，越是细节越能说明问题。"

宗杭努力去回想这个早上：易飒在他面前，没表现出什么异样，但之前丁碛用"发病"来形容她，他先还以为是爆血管，现在看来，可能是易飒举止有些失常……

还有就是，易飒坐在地上，爬起来的时候，从屁股底下卷起一本软面册子，易飒从来不是一个特别讲究的人，有地就坐，至多掸掸灰，怎么会特意带一本册子去当坐垫呢？

会不会是从册子里，看到了什么内容？

难不成真出什么事了？她不想让他知道，所以急着把他送回父母身边，不想再让他搅和进危险的事里。

挂了电话，宗杭的心怦怦跳。

大街上人来人往，灯光透亮。

从前，都是别人带着他做事情，开始跟着易萧，后来又跟着易飒，亦步亦趋，指哪去哪。

这还是头一次，只他一个人，决定一切。

他得做一些事情。

抬头看，也不知道逛到哪了，宗杭决定先回住处。

他穿过马路，走到一家临街的豪华大酒店面前，这里更方便打车。

等车的当儿，他无意间瞥向酒店边侧的停车场，忽然发现有辆 SUV 挺眼熟的，好像就是今天送他来的那辆车。

怕认错了，他还走近了去看。

好像真的是。

再看酒店，明显比他住的那间要豪华上档次：怪不得不在他的宾馆开房呢，原来住更好的来了——一晚上的住宿而已，都要区别对待，这司机是不是有点太计较了？

正想着，车子另一侧有人影晃动，好像有人来开车门，宗杭怕撞个正着让对方尴尬，下意识想避开……

咦！

灯光昏暗，看不大清，只看到那人映在车窗上的脑袋剪影，其他的倒也算了，关键是那人脑袋上，张着两只翩翩然的小翅膀……

宗杭脱口叫了句："丁玉蝶？"

那脑袋不动了，过了会儿，从车顶上探了出来。

还真是丁玉蝶。

【17】

两人隔着车身面面相觑。

末了宗杭问他："你怎么在这呢？"

丁玉蝶说："三姓有急事召唤我呗，我直接从太原飞格尔木，然后车子来接的。"

说着拿手拍拍车身，那意思是：看见没，专车接送，水鬼中的精英才有这待遇。

宗杭知道他是被紧急 call 过来的，但易飒不是说"事情告一段落"了吗？理论上，告一段落，这安排应该取消啊。

离扎营地最近的城市其实是玉树，而非格尔木，舍近求远，把他送到格尔木，原来是为了方便接丁玉蝶。

怪不得要分两个酒店安排住宿，就是怕他撞破这事。

宗杭忽然发现，经过这些日子的摔打，他的脑子好使了不少，推理这事，也不是太难嘛。

丁玉蝶四下看去："你怎么也在这啊？飒飒呢，你们也被叫来了？"

宗杭含糊了过去，脑子里迅速盘算着，该怎么瞒过丁玉蝶。

丁玉蝶这人，有损三姓的事是肯定不会做的，但他很热衷于看人热闹及帮人遮掩情感隐私——当初在鄱阳湖的那条船上，他屁颠屁颠帮他遮掩身份，就是误以为他是易飒藏起来的男朋友。

宗杭说："是啊，也因为漂移地窟的事来的，但是，易飒把我给甩了。"

丁玉蝶盯着他看，脸上的表情很古怪。

深入解读的话，是一种幸灾乐祸、隔岸观火、碍于情面想装出同情但未果的复杂表情。

过了会儿，他从车子那头绕过来，开始发表看法。

"我就知道会这样！飒飒这人，那根本就不是个谈恋爱的人！谁能受得了她那脾气啊。上次在船上看到你，我就奇怪来着，心说怎么突然来了这么一段，肯定是图新鲜玩玩的，绝对长不了！果然！"

洋洋洒洒发表了一通大论之后，丁玉蝶终于意识到失意者是需要安慰的："那你现在……什么打算啊？"

宗杭耷拉着脑袋："我知道你要过去，你能不能也把我带过去啊？我还想找找机会，看能不能挽回一下。"

话没说完就叹气，怎么失落怎么来。

丁玉蝶有点迟疑："车子是够坐，但是漂移地窟的事是个秘密，你是外人……"

宗杭朝他招招手。

丁玉蝶狐疑地凑近："干吗？"

宗杭说："你是不是以为，你是水鬼，所以才能被丁盘岭相中，过来参与调查漂移地窟的秘密？"

丁玉蝶鼻子里哼了一声。

这不是废话吗？优秀的人才有资格参与机密，他非但是水鬼，还是新一代水鬼中的翘楚，遇到大事，舍他其谁啊。

"其实你就是个备胎，丁盘岭那边，都已经下过一次漂移地窟了，丁碛下去过，我和易飒也下去过，漂移地窟里有什么，我都能跟你说个一清二楚，你信不信？听不听？"

说到这儿，他拿嘴努了努酒店的方向："换个地方聊？"

丁玉蝶咬牙。

说易飒下去过他也就忍了，毕竟都是水鬼，好男不跟女斗，就当女士优先了。

但丁碛？那个揪散过他小辫子的王八犊子，他凭什么？

丁玉蝶从齿缝里迸出一个字来:“走!”

入夜。

分了一半的人去追漂移地窟，营地里显得分外冷清，帐篷里也空了一半，易飒百无聊赖，兽麻的针剂先备好，单等时间点到了就注射，又摸了根烟枝出来，点上了慢慢抽。

帐篷里晕开细细的甜香。

外头传来丁盘岭的声音:“飒飒，在里头吗?”

易飒嗯了一声。

丁盘岭拉开帐篷门，还没见着人，先闻着烟味:“你抽烟啊?”

易飒摸了一根递过来:“不是烟，是烟枝，云南山里产的，对身体没害，要不要试试?”

丁盘岭接过去看。

就是截细细的小红木头，凑近了闻，有形容不出的怪异香味。

“以前没见你抽过。”

易飒说:“谁说的，我常抽，没劲的时候就拿它解闷……”

她忽然不说话了。

以前是常抽，不点上也会放在嘴里嚼，好像不这样就无以打发时光，但最近，好像是没抽过。

从什么时候开始的?

好像是从宗杭到了她身边之后，她就有了新的生活重心了:打压他、欺负他、看他练功、指点他、揶揄他、取笑他、慢慢喜欢他……

宗杭的脾气可真好，换了别人，怕是早翻脸了，或者远远避开了去，惹不起还躲不起吗?

但他从没急过眼，至多委委屈屈叹口气，或者拿水鬼招在背后剁她两下。

易飒有点失神。

她应该对宗杭好一点的，但坏就坏在这硬邦邦的脾气，从小就学不会什么叫柔软。

丁盘岭把烟枝拢进手心，并没有那个兴致去尝试:“把宗杭送走了，你有什么打算啊?”

“我啊?”易飒把烟枝拈进指间，“留下来呗，看看这到底是个什么东西，我一家三口，父亲、姐姐，还有我自己，基本全折它身上了，不搞清楚，那不是死不瞑目吗？反正现在无牵无挂的，也不愁，也不怕，走一步看一步吧。”

说到这儿，忽然想起正题：“找我有事？盘岭叔，你不是真这么无聊，专门过来等着看我爆血管吧？”

丁盘岭笑了笑：“当然不是，就是来跟你确认一下，既然你承认了你跟宗杭是一样的，那当初鄱阳湖下头的金汤，是你自己进的吧？”

反正都已经露馅了，遮掩也没意义，易飒坦白得很爽快：“没错，我在，宗杭也在，我姐姐其实死在息巢里了，姜骏下的手。宗杭不是三姓的人，祖牌对他作用不大，那些所谓的碎片场面，都是我脑子里闪出来的。”

“那壶口下金汤那次，从下水到你醒过来，是怎么个情形，能说一下吗？我要最准确的细节。”

又是壶口下金汤，丁盘岭是对壶口有什么执念吗？早上送宗杭的时候，他也提过壶口。

见易飒不答，丁盘岭解释：“我在重理整个事件经过，有一些细节很重要，所以务求准确。”

易飒嘘了口气，有什么说什么：“壶口的激流太猛，我又是假水鬼，下水之后，很怕跟丁玉蝶失散，所以提前吩咐宗杭，要死死抱住丁玉蝶的腿，一人……抱一条。”

这场面，想想都觉得滑稽，丁盘岭啼笑皆非。

“谁知道我抱住丁玉蝶的时候，祖牌的力通过他的身体，也影响到我了，我身体被弹开，好在还算幸运，又抱住了宗杭的腿。”

丁盘岭追问：“所以，宗杭醒来的时候，你并不像丁玉蝶那样坐着？”

易飒回想了一下：“宗杭的原话是，他好不容易爬起来，看到我抱着他的腿，而丁玉蝶像蜡像一样，在一边坐着。”

不知道是不是自己的错觉，易飒总觉得，自己说完这话的时候，丁盘岭蓦地眼睛一亮。

七点刚过，前台就打电话过来叫早了。

这个点，天都还黑着呢，丁玉蝶起床气噌噌的，被子一甩下床穿衣，撞翻一把椅子、两个口杯，才算恢复正常。

宗杭窝在沙发上全程观摩。

丁玉蝶洗漱完毕，拎包下楼，开门前交代他：“我先去餐厅吃饭，会帮你打包的，你等我微信消息，到时候，我掩护你进后备厢。”

宗杭点了点头，为了瞒过司机，只能如此迂回了。

丁玉蝶走了之后，宗杭走到床边坐下，候着时间差不多了，把电话机转向自己，默默念了遍昨晚想好的词之后，拎起话筒拨号。

通了，但没人接。

宗杭耐心地等：这个点，童虹和宗必胜都还没起床，一般会是童虹耐不住，嘟嘟囔囔地爬起来，小跑着进客厅。

果然。

有人拎起话筒："哪位？"

宗杭的眼睛迅速蒙上一层水雾：是童虹的声音，童虹连声音都有点苍老了。

他嗫嚅着叫了声："妈。"

童虹好像没反应过来，又或许是还没完全清醒，愣了好一会儿，才迟疑着说了句："杭杭？"

宗杭说："是我。"

他握着话筒的手有点抖。

童虹的喘息和声音都急促起来："杭杭，你还好吗？你在哪啊？"

宗杭吸了吸鼻子，尽量控制情绪："妈，我挺好的，我没事，原本差点死了，可是有人救了我，还救了我不止一次，所以我现在好端端的。"

童虹有点跟不上他的节奏，什么"差点死了""救了"，每一句都炸得人脑子轰轰的，只是不住地点头，忽然想起点头了宗杭也看不见，又不住地嗯着声。

"本来，这两天我就该回家的，但是事情还没完，救我的人可能有危险，我想多留几天，看能不能帮上忙，妈，人家帮过我，我也该回报人家，不应该一走了之，是吧？"

童虹说："是，是，杭杭，这是应该的，救你的人是好人，我们得好好谢谢人家。"

宗杭嗯了一声："那妈，你和爸爸都保重身体，我过几天就回去。"

他挂电话了。

童虹握着话筒站了好一会儿，看晨光初浸的客厅，看暗褐色雅致的红木家具，看墙上的挂钟。

七点半，天亮了，应该不是梦。

她挂了电话，深一脚浅一脚地走回卧室，掀开薄被上床，宗必胜也醒了，惺忪着眼睛问她："谁啊？"

童虹没说话，也没躺下，只是攥紧被子，倚着床靠出神。

宗必胜见没回答，以为无关紧要，闭上了眼想再睡会。

蒙眬间，听见童虹叫他："老宗。"

"嗯？"

"杭杭打电话来了。"

"哦。"

宗必胜把脸埋向枕头，忽然背脊发紧。

杭杭？宗杭？

他腾地一下坐起身："人呢？从哪打的电话？现在在哪？是他本人打的还是冒认的啊？他出什么事了啊？人还好吗？"

童虹被这连珠炮似的问题给搞晕了，半天才回了句："还好吧。"

天哪，宗必胜真要被她这不温不火的态度给气晕了，一看就知道指望不上她。

打电话，对，电话有来电显示，能查到地方！得赶紧查，查来源、查监控、查一切！

宗必胜被子一掀，连鞋都顾不上穿，光脚奔出去了。

童虹还是坐在床上，把被子往上拉了拉，喃喃了句："咱们杭杭还活着呢。"

非但活着，听他说话的语气，比从前没轻没重那样要沉稳多了，说的话也在情在理：别人救了我，我也得回报人家，是吧。

真好，是她的好孩子。

真好，这日子又有奔头了。

前方还是没有漂移地窟定位的消息，易飒在穷极无聊中又混了一个白天，消耗了十来根烟枝。

天黑之后不久，听到有车进了营地，不多时听到人嚷嚷，说是丁玉蝶来了。

很好，虽然来的是个蛾子脑袋，但有人说话解闷，聊胜于无，易飒正想迎出去，有人过来传话，说是丁盘岭让她去一趟。

不知道又有什么事，易飒满腹狐疑地去了。

到门口时，听到里头传出的声音，模模糊糊竟像是宗杭，易飒吓了一跳，一头钻了进去。

不是，是丁盘岭刚听完电脑上的一段语音，见她进来，丁盘岭招呼她走近："我刚也让人去叫丁玉蝶了，让他安顿好了就过来一趟，你先听听这个。"

说着揿下重播键。

易飒仔细听。

是宗杭的声音，应该是壶口锁金汤那次平安归来之后，跟丁盘岭他们叙述情况时录的。

“……像个大螺旋的圆筒一样，人在里头又碰又撞，头都晕了。后来是砸到地上的，骨头都要散架了，我好不容易爬起来，看到丁玉蝶在边上坐着，跟蜡像一样，怪瘆人的，易飒也一样……”

语音就在这里停下。

丁盘岭看向易飒：“实际的情况是，丁玉蝶在边上坐着，你抱着宗杭的腿，是吧？”

是啊，怎么连着两天，都持续纠结这一个问题呢？

丁盘岭笑笑：“待会你就明白了……”

话没说完，外头就传来丁玉蝶兴冲冲的声音：“盘岭叔！”

然后一头扎了进来。

看见易飒，丁玉蝶有微妙的羡慕嫉妒恨。

宗杭没撒谎，易飒、丁碛他们早就来了，自己居然是第二梯队、替补。

一想到这个，丁玉蝶心里就酸溜溜的。

丁盘岭可不知道他肠子里弯的这许多道道，示意他在桌子对面坐下，然后推过来一张空白的纸、一支笔。

这是干吗？丁玉蝶大惑不解，偷瞥向易飒，她也是一脸莫名。

丁盘岭说：“丁玉蝶，你现在画一台电脑，有屏幕有底座的那种。”

这话一出，丁玉蝶还好，易飒的脑子轰一声，脸色都变了。

丁玉蝶奇道：“电脑？”

千里迢迢过来，屁股没坐热就被叫来商量要事，头一件事，居然是画电脑？

“对，叫你画你就画，我有用。”

丁玉蝶把疑虑咽了回去，埋头唰唰作画：幸亏他平时严于要求自己，任何事，要么不做，一旦上手，不敢说精通，至少有模有样。

所以才经得住任何突兀和奇怪的考验，看，画什么像什么，决不含糊。

正想交作业，丁盘岭又补充：“再添几笔，这电脑张开手臂，抓住一个人，往屏幕里吞——不用画头，头已经被吞进去了。”

丁玉蝶哦了一声，这要求有点复杂了，不过还好，反正有那个意思就行。

画完了，丁盘岭把画纸拿到一边，又推了张新的过来：“再画一张，有个人背对着电脑，那电脑对着他笑。”

“微笑？”

“狞笑。”

听着怪瘆人的，跟电脑成精了似的，丁玉蝶心里嘀咕，但还是依言画了。

画完了，丁盘岭连点评都没点评："行了，你坐了一天车也累了，早点回去休息吧，我明天再找你细说。"

丁玉蝶莫名其妙，但又不好说什么，只得一脸茫然地出去了。

候着他走了，丁盘岭才把两张画摊开，又摆了两张照片上去，问易飒："像吗？"

那是宗杭拿胶卷机，在壶口下的金汤穴里拍的岩画。

不敢说一模一样，但笔法是像的，画风是像的，连狞笑的表情都类似。

丁盘岭长长嘘了一口气："上古时凿建的廊道里，发现了两幅格格不入的画，如果不是有着上一轮文明背景的人画的，那就一定是后来者。"

"到底是谁呢，我翻了一下记录，壶口上一轮开金汤是六十年前，那时候我都还没出生，海金叔刚十几岁，好像也没可能见过电脑。所以最终，我想到了你们三个人。

"先问了宗杭，他承认了自己不是全程清醒的、曾经昏迷过一段时间。

"又问了你，还让你听了宗杭的录音，你以为我是关注你是坐着还是抱着宗杭的腿，其实不是，我关注的是：各类说法里，有一点是一致的，那就是丁玉蝶始终像蜡像一样坐着。

"那么混乱的激流里，你吩咐过宗杭抱紧丁玉蝶的腿，他很听你的话，一定会拼命抱住，哪怕昏过去也不会松手——事实证明，你昏过去的时候，也抱着宗杭的腿，但为什么宗杭没能抱住丁玉蝶的呢？丁玉蝶反而能在一边端坐着？

"这就说明，丁玉蝶很可能曾经被控制着挣脱了宗杭，在你们都昏迷的时候，做了一些事，然后回来继续坐着，等着你们醒过来。

"那两幅画，是丁玉蝶画的。"

【18】

丁玉蝶画的。

现在回想起在廊道里、初见那两幅电脑图时的不寒而栗，简直滑稽。

易飒都不知道该往脸上摆什么表情了，之前还只是怀疑，但现在，又多了佐证，算是彻底推翻了什么上一轮文明、人工智能的推论了。

她还是有点悻悻："傻子样被人引着兜了个大圈，白费力气。"

丁盘岭摇头："有句老话叫'凡是过往，皆为序章'，弯路也是路，没有任何路是白走的，正因为错得多，真相才越来越近，至少现在，咱们可以给它画个行为图了。”

他抽出一张大点的白纸，在上头画了一条长长的线段，又在上头点下不同的截点分段，端点处标 A，然后 BCD 这样，一路顺下去。

易飒凑过来看，感觉像小学时上数学课。

丁盘岭先示意了一下 AB 段，A 后面写了“上古”，B 后面写了“1996”。

“这是第一阶段，长达数千年，究竟是不是源于夏朝，没证据，不过也没那么重要——这个阶段可以被称作‘酝酿期’，它做了两件事。”

易飒也拈起一支笔，在 AB 段的上下方各画了一个横的花括号，上头写“三姓（耳目）”，下头写“金汤穴（尸体）”。

丁盘岭点头：“没错，就是这两件。立耳目应该是为了观察外界，伺机而动；储存尸体我还不知道为了什么，但一定是有大用场的。同时，它也大致确定了翻锅会出现在什么时间，但它装着自己并不知道，还交叉借鉴了《推背图》里的时间把一切安排得像是预言、命运。”

易飒接下去：“水鬼下水的时候，是不记得过程中发生了什么事，但那不代表他们脑子里不会被塞些信息进去，以前，三姓锁开金汤，叫作‘请祖师爷上身’，那他们脑子里无论闪现出什么，都会自动认为是祖师爷的点化，而这种点化经水鬼一散播，很容易就传遍三姓，被坚信是三姓的传承——也就是说，我们现在了解的关于三姓的来历，很可能不是真相，而是那之后代代修饰完善，然后又传下来的。”

就好像中国古代的修史，其实当时真正发生了什么，谁也不知道，多半只能参考从前的史书——但如果史书是事后有意识地修改、填补呢？那也只能将错就错了。

所以“不羽而飞、不面而面”这话，也许并不是祖师爷说的，但只要能引导着后人觉得这话传自祖师爷，祖师爷的神秘先知人设就能立得更稳了。

丁盘岭笑了笑：“你是有点小聪明，丁玉蝶要是能有你一半就好了。”

易飒心里一动：听这语气，丁盘岭好像对丁玉蝶有所期许似的。

丁盘岭把笔头转向了 BC 段，在 C 后面写下了“7.17”。

易飒想了一会儿才反应过来：这是鄱阳湖开金汤的日子，假姜骏、姜孝广还有易萧，都是在这前后死的。

“这是第二阶段，我把它叫‘窑厂期’，翻锅出现了，三姓也如它所计划的那样，被引去了漂移地窟，谁知道发生了意外，因为长盛的坚持，这批人都被关了起来，长达二十一年。

“这批发生异变的人，跟三姓有很明显的不同，三姓除了每代会出几个水鬼之外，跟普通人没什么不同，寿数也正常，海金叔、姜婶他们，都已经快奔八十了。

但这批异变的人，身体会发生很大变化，寿命都不长，更重要的是，他们的脑子都受了影响，只不过受影响的程度有轻重。”

还真的，三姓的水鬼虽然在水下锁开金汤时会受祖牌的影响，但也只不过是当一两个小时的“水傀儡”，没人会像姜骏那样，完全成了另一个人，眼都不眨杀死亲生父亲。

易飒沉吟：“可不可以理解为，它在上古时代，为了给自己造就‘耳目’，对三姓的祖师爷做过一些轻微的改造，这改造可以延及后代中的特殊个体，但不足以满足它后来的需求，为了实现完全的控制，它要安排一次尺度更大的‘回炉再造’。”

丁盘岭嗯了一声：“结果回炉再造变成了窑厂关押，任何计划一步错，后面就全错了。飒飒，看问题得透过现象看本质，其实这个‘窑厂期’，暴露了它的一个秘密。”

易飒想不出来，只好当伸手党：“什么秘密？”

丁盘岭说得意味深长：“这就好像一个人，能够通过眼睛看到一切，也能听到了很多，但他什么都不能做，束手无策。也就是说，它并不手眼通天，不是万能的，缺少真正意义上能完全听它使唤、为它办事的爪牙。”

所以，只能寄希望于两个在这场异变中相对完美的人，姜骏和易萧，而这两个人，也都做了力所能及的事。

——易萧设法逃出了窑厂，根据脑子里的模糊指引一路往南，终于到了洞里萨湖，却也止步于此，因为她的脑子没姜骏受影响那么深，又没祖牌加持，只能终日游荡，做一个时而清醒时而混沌的游魂。

——姜骏就聪明多了，因着姜孝广对儿子的爱护，他得以脱离窑厂，长期的相处中，他让姜孝广觉得这儿子虽然面目全非，但仍然还是那个儿子，甚至说服了姜孝广让他参与“7.17”这个大日子，理由是这样可以让姜孝广录下实际的路线，为推迟的开金汤创造便利。

事情如姜骏预想的一样顺利：他下了水，也拿到了祖牌。

易飒把CD段圈了出来：“第三阶段，鄱阳湖金汤穴。又出了意外，姜骏是成功进去了，但拉拉杂杂，同去的也一大堆。”

丁盘岭还不知道丁玉蝶也在里头插了一脚：“是啊，姜孝广、易萧、宗杭，还有你，都进去了，姜骏杀姜孝广，算是铲除异己，因为姜孝广跟他根本不算是同类——这也侧面说明了三姓的来历跟你们的来历有着本质的不同。而且杀了姜孝广也不浪费，毕竟在下头，尸体是可以被储存利用的。”

易飒长嘘一口气：“是，干脆利落解决了姜孝广，但没立刻杀我们，大概是觉得我们是同类，还能争取一下。”

丁盘岭接口："最好的结果，当然是能控制住你们，把你们也留在息巢，或者索性杀了，也能及时止损，把事情给盖住。但当时的形势，它可能没十足把握……"

易飒汗颜：的确，丁盘岭不知道丁玉蝶也在里头，从人数上说，姜骏的确不占优势。

"……所以它得有个备案，万一你们真的逃出去了，追究起来，它能用什么故事来打圆场——那些关于上一轮文明的碎片场景，就是那个时候进你脑子的吧？"

没错，易飒心里一跳："你怀疑它是临时编的？"

"这故事经不住推敲，确实像仓促编的。"

而自己还为之摇旗呐喊了那么久，易飒嘀咕："还挺科幻的，一编就编出什么上一轮文明来了。"

丁盘岭纠正她："不是，它不是乱编的。"

"首先，它一直有'耳目'观察外界，应该很了解我们的社会现状，知道那些鬼神之说能唬得住以前的人，但现在站不住脚了，现在大家都讲科学，对什么事都要调查研究，所以它只能往这条路上走，再加上息巢里那么多尸体，一般人对尸体又很忌讳，一个解释不好，就容易出问题。"

易飒插了句："也能解释成外星人啊？"

丁盘岭摇头："不一样，普通人还是会怕的。"

很多怪力乱神的事，一说是"人作祟"，大家就会觉得坦然，可见从接受度上来说，人最能接受的，是跟自己一模一样的人，哪怕是来自上一轮文明的，而外星人，始终都是异类。

"其次就是，它是根据已泄露的一些信息编的，所以只能往这个方向编。"

这一句，易飒没听懂。

丁盘岭把那本黑皮册子推出来："你看过这本对吧？"

易飒点头，里头有异变的那批人谵妄时说的话，还有易宝全画的图。

"你先看过鄱阳湖下的息巢，然后看到这本本子，心里有了初步揣测，但缺乏佐证，最后壶口的经历和廊道里的那两幅电脑图证明了这种推测，这才最终有了上一轮文明的故事对吧？"

对啊，易飒还是有点迷糊。

丁盘岭点拨她："你换个角度想一想，也许正确的顺序是，息巢被你看到了，没法抵赖，这本本子的信息也暴露了，没法收回，它只能据此编出上一轮文明的故事，为了使你深信不疑，所以在壶口为你加深印象，添了那两张电脑图呢？

"关键在于顺序。它不是异想天开要编出一个关于上一轮文明的故事的，而是黑皮册子里记录的都是真的，只不过当时没人能看得懂，但息巢这部分秘密泄露之后，两相结合，有人可能会据此推导出正确的方向，所以它先下手为强，抢先抛出一个故事把水搅浑，这个故事得符合两个条件：既能遮掩真相，又能合理解释黑皮册子和息巢的存在。

“否则你回想一下，真是上一轮文明和人工智能的话，大家都能接受，还颇为欢迎，这秘密有什么大不了的呢？姜骏有什么必要非得把你姐姐给杀了？”

易飒脑子里轰的一声。

确实。

当时宗杭和丁玉蝶临时起意，想把易萧也带出息巢，姜骏暴起，拼死阻止，还残忍咬开了易萧的喉咙——如果真是为了遮掩上一轮文明这种事，是不是有点小题大做了？

唯一的可能是，易萧知道的秘密并不是这个，而姜骏怕易萧出去了之后泄露真相，所以痛下杀手。

难怪姜骏被绑起来的时候，笑得还挺欢畅的：他任务达成，守住了真相。

丁盘岭拿笔头点了点 DE 段，把话题又拉回来：“第四阶段，壶口的金汤穴，它巩固了这个假象，通过给你塞更多的碎片场景，也利用了丁玉蝶，自以为可以把这件事坐实了。”

易飒脸一红。

当时她确实以为一切水落石出了，还兴奋地嚷嚷过“解放了”，原来正中对方下怀。

她半是拍马屁半是发自肺腑：“幸亏盘岭叔你脑子厉害，一步步地，又把盘给翻回来了，我要几辈子才能像你这么聪明啊？”

丁盘岭失笑：“年轻人不要太贪心，皮肤水滑，精力无穷，大把时间，还要一个老人家几十年风风雨雨才锤炼出来的心智，好处都让你占了……”

他及时刹住了口，因为忽然想起，易飒已经没有大把时间了。

易飒的注意力却还在这张行为图上，她指向 EF 段：“这是第五阶段，再下漂移地窟？”

丁盘岭循向看过去：“我们突破得还算比较快，相信它也有点疲于应付，这一次，算是终于露了真身。但你看到的，依然只是表象，一堆肉块说明不了什么，肉块不是秘密，所以我还是觉得，三下漂移地窟很有必要，易云巧还在路上，等她也到了，人手齐了，我就可以再安排了。”

易飒犹豫了一下：“盘岭叔，别让别人瞎着眼拼命，我觉得整件事，你还是跟云巧姑姑和丁玉蝶说一下比较好，不过我的部分，你就别提了，我不需要多两个人拿看死人的眼光看我。”

丁盘岭有些恻然：“飒飒，其实你的情况跟易萧又不同，光从外表来说，你几乎就没改变，也许能活得更久一点。”

易飒咯咯笑起来：“更久点？一年？还是两年？小气吧啦的，没意思，我也不稀罕。”

她掂起那张图看，行为图，五段线段，上下左右都已经写得密密麻麻，原本云里雾里的事，经过这么条分缕析，忽然清晰明透起来——“分析”真是件挺可怕的事，这世上所有人、所有物，大概都经不住这样细细碾磨、拿放大镜寸寸观瞻。

人或事之所以神秘，是因为云遮雾罩，不露真颜，真的全天 24 小时在聚光灯下暴晒，说不定大众连瞅一眼都觉得累着了眼睛。

易飒喃喃：“它到底是什么，又想干什么呢？取代人类、占领地球、称霸全世界吗？”

丁盘岭呵呵笑起来：“它连我们三姓的关都没过，还想称霸全世界呢？我相信它的目的不是这个，因为你通观这五个阶段，可以发现它的攻防特点。”

“还有攻防特点？”

“你如果把它比作行军布阵的话，从头到尾，它都是‘守’势，从来没有哪个阶段它是在咄咄逼人地进攻的，各种诡诈、掩饰、藏、骗，还是那句话，这是弱者的典型特征，它拼着命，不想让自己的秘密暴露。”

所以，秘密到底是什么呢？

脑子里有一线光亮闪过，易飒蓦地身子一僵：“盘岭叔，我们都是它的耳目，如果它看得到，也听得到，那我们现在说的、做的、看的，它不是……全知道了？”

丁盘岭说：“是啊，全知道了。”

他的目光绕过易飒，停留在灯下、无人的空处，真正的隔空叫阵：“都走到这一步了，再遮遮掩掩也没意义了，不如亮底牌吧，折腾了这么久，也该有个了断了。”

【19】

尽管满腹狐疑，丁玉蝶还是心情愉悦地回帐篷了。

毕竟他经受住了考验：换了别人，临时被要求作画，不知道画得多拙劣呢，他的作品至少还能见人。

就是，丁盘岭把易飒给留下了，显得她多重要似的，这让他有点不爽。

帐篷里没亮灯，这是之前跟宗杭说好的：为了隐蔽和低调。

丁玉蝶拉开拉链门钻进去，顺势打开挂在帐篷顶的头灯。

宗杭正老老实实趴在地垫上，头都没抬一下，以免外头经过的人看见帐篷上映出多余的影子，声音也低得不行：“一来就找你，什么事啊？”

丁玉蝶回答：“画画。”

还顺势悬起手腕，在半空中做了个运笔如飞的姿势。

画画？宗杭纳闷：“画什么画啊？”

“电脑吃人，电脑诡笑，总之是电脑成了精了。”

这画面，听起来好像在哪见过似的……

宗杭愣了会儿，忽然反应过来，脱口说了句：“那是你画的？”

“是啊，”丁玉蝶觉得他问得可真怪，“盘岭叔让我画，我就画了，当然就是我画的。”

宗杭一颗心怦怦跳个不停。

丁盘岭不可能无缘无故让丁玉蝶画这两幅图，难不成是怀疑那图出自丁玉蝶的手笔？怪不得昨天送他的时候，反复向他求证下水之后有没有“昏迷”过……

“哎，”丁玉蝶嫌弃地看宗杭，“我说你，到底什么计划？”

什么计划？思绪忽然被打断，宗杭一脸茫然。

丁玉蝶没好气地示意了一下帐篷内：“我是不喜欢跟人同住的，看在大家交情不错的分上，我顶多忍你一两晚——你不是过来挽回飒飒吗？虽然我觉得没什么戏，但你能不能行动起来？光趴着，能趴出花来？”

哦，说这个啊。

宗杭匍匐着在地垫上转了个个，悄悄掀起拉链门往外看。

还好，这处比较偏，没人经过。

“你刚刚去找丁盘岭，有看见易飒吗？”

哪壶不开提哪壶，丁玉蝶翻白眼：“有啊，她也在跟丁盘岭聊事情，还没出来呢。”

“那能不能帮个忙……”宗杭指了指外头一盏亮着的营地灯，“待会她出来的时候，你找个借口，拉她去那说会儿话。”

丁玉蝶把头凑过来，试图看出营地灯侧有什么特别的：“然后呢？”

“没然后，我就是想看看她。”

啥玩意？丁玉蝶看鬼一样看宗杭。

宗杭硬着头皮渲染情愫：“你没谈恋爱，你不懂，一日不见，如隔三秋，能躲在远处看看她，就特别满足了。”

“你满足，让我出去挨冻？”

这大晚上的，高原冷得跟入冬似的，他要拉着易飒在灯光下尬聊，只为满足宗杭“看一看”的愿望——想想就奇蠢无比。

宗杭叹气：“大家不是朋友吗？我这两天，心跟碎了似的，吃也吃不好……”

又扯犊子了，自己从酒店给他打包的那一堆吃的，他可是吃得连渣都不剩。

“就只请你帮这一点小忙，不要你下水，不要你涉险，你要是怕挨冻，就五分钟，五分钟行不行？”

这话说得，丁玉蝶一下子想起当初在鄱阳湖下的息巢里，三个人共斗姜骏的情景来了。

同生共死都过来了，五分钟，确实是个小忙。

丁玉蝶心软了，但不抖抖威风教训一下宗杭，心里不舒服。

“你别光想着看，这么没出息！”

宗杭：“是的是的。”

“还有啊，男子汉大丈夫，拿得起放得下，实在不行就算了，别搞得这么可怜兮兮的。”

宗杭：“好的好的。”

态度这么配合，丁玉蝶反不好说什么了，转念一想，又觉得异性恋嘛，确实是这么拖泥带水的。

有几个人，能做到像他们无性恋这么洒脱呢？

易飒刚出丁盘岭的帐篷，就听到有人叫她。

循声看去，丁玉蝶正站在一盏雪亮的营地灯侧，向着她拼命招手。

刚跟丁盘岭这种脑子厉害的人聊了那么一大通，正头昏脑涨，跟丁玉蝶这种蛾子脑袋聊聊，找找自信放松一下也好。

易飒信步过来，问他：“住下了？哪个帐篷？”

丁玉蝶指了指自己的帐篷，他之前让宗杭关了灯：黑咕隆咚的，才更方便观察嘛。

易飒扫了一眼：和自己的帐篷离得有点远，正好各据营地一头。

“找我有事？”

丁玉蝶早打好腹稿了，故意神秘兮兮：“就是跟你打听一下，盘岭叔为什么让我画电脑啊？”

“不清楚，反正明天云巧姑姑到了之后，盘岭叔会跟你们细聊的，你到时候问呗。”

好，这个问题过掉。

“我这趟来，怎么没见宗杭啊？”

易飒沉默了一下：“走了。”

丁玉蝶夸张地瞪眼：“为什么啊？”

易飒有点烦躁：“他又不是三姓，早晚都得走的。”

看来是不想聊这个，丁玉蝶又改问漂移地窟：“说是为了漂移地窟过来的，但地窟该怎么找啊？多少年都没开过了。”

还以为跟丁玉蝶聊聊能放松，谁知道他跟她信息极度不对等，问题一个接着一个，易飒懒得解释，很快没兴致了：“你赶了一天路，先休息吧，明天再说。”

别呀，五分钟还没到呢，丁玉蝶赶紧拉住她，磕磕绊绊开始乱绕：丁海金和姜太月怎么没来、营地的人手好像不够、高原的天气他不是很喜欢、有点不适应……

易飒耐着性子听他扯，越听越觉得不太对劲，到中途时，忽然喝了句：“丁玉蝶！”

丁玉蝶吓了一跳：“啊？”

“帐篷里还有谁啊？”

我的天，这才是不鸣则已一鸣惊人呢，丁玉蝶结巴了：“没……没啊。”

易飒冷笑：“大晚上的，帐篷不开灯，你有这么节俭吗？莫名其妙拽着我扯些有的没的，说这么几分钟话，眼睛往那头瞥了不下十次，里头真没鬼，就让我看看。”

说完，大踏步向着帐篷走去。

丁玉蝶急了，一溜小跑跟上来：“不是，飒飒，真没有，我说话时就喜欢眼睛乱看，我真没……”

越急就越说明有鬼，易飒不理他，走到门口，矮下身子单膝屈跪，一把拉开门拉链。

丁玉蝶头皮一麻，下意识合上眼睛：穿帮就穿帮了吧，反正也不是什么要人命的大事……

下一瞬，心里一动。

好像……没动静。

他忙蹲下身子，借着外头的营地光往里看。

没人，真没人！妈的，宗杭不是说要躲在这看易飒吗？死哪去了？

不过也好，帐内空空给他救了急，丁玉蝶底气又壮了：“是吧，我说没人吧？”

易飒皱起眉头，没立刻起身，反而伸手过去，把悬着的头灯给打开了。

丁玉蝶暗自庆幸：幸好自己多了个心眼，没让宗杭把行李包给带下来，睡袋什么的也还没放开，不怕她开灯细看。

他嘟囔："你看，我说没有嘛，你这个人，怎么疑神疑鬼的……"

面上在抱怨，心底却一阵莫名。

宗杭人呢？

人呢？

其实丁玉蝶手舞足蹈招呼易飒的时候，宗杭就已经偷溜了出来。

他熟悉易飒的住处，拉上外套的兜帽，装着怕冷，一路耷肩缩头地过去，居然全程顺畅。

到了帐篷门口，眼瞅着就近没人，赶紧钻了进去，四下一通摸索，果然在易飒的睡袋底下摸到一本软面册子。

宗杭揣着册子飞快退出来，凑到最近的一盏营地灯下，颤抖着手掏出手机，一边小心地观察周围动静，一边一手翻页，一手拍摄内容。

没时间细细翻看，为求效率，只能这样速战速决了，虽然拍糊了几张，但应该问题不大。

拍的过程没要多久，不过惊吓不小：营地并不安静，有时有咳嗽声，有时又有脚步声，几次一惊一乍，心跳如鼓，额上背上都出了汗。

拍完之后，宗杭第一时间把册子又送了回去，然后继续耷肩缩头，向着营地外疾走，直到出了营地，把那一片灯火都远远甩在身后了，才长嘘一口气，两手撑着腿俯下身去。

他真是做不来这种偷偷摸摸的事，短短几分钟，比在漂移地窟里搏了回命还累。

好不容易缓过来，他吸了吸鼻子，把领口翻起取暖，找了块背风的小土坡蹲下去，这才哆哆嗦嗦地把手机拿出来。

拍得真不少，得有二十来页呢。

他点开第一页，放大、再放大。

事情会跟这本册子有关吗，易飒到底看到了些什么呢？

丁玉蝶抱着胳膊坐在帐篷里等，脸色很严肃：这样宗杭一回来，就会知道他动气了，事情很严重——好你个宗杭，看起来跟个老实人似的，居然也会撒谎骗人，还扯什么一日不见如隔三秋。

但气了半晌之后，心里有点没底。

不对，夜深了，这种鸟不拉屎的地方，除了营地就没去处了，人能去哪呢？

丁玉蝶把脑袋探出帐篷：越来越冷，风声呼呼的，能把大几十里外的声音都卷过来，也不知道是不是自己疑心生暗鬼，他总觉得，风里带着呜咽声，跟狼嚎似的。

有人恰好经过。

居然是丁长盛，丁玉蝶记仇，板了张臭脸不想理他，哪知道丁长盛主动朝他笑了笑。

到底是长辈，既然主动示好，不能不搭茬，丁玉蝶顺水推舟：“丁叔，这里有狼吗？”

丁长盛想了想：“这可说不好，是高原，狼啊熊啊都会有。”

又呵呵笑着安慰他：“不过它们怕人的，不会接近营地，再说了，我们有人守夜，你大可放心。”

我去，还真有啊？

丁玉蝶脑子发炸，目送着丁长盛走远之后，赶紧揣上手电出来。

先在营地里找了一回，还借故“探望”了易飒，本来想把事情告诉她，拽上她一起找的，犹豫了一下又摁下了：万一是自己疑神疑鬼呢？还是先确定了再说——人真没了，别说拽上易飒，整个营地的人都得拽起来，毕竟一个大活人呢。

又往营地外找，且走且远，好在运气不错，正焦躁时，手电光一扫，扫到一处小土坡上坐了个人。

看衣服装扮像是宗杭，丁玉蝶走近两步，灯光直直照在他脸上。

换了普通人，被强光这么一打，早跳起来了，但宗杭没有，他还是那么坐着，眼神挺茫然的，两手搁在膝盖上，一只手里紧紧攥着手机。

丁玉蝶心里犯着嘀咕，气早没了，小心翼翼地挨过来：“宗杭？哎，宗杭？”

还拿脚尖抵了他一下，直觉他会像恐怖片里那样，应声而倒。

幸好没有，宗杭终于抬头看他：“啊？”

丁玉蝶心头一块大石落地，纳闷得不行：“大半夜的，你也不回帐篷，坐这干吗啊？”

宗杭看了他一会儿，忽然反应过来：“哦，没事。”

他手忙脚乱爬起来，掸了掸屁股上的泥，还不好意思地朝他笑：“没事没事，我坐着坐着就忘记了，走神了。”

丁玉蝶又把宗杭掩护回了帐篷。

但他总觉得，其实是有事。

说真的，宗杭来的这一路，表现得不怎么像个失恋的人，但现在真像了：会不自觉地沉默，你看向他时，他又会马上微笑，那种抢在你之前、要告诉你“我没事，你别问，什么事儿都没有”的笑。

关灯之后，他还听到了宗杭叹气，很轻，却好像比沉重的叹息更揪心。

丁玉蝶都被带得有点怅然了，好不容易有了睡意，正迷迷糊糊间，听到宗杭低声叫他："丁玉蝶？"

"啊？"

"这两天，丁盘岭会找你聊漂移地窟的事，他一定会安排人再下去的。"

所以呢？丁玉蝶竖起耳朵听后面的。

"不管他安排了什么，麻烦你都跟我说一下，我没坏心……你就当，暗地里多了个帮手吧。"

【20】

天蒙蒙亮时，易飒听到车声和喧哗声，是易云巧到了。

到就到吧，天王老子到了，也不能影响她睡觉。

易飒脑袋一歪，又睡过去了，觉得这种一切都无所谓、无牵无挂、只凭自己心意行事的日子挺好的。

她一直睡到日上三竿，被消息声吵醒，摸过来一看，是宗杭发的。

——易飒，你现在忙什么啊？我还没到家，坐车都坐晕了。

还附了个哭丧脸。

看这语气，都能想象出他依然蒙在鼓里的百无聊赖模样，易飒想给他回一个，指腹在手机屏上犹疑了会儿，又蜷了回来。

她就该冷淡、爱搭不理，没人喜欢拿热脸去蹭冷屁股，他受冷落多了，自然就会知趣，渐渐少发信息，直至最后断了联系。

她把手机扔到一边，起床洗漱，又逮了个路过的问起易云巧，那人指了指丁盘岭的帐篷："一大早就进去了，还有丁玉蝶，说是聊重要的事，不让人打扰。"

看来是在摊牌，这可真是前人种树，后人乘凉啊，几个人奔忙了那么久、脑袋都想破了才理出的前因后果，易云巧他们只消坐着听结论就行了。

易飒先去简易食堂吃早饭，去得太晚，只剩冷馒头和刷锅水了，负责做饭的人笑着跟她商量："要么你坐着等等？午饭就快开搞了，你可以吃头一锅。"

也行，易飒齿间啮了根木烟枝，就坐在桌子边等，为了打发时间，还借了副扑克牌来，洗乱了之后对着呵三口气，摆了牌式准备给自己算命。

以前在浮村时，老跟陈秃凑局打牌，这算命法也是跟他学的，谈不上准，只图好玩。

上下各摆五张，这是年运，左右竖排四张，代表身边的男性和女性朋友，中间五张，代表天、地、人、和、自己。

按理说，翻牌得有次序，但她不管，先翻代表“自己”的那张。

方块5。

代表任何事都事与愿违。

妈的，命已经不好了，扑克牌都落井下石，易飒悻悻的，正想把牌张揉皱，有人在外头叫她：“飒飒？”

是易云巧。

易飒应着声，一脸萎靡地走了出去。

易云巧的发型依然卷卷扬扬，难得的是头发上居然没挂下两个发卷来，想是怕冷，穿得极臃肿，像熊。

一见她就不给她好脸色，两指并拢往她脑门上杵：“你个死丫头，上次我打电话问你有没有听见关于漂移地窟的风声，你怎么回我的？连我都瞒，你还是不是姓易的？”

搁了以前，易飒大概要赔着笑脸，或者抱住易云巧的胳膊又是撒娇又是告饶，但现在觉得，大可不必这么委屈自己——装了大半辈子，临死还不让人真性情一把吗？

她偏了头，把那一记指杵给躲了过去：“当时不是为了保密嘛，盘岭叔不让说。”

又觑了眼易云巧的脸色：“你都知道了？”

知道了，坐了一上午，跟听天方夜谭似的，又是1996年，又是几千年前的，易云巧到现在都还脑袋发涨：“也不知道是不是真的，不过是得下去看看……”

她有点唏嘘：“当年死的是易家人，被关的也是，那些人，你可能没印象，我可是都认识。要不是当时怀孕，1996年那次，我也该下地窟的……”

“还有啊，有句话跟你说……

她伸长手臂，搭上易飒的肩背：“你说，这次怎么让丁盘岭领头了呢？他一个平时不作声的，凭什么啊？”

易飒无奈：这个云巧姑姑，总拿小心眼揣度别人，在鄱阳湖时怀疑姜孝广要私开金汤，现在又嫉妒丁盘岭领头……

她正要说话，忽然心里一动。

不对，易云巧是在她背上写字。

——适时闭眼，别乱说话。

这是……

易飒的心止不住狂跳：易云巧是在拿话打岔，声东击西，适时闭眼，别乱说话，这是要切断太岁的耳目了——是该这样，否则太被动了，做什么都被它看在眼里。

她斜了眼易云巧："云巧姑姑，人家盘岭叔挺好的，你接触多了就知道了。"

易云巧哼了一声："我可不觉得，他能做的事，我也未必不行啊。都是水鬼，谁输给谁啊。"

易飒目送着易云巧趾高气扬离开，忽然发现，论起"演"来，那可真是人人在行，各有所长。

接下来这几天，大家怕是都得演一套做一套了。

一大早，丁碛就跟前方寻找漂移地窟的人联系上了，那头回复说，刚圈定地方，正准备扎经幡，后方的人这两天就可以拔营了。

丁盘岭正和易云巧她们聊事情，不好进去打扰，按理说，回复丁长盛也是可以的，但丁碛总觉得，这些日子下来，丁长盛似乎察觉了什么，看他的目光都有些怪怪的——所以能避就避，尽量不沾惹。

他一直等到易云巧和丁玉蝶他们都出了帐，才进去找丁盘岭。

丁盘岭听完了，微微点头："行，拔营的事，我让长盛安排。"

让丁长盛安排？这种琐碎小事，不一贯都是自己的活吗？丁碛正纳闷着，丁盘岭又招呼他："坐了这一上午，腰都酸了，这边景色不错，你陪我出去走走吧。"

丁碛受宠若惊，却也越发迷糊：水鬼都到齐了，还有丁玉蝶这个丁家的"嫡系"，陪散步这种事，怎么也轮不上他吧？

他满腹狐疑地跟着丁盘岭往外走，走出营地，爬上就近最高的山坡。

景色真好，高处是雪山雪盖，低一点是灰褐色山石，再低是青黄色沼泽，沼泽间脉脉细流，在清透的日光下银晃晃灼人的眼。

丁盘岭伸手指划远近："看看，这景色，真不错，我们平时在内陆，哪能看到这么开阔的场景啊。"

丁盘岭怎么会有心思看风景呢，丁碛正不知道该怎么接茬，背上忽然一僵。

丁盘岭在他背上写字。

抬眼看丁盘岭时，丁盘岭依然目视前方，脸色很放松："是吧？"

丁碛按下心头疑窦，自然地接话："是啊。"

他慢慢分辨着丁盘岭写下的字，那可不是一两句话，而是大段的安排、嘱咐，亏得丁碛从小练功，对音形辨析都很敏感，不然这乍一上来，还真难全领会。

有时候，丁盘岭手上稍停，会插几句随意的话，关于天气、回程、这两天的伙食、身体的不适，丁碛嘴上跟着应和，心里越发紧张。

也不知过了多久，这艰难的"对答"才告终结，丁盘岭收回手，像是忽然想起了什么："对了，飒飒她们上次下地窟，说是要过一段水路，很冷，待久了人有点受不了，你想想办法，这两天去采买一批干式的潜水服，这种可以在里头加衣服，到时候保暖就不成问题了。还有，氧气筒还是得准备，虽然水鬼能在水下长待，但毕竟是高原，体力消耗过大的话，有氧气筒能救命的，赶紧去吧。"

丁碛嗯了一声，却没立刻挪步子。

丁盘岭正觉得奇怪，丁碛清了清嗓子："岭叔，你应该知道我的事了吧，就是因为我之前的一些失误，跟易飒有点不愉快。"

"是她那个朋友陈禾几的事吗？"

"是，之前我干爹借口漂移地窟的事还没搞清楚、正是用人的时候，把她给拖住了。但你也知道易飒的脾气，我觉得她不会算了的。"

"所以呢？"

"就是想让岭叔为我讲几句好话。"

丁盘岭笑了笑。

他前脚吩咐完丁碛事情，丁碛后脚就提要求，说不好听点，这真类似于要挟了。

丁碛似乎猜到了他在想什么："岭叔，我没别的意思，还是那句话，就想给自己找条活路。"

"你觉得只要飒飒不追究，就万事大吉了？"

"她不追究，我就没什么顾虑了。"

"那对于那些人呢，你觉得抱歉吗？说真话。"

丁碛笑起来，顿了顿说："我没感觉。"

"岭叔，我跟任何一个死在我手上的人都没仇，无非听命行事。你不能指望一个人既是个合格的、干脏事的傀儡，又饱含良知、时时揣一颗歉疚心，这跟当了……又要立牌坊有什么区别？"

"事实上，易飒一直追着我，让我觉得很憋屈。"

丁盘岭不动声色："憋屈？"

丁碛冷笑："为什么要追着我啊？我就是个工具，人家让我干什么我就干，真要论罪，我也就是个从犯。要我杀人、要我感到抱歉、最后还要推我出去抵罪，是不是不公平啊？我不是想说我干爹的不是……"

他压低声音："他授意我不惜一切代价杀死易萧、让假姜骏消失，甚至暗示我易飒太麻烦的话，可以下手。他的罪比我小吗？

"因为他是三姓的人，他顾全大局帮大家做事，他手上没沾血，你们都对他的罪视而不见，那我呢，我难道不是在帮三姓做事？

“背后那些明里暗里唆使的人什么事都没有，只推我出来挡枪，我就是不服气。想让我服罪可以，有些人得出来一起领……岭叔，我觉得你是个可以讲理的人，才跟你说这些话，我就是希望……”

他话里有话：“我这么辛苦办事，能有个回报。”

丁盘岭沉默了会儿，说了句：“我知道了。”

丁碛下了土坡，一路走回营地，大步流星，上了自己开来的那辆大切，车子一轰，猛打方向盘，向外疾驰。

就近的人猝不及防，车子出去了才想起追着大叫：“哎，哎，你去哪啊？”

然后瞬间被甩在了后头。

丁碛脸色铁青，满腔愤恨，他其实从来不是个感情外露的人，今天也不知道怎么的，对着丁盘岭，忽然就没收住。

也不知道是福是祸，但随便它了，说了就是说了，反正说的都是真心话。

他也许有罪，让他死可以，但其他该死的人，别缩在后头。

旷野浩莽，视线里没别的车，他横冲直撞，近乎盲开，过了会儿一手扶住方向盘，另一只手掏出手机。

那天易飒让他别祸害人，怪了，他祸害谁了？腿长在井袖自己身上，她舍不得走，也赖他？

他翻出井袖的号码，正要拨号，心念一转，改拨了家里的。

如果她真搬进去住了，电话自然有人接。

果然，不多时，他就听到井袖的声音：“喂？”

丁碛正想说话，忽然听到类似滚锅的咕噜咕噜声，心里一怔，顿了会儿才说：“是我，你在用厨房吗？”

井袖一窘：“是，我看到很多厨具都没用过，积了灰，就洗了，然后熬上了汤，汤锅什么的，还是多用用得好。”

“什么汤啊？”

“番茄牛腩汤。”

是吗，清冷带泥湿味的空气里，好像真的隐隐传来西红柿的味道，嘴巴里似乎有一股酸甜的劲儿冲上来，软了牙根。

丁碛把车窗放下些，让冷风吹透脑子，语气复又生硬：“我问你件事。”

“你说。”

“宗杭是你朋友吧？易飒也算吧，你的朋友，都觉得我不是个好东西，苦口婆心规劝，你怎么还没走呢？自己往火坑里跳？”

井袖沉默了一下，轻声说了句：“丁碛，我觉得你人不坏。”

不坏？

丁碛哈哈大笑：“你是不是眼瞎了？我确实杀过人你知道吗？什么脏事、坏事都做过，这还叫不坏？”

摊开了说，井袖反坦然了。

“我知道，宗杭不会骗我，但我总觉得，你不是一个烂到根上的人，有些事，你如果一开始就有选择的话，可能自己也不想做……”

一开始就有选择的话……

丁碛有片刻的失神。

一个捡来的、就是被养来做脏事的绝户，十几岁就已经两手沾上血了，能有什么选择？

“还有，你对我，真的很好。”

丁碛打断她：“我不爱你，不知道那是什么东西，我几次留你就是顺便……”

因为露水情缘，因为顺便，也许还因为看她可怜，跟一片风里乱摇的叶子似的，从来就找不到方向。

井袖很平静：“我懂，你一早就说了，跟我在一起，就是图个轻松自在，我也没那么多想法，就想找个依靠，我遭劫的时候，你帮我抢回包、让我去医院看伤，我那个时候觉得，就是你了。”

“后来……”

井袖失笑：“后来宗杭跟我说了你的事，我挺难受的，但我还是想帮帮你，为你做点事，或者说，至少看到个结果才甘心。你杀了人，可能会坐牢，可能会偿命。

“坐牢了，我可以去看看你，真死了，所有人都往你坟上吐唾沫，我想，我还是能去送朵花的——从头到尾，你没有害过我，你确实帮过我，你有罪归你有罪，我感恩归我感恩。”

丁碛沉默了好一会儿，忽然挂断电话，把手机扔到了副驾上。

车子驶得很快，前后左右，全是高原旷野独有的萧索。

看不出来，她还挺义气的。

【21】

果真如伙头所说，易飒吃到了头锅饭菜，香喷喷、热腾腾。

正吃着，丁玉蝶进来了。

一个上午，骤然被灌进那么多秘密，他整个人都有点改了气质，看起来不那么轻飘飘了——只是路过易飒桌边时，狠狠剜了她一眼，说了句："瞒得很严实啊，不够朋友！"

很好，易云巧怪完她，丁玉蝶也跟着来了，易飒乜斜了他一眼："一开始，是不是你不想掺和的？咱们是不是说好，事情结了之后，当故事说给你听的？"

丁玉蝶吃了她一呛，找不到话来反驳，于是冲伙头发飙："打包！我不在这吃，不想看到某些人的脸！"

伙头回答："又不是开饭店，我这没打包盒。"

这个难不倒丁玉蝶，他找了两个大盆，一个装满饭，一个装满菜，抓起勺筷之后，扬长而去。

易飒咬着筷头翻了个白眼，觉得丁玉蝶真是越活越幼稚。

回到帐篷，丁玉蝶挪开睡袋，得意扬扬把餐盆放到中央，自己拿筷子，勺子分给宗杭："不用担心飒飒会找过来，我刚故意放狠话了，她至少这一天都懒得理我。还有，我特意没多拿餐具，要是拿两双筷子，别人会怀疑的……你学着点，这都是智慧。"

宗杭挺好奇丁玉蝶知道多少了："丁盘岭……他说什么了？"

丁玉蝶扒了口饭，腮帮子高高鼓起："你不是差不多全程参与了吗？但盘岭叔站得更高，人家把筋给抽出来了——一个图，他给我们看了一个分阶段的行为图。"

他拿这事佐餐，照搬丁盘岭的叙事顺序，把事情大略说了一遍，那么多细节，难免有疏漏，好在宗杭一路亲历，并不怕他简略。

看这情形，什么被控制着画电脑、天降小米香醋的事，丁玉蝶都已经心里有数了，居然没恼火，相反，怪兴奋的。

"这种事，可不是年年都能遇上的，我可真是赶上大时代了，找到了老爷庙的沉船、下过壶口的金汤，又要下漂移地窟，满足！太满足了！"

满足？还真是甲之砒霜乙之蜜糖，上次下漂移地窟的经历，宗杭至今都有点心有余悸，打死他也不会用"满足"这两个字去形容。

宗杭拿勺子扒着饭，越吃越慢，忽然想到了什么："我觉得，你需要……"

丁玉蝶迅速打断他："哎，你看，这菜上是不是趴了只虫子？"

宗杭是个实在人，赶紧低头去看。

丁玉蝶也凑上前去，手却绕到了宗杭背上，先写了四个字。

——战备状态。

宗杭心里一跳，舌头打了个磕绊，居然接下来了："哪是虫子，是葱吧。"

丁玉蝶惊讶："是吗？哎哟，我这视力，不行了，都打游戏打的。"

手上却不停，唰唰继续往下写。

——重要的事，别说，像我这样写。

从科幻片，转成玄幻片，又到谍战片，这风格转换的，宗杭都有点适应不来了。

他把手绕到丁玉蝶背上，迟疑了会儿，才开始写。

——你要提醒丁盘岭。

——如果我是太岁，我可能会杀了他。

你希望事情有个了断，希望它亮底牌，它就会照做吗？

图穷匕首现，你这里开始缄口不谈、封其耳目，你怎么知道它那里就没招呢？

丁盘岭挺危险的，毕竟，在每一个太岁都以为能蒙混过去的结点，是他把线头一再挑起、步步往真相逼近。

反正现在，最后的真相还没浮出水面，而鄱阳湖下的息巢已经启用，也许太岁会觉得，除掉了丁盘岭，还有机会守住这条贴身的底裤呢。

丁玉蝶哼了一声，用手指头慢条斯理回了他一句话。

——你都想到了，盘岭叔会想不到吗？

宗杭梗着脖子来了句："那没用，人家对你多了解啊，你呢？"

三姓是太岁的"耳目"，说句不合适的话，太岁可是"看着"他们长大的，但他们对太岁的了解，多是连蒙带猜吧，至今只知道人家外形像巨大的肉块。

虽然重要的话最好用手写，但这么没头没脑的一句话，也不怕它听见。

两人互相瞪了一会儿，末了丁玉蝶若有所思地说了句："有理。"

第二天中午，营地开拔。

天公不作美，刮阴风，下雨雪，人人蒙口罩戴兜帽，隔着两三米远就看不清谁是谁了，很多帐篷要收卷，无数辎重装车，整个营地显得乱糟糟的。

易飒和易云巧早早坐上了车，开着暖气、啜着热茶，看外头人忙碌——

丁玉蝶也不知道是不是转性了，往常最懒得揽事，现在居然积极地参与搬辎重、收帐篷，还引导着人把东西都堆在他指定的地点。

过不了多久，营地就近乎清爽，有点体积的差不多都收拾好了，堆成了小山一样待装车，边上紧挨着一个橘黄色的小帐篷，在风里孤零零抖着。

那是丁玉蝶的帐篷，易飒觉得奇怪，放下车窗，叫住一个过路的："怎么回事啊，丁玉蝶的帐篷怎么还不收？”

那人回答：“刚盘岭叔也让人去问了，他说就不收，说是完事了还要回来，留个地标，还说什么留给牧民当休息点……反正帐篷也不值钱，盘岭叔就随便他了。”

留给牧民当休息点？他什么时候这么好心了？再说了，他确定留下的不是垃圾？

易飒正莫名其妙，正拿发卷卷头发的易云巧在边上说了句：“丁小蝴蝶不一直就这样吗，脑子不正常，妖里妖气的。”

外头嘈杂声一片，载人的车陆续出发，只余辎重车慢慢倒车，发出沉闷的引擎声。

丁玉蝶钻进帐篷，扔了一袋煮鸡蛋和硬面包进来：“喏，我够意思了啊，吃的都给你备了，帐篷也给你留了，你有手机有钱，自己联系车回去吧。”

宗杭气得咬牙：“让我继续跟着怎么了？我能帮忙的。”

丁玉蝶叹气：“拉倒吧，别当自己是什么奇兵了，太岁通过我的眼，早知道你来了。再说了，我整天掩护你，烦都烦死了，盘岭叔脑子够用，水鬼人手够用，不需要你这个地秧子出身的上下蹦跶。大家现在忙正事呢，你真想追飒飒，等我们忙完了再联系。”

宗杭瞪着眼，看那架势，像是想过来揪他衣领，丁玉蝶脸一沉：“别搞事啊，信不信我现在喊一声，盘岭叔和飒飒都知道你在，到时候还得分出人手来押着你回家——帮不上忙就算了，添什么乱！”

说完，帘子一甩，出去了。

外头已经差不多了，辎重车也装完了，正最后扣上拦板，有辆越野车绕了个弯过来，拼命朝他摁喇叭，车上人探出头来：“丁玉蝶，走啦！”

丁玉蝶撵他们：“你们先走，我这趟坐大车，换换口味。”

他目送着闲杂人等都走了，车下清空了，又掏出手机来自拍了几张，才进了主驾驶室。

司机早等得不耐烦了，刚发动车子，丁玉蝶忽然摸口袋：“哎等会等会，我好像忘东西了。”

司机赶紧刹住：“什么东西啊？”

丁玉蝶磨磨蹭蹭，从外口袋摸到内口袋，上衣口袋摸到裤子口袋，终于咧嘴一笑，从最后一个兜里摸出把钥匙来：“家门钥匙，找到了，找到了。”

大面积雨雪天气的关系，车子开得很慢，天却暗得很快，易云巧一直在打瞌睡，车载对讲机里时不时传来对话声，无非讲路况、天气、提醒后车绕过泥坑。

还有一次，好像是丁盘岭在说话，问丁碛到哪了，有人回说，已经把位置发给他了，他应该会比大家晚，不过最晚也晚不过明天。

易飒脑袋抵在车窗上看道道雨痕滑落，手里握住手机，想问宗杭到家没有，又怕那样会显得自己过于“热心”了，犹豫再三，昏昏沉沉，也睡过去了。

做了个梦。

梦见宗杭的家，是幢两层的小别墅，院子里真的有棵鸡蛋花树，枝繁叶茂，几乎跟别墅同高，伞冠延伸开很广，满树都是白里带蕊黄色的花。

宗杭盘腿坐在树下，那么大个人了，居然在玩钓鱼机，一会儿钓起一条鱼，一会儿又钓起一条。

她不敢靠近，怕被发现，于是藏在一丛厚密的枝叶后头偷看。

看着看着，宗杭忽然抬头，奇怪地朝空气里嗅嗅，再嗅嗅，嘟囔说：“好臭啊。”

一边嘟囔，一边起身来找味道的来源。

臭吗？易飒低头去闻自己的手臂，看到原本白皙圆润的手臂如柴般，老皮一叠压着一叠。

宗杭走近了，想拿手拨开树枝，她如遭雷噬，撼动着枝叶拼命打他，大吼：“走开！你走开！”

……

易飒在绝望的歇斯底里中醒过来。

天已经全黑了，车子慢得像寸移步挪，手机落在脚下，易飒也没力气去捡，只是疲惫地想着，自己在梦里也好坏好凶啊，为了掩饰不堪的外表，居然会去打宗杭。

有人说，梦是人最真实意图的反映，所以她就是这么想的吧：宁可远离、潜藏，也不想让人看到自己的垮塌。

对讲机里传来嗞嗞的电流音，不知道是谁在通知：“大家注意了，加快速度，加快速度！刚得到消息，漂移地窟已经开了，已经开了……”

开了？易飒一愣。

还以为要等不少日子呢，居然这么快就开了，丁玉蝶莫名兴奋，一个劲地催司机快点开：地面上忽然出现一个深达千米的洞，到底会是个怎么景象，光凭想象，还真想象不来。

饶是紧赶慢赶，最后这段路还是用了近两个小时，车子绕过一处山体之后，眼前不远处出现了一片微弱的荧光，那是夜光粉和营地的光亮交错在一起所致。

车子在营地边缘处陆续停下，所有人都第一时间下车，丁盘岭大步流星走在最前头，边走边问丁长盛："有催过丁碛吗？他什么时候能到？"

丁长盛不知道丁碛怎么就忽然这么重要了："催过两次了，他说尽快，但最早也到半夜了。"

丁盘岭眉头紧锁：这次开地窟的机会多半要浪费了，丁碛到不了，那就意味着派他采买的东西拿不到，没这些装备，下地窟的话，心里实在没底……

正想着，心头一凛，骤然止步，吼了句："别动！别说话。"

这趟带来的都是可以称得上"中上"的好手，反应都不慢，只一两秒的时间，全停了下来，瞬间屏息静气，没发出任何杂声。

在高原上住了这几天，大家对夜间的环境都很熟悉了。

无非就是风，大小风声，或狂暴或尖厉，风里有时夹杂类似狼嚎，但这畜生其实怕人，从不试图接近营地，连爪印或者粪便都未曾留下过。

但今天没什么风，雪还在下，是很细小的那种雪粒子，打在错落搭起的帐篷上，发出密实的沙沙声响。

易飒的心怦怦跳起来。

这营地……好像没人。

没错，是没人，虽然有帐篷、灯光，但没人声，这么多辆车，轰隆隆由远驶近，也没人迎出来。

丁盘岭低声问了句："上次跟这边联系，是多久之前？"

有人回答："也就不到两个小时。"

丁盘岭沉吟了一下："都拿上家伙，安排四个人，站营地四个角放哨，其他人，两两一组，分别进帐篷查看。"

这边的营地立了十几顶帐篷，一半以上都是大帐，有的亮灯，有的黑着。

易飒一手握乌鬼匕首，另一手打手电筒，进了一顶没灯的大帐——这顶帐篷应该是做简易食堂用的，塑料桌凳都已经摆开了，石头搭的灶也已经立了起来。

易云巧跟在后头，也拿手电筒四下逡巡，语气有点慌："不对啊，真出了事，至少给留个尸体吧，人都哪去了？下地窟了？"

易飒摇头："不可能，大部队没到，这些人不会先下的。"

她走到灶边细看。

灶下的火还没全熄，灰堆里闪着火星，锅里有残油，里头只有葱姜蒜，都已经炸焦了，边上还有一盘切好的肉丝。

易飒在锅灶旁扫了一眼。

汤勺、漏勺、碗筷什么的都还在，唯独锅铲不见了。

中餐的炒法，一般是热油、葱姜爆锅，葱姜都已经在锅里了，下一步就是往锅里倒肉——也就是说，这人是在刚爆完锅、还没来得及倒肉、手里还握着锅铲的时候遇袭的。

易飒把手电光打向地面，原本是想看看有没有留下什么现场痕迹，还蹲下身子，不甘心地伸手摸了摸……

一摸之下，突然毛骨悚然，触电般将手缩了回来。

好像摸到了一簇短硬的……头发。

易飒屏住呼吸，把手电筒打近那一处。

是有头发，十来根，露出地面只一两毫米：光线这么弱，地上又本就粗糙，如果不伸手去摸，大概永远也发现不了。

她咽了口唾沫，用乌鬼匕首的锯齿一面，慢慢在那周围刮蹭。

易云巧也发现她的不对了，好奇地说了句："飒飒，你刮什么呢……"

话没说完。

因为她忽然发现，自己脸侧的头发，逆着地心引力，慢慢往上……翘了起来。

【22】

宗杭缩在一堆帐篷支架和发电机之间，边拿手揉捏蹲得发麻的小腿，边竖起耳朵想听外头的动静。

可以出去了吧？车子都停了好久了，万一待会有人上来卸装备跟他撞个正着，他之前的那一番努力可就白费了。

没错，想当"奇兵"就得真正隐形，连丁玉蝶都不该"看见"他的存在，或者说，丁玉蝶必须得亲眼见证他走了、被抛弃了、不再跟着了。

两人绞尽脑汁，一再合计，才想出之前的戏码，宗杭的想象里，他会像影视剧里那样，先藏在车底，等车子开动起来之后，才万分艰难但非常潇洒地爬进辎重车后斗藏身。

然而丁玉蝶拖延得太成功了：宗杭揣着干粮翻进车后斗、钻进大塑料布盖着的物件之间、选了个背风保暖的好位置、扯了块防潮垫裹住自己、蜷缩着等了好久之后车子才开。

然后晃晃悠悠，一路听雪打风吹，中途车子停了几次，都是放野尿，宗杭这才顿悟丁玉蝶给他的干粮为什么那么干，连滴水都没有。

还挺贴心的，但纯粹多此一举：男人嘛，有个矿泉水瓶就可以搞定一切了。

宗杭陆续睡了两觉，觉得按照时间，此刻的自己应该回到家了——他掏出手机想给易飒发个假消息，哪知信号太弱，且越来越弱，偷偷掀开塑料布缝往外一瞅，真正的荒烟蔓草、莽莽苍苍。

车子最终停下的时候，他可紧张了，怕这些人太积极，马上就上车卸装备，然而并没有：人声嘈杂着渐渐远去，然后像接到了什么命令似的，忽然鸦雀无声。

宗杭莫名其妙，又不敢露头，对他来说，只要被任何一个三姓的人看到，行动就告失败，所以他屏息等着，哪知越等越没了后续。

……

宗杭实在受不了了，终于小心翼翼地把脑袋探了出来。

雪已经停了，只有零星的雪粒子，被风吹得在空中乱舞，偶尔打在人脸上，刺刺的。

还好，没人，数十米开外就是帐篷群，亮温暖的灯光。

宗杭没立刻下车，他知道三姓有设置岗哨和巡逻的习惯，然而张望了一会儿之后，又觉得不太对。

没岗哨也就算了，怎么会连一点动静都没有呢？

宗杭心里有种不祥的感觉，他犹豫了会儿，摸索着抓起一把沉重的车扳手，向着车身“咣当”猛砸了一下。

周围特别静，这么大的声响，宗杭自己都吓了一跳，然而帐篷群里还是没人出来，连喝问声都没一句。

都下地窟了？没可能啊，地面上总得留几个接应的人吧？

宗杭有点慌了，抓着扳手翻下了车，咽了口唾沫，战战兢兢朝着帐篷群一步步过去。

开始还顾着要遮掩，会捡起石块往不同的帐篷上丢，希望能丢出点动静来，后来就顾不上那么多了，直接开口问：“有人吗？易飒？丁玉蝶？”

风声飒飒，无人应答。

宗杭打着手电筒，把帐篷群里里外外都扫了一遍，有些帐篷没开灯，他顺手把所有的灯都开了，还又从辎重车上搬下营地灯来，四角摆放，一一开启。

这一片亮如白昼，静如鬼蜮。

见了鬼了，怎么一个人都没有？帐篷都在，车子也都在，人能跑到哪去了呢？

肯定是出事了。

宗杭额头都出汗了，心里默念着让自己别紧张、别慌：要重新看一遍，仔仔细细看一遍，像丁盘岭和易飒那样观察，力争发现点什么。

他一间一间帐篷地走，拿了个塑料袋装证据，还掏出手机来拍照——这些都是现场照，万一他没那个智商查出究竟，至少还可以把第一手的资料转交给有能力的人。

他走进一间帐篷。

这帐篷很大，中央处立了个小型滑轮吊机——上次下漂移地窟时就是这样，吊机是立在漂移地窟的洞口的，为了方便把人吊送下去。

但现在，吊机是装配好了，只差启动，洞口却无影无踪。

会不会是这里原本确实“地开门”了，但先来的那一拨人立帐篷推吊机，一番忙活之后，洞口又消失了？

又进了一间帐篷。

这好像是个灶房兼食堂，塑料桌椅都按序排列，宗杭刚往里走了没几步，脚下咔嚓一声。

过分安静的时候，连塑料脆折的声音都分外恐怖，宗杭心头一跳，迅速抬脚，这才发现自己踩到了一个发卷。

发卷……

好像听易飒说过，她的那个云巧姑姑，是把发卷当头饰戴的。

宗杭蹲下身子，捡起发卷看了看，一头雾水地把它放进塑料袋里，正想起身，忽然发现身边不远处，地层的浮土有刮蹭的痕迹。

他挪了过去，伸手在那一处摸了摸，心里咯噔一下，赶紧重新打起手电筒增加光亮，又趴跪下去，斜低着角度去看。

看到了，有很短的发茬尖，密密簇簇，宗杭心跳得几乎快蹦出胸腔，又伸手过去摸了摸，然后闪电般收回手，半条胳膊都木了。

又粗又硬，这应该是男人的头发，根根竖起的那种寸头。

难不成人在下面？

这边上有刮蹭的浮土，像是后来者发现了，试图把土层刮开求证，结果刮蹭的过程当中也出事了？

宗杭四下看看，从灶台上拿了尖刀和铁质的汤勺，两相配合着也开始做同样的事。

如果这下头真是尸体的话……

他命令自己别多想，想多了分分钟都会反胃放弃，又频频去看身后、脚下，生怕会有什么意外发生。

没过多久，他就确认，自己已经清出了半个脑袋：确实是寸头，耳朵的上轮廓和凸起的眉骨都已经出来了。

宗杭没敢再往下清，怕把这人眼皮边的泥土拨开时，对方的眼睛还是圆睁着的，那可真是一生的梦魇了。

他估摸着那人手臂所在的位置，换了个方位继续，正初见轮廓，忽然抬起头，蹙着眉头仔细去听。

又退开几步，将耳朵贴近地面。

没听错，是有车来了。

这么晚了，又是这么偏的地方，还开着车，难不成是三姓的后援队？

宗杭心头一喜，拎起手电筒就走，走了两步又停下，想了想，为防万一，把扳手也拿上了。

宗杭小跑着一路出了帐篷群，果然，远处有辆车越驶越近，车前灯光雪亮，像憧憧暗里暴突前探的大眼。

他迎着车来的方向，略低了头避开刺眼的灯光，拿手电筒的那只手拼命在空中舞着。

车子在他身前不远处急刹。

睁眼去看，那头太亮了，一时间看不清，怪的是，车上的人明明能看清他，却仍安静坐着，没下来，也没打招呼。

宗杭觉得不对劲，试探着往前走了两步。

车上的各色大灯终于关掉了，只余车内的晕黄亮光，散乱的雪粒子在光里打转。

驾驶座上坐着的，居然是丁碛！

宗杭猝然止步，一股极不舒服的感觉涌上心头：这些日子以来，虽然跟丁碛见过几次，但都是人多的场合，从来没有像现在这样一对一地对视——当然，这情形从前也发生过，结果不是自己死了，就是自己遭殃。

丁碛从车上下来，纳闷地看了他一眼："你怎么在这？你不是被送走了吗？"

又看了看周围的车子："岭叔他们先到了是吧？我先过去了。"

他也不大想跟宗杭独处，大步流星往帐篷群走，宗杭攥紧扳手，不紧不慢跟在后头。

果然，丁碛警惕性挺高的，没走两步就停下了，顿了顿，狐疑地回头看宗杭："怎么没动静啊？"

宗杭说："你自己过去看吧，一个人都没有，先来的，后到的，都失踪了。"

尽管事实摆在眼前，丁碛还是不肯相信宗杭的话，徒劳地在每一顶帐篷间进出，不过有一顶，他进去了就没出来。

宗杭慢慢走了进去。

丁碛正站在他刚刚挖的那个人身前，确切地说，只挖出了半个脑袋和一只伸得很长的、拼死往土里抠挖的手臂。

虽然连人的脸都没见到，但这姿势，足以说明一切了。

丁碛颅顶发凉，问了句："活埋？"

如果有得选，他也不想跟宗杭说话，但现在，这方圆几十里，能答他话的，估计也只剩宗杭了。

宗杭站得离他远远的，一直紧攥扳手："我比丁盘岭他们迟了一个多小时下车，我到的时候，已经空无一人了。我在这里发现了露出土层的很短的发尖，边上还有刮蹭的痕迹，我就也挖了一下，然后你就来了。"

丁碛愣了一会儿："你不会是想跟我说，所有人都像他一样，被拉进地下、埋在里头了？"

宗杭没吭声，他起初也怀疑，脚下的这片土里，深深浅浅、高高低低，埋满了三姓挣扎求生姿势各异的尸体，但又觉得不太合理：怎么埋的？怎么做到单埋人、不埋边上的物件的？如果说是地上忽然裂开一个大口吞了人，那整个营地都该消失吧？

而且，他一直待在车上，并没有听到什么骚动和歇斯底里的尖叫。

给人的感觉，好像是……悄无声息、一个接着一个被干掉的。

易飒也在其中吗？还有丁玉蝶？

宗杭忽然觉得胸口冰凉一片，好像开了个洞。

不会的，他死咬牙根：生要见人死要见尸，不见到尸体，他绝对不承认。

他胸中堵一口恶气，连带着目光都凶悍了，恶狠狠地盯着丁碛："你呢，你干什么去了？怎么落后这么多？"

这种时候，也无所谓藏着掖着了，丁碛也爽快："岭叔表面上是让我去采买潜水服和氧气瓶，其实是要我把火焰喷射器伪装得跟氧气瓶一样，还有两桶汽油，他知道息壤和太岁都怕火，怕再下地窟有危险，觉得有这两样东西，心里会踏实一点。"

宗杭沉默。

丁玉蝶之前反驳他说：你都想到了，我盘岭叔会想不到吗？

丁盘岭果然想到了，也准备了厉害家什，但没想到的是，太岁忽然一改之前的弱者姿态，悍然动手，出其不意，战场改在了地面，手笔还这么大，一个都没放过。

丁碛低头看土里的那人："挣扎得很厉害啊，看起来，好像是地窟忽然开口，人掉了下去，然后地窟封死得又太快，活活憋死在土里的。"

宗杭觉得未必："有一顶大帐里，吊机都已经立好了，这就说明，漂移地窟是正常'地开门'的，大家都在为这个事忙，可是它又不见了。"

说到这儿，他戒备似的看了丁碛一眼，蹲下身子捡起尖刀，画了个类似长颈大肚烧瓶的形状："你也下过漂移地窟，应该知道，这颈子就是那条很长的通道，下头这大肚子，是盛满水的窟洞。"

"它好像隔几天会有一次开门，每次先喷出一股气流，然后敞着洞口，晾到天明。"

没错啊，丁碛皱眉："所以呢？"

"我感觉，像家里开啤酒那样，开瓶时有酒气冲上来。那个地窟是封闭的，太岁在里头吃喝拉撒的……"

宗杭顿了一下，也不知道"吃喝拉撒"这个词用得是否准确，不过无所谓了。

"会定期产生浊气，它要开窗放掉，换新鲜空气进来，这是它的活动规律，今天晚上，它假装开了次门，哄骗得大家像上次一样把营地迁了过来之后，又突然关掉了——但这'关掉'应该只是假象，真的换气，就不可能真关，它一定还开着，就在附近。"

丁碛哦了一声："所以呢？你要找到它？继续下去？"

这语气有点不对，宗杭看他："什么意思？"

丁碛笑笑："别看到我就跟个斗鸡似的，我没别的意思。就是从最经济的角度出发，我想跟你说，如果三姓的人都像这个人一样……"

他目光下行，掠过埋在土里的那个人的发顶："那就是都死了，这么多人都没斗过它，你一个人下去，也是白白送死，何必呢，你爸妈不是还在家里等你吗？"

宗杭强压怒火："你的意思是，就这么不管了？"

只发现一个人的尸体，谁敢下断言，所有人就都这么死了？

丁碛说："别误会，我的意思是，大家都已经尽力了。"

易飒也看到了易云巧翘起的头发。

真巧，她的脊背处正慢慢发烫。

这是水鬼天生的预警反应，易飒迅速回头。

没什么异样，但她还是不放心："云巧姑姑，我来挖，你守一下我。"

易云巧嗯了一声，起身向外走了两步，眼神戒备，四下逡扫，整个人蓄势待发。

易飒嘘了口气，低头继续刮蹭土层，刚刮了两下，忽然听到易云巧短促的低叫，还没来得及回头，自己脚下一空，身子骤然坠下。

易飒本能地伸手上抓，指尖处瞬间凝土，这情形，很像息壤的封死，她心里一惊，迅速缩手，只来得及叫：“别乱动……”

话刚出口，上头已然封实，整个人顺着一条狭长窟道急速下滑，正头昏脑涨，又掉进一个大些的窟道里，好在直上直下，身体姿势总算是稳住了，不多时扑通一声，直直坠入水中。

易飒差不多明白了。

上次下漂移地窟，就是一条直上直下的通道，像是树干。

这次也是一条直上直下的树干，但跟之前不同的是，这次树干没有通到地面，它在距离地面的某个深度分叉分股，也不知道分出多少条能在土壤中钻扭的触手般的窟道，可以一直通到某个具体的人的“脚底下”，把人给“抓进来”，但这种操作好像没办法维持太久，开合的速度很快，像偷袭之后紧急撤退，即开即封。

所以人掉下来之后，千万别挣扎，挣扎得厉害了，人就会被迅速封死在土里，永远凝固在地层的某个深度。

下坠的力太大，易飒急速在水中下沉，好不容易缓过来，勉强稳住身体，已经在接近水底处。

抬头看时，忽然激灵灵打了个寒战。

头顶上方，至少错落地漂着十几具尸体，看着眼熟，都是三姓的前队，可能刚死不久，尸体还没漂起来，都以诡异的姿势悬浮在水中。

【23】

易飒正看得愣神，又是两声水响，两个人，如同两发炮弹，自水上一路沉下来。

易飒心里一松：目前来说，进了水，总比困死在土层里来得强，哪怕都是死，至少也死得晚些。

她提劲上浮，看到那两个人，一个是易云巧，一个是丁长盛。

易云巧还好，到底是水鬼，临危不乱，丁长盛就要张皇多了，手脚乱摆，如被扔下汤锅的螃蟹，还吞了两口水。

是三姓的人，至少都能在水下憋个四五分钟，易飒先不去管他，继续上浮：如果没记错，漂移地窟是个巨大的穹洞，洞顶凹凸不平——而水面总是平的，所以有很大的可能性这洞并没有被填得一丝空隙都没有，水面哪怕距离顶部只有不到10cm，那也是空间，有空间就有空气，那些非水鬼的三姓，就多一线生机。

这一过程中，不断有人往下沉落，易飒无暇细看，但一直在心里默数：一共十一响，加上先下来的她、丁长盛和易云巧，那就是只有十四个人暂时平安。

易飒头皮发炸：前队后队，加起来二十来辆车，六七十个人，居然一下子折了接近八成的人手——这一役，简直跟1996年那次同样惨烈。

她一路浮到最上头，这个位置不行，山岩下凸，几乎紧连着水，易飒耐心地一边伸手上探一边往边侧移动身子，终于摸到一块上凹的所在，把大半个脑袋探出了水面。

还好，这一处大概有桌面那么大，放两三个人在这喘气应该没问题，只要再多找到两处，那些在水里挣扎的人就都可以先喘口气了。

易飒水中翻了个身，头下脚上，复又下潜。

先穿过那片悬浮的尸群，不少人还睁着眼，似乎不敢相信自己就这么死了。

下头就杂乱了，很多人呛水，主要是事发突然，都没来得及事先憋一口气入水，让人稍感安慰的是水鬼都在，正设法拽起那些不断下沉的人。

易飒往下打水鬼招：手直直竖起朝上画了个圈，然后比“OK”的手势——其实古版应该是挑大拇指，代表往上有活路。

下头的人都看懂了，有余力的就自己上浮，没力气的就由水鬼拽着往上，易飒顺手也捞拽了一个，迅速改向往上。

一番忙乱之后，终于在穹洞顶部找到了三处上凹的所在，把人分别安置了过去，除了水鬼，其他人都元气大耗，拼命拿手攀住滑溜的岩壁，口鼻探出水面喘气，身子悬吊水中，活像钓鱼时鱼钩上吊着的饵。

易飒安置完最后一个，再次潜入水中，看到丁玉蝶招手示意她过去。

原来水鬼也聚在了一处，倒不为喘气，而是为了方便说话。

易飒循向过去，把头伸出水面，看近处“漂”着的三个水淋淋的脑袋，丁盘岭、易云巧、丁玉蝶，又看上方的山岩上凹，像个圆鼓的锅盖，觉得这场景颇似北方人蒸面点：锅盖一掀，四个头大的馒头，说的就是现在了。

有点想笑，但处境惨烈，笑不出来。

丁盘岭一开口，她更笑不出来了。

“折了多少人？”

易云巧和丁玉蝶都没概念，易飒吸了吸鼻子，尽量言简意赅，不带感情：“加上我们，活了十四个，水里漂着的死尸十五六个，其他人，应该都被封进……地里了。”

易云巧打了个寒噤：“好险哪，亏得我听到你那句‘别乱动’，我就看着自己一路往下掉，上头一路往下封——一旦拼死挣扎，可能立马就封住了，那得死得多惨……”

忽然瞥到丁盘岭面色死灰，赶紧住了口。

丁盘岭沉默了会儿，才嘶声说了句：“是我大意了，我的错，都是我的账。”

易云巧没吭声，她之前对易飒说的那句“这次怎么让丁盘岭领头了呢，凭什么啊”看似是信口一说，其实反映了点真实心意：机会均等，她跟丁盘岭一个辈分、一个资历，凭什么不提携她上呢？

现在才发现，领头的是要担责任的，一步失误，那真是……

她贪恋领头的风光，但自忖扛不起这个责任。

丁玉蝶说：“盘岭叔，这也不怪你，地窟地窟，都以为在地下，谁知道它能到地上作怪啊，我连喊都没来得及喊一声就下来了。”

丁盘岭摇了摇头，喃喃了句：“上当了。”

上什么当？丁玉蝶一脸莫名。

易飒倒是想到了：“这可能就是它的计划，还记得盘岭叔画的那个行为图吗？”

上一次，他们只列到了第五阶段“再下漂移地窟”，丁盘岭差不多厘清了前因后果，又指出太岁一直是“守势”，弱者的典型特征，然后喊话说“不如亮底牌吧”“也该有个了断了”。

“上次是丁碛、宗杭还有我下的地窟，全程都很顺畅，没有危险，没有异动，这多少让我们有点掉以轻心，觉得漂移地窟就是个地窟，里面有个太岁，仅此而已。

“现在看来，它是先藏起獠牙，留了后手，只给我们看它蠢笨的一面，降低我们的警惕，然后出其不意，等我们人员聚齐了之后，来一次一击必中的围剿。”

这一次，算是精锐尽折了，虽然姜太月和丁海金还在——但两个奔八十岁的老头老太，其中一个心脏还做了搭桥，不可能再组织起像样的追查了。

丁盘岭叹息：“是啊，是我大意了，我怕它会有异动，还吩咐丁碛去采买装备，就是想保证我们的安全，丁碛没到之前，我是不准备犯险下地窟的……”

谁知道，一个个地居然在地面上着了道。

说到这儿，苦笑着抹了把额上的水珠：“大家做好心理准备吧，可能出不去了。”

掉落得都太突然了，手里除了乌鬼匕首，什么家伙都没有，再加上完全不知道地窟的出口在哪儿，但即便知道了，那么长的通道，没有装备也不可能爬得上去……

易飒咬住嘴唇：“不是还有丁碛吗？”

丁盘岭笑了笑：“别说丁碛找不到地窟，就算找到了，他一个人怎么下来？他是绝户，连水葡萄都不算，怎么下水呢？再说了，你觉得丁碛会拼了命地找我们吗？这个人……想他做事，是要有交换条件的，我觉得他靠不住。”

丁玉蝶听得一颗心怦怦乱跳。

不是的，他也留了一手，外头不只丁碛，还有宗杭，就是不知道宗杭有没有那个能力应对这一切……

丁盘岭忽然想起了什么：“大家都在休息，水里安排岗哨了吗？”

虽然现下溃不成军，但必要的防守还是要做的：可别有什么东西偷偷靠近，突然袭击。

易云巧说了句：“我去吧。”

她身子一沉，头刚浸入水中，忽然觉得不对。

水好像动了。

易飒也察觉到了，这情形跟上一次相同，类似换水，应该是地窟里有个出水口，堵住时可以蓄水，反之水流泄出，水位骤降，上次宗杭就是因为这个被水流裹得直冲出去，险些被太岁给夹死……

她大叫：“稳住了！大家互相抓住！”

话刚落音，水位就开始下降了，人都在水里，完全控制不了自己，都随着水流往泄水的方向冲了过去，好在易飒叫得及时，各人动作也迅速，胳膊勾胳膊腿勾腿的，先是几小群，疾漂滚翻的时候又成功设法抓勾在了一起，像遭了洪水的蚁群那样牢牢抱成团，最外围的人都掏出了乌鬼匕首在手，遇到嶙峋些的山岩就又扎又勾，借着阻力抓攀，就这样连攀带爬的，一个个都壁虎样攀上了山岩，低头看脚下急涌的水流。

那些原本悬浮的尸体，像顺流漂滚的圆木，都向着尽头处急冲而去。

尽头处的，那是……

太岁。

依然是那个半开脑壳的形象，外壳包覆着息壤，中间是蠕动着的巨大肉块，但这一次，水位比上次降得还要低，露出了底下的息壤，那些尸体漂流到那儿之后，脑袋像是被吸进去了，只余脖子以下部分，还在水面上来回晃着。

这场景让人头皮发麻，有好几个人失声叫了出来：“这是干什么！它想干什么？”

易飒正想喝令他们冷静点，目光突然被别的什么吸引了过去。

那是边沿上包覆着的息壤，正慢慢延伸出一条长长的触手。

息壤本身就是可以无尽生长的，那触手大概手臂样粗细，于半空中渐逼渐近，像优雅弯勾的天鹅细颈，在众人身前不远处顿了几秒之后，慢悠悠忽上忽下，端头一时对准了这个，一时又对准了那个。

这下，不用易飒开口了，整面石壁上鸦雀无声，只余或轻或重的喘息。

过了会儿，那端头对准了丁玉蝶，这还不够，几乎是众目睽睽之下，端头瞬间尖利，那架势，猛然一扎的话，怕是能扎透石壁。

丁玉蝶心里暗骂了句“卧槽”，这是看他美吗，怎么第一个挑中他了？

丁盘岭压低声音：“丁玉蝶，你要注意躲啊……”

话还没说完，那根息壤闪电般扎将过来，好在丁玉蝶早有准备，一手扒住凸出的岩体，手臂用力，身子往边侧猛荡了过去。

息壤真的扎进了石壁，然后倏然拔出，但接下来，它就不挑人了，几乎是杂乱无章地向着石壁上陡然扫刺，众人或避或挪，应对不暇，有人已经撑不住，手臂脱力，扑通坠入水中，这一下倒提醒了丁盘岭，他大叫：“跳！往水里跳！”

也只能如此了，易飒一咬牙，手臂一松，身子往下急坠，行将接近水面时，脑后忽起风声，她后脑勺发凉，还以为要糟糕——也不知是幸运还是不幸，那声势跟她擦肩而过，旋即有惨叫声扬上半空。

落水时，易飒抬头去看，看到有个人被那根息壤刺穿胸腔，卷向高处，然后甩飞了出去——而落下的地方，恰好是那些尸体的所在，然后被水势一带，脑袋同样被吸了进去。

那根息壤重新探了下来。

易飒小腿都有些抽筋了，迅速潜入水中，不只是她，其他十二个人也一样。

但没用，这水称得上清澈，而且因为息壤的关系，还颇透亮。

那根尖利的息壤，在水面之上徘徊不定，忽而前探，忽而后拱，像是在捋臂张拳，时刻都会发起攻势。

易飒咽了口唾沫，不知道是不是因为抖得厉害，觉得身边的水都在微微震颤。

她忽然发觉，自己和身边的这群人，都好像鱼啊。

而那根息壤，就是尖利锃亮泛着寒光的鱼叉。

鱼群在水中瑟瑟发抖，等待着避无可避的围捕，说的就是现下这种情形了吧。

正想着，水面上搅起震荡。

是那根息壤扭曲着钻探了下来。

丁碛开着车，车速已经很快了，宗杭还嫌不够：“快点，再快点。”

丁碛乜斜了一眼副驾驶上的宗杭：他打着大手电筒，半个身子都已经探了出去，就是为了查看就近的这一片有没有洞口。

前头就到山脚下了，丁碛说了句："注意了啊，没路了，回拐了。"

他猛打方向盘，宗杭猝不及防，一下子跌回车里，幸好早有准备，胳膊上事先套了安全带。

他咬牙瞪丁碛。

丁碛感觉到了，说了句："我提醒过你了。"

又说："怎么说啊，回去了啊，周围十几里都看过了，你不会是想让我把方圆千八百里绕个遍吧？"

宗杭冷笑："你就希望他们死是吧？易飒死了，再也没人追着你要你给陈秃一个交代了，你干爹死了，也再没人指手画脚指派你做事了。"

丁碛嗤笑一声，说："别把人想那么坏啊，多看看人身上的闪光点。你连车子都不会开，还不是靠我载着你到处找？不然光靠你两条腿，这方圆十几里，到天亮都找不完。"

顿了顿又补一句："不过你说的这种情况，客观上看，对我来说确实不赖。"

妈的！

宗杭气血上涌，又强行勒令自己忍住：丁碛不是重点，以后多的是机会跟他算账，现在一分一秒都宝贵，要集中精神，去思考最关键的事。

地窟的出口在哪呢？

理论上说，它已经"漂"到这了，不可能马上漂走，地窟既然在底下，这个口也许会开得隐蔽，但不该开得太远……

到底在哪呢，营地里里外外他都看过了……

他紧张地看手机上的时间，过夜半了，再有五六个小时，这地窟可能真的就找不到了……

营地的光亮又遥遥在望，营地外侧有两长溜黑魆魆的车驾，那是前队驾驶的车辆以及他们今天刚开来的车子……

宗杭脑子里蓦地一闪，如闪电掠过、一切纤毫痕迹无所遁形似的。

他大叫："车子底下！我们忘了去看车子底下！停车！停车！"

丁碛急刹车，看着车门打开，宗杭几乎是摔滚了下去，然后手足并用，连滚带爬地冲向最近的一辆车子，手电筒打向车底，然后迅速转到另一辆。

丁碛觉得好笑：这么拼命干吗呢，这世上有哪个人是不能死的？哪个人非活不可？没及时赶上也就过去了，如此而已。

他打开车前屉，从烟盒里抽了根烟点上，深吸一口，又放松地慢慢吐出。

高原上夜空清澈，星星都很明晰，一颗一颗，近在眼前，这一口烟气，笼住了不少星星，让他有奇异的满足感——要知道在亿万光年之遥，这些都是不输于地球的大星球，然而现下就像一撮细碎芝麻，让他吐一口烟就遮住了。

他兴致勃勃，又深吸一口，正待吐出继续这自欺欺人的游戏，不远处忽然传来宗杭兴奋到嘶哑变调的声音：“找到了！这里！这里！”

【24】

很难想象，漂移地窟的出口居然在不久前刚开到的越野车底下，跟宗杭之前藏身的那辆辎重车只隔了两辆车。

因为这片营地没外人，所以车子大多一停了事，并不关锁，丁碛漫不经心上车，才把车子挪开，宗杭已经肩上挂着捆绳、吃力地推着滑轮吊机过来了。

又急着问丁碛：“你那个什么伪装成氧气瓶的火焰喷射器呢？怎么用的？”

丁碛打开自己的后车厢，拎了两个背负式的氧气瓶下来，确实伪装过，瓶身还喷了“氧气”“O_2”字样，瓶侧是外挂的金属喷管，做成枪的形状，方便持握，丁碛教他认点火装置和如何控制：“喏，喷嘴朝向敌人，可以连续喷射两分钟以上，或者每次只持续几秒，十五次左右，射程在十五到十八米，用起来很壮观，基本无敌。”

宗杭犹嫌不足：“怎么才两罐啊？这不五分钟就用完了？还有啊，你喷火的时候对方可以躲开，喷完了不又回来了？”

丁碛鄙夷地看了他一眼：“你以为是火把吗？你根本不懂什么叫火焰喷射器吧？”

他拎了拎合金钢的储料罐：“一个六十来斤，两个已经等于你背个成年男人了，你还想背几个？还有，你以为喷出去的就是火吗？它是被火焰燎了一下？”

不是吗？宗杭一头雾水：他没玩过危险物件，连枪都没摸过。

丁碛说：“它喷出去的是燃烧着的液体油料，也就是带火焰的汽油煤油混合物，将近一千多摄氏度的高温，身上只要被喷着了就持续燃烧，跳进水里也没用，所以你千万别手抖，万一喷着了人，五秒钟之内绝对玩完，而且是惨不忍睹的那种高温碳化。‘二战’的时候，这可都是上战场的武器，威力更大的，喷个几十上百米也没问题，不过……”

他龇牙一笑：“禁品，走暗路子来的，要不是有三姓这后台撑腰，别说两个了，一个都买不到。”

这么厉害啊，宗杭听得心惊肉跳，不过也心安：这确实是大杀器，亏得丁盘岭见多识广，换了是自己，最多想到多带点火把和汽油。

他再无犹疑，弯腰去背那两个储料罐："你把我吊下去，咱们还像上回那样，每半个小时你试着回拽，下头如果没分量，就继续等，一直到天亮。"

丁碛没吭声，冷眼看宗杭忙活，直到他都已经在穿戴吊具了，才慢悠悠说了句："你放心啊？"

宗杭一愣："你什么意思？"

丁碛示意了一下洞口："你就不怕我不拽你上来？"

宗杭头皮一阵阵发紧，连指尖都在微颤，居然找不到话来反驳，半天才憋出一句："你也做点人事！"

丁碛淡淡道："我也未必就要这么做，只是给你提个醒：做事要考虑风险，同舟共济要选信任的人，咱们之间，最缺的，好像就是信任吧？

"地窟里有没有人还不知道，也许大家都已经困死在地层里了，根本没必要走这一遭。

"你要想好了再做决定，两个选择：一是下去，然后有可能再也上不来；二是不下去，可以平平安安回老家跟爸妈团圆……你自己选吧。"

宗杭气得差点吐血，越发觉得丁碛真他妈不是人，他其实没把话说死，也没说一定不帮忙，但临下地窟前搞这么一出，让人觉得后路随时会被堵死——谁敢断然把宝押在他的良知道德上？他有吗？

宗杭嘶吼："也许下头还有人呢，太岁把这些人全弄死在土里有什么好处？这么一大批活人送上门来，它还不如像 1996 年那样，再造几个像姜骏那样的傀儡爪牙呢。"

吼出来时只是气话，没经大脑，但吼完了，后背上蓦地凉飕飕的：对啊，太岁久居这种没人的地方，活物都难得见一只，忽然一大票人入它彀中，比起全埋在地层里变煤炭化石，它其实更倾向于加以利用吧？

他觉得，地窟里一定还有人。

丁碛的语气凉凉的："那你下呗，没准我会拽你上来的。"

宗杭拳头紧握，掌心都出汗了。

要说对付流氓，得用流氓的思考方式。

过了会儿，他继续去扣吊具的挂钩："你会在这守着帮忙的。"

丁碛失笑："为什么啊？我自己都还犹豫不决呢。"

宗杭说："因为有风险。"

"你有两个选择，一是撤了吊机，任凭我和其他人都困在下头，但你没法保证我们一定会死、一定出不来：万一地窟还有别的出口呢，万一有地道呢？三姓还没死绝呢，姜太月他们还守着大本营，只要我们出来了，你觉得你的日子会好过吗？

“二是帮忙，而且是拼命帮忙。一直以来你烦恼的，不过是易飒为了陈秃揪着你不放，你有没有想过，一旦你救了她，对她有恩，她还好意思找你报仇吗？”

宗杭有点心虚耳热，觉得自己这么说挺无耻的，但非常时刻，老天会懂他的，这只是为了稳住丁碛的言语策略而已。

“还有丁盘岭那些人，你救了他们，立了功，那还不是随便你提要求？以后三姓不但不会随意支使你，说不定还会供着你捧着你呢。自己选吧，慢慢思考……但麻烦先用吊机把我送下去。”

丁碛盯着他看了会儿：“如果下头真的还有人，说不定有受伤的，你要不要带个急救包下去？”

那根息壤如同蛟蛇钻探般入水。

易飒觑准来势，猱身侧拧着避开，水鬼在水里，身法速度还都是占优势的，这个时候，也顾不上所有人了，只能在有余力的情况下拉就近的人一把——一定有人中招，因为巨大的出水声里伴随着凄厉的惨呼，还有一道鲜血洒下，浑了那一片水。

浑浊？浑水？

易飒心中一动，动作飞快地脱下衣裳，抡起了在水中飞转，面前的水被大力一搅，立时模糊，她又拔出乌鬼匕首，顺势在另一只手掌间一捋，鲜血立时涌出，浊了水面上一大块。

情势危急，也用不着打水鬼招了，周围的人一个接着一个，迅速效仿，一时间头顶上方的水面绽开氤氲的彤雾，而一干人互相挽臂扶持着，尽量沉往水底。

但所有人心里都清楚，只能再撑几分钟，血水很快就会散的，更重要的是，除了水鬼，其他人憋不住气。

彤雾中有光索隐现，是那根息壤再次下探，这次没了准头，只是在水中胡乱穿梭了一气，没伤到人。

易飒心里怦怦乱跳，紧盯着水面上看：更不对了，上头的微光烁动，好像不止一根了，两根、三根，到十来根、几十根，在头顶罩下无数痕影，但没立刻攻击，像是刻意要给人心理施压。

而且，水好像又在流动了，水面在降，这是继续放水吗？

有两三个人已经闭不住气了，为了喘息一口气，不管不顾地往水面上方浮去，下头的人没办法，只能死死拽住，眼睁睁看着人在水里挣扎、口鼻处不断冒气泡，不知道该松手还是不该松手：松不松都是死。

很快，就不需要做这种两难的抉择了：水降过头顶，降到半腰，又降至膝盖处，每个人都狼狈不堪地站在水里，有人半撑着膝盖不断咳嗽、吐水，有人徒劳地握着乌鬼匕首，往半空做恫吓似的削刺……

半空中，那些扭曲着上下舞动的息壤真有几十条之多，分布在太岁外壳的边沿，端头都尖利，像是随时要进攻，易飒心里一凉：这要是打起来，等同于乱箭齐发，躲过了这根，躲不过那根，完蛋了。

再往下看，那些脑袋被吸进息壤里的人，因为水位下降，身子不再漂起，而是虚虚垂在蠕动着的太岁下方，像绺绺下挂的胡须。

身侧不远处传来易云巧颤抖的声音：“大家不要慌，再想想办法，再想想！”

身后，丁长盛笑起来，只是笑声破碎，听起来像哭：“怎么想办法啊，手里根本没家伙啊。”

是啊，没家伙，易飒一口气忽然全泄了：明明知道这息壤怕火，却苦于没工具，没法应对，这心情，像好猎手遇到了凶兽，手边却没刀枪；又像下定决心拼了，却只能拿肉身堵枪眼——糟糕透了。

丁玉蝶大吼：“等它刺过来，我们能不能抱住它？骑到它身上？让它甩不掉？”

马上有人反驳：“没用的，它跟蛇一样灵活，会回咬的。”

丁盘岭压低声音说了句：“如果我们往前呢？”

易飒一下子反应过来：没错，往前！

最危险的地方也就是最安全的地方，如果能凑得离太岁很近，这些息壤投鼠忌器，也许就不敢贸然攻击，没准能争取到生机。

众人彼此交换了个眼神，也说不清是谁先动，发足向着太岁狂奔。

而几乎是同一时间，对方似乎揣摩出他们的心意，高处的息壤真个万箭齐发般，向着下方猛扎乱刺。

两边一团乱，这个时候谁活谁死真是全凭运气了，易飒左冲右突，身子忽冷忽热的，连人影都辨不清了，每听到有惨叫声一颗心就揪成一团。

眼前忽然有个小蝴蝶花影一闪，伴随着丁玉蝶的痛呼，易飒想也不想，飞身去扑抓，硬生生把丁玉蝶从半空中拽了下来——万幸他没伤到要害，只是小腿被刺穿，但即便这样，他还是大声尖叫，那音量，简直比其他所有人加起来的还骇人。

饶是状况凶险，易飒还是忍不住冒出个念头：丁玉蝶原来这么能喊，不去唱男高音真是可惜了。

她揪住丁玉蝶的衣领往前闪突，丁玉蝶被拖得脑袋从领口处缩了下去，活像个无头男，声音闷在衣服里，像是在吼她动作粗暴，又像是在骂街，也听不清在喊什么。

就在这个时候，易飒忽然听到宗杭的声音：“你们都给我往两边滚！”

易飒跟宗杭也算出生入死过好几次，已经形成默契：凶险时但凡听到对方的声音，说扑就扑、说蹲就蹲，第一时间照做，然后才会去想为什么。

这一次也一样，忽然听到他的声音，抓起丁玉蝶就向外滚翻：也是幸运，众人往前狂奔时，位置都偏中间，息壤也集中往中心处攻击，两侧反留出空当来……

易飒一个滚翻扑地，这才愣住：不对啊，怎么会是宗杭呢，不是把他送走了吗？

正待回头去看，一股赤红色的烈焰火柱向着高处喷涌而来，热浪灼人，即便离着那么远还是迫得人睁不开眼睛，呼吸也为之一滞——她下意识伏低身子，拿胳膊护住后脑，然后侧了脸去看。

看到及膝深的水被火焰染得赤红，宗杭正端着喷火枪，大步踏着水前进，他一定很紧张，一直配合着大团火焰的扫射大声嘶喊，都没顾得上看她——枪口扬出致命的炽焰，时而往上，时而边扫。

易飒怔怔看着他。

他装束可真怪，身后背两个储油罐，一边肩上斜挂着个急救包，另一边肩上也挂着包，跟抗战时背起全部家当转移阵地的小战士似的，一张白净脸庞被火光映成亮橘色，也许是离火焰近，太热了，两边额角上爬满了汗，腮帮子鼓鼓的，像是拼尽了浑身的力气。

易飒瘫坐在水中，忽然觉得心安了。

往远处看，无数息壤触须般忙不迭带着火焰舞动后撤，但不多时就告乏力，段段垂跌而下，像砸落的焦黑断肢；有小团的油料半途滴落，犹浮在水面细细燃烧，像片片莹红的微小莲叶；喷火枪射程不断，大团烈焰已经滚上了太岁的身，那些悬垂的尸体差不多成了焦炭——太岁的材质，应该极易燃烧，几乎顷刻间就成了蠕动的火团，发出呲呲嘶嘶的声响，不多时，火团间扬起黑烟和焦臭味，细末般的灰屑扬在半空，被热浪迫着落不下来，飘飘洒洒，像无数米粒大的黑色蝴蝶。

丁盘岭爬起来，他的衣服已经扯成了丝丝缕缕，看来刚刚的缠斗一定很惨烈。

他走到宗杭身边，拍了拍他的肩膀，说：“行了，省一点，现在可以了。”

宗杭一直扳在开关上的手指都僵硬了，一停下来就微微发颤，他愣了两三秒，忽然慌张地转过头来，四处找人。

看到尸体，看到有人趴着，有人站着……

终于看到易飒了，她坐在水里，发梢还湿淋淋地滴水，顶上的头发却被热浪熏得发干，起了静电般飘起几根，脸上的表情也看不出是恼是喜，应该不会怪他吧？

他讷讷地，有点不好意思，略低了头，又抬起来朝着她笑，露出几颗可爱的小白牙。

易飒也笑了起来，她嘘了口气，手撑着地想起身过去，刚抬起腰，胳膊上忽然吃了人重重一抓。

本来缠斗之下就没力气，易飒身子一晃，扑通一声脸朝下栽倒在水里。

而原本浮趴着的丁玉蝶借着这力道顺利坐起，脑袋也顽强地伸出了衣领，脸上不知道是水还是激动的眼泪，大吼着："看到没有！留一手！我留的一手！"

丁盘岭没有动，他还死死盯着燃烧的太岁。

它已经整个儿被包覆在了火里，身上不断有碳化的抑或带着烈焰的肉块从高处跌落砸下……

但丁盘岭觉得，好像还没完。

【25】

一场乱斗，不是所有人都有全身而退的好运气的：重伤了两个，其他人都不同程度挂彩，连丁玉蝶这样的，都只算是轻伤。

情势未明、痛呼声四起，谁也没那个时间去细细话短长，宗杭赶紧先解下急救包，易飒过来接了，和易云巧两个忙着挨个去给伤员包扎。

宗杭带的另一个包是水鬼袋，里头塞满了工具、用具，还有一扎扎捆绳。

丁盘岭从宗杭那把满的那罐火焰喷射器接过来，枪口始终对准还在燃烧着的太岁以防异动，又问起上头的情况，知道"半小时回拽"的约定之后，紧急看了下时间，马上让人把捆绳结成兜网：预备着时间一到，就把重伤的两个先送上去。

丁长盛算重伤，他长期在掌事会做事，驱使这个派遣那个，身法上最为迟钝，腹部被扎了个洞，血流得很骇人，易飒不忍心看，咬着牙帮他裹伤，丁长盛好像预感到了什么，问她："飒飒，我是不是没救了？是不是要死了？"

往常那么不慌不忙端足了架子的一个人，此刻面如死灰、牙关打战，连口齿都不清了。

易飒说："不一定的丁叔，别自己吓自己。"

正说着，边上的易云巧忽然指着岩壁叫起来："有水，有水在往下流！"

丁盘岭抬头去看，果然见到岩壁细细涔涔，无数道脉脉水光，略一沉吟就想明白了：它在装水！

其实上次易飒下漂移地窟回来，就讲起过：太岁和息壤起先都在水里，后来像是哪儿拔起个塞子，水流走了大半。

这次也一样，丁盘岭觉得：漂移地窟跟个大浴缸似的，有地下水的进水口，也有放水口，太岁在这“浴缸”里泡了几天澡，如同完成了一次新陈代谢，要“地开门”，把废气排出去，置换新鲜空气进来，又要排掉旧水，另装一池新水。

但目前的装水，很明显于己方不利：息壤和太岁都是亲水的，万一穹洞再次装满水，这两东西怕是会复苏，而且，水里怎么用火焰喷射器呢？

想明白这一节，丁盘岭脊背生寒，时间也骤然紧迫，一秒一秒，都好像往下落铡刀，他吼了句：“它还没死透！”

语毕枪口上扬，正要再给它加料，太岁身上，忽然滚下大块大块的火球来。

宗杭吓了一跳，拉着丁盘岭急往后退：他还记得丁碛对这火焰的描述，每一簇火焰底下都是油料，万一被砸着了，可不是闹着玩的。

那些火块还在不断滚落，有些砸进水里，火花水花四溅，水被烧得呲啦呲啦冒白烟，更骇人的是，随着火块跌落，太岁身上的火渐渐少了。

腾出手来的易飒盯着看了会儿，第一个反应过来，大叫：“它好像在断肢体，然后重新长出来！”

丁盘岭胸口剧烈地起伏着。

懂了，这太岁有几层楼高，身躯无比宽厚巨大，喷火枪的焰头纵然把它“点着”了，它只要“割肉”，喷上去的油料就会连带着掉落，等于是白费了，而它又能再生——这样看来，几乎是没什么损伤。

这喷火枪也就是暂时喷垮了息壤而已。

丁盘岭的小腿微微战栗，这局势真的是瞬息万变：上一秒还在为宗杭带着大杀器空降而狂喜，这一秒优势就丧失了，而且水还在装——绝不能坐视它装满，那样简直是一秒回到解放前，所有人仍将困死在这里，还会多搭上个宗杭。

他近乎神经质一样喃喃：“快想办法，赶快想办法，要弄死它。”

易飒忽然冒出一句：“它为什么要赶紧长起来？”

丁盘岭没听明白，转头看她：“啊？”

易飒说得飞快：“这太岁，真的从里到外，都是一堆肉一样的东西吗？有时候，皮肉、脂肪这些软的外壳，是为了保护里头的东西的，它又要断肢，又要赶紧长起来，会不会是里头还有东西，为了保护它？”

没错，如果从里到外都是肉块，那也不怕烧，哪怕烧剩了巴掌大的一块，也就再长，何必这么着急，慌慌张张地断肢再生呢？

这一慌乱，反而暴露了它还有东西隐藏。

丁盘岭略一思忖，马上吩咐宗杭："不要浪费油料，我们现在只盯着一个点打，看是它长得快，还是我们放火快，你等我的吩咐，我的油料不够了，你就马上接上。"

宗杭嗯了一声，侧挪开一步，枪口提前端起，只等命令一到就扳开关。

丁盘岭的枪口上下晃动了一会儿，最后停在了太岁躯体靠下的部位。

他记得，原先息壤还在，把太岁包裹得像个半露的脑子，那死去的十几具尸体的脑袋，都被吸进了太岁底部覆着的息壤里，所以真要选，该选靠下的部位，这里最有可能"藏有什么"。

计议已定，丁盘岭再无犹疑，手指一扳，团簇的火舌再次喷涌了出去。

水已经淹到大腿根了，丁盘岭额上冒汗，边扣扳机边步步向前，眼见火舌最前端已经渐渐钻子般咬进了太岁的躯体，忽听头顶风声有异。

身后，易云巧大喝："有肉块砸下来了，快躲开！"

丁盘岭早猜到了，它既能断肢，情急之下估计也会开砸，这种情况下，离得越近反而越安全，所以不躲反进，疾走几步，紧赶到太岁跟前。

身后轰的一声，是大块的太岁肉块砸将下来，易飒和宗杭都忙不迭向后闪躲，躲完一拨，还有一拨，但明明丁盘岭站的位置，很难被砸到，宗杭气急，大吼："是傻吗？砸不到还砸！"

丁盘岭集中精神，不去管这些纷纷扰扰，他的火焰喷射器是一整瓶的，油料管够，直接在太岁身上破了条道，而且攻势猛烈，往里推进了足有七八米……

下一秒，似乎忽然打通了什么，丁盘岭心头一震，下意识把指头从开关上移开，几乎是与此同时，这原本肉山般不断蠕动着的太岁，忽然安静了。

先前，这太岁虽然不叫不喊，但因为体量庞大，动起来声势也浩大，像巨型发电机，以无法形容的音调昭示着自己的存在，但现在，如同电源被断掉，所有声息忽然止歇了。

被打通的那条通道没有再长上，里头还燃着明亮的火焰，足以看清一些东西。

丁长盛看到，通道的尽头处，又有空间，或者说，这太岁的身体内部有个中空的洞，里头像结满了杂乱无章的蛛丝，蛛丝之上，又密布寸许长、絮丝样飘摇的须梗，梗头呈圆突状，有点像火柴头。

这是……

丁盘岭身子一僵。

它怀孕了？

不对，谈不上怀孕，应该是繁殖，之前查找有关太岁的资料时，好像提过它本质上属于黏菌，靠孢子繁殖。

身后传来水响，是易飒战战兢兢蹚水过来，只飞快地探头一瞅，又马上缩了回去："盘岭叔，这是什么啊？"

丁盘岭说："它们。"

"哈？"

丁盘岭心跳得厉害，觉得已经无限接近真相了："很可能这些就是'它们'，这个太岁其实是要死了但它的死跟我们是不一样的，它不是完全的死，它能留下后代，也就是这些种子孢子，可以再活。"

说话间，除了几个实在动不了的，还能走动的人都小心翼翼地往这头靠近，连丁玉蝶都一瘸一拐地过来了。

丁盘岭脑子里突突的，试图表达得更清楚些："有一些植物，为了生存，会利用各种方式把自己的种子传播出去……"

比如蒲公英借助风的力量传播种子，再比如有些植物靠蹭在路过的动物身上，去到更远的地方。

丁盘岭沉吟："这里是三江源，万水源头，它一定是想利用水，用水把这些给输送出去。"

宗杭很警惕，枪口端起对着通道："那尸体是怎么回事啊？金汤穴里那么多尸体，它为什么需要那么多尸体啊？"

易飒脑子里一突："会不会是因为它活不了？它之所以困在这里，就是因为它离不开这里的水、环境、气候，直接出去的话就是死，但跟人体嫁接了之后反而能够存活，所以它得找个'外包装'，至少有个能适应外部环境的躯壳来保护自己。"

她忽然想起鄱阳湖底下的那个息巢："当初我们在息巢里，被姜骏追杀急于逃命的时候，我曾经躺进过巢房，当时我就发现，人躺的位置正对着头的上方，有个很小的孔洞，只笔杆粗细，小指都探不进去，那时候不知道是做什么的，但如果是这些东西过去的话……"

说到这儿，伸手示意了一下通道尽头处的那些须梗："会不会是它们，像流水线分配一样，一条一条，通过那些细小的管道进入孔洞，然后再从人的嘴巴、鼻孔什么的进去……"

丁玉蝶让她说得身上鸡皮疙瘩都起来了。

易云巧点头："有可能，刚刚那些尸体，被水流带过来，也是头被吸了进去，其实有可能是太岁要对他们做什么，像1996年一样，拿来对付我们，不过这位小哥……"

她对宗杭不熟，也不知道该怎么称呼他："来得挺快的，喷射枪一通扫射，把那些人给烧了，只是……”

说到末了，眉头皱起：“只是为这么点事，需要准备这么几千年吗？也太有耐心等了……”

丁盘岭摇头：“倒也不一定是有耐心，它这样的，这么罕见，你说不准它是几千年、还是上万年才会有这么一次繁殖轮回，如果对它来说，繁衍的时间反正没到，那一切就不是等待，而是筹备。”

就像中国古代的很多帝王，活着的时候就开始修建自己的陵墓，因为反正要死，如无意外伤病的话，也大致知道自己什么时候死，于是早早地准备起来。

对太岁来说，它也许比人类古老得多，在这地底下，生生灭灭了好几次，也许某次它开门时，攫取到狼，或者雪豹，借用它们为耳目，看到地面上的一切，觉得跟地下同样无聊，也并没有什么生物比它更智慧更高级，远方既然没吸引力，也就没必要去争取。

然后某一天，机缘巧合，它忽然发现，上头改了天地了，人这种生物开始登上舞台，大范围繁衍，不断往外迁移。

它觉得自己的机会也来了。

金汤穴，是它为自己修筑的轮回渡口，它有条不紊，慢慢完善，一代又一代，开锁金汤的水鬼是它的耳目，也是监工，让它看到一切渐渐成型，只待时机成熟的那一刻。

……

水差不多已经淹到半腰了，易云巧忽然反应过来：“快到约定时间了，我们先送重伤员上去吧，还有……它们，怎么办啊？”

丁盘岭沉默了会儿，慢慢端起枪口。

【26】

火舌过处，通道尽头一片烧焦的哔剥声，还有隐隐的朽烂焦臭味。

这么简单就完了？

丁盘岭的感觉很不真实，颇似重拳砸进了棉花：他还预备着太岁会有一轮垂死挣扎，没想到只是手指一扳的事儿。

但这偌大的肉山真的完全沉寂了，穹洞里只余水流声和伤者的呻吟。

最初的错愕过后，易云巧赶紧吩咐剩下的四五个人抬起丁长盛和另一个重伤者先去垂绳那结网兜：不管事情完没完，重伤者是不适合再参与了，这地窟里的水还在不断上涨，那四五个水葡萄很快就会应付不了，也最好一并撤出——他们上去了之后，别再管什么“半小时”了，马上再把绳放下来拉第二批人。

然后，就可以全员转移了。

水已经涨到胸腹了，眼见就快平齐那通道的下沿，焦黑色的息壤渐渐浸入水中，虽然尚未复苏，但总给人不祥意味，第一批人托抬着两个重伤者往垂绳处走，一来涉水，二来伤者不经颠簸，那速度慢得让人心焦，偏偏这个时候，丁玉蝶又冒了句：“盘岭叔，咱们怎么确认它死了啊？还有啊，里头真的烧干净了吗？万一里头很大，它有不止一个这样的孢子孔洞呢？”

易飒真想骂他乌鸦嘴，但转念一想，又觉得其实在理。

怎么确认它死了呢？万一它是在装死呢？大家撤走了之后，它又休养生息，恢复如初，那这一趟下地窟的意义何在？那么多人不就都白死了吗？

易云巧急道：“保命要紧，现在管不了那么多了，咱们先出去，以后多的是机会……”

丁玉蝶觉得应该趁热打铁：“如果它真没死，咱们撤了，不是给它喘息的机会了吗？它这么狡猾，这次吃了这么大亏，只会更谨慎，下次，说不定我们连漂移地窟的边都摸不着了……”

丁盘岭沉声道：“别吵了！”

他面色凝重：“我的意见，务必确认它已经死透了。”

水线还在上涨，浮力越来越大，易云巧心下发急，正想驳他，易飒忍不住说了句：“云巧姑姑，我觉得盘岭叔说得对，现在只有两种可能，一是它真的弱得不行，只能装死求生，那我们需要做的，只是再补一刀而已，事情就可以彻底了结了；二是它还有实力，只是在迷惑我们，真这样的话，它不会放你出去的，你想走其实也走不了——所以确认一下，不会耽误什么的。”

易云巧张了张嘴，居然找不出话来反驳，想来想去，也只有迎难而上这条路了：“那要怎么做？”

油料足够的话，尽可以烧出个新天地，但方才一通激战，自己和宗杭身上的油料都不多了，经不起胡天海地地烧，得省着用，丁盘岭想了想，示意了一下通道尽头：“我进去看看！”

易云巧身子一激：“你疯了？这东西是能自生自长的，虽然现在没动静，但万一待会又复苏了，你可就被吞进去了。”

丁盘岭笑了笑，拍了拍手上的喷火枪：“它真吞了我，我就在它肚子里头放火，我有这个胆子，看它敢不敢了。”

说完，半泅水半走的，扒住软腻的通道边沿，把身子探了进去。

易飒想跟进去又不敢，一颗心没个定处，正紧张地看丁盘岭往里行进，身后传来大叫声："丁叔！丁叔！你撑住了啊。"

听这张皇的语气，可能是丁长盛没挨住，易云巧回头大吼："人不行了就扔，先管活着的！"

哀悼、痛哭、呼天抢地，都他妈是留给有时间有命的人的，现在朝不保夕的，一分一秒都金贵，易云巧真是见不得人拖拖拉拉。

话还没完，这头又有状况，丁盘岭刚爬到半途，通道上方又有大块的凹陷，先遽然砸向丁盘岭，然后向外滑落，直塌入水里，易飒先还以为丁盘岭被砸趴下来，下一秒看得分明：他其实是被那一"滑"，连带着推进了水里。

易飒正要矮身潜入水下去拉，水流忽地有强烈的震荡，像是什么震荡波，圈圈往外辐射。

她没立刻反应过来，倒是宗杭一下子想起来了："祖牌？"

这跟鄱阳湖那次开金汤，姜骏刚把祖牌贴上额头时周围的场景简直一模一样。

果不其然，语音刚落，近旁的丁玉蝶和易云巧陡然身子一僵，都没了动静，再然后，哗啦一声水响，丁盘岭长身站起，眼神呆滞，枪口抬向易飒。

宗杭先前听丁碛讲演，又亲眼见到了喷火枪的威力，对这玩意极其忌惮，忽然见到丁盘岭的枪口指向这边，刹那间毛骨悚然，也不管他开没开火，抢先攥住易飒的胳膊就扑进水里——甫一进水，水面上空赤红一片，即便没有直接接触，都能感觉到水体的鼎沸和背上的灼烧。

易飒看得清楚，水底下，那自太岁身上滑落的肉块上，似乎嵌着大块的东西，虽然摸不到，但看上去跟祖牌的材质极为相似。

妈的，它果然还有后招，祖牌在水里可以控制水鬼：之前洞里就已经在持续进水涨水了，丁盘岭钻爬通道，被塌落的嵌有祖牌同样材质的肉块推入水中，可不就相当于额头抵住了祖牌吗？

易飒刚把这一节想清楚，就看到水面之上，丁盘岭的身影宛如鬼魅，枪口又朝着两人探了下来。

火在水里当然是燃烧不了的，但包裹着油料的火就难说了，而且纵然烧不到，人在烫水中的感觉也够呛的，易飒正头皮发麻，眼角余光瞥到宗杭游鱼一样从水底蹿将过去，一把抱住丁盘岭的腿，狠狠往外一拽。

丁盘岭下盘不稳，身子一晃，栽落水中，但他力气极大，另一只脚顺势回踹，直把宗杭踹飞了出去，易飒趁着这片刻间隙浮出水面，一颗心几乎要蹦出胸腔，目光四下一扫，先看到两道水线急速驰往正在结挂绳网兜的一行人，就知道糟糕：怕是易云巧和丁玉蝶被控制着去对付自己人了，果然一个也出不去，但鞭长莫及，现在救自己都够呛的，真心顾不上那几个水葡萄了。

这头，宗杭正呛咳着从水下爬起来，眼见丁盘岭的枪口又对向自己，宗杭叫苦不迭，想闪开为时已晚，想动用喷火枪又忍住了：总不能把丁盘岭给烧了，他只是被控制了而已。

就在这个时候，听到易飒大叫："钻进去，钻进通道里去！"

那是太岁的要害腹地，丁盘岭纵使想做什么，也得投鼠忌器。

喊话未歇，易飒已经持了乌鬼匕首，向着丁盘岭飞身过去，却不攻击，只是在擦肩而过时，嗖嗖两下划断了他的储料罐背带，储料罐本就沉重，骤然下坠，把丁盘岭的上半身带得重重一歪，这一喷登时失了准头。

易飒去势不减，直接向着通道口游了过去。

宗杭听到她的话，早钻进去了，此刻活命要紧，也顾不上什么黏腻湿滑，双手像钩爪一样插进肉块里，借力将身子猛然前滑，如是三番，已经进了孔洞。

他来不及细看洞内的情形，迅速回头，探臂回抓，刚抓住正往里爬的易飒的一只手，忽然见到洞外赤红一片，不夸张地说，登时间魂飞魄散，吓得毛发都竖起来了，说时迟，那时快，真个用尽了平生所有的力气，一把把她拖了进来，抱住之后迅速往边上一掩。

就听呼啦一声，耳侧一团灼热，随即就是耳边的鬓发焦响，知道头发肯定是燎焦了，不知道肉焦没焦……

可能没有吧，因为烤肉一般都是香的，他没闻到香味。

易飒也被吓得腿软，伏在宗杭怀里半天没动，只剧烈喘息着：这宝果然是押对了，丁盘岭再怎么要他们死，也不会钻进来开火的。

她缓了会儿，抬头看宗杭。

他同样惊魂未定的，瞪着一双眼睛，有一侧的头发几乎燎没了，和另一侧相对比，极其滑稽。

易飒愣愣看他，又心疼又好笑。

宗杭关心自己的耳朵，又不敢伸手去摸："我耳朵还在吗？"

还在，但是耳郭侧边和脖颈上，都被火燎得通红，待会儿势必要出泡了，易飒下意识说了句："一半都没了。"

啥？

宗杭怔了半天，脑子里一片空白：一半都没了，他从此左右不对称了。

易飒扑哧一声笑出来，伸手摸摸他另一边的脸颊，说："傻子，还在呢，说什么你都信。"

说完转过身来，仰头看这个孔洞。

宗杭怕丁盘岭跟进来或者再放火，赶紧握紧喷火枪，侧身在孔洞后严阵以待，又有点不理解："他干吗非得烧我们啊？"

易飒苦笑："你还不明白吗？我们两个是次品，不能为他所用，还跟他作对，留着干吗呢？"

也对，宗杭想起刚刚那一幕："这儿也有祖牌吗？"

易飒嗯了一声："以前我们猜测过，祖牌是太岁的'脑子'，但必须在水里起作用——所以贴上水鬼的额头时，水鬼可以被控制着做一些事。"

脑子吗，材质那么奇怪且不说，居然还可以被分离出去……

宗杭忍不住抬头看这被燎焦的孔洞："易飒，这真是太岁吗？"

易飒正伸出手去，慢慢抹开洞壁上的一块："无所谓，也许是，也许不是，太岁只是一个名字、代号，方便我们称呼它。"

手底的感觉真怪，像厚软的半透明黏膜，易飒沉吟了一下，果断地抬起匕首插进去，然后一豁而下，伸手将黏膜往两边掰开。

第一个半小时，挂绳下头轻飘飘的，没分量，也就是没人，算是浪费了。

丁碛缩进车里抽了支烟，一个人怪无聊的，而席天幕地的旷野又把这种无聊无趣放大了很多倍，手机几乎没信号，没法打电话，否则丁碛还挺想跟井袖聊个天的——说来也怪，自从她说会往他坟上送朵花之后，他忽然觉得她亲近了许多。

大概人的天性总是趋向于亲近那些亲近自己的人，谁愿意巴巴去贴一张冷脸呢？

他百无聊赖，在就近的车里搜罗能拿来消遣的物件，手机时代，大概是少有人看杂志看书了，居然连本带铅字的册子都没找着，倒是找到台手持摄像机，里头有录好的片段，往前翻着看，忽然看到自己。

想起来了，这是上次下地窟时拍的，丁盘岭问万一有危险，要不要留什么遗言，他回绝得很干脆，说："我不至于那么点背吧？"

刚刚应该给宗杭录一段的，甭管晦不晦气，万一呢？

丁碛玩了会儿摄像机，拍外头的夜景，也别扭地自拍，又闭眼小憩了会儿，直到被手机闹铃吵醒。

这是他设置好的，每半个小时一闹。

丁碛下车走到滑轮吊机边，按下上拽的运行键。

这一次，有重量计数了，也就是说，下面不再是空绳，而且看重量估算，很有可能是个人，可惜只有一个。

宗杭又上来了？

丁碛说不清是失望还是如释重负，还是那句话，反正尽力了。

天上又飘雪粒子了，这架势，后半夜怕是会有场大雪，风呼呼的，吊机的噪声被风放大，又被散远，让人觉得这吱呀吱呀声来自四面八方。

拽绳一圈圈上绞，丁碛打了大手电筒往下张望，终于望见那人颅顶时，心里忽然咯噔了一下。

好像不是宗杭。

终于快到洞口，那人抬头往上看，同时伸手给他，目光中显见愠怒："干什么吃的，就不知道拉一下吗？"

丁碛尴尬地笑了笑，伸出手去，一把把他拽了上来。

是丁长盛。

丁长盛显然遭了水，身上已经结霜冰了，一站定就忙着拍打身上的冰凌冰块，丁碛往下望了望，迟疑着问了句："还要再放吗？"

丁长盛沉默了一下，缓缓摇头，说："不用了，收起来吧。"

【27】

宗杭心挂两头：既要守住通道防止丁盘岭冲进来，又惦记着易飒这头的情况，见她掰开了黏膜，一直在往里探视，忍不住问了句："易飒，里面是什么啊？"

是什么，易飒也说不清楚。

眼前的空间，是个近似蜂巢巢房的六棱柱体，长宽高都在两米多，像个小房间，"墙壁"都是半透明的厚软黏膜——透过黏膜，隐约可以看到，这样的"小房间"应该不止一个。

顶部的黏膜里，布满神经元样扭绕盘曲的一根一根，其上又悬坠下紫红色的一串一串，乍看像大串葡萄。

这跟前面看到的孢子截然不同，易飒气都有些喘不匀，小心翼翼地跨步进去，然后回头招呼宗杭："你进来吧，丁盘岭应该不敢在这跟我们对上的。"

是吗？宗杭赶紧收了枪口，紧跟着探身进去。

他也对这所见莫名其妙："怎么跟外面那些被烧焦的孢子不一样呢？"

易飒说了句："也许这些才是正主，外面那些本来就是打障眼法、舍车保帅的卒子，烧掉了也不心疼。”

又示意他看悬坠葡萄的吊索：“有什么不一样吗？”

那吊索呈黑棕色，有拇指粗细，宗杭迟疑着拿手去碰了一下——原本他挺讲究什么病毒细菌的，但现在，太岁的肉块也爬过挖过了，那层厚软带黏液的黏膜也掰拿过了，人都在太岁的肚子里了，死猪不怕开水烫，也无所谓那么多了。

一触之下，忙不迭收回，又使劲甩个不停。

易飒问他：“怎么说？”

“软的，”宗杭皱眉，似乎只说说这触感，都能让他恶心发疹，“黏腻的，好像是个管子，材质跟你刚割开的黏膜一样，里头装着什么东西就不知道了。”

说完了，手指在裤边揩了又揩，其实身上也干净不到哪去，越揩越稠黏。

易飒没去动这些东西，匕首一挥，又割开身侧的黏膜，扒开了踏脚进去，也不知道脚底下踩到了什么，哎哟一声，身子往边侧歪倒。

宗杭赶紧冲上来扶她，不过易飒平衡力不错，身子晃了一晃又稳住了，低头看时，脸色很难看。

怎么了啊？宗杭心里七上八下的，钻进来之后才恍然。

这间的形制跟上一间相同，顶上也同样悬垂下一串一串，不过不管是吊索还是挂着的“葡萄”，颜色都已经是黑棕，甚至深得泛亮，更骇人的是，地上有杂七杂八长短不一的骨头。

易飒刚刚踩到的，好像是个头骨。

宗杭咽了口唾沫，胳膊上一阵阵过寒气，易飒倒还好，蹲下身拿匕首拨了拨那些骨堆，说：“像是动物的，这个是人的……”

宗杭听了前半句刚要舒出的那一口气，又密密实实梗在了嗓子眼。

易飒示意宗杭看她刚刚误踏到的头骨：“你看这个。”

宗杭硬着头皮盯着看：“怎么了？”

“不觉得这头骨怪怪的吗？”

宗杭这才注意到这头骨虽然乍看类人，但畸形扭曲，有几处还有崩断的裂痕。

他蓦地想到了姜骏硕大的畸形脑袋：“姜骏那样的？”

易飒说：“姜骏比这个要强多了，姜骏如果算实验成品的话，这个得是初期的残次品吧，头骨都崩坏了。”

说完，又走到另一侧的黏膜边，匕首从上豁下，再次钻了进去。

宗杭也轻车熟路地跟上，觉得真像走迷宫一样，又像小时候看过的一部叫《魔方大厦》的动画片，这样的房间一格连着一格的。

这一间，悬索同样是黑棕色，但底下悬挂的那一串一串，颜色却没那么深，类似掺了朱红的偏透明玉色，凑近了看，能看到密簇簇的一粒粒内，好像有絮状的孢子，也有一道道线状的黑棕色，在黏液内上下浮动，拿手去触压时，表面上会出现许多细小的褶皱，像发散线。

易飒喃喃了句："水葡萄。"

宗杭听得似懂非懂，只觉得马上就要揭开些什么了："哈？不是三姓的人才被叫作'水葡萄'吗？"

丁玉蝶的那句签名，"水葡萄千千万，穿花蝶最好看"，因为朗朗上口，他记得可牢了。

易飒盯着那一串一串看："是啊，水底下是不长葡萄的，但为什么三姓的人会被称为水葡萄呢？"

宗杭喉头发干，看那一串一串，又看看她："你不会是怀疑，三姓被叫作水葡萄，是因为这个吧？"

易飒指了指悬索："你没见过三姓的祖牌，我见过，我小时候就被拉着拜过，后来当水鬼，更是拜过不知道多少次，黑棕色就是祖牌的颜色。"

祖牌？宗杭没绕过弯儿来：他的认知里，祖牌是硬邦邦的，跟木头似的，但这些悬索是软的啊……

易飒说："我们之前怀疑祖牌是太岁的脑子，但如果它不是呢？如果祖牌其实也是一种生物呢？如果太岁就是传说中的修复力很强的罕有菌类，仅此而已呢？我们来到漂移地窟，看到了太岁，就以为它是始作俑者，但如果甚至连太岁都是祖牌的傀儡呢？"

这一连串的"如果"把宗杭给绕晕了，愣了好一会儿才问她："你怎么想到这些的？"

"简单啊，"易飒指了指周围，"孢子跟这些是两回事，一个物种只产一个物种，怎么能产出两种来？"

"太岁是黏菌复合体，依靠孢子繁殖，被盘岭叔一把火烧掉的，才是太岁的纯正后代，也是祖牌觉得可以拿来牺牲掉的、弃车保帅的卒子。但其实这里面的，被那些黏膜囊围裹住的，才是真正的'它们'。"

易飒停下来歇了口气，思忖着该揪住哪一根线头往外理。

"这个地窟里有三样东西，祖牌、太岁、息壤。祖牌才是控制一切的，息壤是可以自行生长的能量物质，傀儡一样接收它的指令。"

宗杭有点明晰了："就像刚刚，祖牌让息壤攻击你们，息壤就出动了？"

易飒点头。

1996年那批人，下了地窟不久就全军覆没，也许就是遭受到了息壤的大面积攻击——他们遵循祖师爷的话，欢天喜地找到这儿，还以为是到了什么宝地，不可能携带什么像样的武器，对付不了来势汹汹的攻击，死亡真是只在喘息之间。

“太岁也是傀儡？”

易飒想了一下，修正自己的说法：“我也说不好太岁和祖牌之间到底有什么关系。但有一点：它是长在这儿的一种生物，因为有息壤的滋养，体量巨大，效用也强了很多倍，可以被祖牌拿来做实验。”

做实验？

宗杭心里一动，想起之前经过的那一间间黏膜室，顶上挂下的那一串串，颜色有深有浅，有紫红、黑棕，还有浅淡的朱红玉色，确实像实验进行到的不同阶段。

他有点回过味儿来了：“会不会是想出去的根本不是太岁，它受水质、温度、地势影响，出去了反而死得更快，真正想出去的，是祖牌？”

他又想到了那本软面册子：依太岁本身的寿命，待在这儿，能活个几千年上万年，但一旦离开这环境，到乌烟瘴气的大世界，即便可以与人嫁接存活，也撑不了太久，古代可能还好，没现代这么多污染，但现代人体内，各种各样的化学污染本来就很多，三年、五年，最长如易萧，也不过二十来年——所以并不是太岁想要他们死，而是他们已经死了，太岁帮着又撑了下去。

这么一看，太岁反像个默默奉献的大好人了，自己刚刚还斗志昂扬地、举起喷火枪对它一通肆虐，恨不得把它烧个焦煳……

宗杭心头一阵愧疚。

易飒说：“这也就解释了这个地窟为什么要地开门，要排浊气，要换气，太岁从来就是安稳长在地下，喜欢厌氧环境，讨厌‘太岁头上动土’——我们在它肚子里，却能呼吸，说明那些新鲜空气是供给这儿的，祖牌需要这些，确切地说，是祖牌和太岁孢子的结合产物需要这些。”

宗杭理出些道道来了：“你说的做实验，就是祖牌试图和太岁的孢子结合在一起，也就是说，单独的祖牌做不了什么事……”

易飒点头：“祖牌的控制力好像挺强，有意识，也有智商，但撇开这个，它自己做不了什么事。就好像被祖师爷带出去的那三块，就是个祖宗牌位，像个连接中转站，唯一的作用，是在水下、抵上水鬼额头的时候，帮助这边的祖牌控制水鬼，但因为离这里太远，收效不是很大，时长也不过一两个小时……它和太岁以及息壤就有点像，狼狈为奸中狈的那个意思你懂吗？”

懂，这个成语宗杭还是学过的：狈有脑子，能出主意，却没法独自生活，也没法行动，必须靠狼的辅助，结合起来做事。

易飒说："其实之前的推论，都已经很接近了，只不过搞错了正主，这个漂移地窟好像牢笼，祖牌附着在太岁身上，也出不去，直到它发现，太岁要进入衰竭期了。"

孢子开始出现，这是太岁的轮回，也是祖牌的希望。

宗杭仰头看顶上那朱红玉色的一串串："如果颜色的深浅代表结合的程度，这应该是相对浅的？"

易飒也抬头看："有可能，颜色的深浅代表的是祖牌和太岁孢子的结合程度，那些朱红色、紫红色，都是结合的前期阶段，黑棕色应该才算是理想状态——太岁孢子有很强的生长修护力，而祖牌又相当于'脑子'，这两者完全结合之后形成的，才是真正的'它们'。"

"姜骏、我姐姐、1996 年被关押在窑厂的那一整批人，乃至你和我，都是被同样的一批'它们'嫁接的。只不过大脑被影响控制的程度因人而异，就好像生病的人吃药，有的人立竿见影，有的人收效甚微。"

宗杭不由得咽了口唾沫："那三姓的祖师爷……"

易飒心跳得有点厉害："三姓的祖师爷有点不同……你还记不记得，祠堂拼出的陶罐上，有祖师爷跪拜漂移地窟的画面？而且三姓流传的传说里，祖师爷活得很长，都在百岁以上？"

记得，宗杭觉得答案就在不远的地方了："祖师爷好像都挺正常的，这就说明……"

易飒接过话茬："这就说明当年祖师爷被嫁接的，跟 1996 年这一次是不同的。他们没异变，寿数很长，也许他们被嫁接的，是很纯粹的太岁孢子，所以只是成为'耳目'——如果他们也是死而复生的话，当然会诚惶诚恐感恩戴德，把地窟里的东西当成神来膜拜。

"祖牌能够影响和控制人的意识，漂移地窟又是祖牌的老巢，祖师爷他们应该是被授意带出了三块祖牌，等于是带出了和漂移地窟的联通工具，但他们自始至终也不知道真相。"

宗杭有点明白了："他们把祖牌当神物来祭拜，那一套所谓的额头抵上祖牌的程序，其实是主动把自己送上前受人控制？"

易飒心怦怦跳，飞快地顺着说下去："盘岭叔说不知道这太岁隔多少年才会繁衍轮回一次，咱们假设，上一轮繁衍，恰好是祖师爷的那个时代，那个时候，祖牌可能刚刚想到且试图去和太岁相结合，于是想凭借带出去的那三块祖牌，和外头的

‘耳目’建立更多的联系、为将来做进一步的准备。

“而下一轮繁衍的时间，未必是现在，因为繁衍了之后，还得有个结合的过程——‘不羽而飞、不面而面’是它预估的结合完成时间，真正的繁衍，还要往前推，说不定是在明清那个时候。”

宗杭倒吸一口凉气：“那个姜射护，好像就是那个时候的人呢，他进了漂移地窟，反而被完好无损地送回来了，会不会是因为正赶上繁衍？祖牌才刚刚开始和太岁相结合，留着他也没用，只能造就耳目，而他反正已经是耳目了，于是索性送回来了？”

易飒也是这个想法：“而刚刚看到的那个头骨，可能是在姜射护之后、姜骏之前，不知道是谁误入中了招，被它拿来实验……”

实验结果很糟糕，因为那个头骨不但畸形扭曲，甚至有几处崩断。

宗杭脱口说了句：“我懂了！”

他有点激动：“‘它们’是祖牌和太岁的结合体，祖牌是控制人的脑子的，但每个人被控制的程度因人而异；太岁里有息壤成分，生长修复的活性很强，所以人体被嫁接之后，又会反常生长、有排异反应——它做的实验，可能是去调整每一个‘它们’里太岁的含量，目的在于像画皮一样，去完善被嫁接者的外形。”

所以1996年那一批，在普通人眼里看来很怪，但于它来说，已经是改良版了。

不过让它始料未及的是，改良版仍然没完善：它的实验样本太少，而个体差异又太大，那些死亡的且不说，即便活下来的，也是千奇百怪、各种状况。

他喃喃：“所以储备大量尸体，对它来说是必要的，不仅仅用于嫁接，还要用于反复的实验。但1996年那一次，对它来说，是又一次实验的反馈和提升，它现在的嫁接成功率还有完美程度，一定会更高……”

易飒说：“是啊，它和太岁孢子的结合完成之后，这里就没什么好留恋的了，它需要更换实验场地。姜骏还不是最完美的，因为他那样的人，只会被当成怪物关起来，缺少正常的外表。祖牌的脑子，人的外表，这才是最完美的。”

【28】

宗杭忽然想到了什么：“那这结合完成了吗？姜骏那边会不会已经开始了？”

易飒看了看周围：“最简单的法子就是去检查一下这些黏膜室，如果每一个都满，颜色又都还差了火候，那就说明应该还没开始，至少没有大规模开始。”

说到这儿，忍不住看向来路：“盘岭叔他们，怎么一点动静都没有啊？”

让她这么一说，宗杭也觉得有点奇怪了。

刚刚丁盘岭，那么大动干戈地要烧死他们，怎么忽然就没声息了？任他们在这黏膜室里走来走去呢？

两人又小心翼翼地以喷火枪开路，从通道里钻了出去。

水好像没再往上涨，通道里只淹了一半，易飒刚一浮出水面，就看到不远处浮着一具狰狞变形的尸体，吓得差点叫出来。

脸已经认不出了，但看衣着打扮，应该是三姓的人，再四下看看，还有几具烧得焦黑的。

宗杭忽然推了推她，然后指了个方向。

循向看去，丁盘岭正坐在山壁边沿处一块凸出的石头上，储料罐和喷火枪都已经解下了搁在一边，身侧趴了两个人，粽子样被绳子捆在了一起，是还昏迷着的丁玉蝶和易云巧。

看来两人在黏膜室里逗留这段时间，外头已经发生不少事了。

易飒没敢妄动，倒是丁盘岭抬头看她，说了句："飒飒，是我。"

听这语气语调，应该是本人了，易飒和宗杭对视一眼，一同划水过去，但还是没敢靠太近，隔了段距离以防万一："盘岭叔，那些人，是你烧的？"

这种焦黑炭化，肯定是喷火枪的效力。

丁盘岭点了点头，语气有些苦涩："不过别多想，也是不想看到他们那么痛苦。"

易飒心头一跳："他们变了？"

丁盘岭沉默。

易飒的目光落到被捆着的丁玉蝶和易云巧身上。

丁盘岭注意到了她的目光："这事别提了，即便他们醒过来，也别说。"

易飒打了个寒噤，喃喃了句："祖牌还能让人杀人吗？当初在壶口，它也就是让丁玉蝶画了幅画……"

丁盘岭看向水中："这是在漂移地窟，祖牌的老巢，它在这儿的威力效力，可是要大得多了。"

宗杭有点奇怪："那……盘岭叔，你怎么会清醒得这么快？"

丁盘岭苦笑："因为在它抵上我额头的时候，我猜到它是祖牌了。"

即便事发突然，那块陷在太岁肉块里的祖牌抵推过来的那一刻，丁盘岭还是认出来了，并且立刻就预料到了会发生什么事。

大概是这警惕和防备起了作用：从前，从来没人会想着去抵抗祖牌，开锁金汤时，甚至会集中精神去祈祷、期待被控制。

但这次不一样，只刹那间，丁盘岭汗毛奓起，如临大敌。

他对自己曾经拿喷火枪对付过易飒和宗杭毫无察觉，只知道自己在不停对抗，愤怒对抗，脑子像被黏稠的胶质拉扯成各种形状，一门心思想要甩脱，狠狠甩脱。

忽然清醒的那一刻，其实也过了接近半个钟点，一睁眼就看到水面上漂着的几个人，有的脑袋一边大一边小，有的躯体变形，有的奄奄一息，骨头钻出皮肉，正痛苦地挣扎着。

丁盘岭盯着看了会儿，断然举起了喷火枪。

火团冒起时，潜在水中的丁玉蝶和易云巧，一左一右，如鬼魅般窜到他身侧，两柄匕首向着他腿上扎落。

丁盘岭感觉到了疼痛，想也不想，油料罐一脱，向着一侧的人狠狠砸落，然后手如铁爪，蹲身下抓，揪住另一侧的人的后脖颈，把人提了起来。

这一砸，砸晕了丁玉蝶，等他醒了，一定会心疼地发现，发鬏上那只翩翩欲飞做工精致的穿花蝶，不幸被砸扁了。

而那一提，提出了易云巧，丁盘岭本身就正当壮年，力气大过她，一对一不在话下，再加上刚目睹惨状，不得不亲手了结了那几个人，胸腔里一股愤懑之气，全化成力道，两招没过，一掌切在易云巧后脑，也把她给打晕了。

四下一看，不见了易飒和宗杭，他也不知道两人钻进通道里去了，还以为是已经成功离开了——哪知游到原本挂绳结网兜的地方一看，网兜垂着，挂绳已经收了，等了会儿之后，知道没指望了，只得拆了网兜，过来把丁玉蝶和易云巧先绑了，才刚歇了口气，易飒和宗杭居然从通道里又钻出来了。

宗杭听到挂绳收了之后，半天说不出话来，良久才憋出一句："我跟丁碛不是这么说的，我说的是提起来没分量就再放！"

易飒伸手握住他的手，说了句："没事，不怪你。"

丁盘岭也笑了笑："丁碛本来就靠不住，可能第一次上提的时候，见没分量，就直接收了——不怪你，我知道他跟你不和，你要是有得选，也不可能跟他合作。"

宗杭拳头紧攥，却没奈何：还以为临下地窟时那番话能让丁碛改变想法，果然人心隔肚皮，他永远没法知道丁碛这样的人在想什么。

现在，是上不去了吧？

他环视这偌大的穹洞，突然觉得空旷、沮丧又凄凉。

丁盘岭也是一个想法："我刚刚在想，如果真上不去了，拼死也得做些事，我来这一趟，不能只带人送死，一事无成。”

易飒马上点头：“我也是这么想的，剜我一块肉，也得它掉一块，否则太憋屈了。”

丁盘岭哈哈笑起来：“飒飒，小字辈中，我真是挺看好你的，这脾气像我，以后，你要是能接我的班就好了，就是可惜了……”

就是可惜了，也许没有以后了。

哪怕有以后，以她剩下的时日，也没法去接这个班了。

宗杭看看丁盘岭，又看看易飒，头一次发现，三姓这种出身，跟自己还真不同。

他们身上，有一种日积月累积淀下来的江湖气，平时不觉得，到末路时才偶现峥嵘。

易飒想起了什么：“盘岭叔，你到里头去看看吧，祖牌跟太岁，好像是两回事。”

丁盘岭连走了好几间黏膜室，连易飒没走的都去了一趟，差不多摸清了这剖面结构。

单说这一层，最外围包着的是黏软的、足有十来米厚的太岁，里头是一个个六棱柱体的黏膜室，一共七个，恰好是六个围一个的簇拥格局。

颜色最深，也就是全呈黑棕色、有杂七杂八骨头的那间，恰被围在中央，周围除了被烧焦的那间是纯粹的太岁孢子囊外，其他的，都是葡萄般的一串一串，色泽多是紫红，最浅就是朱红玉色的，只一间。

丁盘岭指了指那间烧焦的：“这一间，真的是拿来障目、牺牲的，看来它确实很不想让人知道真相，都已经到了这儿了，还给自己备了个替死鬼。”

重新回到那间全呈黑棕色的：“这个，应该是最接近成品的，也是它要达到的理想状态。”

易飒示意了一下地上的那堆骨头：“这儿好像发生过什么事。”

丁盘岭点头：“虽然是无人区，但这么多年，总会过一两个人的，还有一些动物——这里动物骨头居多，可能都是地开门时攫取到的猎物。”

说完抬起手臂，手上匕首一挥，直削向其中一根悬索。

易飒“啊”了一声，下意识退后两步，直觉悬索一断，大概会汁液四溅，谁知并没有，悬索非但没断，反而发出一声碰响，听起来，像是刀刃削到了什么质地坚硬的物件。

宗杭愣了一下，脱口说了句：“不可能，我摸过它，是软的。”

丁盘岭的脸色很难看，示意两人退后、再退后，然后端起喷火枪，说了句：“我的油料已经差不多耗尽了，不会出大的火团的。”

果然，枪口忽拉喷出一小团，包罩在正对着的那一串上，焰头倒是烧起来了，但很快丁盘岭就发现，这烧，只是因为油料。

他拿匕首一拨，那一小团火就掉到了地上，把底下的黏膜烧得滋啦作响，但那一串，除了焦黑些，并没有什么不同，匕首一敲，发出梆梆的响声，那感觉，跟敲在牌位上没什么两样。

丁盘岭双唇紧抿，过了一会儿才说："三姓的祖牌都是硬的，这儿是软的，可能是为了方便结合，但一旦遇到危险，又会坚硬如铁，也就是说，这东西在软、硬两种状态间转换自如，不怕烧，也不怕刀。"

又吩咐宗杭："你辛苦一点，让我踏个脚，送我上一层。"

宗杭依言伏低身子，等丁盘岭踩上他肩头了才慢慢起身，把他送高——丁盘岭这才注意到顶部的黏膜跟四壁的不同：黏膜里头密布着黑棕色经络样的导管，接通到不同的悬索处。

丁盘岭避开这些黑棕色导管，拿匕首在上头破了个口，然后掰开探身钻了上去，宗杭先把易飒也送上去，然后由他们两人合力，再把自己拉上去。

这一层同样是七个黏膜室，也同样挂满了一串一串类似葡萄的东西，不同的是被簇拥在中间的那间黏膜室，侧面的六面黏膜里，都布着黑棕色的导管，丁盘岭差不多想明白了，指给两人看："祖牌由上至下，通过这些导管流下来，注入不同的悬索，然后融进那一串一串的东西，刚刚是底层，所以只顶上有，四周没有。"

脚下只一层黏膜，站得颤颤巍巍，这一层看完之后，宗杭如法炮制，三个人又往上上了一层。

这一层顶部的黏膜就不是半透明的了，再往上似乎已经是太岁：看来这些黏膜室一共三层，二十一个，让人感到安慰的是，没有哪一间是明显缺失或者被清空的——所谓大规模地去往鄱阳湖，应该还没有开始。

但丁盘岭觉得还是应该再往上看一看，因为顶上依然有悬索，那就表示，祖牌还在上头。

三人选了个最边上的黏膜室，避开上头的导管，拿刀子划开黏膜之后，又切割太岁的肉块：自从这座肉山全然偃息之后，太岁就没再生长过，也许本就大限将至，又遭了火厄，死期提前到了。

切割了会儿之后，又耗尽了丁盘岭那罐储料罐里最后的油料，这才打通了一米来厚的太岁包壁。

这是太岁体内的空间，有两三个黏膜室大，原本应该是全封闭的，但刚刚塌下去一块，有一面已经敞开，走到边缘处往下看，能看到肉山似的太岁斜面、底下的水、水面上漂浮着的奇形怪状的尸体，还有一边山岩上被捆着的两个人。

宗杭终于看到祖牌的全貌。

它的整体形状，像块不规则的石头连着个下凹的漏斗，斗口直径接近两米，越往下越窄，外侧面倒还坚硬，但内面从上到下都在融化，汇进漏斗中——下头那些导管经络状的祖牌，应该都是这儿流下去的，漏斗里尚有小半池，都是呈黑棕色泛亮的半胶质液体。

丁盘岭盯了会儿，下意识想去抓喷火枪，这才想起刚用光之后已经为了减重扔掉了，于是招呼宗杭："烧吧。"

宗杭嗯了一声，上前一步，按下枪口，扳动开关，他的油料倒还能支撑一段时间，火舌喷涌而出，煞是有声势。

但一喷之后，油料除了自行燃烧外，于祖牌，似乎毫无损伤。

丁盘岭大笑起来，越笑越是绝望。

过了会儿说："看见没，费了这么多工夫，终于找到了也没用，它不怕水淹，不怕火烧，有再多的油料，哪怕能把这肉山给烧了，已经成形的那些祖牌孢子，该怎么样还是怎么样，我们根本没法动它。"

丁碛躺在地垫上，身上草草盖着睡袋。

外头风声呼呼，雪好像又下起来了。

丁碛睡不着，一只手枕在脑后，看时不时被风推鼓的帐篷发呆。

说真的，他希望上来的是宗杭，或者丁盘岭，哪怕是那个让他反感的易飒呢……

老天真是存心不要他好过，怎么偏偏会是丁长盛呢？

当时，他问起其他人，丁长盛语气沉重地回答：都死了。

还解释说，自己是不中用，多亏了那些人拼死保护照应，才抓住了拽绳，成为唯一逃出的，又让丁碛早点休息，说是这一趟事大，明儿一早就要往回赶，尽快联系上三姓的人，再作打算。

具体的，没跟他说，不过丁碛也习惯了：大事嘛，丁长盛也不可能和他商量。

只是……

丁碛在黑暗中坐起来。

他记得，和丁长盛擦身而过时，他看到丁长盛的衣服后襟上有个洞，虽说被水浸过，但洞沿一周，似乎染了血。

真是越想越觉得怪异。

过了会儿，丁碛摸过包里的亮子，往眼里滴了两滴，然后拉开帐篷门出来。

临睡前，除了一盏营地灯，他把其他的都关了，现在雪积起来，罩在那盏灯上，连带着灯光都有点白惨惨的。

丁碛放轻脚步，走到边侧的大帐边，屏住呼吸听了听，然后一把攥住厚重的门帘，一掀一落间，人已经闪了进去。

大帐厚重，进了这儿，外头的风雪声都远了，丁碛静静站了会儿，直到听见丁长盛均匀的呼吸，才舒了口气。

又暗笑自己太紧张了：丁长盛那点能耐，他还不知道吗？何必这么谨小慎微的。

他打量了一会儿帐内，目光落在床上。

丁长盛正侧身向里，睡得正酣，床尾处堆着他脱下的一团衣裳。

丁碛蹑手蹑脚过去，伸手摸了一下，没错，水凉。

他动作飞快地一把搂起，又悄无声息地退了出去。

出门之后，几步走到营地灯边蹲下，一把抹掉灯面上积着的细雪，抖开了衣服看。

衣服里先掉下一团解下的绷带，上头的血已经被水晕开了。

丁长盛受伤了？看不出来啊，说话中气十足，走路也那么利索。

又看衣服。

一颗心蓦地揪起。

没看错，后背对应着前胸腹，各有一个穿孔，丁碛对这种穿透伤太熟悉了。

但一个人，受了这么重的伤，怎么可能立马活蹦乱跳呢，除非……

身侧有斜斜的影子一晃，丁碛猛一抬头，一声“谁”还没来得及出口，一根套索突然自后套将过来，然后狠命一拖。

这力道奇大，丁碛猝不及防，向后栽去，心知不妙，一手狠抠住地面，正待稳住身子，后背骤然刺痛，低头一看，小腹上已冒出带血的刀尖来。

丁碛咬牙，一只手向后抓探，揪住那人发顶，正想把人揪翻过来，哪知那人刀子一拔，又刺了一刀。

这一下拔出，真个血流如注，丁碛往前扑倒，一只手横入腹下，拼命去捂伤口。

身侧响起脚步声，刚积的薄雪被脚步压实，发出细碎的声响。

指缝间温热的血汩汩流出，丁碛拼尽力气抬头去看。

看到丁长盛，光着脚，只穿睡下时的衬衣裤，表情怪异，斜下的刀尖刚好滴下一滴血来。

【29】

丁碛想笑。

居然是丁长盛。

这个老头子，瘦瘦巴巴，干干小小，支使了他一辈子，凭什么觉得，还能支配他的生死呢？就凭着偷袭？信不信他一只手就能拧死……

丁碛想站起来，身子刚一欠，腰腹上两处创口血涌不断，他一把抓起丁长盛的外衣，团起来死死捂住伤处，摇晃着站起来，只伸一只手，戏谑似的朝丁长盛招着："来啊，再来……"

这招引有些多此一举，刚招了两下，丁长盛已经卷带着风恶兽般扑将过来，刀子直刺向丁碛胸肋，丁碛一来下盘已经虚浮，二来没想到他来势这么猛，居然被冲撞得双双栽倒——好在手疾眼快，抬手就扼住了丁长盛的手腕，硬生生把刀尖阻在了距离心窝之外两三厘米处。

丁长盛双目血红，眼神虚无，唇角僵着诡异的笑，腕上力道不断加强，刀尖一点点下逼，丁碛单手根本撑不住，不得不抬起那只捂住伤口的手，两只手与之抗衡。

这感觉太糟糕了，但也似曾相识：当初在鄱阳湖船上的后厨里，和宗杭对阵那一次，也是一样——明明那么孱弱、一拳足以撂倒的人，忽然力道奇大，让他这个有过十几年功夫底子的人都要落下风……

僵持间，丁长盛阴毒一笑，一边的胳膊肘忽然下垂，狠狠抵推丁碛的一个伤口，丁碛眼前一黑，身子几乎蜷成一团，眼见着刀尖重又下逼，觉得伤口处流出的不是血，全是残存的气力。

他觉得这一趟，自己是真不行了。

但看着丁长盛那张因着无限逼近而无限放大的脸，心头忽然燎起烈火，火上浇历历不甘：宗杭杀他，是以牙还牙；易飒杀他，是给陈秃出气，自己都不算死得太冤枉，但他丁长盛，什么玩意儿？

还是那句话，我死可以，你陪着我一起死！

他牙根一咬，计议已定，腕上猛一用力，将刀尖带偏往肋下，然后骤然松手，丁长盛没料到阻力会突然撤去，刀子径直插了进去，而几乎是同一时间，丁碛用尽浑身的力气翻身一带，把丁长盛压在了身下，解放出来的双手死死控住丁长盛的脑袋，抬起了狠狠砸向地面。

砰的闷响，一声，又一声，丁碛红了眼，嫌地不够硬，又拿拳头拼命砸捶，也不知道过了多久，丁长盛固然是昏死过去，头脸处一片血肉模糊，丁碛身下三处刀伤里流的血，几乎在身周汇成了个小湖泊，更别提刀子还插在肋下。

又一次抬拳时，忽然泄了力气，再抬不起来，他一头栽翻在地，喘息良久才慢慢拔出刀子，刀尖在丁长盛的心窝上下挪移了会儿，确信位置无误后，吃力地插了下去。

他不会犯那种让对手还能醒过来、还能继续攻击他的错误。

雪又大了，漫天飘飞，在丁碛的视线里都舞成了血红色，他昏昏沉沉地伸手在边上摸索，终于摸到了之前丁长盛衣服里掉下来的那团纱布，抓起来之后，一点一点的，揪攥了往伤口里塞。

塞着塞着，眼前渐渐模糊，手也无力地垂了下去。

不怕水淹、不怕火烧、不怕刀砍，近在咫尺，束手无策。

丁盘岭苦笑，一屁股坐倒：这儿视线倒好，像是身临不算高的悬崖，悬垂的脚下是水，视野里是偌大穹洞，身后就是祖牌。

宗杭还不死心，围着祖牌左看右看，恨不得再有个对付它的法子，易飒觉得好笑，又替他难过，挨着丁盘岭坐下，把脸别向一边。

丁盘岭忽然伸手指了指远处，问她："飒飒，你们能爬上去吗？"

循向看去，在穹洞顶上，应该是通往地面的通道口，此刻水并没有填满，水面距离洞口还有至少十几米。

易飒低头看了看表，接近凌晨四点了，再有一两个小时，这地窟就要关了。

她摇头："距离地面太远了，别说没有手扒脚攀，就算有，那么长的距离，也爬不完。"

丁盘岭沉默了会儿，说："那也要爬啊，三姓子弟，不能坐着等死，即便死，也该死在求生的路上。"

易飒笑了一下，都没力气反驳了。

这个时候，给她灌什么励志鸡汤呢？下头的水面上，还漂着那么多三姓的尸首呢，横七竖八，无声无息，死得突然也窝囊，甚至不明不白，做鬼都懵懂。

丁盘岭的目光也落在那些尸体上，过了会儿又移开，目光凝重，低声喃喃："以为祖牌是太岁的脑子，结果不是，它自己没法伤人，其实它也就是控制了息壤，它跟息壤才是狼狈为奸，焦不离孟，孟不离焦，息壤只怕火，烧了还可以恢复，它又没个破绽，连罩门都没有，这要怎么破？这要怎么弄……"

越念叨越是绝望，到了最后，直觉得真是金刚不坏、无懈可击，居然笑起来，问易飒："你说这要怎么弄？"

不待易飒回答，又忽然敛容，低声道："不对不对，一定有罩门……"

宗杭看得心里打鼓，觉得丁盘岭有点魔怔了，又不敢多话，就在这个时候，下头突然传来丁玉蝶茫然的大叫声："有人吗？盘岭叔？飒飒？哎，云巧姑姑，你醒醒啊……"

低头看，是丁玉蝶醒了，然而他左顾右盼，唯独忘了往上头瞜一眼，上头的人又俱筋疲力尽，也懒得费那个力气跟他喊话，过了会儿，丁盘岭吩咐宗杭："你下去一趟吧，帮他们解开，还有……"

说到这儿，似乎忽然想到了什么，身子一僵，脸上迅速泛红，鼻翼翕动得厉害，胸口剧烈地起伏着，目光涣散，但又绝非无神的那种。

易飒有点忐忑："盘岭叔？"

连叫两声，丁盘岭才回过神来，只这片刻工夫，额角已经渗出津津细汗，人也有点断片："什么？我刚说什么了？"

易飒只好提醒他："你刚让宗杭下去帮丁玉蝶解开……"

丁盘岭这才想起来："对，对，还有，别跟他们说起他们昏迷时做过什么。"

宗杭应了一声，动作麻利地从先前的破口处滑到下一层黏膜室，再下一层，然后经由通道出去，易飒还惦记着丁盘岭先前的异样："盘岭叔，你刚怎么了啊，是不是想到什么了？"

丁盘岭的目光从破口处收回，答非所问："宗杭这小伙子不错。"

易飒愣了一下，接了句："什么意思啊？"

换了任何别的场合，提起这话题，她大概都会有点不好意思的，但偏偏这种时候、这种处境，毫无心情，只觉得难受——宗杭要是不回来，也不至于被带累得陷入绝境。

丁盘岭笑笑："你说呢？你会听不懂吗？难道他是为我回来的？"

说着拿匕首光亮的刃身照了照脸："你盘岭叔也没那个魅力。"

这种时候，难得丁盘岭还有心情开玩笑，易飒想笑，笑不出来。

"飒飒，你知道三姓中，除了掌事会，还有中枢会吗？"

易飒摇头，不过时至今日，也大致知道是什么了。

"中枢会由水鬼和掌事会中的核心人物组成，领头的是水鬼，也不掺和日常事务，只负责处理隐秘的、会危及三姓的某些大事。"

易飒静静听着。

"领头的那个，是由上一任指定的，我到了要交班的时候，也会指定下一个。"

说到这，伸手指了指下头刚挣脱束缚、正冲宗杭问个不休的丁玉蝶："想来想去，也只有他了。"

易飒一时口快："他？"

说完了又有点后悔，觉得自己那口气怪轻蔑的。

丁盘岭呵呵笑起来："我知道，你私底下叫他蛾子脑袋……"

易飒面上一红。

"但是飒飒，你有没有想过，他没你那么聪明，其实跟智商没关系，无非只是比你少了历练。你早早跑到了柬埔寨，见识各种骗术，交的朋友也三教九流，他呢，跟人接触都少，平时不是练水鬼的功夫就是钻研什么沉船……

"精力像肥料一样，施在哪儿，哪儿的树才开花。你把他架在高处，为了不被风吹打下来跌个粉身碎骨，他就是要学会怎么站定、怎么扎根，所以他现在不能，不代表以后不能。人有无限可能性，此刻不代表日后，过去也不等于未来……飒飒，快走吧。"

丁盘岭这么一反常态地讲起中枢会、接班人，易飒已经越听越觉得不对劲了，及至听到最后一句，更是莫名其妙："我走哪去啊？"

丁盘岭看向远处穹顶上的那个洞："还是那句话，不要坐着等死，往生路走，有一丝一毫的希望都要抓住，即便死，也要死在求生的路上。"

正说着，下头忽然传来宗杭惶急的大叫声："易飒，盘岭叔，你们往下看！往下看！"

这语气不太对，易飒脑子一蒙，迅速探头下望。

正对着的水下，太岁残躯的基部，无数荧荧光亮，开始星星点点，闪烁不定，然后渐渐汇成光流。

易飒大叫："息壤！是息壤要复苏了！"

丁盘岭迅速站起："快走！"

易飒心跳如鼓，跑起来时小腿都有点打战：只宗杭身上的喷火枪能用了，油料也已所剩无几，无论如何，也抵挡不了息壤的再一轮攻击了……

到了洞口，她先下，刚一滑进黏膜室，就飞快去找之前有破口的那间，一层层到底，又从半积水的通道里爬出去，只这片刻工夫，那些光流就已经长成了蠕蠕而动的草芽，这速度可真不是开玩笑的，易飒太阳穴突突乱跳："盘岭叔说要逃，爬不上去也要爬，死也死在出去的路上……"

说到这，忽然愣了一下，急看向身后。

不对，丁盘岭没跟她一起下来：他说"快走"，还作势跟她一起冲到破口处，让她先下，但他没跟她一起下来。

仰头看，丁盘岭果然站在高处的边缘，正用力往外挥赶："走！快走！能有多快逃多快，马上！"

丁玉蝶完全蒙了，易云巧大吼："丁盘岭，你不一起走吗？你留着也是白白牺牲，大家合力冲出去，留得青山在，不怕没柴烧啊。"

丁盘岭不再说话，也没再挥手，站在原地，如一棵老松。

易飒一咬牙，看水底草芽攒动，瞬间已经有小蝌蚪长短，知道丁盘岭不会是一时冲动，而且这种时候，最忌讳婆婆妈妈："走！先爬山壁再爬洞，走！"

四个人，如同四条水线，急往指定的位置过去，游至中途时，易飒忍不住回头张望，看到丁盘岭已经不在原地了。

她没再多看，又回身划水：有些时候，就是要各自为战，不知道同伴的计划，也看不到前路，做好自己这部分就好。

先要上山壁，然后倒悬着爬到洞口的方位，易飒帮着宗杭脱下喷火枪："太重了，轻装上。"

又顺势托了他一把："快，别拖拉，有多快爬多快。"

那一头，易云巧正托着丁玉蝶，他腿上受了伤，行动多有不便，得要人从旁照拂，易云巧刚助他上了一个身位，无意间回头，忽然看到，易飒把宗杭扔下的喷火枪又背上了。

易云巧心里咯噔一下，直盯着易飒看，易飒正要上爬，蓦地和易云巧的眼神撞个正着，迟疑了一下，挨近前来，低声说了句："云巧姑姑，保宗杭和丁玉蝶。"

易云巧差不多明白了。

她回头看那座肉山，丁盘岭是看不到了，然而肉山下那密密簇簇，正像疯长的野草，闪动着亮光在水下摆曳。

原来，逃也有顺序，有人被保，有人舍生去保。

易云巧犹豫了一下，蓦地抬手去抹抓她背负的肩带，易飒反应很快，不及细想，迅速侧身避过，她这一抓就抓了个空。

易云巧没缩手，声调沙哑地说了句："飒飒，给我吧，你还年轻，我比你年纪大。"

易飒愣愣看着她，脑子里忽然嗡了一下。

她一直以为，易云巧照顾她，只是因为易家缺水鬼，那些所谓的"飒飒可怜，这么小就没了家"的说辞只是场面话，又不大瞧得上易云巧总是斤斤计较，怀里揣一本易家的小账，抱怨着其他两家占尽好处。

顶上传来宗杭焦急的声音："你们快点啊，怎么还在下头呢？"

易飒这才回过神来，冲着易云巧笑了一下，把胸腔里上涌的无数情愫硬压了下去。

现在不是感动和煽情的时候。

“云巧姑姑，我断后是有原因的，别争了，抓紧吧。”

她不再看易云巧，伸手抠扒住凹凸不平的山壁，开始上爬，偶尔会转头去看：息壤的复苏比预想中要更加来势汹汹，那一片水光融晃，像正抽长的灌木丛，而这头，哪怕是爬在最前面的宗杭，气喘吁吁之下，也只上了几米高。

其实根本就爬不上去吧，徒手、高原、气力消耗远甚于平时，很多地方根本无处下脚、也无处着手，有时只能把乌鬼匕首插进山缝里借力——易飒帮着易云巧，一左一右挟着丁玉蝶往上，越爬心里越凉。

快接近洞口时，易飒再一次回望，心里一沉。

息壤已经长成了，如同百千根钩藤，又像交缠的团蛇，密密麻麻，盘扭舞摆，每一根都淌毒液，亮獠牙，仿佛即将要展开丰盛大餐。

易飒仰头看宗杭，看他因攀爬而一直颤抖的手臂和小腿，微笑了一下。

多希望他能回家啊。

她手一松，从高处坠下，直直落入水中。

非常冷，特别特别冷。

丁碛只从丁长盛那儿听说过自己被捡到时的场景，从不记得，也不可能记得。

但现在忽然看到了，看到冬天的黄河岸边，日光白淡，河面多处结冰，但也有冰裂处，浊黄色的河水汩汩流动。

近岸边应该是经常有人踏走，所以没大的冰块，黄汤里浮一块块透明的冰，晶莹澈亮，他还是小儿形状，只穿单衣，在水里滚爬，号哭，细瘦的小手掌拍打水面，身上左一处右一处，衣服上都挂结黄色的冰碴。

然后，丁长盛就来了，面目融在冷清的日光里，只能看见轮廓，一步步向着他走……

冷，特别冷。

丁碛慢慢睁开眼睛，随着脸上肌肉的牵动，覆着的雪簌簌滑下。

第一眼，就看到漫天素白。

雪果然是比先番大多了，身上像盖了一层薄被，早已经感觉不到伤口。

他送过一些人归西，知道自己也快了。

身侧，丁长盛还四仰八叉地躺着，像条死透了的老狗，身子被雪盖住了，只刀柄还露了一截在外头。

这个人，收养他，又杀了他，他上辈子，一定欠过丁长盛不少债，这辈子还得辛苦，好在就快到尽头了。

丁碛艰难地转了下头，看到远处那个歪斜的滑轮吊机。

他想起宗杭。

那一次，他打了宗杭三枪，枪枪都在胸腹，宗杭没立刻死，像他现在这样躺着，睁大了眼睛看他。

那时候，他不知道宗杭在想什么。

现在知道了，宗杭也许在想：这世界这么大，前路还有那么多人，那么多种可能，但两扇眼皮一拉合，像两爿永无钥匙的锁咔嚓一声，再也开不了了。

丁碛笑起来，声音含混，怪得不像是自己的：这世上，也许真有报应这回事，他被扎了三刀，刀刀也在胸腹，像是要对斤秤两的，去还曾经的债。

丁碛拼尽全身的力气翻了个身，向着滑轮吊机爬了过去。

他拼命地爬，脑子里什么都没想，胸腹以下几乎都没了知觉，偶尔停下来，吞两口嘴边的雪，终于爬到吊机下，抓住机身终于一点点站了起来。

回头看，一条迤逦蜿蜒的宽血道子，眼睛有点看不见了，不觉得是血红的，倒像是粉色，不均匀地揉在白色的雪里。

他抓住机身上的一条边绳，把自己和机柱绕缠在了一起，省得随时会栽倒，拿机身当拐杖，一推一挪地走到了洞口。

看了看时间，离下一个约定的整点还有十分钟。

这么一走动，伤口又流血了，滴滴答答，像重症患者艰难地撒尿，丁碛按下了开关，看绳子慢慢下放，然后反手去拉就近的车门。

手指头有些僵了，又或者是没力气，拉了好一会儿才拉开，幸好那个摄像机就放在驾驶座上，没费他什么劲，他把开关打开，镜头朝向自己，然而角度不对，也许只能拍到下半身，不过无所谓了。

丁碛笑起来。

问那个圆圆的镜头："是不是没想到，老子临死，还干了一件人事？"

"希望待会，能他妈上来一个，别浪费老子像狗一样爬这么远。"

听到扑通水响，宗杭下意识低头。

看到的是易飒，先还以为她是没力气脚软，失手摔下去的，再看到她身上有喷火枪，且是向着汹汹而来的息壤游过去的，顿时手脚冰凉，大叫："易飒！"

正下意识想紧随着跟上，听到易飒厉声喝了句：“你不许下来，给我继续往上爬！”

易云巧也大吼：“都抓住了，别分心，别他妈让别人白白牺牲！”

丁玉蝶死死抓住一处凹凸，脸色发白，问易云巧：“云巧姑姑，你们是不是商量好的？”

易云巧咬牙，向丁玉蝶，也向宗杭：“现在往上爬，不能前功尽弃，懂吗？爬！”

丁玉蝶大叫：“我懂，但为什么是飒飒啊？这不公平！大家可以抽签，可以商量决定，为什么什么都不说，就做这个安排啊？”

说话间，易飒已经扬起枪口，开关一扳，枪身呈圆弧状斜向上一抡，火舌在半空划开绚烂巨扇，将最前锋的那些息壤尽数燎开了去。

急抬头看时，见宗杭僵在那不动，又听到丁玉蝶纠结什么公平问题，于是用尽了力气嘶声吼道：“宗杭，你还听不听我的话了？我包里有一本软面册子，你去看了，就知道为什么是我，现在爬！赶紧走！”

说着，眼角的余光瞥到又有三两条息壤绞缠着钻扭过来，急抬起枪口，又是一喷，但心中开始觉得不妙：对方好像学乖了，不再全部压来，而是两根三根，打游击战样，存心耗她油料，这样下去，她剩不了几次了。

易云巧见两个人都不动，知道这恶人得自己来做：“你们不爬不动，对得起飒飒在下头拼命吗？要为她哭也上去了再哭，现在这样算什么？懂不懂轻重？男子汉大丈夫的，这个时候婆婆妈妈给谁看？”

丁玉蝶鼻子发酸，牙槽一咬，终于抬起了头重又往上爬，只宗杭还是不愿动，却也知道下去了也帮不上忙，一时间僵在那儿，易云巧骂他“你要在这挂一辈子吗”，他也红着眼不吭声。

这一面，易飒又连开了两次火，只感觉背上的储料罐越来越轻，也知道大限以分秒计了，见宗杭跟壁虎入定似的挂在那儿，又是心疼又是心酸，大声道：“宗杭，你听我的话，你们在外头都还有家人牵挂，我没有了，我就希望你能好端端的，能早点回家……”

又有两道息壤横扫而来，易飒舍不得油料，觉得能省一点是一点，一个猛子扎向水里，猱身一翻，从水下避过。

见她挨得辛苦，宗杭眼前一片模糊，也知道自己动起来，她才会安心，只得继续往上，但每一步都爬得辛苦，仿佛手指抓攀处都是尖利针刺，耳朵里听到下头的喷火声，声势一次低过一次……

就在这个时候，丁玉蝶叫了句：“什么东西？”

什么东西？

宗杭抬头看，看到洞里，渐渐放下什么来。

他第一时间居然没能反应过来这是绳子，盯着看了好几秒，才醍醐灌顶般大吼：“易飒，绳子下来了！绳子！你过来抓住绳子啊！”

没有回音。

易飒正面如死灰地看手中的喷火枪，这一次，喷出来的，连火星都没有了，全是气。

那些息壤似乎知道她这里已没威胁了，重新四面八方，缠裹集结，铺天盖地探将下来，易飒眸子里几乎能映出那些锋利的索尖。

她脑子里忽然一片空白。

再然后，像过电影一样，瞬间掠过很多画面，又有很多熟悉的感觉，风一样穿透身体。

——听见老旧的卡带声，略带沙哑的女音，唱着“转千弯转千滩，亦未平复此中争斗……”

——看见暗红色的、细小的花生衣，在夜色里，姿态优美地飘散开来。

——闻到口红香甜的油脂味道。

——看到宗杭站在爬梯下，仰着被打肿的脸，拼命朝着她笑，道别式地挥手，挥个不停。

也听到了易云巧的吼声，无限放大，像从天边飘来：“不许看，爬，再爬！”

……

易飒睁开眼睛。

那些息壤还在，最近的，几乎触到了她的睫尖，但都僵在了半空里，像时间的钟表突然停摆，一切终止在了瞬间。

绳子还在下放，宗杭在上头歇斯底里地大叫：“易飒，抓住绳子，绳子快到水下了！”

直到这个时候，无限逼近死亡的寒凉才遍及全身，易飒控制不住，身子筛子一样抖起来，她试探着往后，那些息壤没动，又往后，还没动，她这才如梦初醒，猛一回身，拼了命地扑打着水花，朝着垂绳的地方游去。

游到一半，忽然又止住，回头去看。

那些息壤在动了，但不是攻击，像是有些要攻击，而有些在牵制，互相抗衡着，越绕越乱。

像是有道闪电骤然在脑际划过，易飒突然浑身一震，大叫：“盘岭叔，是你吗？”

没人回答。

她看不到，在那偌大的、死寂的肉山之上，丁盘岭已经整个儿趴伏着浸入了祖牌融就的池中，也不知道这么浸了多久了。

他四肢大展，无声无息，只脑子死死抵住了祖牌的边沿，浸没在黑棕色液体深处的脸上，尚存着一丝微笑。

【30】

这种息壤互相牵制的局面也不知道会持续多久，很难说下一秒会不会破局——易飒不敢停留，重又拼尽全力往悬绳处过去，刚一抓住，就拿绳端在腰上绕绑了一圈，想继续沿着绳子往上爬，哪知一来没力气，二来绳子溜滑，只好作罢。

她这里安全，上头的几个也终于没了牵挂，集中精神竭尽全力，试图从洞壁绕上顶边，但这难度实在让人崩溃，尤其是穹顶那一段——人又不是壁虎，哪能吸住呢？

易飒看了几秒，忽然反应过来，暗骂自己犯蠢了：现在有绳子了，哪还用得着艰难攀爬？她在最底下，活动最自如，只要把长绳牵近山壁，让他们挨个抓住不就行了吗？

她即想即做，等到一干人如同结绳记事的结扣般都挂在了长绳上时，易飒低头看了眼时间。

距离下一个整点，亦即凌晨五点，还有两分钟。

两分钟，像两个世纪那么长，绳子死了般挂垂，息壤那头却激烈纷扰，易飒的指甲抠进绳索的织丝间，目光透过息壤结成的丛林，再次落在那座庞大却消寂的肉山之上。

她差不多想明白了。

——最后一眼看到丁盘岭，他站在最高处的边缘，也就是说，他连黏膜室都没下。

——最高处，只有祖牌，而息壤又是受祖牌控制的。

现下息壤的情形那么奇怪，只能说明一件事。

丁盘岭在全力干扰祖牌。

想想也合理：祖牌这种“生物”，没手没脚，不言不语，更类似一种精神力量，水鬼们在水下锁开金汤时易被控制，是因为他们从不设防，甚至虔诚期待这种“奇迹”的发生。

但就在一两个小时之前，丁盘岭已经试着成功摆脱过一次祖牌的支配了，也许这忽然给了他一个大胆的想法：既然祖牌水火不进、刀枪不破，与人唯一的“交流”

方式是通过大脑，那可不可以立足这个战场，变被动为主动，去反干扰、反控制呢？

他应该是觉得可行，所以在那一瞬间，才突然情绪激动、额上生汗，但他不确定能否成功，也知道这个想法说出来，易飒他们会反对、规劝，所以索性一字不提，只反复强调让他们赶紧逃，“即便死，也该死在求生的路上”——总好过坐以待毙。

目前来看，应该是起作用了。

但能成功吗？能撑过这两分钟吗？能撑到他们顺利到达地面吗？地面上又是谁？这绳子会往上动吗？会不会只是被风吹落、恶作剧似的送了他们一场空欢喜？

易飒脑子里有无数问号，也头一次有了听天由命的感觉：生死、前路，在这一瞬间全不由她掌握，只能寄希望于冥冥中的大能。

绳子缓缓牵动了。

易飒只觉得自己的呼吸都停了，看粼粼的水面距离足底越来越远，看那片乱藤般牵绕的息壤始终在那一处起伏，然后视野忽然收窄，如坐井观天的蛙，只能看到触手可及、冰凉潮湿的洞壁……

再后来，她脑子完全空了，什么都不想，只疲惫地拿额头抵住绳索，其他人也一样，没人说话，都安静地、上下错落伏于绳上，晃晃悠悠，一点一点地往上。

不积跬步，无以至千里，尽管不是自己的脚在走，易飒还是觉得，这真是一生中最艰难的一次长途跋涉了。

快接近洞口时，最上头的宗杭像是忽然被什么打到，惊讶地抬头，又抹了下脸，大声叫了句：“下雪了哎！”

是下雪了，很大片，很原始，也很纯净的那种雪花，飘飘悠悠，只有少数飘了进来。

易飒把微蜷着的手伸出去，看到有一片在她手背栖落，又很快在视线的凝注里化成了水。

宗杭第一个升到洞口，拿手扒住了洞沿探身出来，一瞥眼看到丁碛在吊机后头，还没顾得上跟他说话，丁玉蝶也到了，易云巧在下头招呼他：“那个谁……小伙子，他腿上没力气，你拉一下。”

她还不大能记得住宗杭的名字。

宗杭赶紧跪伏到洞边，拽住丁玉蝶把他拉上来，丁玉蝶也是累惨了，一上来就趴倒在地上，拿脸去蹭冰凉的雪地，要不是知道不现实，真想即刻、现在、马上就闭上眼，睡他个三天三夜。

易云巧不需要宗杭帮，自己撑上来了，宗杭又探身去等易飒，她本来就距离他们有段距离，上来也迟——宗杭终于看到她，忍不住就笑了，隔着老远就伸下胳膊去。

刚握到她的手，身旁的易云巧一声尖叫，吓得宗杭浑身打了个激灵，不过也就势一提，把易飒给拽上来了。

丁玉蝶莫名其妙，茫然抬头，易飒还没站定就问易云巧："云巧姑姑，你怎么啦？"

易云巧呼吸急促，嘴唇发白，过了会儿才抬起颤抖的手，示意了一下吊机后头站着的丁碛。

宗杭循向看过去，陡然打了个寒战。

这儿灯光昏暗，看不大清人的脸，更何况丁碛身上早披了层雪花，他脑袋抵在吊机杆上，所以始终保持着平视的姿势，连眉上、唇上、颧骨上，乃至半睁着眼皮的睫毛上，都松垮细碎地积了些雪，右手的食指伸出，依然摁在代表上拽的那个按钮上。

宗杭这才想起来，从上来开始，丁碛好像就没说过话，也没动过。

气氛一时胶着，没人说话，耳边只余簌簌风雪声，过了会儿，易飒走上前去，伸手在他脸上一抹，抹掉那些碎雪，又伸指探到丁碛鼻子下头——虽然私心里，她觉得这样已经是多此一举了。

然后转头看向几人，说了句："死了。"

死了？易云巧脊背一紧，已经抽了乌鬼匕首在手，厉声吩咐宗杭："你先看着小蝴蝶。"

说完拉开就近的一辆车门，把车灯都打开，然后神色戒备，慢慢往四周探看。

易飒则仔细看丁碛，先看到他身下有血，腰腹间还有一截纱布被风吹摆着，又看到腰间和吊机缠绕在一起的绳子，脑子里已经有了大致的推论，她蹲下身子，把丁碛的身体推开些，看他胸腹上的伤。

就在这个时候，不远处的易云巧大叫："丁长盛！丁长盛在这儿！"

丁长盛？

易飒心头一突：怎么他不在底下那堆被烧得焦黑的、抑或奇形怪状的人里吗？

她快步过去，宗杭也想跟过去，但又要顾着丁玉蝶，只得守在原地探头张望，脖子恨不得伸得比鹅还长，丁玉蝶也好奇，又不想老在地窟洞口趴着，生怕一根息壤上来就把他给卷拽下去了，于是拽了拽宗杭的裤脚，示意帮忙把他架过去。

赶到的时候，易飒已经拿匕首破开了丁长盛的衣服，两边撕扒开，露出死白色的皮肤，肋骨历历。

她拿手摁住丁长盛的肋下一处，又抬起："我记得，我在下头给他包扎过伤口，这里应该有个致命伤，现在没了。还有这把匕首……"

她边说边把一侧还亮着的营地灯挪了个角度以方便视物，低头去看乌鬼匕首柄上的刻字——三姓的人，乌鬼匕首的形制都是一样的，为了方便区分，一般会在柄上刻上名字。

“匕首是丁长盛的，丁碛身上有三处捅伤，应该就是这把匕首捅的。”

事情差不多清晰了，易云巧看向地上那一道长长的、血色已经被落雪遮盖得不太明显的爬挪痕迹：“也就是说，丁长盛在下头异变了，还赶上了一次吊绳回拽，但我们都没察觉。他上来之后，想杀了丁碛，反被丁碛给杀了……”

易飒接口：“但是丁碛也受了致命伤，然后他爬到了吊机那，又把吊绳给放了下去，最后一次……整点回拽？”

说到后来，语气有点难以置信。

丁碛的弥留之际、最后时刻，做的是这件事？他救的他们？

她转头看向丁碛的方向，不只是她，所有人都转头去看。

他还站着，半因绑绳助力，半因肢体僵硬，肩胛微耸，额头略低——不知道是不是错觉，宗杭总觉得，看起来怪玩世不恭的，很符合丁碛那一贯的欠揍模样。

因为车灯都打开了，那一片特别亮，光里的雪花也尤其清晰，像是绕着他纷乱舞摆，每一片雪花都灵动，唯独他死滞、僵硬、悄无声息。

宗杭看得怔怔的。

他曾经自作聪明地拿话术去劝说丁碛。

——你要立功。

——你要救易飒，让她感激你。

——以后，说不定三姓都会供着你捧着你呢。

丁碛为了那个心心念念的活路，当然会出力，还会狠狠出力的。

但为什么，他都快死了，还要拼着最后一口气，做下这样一件事呢？

宗杭觉得，自己可能一辈子都想不明白丁碛这个人了。

因着怕再一次出现人被拖进地里的情形，几个人都不敢在地上待，粗制了几个火把，裹着睡袋大衣，爬进了那辆辎重大车的后斗里，只每隔半个小时下去一趟，再操作一次轮滑吊机，怀揣一个微小的希望——也许哪一次，丁盘岭就会重新上来呢？

没人睡觉，连交谈都很少，每个人都高度戒备，或盯着那个黑魆魆的洞口，或盯着被积雪盖严的地面，生怕某一个交睫，就有蹿升的息壤悍然扬起，把噩梦从地下带到地上。

然而没有，期待和恐惧的场景都没有出现。

除了风雪声，周遭再无异样。

天微微亮时，在四个人、八只眼睛的见证下，那洞口缓缓合上，像老迈的人艰难地关上房门。

仔细看的话，那一片的雪都呈螺旋状，跟四周不一样。

丁玉蝶喃喃说了句："你们说，盘岭叔现在怎么样了呢？"

按理说，应该尽快跟三姓的大后方取得联系。

但一来现在信号不通，二来大家又都累了，易云巧很快做了安排：先睡觉，各项准备工作做充足，休息好了之后，丁玉蝶几个开车出去联系，她留在这儿等后援——这儿这么多车、这么多帐篷，都丢了会惹人怀疑，再说了，还有尸体在，得有人看管着。

几人就在一顶大帐中打地铺休息，宗杭还想跟易飒说会儿话，哪知头挨到地就睡着了，没有做梦，只记得易飒就睡在他身侧，合着眼睛，长长的睫毛披覆下来，像数不尽的绵密心事。

这一觉，足足睡了一天一夜。

易飒以为自己第一个醒，哪知翻身起来之后，发现易云巧的睡袋已经空了，掀开门帘出去，远远地看到她好像在铲雪堆，走近了才看清，她在堆雪棺。

易云巧跟她解释："尸体得保存好了，幸好老天帮忙，雪大，方便弄。"

易飒忽然想起在地窟时，她那句"给我吧，你还年轻，我年纪比你大"，忍不住盯着她看。

易云巧察觉了："看什么？"

易飒说："你头发都不卷了。"

她一直以为，易云巧是自来卷，现在才发现，其实都是发卷的功劳——这一日夜，浸了水，又没发卷的加持，头发都披下来了，跟往日的感觉尤其不同。

易云巧说："是哦。"

边说边拿手去抹头发："哎哟，不卷都不时髦了。"

易飒笑，笑着笑着，说了句："云巧姑姑，你真疼我呢。"

易云巧愣了一下，很快就反应过来她在说什么："哎哟，这不是人之常情吗，你那么小，就没了家里人，又跟我一样姓易，能不多疼你吗？你说我这年纪，都能当你妈了，比你多活了大半辈子，知足了，那种情况，能让你个小辈冲在前头吗？也说不过去啊……"

说到这儿，忽然咂摸出点味儿来了："你什么意思？你当我一直假疼你呢？"

易飒咯咯笑起来，边笑边往后退："休息得差不多了，我去把那两个懒猪叫起来。"

她退了两步，转过身子往回走。

太阳升起来了，雪地上溜着金光，一片灿然。

易飒觉得，眼睛里有点湿湿的。

三个人，一台车，只丁玉蝶开车，因为宗杭不会，易飒虽然不会，但表示自己"可以开""鼓捣几下就会了，应该跟开摩托车差不多，丁玉蝶一听就不指望她了。

他开了导航，一路往格尔木的方向疾驰，窗外的景色从荒芜到渐有人烟，宗杭先看到几头耐寒的牦牛，背上还披着雪，像搭了块雪白毯子，又看到几顶毡帐，有的冒腾腾白烟，有牧民拎了铁桶出来盛雪化水，看到车过，热情地扬起手臂朝车子挥舞。

尽管对方看不见，宗杭还是在车里起劲地挥着手，易飒坐在一边，脑袋倚着车窗，微笑着看宗杭，觉得任何时候，他心里都住了个小孩儿，水晶小孩儿，纯粹干净又可爱。

车子又绕过一个山坳，丁玉蝶的手机跟万响的鞭炮开炸似的，噼里啪啦，短信消息、电话，一个接着一个，估计都是这两天因着信号不通被延迟的。

丁玉蝶闷声说了句："有信号了。"

他停了车，主要为打电话联系三姓，也顺便休息。

易飒从车后厢里拎出一大袋零食干粮，和宗杭边挑拣边拆袋，都已经吃完一轮了，丁玉蝶那头还没忙完，这"内定"的接班人，忽然有模有样，就这么忙起来了。

易飒眯着眼睛，嗑着片饼干盯着他看：丁玉蝶刚挂了一个电话，神色有点茫然，然后朝这头走了几步，冲她招手："飒飒，你过来一下。"

易飒嗯了一声，推开门下车，宗杭其实没预备跟着，只是下意识向外欠了欠身，想看看发生了什么事，丁玉蝶就气势汹汹冲着他嚷："没叫你！这是三姓自己的事！"

共同经历了那么多，都到这份儿上了，还拿他当外人呢，宗杭怼回去："小气吧啦的，我不稀罕听！"

易飒忍住笑，问丁玉蝶："什么事儿啊？"

丁玉蝶瞥了眼宗杭，把她拉远些，又拉远些："我来的时候，住格尔木一家大酒店，后来宗杭找到我，我就跟他住了一间。"

这话没头没脑的，也没重点，易飒蹙起眉头，觉得丁玉蝶要想接班，还真得历练历练："然后呢？"

“宗杭从那家酒店里，给他家里人打了电话，他爸已经找过去了，调了监控，也知道住那间客房的是我，拿到了我的联系方式，前两天我们不是信号不通吗，他找不到我，已经把我亲戚朋友盘问了个遍。”

懂了，易飒的目光落在丁玉蝶的手机上：“那刚那个电话……”

“宗杭的爸爸打的。”

“你怎么回的？”

“我不太了解情况，让他稍等，说马上回给他。”

易飒深深嘘了口气，然后把手心摊向他：“给我吧，我来回。”

她接过手机，点开最后一个通话记录，回拨。

等接通的当儿，忍不住环视四周。

三江源真大，那头披霜盖雪，这儿却毫无迹象，甚至有葱翠绿意，远山之上是湛蓝天幕，其上流云冉冉。

也是时候，送宗杭回家了。

【31】

夕阳西下时分，到达南距格尔木160公里处的昆仑山垭口。

这是青藏公路上的一大关隘，业已成了旅游景点，有自驾游的客人行经此处，势必要停车和山口标记碑合影留念的——只是今儿却清静，天公有心作美：披覆着银灰色雪盖的千万山头莽莽苍苍，都浸在柔和日光里。

易飒招呼宗杭：“腰都坐酸了，下来走走。”

宗杭也是这个感觉，第一个跳下车，又是伸懒腰又是做大转体，无意间一瞥眼，才发现丁玉蝶压根没下来，而易飒弯着腰，正从一个拎包里抽出那本软面册子。

宗杭心里一顿，知道她应该是想跟自己说事情，于是接下来都听她的：她说走远些景色更好看，他就跟着往远处走；她说高处视野更通透，他就跟着她爬上最高的那个土坡。

土坡上有风，不大，地面上爬很短的黄褐色植被，宗杭也不认识是什么。

易飒攥着那本册子，觉得话都好说，但开场难。

好在宗杭给她解了围：“其实我都知道了。”

知道了？

易飒反奇怪了：“你知道什么了？”

宗杭指了指那本软面册子。

“怎么知道的？”

“丁玉蝶刚到营地的那个晚上，不是拉着你说了大半天话吗？”宗杭有点不好意思，吞吞吐吐，“就是……那个时候。”

怪不得呢，易飒乜斜了他一眼：“你倒是越来越会动脑子了。”

宗杭权当这是在夸他，还谦虚了一把：“一点点吧。”

易飒咯咯笑起来。

她把本子扔在地上当坐垫，一屁股坐下去，又拍拍身边的地：“你坐这。”

宗杭坐下去，手臂圈挽住膝盖，和她并肩看对面山顶的云团被天上的风推涌。

过了会儿，易飒说：“我过几年就要死了。”

语调平静，好像说的不是生死，而是下个月要去哪儿玩。

宗杭说：“不会的，我们还可以想办法。”

易飒没吭声，那些重症病人，抑或走到绝路的人，总会接收到无数类似的善意安慰，诸如“没事的，会好起来的”“天无绝人之路，会有办法的”，听听就好，不用太当真。

她看向宗杭，并不瞒他：“你也会有同样的问题，不过还好，盘岭叔说，你至少还有个二三十年，或者更长。”

她看着宗杭笑：“所以，你也不用太灰心。二三十年，几乎是整个人生了，不耽误你追漂亮姑娘、结婚、生孩子，你要是动作快效率高的话，说不定能看到你的儿子娶媳妇呢。”

说什么胡话，宗杭狠狠瞪了易飒一眼。

易飒不当回事：“哟，还瞪我呢。”

宗杭心一横，像是要跟人吵架：“但是我喜欢你啊。”

易飒哦了一声：“喜欢又怎么样呢？你要追我吗？娶我吗？然后过两年给我办丧事吗？你还有那么长的日子怎么过呢？你爸妈又会怎么想呢？你都没想过吧？”

宗杭一时语塞，心头有点空空的，像是这坡上的风，都变着法儿从他前胸后背的孔隙中透了过去：他确实还没想过那么多。

易飒笑：“难怪人家老说，男孩子就是要晚熟点，宗杭，你现在只知道‘喜欢’，但你不知道‘喜欢’后头，还牵扯着很多很多事呢，你都没想清楚。我有时候看你，跟个孩子似的……”

她想了一下，说他：“嗯，不成熟。”

宗杭急了：“谁说的？我挺成熟的……”

说到一半，自己悔不迭的，恨不得把话给吞回去：哪有人梗着脖子标榜自己

"成熟"的？这不欲盖弥彰吗？

但是，易飒就很成熟吗？她还不是跟他一样，就爱在他面前扮老成。

易飒看他发急，真想拿手摸摸他脑袋，那个半边头发差不多被燎没了的脑袋。

她手指微屈了一下，还是缩了回来，顿了顿才柔声说："可以了，宗杭，你已经帮了我们很多了，真的该回家去了。"

就知道她会提这茬。

"那盘岭叔呢？他还没下落呢。"

易飒平心静气："盘岭叔已经指定了丁玉蝶接他的班，后续再有事，自然会有三姓、有丁玉蝶去安排。但你，宗杭，你还有父母等着你，你跟我们不一样，你不可以随随便便去冒险，这次是幸运，但人不可能每次都幸运。我在地窟的时候就下了决心：要是能出去，我一定把你送走，不肯走的话，捆也得拿绳子捆走。"

宗杭沉默了会儿，眼睛有点发涩，好一会儿才很固执地看她："所以你把我叫下来，是在跟我告别吗？"

易飒说："对，就是，你能明白就好。"

"是什么样的告别？过一阵子再见的那种，还是再也不见的？"

他觉得怎么着都不该是后一种，但话说出来，越看易飒的表情越觉得心里没底，末了忽然反应过来：她要的就是这种的！

宗杭脑子里嗡嗡的，大叫："我不同意！你有必要吗？有必要这样吗？"

他可以先回家去休养，让父母放心，过一阵子再去找她啊，她怕他有危险，至多三姓再有冒险的事，他再也不提跟去的话了——出什么了不得的事了，连面都不让见了。

易飒却只是笑，眸光越发柔和："宗杭，你知道吗，来的路上，我做了个梦，梦里，还打了你了。"

宗杭赌着气不想听，但她还是说了。

说起鸡蛋花树下，说起他因为嗅到难闻的异味而四处找寻，而她因为害怕自己被看到，拿着树枝劈头盖脸打他。

"我想好了，如果事情注定这样发展，那我不需要任何人陪，也不要人照顾，更不想让你来送我这一程，我不愿意人家看到我丑陋破落的样子，我只想一个人清静待着。"

宗杭想说什么，还没开口就被易飒打断了："你说服不了我的，你从来也说不过我，我心意很坚决，就是这样。"

宗杭沉默了会儿，说了句："一定要一个人去熬吗？"

易飒叹气，说："你们可真奇怪。"

她喃喃："小时候，哪怕是失去了所有的家人，我也从来不觉得自己可怜，反而是周围的大人，一见到我就长吁短叹的，红着眼圈说我命苦。

"现在你也是，一定是觉得我在苦熬。我不觉得是熬，我只觉得我愿意这样，宗杭，你配合一下，让我去做我自己愿意做的事，不要找我了，前头还有不错的人生在等着你，你跨出一步就行。"

前头？

宗杭茫然地抬头看去，看到盘山公路上，一条长长的车队正蜿蜒而来。

他还以为是过路的车队，但易飒站起身来，一直目视着那列车队越来越近。

宗杭有点不安，也跟着站了起来，那列车队好像是冲着他们来的，也看到他们了，正逐渐减速。

头车停在了土坡下。

易飒低声说了句："宗杭，你要记住我的话，你还有一整个人生呢，向前走，过去的能忘掉就忘掉吧。你去爱最好的人，过最想要的生活，你这么好，就应该得到最好的……"

宗杭还没来得及回答，头车的车门打开，一个穿厚羽绒服的女人几乎是跌撞着冲下车来，仰头往上看了一眼，带着哭腔嘶哑着嗓子大叫："杭杭？"

是童虹！

宗杭周身的血一下子涌到了颅顶，愣愣看着童虹往山坡上头冲，然后不知道因为高反还是脚下不稳，身子趔趄了一下——他这才反应过来，瞬间红了眼，迎着童虹奔了下去。

更多的人从车上下来了，有宗必胜、有他这分公司的同事，有警察，还有扛着摄像机的，激动得闹闹哄哄，潮水般把抱在一起的宗杭和童虹围在了中间。

易飒含着泪笑起来。

她弯腰捡起那本册子，转身往下走。

头一次觉得，山真的有阴面阳面，那一面一定是阳面，喧嚣、热闹。

而这一面是阴面，安静、冷清，只坡底下有一辆车在等她。

易飒打开车门坐进去，对丁玉蝶说了句："走吧。"

丁玉蝶嘟囔了句："就这样把他扔下啦？女人还真是心狠呢。"

是的，他说的是"女人"，并不特指易飒：在地窟时他就发现了，不管是易云巧还是易飒，狠起来一点都不含糊，反而是他和宗杭，犹豫着不能立刻下定决心。

女人还真是心狠呢，有时候，比男人还更杀伐决断。

他慢慢发动车子，绕过土坡、绕过土坡上沸反盈天的人群，也绕过土坡下错落停着的各色车辆，向着漫长而又孤寂的公路驶去。

易飒没有回头。

告别就该这样，别拖拉，连目光的牵黏都不要有，不然，就永远也告别不了了。

她不知道，土坡上的宗杭忽然抬起头，没去管杂乱的询问，也没去管那些恼人的几乎伸到脸前的镜头——只是一直盯着他们这辆车，一路目送，直到再也看不见了。

易飒一上车就合上了眼睛。

并无十足睡意，但就是想睡，想关闭五感，不看不听不想，还自己一片虚无的宁静。

模糊中，听见丁玉蝶叫她："飒飒？"

"嗯？"

"盘岭叔真的让我接班？让我主持后头的事情？"

"嗯。"

"我怕我不行啊，"丁玉蝶一贯的过分自信和优越感也不知道跑到哪儿去了，"我觉得我没什么经验，这么大的事，万一我给搞砸了……"

易飒喃喃说了句："盘岭叔说了，此刻不代表日后，过去也不等于未来。"

丁玉蝶没听明白："哈？"

易飒没再回答他。

没有什么不行的。

丁盘岭说，人有无限可能性。

就像第一次见宗杭时，她以为这样单纯不设防的人物，没法在她的世界里活下去，但他居然陪着她经历重重凶险，咬牙挨到了最后。

就像她一直觉得，丁碛是个王八蛋，死不足惜，但他的以死谢幕，却成了一干人逃出生天的关键，让她至今都有些迷茫，不知道该对他的死持何种态度。

人有无限可能性，不以过去定未来，不以此刻断日后。

所以，没什么不行的。

也许，事情的最后收尾，就是在丁玉蝶手上呢？

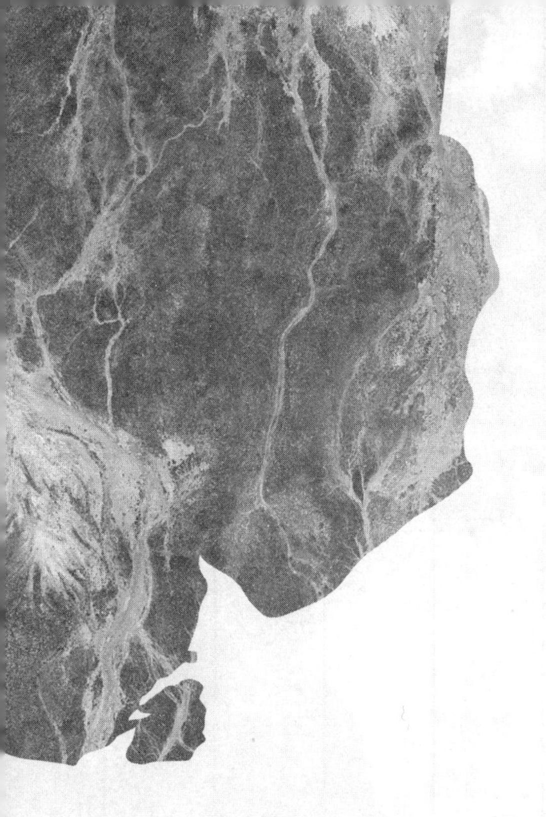

【番外】

它们成功了吗？
不知道，故事还没完结。

【01】

一年后。

昆明长水机场。

离起飞时间还有很久，宗杭悠闲地四处溜达，溜达到末了才发现了一家很有名的过桥米线，犹豫再三，觉得时间虽然紧紧巴巴，但如同海绵里的水一样，还可以挤一挤。

只这一念之间，于是飞快地坐进去，边看表边等来了大小碟盏、大碗油汤，他依照服务员的吩咐，先放荤后加素，一样一样，拼命搅拌，时间就在这等待和搅拌里疾走——最后也顾不上细品了，忍着烫吸溜着一口一口，连手机上一条一条进来的微信消息都顾不上看。

吃完了，腹内鼓鼓，一路狂奔，好在运气不错，赶到登机口的时候，飞暹粒的航班刚刚开始排队。

宗杭老老实实站到队尾，这才有时间查看消息。

消息都来自“相亲相爱一家人”的群。

开始的几条都是童虹发的，是一连几个动画表情，有撸起袖子秀肌肉的，有小人拼命打鼓打 call 的，文字有两条，第一条是“快起飞了吧”，第二条是“杭杭加油”。

第二条下面又连了个掌声雷动的动画表情，总之是一派振奋一派喜悦。

下面就画风突变了。

因为是宗必胜发的。

先是一张鄙视脸，配文说：垃圾。

随着队伍往前挪的宗杭没好气翻了个白眼。

再往下看，那口气，那优越感，就差溢出屏幕占领机场了。

“当年我追你妈，速战速决。不同意也继续，给她送肉包子、桂花糖，下雨天打伞接送，多晚下班都骑自行车接，后座怕她硌，还包了块软皮子，一个月，轻松搞定。

“什么儿子，桥头捡的吧，我的优点一点也没继承到，喜欢个人也磨磨叽叽的，还长那么白！”

宗杭气结。

又 diss 他白，白也错了？

前一阵子，宗必胜工厂里有一处造新楼，他陪着去了，哪知宗必胜看着搬砖的工人一通羡慕，当场就嫌弃他：“你看看人家，那肌肉壮实的，那肤色，黑里透亮，多男人，你要是能长这样，说不定飒飒哭着喊着倒追你呢。”

宗杭可不觉得，论黑里透亮，谁比得上乌鬼啊，也没见易飒追它。

检票、查验身份，舒舒服服坐进机舱，正关机的时候，又一条消息进来了。

好像是井袖发的，问他出发了没有，但是他手太快，还没来得及仔细看，手机已经黑屏了。

昆明飞暹粒，飞行时间还是两个半小时，没见提速——一年了，很多事天翻地覆，也有很多事依然如故，不紧不慢贴合着老辙子走。

顺利落地，宗杭推着行李往出口处走，接机口照旧挤挤攘攘，阿帕怀里搂一大束鲜花，肩扛一块接机牌，比当年的那块更大更花哨，没看错的话，“宗杭”那两个字，还用粉色的塑料假水钻镶了边，那感觉，非常一言难尽。

一见到宗杭，阿帕喜不自禁，大叫：“小少爷！”

一边叫一边扛着接机牌往前跑，硕大的接机牌如芭蕉扇，呼呼生风。

两人顿成全场焦点。

宗杭赶紧接过花，用以遮脸，从花草叶间看阿帕：“可以了可以了，别被人认出来……龙宋也来了？”

“来了，在外头车里呢，这次，他还是你的 mentor。”

龙宋坐在别克商务车里等宗杭。

原本，他已经打定了主意，这次当门拖，一定要严肃、严厉、严格：上次，就是因为自己对大老板的儿子太过讨好和迁就，才导致发生了那么大的事。

好在一场虚惊，但前事不忘后事之师，这一次，他说什么都要……

正想着，忽然瞥见不远处走来的宗杭。

龙宋登时就把一切都忘了，激动地跳下车子迎上去，说话都有点语无伦次：“宗杭，你……一切都好吧？哎哟，真不错，真不错！”

边说边使劲拍了拍他肩膀。

真不错，身子骨好像都结实了。

一年前，宗必胜通知他宗杭已经安全回家的时候，他还以为自己在做梦呢，及至后来跟宗杭通了电话，才知道消息确凿，现在这大活人站在眼前，感受又是不同：一忽儿觉得他跟去年有些不一样了，一忽儿又觉得，他笑起来眼角眉梢弯弯的，还是那股拂不去的孩子气。

千言万语，一时间说不出来，只能反复念叨三个字。

真不错。

宗杭看着他笑，忽然退后两步，恭恭敬敬给他鞠了个躬，说：“对不起啊，龙哥，上次给您添麻烦了。”

他听宗必胜说了，龙宋为了他的事，还引咎辞职了一段时间。

见宗杭这么正式，龙宋反不好意思起来：“没事没事，你爸给我们都涨工资了，也算皆大欢喜吧……走，回去聊。”

还是阿帕开车，龙宋坐了副驾，宗杭一个人钻进后座，一瞥眼就看到手边几份报纸，上头的照片赫然就是他自己。

宗杭奇道：“这么久了，还在骂我呢？”

阿帕一边发动车子一边说了句：“不是，那是旧报纸，不是你说你想看看自己怎么被骂的吗？我就给你存了几份。”

这样啊，宗杭拿起来看，一共好几份，果然是一年前的，有的是柬埔寨语的，看不懂，有的是中文的，大标题里都满溢愤怒。

——惊天失踪案告破，一切竟是闹剧？

即便知道事情已经掀过去了，在白纸黑字的诘问面前，宗杭还是止不住头皮发麻。

易飒说得没错，一件事情之后，往往还牵连许多别的事，就如同他以为，回家就可以了，哪知道回家之后，还有那么多后续。

被问得最多的就是，到底发生什么了？这几个月，你去哪了？

宗杭反复思量之后，将所有事情归咎于自己一身。

新闻上很快爆出：没有绑架，也没有幕后黑手，这就是个跟父亲长期不和的脑残富二代，借着独自一人在海外的机会，故意玩了一出失踪的戏码，放飞自我，和被家长控制的生活 say no，玩了许多心跳的、平日里不敢玩的，还违法偷渡了一把。

插句题外话，因着宗杭的积极配合和主动画图示意，那条偷渡的小路立马被封了。

这新闻一出，哪还有不被骂的？还是国内国外两头遭骂，那一阵子，宗杭连门都不敢出，童虹和宗必胜也接到了不少朋友的劝慰电话，让他们"放平心态""养儿子就是这样，别说二十多了，三十都未必成人呢"。

好在新闻新闻，一旧就不成闻，一年三百六十五天，总有更加惊世骇俗的后来者站上新的制高点，如左一桶右一桶的洗地水，把他留在大众心目中的印记冲刷得越来越淡。

就如同这几份旧报纸，不是有心人翻出来的话，早随着撕去的日历一起走了。

龙宋忽然想起了什么："哦，对了，前几天的报纸我也给你留了，上头有老朋友，你一定感兴趣。"

边说边从仪表台下方的储物盒里拿出一份叠好的想递出去，递到一半，蓦地想起了什么，拿报纸猛敲自己脑袋："错了错了，这份不是华文的，你看不懂。"

宗杭接过来："看不懂你给我解释下就行了，什么老朋友啊……"

他展开报纸。

上头也有大幅的人物照，是个花白头发、溜肩塌背的老头，正畏缩地坐在一条快艇上，身边站着个荷枪实弹的警察，大背景是熊熊燃烧的船屋。

宗杭没认出来："这谁啊？"

话一出，龙宋还好，开车的阿帕忍不住愤愤："小少爷，你这人真是好了伤疤忘了痛，你忘记去年你是怎么挨打的了？手指都折了一根，养了接近一个月的伤呢。"

挨打？

宗杭目瞪口呆，唰地又把报纸给举起来，惊得说话都结巴了："那个……马，马老头？"

他快把这人给忘了，记得最后一次见到，这姓马的还被关在毒贩子素猜那呢。

龙宋点头："就是他，先前我们看到报纸了，但没认出来，后来很多人聊这事，说是叫'马跃飞'，我一听这名字可真耳熟，再一想，可不就是害你挨打的那人嘛！"

真个世事如棋局局新，马跃飞，居然在这满是外文的报纸上看到了。

宗杭一颗心怦怦跳，可惜配文看不懂，只好抓住龙宋问："他怎么了啊？"

龙宋笑："我就知道你对这事感兴趣，所以特意找了个在警局的朋友打听。

"说是这个马跃飞，跟素猜一直有仇，好像是他女儿偷了素猜的货跑了，素猜就抓了他，想逼他女儿现身。”

嗯，八九不离十，看来这警局的朋友挺靠谱，不是满嘴跑火车的。

“谁知道他女儿一直没出现，老关着他也不是个事，杀了浪费，卖了又没人要，所以就用上了，你懂吧，最苦最累的事儿都他干，人人都能打骂的那种。这老头闷头不吭声的，逆来顺受，干活也老实，日子久了，素猜他们也习惯了，就没那么警惕了。”

宗杭居然听得无端紧张：“然后呢？”

以他对马老头的了解，这人绝不是逆来顺受的性格。

“哪知道这马老头，一直存着心思，就等机会呢，素猜上两个月发展了个大卖家，初接触，双方本来就紧张，他在中间不知道搞了些什么，两边起了冲突，警察也收到了电话……一下子端掉了两个大毒枭，大事件，新闻足足报了一周。”

宗杭愣了好大一会儿。

那个在机场为了省钱请他填申请表、为了自己脱身害他挨一顿臭揍的老头，一个人搞了这么大事？

龙宋像是看出了他的疑惑：“我们也都猜是不是有人帮他，但他说了，就是他搞的，没别人。”

又见到了熟悉的吴哥大酒店的门脸。

今儿客人不多，大堂有点冷清，有几个浓妆艳抹的年轻女人正急匆匆穿堂而过，宗杭看了眼龙宋：“咱们酒店，现在还有这种服务呢？”

龙宋纠正他：“这不是我们酒店的，外头的，全暹粒都这样，我们跳出来说不行，这不自己往自己身上找事嘛。”

说完了递房卡给他：“喏，还是上次那间，我送你上去？”

宗杭摇头：“你忙吧，好久没来了，我慢慢逛着上去。”

他把房卡揣进兜里，在酒店走了一圈，先还有些忐忑，怕某些看过新闻的人认出他就是那个玩失踪的脑残，过了会儿就知道自己是杞人忧天了——这世界，各人忙各人的、想各人的、操心各人的，谁顾得上他啊。

经过一根廊柱时，看到有个穿明黄色撒碎花大长裙的女人倚着柱子打电话，未近前已然香风扑面，宗杭猜到她是干什么的了，加快脚步从她身边过去。

但她愤愤的说话声却仍不断飘过来——

“知道了，我今天还有三个活呢，要跑好几个店，客人又小气，挣得还不如车费。”

“妈的，你以为我是井袖呢，挂了挂了。”

井袖？

宗杭猝然止步，回头去看。

那女人刚挂了电话，一抬头就看到宗杭，第一反应是着恼，大概不喜欢人从旁探听。

但看到宗杭人年轻，皮相又讨喜，登时觉得是个机会，立马换了张笑脸：“先生，要按摩吗？”

宗杭答非所问：“你认识井袖？”

“谁不认识她啊，”那女人好奇地打量他，“你是她……客人？”

“不是不是，”宗杭有点尴尬，“就是我有个朋友，之前跟她挺好的，还托我打听她……”

那女人打断他：“打听什么啊，人家早不做了，金轱辘车接上岸啦。”

“她去哪了啊？”

那女人睥睨着看他，宗杭一下子反应过来，赶紧掏出钱包。

幸好来之前换了些美金，他先抽了张十美刀，犹豫着是不是太少，于是改抽了张二十的。

那女人应该挺满意的，一把拽了过去，绕着纤细的食指裹了一圈又一圈。

再开口时，口气和眼神都极艳羡。

“她运气特别好，去年吧，听说跟着一个客人走了。

“都说她傻气，这种客人，怎么可能跟你来真的呢，是吧？

“谁知道，她就是有这个福气，娶没娶不晓得，但听说，那男的给了她一套房子，还有好几百万呢。

“我天，你说这是上辈子做了什么好事啊，我跟你说，她都成我们榜样了，大家睁大了眼看，谁会是下一个井袖。”

……

宗杭笑。

笑着笑着，思绪又回去了。

回到了太原，丁玉蝶家里。

丁玉蝶给他看拷进电脑上的视频，说是丁碛的最后影像。

其实连脸都看不见，角度不对，只能看见小腹以下，光线的关系，往下滴的血都好像是黑色的。

丁碛的声音就这样传出来。

“是不是没想到，老子临死，还干了一件人事？

“希望待会，能他妈上来一个，别浪费老子像狗一样爬这么远。”

然后就没声音了，只余风雪声和若隐若现的喘息，宗杭看丁玉蝶，丁玉蝶示意他耐心，后面还有。

果然。

“还有，你们三姓都是有钱人，估计也不在乎这个……我留下的东西，就给井袖吧，就跟她说……”

宗杭竖起了耳朵，想听他要给井袖带什么话。

但他喉音模糊，呵呵笑起来，而要带的那句话，到末了也没有说出口。

【02】

作为一个“国际”包租婆，易飒对自己各地的包租账目都门儿清，她有个小本子，租户的各项信息都记得清楚，还有一栏叫“评价”——人看人，几次下来，总有个大致定性、基础打分，比如里头有些人的评价是“老实、实在”，有些人是“木讷，死干活”，还有些人是“老赖”。

苏卡就是个彻头彻尾的老赖。

长了张极憨厚的脸，却有颗贼油滑的心，她来过这村子三次了，没收到过他的租，他的眼泪说来就来，总有大把理由：叔叔死了，手腕摔折了（说这话的时候手上真缠着纱布），被人抢劫了（还仰起脖子给她看颈上大片的擦痕）。

易飒从侧面了解到，他叔叔是死了，十多年前的事了，手腕没折，只是包了块纱布给她看的，至于脖子上的擦痕，是去金边找小姐，完事了不想给钱，跟人厮打时摔倒所致。

他是不是当她蠢？她一个要死的人了，什么妖魔鬼怪没见过，在她面前搞这套！

所以这一趟来，她把苏卡骂了个狗血淋头，骂得村里人聚在一旁围观，苏卡抱着脑袋蹲在地上，一把眼泪一把鼻涕的，嗷嗷哭。

易飒懂的高棉语其实也有限，骂着骂着还是说中文顺口，反正大家也听不懂，她想到什么骂什么。

——就你等钱用，我不等钱用吗？我也穷啊。

其实她不穷。

——人人都像你这样，赖着拖着不还钱，我将来靠什么养老？

其实她觉得自己没将来，也没“老”可养，纯粹发泄出来解气。

她是骂爽了，也骂蒙了一圈人，村里人只隐约了解是苏卡欠债，面面相觑之后，三三两两离开，又陆陆续续来，手里都拿着东西，有蜡烛、肥皂、做衣服的布、包菜，还有人家里实在窘迫，只拿得出来一把小葱。

易飒知道这儿的习惯，属于举全村之力，帮苏卡还债，但凭什么集一村老实人之力，为一个油滑混混倒贴呢，再说了，她收一堆这东西回去干吗呢，送人都送不出去。

实在没办法，易飒只好吼了句："不要了，都不要了。"

顺势上去狠踹了两脚苏卡，苏卡知道这笔账就此黄了，被踹也开心，还跟她说"Thank you"。

易飒挺丧气的，觉得自己是铩羽而归，又觉得时间宝贵，也不值得浪费在跟这种人置气上，于是转身往河边走——这一趟，她是开船来的，乌鬼正立在船舷上，气定神闲地看这场闹剧。

刚走了没两步，有几个上了年纪的村民拉着苏卡当翻译赶上她，比画了一通，苏卡的自我调节能力真不是盖的，居然已经面色如常，解释说大家挺感谢她的，想留她吃饭。

吃什么吃啊，这么个穷村子，料想吃的也难以下咽，易飒想也不想就回绝了，苏卡跟那两个人说了几句之后，继续坚持："是喜事，有外来人会更热闹，尤其你还是外国人，有你在，他们很有面子的。"

易飒随口问了句："什么喜事？"

"有人结婚呢。"

"今天？"

"就今晚。"

鬼使神差般地易飒同意了。

半是因为好奇：今晚就结婚，她居然看不出任何喜庆的痕迹。

半是因为……

她挺喜欢看人结婚的，觉得喜庆，像看人穿华美的衣裳，虽然这衣裳并不在她身上闪亮，但只看看，就已经觉得挺开心了。

晚间，气氛终于稍稍热闹，按理，柬埔寨的婚庆是要延续三天的，但因为村子穷，一切从简，所以只保留了最基本的仪式。

小孩儿爱看热闹，一个个都挤在了最前面，易飒只远远站开了看。

新郎二十来岁，个子不高，又黑又憨，背着席子、被褥，手拎盆罐，傻笑个不停——这里时兴男人“嫁”进女家，他也没什么家当，一收一裹，全在背上了。

过了会儿，新娘在鼓噪声中被请出来，举行“拴线仪式”，有点像中国的拴红线，新郎新娘都双手合十，几个老人把两三根丝线一圈圈缠绕在两人手腕上。

大概寓意着从此之后两个人就联结为一体了吧。

仪式简陋，新郎不帅，新娘也不美，器物陈设也穷酸，但易飒就是打心眼里觉得，一切都太好了。

喜宴时，新人过来敬酒，易飒才想起没给贺礼，赶紧翻出钱包，能抽的钞都给出去了，给完了又觉得自己傻：明明是来要债的，要到钱包空瘪，也是没谁了。

苏卡端了个餐盘凑到她身边，一边拿手指撮饭吃一边跟她聊天：全村就他能勉强跟她沟通，不能让客人觉得受了冷落。

聊得也应景。

苏卡：“你结婚了吗？”

易飒：“没。”

苏卡一副很关心的样子：“你也应该结婚了，我们这里，女孩子过十五岁就能结婚了。”

内心里，他觉得易飒嫁不出去了：他从来没见过比她脾气更差的女人，仿佛天生的黑脸，双方建立债务关系以来，苏卡从没见易飒对他笑过，除了冷笑。

果然，易飒又冷笑了，那表情应该是在说：关你屁事。

苏卡并不知情识趣：“那你喜欢什么样的啊，我可以给你介绍介绍。”

他介绍？就他那蛇鼠一窝的朋友圈子，能给介绍什么样的？

易飒想呛他两句，但不知道为什么，话一出口，居然真的在认真回答：“高一点的，白的。”

苏卡脸色一沉，狠瞪了她一眼，转身走了。

易飒莫名其妙，半天才反应过来，苏卡大概以为她在故意揶揄他：柬埔寨是热带国家，男女身材普遍中等，这村子又是渔村，村里人日日近水劳作，肤色大多黝黑。

她要“高的、白的”，像是存心挑衅，还带了点歧视意味。

易飒悻悻的。

难道怪她吗？她也只是说了真话而已。

晚上，易飒被请进高脚楼留宿。

房间也简陋，只一张床而已，床头上方恰好钉了铁钉，倒省了她不少事——她从水鬼袋里掏出一截结好的、有松紧绳圈的挂绳绕上去，又回头吩咐乌鬼：“你警醒一点，我让你进屋睡觉，不是让你享福的，是让你做事的，懂吗？”

乌鬼脖子伸得老长，两只小灯泡一样的眼睛凛凛的，有那么一瞬间，易飒几乎都要以为它听懂了——然而过了会儿，它又转头看别处了。

易飒叹了口气，有灵性的动物还是难找，她不喜欢猫猫狗狗的，听说鸡不错，智商好像比人类幼童还要高，但她常在水上混，带只鸡，都不够淹死的。

只好跟乌鬼互相凑合、互做临终关怀了。

她吹熄蜡烛，慢慢躺下去，先在颈后垫了块毛巾，又将手腕套进绳圈里：这一套都是为了预防，预防伤口会莫名其妙流血，也预防自己会失去神志、半夜从床上坐起来，像易萧那样拿刀子自伤什么的——绳圈越拉越紧，会阻碍她行动，乌鬼好歹是个活物，听到动静过来一推一拱，都有助于她尽快清醒过来。

一个人过活，没人相帮，总得想方设法，自己为自己创造便利，开始也觉得麻烦，但不做不知道人的适应性有多强，习惯了就好了。

她在黑暗中躺了会儿，婚礼的喜庆气氛好像还没散，还在溽热的空气中发酵。

易飒转头看床边。

一年多了，这个习惯总改不过来，总会在没有光的夜里、临睡前，想起宗杭。

自两人真正有交集以来，他总是跟着她住一间房：有多余的床就睡床，没床就窝沙发，再不济在她床边打地铺。

而且他是多话的，熄灯后，总会拽着她说两句，她多半时间没好气，他像使劲要冒头的小地鼠，她就像捶下去的橡皮锤子，定要捶得他不作声了，安静的睡眠才真正开始。

但现在，每一天都安静，她有时寂寞，就拽着乌鬼说话，巴拉巴拉讲完，觉得心里空荡荡的，还不如不讲。

月光从窗户里透进来，恰照在那一片床侧。

床前明月光。

易飒笑了笑，转身侧向里：这一年不好不坏，不惊也不喜，她并不像那些生命时日进入倒数的人一样，要紧攥最后的激情做不一样的事、看不一样的风景、放不一样的光——她还是那么过，沿着大河，该收租收租，有感兴趣的新业务就继续投，好像自己还有大把光阴，一切都不曾变过。

……

睡得迷迷糊糊间，电话忽然响了。

易飒惺忪着睡眼打开手机看，丁玉蝶打的，视频电话邀约。

易飒按了接受，说了句：“你先等会儿啊。”

她打着哈欠解开绳套，两手搓了搓面颊醒神，这才起身点上蜡烛，坐到地下，又把手机屏幕摆正角度。

乌鬼挺警醒的，毛都奓起来了，表现不错。

屏幕上，丁玉蝶目光呆滞，穿厚厚风雪衣，两颊冻得通红，眉毛和边沿的头发上都是雪。

反观自己，穿松垮吊带，后背燥热得生汗，屏幕两头，两个世界。

易飒说："你又在三江源呢？"

丁玉蝶声音都耷拉下来了："嗯。"

"这次有结果吗？"

"没有。"

两人都沉默了会儿。

一年前，送走宗杭之后，易飒和丁玉蝶，联同再派过来的五六十个三姓的人，在三江源一带整整盘桓了一个月，但是再也没找到漂移地窟，更遑论什么"地开门"了。

易飒的心先淡了，把自己的情况只告诉了丁玉蝶一个人："盘岭叔的事，我愿意尽力，你要是找着了，给我捎个话，我没死没瘫的话，一定马上过来——但我不陪着你们一直在这找了，我想回去过点舒服的、不操心的日子。"

丁玉蝶其实也没有一直在那待着，但他去的次数明显频繁些，加上这一趟，是第八次了，每次都逗留十多天，称得上尽心尽力。

……

丁玉蝶过了会儿才开口："一点迹象都没有，以前盘岭叔留下来的那张轨迹图，已经完全作废了，循着这轨迹找，什么都找不到。"

"我又加派了人手，想看看它是不是换了轨迹，到现在都没结果。"

他又沉默了。

其实做的远不止这些。

——姜家没水鬼了，易云巧在老爷庙一带置了产，还定期下水查看，但一切风平浪静。

——丁玉蝶寄希望于三姓的祖牌，又用丁祖牌试过一次壶口再锁金汤，结果祖牌抵上额头，人像坠入鸿蒙初开时的一片混沌，什么都没发生，除了被激流冲得五脏六腑差点移位。

易飒安慰他："这还不跟大海捞针似的，我早跟你说了，上一次我们下去，一定对它造成了损伤。它的时间跟我们不一样，我们的休养生息，也许是一个月两个月，它可能是十年二十年——那个时候，我都不知道在哪了。"

“所以你得调整心态，静观其变，用不着那么频繁地往那跑，很多事情，不可能一朝一夕出结果。”

丁玉蝶很消沉：“道理我都懂，但我就是太急于知道盘岭叔的结果了，生要见人死要见尸，这不上不下的……我每天都要想一遍这几个可能性。”

他对着屏幕掰手指：“一、盘岭叔成功了；二、他没成功，还在跟祖牌对抗，跟个定时炸弹一样，不知道还能撑多久；三、他失败了，已经被祖牌收服了。哎，我跟你说，前一阵子，有人跟我讲了件事，说是关于什么凶简的，那件事的情形跟盘岭叔挺像的，五个人，跟七道凶戾之气对抗，最后用身体，把凶戾之气封在了体内，也是不知道能对抗多久……但是那人也只是听说，不知道那五个人是谁、在哪里，不然我还能找去问问。”

易飒说：“这就别太当真了，没准是编来唬人的。”

丁玉蝶蔫蔫的：“我也知道……对了，我们大爷也知道这事了，你听说了吧？”

大爷就是丁海金，这么大的事，他又心脏搭着桥，怕刺激他，一直没说——但折了那么多人，尤其是去了丁盘岭和丁长盛两个有分量的，实在瞒不住，前两个月才由姜太月出面，把事情一五一十跟他讲了。

易飒嗯了一声：“云巧姑姑跟我说的，还说他把黑皮册子要去了，天天翻来覆去看。”

丁玉蝶烦躁：“可不是嘛，这么大年纪了，心脏又不好，还非掺和进来，我现在可怕电话响了，就怕接起来是要给他奔丧……呸呸呸。”

说到末了自己也知道不吉利，赶紧往地上啐口水。

啐完了，终于人性复苏，想起来要关心她了：“飒飒，你怎么样啊？哎，你后头，那是乌鬼吧？”

易飒转头看了眼乌鬼：“是啊，我跟它相依为命，都在努力为对方送终，就看是我先埋它，还是它先送走我，你说说，我这花容月貌，整天跟一只这么丑的乌鬼待在一起……”

说到这儿，忽然怒从心头起，怎么看乌鬼怎么不顺眼，吼它：“滚滚滚，出去出去！”

边说边爬起来，也不管丁玉蝶在那头看着，打开门连推带搡，还用脚拨，乌鬼一脸的“我干吗了呀”“我招谁惹谁了啊”——被她往外搡。

丁玉蝶看不下去了，一直在那头嚷嚷：“你心里不舒服，跟它较劲干吗啊？”

“哎，你这破烂脾气，谁受得了你！这辈子，我见过的，真是……真只有宗杭能跟你相处了。”

听到宗杭的名字，易飒动作一滞，连拨推乌鬼的最后一脚都温柔了不少。

她关上门，倚着门边站了会儿，又坐回床下，垂首半晌，忽然问他：“丁玉蝶，我的决定是对的，是吧？”

丁玉蝶也不知道该怎么说：“我觉得……应该是对的吧，毕竟几十年，总得让人走进新生活吧。他虽然这一时半会儿的还想不开，老向我打听你，但我觉得只要假以时日……”

易飒只听自己想听的：“他打听我了？怎么打听的？”

丁玉蝶哼一声：“还不就是装模作样，旁敲侧击，我什么智商，能看不出来吗？还有你，非把他拉黑了，转头又朝我问个不停。”

他鼻子里往外喷气，天冷，还真喷出了白雾效果：瞧瞧，虚伪的异性恋。

易飒总有歪理：“拉黑他怎么了？断绝关系，就要有点仪式感。”

丁玉蝶斜了她一眼：“不过我跟你说啊，我刚看他发的朋友圈，宗杭现在……好像人在柬埔寨啊。”

易飒心里一激，身子都坐直了：“真的？你发给我看看。”

丁玉蝶翻了她一个白眼，没说好，也没说不好，居然下线了。

易飒气了，心里猫爪挠似的，正想拨回去吼他，消息来了。

是张朋友圈截图，易飒赶紧点开。

截图上有地点定位，还真是在暹粒，热闹的夜晚，老市场区，宗杭坐在一辆突突车酒吧里，举了张十美刀自拍。

配文是：曾经挨打的地方和曾经的身价。

【03】

丁玉蝶从三江源出来，路上出了点状况，没赶上回太原的飞机，又不想多住一晚，索性赶黑上路，让司机辛苦点，一路开回去。

挨到夜半，饿得发慌，等不及到下一个服务区，吩咐司机从就近的口出去，到小县城找点吃的。

没想到小县城不时兴夜宵，车子在空荡荡的街巷行来绕去：亮光的夜灯牌倒是不少，但开着门的一只手都能数得过来。

好不容易找到一家山寨的 24 小时便利店，司机买了烟，蹲在空无一人的街道上吞云吐雾，丁玉蝶要了桶泡面，借热水泡了，耷拉着脑袋坐在店里自备的速食台子前等，中途抬头看了眼自己映在临街玻璃上的影子——

虽然看不大清，但他就是打心眼里觉得，自己沧桑了，发鬏上的小蝴蝶，当初被丁盘岭一罐子砸扁了，没法恢复如初，于是找了个珠宝设计师按图样重新定制，虽说出来的成品也有模有样，但就是没原先的感觉了，似乎总少了点什么。

他很执拗地觉得，少的是自己那无拘无束的自由灵魂。

能不沧桑吗？

老实说，最初听说丁盘岭指了他接班时，丁玉蝶心里不是不窃喜的：是金子总会发光的，自己平时那么耀眼和优秀，当然是人心所向的不二人选。

真接手了才知道什么叫傻眼，三姓家大业大，明的暗的，事情从来没个消停的时候，又大多是他不感兴趣的——此时才知道能当一只万事不管还有钱拿的穿花蝶是多么幸福的事儿。

他觉得自己像被硬赶上架的鸭子，真不是运筹帷幄那块料儿。

想交班，如捧烫手山芋，怎么也交不出去：

——交给姜太月或是丁海金吗？拉倒吧，都已经年届耄耋了。

——易云巧？也不行，云巧姑姑也快六十了，而且人家也明言了，帮着做事可以，领头就算了。

——易飒吗？更不行了，说句不好听的，那是“弥留”的人了……

随便交一个，良心上又过不去，思前想后，还得自己来，责无旁贷。

他估摸着，自己唯一的希望就是玩“养成”，花个二十年，栽培出一个像样的接班人，把担子交出去，他才能重新过上从前的那种逍遥日子。

二十年啊，人生怎么这么沉重啊。

丁玉蝶叹了口气，揭开泡面盖：好像有点泡过头了，拉花般的面条根根发肿。

刚拿叉子搅裹起一团要往嘴里送，电话来了。

易云巧的。

丁玉蝶按下接听键，先听到那头风声浪声：“云巧姑姑，刚下完水啊？”

如同他勤赴三江源一样，易云巧负责老爷庙那一带，职责所在，每周至少下水一次，对湖底摸得门清，哪处有坑，哪处沙软，都能说得头头是道。

易云巧嗯了一声，不过打这电话，可不是为了跟他讨论下水，她急忙进入主题：“大爷的事你听说了吗？”

大爷？丁玉蝶脊背一凛，生怕真来坏消息了，声音都有点打晃：“大爷……出什么事了啊？”

易飒是冒牌的，丁盘岭又“去”了，水鬼凋残得凑不足一个巴掌，可经不住一再生变了……

听这语气，就知道他是想歪了，易云巧呸了一声："硬朗着呢……他不是要走了黑皮册子嘛，天天翻着看。"

丁玉蝶忙里偷闲，吸溜了一口面条："是啊，这我们都知道啊。"

"还以为他就是看看，谁知道这几天越发来劲了，居然亲自去了趟窑厂——他那小心脏还搭着桥呢，在通道里爬上爬下的，随行的人脸都绿了。"

丁玉蝶听得直咽唾沫，觉得自己这颗小心脏上也颤巍巍架了桥。

"这也就算了，当初窑厂不是关押了二十来个人吗，据说大爷安排人，挨个打电话去向那些人的家属问事情——大爷也是欠考虑，这都二十多年了，也没个借口铺垫，上来就问，能不让人起疑吗？"

而且当初出事的大多是易家人，易家人想探知究竟，自然要通过易云巧，这两天，她的电话都被打爆了，人人都在问她：当年的事是不是另有蹊跷？不然为什么丁家的大爷追问个没完没了呢？

丁玉蝶心里一动："大爷是不是发现什么了？"

易云巧也是这个想法："他还给我捎了话，让我把我当年婚礼上的那本礼宾本寄给他，但老头子死犟，问他做什么用他又不说。"

"小蝴蝶，你不是从三江源回来了吗？你姓丁，又是他一手带出来的水鬼，你去打听一下……"

她发牢骚："有什么发现，说出来大家共享，藏着掖着，是想一鸣惊人立头功呢？七八十的人了，还这么小气吧啦的。"

因着易云巧的话，丁玉蝶都没回太原，直接改道奔了陕北。

丁海金住在陕北的乡下。

他年纪大了，怀旧，不喜欢住城里，也不爱住老家——老家这些年也建设起来了，不是他少年记忆里的模样了。

这"乡下"，是他无意间找到的，穷是真穷，像样的车道都没有，住的是窑洞，山脊上常有人放羊，畜力是驴，脖子上还挂铃铛，走起路来丁零当啷响。

丁海金一见就爱上了，说是跟小时候的记忆一样一样的，非要在这住。

住就住吧，反正三姓有钱，花大钱让他在山上过穷日子，山下另外置产，住的都是为他服务的，还雇了两个懂救护的医生。

到了之后，丁玉蝶先在山脚下做休整，然后走路上山，一路给驴让了好几回道，行至半山腰，远远看到一个头上包了白羊肚头巾的老头蹲在路边抽烟袋。

丁玉蝶过去，恭恭敬敬叫了声："大爷。"

丁海金奇道:“你来干什么啊?”

自家人面前，也懒得旁敲侧击了，丁玉蝶开门见山:“大爷，你拿了黑皮册子、去了窑厂、挨个给出事的易家人家里打电话，还要了云巧姑姑当年结婚的礼宾本，你是不是……”

话没说完，丁海金就虎了脸，说:“是易云巧这个女娃让你来问的吧?我说了我就是看看，她非不信，还打发了你这个猴娃来!”

丁玉蝶赔着笑，没动，脸上的表情很固执。

他了解丁海金这样的老一辈，自恃身份，事情不弄个绝对清楚明白从不对外嚷嚷，即便被人问起，也要推说是“没发现”“就是看看”。

真什么都没发现，何至于又去窑厂又打电话这么兴师动众啊。

丁海金其实真没太大发现，至少，他觉得这发现，一来没证据，二来于目前的情况也没什么助益。

他原计划是当个老犟驴，决不松口，但犟着犟着，心里忽然一软。

丁玉蝶这小娃娃，以前那么无忧无虑神采飞扬，这一年下来，大变样了，担子不只在肩上，也上了脸。

他掸掸身上的灰起来，烟袋往身后一背，说:“家里说吧。”

丁玉蝶跟着丁海金钻进窑洞。

这窑洞也像老古董，上半幅是木棂架贴破纸，门上挂蓝白大格的门帘，脏兮兮的。

进门就是大炕，炕桌上堆了一堆册子，有黑皮册子，也有易云巧结婚时的礼宾本，边上还有个放大镜——那是丁海金眼睛不好，看东西时拿来辅助用的。

盘腿上炕，丁海金先跟他聊家常:“金汤谱上，还有几单没开啊?”

一提起这个丁玉蝶就没精神:“九单，其中至少有三单，据说委托人的后人还在世，能拿得出凭据来。也就是说，到时候我们开不出金汤，得赔。”

“确定祖牌都用不了了?”

“用不了了，姜祖牌被姜骏带进了鄱阳湖底，等于长江这一线的金汤都废掉了。去年‘12.3’易家开金汤，云巧姑姑在横断山峡谷一带用了易祖牌，下水之后也是毫无反应。”

丁海金吧嗒吧嗒抽了几口烟袋，说:“是债就不能赖，是要赔，你娃儿接班不是好时候，肩上担子重，好在这些年，三姓没少置产，你想想办法，再多开些门路，多点进项，到时候，也未必还不上。”

丁玉蝶心里一阵酸涩：他还得带着三姓赚钱还债，人生怎么这么艰难呢。

正垂头丧气，丁海金指了指那本黑皮册子：“这册子，你们后来就没看过吧？”

是没看过，漂移地窟都找着了，谁还有那心思抱着一本册子不放啊。

丁海金先不说黑皮册子，抽出那本礼宾本翻开，一手拿着放大镜，在页面上挪挪转转：“整件事，你姜婆婆都跟我说了，起初，我就是把东西拿来，翻翻找找打发时间，后来我发现一件事。”

说到正题了，丁玉蝶喉头不觉吞咽了一下，坐直身子。

“你们可能也发现了，但没深究，又或许你们注意力都放在漂移地窟上了……你来看这。”

他忘了丁玉蝶不需要放大镜，径直塞给他：“喏，就这。”

丁玉蝶将错就错，也举着放大镜看。

下头是一个硕大手印，边上一行小字写：易宝全，礼金八百。

这是什么意思？丁玉蝶一头雾水。

丁海金解释：“我问过易云巧了，她说易宝全不识字，参加她婚礼，送礼金的时候签不了名，只好由别人代写，自己只摁了个手印。”

说着又摊开那本黑皮册子：“你再看这。”

那是丁长盛搜集记录的、那帮被关押的人谵妄时说的一些话，其中易宝全的最值得玩味，尤其是那四句诗。

——黄河滩头百丈鼓，挂水湖底轮回钟，金汤水连来生路，渡口待发千万舟。

所以呢，是什么意思？丁玉蝶依然一头雾水。

丁海金将册子摊在这一页：“我专门去了趟窑厂，看了易宝全画在墙上的那幅划尸为舟的画和他写的字……盘岭这么仔细的人，居然也漏了这儿，丁玉蝶，你就没发现作诗写字的这个人，跟易宝全是两个人吗？易宝全是个文盲，不会写不会画，怎么可能忽然写得一手好字，还能画那么逼真的画、吟对仗工整的诗呢？”

丁玉蝶赶紧解释：“不是的，我听飒飒说，她起先以为是上一轮文明的人‘借尸还魂’，那些人是带着记忆来的，所以写字、画画还有吟诗的人，不是易宝全，后来这假设又推翻了，发现根本没有什么上一轮文明，大家就忙着找漂移地窟、斗祖牌，没再纠结这回事了。”

好像也忘了这回事，不了了之，这根线索，就一直挂那儿了。

丁海金嗯了一声：“那然后呢，你查出祖牌是什么了吗？”

丁玉蝶艰难摇头：易飒她们亲眼看到祖牌了，也近距离接触了，摸过、刀子刺过、放火烧过，缠斗了一宿，只是不知道它是什么。

丁海金拿手指点了点黑皮册子："查不出究竟，就应该再回到起点，大的假设是推翻了，但有些细节依然有价值，不能一起推翻——我让人打电话给那些易家人的家属，仔细询问那些人的性格特征、行为特点，然后再跟这本册子里记录的作比对，发现不只易宝全，有不少人的都对不上。"

他压低声音："这些人完全变了一个人，或者说，他们身体里面，确实像是有另一个人。"

丁玉蝶听得似懂非懂："大爷，你想说什么，你就直说了吧。"

丁海金拿手抚了抚胸口，像是要安抚那颗脆弱的心脏："我知道，你们年轻人爱讲科学。但是我出生的时候，家里习惯请大仙儿、遇事拜鬼神，所以，我还是按照我那一套说，你该怎么理解看你们的。

"你有没有想过，人活着的时候，魂魄……就是你们说的意识，是收在哪儿的？死了之后，又去哪了？会不会有种东西，能把魂魄收住？像个大仓库一样，能把很多很多人的魂魄都收在一起？"

丁玉蝶一颗心怦怦跳：丁海金这意思，祖牌是一种能收拢魂魄的物质？不对，这是迷信的说法，现在有不少人，把魂魄解释成是脑电波，那祖牌就是……能保存脑电波且保存很多人脑电波的物质？

丁海金说得慢悠悠的："我长在北方，小时候，听过很多有关太岁的故事，各地好像也挖出过一些，但我总觉得，现在挖出的那些，跟传说中的、野史里记载的，不是一回事。

"传说中的太岁，是仙丹妙药，让人成神仙、得长生，很多人穷尽心思想得到它，在古代，只有达官贵人可以享受，平头老百姓可没这福分。

"姜太月向我提起漂移地窟里的太岁，我觉得，那个巨型太岁，更符合传说中仙丹妙药的说法——你说，它能让人成神仙、得长生的说法，会不会确实是真的，只不过，大家都误解了。"

丁玉蝶已经完全被丁海金带着走了："怎么误解了？"

"一直以来，大家以为的成神仙、得长生，都是轻身飞举上了天，天上还有座凌霄宝殿，大家在里头吃仙桃、喝仙酒，该有的享乐一项没少，是人间富贵更上一层，但也许，太岁给的长生，其实是……"

他抬起手，点了点脑子："其实是让你的这儿，永远被保存起来，永远存活呢？"

丁玉蝶听得手足发凉，目瞪口呆。

好像是没错，什么叫得长生？肉体能长久存活自然算是，但如果撇去肉体，意识一直被保存着呢，好像也是。

那盘岭叔当初舍命去对抗和控制的，就不是单纯的祖牌，而是被保存在祖牌里的一个个人。

丁玉蝶低声喃喃："飒飒后来跟我说，祖牌和太岁是两种生物……"

也许真的是两种，但它们之间不是完全割裂的，存在着某种微妙的联系。

那些为求长生，千方百计觅得太岁服食的人，到底是吃了太岁，还是被太岁"取样"了呢？肉体终结之后，意识会不会被牵引、留存，就此常驻在祖牌当中？

在那个漂移地窟里长生、永存，跟坐牢有什么区别？跟走到绝路、并且是永无止境的绝路有什么区别？

这种所谓的长生，还不如当初有肉身、可以在人世享乐，这会是它们千方百计地收集并保存新鲜尸体，以图"死尸度亡"的原因吗？

他的目光落在易宝全的下一行话上。

——它们走到绝路，眼前无路，想回头。

它们想回头，想再世为人，想挣脱祖牌的桎梏，借着太岁的繁衍，续自己的轮回。

丁玉蝶愣愣看着丁海金："大爷，如果你想到这一节了，为什么不跟我们说呢？"

丁海金呵呵笑起来。

"想到了又有什么用？也只是猜测，一点证据也没有，不敢说就是对的。再说了，漂移地窟没消息，盘岭没下落，三姓的祖牌也瘫痪了，跟那头断了联系，就算我们想清楚一切关节，也不会知道后续事情会往哪个方向发展。"

——它们成功了吗？

——不知道，故事还没完结。

【04】

宗杭在警局外头踱来踱去。

起初，他只是提了一下，问能不能见见马老头，没抱太大希望，然而龙宋答应得飞快，说是自己有门路、认识人，再上下打点些钱，保准没问题。

宗杭就跟着来了，谁知都到门口了，说好在这碰头的"门路"不见踪影，龙宋面子上过不去，气咻咻冲进去找，让宗杭先在这等等。

于是宗杭老实等着，好在并不无聊，警局门口怪有意思的，出来进去的人不是一脸故事就是一脸事故，还赶上了一桩新闻——警车上揪下好几个骂骂咧咧的鬼佬，据说是聚众干了不可描述的事。

宗杭正看着热闹，电话来了，丁玉蝶打的。

警局门口噪闹如菜场，宗杭接了电话，一迭声地“你先等会”，然后一路小跑到远处的花坛边。

丁玉蝶把去见丁海金的事一五一十跟他说了，末了说：“喏，我说过我这人坦荡，有什么进展都会跟你讲的。”

他是说过这话，有一阵子，宗杭隔三岔五去太原找他，美其名曰关心盘岭叔的下落，丁玉蝶烦了，就发牢骚说：你不用老来，有进展会跟你说的，大家出生入死这么多次了，没那必要瞒你。

宗杭握着手机，看远处的警局门口人聚人散，半晌才“哦”了一声。

丁玉蝶对这“哦”很不满意：“你就这反应？”

不然呢？

宗杭也不知道该怎么说：“我都习惯了。”

事情都已经过去一年了，谁也没法长久保持最初的亢奋或惊惧状态，就像人乍闻查出绝症的时候也许呼天抢地、要死要活，但一年后没死的话，多半已经心平气和，该吊针吊针，该用药用药。

丁玉蝶也有这感觉：“我也真是的，那本黑皮册子，这一年都没翻过。咱们都被绕来绕去，当局者迷。其实那个易宝全画的画，自始至终都很明显。”

划尸为舟，死人度亡，显然是有人要返生，甭管是上一轮人类、外星人，还是业已作古的先人，终归是要“来”。

宗杭想了想：“丁海金觉得那些‘它们’，是古时候那些求长生的人？”

丁玉蝶嗯了一声：“大爷生在北方，对太岁的传说听得挺多的，说这东西在古代，就是长生的灵药，民间传闻秦始皇派徐福出海找仙丹，找的就是太岁，而且啊……”

他压低声音：“还说其实已经找到了，但秦始皇只隐约知道肉体会覆灭，这长生是另一种形式，而且是在地下，所以才把自己的地下皇陵造得无比繁华、无比坚固，预备着在地下千秋万代。我一听，还真挺耐人寻味的：如果祖牌真的长久保存了人的灵魂的话，可不就是‘另一种形式’的长生吗？而且三江源的太岁，确实是深藏在地下的。”

宗杭蓦地冒出一句：“21 克。”

丁玉蝶没听懂：“什么 21 克？”

宗杭说：“你没看过那些鸡汤文吗？里头说，人在死去的瞬间，身体的重量会轻 21 克，于是有人说，这 21 克就是灵魂的重量。”

在漂移地窟里看到的那一簇簇“水葡萄”，每一颗里都融进了祖牌，不知道融进的分量，会不会正是21克。

他有点恍惚：“其实我常常也在想，哪一天我死了，肉体当然是没了，但我的那些想法都去哪了呢？我喜欢一个人时的那种心情、我对事情的看法、我无数的记忆，都去哪了呢？而如果这些能保存下来，那这个人，算死了吗？”

细想想，丁海金的看法不无道理。

古人百计千谋求长生，又把身体叫“臭皮囊”，追求的好像从来不是肉体的永存，常说的什么羽化尸解，好像都是抛却肉身，追求一种精神的长存。

宗杭沉吟：“丁海金觉得那些服食过太岁的人，魂魄都被保存在祖牌里，那可不可以这么理解：太岁和祖牌都是特殊的物质，太岁的作用是牵引、祖牌负责收纳，这样，一个人活到尽头的时候，他毕生的那些意识不会消散，而是另有归处，又或者……”

他脑子里灵光一闪，说得很顺：“何必等到死呢？有没有可能服食了太岁之后，意识就已经被镜像，被拷贝了一份过去了？现实中的这个人死了就是死了，但那个备份还存在着。”

丁玉蝶干笑了两声：“存在于祖牌里？”

“是啊，没人骗他们，这确实也是‘长生’啊。”

丁玉蝶忍不住：“那这还不如坐牢吧？”

他平时在家里，有吃有喝、有小说看、有游戏打，尚且会觉得人生无趣穷极无聊，这些人呢？

宗杭点头，也忘了那头的丁玉蝶根本看不到：“我以前看过一部科幻片，说是未来科技很发达，人死了之后，意识都被上传到一个大服务器中，这服务器里设置了各种虚拟世界，意识可以像玩游戏一样，在不同的世界里进行角色扮演，过完一生又一生，这样倒也不无聊。但如果只是被保存在祖牌里天天发呆，那确实……还不如死了。”

丁玉蝶咽了口唾沫：“但他们死不了，非但死不了，还挨不到头，因为是‘长生’……这也太可怜了！”

他忽然想到了什么：“哎，宗杭，你说‘它们’来了，看似是求一个重生，但是不是终极目的，其实是‘去死’啊。”

宗杭愣了一下，觉得“去死”这两个字怪熟的。

电话那头，丁玉蝶越想越觉得自己猜得没错，不住碎碎念：“我靠，没准真的是，曲线救国，以生求死，反正如果是我，这种‘长生’，倒贴我我都不要，活着不能躁动，还活个什么劲儿，还有还有，我想起来了，飒飒脚脖子上，就文了个‘去死’……”

宗杭汗颜：怪不得自己觉得这两个字怪熟的，居然忘了是易飒文在脚踝上的，当初他还问过易飒，易飒解释得挺文艺，说什么人出生开始，就是一步一步走向死亡，一步一个“去死”很正常，停下来才糟糕……

“当初她在三江源的溪流边被人发现，发了好几天的高烧，据说念叨了好多遍‘去死’呢，哎宗杭，你说她会不会因为这个，所以才文了个‘去死’啊？”

宗杭倒不这么觉得：“生命之所以特别宝贵，就是因为长度有限。那些‘它们’如果真的一直长生，估计会想去死，但嫁接成功之后，无限的时间立刻转成有限，我估计它们也就不想死了。”

好像也有道理，反正本质上，就是想结束这种无聊的长生状态是没错了。

丁玉蝶唏嘘不已：“不知道咱们盘岭叔，跟它们对抗，现在是个什么结果。感觉以一敌多，胜算不是很大……”

宗杭正要说什么，一抬眼，恰瞥到龙宋兴冲冲从警局里出来，那表情，八成是事情有眉目了。

他三两句把这通电话匆匆作结，疾步过去时，龙宋已经等得有些不耐烦了，一见到他就赶紧招手：“快快，人家只给十分钟的单独会面时间，你得抓紧。”

过去的路上，龙宋给宗杭打预防针，说是马老头本身年纪就大了，又有宿疾，这一年在素猜那儿，动辄被打被骂，吃了很多苦头，精神状态很不好，反应也迟钝，已经有点老年痴呆的征兆了。

宗杭在小会客室里见到了马老头。

照了面，第一眼，谁也没认出谁来。

马老头容貌变化倒是不大，无非头发长了、肩背塌了、人更老了，但给人的感觉跟一年前天差地别：一年前的他穷酸、诡诈、狡黠，现在则老态、呆滞、松垮。

马老头也没认出宗杭来，眯着眼看了他半天，问他：“你谁啊？”

宗杭在他对面坐下，提醒他：“我叫宗杭，一年前在机场，我帮你填过申请表，后来我和你一起被关在素猜的水上屋里，看守的肥佬还拔了我一颗牙。”

马老头盯着他看，眼睛里渐渐聚焦，到末了时连连点头，嗓子里嗬嗬的，说：“是你，是你。”

又含混不清地问他：“你没死吗？他们说把你弄死了，在湖底。”

宗杭答非所问：“听说是你报警，才扳倒了素猜？”

马老头愣了一下，嘿嘿笑起来，拿手指自己：“是我，是我。”

宗杭摇头：“听说素猜和对方猜忌火并，有一个重要的原因是他们在蛋仔手机上发现了外拨记录，而且他们的船被人破坏了，后来你说都是你干的。”

马老头不看他，低头盯着桌面，嘴里喃喃有声：“是我，就是我。”

宗杭说：“你做不到的，素猜那群人做事很小心，你即便能偶尔偷听到一些事，也绝对近不了他们的身，更别提还能拿到蛋仔的手机了……是有人帮你吧？”

马老头身子一僵，迅速摇头：“没有，没有。”

宗杭自顾自说下去：“在浮村里，泰国佬自成片区，普通人一靠近就会被发现。”

他凑近马老头，压低声音：“除非，帮你的人是从水底下上来的，别人都看不见。”

马老头不动了，过了会儿，他慢慢掀开叠皱的眼皮，警惕地看着宗杭。

宗杭的声音轻得像耳语：“你不用瞒我，我知道她。”

马老头没吭声。

几个月前的一天，晚饭后，肥佬不知道为什么看他不顺眼，揪过来狠揍了他几记老拳，打得他嘴里泛血。

他深一脚浅一脚，跌跌撞撞回到破屋的时候，腿上一软，栽倒在地，要不是手疾眼快扒住了边沿，险些滚落到水里。

想爬起来的时候，低处的水面泛着粼粼的光，是水光夹杂着屋里透出的灯光，然后，有个女人慢慢浮出头来。

马老头看傻了，忘了叫，也忘了怕。

只记得那个女人笑了笑，轻声跟他说，马悠已经死了，问他想不想报仇，想的话，自己可以帮他，让他好好考虑一下。

说完了，又慢慢沉进水里，像传说中的水鬼，异闻里的水妖。

反应过来的马老头拼命扑打那一处水面，直扑得水花四溅，打湿头脸。

那之后，他总朝水里看，心心念念着她那句可以帮忙的话，也常在夜深人静时蹲到平台边，等着水面再次粼粼而动。

运气很好，没有等太久。

……

宗杭回头看了看门，凑得离马老头更近了：“你一直坚持所有事都是你一个人做的，是不是跟她做了交易？她可以帮你，但条件是你不向任何人透露她的存在？”

马老头还是不说话。

宗杭说："我也在找她，素猜当初确实把我沉了湖，想杀了我，是她救我的，在湖底下。"

听到这句，马老头的眼珠子终于有点亮了，他盯着宗杭看，低声问他："她是人吗？"

宗杭点头："素猜出事之后，你还见过她吗？"

马老头迟疑了会儿，才慢慢点头："见过。"

宗杭的心跳得厉害："在哪？"

严格说起来，易飒并没有失联，至少他知道，丁玉蝶常和她保持联系，但丁玉蝶也承认，她的位置太飘忽不定了，今天打完电话，明天就不知道在哪了，去的地方也很偏，有时候连电话都打不通。

马老头说："被警察带出去，坐在小船上，记者拍照的时候。"

一场火并，一场围剿，巴盖浮村也散了架，很多船屋直接就开走了。

他就是蹲在小船里无意间仰头看的时候，看见她的。

当时，有一幢大的船屋正从近旁挪走，引擎声隆隆，他看见那个年轻女人站在船屋的二楼，手扶围栏。

四目相对时，那女人面无表情，只是竖起食指，轻轻在唇边贴了一下。

他瑟缩了一下，赶紧低下头去。

不过，对那船屋印象深刻，倒不是因为它造得气派，而是她身后的门上贴了春联，门楣下还吊着个晃来晃去的铜葫芦。

【05】

早上起来，昨晚定时煲的养生粥已经好了，一揭盖浓稠鲜香。

井袖刚拿了汤勺盛舀，门铃就响了，她一时顾不上开门，冲着门外喊："搁那吧，我待会拿。"

外头脆生生"哎"了一声，没再摁铃。

过了会儿出门看，楼道里静悄悄的，门边斜倚一束向日葵。

每个月的这一天，花店的人都会来送花，然后她带着花去墓园，把花搁到最角落处丁碛的那块墓碑前，再跟他聊会天。

天南地北，什么都说，难缠的客人、最近看的综艺，甚至前一天吃了什么，想到就说，想不到就只是坐着，看墓旁簇簇而生的青色小草，看墓园尽头处栽的行行松柏，也看蓝天，看流云。

别人去墓园，带的花多是黄白菊花、康乃馨，只她什么花都带，每个月都换，有时鲜艳浓烈，有时洁净素雅，还有一次，抱了盆栽的茵茵文竹，还委托了墓园的人帮忙照看，结果下一次去时发现被偷了。

什么人啊，连亡人的花也动。

这次的向日葵她挺喜欢的，明黄色浓得像要滴下水来，墓地总是灰暗，放点明媚的颜色，会很鲜亮。

打车到墓园，差不多要花半个小时，路上，司机跟她聊天："看什么人去啊？"

井袖想了半天，说："一个朋友。"

没错，朋友，她只是这身份，丁碛从来没当她是爱人，老天也吝啬，没给时间让她去爱。

一年前，丁玉蝶为了丁碛的后事找上门来，他搞不清楚丁碛和井袖的关系，想当然觉得既然把财产都托付了，必然是关系亲密的，怕她经不住这打击，两手搓了又搓，才说："有件事，你得有个心理准备啊。"

井袖察言观色，心慢慢往下沉，话却说得平静："是不是丁碛出事了？"

丁玉蝶不敢看她，又或者是不想看她，目光旁顾，只是点头。

井袖哦了一声，又问："是伤了，还是死了？"

她以为多半是伤了。

丁玉蝶说："后一种。"

井袖想了半天什么是后一种，忽然反应过来，以为是家属要收房子，有点手足无措："我知道了，我会尽快搬的。"

她能住这儿，是丁碛的人情，人没了，自然也就没人情了。

丁玉蝶有点蒙，他还以为她会泪如雨下，或者泣不成声，没想到她的反应像个通情达理的租客。

他说："是这样的，尸体我们运回来了，你要不要去看一眼？"

井袖说："我能看吗？要的，我看，你等我，我换衣服。"

她连门都没关，急急往卧室走，在行李箱里一通翻拣，这才发现自己的衣服都太花红柳绿了，还不如身上的这件家居服得体。

于是又慌慌拿手梳拢着头发出来，说："可以了，就这样吧，走吧。"

她忘了换鞋，只穿拖鞋出门，路上一直试图去抹平衣服上的褶皱，丁玉蝶看她时，她就尴尬地笑。

没想过要流泪，丁碛的家里人都来了，一定是大场面，哪轮得上她去痛哭啊，她谁啊，再说了，她这身份，让人知道了，会连累丁碛被人耻笑的。

她暗自嘱咐自己要得体，脸上哪怕有戚容，也得恰到好处，不能太过，那就喧宾夺主了。

到了殡仪馆，原以为会有很多人，自己只需要混在哀悼的人群里就行，没想到没有，去冷库的路上，只丁玉蝶陪同，中途要穿过一段走廊，拖鞋的底有节奏地打在地上，啪嗒啪嗒响。

进了冷库，循着号码找到冷柜，井袖忍不住问丁玉蝶："人呢？"

丁玉蝶指了指自己正要抽开的那一屉："这呢。"

井袖知道他误会了："不是，我的意思是，其他人呢？就我一个人来吗？"

丁玉蝶点头。

"他家里人呢？亲戚呢？"

丁玉蝶说："没有，你不知道他是被捡来的吗？没有亲戚。"

"那朋友呢？"

总有朋友吧，能排在她前面的那种。

丁玉蝶回答："没有，就你，你看完了，我们就能安排火葬了。"

他把屉体拉开一半，给她留下私人空间："我就在外头，你看完了关上出来就行。"

丁玉蝶走了之后，井袖僵了好一会儿。

"就你"是什么意思？

丁碛死了，只有她来送吗？

她走上前去看他。

说真的，感觉特别陌生，他那么平静地躺着，唇角没了惯常那种讥诮似的笑，身上也没了咄咄逼人的气场。

她看了会儿，把抽屉关上，深一脚浅一脚地出去，眼角干干的，还是没眼泪，就只觉得茫然。

出来看到丁玉蝶，她还礼貌地笑了笑，说："谢谢啊，我看完了，我自己走就行了，不用送了。"

她觉得自己需要慢慢走一长段路，不需要任何人陪，一步一步，才能把这消息消化掉。

丁玉蝶叫住她，说："还有件事，丁碛有话留下，他的东西，都给你了。"

井袖以为是纪念品，或者某件有特殊意义的遗物："什么东西啊？"

丁玉蝶说："所有的。"

怕她不明白，他还抡起手臂画了个圈，以示这“所有”包纳一切：“他留下的房子、存款，总之只要是他的东西，现在都是你的了。”

井袖愣了半天，说：“你们肯定是搞错人了，我连他……女朋友都不是，肯定不是给我的。”

她说完就走了，还真是一路走回去的，半路上嫌拖鞋碍事，还甩了鞋，光脚走完了后半程，脚趾脚心被砂石硌着，慢慢硌出疼痛感，也终于把她硌回了现实。

她在尘土飞扬的大马路上，赤着脚，抹掉眼角挂着的泪，站了会儿，又往前走了。

不然还能怎么样呢？

当天晚上，宗杭受丁玉蝶之托，给她打了电话，说：“丁碛留下的东西，确实是给你的，这个没问题，丁玉蝶说，有录音做证。再说了，丁碛也没别人给。”

又感叹：“丁碛这人，跟个杠精一样，我说他不做人事，他临到末了，非做了一件；我和易飒一直说你跟着他，一定没好结果，结果……我也是搞不懂他。”

下葬的时候，丁玉蝶来了，还来了个叫易云巧的女人，都在墓前放了花。

丁碛好像很少照相，墓碑上用的照片是护照上的那一张，神色眉眼都淡漠，像是自始至终跟这世界从无联系。

结束的时候，丁玉蝶给了她一个号码：“以后有什么难事，你就打这电话，我们会安排人帮忙的。”

能有什么难事呢？有了钱，有了房子，困难都不再那么难克服了，丁碛留下了张银行卡，密码大剌剌写在背面的签名条上，很随意。

井袖去 ATM 机上查了，他其实并不像后来传闻中的那样给她留了几百万元，但也不少，一百二十多万元。

背倚三姓，只要大家族在，钱就不成问题，所以丁碛没存钱的概念，这一百多万元，也就是平时进出留存下来的。

这数字跳出来的时候，井袖恍惚了一下，觉得这世界玄妙，一切冥冥中自有定数：当初易萧雇她，给她允诺的报酬也是一百二十万元，正是这一百二十万元让她动了心，觉得这不只是钱，还是希望，是后半辈子可以重新来过的生活。

没想到后半生的崭新生活，是丁碛给的。

井袖抱着大簇向日葵，顺着墓园的台阶拾级而上，这路径她早走熟了，闭着眼也不会出错：走到底，右拐，再一路到头。

放下花，她坐到台阶边，随手去拔阶下杂生的野草，有一搭没一搭地跟他说着话。

——宗杭去柬埔寨了，本来他让我一起去的，我想想还是算了，他去是有希望，有奔头，我去算什么呢？

——我一直想打听当初发生了什么事，但丁玉蝶不肯说，问宗杭，他也不说，还说不知道最好，难得糊涂。也没错，我就是糊里糊涂的，忽然该有的都有了，还被旧相识们说是有福气、有眼光、积了德。

说到这顿了一下，自己纠正自己：“也不是都有了，你要是能活着就好了。”

有风吹过，送来细碎鸟鸣，还有枝叶飒飒响声。

“店里生意挺好的，有客人约我吃饭，但不是很靠谱，我就拒了，但即便有靠谱的，你说我过去的事儿，我是说好呢，还是不说好呢……”

井袖笑起来，不再说话，原地坐了很久，直到另一侧有敲敲打打的入葬典礼才回过神来，起身跟丁碛道别：“我走了，下个月再见吧。”

回去的这段路，她照例用走的。

路上给宗杭拨了个电话。

接通了，觉得那头真嘈杂，像在修理厂，有引擎嗡嗡响，有电焊声，也有丁零当啷锤砸声。

井袖问他：“你在哪呢？”

“摩托车租赁行，我得租辆车，正让人加固呢。”

井袖笑：“去找易飒啊？”

“是啊，这儿都骑摩托车，方便。”

正说着，忽然有道清亮亢奋的嗓音插进来：“是井袖吗？井袖，我是阿帕，hello，我也陪着小少爷，小少爷去哪我去哪，不然不放心！”

宗杭在那头训他：“哪次出事不是你陪着的？我看有你陪着我才不放心呢。”

井袖扑哧一声笑了出来，顿了顿轻声说：“真羡慕你啊。”

宗杭奇道：“羡慕我？羡慕我什么？”

井袖也说不清楚。

宗杭还没找到易飒呢，找到了，也未必能说服她，而且，按宗杭的说法，易飒还生了很重的病。

大概是羡慕他能有这么个认定的人，也羡慕他认定了就一直坚持吧。

井袖说：“没什么，反正，你加油吧。”

真心换真心，一片真心出去，总有回应的，就算没回应，又能怎么样呢，不损失什么，也对得起自己。

有些事情，未必要有好的结果，但坚持本身，就已经足可慰藉了。

挂了电话，她继续往前走。

丁玉蝶曾经给她听过一句话，说是丁碛的临终遗言，截取了关于她的部分。

只一句。

“我留下的东西，就给井袖吧，就跟她说……”

就跟她说什么呢?

她常常揣测这下文，还一度去求大仙儿，希望能等到一回丁碛入梦，把这句话给补全了。

但始终没能等到。

再后来，也就释然了。

什么都比不过认真、踏实、尽量幸福地活着吧。

丁碛不是她的归处，但他确实尽己所能，度了她一程。

她该活得更好些，才不负这一度。

【06】

丁玉蝶一直没能联系上易飒，估计她是又去了什么信号不通的地方，不过他挺淡定的：早得出经验来了，打不通就隔几天再试，反正她的位置很飘忽，飘着飘着，信号就来了。

果然，半个月之后，终于接通了，两地有时差，这边天已经黑了，她那头还是傍晚，夕阳的红光洒了一地。

从画面上看，易飒有点不修边幅，文艺点叫无心梳妆，盘腿坐在吊床上晃悠着，怀里还抱了半个西瓜。

她头也不抬，正拿勺子去舀瓜瓤：“有话就说。”

丁玉蝶说：“你在哪呢？”

易飒把一大块瓜送进嘴里，拿起手机，四面转了一圈，给他看周围环境，口齿不清地作答：“我不是给老挝的渔民投资过渔网，帮他们捕巨魟吗？本来是来现场收租的，结果昨天下了场暴雨，船被冲走了，大家都困在岛上了。”

听起来好像是大事，丁玉蝶问她：“那怎么办啊？”

易飒鼻子里哼一声，手机转回来，继续给他直播吃瓜：“屁大点事儿，过两天水退了，再出去呗。找我什么事啊？”

丁玉蝶说：“漂移地窟的事儿。”

易飒一勺子刚插进瓜瓤里，停住了。

某种程度上，漂移地窟的事儿，就等于丁盘岭的事儿，这么严肃的话题，她还在这吃瓜，多少有些不合适。

她把叉着勺的瓜搁到头顶的树杈上：“说吧。”

丁玉蝶把见丁海金的事儿说了一遍，跟和宗杭说得差不多，不过“21克”什么的，都已经成了他的个人见解，还加以申发：“其实人的意识，究竟是从哪产生、怎么产生、又是大脑里什么部位保存着的，到现在也没个说法，大爷猜测说，那些服食太岁的人，死了之后‘魂魄’就会被牵引，然后收纳到祖牌里，长久存在。当然，也有可能是人服食了太岁之后，意识就已经被镜像、备份、收纳进去了，只不过自己不知道而已。”

易飒蹙着眉头听完了，全程没发表意见，半晌才说了句：“大爷还挺有想法的……你也，挺有想法的。”

对丁玉蝶来说，这属于再传达，热情都在头两次消耗完了，早没了积极探讨的兴致：“就是跟你说一声，让你知道这头的情况，没事就先这样了，有进展我再找你。”

易飒没让他挂：“你等会。”

她应该是想说什么，但一时还没想明白，丁玉蝶也习惯了，耐着性子等她想，中途还抽空跑了趟洗手间，回来的时候恰看到不知道是什么大飞虫，一头扎进了瓜里。

易飒想得专注，无知无觉，丁玉蝶乐得看人倒霉，也没跟她说。

过了会儿，她问丁玉蝶：“然后呢，你打算怎么办？”

丁玉蝶觉得她问得奇怪：“这就是一种可能性、推测，咱们知道就行。我反正继续找漂移地窟，继续关注老爷庙呗。”

果然，接班人的养成不是一朝一夕，也不是一年两年的事儿，易飒咬牙：“错！你推测出了一个可能的方向，不能只是嘴上跟我们聊聊就完了，你得继续往下想，想风险，想防卫！”

屏幕上，丁玉蝶一张脸上都是懵懂。

易飒没办法，只得一件一件跟他掰扯。

“如果大爷说的这种情况属实，那盘岭叔必输无疑，你懂吗？必输无疑！恶虎还难敌群狼呢，他得对抗多少人？而且那些人，古代能服食太岁的人，非富即贵吧，个个都不是脑子简单的主，盘岭叔再厉害，心智再强，也没法以一压众——也就是说，一年前，他只是做到了暂时的干扰，帮我们几个赢得了逃生的时间，仅此而已。”

丁玉蝶结巴：“那后来……盘岭叔怎么样了啊？”

易飒心一横：“用你自己的脑子想，我们逃了，他落了下风，再也控制不了息壤，那些息壤会怎么做？”

丁玉蝶的脸色渐渐变了。

息壤是会攻击人的，像端头尖利的藤索，他腿上的洞穿伤疤，就是拜它们所赐。

丁盘岭落败的话，那些息壤又没有别的目标，当然会反过来攻击他……

他喉头发干，用力咽了口唾沫：“那就是……死了？”

易飒沉默了会儿：“不一定，比这还糟糕呢，你想想丁长盛。”

丁玉蝶太阳穴突突乱跳：没错，丁盘岭即便是死了，也绝对不是一具废弃的尸体，在漂移地窟里，尸体是可以被拿来“再利用”的，也就是说，丁盘岭很可能已经“变”了。

他揣了几分侥幸心理：“可是我们这一年，都没找到漂移地窟，它没再‘地开门’，盘岭叔即便真的变了，应该也像姜骏一样，被关在里头了。”

要不是隔着屏幕，易飒真想狠敲他两下：“丁玉蝶，你现在身份不同，责任也重，任何可能存在的危险，再小你都该拿放大镜去看，然后广筑篱笆去防，而不是拼命找借口证明它不存在！”

丁玉蝶知道她说得有道理，半晌没吭声。

易飒顺了会儿气，这才继续：“你知道潜艇吧？它在海里运行，但仍然需要定期浮出水面，压缩空气、补充供给什么的。”

丁玉蝶嗯了一声：“不就是鱼浮头吗？”

身为水鬼，常在水里转悠，也熟悉各种鱼类现象：一般情况下，当水里的溶氧量低时，鱼就会浮出水面吸氧，跟潜艇上浮差不多。

易飒说：“你不觉得漂移地窟也差不多吗？只不过它是在地下运行的潜艇、游鱼，也要时不时地开门，换个氧。之前咱们总结出的螺旋图，是它的惯常运行路线——但潜艇遭受袭击会变换路线，鱼受了惊扰也会改变行为规律，我们上次在漂移地窟那么一通折腾，它一定更加隐蔽，不可能让你再轻易捕捉到它的轨迹，它的门，完全可以开得安静，不那么有声势，也可以开在人到不了的、侦测不到的地方。”

“你找不到，不代表它没‘开门’。但只要它‘开门’，盘岭叔就不可能会被关着。”

丁玉蝶后背凉气直冒：“盘岭叔会被放出来？”

易飒冷笑：“为什么不放？人留在漂移地窟里干吗呢？只有放出来才能起作用。1996 年易家人出事，丁长盛赶去救援，他难道是在洞里找到那些人的吗？”

丁玉蝶怔了好一会儿：当然不是，那些人都是在地面上被找到的——那些“变”了的人，只有被放出去，混迹在外，才能真正做一些事情。

他下意识往身后看了看，声音也低了八度：“你的意思是，盘岭叔很有可能已经出来了？”

易飒反问他：“如果他真出来了，你怎么应对？”

丁玉蝶倒吸一口凉气，觉得这题出的，真比水鬼应试时还让人紧张。

他忍不住喃喃：“丁祖牌和易祖牌，我得看好了。得加强戒备，得让三姓留心甚至主动去搜找盘岭叔，没错，先下手为强，我们抢先一步……”

易飒提醒他：“三姓内部，真正知道这个秘密的，现在有多少人？”

丁玉蝶脑子里一团乱：“没多少了，知情的上次折得差不多了，现在新派去搜找漂移地窟的，只知道是找，并不了解内情。真正知道整个秘密的，也就我们几个吧。”

易飒说了句：“也就是说，我们几个没了，这整个秘密，就会被全部盖下来？”

这话说完，屏幕内外，两人定定对视了几秒，丁玉蝶觉得，空气都凉了。

是没错，这秘密重大，知晓前因后果的人寥寥无几，万一哪天，这些人都不约而同离奇死亡的话，这秘密真的会被盖下去。

丁玉蝶的声音更低了：“你的意思是……它会杀我们灭口吗？不会啊，要杀干吗早不杀啊？”

易飒觉得好笑：“怎么你觉得，它以前没动过这心思吗？

“鄱阳湖下头，我和宗杭先是被扔进蛤窝里的，如果不是运气好，早死了。

“再然后，姜骏不想杀我们吗？只不过一对三，他没把握，最后被我们制住了，只能往我脑子里放点干扰信息。

“壶口那次，可惜里头没个能被它控制的姜骏，它离得太远，通过祖牌能对你产生的影响力有限，只能让你去画两幅画，不然是不是就让你提刀了？

“而三江源那次，终于到了它的地头，所有人可都是被拖进了地里的，这一窝端的用意还不明显？甚至最后还放了个丁长盛上来，只不过阴差阳错，被丁碛给扑了。

“自始至终，它都是致力于保守这个秘密的，只要有必要，根本不在乎手段。”

丁玉蝶嘴唇翕动了几下，蓦地反应过来：“卧槽，你这，吓得我冷汗都出来了，但所有这些，都得有个大前提，那就是大爷的推论就是真相，对吧？”

易飒咯咯笑起来：“对啊，我这是代盘岭叔培养接班人呢，你以为推论是脑子一热瞎推的，推出来就完事了吗？”

丁玉蝶没好气，拉着领口扇风晾汗，悻悻说了句：“那我希望大爷这一套都是扯犊子，打死我也不想跟盘岭叔对上。”

挂了电话，丁玉蝶继续扇领口，扇着扇着，觉得后背凉凉的。

回头看，看到身后的窗子开了一扇，风就是从那儿灌进来的。

这是他开的，纯粹是图夏天凉快，晚上也没关过。

丁玉蝶坐着看了会儿，忽然噌地起身，呼地一下把窗户推上了，还落了锁。

以后睡觉，还是关窗吧。

【07】

宗杭坐在河堤上，拿着手动电风扇给自己扇风，身后是一排间错的高脚楼，对面是零落的船屋。

有几个小孩，原本是在玩“扔拖鞋”游戏的，现在都挤挨过来，争着去享受小风扇的凉风——其实跟湖上掠过的风不能比，宗杭有时候促狭，故意把小风扇移到东挪到西，小孩儿们的脑袋就跟着转，但每当宗杭想回过头跟他们说话，他们就跟受了惊的小鹿似的，哗一下跑得老远，然后在远处笑成一团。

突突的摩托车声响起，是阿帕驾车过来了，他的车头插了根旗杆，上头套了三角旗，旗上印“必胜”二字，是出发前特意去搞的，既隐晦地拍了大老板宗必胜的马屁，又寓意此行必然心想事成、一切顺遂，而且开车时旗子兜着风猎猎扬开，相当有声势，可谓一举三得。

果然，这派头立马引起了小孩们的注意，阿帕停好车子、昂首挺胸往这边走时，他们还围着摩托车，又是踮脚又是蹦跳，试图去摸旗子的边角。

阿帕走到宗杭身边，说得很笃定：“小少爷，我兜了一圈，看过了，也问过了，这儿没有气派的、门上贴春联的、门下挂葫芦的船屋，绝对没有。”

宗杭嗯了一声，略欠起身子，把屁股底下垫着的海报拿出来展开，海报背面画的是洞里萨湖的轮廓图和大致浮村分布，上头已经密密麻麻地打了一圈红叉。

宗杭朝阿帕摊手，阿帕赶紧递上笔，看着宗杭在上头的又一处标了个红叉。

阿帕挺好奇的：“小少爷，你干吗要找船屋啊，里头是有钱吗？”

宗杭乜斜了他一眼，那意思是：庸俗。

也是，小少爷家理应不缺钱，但这锲而不舍的架势……

“是找姑娘吗？”

宗杭没吭声，但止不住笑了一下。

也是怪了，都这么久了，挨处扑空，没见他沮丧，还这么开开心心的。

而且……

"小少爷，你不都交过五个女朋友了吗？你还说没劲，觉得没意思，为什么还要找呢？"

宗杭说："你懂什么。"

好吧，阿帕不吭声了，自觉低人一等：小少爷都已经在冲击第六个了，他还没有实现零的突破，在这个问题上，确实是没什么发言权。

没找着，那就继续找呗。

阿帕无怨无悔、任劳任怨地跟着，宗杭带着他是有道理的，越往湖区去，语言越不通，阿帕是当地人，方便沟通，阿帕也非常想借这一次，洗清自己"衰神"的称号，出发前，他还遭到了龙宋的鄙视："你行不行啊，你这每次跟着，都要出大事，万一这次……"

阿帕扯着嗓子吼："就不兴我跟着，能出点好事？"

出发之后，他早晚都求佛保佑：他家自祖上起就供佛，希望佛祖这次能给点力，让他扬眉吐气一把。

佛祖慈悲，过了几天，还真找着了。

当时，照例是到了一大片浮村，他跟宗杭两个分工，一人负责一爿，岸上没人，他多少有点放飞，一边开车，一边把望远镜拿起来，贴在眼上朝湖里瞅。

然后，视线里飘进了一个铜葫芦。

天天念叨着找葫芦，真看见了，居然没立刻反应过来，葫芦飘出视线之后，阿帕才入梦初醒，大吼着："小少爷，我找到啦！"

然后翻了车，磕破了嘴，鼻子上还蹭掉一块皮。

他不管不顾，车子都忘了，抡着两条腿，追着宗杭的方向一路狂奔，自觉无限委屈，一朝雪洗。

找到了！终于找到了！

尽管他还不十分明确到底要找什么。

两人在岸边搭了条船，向那条船屋进发。

坐船时阿帕都不闲着，精神抖擞，向撑篙的打听。

说那条船确实是前一阵子才来的，上头住了一户越南人，男女主人都有点年纪了，带了几个孩子，最大的女孩也就八九岁。

阿帕觉得有点不对，这还追哪门子的姑娘啊，年龄对不上啊。

宗杭听了阿帕的转述，半天没吭声，心里也七上八下的，迟迟定不了。

难道易飒把陈秃的船屋转手了？

……

小船拐了个弯，那船屋终于出现在眼前。

宗杭头皮发麻，胸腔里擂鼓样，气都有点喘不上来：是这船屋没错，他曾经拼命爬上这船屋的平台，曾经为易飒扶着爬梯，也曾经被丁碛装进塑胶袋里，于深夜拎出那扇简陋的门。

一切都没变，除了春联有点褪色。

有个赤脚的中年女人抱了盆待洗的衣服，啪嗒啪嗒从平台上走过。

宗杭脑子里一激，也顾不上船还在行进，扶住阿帕的肩膀猛然站起："香姐！香姐！是我啊！"

他忘了这小船狭窄，压根经不住这么造：阿帕没吃住这力，扑通一声栽进水里，船身一晃，宗杭也没站住，从另一侧跌落水中。

只撑船的身经百战临危不乱，两腿岔开，硬稳住船身，然后一迭声地抱怨。

听不懂，大概是骂他们乱动，落水也是活该。

再说黎真香，忽然听到有人喊她香姐，赶紧循声去看，却只见一片水花扑腾，其间有个人，脑袋浮出水面，拼命朝她挥手："香姐，香姐，是我啊。"

看脸有点陌生，但这场景似曾相识，黎真香忽然想起一个人来：那时候，他从素猜的船上跳下水，被打得半死，又被陈老板和易飒救回来了，当时，陈老板还对着她千叮咛万嘱咐，说这事不能对外说，对家里人也不能说，话都得烂在肚子里。

没错，她记得，那后生仔还不会游泳。

黎真香下意识把洗衣盆一扔，俯身捞起平台边的船篙往水里送，大叫着："要死啦，救人啊，后生仔不会游泳！"

船篙在水里空抡了一圈，没起什么作用。

那头，湿淋淋的阿帕正被船夫拽上船去，而这头，宗杭从平台边冒出头来，伸手抹了把脸上的水，向着她笑："香姐，是我啊。"

吃着越南米粉，看孩子们拽着嘴巴上绕了捆索的阿龙阿虎在船上乱晃，宗杭终于了解了事情的始末。

原来，易飒回柬埔寨不久，就去了巴盖浮村。

她对黎真香说，陈秃已经回国了，也不准备再回来，这船屋转给她了，黎真香愿意的话，可以继续在这船上干活，而且，因为她长期不在，黎真香可以带着家人住进一层，只把二层留给她就行。

陈秃和易飒本来交情就不错，黎真香对她的话深信不疑，再说了，破屋换大房，这还有不愿意的？她高高兴兴带着男人和三个孩子住了进来，像从前一样打扫卫生，喂养阿龙、阿虎，还给家人立规矩，不准随便上二层，怕他们乱动易飒的东西，惹她不高兴。

宗杭问她："那易飒多久来住一次？"

黎真香想了想："这个说不好，一两个月吧，她是爱来就来，爱走就走，从不打招呼。上次回来，住得长一点，结果因为泰国人闹事，招来了警察，浮村就散了，我们把船开到这之后，她就走了，还没回来过呢。"

看来还得要等，不过没关系，一两个月，总算有个期限了。

宗杭说："我有事找她，那我就在这住着等吧。"

又指了指二楼："我能上去看看吗？"

二楼也没大变样，诊所里的货架还都在，但货品少了不少，估计是这些日子陆陆续续设法销货所致，陈秃的那间屋子锁死了，原来的客房和诊所打通，易飒就住客房。

她的屋子也简单，没什么花哨的陈设，只床头处钉了钉子，挂了个带锁套的结绳，不知道是干吗用的。

宗杭看了一遍之后出来，想起易飒惯用兽麻，于是在货架间停了一会儿，想找找有没有备货，无意间发现，桌子的抽屉没关严实。

他走过去想往里推，没奏效，原来是尽头处卡住了，其实卸下抽屉修一下就好，但易飒做事大而化之，黎真香又不去动她东西，所以就这么错着，将就到如今。

宗杭把抽屉抽开些，想顺手纠个错，目光及处，看到几张散落的明信片。

最普通的那种，画封上都是东南亚风光，宗杭拿起来看了看，忽然发现背面有字，他自觉不该窥人隐私，赶紧送回去——哪知送回去之后，反发了怔，心里怦怦跳开了。

他觉得自己应该没看错，刚刚那一瞥，好像看到了自己的名字。

是写给他的，还是提到他了？

他犹豫了很久，到底是没忍住，又把那张拿了起来。

真是给他的。

头一句就写：宗杭，你现在老了吧？

什么老了，明明还正青春呢，宗杭愣了好一会儿，蓦地反应过来：这应该不是近期内会寄给他的，而是易飒预计很久很久之后，托人寄给他的。

他觉得背上凉一阵热一阵的，好像不小心窥破了什么远年后的秘密。

外头阳光正好，能听到雀鸟掠过的鸣叫、小舟划过时泛起的水声还有阿帕在下头嘀嘀咕咕、逗着黎真香的儿女们玩闹。

宗杭不觉在椅子上坐下来。

——我可能走了很久了，不知道我有没有活过乌鬼，我力争活过它，我走在它前头，它就成了野鬼。

宗杭想笑，眼睛又有点酸。

——我走在你前头，就是你的前辈导师，我觉得有必要指点你一下，免得最后到来的时候，你手忙脚乱的，偷偷躲在屋里哭。

——你看你多幸福，我在前头一条条摸索，你就在后头吃现成的，果然是个小少爷，享福的命。

这是第一张，落款画了个小人儿，扎头发的小姑娘，很拽的样子，指间还夹了根烟枝。

宗杭攥着明信片，在桌上趴了好一会儿，他觉得自己是幸福，真幸福，就算是一脚跨进人生最倒霉的境遇，也在这境遇里遇到了爱的人。

第二张。

——我今天流血了，不过幸亏在颈后垫了毛巾，你伤在胸腹，血是往下流的，垫毛巾没用，想来想去，应该穿个裹胸，还得是厚的。

写完这句，大概自己也觉得好笑，一连写了好多“哈哈哈”。

宗杭也笑，能拿这种事调侃，大概心情调节得不错：他希望她心情好，能经常开怀地笑，千万别偷偷抹眼泪，不然真让人揪心，特别揪的那种。

——我就让酒店的后厨给做了个猪肝补血汤，其实我特别不喜欢那味道，但没办法，补一点是一点，少了当然就要补。我下次试试，能不能直接给自己输点血，要是有效果，我就跟你说。

第三张。

——今天半夜翻下床了，乌鬼在推我，我实在太聪明了，想了个结绳套的方法，第一次就起作用了。

——你老婆靠得住吗，如果靠得住，我建议你把你的情况告诉她吧，有两个人分担会好一点，让她晚上别睡得太死，这样才能及时叫醒你。

第四张，也是最后一张。

大概是因为这才第一年，一心想当导师的她还没太多经验能跟他分享，这一张才写了一两行，以吐槽乌鬼开头。

——乌鬼太蠢了，想跟它聊个天，它跟个傻子似的。

——我有点想你，你想我吗？

边上又用潦草的字写：这张不寄。

大概是觉得，反正寄出的时候，她不在了，他也老了，这年轻时软弱的小心思、矫情的小情绪、早已过去的事就算了吧，只写给自己看。

易飒还真是……任何时候都冷静，也克制，连想他，都要加个修饰词。

有点。

为自己留无穷余地。

他就不像她，他要实在点。

宗杭吸了吸鼻子，从桌上拿起笔，在下头写：想，特别特别想。

写完了，把几张明信片都划拉进胳膊里圈住，像怕谁抢了去，也像圈着全世界。

易飒把摩托车开到湖边。

船屋换了地方之后，她有点记不清位置，绕了些错路，不过倒不是没收获，路上遇到个报贩，拉了一堆废旧报纸预备再利用，她无意间翻了翻，居然翻到两份关于马老头的。

都是一两个月之前的了，一份是描述他在扳倒大毒枭的案件中，起到了重要作用；一份报道的是他回国的消息，说是担心素猜的同党报复，回到中国，安全上会更有保障一些。

于是顺手拿了来，预备贴到墙上，未来她作古了，生前住的屋子就是纪念馆——这报纸上的大事件里，也有她推波助澜的手笔，尽管她的名字并未见报。

等了会儿，终于有条小船划近岸边，易飒带着乌鬼上了船，一边看报纸一边跟船夫聊天，问起浮村的情况。

船夫答说，没什么大事，就是新住进来个年轻男人，人挺好的，还经常跟渔民一起下水打鱼。

易飒嗯了一声，没当回事。

水上村嘛，还不就是你来我往，船屋都是水上的飘萍，不扎根，也从来没有根。

到船屋时，屋子里居然没人，估计是下湖区去了，只有黎真香三四岁的小儿子在，光着屁股在平台上走来走去，扔石子进兽笼砸阿龙、阿虎，还磨着牙咬一本书，咬得腮帮子鼓起，用了老力。

换了是黎真香另外两个孩子，大概早迎上来了，小孩儿不认人，瞪着眼睛看跨上平台的易飒，又看她身后跟着的、比他还高的乌鬼。

易飒确实是欠缺了那么点温柔怜爱之心，翻了他一个白眼，说："看什么看，边儿去！"

那小孩儿被她的气势所迫，下意识退了一步。

易飒都越过他了，心里一动，又退回来。

不对，这船屋简直是个文化沙漠，哪来的书呢？

她歪了脑袋，看封面上的书名。

居然还是中文。

上头写着《军警擒拿格斗应用解剖学》。

易飒脑子里轰轰的，说："给我。"

她伸手去拽，小孩儿不给，仗着自己的铁齿钢牙跟她抗衡，对阵了一会儿之后，到底是易飒赢了，把那本沾满口水的书从他嘴里拽了过来。

于是，撑舟路过这船屋前的人，都看到了这么一幅场景。

易飒手里握着卷书，在平台上怔怔地坐着，指甲刻画着书边侧起的密密纸页，也不知道在想什么。

在她身边，有个抽泣的暴躁小孩，一直气愤地朝她扔东西，什么都扔：小石子、布头、白菜叶子……

易飒当他不存在，还是原地坐着。

而挤在两人中间拉架的，是一只巨大的水鸟，一直歪歪扭扭地在小孩儿面前挡来挡去，好像在说：算了算了，她就这样，习惯就好。

小孩儿不甘心，晃动着两爿光屁股肉，噌噌跑进屋里，又拖出来一只对他而言堪称重物的、造型炫酷的篮球鞋，向着易飒砸了过去。

易飒手一抬，稳稳接住了。

同一时间，有只下湖归来、载满了人的小船，划进这头的水道。

那船上先是很热闹，再然后，大概是有人发现她了，更热闹，黎真香的大儿子甚至游鱼一样刺溜跳进了湖里。

但有个戴了遮阳斗笠、光着脚坐在船尾的人，一直没动。

易飒把鞋子放下，也没动。

过了会儿，船到跟前，黎真香她们叽叽喳喳地陆续上来，围着她问长问短，嬉闹声里夹杂着小孩儿绝望的哭叫。

船都空了，那人还是坐着没动，身子随着小船慢慢晃悠着。

易飒问他："你是准备长到船上吗？"

【08】

宗杭好像专等着被点名，被点到了，才好有头有脸地登场。

他从船上起来，一脚跨上平台，易飒没动，仰着头看他。

一年了，依然熟悉，又有点陌生，他好像要比她回忆中的高大，又或者是因为她从前很少这样“仰视”着他：赤脚短裤，风凉大衬衫，还顶了斗笠，打扮已经完全是个当地渔民了，只不过肤色依然醒目——他还真是耐晒，水上日头这么毒，他的皮肤也只是印了层浅淡的小麦色，在一众黝黑的男女渔民间尤其显眼。

见她不动，宗杭索性在她身边坐下，还把斗笠拿下来，问她：“晒吗？要不要？”

易飒摇头。

她既然不要，那他也不戴了，一个大男人，总不能比女人还娇贵。

宗杭把斗笠拿在手里，一圈圈转着玩。

身边渐渐安静，是黎真香她们知情识趣，各忙各的去了，哭叫的小崽子也被拉走了，乌鬼在不远处立着，和平台下自己的倒影相映成双，水流动得很慢，宗杭目光下行，看到易飒赤着脚浸在水里，脚踝上的刺青被水推漾着，湿漉漉的。

过了会儿，易飒问他：“你怎么来了？”

语气很平和，不像着恼的模样，宗杭的心一下子定了，还怕她不分青红皂白，一见面就赶他走呢。

宗杭看水里两人的影子，说：“我特别想你，就来找你了。”

不知道是不是有小鱼游过，倒影粼粼而动，倒影里，易飒在笑。

然后问他：“过得还好吗？”

宗杭点头。

“交女朋友了吗？”

宗杭说：“没。”

易飒没吭声，半晌才点评了句：“没出息。”

宗杭理直气壮：“我能有什么办法，我就是追不着啊。”

顿了顿又问她：“你呢，过得怎么样？”

身后传来脚步声，易飒循声去看，是黎真香抱着猪肺盆去喂阿龙、阿虎，盆子很沉，她每走一步，平台上缀结的木板都吱呀吱呀响。

易飒回过头，脑子里有些断片，顿了顿才想起宗杭问了什么：“就那样，凑合吧。”

她觉得实话实说比较好，说过得十足惬意，也没人信啊。

宗杭说："那就是过得一般了？要么你跟我走吧，我可以保证你比以前过得更好。"

这什么乱七八糟的？易飒看了他半天，扑哧一声笑出来，说："神经病。"

她手撑住平台想站起来，宗杭伸手过去，一把包覆住她的手。

天气挺热的，手心挨着她手背的那一处更烫，他觉得手都不像是自己的了，手背上的皮肤乱跳，像小时候吃过的跳跳糖，不听使唤，跳个没完没了。

但他还是越攥越紧，把她的手慢慢往身边拉，低声说："我认真的，易飒，我认真的。"

易飒没吭声，目光斜溜到被他攥着的手上，那一截手腕处酥酥麻麻的，身上渐渐燥热，耳力倒是比平日清明：那头黎真香还在给阿龙、阿虎喂食，这头里屋的人吵吵嚷嚷，还好，没人出来。

她用另一只手扒着平台粗糙的边沿，觉得自己好像只剩这一只手了。

宗杭继续往下说。

"人应该往前走不是吗？这一年，你说要清净，我就没来打扰你，但你尝试了，并不很好，只是凑合，那就换一种更好的呗，你跟我走，给我一次尝试的机会，哪怕也只是一年，如果一年到期，你觉得不好，那也不妨碍你继续过清净的日子，是不是？"

易飒觉得这话特别孩子气，想笑又笑不出来，好一会儿才说："宗杭，我去检查过，这一年，我的身体真的不如以前，我会死的，真的。"

宗杭没松手："我知道啊，我一年前就知道了，我想明白了，我一点也不在乎。"

他转头看易飒："夕阳要沉下去了，欣赏它的人并不因为它要没了就再也不欣赏它；昙花花期那么短，还是有很多人彻夜不睡，就为了守着它开花。这世上，很多美好的事物都消失得很快，但这不妨碍它们存在，也不妨碍大家去喜欢啊。"

易飒失笑："这不一样的。"

宗杭很固执："在我看来，就是一样的。我知道，你就是怕我们在一起不能长久，你怕你走得太早，剩下我一个人会痛苦、会迟迟走不出来，你就是那种，怕噎着了，就不吃饭了……"

易飒说："那叫因噎废食。"

好像是，但管它呢，宗杭继续说自己的："如果我向你保证，我不会那样的，你是不是就没这顾虑了？"

易飒没听明白，这还能保证吗？怎么保证？

宗杭说得认真："人只有得到了，才谈得上失去，能失去，就是得到过。得到、失去，本来就是相辅相成的，就像有阳光就会有阴影，有手心就有手背。

"那同样的，人可以有两种选择，一是为了得到始终庆幸，哪怕后来失去；二是因为失去持续痛苦，即便曾经得到——为什么你非要觉得，我会选第二种呢？"

易飒听得入神，宗杭其实从来不是个擅长讲大道理的人，但一旦讲了，又有一种拙朴的实在，能吸引着人听下去。

"一个没见过光亮的人，天空中出现了太阳，后来太阳走了，这个人后半辈子，就一定要为了太阳再也不回来而伤心痛苦吗？他就不能在黑暗里，始终心怀感激，始终为了自己曾见过漫天光亮而觉得庆幸吗？

"所以易飒，你为什么非得觉得，我一定会为了失去而痛苦呢？我们在一起，未来也许会像你想的那样，一个人先走，一个人留下。留下的人就一定会凄惨可怜吗？为什么不能是那种……"

耳畔突然传来一个声音："你们是想吃米粉还是泡饭啊？"

是黎真香，她喂完阿龙、阿虎，想起该准备晚餐了，于是过来征求一下意见——两个人聊得专注，居然都没注意到她过来了。

宗杭被她这一搅和，酝酿了好久的情绪登时飞偏，易飒觉得黎真香这话插得突兀又好笑，忍不住笑出来。

黎真香反莫名其妙："笑什么啊？到底想吃哪个啊……"

难得谈得渐入佳境，功亏一篑，宗杭懊恼得要死："随便吧，什么都行。"

又拉易飒："走，这儿太吵了，我们换个地方。"

他拉着易飒上了小船，熟练地操桨在手，乌鬼看见了，习惯性地想跟过来，宗杭把桨端在平台上一抵，小船飞快地出去了。

乌鬼身子趔趄了一下，险些栽进水里，好不容易稳住身子，一双大眼恨恨地盯住宗杭，宗杭心头掠过一丝歉意，又很快消散：反正乌鬼是养不熟的，跟他怎么都不亲。

宗杭把船划离浮村，远了村子，也远了岸，这才收了桨，任小船随水浮漂。

日头坠下来了，浮村、湖上、远近林岸，都镀了一层金色，两人都坐到船沿上，把脚浸入水中——这儿的鱼挺多，脚上偶尔被啄吻，柔软溜滑。

被打断的话头，想重新接下去总有点怪怪的，宗杭觉得自己的意思已经表达得差不多了，不妨开门见山："我就想我们能在一起，有多久守多久。

"你走的时候，有我陪你，你就不会孤单了。你不用担心我，我也许会难受一段时间，但我会多想想我们那些美好的事儿，不会老揪住失去不放。将来轮到我了，有我们共同的回忆陪着我走，我也不会寂寞。”

他看易飒的眼睛：“这样行吗？”

易飒笑，好久才轻声说了句：“这样太辛苦了，宗杭。”

宗杭说：“你不是我，你觉得是辛苦，但在我，我觉得是成全，互相成全。与其两个人分散两地，各自不开心，不如大家在一起，一起开心，这不是双赢吗？”

连“双赢”都出来了，易飒眼圈发热，顿了顿才说：“你要是一个人也就算了，但你有家人，不能这么想一出是一出……”

不提“家人”还好，一提这两个字，宗杭的表情，忽然就多了些神气活现，他对易飒说：“我们成熟的人思考事情，当然会考虑到方方面面，你以为，我会不考虑家人吗？我早跟他们达成一致了。”

他举起手机，点开“相亲相爱一家人”的群，发了条语音过去：“爸，妈，视频可以发过来了。”

易飒没想到，宗必胜和童虹都准备了视频给她，而且宗杭事先没看过，一家人说好了：他能把易飒说动心了，家人再来助攻一票，说不动就边儿去吧，也别来讨要视频了。

难怪宗杭刚刚要视频的时候，屁股上都快长尾巴了。

宗必胜的先过来。

虽然都是录好的视频，并非即时通话，但易飒还是没来由地有点紧张。

点开的头几秒，是宗必胜穿着健身服，在跑步机上挥汗如雨。他中等个子，梳着整齐的背头，身板挺结实的，很符合成功企业家的人设。

这是干吗？初次“见面”，想给她一个精力充沛的印象？

展示完毕，宗必胜下了跑步机，冲着镜头跟她打招呼：“飒飒！”

居然这么热情，易飒有点不自在，长到如今，她于各种窘迫境遇中都游刃有余，唯独不知道该怎么去承接别人的热情和善意。

“听杭杭说你生病了，嗐，叔叔跟你说，现在科技这么发达，什么疑难病症，过几年都攻克了，你完全不用担心。或者让叔叔每天带着你跑步，你看看……”

他边说边抬起手臂，给她展示了一下自己的肌肉。

“跑几个月，免疫力就高了。”

背景变了，这回不是健身房了，是公司园区大门前，宗必胜西装革履，腰背挺直，录个视频，整得跟个形象宣传片似的：“飒飒，我感觉杭杭是挺听你的话的，叔叔非常欢迎你住到家里来，跟我一起改造他，杭杭的人生规划，还是需要你的参与的。

“当然了，虽然杭杭一再让我给他说点好话，但叔叔觉得，做人要实事求是：如果你看不上他，叔叔也不会勉强你，他长那么白，确实不是受女孩欢迎的类型……”

宗杭默默看着视频：是亲爹没错了，从不给他长脸。

童虹的也传过来了。

她显然是郑重修饰过，做了发型、化了淡妆，穿修身的旗袍，还戴了珍珠项链，很端庄地坐在桌边。

这架势，挺给人压力的。

童虹也叫她飒飒：“飒飒，杭杭也在吗？让他回避一下，有些话，阿姨只想跟你说。”

四面都是水，水上一叶舟，宗杭嘀咕：“这让我回避到哪去啊？”

童虹又说话了：“杭杭，你放心，妈妈不会做出甩一堆钱让飒飒离开你那种事的，是你说的，飒飒比我还有钱呢。”

想不到宗杭还给童虹打过这种预防针，显然狗血的电视剧看过不少，易飒忍住笑，推宗杭：“你水里去吧。”

宗杭想看童虹说了什么，又拗不过易飒，只好悻悻下了水，慢吞吞往远处去。

易飒看屏幕。

童虹有几秒没说话，像是专门预留出时间让宗杭回避，易飒一个人待在船上，有点讷讷的，不自在地理了理头发，又扯扯衣角——实在多此一举，童虹又看不到。

童虹微笑着开口了。

不知道为什么，她一笑，易飒忽然有些鼻子发酸，觉得她特别亲切，像生命中早已缺失的亲人。

“飒飒，你生病的事，杭杭都跟我说了。说实在的，一开始，我是有点想不开的，你也别介意，当妈的，谁不希望儿子找个媳妇能健健康康的，两人能长长久久在一起啊。”

她语气亲和，真像促膝聊天，易飒不觉就低低嗯了一声。

“可是后来，我跟杭杭聊得多了，也慢慢想开了，我希望他能幸福，而幸福有很多种方式，未必只有长久相伴这一种，能真心实意、不计结果地去爱一个人，其实也挺难得的，好过有些人随波逐流一辈子，都不知道爱是什么。

“杭杭跟我说，你怕病到后来很丑，不愿意别人看到，真是傻孩子，你去医院看看，任何一种重病，到晚期都是最折磨人的，很多人都耗得没了人样，没了性别特征，但你去问问，那些爱他们的人，会不会嫌弃？会不会放弃？

“阿姨明白你的决定，那未必是你内心想要的，但那是你觉得最合适、对大家都好的，你又能承受这结果，所以你就独自承受了。”

易飒的眼前有点模糊，抬眼看，宗杭在不远处漂着，只一个脑袋浮在水面上，巴巴看着她。

“但有时候啊，别被自己给框住了，事情往往还有别的、更好的解决方式，就看你怎么去看了。飒飒，你不用有那么多顾虑，杭杭找你去了，听听他的想法，给自己一个机会，也是给别人一个机会。其实谁都会死，但咱们总不至于因为以后要死，就再也不好好活着了，要是日子比别人少，就更该活得漂漂亮亮的，你要是不知道该怎么活得漂亮，过来阿姨教你。”

视频就到这里结束。

易飒把手机搁到一边。

天晚了，风凉了，水也凉了。

扑水声由远及近，是宗杭急急过来，到了跟前，他不忙着上船，只扒着船沿看她。

“怎么说啊易飒？

“你别这么犟头犟脑的行不行？

“你让我来安排，我能安排好的。我都想好了，太岁不是喜欢三江源那种高寒的地方吗，它在那儿才能长久，我们以后去青海住，你别住这儿了，又潮又热的。还有啊，我们多花点钱，专门从三江源头打水喝，多少能起点作用……”

易飒红着眼圈笑出声来。

宗杭心里一跳，觉得有门，他仰起身子，伸手搭住她膝盖：“行吗？”

他屏住呼吸等她回答。

易飒低下头，问他：“你怎么会喜欢上我的呢？”

她觉得自己像中了彩：既不温柔可人，也没做过什么大好事，犟头犟脑，从小到大惹好多人烦，突然有一天，身后就吭哧吭哧跟了这么个傻小子，像是专为应对她的坏脾气量身定制的，撵都撵不走。

宗杭笑起来，他抱住她的膝盖，一身湿淋淋地把下巴搁上去，说：“我哪知道啊。”

说着，抬了眼看她。

她正低着头，眼底漾一片晃动的水亮，而水亮里有他。

宗杭说：“我能亲亲你吗？”

还是那个宗杭，做任何事情，都要小心翼翼先征求一下意见。

易飒说：“能啊。”

又睥睨着看他，问：“你会吗？”

于是宗杭的脸沉下来。

说：“你这是瞧不起谁呢！”

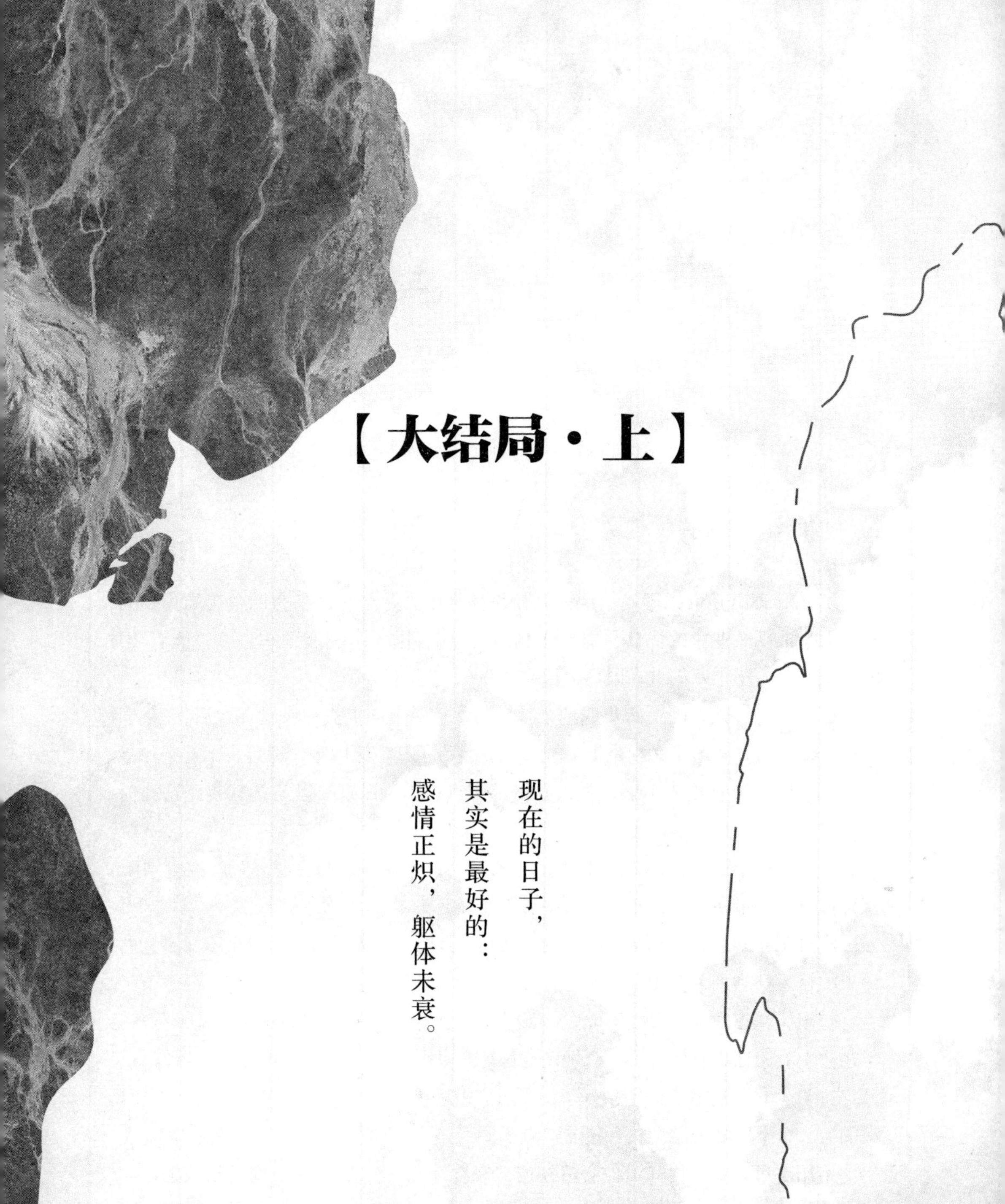

【大结局·上】

现在的日子，
其实是最好的：
感情正炽，躯体未衰。

半年后。

宗必胜言出必行，每隔一两天就要拉易飒出去跑个步，半为助她提高免疫力，半为展示成功企业家的优良品质：正是因为他说到做到，且持之以恒，才能有今日的成绩——希望小辈们看在眼里，记在心里。

但自从有一次，晚上跑步遇到个打劫的，被易飒冲上去一脚踹飞之后，宗必胜就有点说不清每晚跑步必须带上易飒，究竟是为了其他原因呢，还是为了有个保镖。

这一晚，晚餐比较丰盛，人人吃得都有点撑，所以宗必胜又提起夜跑这茬时，宗杭加入了，童虹也响应了。

为了照顾童虹，跑步改为散步，本来四个人走在一起的，没多久就拉党结派：宗杭拉着易飒走在前头，童虹挽着宗必胜落在后头。

童虹先还和宗必胜聊点有的没的，公司、理财、政策、八卦，后来不知不觉的，两人的目光都黏到了前头那一对身上。

易飒不知道发现了什么好玩的，蹲在路灯下举着手机左拍右拍，宗杭半弓着身子在边上看，还不时挥着手，帮她赶走被灯光吸引、总往她头脸边撞的小虫子。

过了会儿，易飒应该是拍好了，举给宗杭看，宗杭也半屈膝蹲下，两手握住易飒的肩头，下巴贴着她鬓角，边看边点头。

不用凑过去听，也知道他必然在说"好看，真好看"，反正只要是易飒喜欢的，或者称赞的，他几乎没说过不好。

童虹感叹："杭杭小时候啊，我就特别想看到他牵着小妹妹玩，觉得那种两小无猜的画面特别美好，谁知道看得最多的是他抱着玩具跑，扔小妹妹在后头哭……如今可算是看到了，就是模子都大了，不是小孩儿了。"

宗必胜奇道："那也不是小妹妹吧，我记得飒飒好像比杭杭大点。"

童虹嗯了一声："大了两岁好像，不过在我眼里，都是小孩儿。"

说话间，易飒站起身，不知道是不是蹲久了腿脚发麻，半撑着身子拿手揉按，宗杭也帮她敲敲打打，好一会儿才又挽着她向前走。

宗必胜看得心里直冒酸水儿，这么多年，没见这儿子帮他捶过腿。

他有点唏嘘："你说这飒飒，好看是好看，但比她更好看的也多，要说性子多温柔，也不见得，但是咱们杭杭，就爱围着她转，用现在年轻人的话说，跟个小迷弟似的……"

童虹说："这叫一物降一物，而且我敢说，肯定是你的傻儿子先喜欢上飒飒的，掏心掏肺地往前凑——飒飒这姑娘，是你先对她好，她才会对你好，可怜见的，不知道跟小小年纪就没了家人有没有关系……"

她忽然想起了什么："对了，你上次带她去查身体，医生怎么说啊？"

宗必胜说："什么事都没有啊，医生说了，样样都正常。"

童虹皱眉："是不是你找的医生水平不行啊，飒飒有一次是不太对劲，就是杭杭让阿姨做乌鸡红枣汤那次，我看她整个人都没精神，一张脸白得跟纸似的……你下次多花点钱，或者问问人，找那种有名的医生。"

说到这儿，忽然伤感，眼圈都泛红了："你说她这年纪轻轻的，万一真有点事，不说别的，杭杭这么喜欢她，得多难受啊。人这命数啊，也不能给来给去，不然，我给她个十年八年也行啊。"

宗必胜没好气："好好散着步，又在这胡说八道，现在医学的发展是很快的，没准过两年，有什么新药出来，吃两颗就好了。再说了，年轻人要搞对象，老头老太就不要过日子了？你这么大方，十年八年送给人了，我怎么办？我就活该一个人过啊？"

步道很长。

易飒玩闹的兴致很快过去了，只挽着宗杭一步一步走，有时会促狭似的去踩脚下的影子，走一步踩一步，有时又像没了骨头，把重量都倚在宗杭身上，拖拖沓沓让他带着走。

宗杭问她："易飒，你现在开心吗？"

真是隔三岔五就问一次，易飒没好气："开心开心。"

"比你一个人在柬埔寨的时候好吧？"

"是是是。"

明明都是嫌弃的语气，但宗杭还是听得乐滋滋的，有一种叫作“成就感”的东西在心底疯长。

他说得没错吧，跟着他走，就是能让她比之前过得更好。

他也学着她，拿脚去踩影子：“前两天我跟丁玉蝶聊天，听他说，安排在三江源的大部分人都已经撤回来了，只在那留了个小分队。”

易飒嗯了一声：“他也跟我说了，说是实在耗不起，一个月两个月还行，时间一久，那些人就熬不住了，这件事如果真拖个十年八年的，还能让人家十年八年都在那守着吗？”

宗杭叹气：“这对丁玉蝶来说，不是什么好事吧？”

易飒点头：“有千年做贼的，没千年防贼的，事情都过去一年半了，再紧的弦也会松，没办法的事。”

宗杭说：“如果漂移地窟能休养生息个五十年，我们一辈子都会是太平日子……”

他低头看易飒：“你希望这样吗？喜欢这种日子吗？”

易飒没立刻回答。

宗杭心里一动：“不喜欢啊？”

易飒说：“也不是……这日子挺好的，就是有些时候吧，有点恍惚，会想着，自己还是三姓的水鬼吗？”

比如今天，她陪着童虹去做了旗袍，一直泡在各色花样、款式和布料里，给各种意见，说得嘴皮子都干了。

又如上周，宗必胜在公司做了个艺术长廊，美其名曰要熏陶和提升员工的审美，让易飒选择里头的各类墙面挂画，于是她生平头一次要看什么伦勃朗、鲁本斯、提香、莫奈，决定着他们的复制画作要挂在墙上哪个位置。

水鬼的身份，远得好像是上辈子的事了，偶尔走过镜子，看见里头的人影儿，想起柬埔寨时的自己以及那只被扔给黎真香喂养的乌鬼，会觉得整个人有点分裂。

易飒自嘲地笑：“人可能就是这样，颠簸得久了，就想过回归田园的太平日子，田园里待长了，又觉得日子腻味，空气平静，不够刺激。”

又问他：“你呢？”

宗杭说：“说真话吗？”

他沉默了一下：“说真的，很多时候，我希望这事还没了结。”

易飒有点意外：“为什么啊？”

“因为事情如果了结了，我们也就这样了，以后，不会比现在更好了，也许还会越来越糟。”

易飒莞尔。

没错，是这样，现在的日子，其实是最好的：感情正炽，躯体未衰。

“但如果没了结的话，或许还会有希望。就像我们之前虽然一次次涉险，但每一次确实是比上一次了解得更多、探知得更多。如果再多一次和漂移地窟对抗的机会，会不会能找到治愈你的法子呢？”

他想了想，似乎又觉得自己太贪心了：“用不着治愈，能帮你多撑几年也行，人就是这样，得了一就想二，我之前想着，能和你在一起，就特别满足了。可是在一起之后，又想要长久一点、再长久一点。”

易飒站定了不动，低头看灯光下两人依偎在一处的长长斜影，聊这种伤感的话题，跟蚊子被蛛丝网住了似的，越挣扎越绝望，不如趁早飞离……

她忽然瞪大眼睛看身后：“哎呀，叔叔阿姨不见了！”

宗杭吓了一跳：“啊，我爸妈呢？”

边说边张皇回头，恰看到童虹和宗必胜踱着步过来。

两人把这对答听个正着，但脚下不停，继续往前走，擦肩而过时，童虹忽然幽幽叹了口气，说：“养个儿子有什么用，还不如飒飒关心我们。”

宗必胜说：“可不是吗，当初还不如养块肉，还能炒碟菜。”

……

三江源，夜。

丹增骑着摩托车兴冲冲往前赶，车灯在夜色里劈开一道韧直的光亮，而车后座上，搭半爿沉重的羊身。

他是游牧民，前些日子认识了一群搞地质的朋友，那些人热情友好，招待他喝酒，还送了他好多袋装零食，让他带给家里的小孩儿们。

来而不往非礼也，丹增心里一直惦记着这事，想拿对等的礼还，却一直没有能拿得出手的，可巧今儿杀羊，他特地留了半爿好的、肥的，想送给他们做手抓羊肉吃——心里一高兴，连等到明天都等不了，赶着黑就来了。

他知道他们驻扎在哪儿，也知道这群人都是夜猫子，绝没这么早睡。

不多时，营地就遥遥在望了，六七顶大帐小帐都亮着灯，帐边停了几辆越野车。

丹增刹住车，一个拎提挺身，把沉重的羊身甩搭上肩，大叫：“哦呀。”

一般他这么一叫，他们就知道了，还会学着他的语气迎出来，而且，丹增特意扛着羊身，也是想让朋友们夸他有力气、厉害——以前，他在他们面前搬抬重物时，他们也这么感叹过。

没有回音。

丹增愣了一下，侧耳听了听，把羊身搁下。

怪了，怎么好像没声音呢，不应该啊，往常晚上来，这儿可热闹了，他还凑着那个叫丁诚的小伙子的手机看过一部外国电影。

外出勘探去了？不是说帐篷是跟着人走的吗？

遭了狼了？呸，更不可能，他们的装备带得可充足了，听说连什么喷火枪、电击棒都有，而且这附近，根本也没有狼。

丹增咽了口唾沫，拔出腰间的藏刀，小心地往里头走，一边走一边喊着他勉强能记得的几个人的名字——

“丁诚？”

“姜一通？”

“丁唐？”

……

还是没回音，丹增头皮有点发麻，正拐过一顶帐篷，视线里突然出现了一个人。

蹲着的人。

他吓得一颗心狂跳，猛然抬刀，下一秒又反应过来，忙不迭放下。

终于见着人了。

丹增话说得磕磕巴巴：“我找……朋友，送羊肉……”

他下意识往肩上指，忽然想起羊肉扔在摩托车边，又赶紧往后指：“扔在那里，手抓羊肉，好吃……”

他没再往下说。

奇怪，他来这么多趟了，这个人，从未见过。

这是个中年男人，四五十岁，貌不惊人，手正从地上铺着的纸箱壳上挪开——看来他刚刚，是拿这纸箱壳铺盖什么东西，但是地上平平展展的，也没什么东西要盖啊。

丹增说：“你是谁啊？”

那人笑了笑：“我跟丁诚他们是一个队里的，今天才到。”

这样啊，丹增松了口气，又四下看了看：“那……他们呢？”

“临时有任务，都赶过去了，留我在这看着，你过来送羊肉吗？可以交给我，他们要是有谁回来，我跟他们说。”

丹增赶紧点头：“好，好，我叫丹增，他们认识我的，你一说他们就知道了，你是……”

那人说："我叫丁……"

说到这顿了一顿，似乎有些茫然，又似乎在那一瞬间，有点想不起来自己是谁。

过了会儿，他面色恢复如常，唇边现出一抹笃定的笑意。

"我叫丁盘岭。"

【大结局·下】

听说前两年，新人上位了，现在坐山鬼王座的，叫孟千姿。

安徽，黄山市。

人来人往的街面上，有家美容养生馆，叫山桂斋。

这街面并不繁华，很市井化，也颇接地气，打眼溜过去，有卖酱菜榨菜的，有卖螺丝开关的，有支着油锅炸油条的，还有不讲究的店家端了盆脏水出来往地上一泼，路过的行人忙不迭跳脚叫骂的。

但这山桂斋却很高大上，和整条街格格不入。

店面很大，装修得异常高档，古色古香别致典雅，正对着街面的玻璃屏后头，摆了尊一人来高的铜像，塑的是个赤脚套金环铃、披纱衣的妖娆美人，侧身骑在一头摆尾的凶悍猎豹之上，下方的价签表明，这铜像是摆设，亦是商品，有人中意的话，可以买了摆回家去。

标价一百八十万元，和正对面那家洗头房打出的“洗头一次十五元”的广告牌隔街对峙，形象地演绎出了什么叫云泥之别。

这店面的气派格调，本身就已经摆出了一张闲人免进的晚娘脸，这价签更加拒人于千里之外——附近的人，以及日日路过的人，从不走近这店一步，却也习惯了它的存在，当它是日日高挂的太阳，然后在背地里揣测着它必定是某些富贵商贾的后花园销金窟，开在这儿，只为偏远低调而已。

事实上，即便你刚好是个有钱人，有着千金一掷的底气，能够潇洒推门而入，也只能止步前台，上不了旁侧那道檀木的、通往二楼、精雕细镂的楼梯。

因为前台妆容得当的接待小姐会带着抱歉的微笑跟你说：“对不起，本店只招待会员。”

如果你表示“无所谓，不差钱，办一张”的时候，她们会继续抱歉，回答你，不好意思，会员已经满了，如有人退出，可以把您加进来，但需要排队。

而排在你前头的人，据她们说，没有一百也有八十。

如果你是个二愣子，脸红脖子粗地吼什么“爷有钱，有钱就是要消费”“不然去工商部门投诉”，接待小姐通常会怯懦服软，改口说可以接待。

接下来，你就会被带进一楼的按摩小房间，按摩床上的垫布是那么脏，上头有菜渍、香水味、狐臭味、烟头烫下的黑圈，总之，还没按摩，你就已经相当销魂了。

然后，会有一位身材粗壮、酒糟鼻、浑身散发着油盐酱醋味儿的大妈走进来，边走边往手上挤两三块钱一管的那种无牌护手霜，美其名曰方便按摩，最后按得你嗷嗷乱叫，蹬腿挠臂，恨不得跟她同归于尽。

你气得大声叫骂说这是什么狗屁按摩，大妈会理直气壮地回答：“我们山桂斋的按摩就是这样的，特色手法。”

然后给你看账单，一般不会低于四位数，你质疑这价不合理，大妈会浓眉倒竖，反过来吼你：“你看看我们这高档装修，这价钱很便宜了！”

……

综上，不管你是谁，非会员的话，基本没指望上二楼。

不过吧，其实二楼也没什么特殊的。

除了色调暗些、冷清岑寂，走廊一路进去，两侧零落摆着各种铜质凶兽，塑得凶横狰狞，再加上个个兼做点香用：有的直接嘴巴就是香插，衔着根香，远看像点了烟，正吞云吐雾；有的挖空了脑袋做香炉，头盖一掀，往里头添加香炭，一瞅像练功走火入魔，脑顶噌噌冒白雾；还有的分明兽形，却学着人的姿势持着大烟袋，烟斗里香气缭绕而上……

置身其中，看久了精神恍惚，恍惚间觉得一切似假还真，止不住脊背生凉。

走廊两边，每一扇门进去，都是按摩包间，最大的一间在尽头处，里头一张红木雕花架子床，三面垂着轻薄透纱，空调机送风的关系，透纱欲卷还扬，正对着床的大墙上画了幅水墨大国画，画上一个风姿绰约、半遮半露，以藤萝枝叶为衣的女人斜坐在一头黑豹身上，旁侧两竖行毛笔题书，端的行云流水，笔走龙蛇。

里头的句子来自屈原《楚辞·九歌》中的《山鬼》篇。

——既含睇兮又宜笑，子慕予兮善窈窕。

……

孟千姿正趴伏在这张架子床上，半做按摩。

说是半做按摩，是因为她另一半心思在抽水烟上，这水烟壶是正儿八经从中东淘来的稀罕物件，通身鎏金嵌宝，窈窕精致到灼人的眼，撩人的心。

她噙着烟管，听水烟壶里咕噜的泛泡声，这烟叶里混了蜂蜜和柳橙，所以没什么烟味，反有股果香。

边上戴着口罩的女按摩师手法精练，力度适当，更合人心意的是目不斜视，咳嗽都不咳一声，宛如透明。

抽了会儿之后，孟千姿半欠起身子，看坐在斜对面黄花梨官帽椅上的孟劲松："你真不试试？尝着玩玩呗，不是烟。"

她这一欠身，一头墨样的长发滑落肩侧，连带着把身上半披的亚麻衫子给带了下来，露出白皙圆润的肩膀加小半幅的后背，孟劲松迅速别过脸去，还拿手挡在脸侧，语气里嫌弃非常："哎哟我天，我的天，你也不说端庄点。"

孟千姿斜乜了他一眼："我在自己的地头按摩，还得端庄？你三十岁了，不是十三，婚都结了两次，看我的肩膀应该跟看卤鸡翅一个反应，装什么害羞？"

孟劲松依然挡着脸："那怎么能一样，你是老板，我得避个嫌。"

孟千姿懒得跟他啰唆，换了仰躺的姿势，按摩师很周到地送上靠垫。

她理了理衣服，半支起腿，腿型极美，纤瘦合宜，脚踝上有个带铃铛的金环，发出丁零的细碎清音。

"说到哪了？"

孟劲松光顾着避嫌了，这才想起孟千姿要图新鲜抽那水烟之前，两人是在聊事情的。

他清了清嗓子："咱们广西的兄弟……"

"转过来吧，我端庄着呢。"

孟劲松这才转向她："咱们广西的兄弟，前一阵子无意间发现，八万大山已经荒了。"

孟千姿抬了抬眼皮："八万大山？我好像有点印象，是那个什么……"

孟劲松知道她素来不喜动脑子记东西，不然也不需要他这个大秘时刻提点："山谱里做了标记的，是我们的不探山，盛家的。"

孟千姿有印象了："对，是姓盛，好几代之前的事了吧，她们圈了山，我们不探，怎么就荒了啊？山里过不下去了？都进城打工了？"

孟劲松哭笑不得，还得忍着："不知道，兄弟们也是无意间发现的，后来一打听，好像说荒了都四五年，人去山空，所以我合计着，咱们是不是可以去探一下……"

"探啊，为什么不探，放手去探。"

很好，孟劲松在工作本的那一项上打了个“√”，有领导指示就好办事了。

正要进下一项，门上忽然传来敲门声。

孟千姿脸一沉，大声说了句：“敲什么敲，不知道我按摩的时候需要安静吗？”

敲门声立止，但过不到三秒，又敲起来了。

看来是有要事，不然也不会被吼了还不知趣，孟千姿朝孟劲松使了个眼色：“你出去看看。”

孟劲松去得挺久的，久到孟千姿有点纳闷。

一般的事，咬几句耳朵也就算了，何至于唠叨这么久？

她有点无心按摩了，水烟嘴也扔到了一边。

过了会儿，孟劲松进来了，先朝按摩师挥了挥手：“你先出去。”

哎哟，还真有事啊，孟千姿心里咯噔一下。

孟劲松目送着按摩师离开，伸手把门关好：“水鬼三姓来人了。”

孟千姿“咦”了一声，不觉坐了起来，顺势掩了掩衣襟，省得孟劲松又嘴碎说她不端庄：“水鬼三姓，山水不相逢，我们跟他们很多年不来往了。”

孟劲松点头：“是这话没错，但不是也说，有要紧事的时候，山水有相逢吗？”

孟千姿纤长手指挑弄着身上宽松衣袍的系带：“来的是谁啊？”

孟劲松显然在外头已经做了功课，答得很快：“都是水鬼，资历最老的一个，姜太月，还带了一个，说是接班人，叫丁玉蝶。”

孟千姿手上一顿：“这阵容可真大啊，知道是为什么事来的吗？”

孟劲松摇了摇头：“不知道，很多年不联系了，只隐约听说，这一两年，三姓有不少白事。”

“不少”这两个字上，加了重音。

闻弦歌而知雅意，孟千姿点头，笑眯眯长身站起，手指在腰带间翻了个漂亮的结扣：“那是得见见，看来是有麻烦了，要不然，也不会求到咱们山鬼门上啊。”

她抬脚朝外走，走了几步又退回来，把枕边一个黄金镶玉、金链上还缀了老南红珠子的镯子套到腕上，说：“我多戴点贵重的首饰，显示我对这个会面很重视。”

孟劲松瞥了眼她揉皱的亚麻衣和脚上的拖鞋，想说点什么，到底忍了。

接待室里，姜太月坐在沙发上，双手拄立着拐杖，合目不语。

丁玉蝶转着手中待客用的水晶杯：“姜婆婆，你以前从来没提过什么山鬼。”

姜太月没睁眼：“林深万千户，山鬼四五家。不过一个地上，一个水下，山水不相逢，来往很少，关系也……一般吧。”

有说山鬼瞧不起水鬼的，也有说水鬼看不上山鬼的。

丁玉蝶嗯了一声：“咱们叫水葡萄，他们叫什么？”

“穿山甲。”

这姜婆婆，到了这还真是惜字如金，不抽不走，不问不答。

丁玉蝶环视了一下周遭的布置：“山鬼……好像也不穷啊。”

姜太月差点气笑了：“你怎么能想到用‘穷’这个字来形容他们？我问你，山里有什么？”

“……狼？”

姜太月没好气：“怪不得飒飒一直说你是蛾子脑袋，山里有矿，懂吗？”

有矿！煤老板一样的存在，真是土富土富的！

“那他们山鬼，也有掌事会、中枢会什么的？”

姜太月睁开眼睛，顿了会儿才摇头：“他们跟我们又不同，我也说不大清楚，按说水阴柔，山阳刚，但能当山鬼的，都是女人，而且山鬼里，必然有一个能力最强的。

“古代那些占山的人，都会选个山大王，所以山鬼里的第一把交椅，叫山鬼王座。

“听说前两年，新人上位了，现在坐山鬼王座的，叫孟千姿。”

图书在版编目（CIP）数据

三线轮洄．下 / 尾鱼著．-- 兰州 ：敦煌文艺出版社，2020.6
ISBN 978-7-5468-1904-4

Ⅰ．①三… Ⅱ．①尾… Ⅲ．①长篇小说—中国—当代
Ⅳ．① I247.5

中国版本图书馆 CIP 数据核字（2020）第 091775 号

三线轮洄．下

尾鱼　著

责任编辑：张明钰
封面图片：视觉中国
封面设计：吴思龙 @4666 啊

敦煌文艺出版社出版、发行
地址：（730030）兰州市城关区读者大道 568 号
邮箱：dunhuangwenyi1958@163.com
0931-8152173（编辑部）
0931-8773112　0931-8773235（发行部）

嘉业印刷（天津）有限公司印刷
开本　700 毫米 ×980 毫米　1/16　印张　24.5　插页　3　字数　470 千
2020 年 11 月第 1 版　2020 年 11 月第 1 次印刷
印数　1 ~ 30 000 册

ISBN 978-7-5468-1904-4
定价：48.00 元